# GEFAHRENZONE

## KYLA STONE

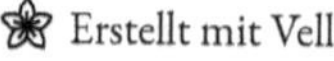 Erstellt mit Vellum

*Für Jeremy, der die Stellung hält, während ich mir imaginäre Menschen in imaginären Welten ausdenke.*

# TEIL EINS

Dreißig Minuten vor der Detonation der ersten Bombe fuhr ein meergrüner Honda Odyssey an den Bordstein vor dem Smithsonian National Museum in Washington, D.C., nur wenige Häuserblocks vom Kapitol und dem Weißen Haus entfernt.

Ein verblasster Aufkleber in Form einer Strichmännchen-Familie löste sich an den Rändern von der Heckscheibe. Eine prall gefüllte Wickeltasche lag auf dem Boden inmitten von Taco-Bell-Verpackungen und einer Schnabeltasse.

Der gesamte hintere Teil des Fahrzeugs wurde von einem sperrigen Pappkarton eingenommen, in dem ein kompakter Kühlschrank oder eine nagelneue Waschmaschine untergebracht hätte sein können. Sowohl die hinteren Seitenfenster als auch die Heckscheibe waren schwarz getönt.

Niemand machte sich die Mühe, dem Minivan mehr als einen flüchtigen Blick zu schenken. Er sah aus wie tausend andere Familienautos, die man täglich sah. Sogar der Mann, der aus dem Fahrzeug stieg – ein Mann mittleren Alters in Jeans und einem zerknitterten Star-Wars-T-Shirt, mit einer tief in die Stirn gezogenen Mütze der Washington Redskins –, erweckte keinerlei Verdacht.

Nachdem er an der Parkuhr bezahlt hatte, schlenderte der Mann den Gehweg entlang, die Wickeltasche über die Schulter gehängt und ein Selfiestick in der Hand.

Nur ein weiterer Tourist, der den schönen, sonnigen Tag in der belebten Hauptstadt der Vereinigten Staaten von Amerika genoss.

Niemand bemerkte, wie das zweite Auto – ein unscheinbarer dunkelblauer Ford Taurus – neben ihm herfuhr und die Tür öffnete, sodass er hineinschlüpfen konnte. Der Wagen ordnete sich in den Verkehr ein und fuhr knapp unter dem Tempolimit in Richtung des Anacostia River davon.

Der Mann mit der Redskins-Mütze rutschte auf dem Beifahrersitz des Ford Taurus hin und her und prüfte das GPS. Er tippte eine gespeicherte Nummer auf einem Prepaid-Wegwerfhandy ein.

»Der Zeitpunkt wurde vorverlegt«, sagte die tiefe Stimme am anderen Ende. »Habt ihr die Nachricht erhalten?«

»Das haben wir. Wir sind in Position«, erwiderte der Beifahrer. »Es ist alles bereit.«

Der Mann am anderen Ende grunzte zustimmend.

»Alles geschieht zu seiner Zeit«, erklärte der Beifahrer und zog ein kleines Gerät aus seiner Tasche.

»Möge Gott mit uns sein«, sagte der andere Mann.

Der Fahrer war still. Selbst als er auf dem Weg zum Giesboro Park in eine weniger verstopfte Seitenstraße einbog und ein Fußgänger direkt vor ihm bei Rot über die Straße ging, hupte er nicht. Schließlich parkte er am MacDill Boulevard, der fast zehn Kilometer vom Capitol Hill entfernt war.

Mit einer Hand am Lenkrad setzte er sich eine spezielle Sonnenbrille auf. Der Beifahrer tat dasselbe. Er warf einen Blick auf die Uhr am Armaturenbrett. 12:37 Uhr.

»Der Tag des Endgerichts ist gekommen«, sagte er.

Der Mann drückte auf den Knopf des Gerätes in seiner Hand. Eine Hundertstelsekunde später explodierte die Bombe.

Im Augenblick der Detonation glühte der Kern der Bombe mit 300.000 Grad Celsius, fünfzigmal heißer als die Oberfläche der Sonne selbst.

In weniger als einer Sekunde wurden Zehntausende von Menschen eingeäschert, verwandelten sich augenblicklich zu verkohlter, rauchender Asche. Sie verdampften dort, wo sie schliefen, standen, gingen, saßen, fuhren – einfach verschwunden.

Die Intensität der thermischen Explosion entzündete Vögel mitten in der Luft. Kleidung, Bäume, Hunde und Katzen sowie Autos verbrannten blitzartig. Stahl verflüssigte sich und schmolz wie Wachs.

Der Feuerball schoss über die Stadt und dehnte sich immer weiter aus, bis er alles in einem großen Blitz von unvorstellbarer Helligkeit ausgelöscht hatte.

Es war, als ob die Sonne auf die Erde gefallen wäre.

Nach dem Blitz kam ein ohrenbetäubender Knall. Und dann die Schockwelle, eine gewaltige Wand aus ungeheurem Druck, die über den Capitol Hill hereinbrach und sowohl die Denkmäler als auch die Museen zertrümmerte: das Smithsonian, das Kapitol-Gebäude, die Kongressbibliothek, das Gebäude des Obersten Gerichtshofs, das Washington Monument, das Weiße Haus.

Zehn Kilometer vom Explosionszentrum entfernt fuhr der Ford Taurus aus dem Park und fügte sich in den Verkehr ein, der bereits aus der Stadt strömte. Noch war genug Platz, um die verunglückten Fahrzeuge zu umfahren und zu entkommen, doch das würde sich sehr bald ändern.

Als der Taurus aus der Stadt flüchtete, drehte sich der Beifahrer in seinem Sitz und starrte hinter sich auf den brodelnden, radioaktiven Atompilz, der sich über Washington D.C. ausbreitete – nicht vor Entsetzen, sondern in einem ehrfürchtigen Rausch der Genugtuung.

Es war erst das dritte Mal in der Geschichte, dass eine Atombombe gegen Zivilisten eingesetzt wurde.

Und es würde nicht das letzte Mal sein.

# KAPITEL 1
## DAKOTA
### STUNDE NULL MINUS ZWANZIG MINUTEN

...

Dakota Sloane waren Entbehrungen nicht fremd. Als geborene Überlebenskünstlerin hatte sie ihr Leben damit verbracht, auf das nächste Unglück zu warten, auf die nächste Enttäuschung, auf den nächsten Schlag einer Welt, die sie brechen wollte.

Doch Dakota brach nicht.

Allerdings hatte sie das Gefühl, dass sie nun nah dran war. Ihre Brust wurde eng, als sie die Straße vor dem Fenster der Beer Shack Bar absuchte.

Mit einem feuchten Lappen in der Hand beugte sie sich über einen gelben Tisch, der mit zerknüllten Servietten und einem fettigen, halb aufgegessenen Mittagessen bestehend aus Pommes frites, Burgern und Ketchup übersät war.

Ihr Blick blieb an einer vertrauten Gestalt hängen, die zur Mittagszeit durch die Menschenmenge auf der Front Street in Overtown, am Rande der Innenstadt von Miami, schlenderte.

Sie kannte seinen selbstbewussten, zielstrebigen Gang, seine hagere, schlaksige Gestalt, scharf wie eine Messerklinge. Sie würde dieses schmale, kantige Gesicht überall wiedererkennen, diese grimmigen, fiebrigen Augen – Augen, die sie in ihren Albträumen verfolgten.

Er hätte nicht dort sein sollen. Dakota glaubte nicht an Zufälle.

Wenn Maddox Cage in Miami war – in diesem Teil von Miami – dann nur aus einem Grund.

Er war ihretwegen hier. Ihretwegen und wegen Eden.

Sie hatte zwei Jahre und dreizehn Tage lang durchgehalten. Sie war noch nicht so weit, hatte nicht genug gespart. Sie brauchte noch sechs Monate für ihren Plan, erst dann könnte sie ihn in die Tat umsetzen.

Fünf Riesen und ihre kleine Schwester. Das war alles, was sie benötigte, um tausend Kilometer entfernt ein neues Leben zu beginnen.

Miami war laut, farbenfroh und immer in Bewegung, ein Durcheinander von Kubanern, Haitianern, Asiaten, Südamerikanern und Angloamerikanern – ein üppiges Sammelsurium von Kulturen, Musik, Essen und Kunst.

Miami war eine Stadt, in der man leicht untertauchen konnte. Aber sie war nicht tief genug untergetaucht.

Schweiß kribbelte an ihrem Haaransatz. Sie trat einen Schritt vom Fenster zurück, in der Hoffnung, dass das grelle Sonnenlicht auf dem Glas ihre Anwesenheit verbergen würde.

Vielleicht hatte er nur eine ungefähre Vorstellung von ihrem Aufenthaltsort. Wenn er noch auf der Suche war, wenn er nicht schon genau wusste, wo sie war ...

Aber vielleicht war er nicht hinter ihr her. Der Gedanke jagte ihr einen kalten Schauer über den Rücken.

Er war hinter Eden her.

Sie hielt den Atem an, bis er vorbeiging – ohne den Kopf nach links oder rechts zu drehen, den Blick geradeaus gerichtet, während er sich zwischen den Fußgängern auf dem Bürgersteig hindurchschlängelte.

Er war schon immer zielstrebig gewesen, wie ein Hund mit einem Knochen. Sie hätte wissen müssen, dass er nicht lockerlassen würde. Dass er niemals lockerlassen würde.

Sie lehnte sich über den Tisch, um einen besseren Blick auf die Straße zu bekommen. Maddox Cage hielt an der Ecke inne und winkte ein Taxi heran. Dakota rührte sich nicht, bis er hineinschlüpfte, die Tür schloss und das Auto vom Bordstein wegfuhr.

»Entschuldigen Sie, Miss«, sagte ein schwerer Inder mittleren Alters am Tisch neben ihr.

Sie kannte ihn nicht. Die üblichen Stammgäste belegten ihre Lieblings-Barhocker, aber so nahe am Stadtzentrum und am Miami International Airport bediente die Bar auch immer einen ständigen Strom von Touristen und Geschäftsreisenden.

Die Leute mochten die flippige Atmosphäre des Beer Shacks. Die Bar war gesäumt von kitschigen, leuchtend gelben Tischen und Elefantenfüßen in riesigen, mit Lichterketten geschmückten Keramikkübeln.

Berühmte Orte in Miami – South Beach, Freedom Tower, das Coral Castle Museum – waren in Form von Kronkorken-Kunstwerken an den künstlichen Ziegelwänden verewigt.

Im Radio lief immer eine lebhafte Mischung aus Rumba, Salsa und Timba. Auch die Mischung aus authentischer kubanischer Küche und klassischen amerikanischen Gerichten war verdammt gut.

Von seinem Becher voller Sam Adams tropfte Kondenswasser, als der Mann in Richtung des Flachbildschirms an der gegenüberliegenden Wand gestikulierte. Er war in den Fünfzigern und war beinahe vollkommen kahlköpfig, ein ordentlich gekämmter Kreis aus weißem Haar umgab seine glänzende braune Kopfhaut. »Können Sie das lauter stellen?«

»Aber sicher.« Sie zwang sich, sich zu bewegen, den Handgriff auszuführen, auch wenn ihr rasende, hektische Gedanken im Kopf herumschwirrten und sie in Panik versetzten.

Sie stellte das Cola-Glas auf dem schmutzigen Tisch ab, den sie zuvor geputzt hatte, und ließ die Plastikwanne und den Lappen zurück. Sie zog die Fernbedienung aus ihrer moosgrünen Schürze und drehte die Lautstärke auf.

Die Zusammenfassung der Niederlage der Marlins war unterbrochen worden. Auf dem Bildschirm war eine Luftaufnahme der Michigan Avenue in Chicago zu sehen, die bis auf einen auf der Straße geparkten Minivan komplett geräumt war.

Mehrere Polizeiautos und SWAT-Fahrzeuge waren in sicherer Entfernung positioniert, drei Hubschrauber schwebten über dem Gelände.

Eine atemlose Nachrichtenreporterin mit großen Augen gestikulierte wild umher. Sie konnte sich keinen Reim aus dem Wortgewirr der Frau machen.

»Ich wohne in der Nähe der Westseite von Chinatown. Ich fahre morgen zurück. Verrückt, nicht wahr?«, sagte der Mann.

»Was ist mit all der Aufregung?«, fragte Dakota verwirrt und zwang sich, höflich zu sein.

Ein leises, hektisches Summen erfüllte ihren Kopf.

Angst hatte sich bereits wie Eis um ihr Herz gelegt.

Sie konnte nicht einfach mitten in ihrer Schicht gehen. Sie konnte es sich nicht leisten, einen weiteren Job zu verlieren, aber sie musste Eden kontaktieren, musste herausfinden, was zu tun war.

»Eine Art Bombe. Terroristische Spinner, wie es aussieht. Wahrscheinlich ISIS. Aber die Polizei von Chicago hat sie noch rechtzeitig entdeckt. Sie entschärfen sie gerade, Gott sei Dank.«

»Das ist gut«, sagte sie.

Er hielt ihr sein Glas entgegen. »Bitte noch einmal nachfüllen, ja?«

Sie schnappte sich das Glas, füllte es an der Theke auf und gab es dem Kunden zurück. Er beachtete sie nicht. Seine Augen starrten auf den Bildschirm.

Ihre Nerven waren angespannt. Die Angst drückte nun schwer auf ihre Lunge. Sie brauchte eine Pause. Sie musste Eden erreichen.

Sie durchquerte den Raum und blieb mit dem Rücken zu dem leeren Stehtisch hinter ihr, der Glastür zu ihrer Linken und dem Bartresen einige Meter rechts von ihr stehen.

In der Bar war noch nicht viel los. Eine Handvoll Stammgäste beugte sich über ihre Drinks und starrte glasig auf den zweiten Bildschirm, der über der Bar hing und dieselbe Ansicht des Vans in Chicago zeigte.

Das stetige Gemurmel ihrer Gespräche war ein ständiges Brummen im Hintergrund: Walter Monroe jammerte über seine Ex-Frau; Jesse Perettis Rasen verdorrte wieder einmal, weil er wegen der Dürre nicht mehr bewässert werden durfte; Tamara Santos beklagte sich über mehr Zwangsüberstunden.

Mendo Del Rio kam immer auf die Politik zu sprechen, vor allem, wenn es ihn nach einem Streit juckte. Der Besitzer des Beer Shack und derzeitige Barkeeper, Julio de la Peña, hatte ihn schon mehrmals rausschmeißen müssen.

Die meiste Zeit diskutierten die Stammgäste über Sport und Pläne zum Hochseefischen, über Probleme mit dem Chef und über die jüngste Hitzewelle.

Sie waren alle normale Menschen mit normalen Problemen. Sie wurden von niemandem gejagt.

Keiner von ihnen schenkte ihr Beachtung.

Sie holte ihr Handy aus der Tasche – ein altes Samsung-Modell, das kaum als Smartphone zu bezeichnen war. Es war alles, was sie sich leisten konnte, denn sie sparte jeden zusätzlichen Cent für ihre Flucht.

Während sie auf das Kontaktsymbol tippte, behielt sie die Straße im Auge, für den Fall, dass Maddox umkehren würde. Er war so gerissen.

Wanda Simpson, die Sozialarbeiterin ihrer Schwester, meldete sich nach dem vierten Klingeln.

Dakota verschwendete keine Zeit mit der Begrüßung. »Ich muss meine Schwester sehen. Sofort. Heute.«

»Nun«, sagte die Frau verärgert. »Ich habe heute keine Zeit für diesen Unsinn, Ms. Sloane. Sie wissen so gut wie ich, dass Sie einmal im Monat einen gerichtlich angeordneten Besuch *unter Aufsicht* haben, mehr nicht. Ihr nächster Besuch ist erst in einer Woche ...«

»So lange kann ich nicht warten.«

»Ms. Sloane, Ihre Schwester ist aus medizinischer Sicht nicht stabil. Sie braucht Regelmäßigkeit. Der Richter, die Psychologen und ich sind uns einig, dass eine Unterbrechung ihrer sorgfältig gepflegten Routine ihrem Wohlbefinden abträglich wäre.«

»Das ist nur Seelenklempnersprache für den Versuch, mich von meiner Schwester fernzuhalten, damit sie adoptiert werden kann ...«

Mrs. Simpson seufzte tief in das Telefon.

Dakota konnte Stimmen im Hintergrund hören. In der Bar drehte jemand den Fernseher noch lauter. Sie biss die Zähne zusammen, unterdrückte alles, was sie sagen wollte, presste das Handy an ihr Ohr und wandte sich von der Bar ab. »Hören Sie. Es ist ein Notfall.«

Die Frau stieß einen weiteren gebieterischen Seufzer aus, als würde sie sich bereits selbst für ihre grenzenlose, engelsgleiche Geduld loben. »Was für ein Notfall, Ms. Sloane?«

Dakota konnte der Sozialarbeiterin nicht sagen, wen sie gesehen hatte oder ihre Befürchtung, was es zu bedeuten hatte. Sie hatte nie erklärt, wovor sie und ihre Schwester geflohen waren. Maddox jetzt zu erwähnen, würde sie beide mit Fragen konfrontieren, die sie weder beantworten wollten noch konnten.

»Ich muss sie einfach sehen, okay?«

»Ich fürchte, das kann ich nicht zulassen.«

Frustration brodelte in ihr auf. Sie tat bereits ihr Bestes, um alles absolut richtig zu machen.

Erstens: Einen festen Arbeitsplatz und einen dauerhaften Wohnsitz finden. Zweitens: Bei Gericht das Sorgerecht beantragen, bevor Edens reiche, tolle Pflegeeltern ihre Krallen in sie schlagen und sie mit dem Versprechen auf eine richtige Familie, Urlaube in den Keys und Kunst- und Tennisunterricht blenden.

Bis dahin hielt sie sich zurück und blieb vorsichtig und wachsam.

Sie sparte jeden Cent und gab nichts weiter für sich selbst aus, als dreimal pro Woche auf dem Schießstand in der Miami Avenue zu trainieren.

Sie hielt sich sorgfältig bedeckt – sie zog keine Aufmerksamkeit auf sich, ging Konflikten aus dem Weg, selbst wenn sie jemandem in die Nieren schlagen wollte.

Es war wichtig, immer unter dem Radar zu bleiben.

In den zwei Jahren hatte sie angefangen zu glauben, dass sie den Schrecken, vor denen sie geflohen waren, entkommen waren, dass die Vergangenheit sie nicht verfolgen würde.

Aber sie hatte völlig falsch gelegen.

Das zerbrechliche Gefühl der Sicherheit, das sie um sich herum aufgebaut hatte, war in dem Moment zerschmettert worden, als ihr Blick an Maddox Cage in der schwitzenden Menge vor den Fenstern der Bar hängen geblieben war.

»Ich bin praktisch ihr Vormund!«, drängte sie. »In ein paar Monaten werde ich einen Antrag beim Gericht stellen ...«

»Es wäre töricht, eine solche Annahme zu treffen, Ms. Sloane.« Mrs. Simpson schniefte spöttisch. »Es ist keine angemessene – oder gesunde – Einstellung, insbesondere wenn man bedenkt, dass Sie nicht in der Lage sind, eine feste Anstellung zu finden, dass Sie keinen Highschool-Abschluss haben und dass Sie ... flexibel sind, was Ihre Wohnsituation betrifft.«

Dakota konnte sich ihr selbstgefälliges Gesicht vorstellen, ihren billigen Polyesteranzug, dieses schreckliche chemische Parfüm, das nach verbranntem Gummi roch. Die Frau verachtete Dakota und ihren »negativen Einfluss« auf ihre fünfzehnjährige Schwester.

Eine hilflose Wut brodelte in ihrem Inneren. »Ich habe alles getan, worum Sie mich gebeten haben. Habe mir einen Job besorgt ...«

»Kellnern ist wohl kaum ein Job ...«

»Ich habe eine Wohnung!«

»In einer höchst gefährlichen und fragwürdigen Gegend.«

Sie und Eden waren seit fast zwei Jahren getrennt, nachdem sie beim Schlafen auf dem Bürgersteig der Southeast First Street in der Innenstadt von Miami erwischt worden waren.

Ohne Eltern und ohne Familie hatte das Kinder- und Familienministerium von Florida – die größte Fehlbezeichnung, die sie je gehört hatte – sie in sein aufgeblähtes, völlig kaputtes Pflegefamiliensystem aufgenommen.

Nach einer Reihe katastrophaler Aufenthalte in Pflegefamilien saß Dakota in einem Gruppenheim für unerwünschte Jugendliche fest, bis sie vor achtzehn Monaten volljährig wurde.

Ihre jüngere Schwester – die hübsche, süße, traumatisierte Eden – wurde in einer speziellen Pflegefamilie für medizinisch labile Kinder untergebracht.

Sie schluckte einen Fluch hinunter. Sie konnte es sich nicht leisten, eine Frau zu verärgern, die immer noch so viel Macht über ihr Leben hatte.

»Bitte«, sagte sie stattdessen und hasste sich dafür, dass sie bettelte, wollte es aber unbedingt ein letztes Mal versuchen. Wenn die Frau sich immer noch weigerte zu helfen, würde sie die Sache selbst in die Hand nehmen müssen.

»Sie wissen, dass ich das nicht tun kann, selbst wenn ich es wollte, Liebes«, sagte Mrs. Simpson affektiert. »Und Sie wissen, dass ich nur das Beste für Ihre Schwester möchte ...«

Hinter Dakota schnappte jemand an der Bar nach Luft. Dakota warf einen Blick zurück auf den Flachbildschirm. Ihr Arm fiel schlaff an ihre Seite. Ihre Finger hielten das Telefon kaum noch fest.

Die Sozialarbeiterin brabbelte etwas, aber Dakota hörte nicht mehr zu.

Sie konnte nichts anderes tun, als fassungslos auf den Bildschirm zu starren.

# KAPITEL 2

# DAKOTA

## STUNDE NULL MINUS VIER MINUTEN ...

**K**älte schoss Dakota bis in die Knochen.

Der Bildschirm war jetzt geteilt – auf der einen Seite war das Bombenkommando zu sehen, das sich auf den Minivan in Chicago stürzte, auf der anderen Seite ein verwackeltes Handyvideo von einer riesigen Wolke, die über einer Stadt in den Himmel stieg, die so vernebelt war, dass sie nicht erkennen konnte, um welche es sich handelte.

»... wir wiederholen, wir haben soeben Berichte von einer gewaltigen Explosion in Washington, D.C. erhalten«, sagte der Reporter, dessen Stimme vor Aufregung anstieg.

Die Reporterin tippte auf ihren Ohrstöpsel. »Die Kommunikation in diesem Gebiet ist gestört, aber wir haben Informationen erhalten, dass ein Feuerball von einem Kilometer Breite über dem Kapitol gesichtet wurde. Es scheint sich um einen Angriff zu handeln, Gerard. Ein Angriff auf amerikanischem Boden ...«

Das Gesicht des ersten Reporters verlor an Farbe. »Es scheint eine Bombe zu sein. Eine Atombombe.«

Die Aufnahme wechselte zu der Reporterin auf der Straße in Chicago. »Wir haben auch einen unbestätigten Bericht, dass es sich bei der Bombe in der Michigan Avenue wahrscheinlich um einen improvisierten Sprengsatz handelt, Gerard.«

Die Reporter schwiegen einen Moment lang, der Schock und das Entsetzen in ihren Gesichtern waren echt. So oft schienen sich die Medien an der fabrizierten Empörung oder kaum verhohlener Schadenfreude über das »nächste große Ding« zu ergötzen.

Dies war jedoch unvorstellbar.

Dakotas eigener Puls pochte in ihrer Kehle. Ihre Brust zog sich zusammen, als würde eine unsichtbare Hand ihr Herz zusammenpressen.

»Ah«, stammelte Gerard, »ich höre soeben, dass wir es mit mehreren Bomben zu tun haben. Mehrere Nuklearbomben – mindestens zwei. Eine ist bereits in D.C. detoniert. Von offizieller Seite haben wir noch nichts Definitives gehört.

In den sozialen Medien häufen sich die Berichte über eine schreckliche Explosion, obwohl alle Orte mindestens ein paar Kilometer von der Explosion entfernt sind. Wir haben von niemandem im Weißen Haus oder im Kapitol eine Nachricht erhalten ... Es muss mit massiven Verlusten gerechnet werden ...«

Die Gäste in der Bar – fünf an der Bar selbst, drei weitere an den Tischen – starrten wie versteinert auf den Bildschirm, ihre Münder standen offen.

In Dakotas Bauch kribbelte es vor Angst. Langsam hob sie das Telefon an ihr Ohr. »Mrs. Simpson, sehen Sie gerade die Nachrichten? Schauen Sie auf Ihr Telefon.«

»Wirklich, Ms. Sloane«, ärgerte sich Mrs. Simpson, »ich habe heute keine Zeit für Ihre Spielchen. Einige von uns müssen wirklich arbeiten ...«

»Noch eine Bombe!«, keuchte die Reporterin. »Wir haben gerade den Kontakt zu mehreren Vierteln New Yorks verloren. Hunderttausende von Berichten treffen auf Twitter und in den sozialen Medien ein. Die Leute berichten von einem riesigen Atompilz, der schon aus kilometerweiter Entfernung zu sehen ist, von einstürzenden Gebäuden, von massiven Bränden ...« Ihre Stimme verstummte ungläubig.

Der zweite Reporter gestikulierte zu jemandem außerhalb des Bildschirms, bevor er sich sichtlich erschüttert wieder den Kameras zuwandte. »Wir haben eine Videoübertragung. Bitte seien Sie gewarnt. Dies ist eine Liveübertragung ...«

Die Luftaufnahme zeigte eine riesige Rauchsäule, größer als Dakota sie je gesehen hatte, die die Wolkenkratzer in den Schatten stellte. Durch den ganzen Rauch und das Feuer konnte sie die Skyline kaum noch erkennen.

Dakota trat einen Schritt zurück, dann noch einen, bis ihr Hintern gegen die Kante des Stehtisches stieß.

Drei Bomben. Nicht nur Bomben. Atombomben.

Drei Ziele. New York. Washington D.C. Chicago.

Waren es nur drei? Oder gab es mehr?

Sie dachte an Ezra. Er hatte sie davor gewarnt.

Was hatte er immer gesagt? Dass intelligente Terroristen einen koordinierten und mehrgleisigen Angriff durchführen würden. Sie würden die Infrastruktur an mehreren Punkten angreifen – das Stromnetz, Importknotenpunkte oder mehrere Städte –, um die amerikanische Moral zu untergraben.

Genau wie das hier.

Dakota war von Natur aus eine Pessimistin. Die Erfahrung hatte sie das gelehrt.

Das Leben tritt einen immer dann, wenn man schon am Boden liegt.

Im schlimmsten Fall warteten weitere Bomben nur darauf, entschärft zu werden. Miami war nicht die größte Stadt der USA, aber im Ballungsraum lebten mehr als fünf Millionen Menschen. Die siebtgrößte, hatte ihr Chef erst letzte Woche erklärt.

Der internationale Flughafen der Stadt und der Hafen von Miami waren ebenfalls wichtige Drehscheiben für den Handel.

Falls es mehr Bomben gab, war Miami ein ebenso wahrscheinliches Ziel wie jede andere Stadt.

Ein Bild tauchte irgendwo tief in ihrem Inneren auf – ein flüchtiger Blick auf eine Erinnerung, die sie tief verdrängt hatte. Irgendetwas Dunkles, schrecklich Vertrautes an all dem …

Dieses Gefühl war in ihr, ein kaltes Grauen, das ihre Wirbelsäule hinaufkroch, ihre Brust zusammenzog und ihr die Kehle zuschnürte. Die Haare auf ihren Armen standen ihr zu Berge.

Sie hatte gelernt, es als das zu erkennen, was es war: Eine Warnung. Dakota musste aus der Stadt verschwinden. Sofort.

»Mrs. Simpson, sind Sie noch dran? Wir werden angegriffen. D.C. und New York sind gerade in die Luft geflogen.«

»Sehen Sie? Das ist genau das, was ich meine. Mit Ihren ständigen Lügen und Ihrem giftigen Sarkasmus sind Sie kein gutes Vorbild für ein Kind.«

»Wo ist Eden?«

»Sie wissen, dass ich Ihnen das nicht sagen kann.«

Dakota bemühte sich, ruhig zu bleiben, aber am liebsten hätte sie durch das Telefon gegriffen und die Frau erwürgt. »Wo ist sie *jetzt*? Rufen Sie ihre Pflegeeltern an. Sagen Sie ihnen, sie sollen die Stadt verlassen. Und zwar sofort. Miami könnte das nächste Ziel sein!«

»Das ist einfach lächerlich. Selbst wenn etwas passiert ist, wäre es unverantwortlich, eine Panik zu schüren. Das machen die Medien schon zur Genüge. Ich bin sicher, sie übertreiben wie immer ...«

»Holen Sie sie einfach raus, Sie verdammte ...« Dakota schluckte die Beleidigung hinunter und beendete stattdessen einfach den Anruf mit der Sozialarbeiterin.

Vom Ministerium für Kinder und Familien in Florida würde sie keine Hilfe bekommen. Sie verschwendete nur ihre Zeit.

Sie würde Eden selbst holen.

Glücklicherweise kannte sie die Adresse der Pflegeeltern, auch wenn Mrs. Simpson versucht hatte, sie ihr vorzuenthalten.

Aber es war der siebte Juli: Mitten in einem schwülen, unerträglichen Sommer in Florida. Eden könnte bei ihren Pflegeeltern sein, beim Nachhilfeunterricht oder bei einer der vielen außerschulischen Aktivitäten, für die sie von ihren Pflegeeltern angemeldet worden war.

Mit zitternden Fingern tippte sie die Nummer des Wegwerfhandys ein, das sie ihrer Schwester letztes Jahr zugeschmuggelt hatte.

Sie konnte nur beten, dass Eden es bei sich hatte.

Keine Antwort. Sie konnte sie nicht vor Maddox warnen. Das würde nicht funktionieren. Sie schickte eine kurze SMS: *Ezra hatte recht. Bomben. Finde Unterschlupf. Ich komme dich holen.*

Als sie aufblickte, saßen die meisten Gäste noch immer mit offenem Mund fassungslos da.

Nur einer hatte sich aufgerichtet.

Er sah sie direkt an und runzelte die Stirn.

Logan Garcia war sein Name. Er war Kolumbianer, Mitte zwanzig und ein Stammgast. Er unterhielt sich immer mit Julio, dem Barkeeper, aber er hatte nie viel mit ihr gesprochen.

Logan war groß, schlank und muskulös. Normalerweise trug er ein lockeres schwarzes T-Shirt und abgewetzte Jeans. Er hatte ein hartes, verwittertes Aussehen. Sein struppiger Ziegenbart säumte ein hartes Kinn unter ungepflegtem, rabenschwarzem Haar. Tätowierungen schlängelten sich beide Arme hinauf.

Er saß immer auf dem Hocker ganz links an der Wand, damit er den Raum beobachten konnte. Sie hatte gesehen, wie er hereinkam, innehielt, die Theke überprüfte und wieder ging, wenn der Hocker schon besetzt war.

Er hatte eine scharfe Wachsamkeit an sich – selbst mit drei oder vier Drinks intus, oder sogar mehr – als ob er im Handumdrehen reagieren könnte. Die Art von Mann, der nichts verpasst.

Er hatte außerdem eine Knarre. Sie hatte die kleine Wölbung in der Mitte seines Rückens unter seinem Shirt erkannt. Logan Garcia wirkte nicht gerade bedrohlich, aber er war stark. Dessen war sie sich sicher.

Er starrte sie einen Moment lang aufmerksam an. Es war zermürbend, als ob er durch sie hindurchsehen würde, sie abschätzte, ihre Ängste, ihre Befürchtungen erkannte.

Sie erkannte ein Funkeln von etwas. Eine vertraute Wachsamkeit in seinen Augen, ein Bewusstsein.

Er dachte dasselbe wie sie: Es war Zeit, sich aus dem Staub zu machen.

Sie nickte ihm zu, während sie sich die Schürze abband. Julio würde es nicht gefallen, aber sie musste hier weg. Wenigstens hatte sie ihre Notfalltasche in ihrem Spind im Personalraum – den schwarzen, unscheinbaren Rucksack, den sie überallhin mitnahm, auch zur Arbeit.

In der Tasche befanden sich ihre Springfield XD9, ein Holster, Neun-Millimeter-Ersatzmunition und tausend Dollar in Zehnern und Zwanzigern.

Außerdem enthielt sie einen Lifestraw-Wasserfilter, eine Wasserflasche, eine Rolle Klebeband, eine Rettungsdecke, ein elektronisches Solarladegerät, einen Feuerstarter, eine Kombination aus Radio und

Taschenlampe, einen Kompass und eine gedruckte Karte von Florida, ein paar Dutzend Mahlzeitenersatz-Riegel und ein Erste-Hilfe-Kit.

Das taktische Messer trug sie immer bei sich.

Sie würde die Notfalltasche aus dem Personalraum holen und die vier Kilometer nach Norden gehen, um ihre Schwester zu holen – Sozialarbeiter und Pflegeeltern hin oder her.

Und sie würden tun, was sie immer taten.

Abhauen.

Die doppelte Bedrohung durch Maddox Cage und jetzt auch noch durch die Bomben war zu viel. Sie waren nicht sicher.

Es war nicht so, wie es sein sollte. Das war nicht der Plan. Aber sie hatten schon zweimal durch Flucht überlebt. Sie konnten es wieder tun.

Ihr Telefon surrte in ihrer Hand. Es war Eden. Drei Worte:

*Okay. Zu Hause.*

Sie war schon auf halbem Weg durch den Gang zwischen den Tischen auf dem Weg zum hinteren Personalraum, um ihre Schürze abzulegen und ihre Sachen zu holen, als sie es spürte.

Ein eisiger Atem in ihrem Nacken. Ein kalter Schauer über ihre Wirbelsäule. Und dann explodierte die Welt.

# KAPITEL 3

# LOGAN

## STUNDE NULL MINUS ZEHN MINUTEN …

Logan Garcias Hauptziel im Leben war es, zu vergessen. Je mehr man vergaß, desto besser war man dran.

Nichts half ihm besser beim Vergessen als ein kaltes, starkes Getränk.

Die Beer Shack Bar in der Front Street war seine erste Anlaufstelle, obwohl er regelmäßig zahlreiche Bars besuchte, manchmal sogar mehrere an einem einzigen Abend. In seinem Flaschenregal waren jederzeit Jack Daniels, Smirnoff, Bacardi, Johnnie Walker anzutreffen – alle seine besten Freunde.

In der Nacht zuvor hatte er einen besonders schlimmen Albtraum gehabt.

Offensichtlich hatte er sich nicht genug betrunken. Normalerweise begnügte er sich damit, sich in einem ständigen Zustand leichter Betäubung zu halten.

Er hatte sich bei seinem Job bei Thompson's Supply Chain Enterprises, wo er als Gabelstaplerfahrer arbeitete und Lieferwagen vom Hauptlager des Distributionszentrums zu verschiedenen großen Geschäften in Miami be- und entlud, krankgemeldet.

Es war eine banale, sterbenslangweilige Arbeit. Aber in Anbetracht seiner Umstände war es das Beste, was er finden konnte. Nicht viele

Unternehmen wollten ihn einstellen, nachdem sie seine Referenzen geprüft hatten.

Kaum hatte er sich aus dem Bett geschleppt, immer noch mit einem Kater, machte er sich auf zu seiner Lieblingsbar. Der Durst brannte in seiner Kehle und seine Augen waren blutunterlaufen.

Er konnte immer zu Hause trinken – und tat dies auch oft –, aber das Trinken in Gesellschaft bot ihm ein letztes flüchtiges Gefühl der Verbundenheit zu anderen Menschen.

Er war noch nicht bereit, sich davon zu trennen.

Er drehte sich zur Bar, hielt seinen Körper aber angewinkelt, halb zur Tür gedreht, dem Rest des Raumes zugewandt, um alle im Blick zu behalten. Die üblichen Stammgäste; ein paar Anzugträger, die die Zeit vor der nächsten Vorstandssitzung oder einem Flug totschlugen. Keine Bedrohungen.

Im Spiegel hinter der Bar sah er sein Spiegelbild – seine dunklen Augen waren geschwollen, Schatten zeichneten sich in den Vertiefungen darunter ab.

Ohne seine übliche Maske des unbeschwerten Lächelns sah er aus wie ein geplagter Mann.

Er wandte sich ab, nahm sein Corona und trank es in einem Zug zur Hälfte aus. Er richtete seine Aufmerksamkeit auf die Höhepunkte des Marlins-Spiels und unterhielt sich mit dem Barkeeper Julio de la Peña über sein neuestes Projekt: Den 1968er Chevy Camaro, den er in seiner Garage restauriert und neu lackiert hatte, und zwar in einem leuchtenden Limettengrün.

Neben ihm begann Walter Burton – ein mürrischer, griesgrämiger Stammgast mit einem Kranz aus weißen Haaren, der eine blasse, mit Altersflecken übersäte Glatze umrahmte – mit seiner Litanei von Beschwerden über seine Ex-Frau.

Es war ein typischer Mittwoch im Juli: Die Luftfeuchtigkeit in Miami war drückend, der Verkehr furchtbar.

Obwohl er früher hier war als sonst, fiel es ihm leicht, sich der Routine anzupassen. Eine Routine, die er zu schätzen, ja sogar zu genießen gelernt hatte.

Zumindest mit dem bisschen Freude, das er noch aufbringen konnte.

Zuerst hatte er den Nachrichten keine Beachtung geschenkt. Es war alles schlecht – wo war der Unterschied?

Erst als der siebzigjährige Walter mitten im Fluchen innehielt und seinen Blick auf den Bildschirm richtete. Erst als Julio den weißen Rum über den Rand des Glases mit dem Mojitos, den er gerade zubereitete, verschüttete und ihm die Flüssigkeit über die Hände lief.

»Was zum Teufel ist das?«, knurrte Walter mit seiner rauen Raucher-Stimme.

Er hob sein Bud Light mit Daumen und Zeigefinger am Flaschenhals an und nahm mehrere zittrige Schlucke, bevor er mit den Lippen schmatzte und die Flasche auf den Flachbildschirm richtete.

»Nicht mehr seit dem elften September ...« Julio hielt inne, hielt das Glas einfach nur fest und machte sich nicht einmal die Mühe, sich die Hände zu waschen.

Sein grau meliertes Haar glitzerte im Scheinwerferlicht der Bar und beleuchtete die angespannten Falten um seinen Mund. Julio war Anfang fünfzig, sein freundliches Lächeln und sein offenes, ernstes Gesicht hielten ihn jugendlich, aber er sah aus, als wäre er in den letzten sechzig Sekunden um ein Jahrzehnt gealtert.

»Ich habe das Gefühl, dass es noch viel, viel schlimmer wird.« Logan wurde schlecht, Grauen kroch ihm die Kehle hinauf und nagte am Rande seines Geistes. Er kannte dieses Gefühl nur zu gut. Er hasste es.

Es war das Gefühl, dem er den Großteil der letzten vier Jahre verzweifelt zu entkommen versucht hatte.

Er nahm einen weiteren Schluck Corona. Er war nicht annähernd betrunken genug, um diesen Tag zu überleben.

»Das muss ISIS sein«, sagte eine Frau in den Vierzigern, die am Ende der Bar saß. »Wer sonst hasst uns so sehr?«

»Oder Russland«, röchelte Walter. »Diese Kommunistenschweine haben es auf uns abgesehen, seit ...«

»Ziehen wir keine voreiligen Schlüsse«, beschwichtigte Julio, der sich die Hände an einem Handtuch abwischte, obwohl er selbst erschüttert aussah. Seine Hand wanderte zu dem goldenen Kreuz an der Kette um seinen Hals.

Dann verkündeten die Nachrichten die dritte Bombe. Danach sagte niemand mehr etwas.

Sie beobachteten die Explosion, die den Bildschirm ausfüllte, in Totenstille. All diese Menschen – Zehntausende, Hunderttausende – waren in einem Augenblick verschwunden.

Wie viele Tausende wurden inmitten dieser Verwüstung verletzt? Wie könnten die Krankenhäuser und Ersthelfer mit so vielen Toten und Verletzten umgehen?

Sie würden völlig überwältigt sein. Es war nicht nur eine Bombe, sondern zwei. Drei, wenn man die Bombe mitzählte, die die Polizei in Chicago entschärfen konnte.

*Es wird noch mehr geben.* Logan spürte es mit einer Gewissheit, die er nicht abschütteln konnte. Der Alkohol in seinem Magen wurde zu Säure. Adrenalin schoss durch seine Adern hindurch.

»Wir sollten gehen«, sagte er.

Aber niemand hörte ihn. Sie waren auf die Nachrichten fixiert, zu betäubt und schockiert, um zu reagieren.

Er zwang sich aufzustehen. Ein Teil von ihm wollte sich in Whiskey ertränken, bis sein Verstand so vernebelt war, dass er sich nicht einmal mehr an seinen eigenen Namen erinnerte, geschweige denn daran, dass Hunderttausende von Menschen gestorben waren – in diesem Augenblick starben.

Ein anderer Teil von ihm brannte mit dem Überlebensinstinkt, den er nie ganz hatte abstellen können, egal wie oft er es versucht hatte.

Wenigstens hatte er seine treue Glock 43 in ihrem verdeckten Trageholster im Rücken.

Gegen eine Bombe würde das wenig nützen.

Er musste weg, raus aus der Stadt, zumindest für ein paar Tage, bis die Gefahr vorüber war.

Keine Stadt in Amerika war im Moment sicher.

Er nahm einen weiteren Schluck und klemmte einen Zwanziger unter die Flasche. Sein Blick schweifte ein letztes Mal durch die Bar und blieb an der Kellnerin hängen, die ihm zuvor aufgefallen war.

Sie war mittelgroß, schlank, aber kräftig und hatte stolze, starke Schultern. Strähnen ihres langen kastanienbraunen Haares fielen aus ihrem unordentlichen Pferdeschwanz. Sie trug praktische Turnschuhe und ein einfaches graues Tanktop mit einer schwarzen Cargohose.

Ihre Gesichtszüge hatten etwas Beeindruckendes: scharfe Wangenknochen, stechende Augen, aber eine weiche Kieferpartie.

Sie sah hart aus, wie die Art von Mädchen, die nie einen Rückzieher machte. Die Art, die einem eher sagte, man solle zur Hölle fahren, als sich von irgendjemandem etwas gefallen zu lassen – am allerwenigstens von einem Mann.

Die Art von Mädchen, die er früher gerne kennengelernt hätte, bevor er zu einer Gefahr für sich selbst und alle um ihn herum geworden war.

Das Mädchen begegnete seinem Blick. Ihre Augen waren groß und ängstlich wie die aller anderen, aber auch grimmig entschlossen.

Er hatte sie seit drei Monaten fast jeden Tag gesehen, seit sie angefangen hatte, Tische zu bedienen. Plötzlich erschien es ihm falsch, dass er sich nie die Mühe gemacht hatte, nach ihrem Namen zu fragen.

Er öffnete den Mund, um etwas zu sagen, vielleicht um sie zu warnen, aber sie sah nicht so aus, als bräuchte sie eine Warnung. Ihr ganzer Körper war angespannt, eine Hand umklammerte mit weißen Knöcheln ein Handy, die andere war zur Faust geballt.

Sie sah aus, als wäre sie bereit zu rennen. Oder zu kämpfen.

Vielleicht *war* er paranoid, aber wenigstens war er nicht der Einzige. Vielleicht sollte er ...

Ein Blitz aus glühendem Licht, heller als die Sonne, brannte in seinen Augen.

# KAPITEL 4
## EDEN
### STUNDE NULL MINUS ACHT MINUTEN ...

Eden Sloane sollte eigentlich an ihren Mathehausaufgaben für die Sommerkurse arbeiten. Stattdessen hockte sie auf dem Holzschemel an der riesigen grau-weißen Marmor-Kücheninsel, ihren Zeichenblock aufgeschlagen und ihre Buntstifte in einem bunten Bogen um ihre Ellbogen aufgereiht.

Ihr Notizblock war voller Seiten mit Porträts und Landschaftsbildern. Sie nahm das Üben ernst; sie träumte davon, die Fine Arts Academy of Greater Miami zu besuchen.

Aber heute war sie mit einem anderen Projekt beschäftigt. In mühevoller Kleinarbeit hatte sie die Handzeichen für das Alphabet in amerikanischer Gebärdensprache gezeichnet.

Sie wollte es Dakota bei ihrem nächsten Besuch unter Aufsicht zeigen. Ihre Schwester schien nicht sonderlich daran interessiert zu sein, den Kurs zu besuchen, den Mrs. Simpson vorgeschlagen hatte, aber vielleicht konnten die visuellen Bilder ihr helfen, das zu ändern.

Eden war eine visuelle Lernerin. Vielleicht war Dakota das auch. Bei ihrem letzten Besuch hatte Dakota zu Eden gesagt, dass sie die Zeichensprache nicht lernen müsse.

»Wir wissen genau, wie wir uns verständigen können«, hatte Dakota gemeckert. »Du kannst mich hören, und ich weiß genau, was du denkst, wenn ich dich nur anschaue. Und wenn ich das nicht tue, dann hast du deinen Zeichenblock. Das hat bisher ganz gut funktioniert.«

Dakota konnte manchmal stur sein.

Eden seufzte, beendete die Skizze des abgespreizten kleinen Fingers und des Daumens von »Y« und verlieh den Fingernägeln einen funkelnden pflaumenlila Anstrich.

Die Standuhr im Arbeitszimmer läutete. Der Edelstahlkühlschrank surrte leise. Die Wände knarrten, als sich das Fundament setzte. Das große Haus machte zu viele Geräusche, wenn sie allein war.

Eden konnte sehr gut hören. Es war die Sprache, die sich ihr entzog – seit jenem Tag vor fast drei Jahren, als ihr die Worte mit einem Messerhieb ebenso schnell und lautlos gestohlen wurden wie ihre Freiheit, ihre Entscheidungen, ihre Familie.

Instinktiv berührte Eden die dicke, gezackte Narbe, die sich quer über ihre Kehle zog. Sie mochte es nicht, daran zu denken.

Sie warf einen Blick auf die Uhr. Es war kurz nach 12:30 Uhr. Ihre Pflegemutter Gabriella Ross würde in einer Stunde vom Tennisunterricht zurück sein, ihr Pflegevater Jorge um sechs.

Eden besuchte vormittags den Sommerkurs. Sie war nicht dumm, aber die Schule hatte in ihrem Leben vor Ezra oder den Rosses nie eine große Rolle gespielt. Auf diese Weise sollte sie den Stoff für die Highschool aufholen, hatte Mrs. Simpson erklärt.

Sie würde jedoch lieber zeichnen.

Eden warf einen Blick auf den Zeitungsausschnitt des Miami Herald, der mit Magneten am Edelstahlkühlschrank befestigt war. Der Artikel berichtete über ihren ersten Platz im jährlichen Jugendkunstwettbewerb des Pérez Art Museum. Auf dem Bild posierte sie vor der Kamera und hielt stolz die gerahmte Zeichnung eines Alligators hoch, der sich auf einen fliehenden Storch stürzt, der mit den Flügeln schlägt, während sich das Maul des Alligators um seine rosa Füße schließt. Jedes Mal, wenn sie es ansah, strahlte sie vor Glück. Sie konnte es kaum erwarten, Dakota davon zu erzählen. Dakota mochte es nicht, wenn Fotos von ihnen gemacht wurden, aber sie würde es dieses Mal sicher verstehen.

Ihr Magen knurrte, aber sie ignorierte ihn. Sie wartete gerne auf

Gabriella, um mit ihr gemeinsam zu Mittag zu essen. Sie aßen auch immer gemeinsam als Familie zu Abend.

Ihr Handy klingelte. Nicht das iPhone, das ihre Pflegeeltern ihr vor einem Monat zu ihrem fünfzehnten Geburtstag geschenkt hatten, sondern ihr geheimes Telefon, das sie in einem versteckten Fach in ihrem Rucksack aufbewahrte. Das, das nur Dakota benutzte.

Eden drehte sich um und fischte es aus dem Rucksack, der über dem Stuhl hing. Sie las die Nachricht, ihre Augen weiteten sich ungläubig, dann las sie sie erneut.

*Ezra hatte recht. Bomben. Finde Unterschlupf. Ich komme dich holen.*

Eden hatte Ezra immer für ein wenig verrückt gehalten, mit seiner Paranoia und seinen extremen Sicherheitsvorkehrungen und dem ganzen Prepper-Zeug. Aber er hatte sie gerettet.

Hatte er doch recht?

Endete die Welt wirklich in Feuer und Zorn?

Sie wollte es nicht wahrhaben. Sie wollte ihr Gebärdensprachprojekt beenden. Sie wollte an ihren Mathe-Hausaufgaben arbeiten.

Sie wollte zufrieden zuhören, während Gabriella im Radio spanischen Pop aufdrehte und in der makellosen Küche herumtanzte, während sie das bestellte Essen auf schicke Porzellanteller verteilte – dampfendes Hühnchen General Tsao, Gemüse-Lo-Mein und haufenweise weißer Reis sowie Edens Lieblingsgericht, Hühnchen mit Honig und Brokkoli.

Sie wollte am Tisch sitzen, lachen und essen und den neuesten Witz erzählen, den sie in der Sommerschule gelernt hatte.

Am meisten sehnte sie sich danach, weiterhin so zu tun, als gehöre sie zu dieser Familie, in der niemand sie jemals anschrie oder ihr weh tat.

Aber sie wusste, dass sie nicht träumen sollte, wenn sie handeln musste. Sie schickte eine SMS zurück: *Okay. Zu Hause.*

Ihr Herz hämmerte gegen ihre Rippen, sie sprang von ihrem Platz auf, schnappte sich ihren Notizblock, eine Handvoll Stifte und ihr Handy und sah sich wild um.

Die Rosses besaßen ein weitläufiges, zweitausend Quadratmeter großes, zweistöckiges Stuckhaus. Wie die meisten Häuser in Florida hatte es keinen Keller.

Dakota hatte nicht gesagt, wie viel Zeit sie hatte. Eden musste sofort handeln. Vorsicht ist besser als Nachsicht, das hatte Ezra immer gesagt.

Sie schloss die Augen. Denk nach. *Denk nach!* Wo hatte Ezra gesagt, sei der sicherste Ort?

Sie konnte nicht in einen Keller gehen. Sie hatte keine Zeit, ein großes Büro- oder Wohngebäude aus Beton zu suchen. Keine unterirdischen Bunker, in denen sie Schutz suchen konnte.

*Geh in die Mitte. Die Mitte eines Gebäudes ist immer sicherer als die Außenseite.*

Es gab nur ein einziges Zimmer im Haus, das keine Außenwand oder Fenster hatte: das Gästebad neben dem Gästezimmer im ersten Stock.

Eden sprintete aus der Küche heraus, durch das elegante Wohnzimmer, das große Familienzimmer und das abgesenkte Arbeitszimmer.

Sie nahm ein Kissen vom weißen Ledersofa und schleppte es den langen Flur, der mit Familienfotos – auf denen auch sie selbst zu sehen war – gesäumt war, entlang ins Badezimmer.

Sie ließ das Kissen auf den elfenbeinfarbenen Badezimmerteppich fallen und blickte kurz in den Flur, die Hand an der bronzenen Türklinke des Badezimmers.

Das war verrückt.

In weniger als einer Stunde würde Gabriella mit ihrer warmen, lebhaften Energie ins Haus kommen, und alles würde wieder normal und wunderbar sein.

Wenn sie Eden in der Wanne kauernd fand, würde ihre Pflegemutter glauben, dass sie wirklich verrückt war.

Vielleicht würde sie denken, dass etwas mit ihr nicht stimmte, etwas Schlimmeres als ihre verstümmelte Kehle.

Vielleicht würden die Rosses sie wieder an die Kinder- und Familienbehörde von Florida abgeben, zurück ins Pflegesystem.

Sie erschauderte. Was hatte sie sich nur dabei gedacht? Sie wollte die gute Sache, die sie am Laufen hatte, nicht riskieren. Sie begann gerade, sich hier wohlzufühlen.

Als würde sie dazugehören.

Als ob sie vielleicht wieder eine Familie hätte.

Dakota war paranoid. Dakota nahm immer das Schlimmste an.

Aber nein. Dakota war ihre Schwester. Sie war klug; sie war vorbereitet. Sie würde Eden niemals vor etwas so Ernstem warnen, wenn es nicht wahr wäre.

Es sei denn ...

Ein strahlend weißes Licht flammte im Flur auf.

Eden konnte von ihrer Position aus keine Fenster sehen, aber es war, als würde ein riesiger Scheinwerfer durch jedes Fenster des Hauses strahlen.

Das Licht, das von den Wänden des Flurs reflektiert wurde, war immer noch grell genug, um Flecken vor ihren Augen aufblitzen zu lassen.

Ihr Herz klopfte in ihrer Brust, sie schlug die Badezimmertür zu, wirbelte herum und stürzte sich in die Badewanne, wobei sie nach dem großen Kissen griff.

Das Badezimmer war klein. Mit zwei Schritten war sie in der Wanne, lag flach auf dem Rücken, das Kissen über Kopf und Oberkörper gezogen – das Klapphandy in der einen Hand, den Notizblock mit der anderen an die Brust gedrückt.

Als sie merkte, dass sie vergessen hatte zu zählen, tobte bereits ein ohrenbetäubender Donner über ihr und ließ das ganze Haus in seiner Urgewalt erbeben.

# KAPITEL 5

# MADDOX

## STUNDE NULL MINUS FÜNF MINUTEN …

»Ich habe sie gefunden«, sagte Maddox Cage in sein Telefon.

»Beide?«, fragte die tiefe Baritonstimme am anderen Ende.

»So gut wie. Wo Eden ist, kann die andere auch nicht weit sein.« Er nannte ihren Namen nicht. Nach dem, was sie getan hatte, hasste es der Mann am anderen Ende der Leitung, ihren Namen zu hören.

»Hast du sie schon gesehen?«

»Ich habe heute Morgen ihre Sommerschule besucht und gewartet, bis ich sie mit ihrer Pflegemutter in das Gebäude gehen sah.«

»Sag mir sofort Bescheid, wenn du sie hast.« Seine Stimme wurde hart. »Beide.«

»Verstanden.«

»Und Maddox – zögere nicht. Hol sie dir jetzt und verlasse die Stadt. Hast du verstanden?«

Ein seltsamer Schauer lief ihm über den Rücken. »Jawohl. Gibt es etwas …«

Die Leitung war tot.

Maddox beendete das Gespräch und lehnte sich auf dem Rücksitz des Taxis nach vorne, um aus dem Fenster zu schauen. Der Verkehr war wegen einer Ampel zum Stehen gekommen, und ein Touristenbus versperrte ihm die direkte Sicht nach vorne.

Große, mehrstöckige Gebäude aus Glas und Beton erhoben sich zu beiden Seiten. Palmen flankierten den breiten Boulevard. Zu seiner Linken klammerten sich riesige Kräne wie mechanische Spinnen an das halb fertige Gerüst einer eleganten Hochhaussiedlung.

Fußgänger schlenderten vorbei, einige in Geschäftsanzügen, viele in Hawaiihemden und Bermudashorts, Mädchen in Croptops und winzigen Shorts, die ihre Hüften schwangen, und sie alle schwitzten in der Hitze des frühen Nachmittags.

Angewidert wandte er seinen Blick ab.

Einer der vielen Gründe, warum er die Stadt verachtete. Das und der versengte Gestank von Autoabgasen, die ständige Stimulation durch Hupen und dröhnende Motoren, chaotische Menschenmengen, die hellen Lichter und Stahl überall, wohin er auch blickte.

Er zog den Frieden der natürlichen Welt vor, die Stille und Ordnung im riesigen Grass River, den er sein Zuhause nannte.

Die Ampelphase schien eine Ewigkeit anzudauern. »Wie weit noch?«, fragte er, um seine Unruhe zu unterdrücken.

»Ein paar Kilometer«, sagte der Taxifahrer, ein Haitianer mit einem vollen, struppigen Bart und einem Smartphone, aus dem leise Konpa-Musik ertönte. »Fünf bis zehn Minuten vielleicht in diesem Chaos.«

Maddox Cage konnte den Sieg förmlich riechen. Er konnte ihn wie ein Summen unter seiner Haut spüren.

Sie waren beide hier.

Seit fast drei Jahren war er immer wieder auf der Jagd nach den Mädchen gewesen, und sein Vater wurde mit jedem Monat wütender und ungeduldiger.

Vor zwei Jahren hatte er sie in Everglades City fast erwischt, aber sie waren ihm entkommen.

Dakota musste ihre Namen geändert haben. Irgendwie waren sie einfach verschwunden.

Doch gestern hatte sein Vater Solomon Cage, der ehrenwerte Bruder des Propheten und Anführer der Hirten der Barmherzigkeit, Maddox einen gefalteten Zettel mit einer einzigen Adresse übergeben.

Sie kommunizierten nie per E-Mail oder Telefon, es sei denn, es handelte sich um ein Wegwerfhandy. Auch dem Internet blieben sie größtenteils fern. Auf diese Weise war es sicherer.

Papier konnte entsorgt werden. Es hinterließ keine elektronischen Spuren.

Er nutzte jedoch das Internet, um nach seiner Beute zu suchen. Er stöberte ständig in öffentlichen und privaten Aufzeichnungen, überprüfte Zeitungen, Krankenhäuser, Kraftfahrzeugamt und Haftbefehle. Kein einziger Treffer in zwei Jahren. Maddox hatte es nicht geschafft, sie zu finden ... bis vor zwei Tagen. Als er schnell durch den Miami Herald blätterte, wie er es bei Dutzenden von Regionalzeitungen tat, blieb sein Blick an einem Bild eines vertrauten, strahlenden Gesichts hängen.

Es war ihm gelungen, sie in einer Stadt mit einer halben Million Einwohnern zu entdecken.

Er hatte sie gefunden – obwohl sie nach Naples, Fort Myers, Marco Island, in den Süden zu den Keys oder in den Norden in eine der Hunderte von Städten in Zentral- und Nordflorida hätten fliehen können.

Er wusste, dass er sie beide hatte. Wo auch immer Eden war, Dakota war sicher in der Nähe.

Er nannte seinem Vater den Namen des Mädchens – Eden Sloane – und den der Pflegeeltern. Innerhalb eines Tages hatte er die Adresse in der Hand.

Maddox hatte endlich eine Spur. Er hatte nicht vor zu versagen. Diesmal nicht.

Eden würde an ihren rechtmäßigen Platz zurückkehren. Und Dakota ... Dakota würde zurückgebracht werden, um die Konsequenzen ihrer Verbrechen zu tragen.

Maddox Cage glaubte an Gerechtigkeit. An das Endgericht.

Jetzt würde endlich der Gerechtigkeit Genüge getan werden. Und er würde derjenige sein, der sie ausübte.

Aber zuerst musste er noch eine kurze Besorgung machen. Sein Cousin Reuben hatte ihn gebeten, ein Paket vom South Florida Container Terminal im Hafen von Miami abzuholen.

Er wusste nicht, was es war. Er brauchte es auch nicht zu wissen. Sein Vater und sein Cousin dienten wie er selbst dem Propheten.

Er holte tief Luft, als das Taxi in den Tunnel des Hafens von Miami fuhr.

Er presste die Hände auf seinem Schoß zusammen, bis sich seine Nägel in die schwieligen Handflächen gruben. Sein Magen knurrte, und die Tacos mit schwarzen Bohnen, die er in einem Café in Overtown gegessen hatte, bereiteten ihm Unbehagen.

Er hasste Höhen, aber noch mehr verachtete er dieses Gefühl, unter Wasser gefangen zu sein.

Er befand sich vierzig Meter unter der Oberfläche. Er spürte jeden Meter davon wie eine Tonne Ziegelsteine, die gegen seine Brust drängten, ein immenser Druck, der ihm den Atem abschnitt und seinen Herzschlag zu einer hämmernden Kakophonie in seinen Ohren werden ließ.

Sein Wegwerfhandy piepte. Er zog es aus seiner Tasche. Die Nachricht kam von einer unbekannten Nummer, aber Maddox wusste, wer der Absender war: sein Cousin Reuben.

Eine SMS: *Planänderung. Vergiss das Paket. Verschwinde. Es ist so weit.*

Er blinzelte verdutzt auf das Telefon. Konnte Reuben das meinen, was Maddox dachte? Konnte das möglich sein? Die Härchen in seinem Nacken sträubten sich.

*Was?*, schrieb er zurück.

Er hatte keine Gelegenheit, auf Senden zu drücken.

Ein gleißendes Licht schoss von hinten in den Tunnel. Es erhellte das Innere des Fahrzeugs und blendete alles in seinem Blickfeld mit seinem grellen Glanz.

»Was zum Teufel!«, rief der Taxifahrer.

Instinktiv beugte sich Maddox nach vorn, wobei sich der Sicherheitsgurt in seinen Bauch grub. Er bedeckte seinen Kopf mit den Händen und bedeckte seine Augen zum Schutz gegen das brutale, blendende Licht.

Es war, als ob man direkt in die Sonne starrte.

»Was war das?«, rief der Fahrer. »Was passiert …?«

Ein ohrenbetäubender Knall dröhnte durch den Tunnel und durchbrach die Luft mit seinem monströsen Dröhnen. Tausende Tonnen Beton bebten und schwankten über ihren Köpfen.

Er spürte, wie das Taxi angehoben und durch die Luft geschleudert wurde.

Sein Sicherheitsgurt grub sich in seinen Schoß und scheuerte seinen Hals wund, als das Fahrzeug gegen die Betonwand des Tunnels prallte.

Dann wurde alles schwarz.

# KAPITEL 6

# LOGAN
## STUNDE NULL

»Nicht hinschauen!«, schrie die Kellnerin. »Runter!«

Furcht durchzuckte ihn. Logan dachte nicht nach. Er reagierte einfach.

Er kniff die Augen zusammen und stürzte sich von den Fenstern weg in Richtung der Sitzecken. Er warf sich hinter die nächstgelegene – die zum Glück leer war – und zwängte sich mit seinem großen Körper unter den Tisch an der Wand.

Eine ungeheure Hitze durchströmte ihn, als ob ein riesiger Ofen nur wenige Zentimeter von seinem ganzen Körper entfernt geöffnet worden wäre. Zusammengekauert presste er die Hände auf seine geschlossenen Augen.

Eine Million greller Hochspannungslichter gruben sich wie ein Bohrer in seine Augäpfel. Betäubend, schmerzhaft und endlos.

Obwohl es nur eine Sekunde andauerte, fühlte es sich wie eine Ewigkeit an – und wenn es auch nur einen Augenblick länger angehalten hätte, wären seine Augäpfel in ihren Höhlen geplatzt.

»Eins, zwei, drei«, murmelte die Kellnerin.

Sie krabbelte neben ihn unter den Tisch. Er hörte und spürte sie, obwohl seine Augen immer noch geschlossen waren, während das grelle weiße Licht gegen seine geschlossenen Augenlider pulsierte. Er machte ihr Platz und drückte sich so weit wie möglich an die Wand.

Schreie und Gekreische hallten um sie herum wider. »Ich bin blind!«

»Ich kann nichts sehen!«

»Hilfe!«

»Fünf, sechs, sieben ...«, zählte die Kellnerin weiter.

Bevor er fragen konnte, was sie tat, ertönte ein donnernder Knall, so als würde der Himmel über ihnen explodieren. Ein unheimliches Dröhnen, mächtig und erschütternd, schallte durch das Beer Shack.

Fast augenblicklich zersprangen alle Fensterscheiben nach innen. Ein gewaltiger, heulender Wind mit der Kraft eines Hurrikans fegte über sie hinweg und ließ sowohl die Betonwände als auch die Decke erzittern. Der Boden schwankte wie ein Schiff unter ihm. Der Tisch zitterte und bebte, die Sitzecke in seinem Rücken wackelte ebenfalls.

Der Flachbildschirm hinter der Bar zersprang und fiel krachend zu Boden. Glas zersplitterte und Flüssigkeiten spritzten auf den Boden, als die mit Alkoholflaschen bestückten Regale nachgaben.

Eine gewaltige Erschütterung durchzog den Boden und die Wände, große Gegenstände stürzten um, als würden die Fäuste eines Riesen durch die Gebäude schlagen und Beton, Metall und Stahl zerbrechen.

Ein Schrei entrang sich seinen zusammengebissenen Zähnen. Das gesamte Gebäude ächzte und zitterte heftig, die Wände krachten und knackten.

Über ihm ertönte ein heftiger Knall. Bruchstücke von Trockenbauwänden und Staub regneten auf die Tischplatte über seinem Kopf nieder, als ob das Dach selbst auf sie einstürzen würde.

Schließlich hörte das Beben auf.

Draußen auf der Straße ertönten die schrecklichen Geräusche von quietschenden Reifen, Hupen und Metall, das gegen Metall prallte, während Autos hilflos ineinander krachten und ihre Fahrer geblendet wurden.

Schreie drangen durch die Luft – Hunderte, Tausende von Menschen schrien und brüllten. Schreie voller Schmerzen und Panik, voller Schock und Grauen.

Die Geräusche schienen von weit her zu kommen. Seine Ohren klingelten. Logan versuchte, seine schmerzenden Augen zu öffnen. Es waren nur weiße Schlieren zu sehen. Er blinzelte. Immer noch nur ein verschwommenes, schmerzhaftes Weiß.

Er konnte nichts sehen.

»Ich bin blind«, murmelte er, während sein Verstand krampfhaft zu begreifen versuchte, was gerade passiert war.

Er fühlte sich, als hätte man ihm gerade das Gehirn aus dem Schädel gerissen. »Blitzblindheit«, sagte die Kellnerin.

Er zuckte fast zusammen, als er ihre Stimme hörte. Er hatte vergessen, dass sie überhaupt da war. Er wich zurück, seine Hand griff instinktiv nach seiner Waffe. Ohne Augenlicht war er verwundbar, völlig hilflos. »Was?«

»Du bist nicht blind. Es wird in ein paar Minuten nachlassen.«

Er spürte, wie sie sich entfernte, hörte, wie sie unter dem Tisch hervorkrabbelte. »Sei vorsichtig. Hier ist überall Glas.«

Er versuchte, das alles zu begreifen. Sein Herz hämmerte gegen seine Rippen, aber seine Gedanken waren langsam und schleppend.

Eine weitere Atombombe. Das musste es sein. Nichts anderes ergab einen Sinn. Eine Atombombe war gerade in der Innenstadt von Miami explodiert.

Er blinzelte und rieb sich die Augen. Blinzelte erneut. Weiße Flecken wirbelten umher und flimmerten über seine Augenlider. Er konnte gerade noch ihre schemenhafte Gestalt erkennen, als die Kellnerin sich aufrichtete und Glas von ihrer Kleidung strich.

An seiner rechten Wange und seinem Hals sickerte etwas Nasses herab. Aus diversen Schnitten tropfte Blut. Mehrere Glasscherben steckten in seiner Haut. Vorsichtig tastete er nach ihnen und zog eine nach der anderen heraus, wobei er den stechenden Schmerz ignorierte. Seine Hände zitterten.

Er schüttelte den Kopf und versuchte, die Nebelschwaden zu vertreiben.

Eins nach dem anderen. Konzentriere dich. Du musst klar denken.

Aber das schien ihm nicht zu gelingen. Sein Gehirn schrie ständig »Atombombe!«, immer und immer wieder.

»Ist es sicher, rauszukommen?«

»Nichts ist sicher«, erklärte die Kellnerin.

Ihm fiel nichts ein, was er darauf hätte erwidern können. Er rieb sich erneut die Augen. Die weißen Flecken verblassten endlich so weit, dass er genug sehen konnte, um unter dem Tisch hervorzukriechen.

Er hustete, rang nach Luft und fuhr sich mit der Hand durch die Haare. Staubpartikel schwebten auf den Boden.

Dichter grauer Staub wirbelte durch die Luft. Der Fliesenboden war mit Scherben und Glas übersät. Die meisten Tische und Sitzecken in der Nähe des Fensters waren so derart zerbrochen und zersplittert, dass sie aussahen, als hätte sie jemand mit einer Axt zerschlagen.

Nur die beiden an der gegenüberliegenden Wand – einschließlich des Tisches, unter dem er mit dem Mädchen Schutz gesucht hatte – waren verschont geblieben.

»Oh, verdammt.« Die Kellnerin schaute nach hinten.

Logan drehte sich um und sah, wie sich zickzackförmige Risse in den Seitenwänden des Flurs auf der Rückseite des Gebäudes ausbreiteten. Über dem Eingang zum Flur schimmerte ein grauer, rauchgeschwängerter Streifen Himmel.

Das Dach über dem hinteren Teil des Beer Shacks war teilweise zusammengebrochen. Große Teile der Betonwände und des Dachs waren in den Flur gestürzt, der zu den Toiletten, dem Lager und dem Personalraum führte.

Ein paar Meter weiter und das Dach wäre über ihm zusammengebrochen.

Von der anderen Seite der Bar stöhnte jemand auf.

»Was zum Teufel war das?«, rief eine Frau. »Was ist passiert?«

»Eine Atomexplosion«, antwortete die Kellnerin.

»Das kann nicht sein«, sagte ein adretter Typ mit dunkelblondem Haar, das im Nacken zu einem Pferdeschwanz gebunden war. »Es war ein Erdbeben!«

»Bist du dumm? Wir sind hier in Florida, Mann.«

»In Tennessee gab es ein Erdbeben, also was weißt du denn schon?«

»Ein Tornado«, sagte ein anderer. »Wie ein Wirbelsturm aus Glasscherben. Dieses tosende Geräusch – es war das Schrecklichste, was ich je gehört habe.«

»Kein Beben. Und auch kein Tornado. Es war eine Atombombe. Wie in den Nachrichten.« Julio stand hinter der Bar, durchtränkt von

Bier und Alkohol aus Dutzenden zerbrochener Flaschen. Sein Gesicht war blutverschmiert. Bernsteinfarbene und durchsichtige Glassplitter durchbohrten sein Gesicht, seinen Hals, seine Arme und seinen Oberkörper.

Ein Stück so groß wie Logans Daumen ragte aus dem rechten Oberschenkel des Mannes heraus. »Du brauchst ärztliche Hilfe«, sagte Logan.

»Nein, es geht mir gut«, sagte Julio, obwohl sein Gesicht blass war. »Ich kann nur kein Blut sehen, das ist alles.« Er deutete mit einem blutverschmierten Finger. »Hilf ihr.«

Eine blonde Frau Mitte vierzig sackte gegen einen der umgestürzten Barhocker neben einem jüngeren Mann mit braunem Haar, das zu einem verfilzten Pferdeschwanz zurückgebunden war. Logan erkannte sie als einen Stammgast – Tamara Santos.

Ein beinahe ein Meter langer Metallstab hatte sich irgendwie durch das zerbrochene Fenster gebohrt und ragte nun aus dem Bauch der Frau heraus. Ihre Finger umklammerten den Schaft so fest, dass ihre Knöchel weiß hervortraten, während sich ein roter Ring auf ihrer cremefarbenen Seidenbluse ausbreitete.

»Hilfe!«, schrie ein schwerer, glatzköpfiger Inder in den Fünfzigern. Sein Gesicht war aschfahl geworden. Er stieß panische, unregelmäßige Atemzüge aus. Der Mann war durch die Explosion von seinem Sitz geschleudert worden und gegen die gegenüberliegende Wand geprallt.

Er kauerte auf dem Boden inmitten von Glas und Trümmern und presste sich den rechten Arm an die Brust. Ein weißer Knochenstumpf ragte aus einer blutigen Wunde in seinem Unterarm hervor.

Ein paar Meter weiter lehnte der alte Walter schwer an der Bar, atmete angestrengt und rieb sich den Brustkorb. Aus mehreren Schnitten auf seiner faltigen Stirn tropfte Blut. »Ich glaube, ich habe mir eine Rippe gebrochen, und ich kann mein Bein nicht richtig bewegen. Ruft einen Krankenwagen!«

»Die werden nicht kommen.« Die Kellnerin wischte sich mit der Hand über das Gesicht, eine Platzwunde am Unterarm hinterließ eine Blutspur. Sie stolperte zu den zerbrochenen Fenstern. Zerklüftetes Glas säumte jeden Rahmen wie Zähne. »Niemand wird kommen.«

Logan folgte ihr und bahnte sich einen Weg durch die Trümmer: Die umgekippten und zerbrochenen Barhocker, ein heruntergefallener Deckenventilator, an dem sich ein unversehrtes Blatt noch träge drehte.

Weitere Geräusche von draußen drangen durch das Klingeln in seinen Ohren. Dröhnende Autoalarme. Schreie, Gekreische und verzweifelte Hilferufe. Der Gestank von Benzin und brennendem Gummi erfüllte seine Nase.

Aber es war der Anblick, der sich ihm bot, der ihm den Atem raubte und ihn innerlich erstarren ließ.

Das Hochhaus auf der anderen Straßenseite war halb eingestürzt, als hätte eine Abrissbirne seine gesamte linke Seite getroffen. Große Ziegel- und Betonbrocken waren aus dem Gebäude gerutscht und auf den Asphalt geknallt.

Ein Brocken von der Größe eines kleinen Hauses hatte ein Auto zertrümmert. Es war nur noch ein Haufen Metall, und die Räder waren unter dem Trümmerhaufen kaum noch zu erkennen.

Weiter unten auf der Straße rauchte und brannte eine Massenkarambolage von mindestens dreißig Fahrzeugen, und die zerbeulten Rahmen von Lkws, Lieferwagen und Autos waren kaum noch auszumachen.

Ein Telefonmast war über einen umgekippten Bus gestürzt. Ein Starbucks brannte, Flammen loderten aus den zerbrochenen Fenstern.

Menschen schleppten sich aus brennenden Autos, taumelnd, erstickend, schreiend. Andere sackten blutend auf dem Bordstein zusammen, hielten sich die Wunden und starrten ausdruckslos auf das Inferno um sie herum.

Ein kleiner Latino-Junge weinte, seine Mutter versuchte, ihn zu trösten. Ihr Kleid war zerrissen und blutig. Sie trug nur eine Sandale; ein Fuß war nackt, ihre Nägel waren in leuchtendem Türkis lackiert.

Mehrere Männer rannten vorbei, gefolgt von einem dunkelhäutigen Pärchen, das zwei Mädchen im Grundschulalter hinter sich herzog, deren Gesichter panisch und schmutzverschmiert waren.

»Schau«, flüsterte die Kellnerin und deutete in den Himmel. Voller Furcht vor dem, was er sehen würde, hob Logan langsam den Blick.

Über dem schreienden Chaos, den zertrümmerten Autos, den

umgestürzten Bäumen und dem zerbrochenen Glas, über den Wohnhäusern und Einkaufskomplexen erhob sich ein Schrecken, wie er ihn
noch nie gesehen hatte.

Eine riesige schwarze Wolke stieg in den Himmel – und verdunkelte die Sonne, verdunkelte einfach alles.

# KAPITEL 7
# DAKOTA

Dakota starrte auf die riesige Wolke, die über der Innenstadt von Miami aufwallte. Monströs und wütend, eine gewaltige orange-rote Masse von mehr als einem Kilometer Breite mit einem feurigen, blutroten Kern. Die riesige Wolke stieß durch die Atmosphäre, stieg auf und dehnte sich mit erstaunlicher Geschwindigkeit aus, wobei die Luft um sie herum ionisiert wurde, bis der Himmel ein wildes Glühen annahm.

Die kolossale Wolke schwoll mit einer furchtbaren, gewaltigen Geschwindigkeit an, bis sie den gesamten Horizont zu verdunkeln schien.

Sie stieg weiter auf, als würde sie den Himmel selbst durchbrechen. Bis zu diesem Moment war es nicht ganz real erschienen.

Aber jetzt war es real.

Sie hoffte inständig, dass Eden ihre Anweisungen befolgt hatte, dass sie einen Weg gefunden hatte, sich zu schützen, bis Dakota sie erreichen konnte.

»Wir wurden angegriffen?«, fragte ein Typ mit Pferdeschwanz, der über seiner verletzten Freundin kniete. »Wie ist das möglich?! Ich dachte, unsere Silo-Raketen würden alles abschießen, was in unsere Richtung kommt!«

»Das würden sie.« Dakota blinzelte, ihre Sicht war immer noch leicht verschwommen. »Aber das war eine Bodenexplosion. Bei einer Luftexplosion würde der Stamm des Pilzes den Boden nicht berühren, und es wäre heller, fast weiß. Nicht so wie hier.«

»Was bedeutet das?«, fragte Julio.

»Sie ist am Boden explodiert.« Ihr Magen krampfte sich zusammen und Säure brannte in ihrer Kehle. Sie nahm mehrere langsame, beruhigende Atemzüge und zermarterte sich ihr Gehirn, um sich an all die Dinge zu erinnern, vor denen Ezra sie gewarnt hatte. »Es ist kein Raketenangriff.«

»Was war das dann für ein Lichtblitz?«, fragte Walter, der neben Pferdeschwanz auf dem Boden über der blonden Frau – Tamara – kauerte, aus deren Bauch der Metallstab ragte. »Und dieses Geräusch wie ein Güterzug?«

»Eine Nuklearexplosion setzt gewaltige Energiemengen in Form eines riesigen Feuerballs, einer Licht- und Hitzewelle, einer Schockwelle und Strahlung frei«, erklärte Dakota.

Sie starrte auf den Pilz, der von der Erde aufstieg – dunkel, schwer und bedrohlich.

»Wir müssen weit genug vom Explosionszentrum entfernt sein, um dem Feuerball und dem größten Teil der Lichtwelle entkommen zu sein. Die thermische Hitzewelle wurde wahrscheinlich durch die großen Wohnhäuser auf der anderen Straßenseite oder andere Gebäude entlang ihres Weges blockiert.«

»Woher weißt du das alles?« Pferdeschwanz blinzelte sie an. Er war immer noch teilweise blind.

»Wir hätten Verbrennungen zweiten und dritten Grades«, sagte sie einfach. »Oder wir wären tot.«

»Wie weit sind wir von der eigentlichen Explosion entfernt?«, fragte Logan.

Sie war so geistesgegenwärtig gewesen, die Sekunden zwischen der Licht- und der Schockwelle zu zählen, die ähnlich wie Blitz und Donner wirkten. Allerdings war sie sich nicht sicher, ob sie schnell genug gezählt hatte.

»Die Schockwelle bewegt sich mit rund dreihundert Meter pro Sekunde, während die Lichtwelle fast augenblicklich ankommt«, erklärte sie eilig. »Wenn man die Sekunden dazwischen zählt, bekommt man eine ungefähre Vorstellung davon, wie weit man von der Explosion entfernt ist. Ich habe sieben Sekunden gezählt, aber ich habe wahrscheinlich am Anfang eine Sekunde verpasst. Also sind wir etwa zweieinhalb Kilometer vom Explosionszentrum entfernt, mehr oder weniger.«

»Wir sind hier also sicher«, sagte Walter.

»Das habe ich nicht gesagt.« Sie schaute auf ihre analoge Armbanduhr, die Ezra ihr vor zweieinhalb Jahren zu ihrem siebzehnten Geburtstag geschenkt hatte.

12:40 Uhr. Die Bombe war um 12:38 Uhr explodiert. Zwei Minuten waren bereits vergangen. »Wir müssen ...«

»Wo ist die Bombe eingeschlagen?«, unterbrach der Glatzkopf.

»Der Anschlagsort muss irgendwo in der Innenstadt sein«, sagte Dakota. »Wir können es noch nicht mit Sicherheit sagen.«

Julio atmete scharf ein, als er vorsichtig einen großen braunen Glassplitter aus seinem Oberschenkel zog. Blut färbte seine Jeans dunkel.

»Geht es dir gut?« Dakota schritt über den glasübersäten Boden und reichte Julio ihre Schürze über den Tresen. Er blutete stark. »Unter dem Waschbecken sind noch mehr saubere Handtücher gestapelt.«

Julio zog mit einem Zucken einen kleineren Splitter aus seinem Unterarm. »Nur ein Kratzer.«

»Wir müssen da raus und diesen Leuten helfen«, sagte Jesse Peretti, der vollbärtige jüdische Buchhalter, der am Ende der Bar saß.

Sein langer Bart war blutverschmiert, Glasscherben klebten an den ergrauten Stoppeln, und an seiner rechten Schläfe bildete sich ein grausiger lila Knoten von der Größe eines Eies. Er schwankte, als er aufstand. Er hatte mindestens eine Gehirnerschütterung erlitten. »Meine Tochter arbeitet auf Brickell Key ...«

Dakota schüttelte den Kopf. Mitleid wallte in ihr auf, aber sie wusste nicht, wie sie ihm helfen konnte, außer die Wahrheit zu sagen, egal wie hart sie war. »Alles, was sich im Epizentrum dieses Feuerballs befand – in einem Radius von mindestens einem Kilometer – ist ausgelöscht.« Sie starrten sie wie betäubt vor Schreck an.

»Wir sprechen hier von Temperaturen von 300.000 Grad Celsius, fünfzigmal heißer als die Oberfläche der Sonne. Die Intensität der thermischen Explosion ist heiß genug, um Vögel in der Luft zu entzünden und Stahl zu schmelzen. Sie lässt alles augenblicklich verdampfen – Gebäude, Autos, Glas, Asphalt. Menschen.«

Mehrere Sekunden lang sprach niemand. Das Grauen war zu groß, als dass sie es hätten begreifen können. Zehntausende von Menschen, die noch vor fünf Minuten ihr normales, langweiliges Leben gelebt hatten, waren plötzlich in einem Wimpernschlag verschwunden.

»Wenigstens sind wir hier sicher.« Tränen tränkten Pferdeschwanzes rotgeränderte Augen. »Wir können warten, bis die Feuerwehr und die Sanitäter uns abholen.«

Julio zog ein weiteres Stück Glas heraus und drückte ein Handtuch auf die Wunde. »Bist du verrückt, Mann? Weißt du denn gar nichts über Atombomben? Erinnerst du dich an Hiroshima?«

Der Mann starrte ihn ausdruckslos an.

»Was hochgeht, muss auch wieder runterkommen«, sagte Dakota. Logan rieb sich die Stoppeln an seinem Kiefer. »Radioaktiver Niederschlag.«

»Ich habe gehört, dass das nur ein Mythos ist«, jammerte Pferdeschwanz, als ob er es wahr machen könnte, wenn er nur fest genug daran glaubte.

»Wenn der Feuerball in der Luft explodiert, wie bei einer normalen Atombombe, ist der radioaktive Niederschlag zwar vorhanden, aber minimal«, sagte Dakota und erinnerte sich an einen von Ezras häufigen Vorträgen. »Wenn sie auf dem Boden explodiert, werden die verdampfte Erde und die Trümmer in die Wolke gezogen. Wenn sich die Wolke nach unten bewegt, kühlt das radioaktive Material ab und fällt herunter, wodurch große Schwaden von Fallout entstehen, die alles verseuchen, was sie berühren.«

»Wir müssen hier weg.« Logan drehte sich zu ihr um. »Was schlägst du vor?«

»Zeit, Entfernung und Abschirmung«, murmelte sie.

»Was?«

»Drei Möglichkeiten, um uns in Sicherheit zu bringen. Wir befinden uns innerhalb des Radius, in dem die Strahlenbelastung schnell eintreten wird, aber zwei Kilometer von hier sollte sie minimal sein.«

»Okay, dann sind wir ja in Sicherheit«, begann Pferdeschwanz.

»Nein, sind wir nicht. Aus welcher Richtung kommt der Wind?«

Logan warf einen Blick aus dem Fenster auf die Palmenreihe auf der anderen Straßenseite. »Der Wind weht nach Norden, glaube ich. Auf uns zu.«

Ihr war schwindlig, Übelkeit erfüllte sie. »Wenn wir recht haben und das Explosionszentrum südlich von uns liegt, dann sind wir direkt im Wind.«

»Was soll das bedeuten?«, fragte Pferdeschwanz.

»Ein Südwind, der von Süden nach Norden weht, wird den schlimmsten radioaktiven Niederschlag direkt zu uns bringen. Das ist genug Strahlung, um eure inneren Organe innerhalb von Stunden zu zerstören. Es wird euch innerhalb von Tagen töten.«

»Okay«, sagte Julio und verzog den Mund, als hätte er Mühe, ruhig zu bleiben. »Was sollen wir tun?«

Sie kämpfte darum, ihre eigene panische Angst unter Kontrolle zu halten. Jetzt in Panik zu geraten, konnte den Tod bedeuten. Nur klares Denken und ein ordentlicher Plan würden sie am Leben erhalten.

»Wie viel Zeit haben wir?«, fragte Logan kurz und knapp.

Sie sah nach. 12:41 Uhr. Drei Minuten waren bereits vergangen.

Als sie sprach, war ihre Kehle rau. »Der radioaktive Niederschlag fällt etwa zehn Minuten nach der Explosion auf den Boden zurück. Wir haben nur sieben Minuten, um Schutz zu finden.«

# KAPITEL 8
# DAKOTA

»Wir können nichts gegen die Zeit oder die Entfernung tun. Wir brauchen Schutz«, sagte Dakota. »Wir brauchen eine dicke, dichte Barriere, und zwar schnell.« Sie deutete auf die zerbrochenen Fenster, die freie Luft um sie herum. »Dieser Ort wird nicht ausreichen.«

Der Glatzkopf richtete sich auf und drückte seinen gebrochenen Arm an seine Brust. »Du hast Entfernung gesagt. Mein Auto steht am Straßenrand. Ich fahre los und entferne mich so weit wie möglich von dieser Bombe!«

»Wenn dein Auto überhaupt funktioniert«, sagte Dakota. »Siehst du all diese Autowracks? Was ist mit den Trümmern? Was willst du tun, wenn die Straßen verstopft sind und du im Freien festsitzt? Deine Blechbüchse wird dich nicht schützen, wenn die Strahlung fällt.«

Der Glatzkopf zog eine genervte Grimasse und begann zu protestieren, aber Logan brachte ihn mit einem scharfen Blick zum Schweigen. »Was wird uns schützen?«, fragte Logan.

»Wir müssen so viel Masse wie möglich zwischen uns und die Strahlung bringen. Der beste Schutz besteht in der Mitte eines großen Gebäudes oder besser noch in einem unterirdischen Keller.«

»Vielen Dank auch, Floridas Grundwasserspiegel«, brummte Walter.

»Was ist mit dem riesigen Bürokomplex gegenüber von uns?«, fragte Logan. »Der ist zwölf Stockwerke hoch.«

Dakota warf einen Blick aus dem Fenster auf das glänzende neue Gebäude mit riesigen Glasscheiben in jedem Stockwerk – jede einzelne Scheibe war bei der Explosion explodiert. Das linke Ende sackte gefährlich ab. Ein Teil der oberen Stockwerke war eingestürzt.

»Es ist zu stark beschädigt und instabil. Außerdem gibt es in einem Bürogebäude nicht genug Essen und Wasser für eine Gruppe von Menschen, die eine Woche lang überleben müssen.«

»Eine Woche?« Tamara keuchte auf. »Bist du wahnsinnig?«

»Was ist mit dem Showtime-Kino?«, fragte Julio, ohne sie zu beachten. »Keine Fenster in den Sälen, dicker Zementblockbau. Auf beiden Seiten befinden sich weitere Läden, und im zweiten Stockwerk darüber ist ein Restaurant. Das hilft doch, oder?«

»Sie haben einen Imbissstand«, sagte Walter. »Jede Menge Snacks und Wasserflaschen.«

Logan bewegte sich auf die Tür zu, während er bereits die Straße vor der Bar absuchte. »Es ist in dem Einkaufszentrum drei Blocks von hier. Wir können in ein paar Minuten dort sein.«

Dakota nickte. Es war so perfekt, wie es nur sein konnte. Sie hatten keine Zeit, andere Optionen in Betracht zu ziehen, und sie hatten schon zu viele kostbare Sekunden vergeudet. Ezra hätte mehr von ihr erwartet. »Lasst uns gehen!«

Der Glatzkopf zog mit seiner unverletzten Hand seine Autoschlüssel heraus. »Auf keinen Fall bleibe ich an einem Ort, der direkt in Reichweite von radioaktivem Fallout liegt.« Er stolperte durch die zerbrochene Glastür und machte sich nicht einmal die Mühe, den Rahmen zu öffnen.

»Ich auch nicht.« Pferdeschwanz sprang auf und griff bereits nach seinen Schlüsseln. »Ich verschwinde so schnell ich kann. Ihr seid verrückt, auf sie zu hören. Was weiß sie denn schon? Sie ist doch nur eine Kellnerin.«

»Dakota weiß eine Menge«, schnauzte Julio mit untypischer Schärfe. »Sie hat Köpfchen. Ich vertraue ihr.«

Dakota schenkte Julio ein knappes, dankbares Lächeln. Er war immer nett zu ihr gewesen. Und fair. »Ist schon in Ordnung. Wenn er ein Idiot sein will, lass ihn ein Idiot sein.«

»Raphael! Verlass mich nicht!« Tamara hob schwach ihre Hand und griff nach ihrem Freund.

»Du wirst wieder gesund. Ich treffe dich im Krankenhaus.« Raphael drückte kaum merklich ihre Hand, bevor er wie der andere Mann durch die Tür schritt. Er drehte sich nicht einmal mehr um.

»Er war schon immer ein Arschloch«, murmelte Tamara und zuckte zusammen.

Logan schüttelte angewidert den Kopf. »Sie haben ihre Wahl getroffen. Wir müssen gehen.«

Julio bewegte sich behutsam um die Ecke der Bar. »Radioaktiver Niederschlag wird uns gleich auf den Kopf fallen. Wir müssen los, sofort. Tamara, wir können versuchen, dich zu tragen. Komm, wir helfen dir hoch.«

Jesse rieb sich die lila Beule an der Stirn. Er richtete einen Barhocker auf und ließ sich darauf sinken. »Es ist sicherer, hierzubleiben und auf einen Krankenwagen und die Polizei zu warten.«

»Wir haben keine Zeit«, warnte Dakota. »Wir haben nur ein paar Minuten.«

Tamara schüttelte hartnäckig den Kopf. Ihre Augenlider flatterten. Ihre Haut war durch den Blutverlust aschfahl. »Ich bleibe hier und warte auf die Sanitäter.«

»Es werden keine Sanitäter kommen!« Dakota biss ihre Frustration zurück. »Versteht ihr denn nicht? Niemand wird kommen. Für eine lange Zeit.«

Aber sie wollten sich nicht bewegen.

Dakota war keine Soziopathin. Sie wollte sie nicht zurücklassen. Aber sie wollte auch nicht für jemanden sterben, der zu stur war, um die Wahrheit zu erkennen.

»Ich bin dabei«, röchelte Walter. Er versuchte, sich von der Theke abzustoßen, aber sein rechtes Bein verdrehte sich unter ihm, und er stolperte. »Ich bleibe auf keinen Fall zurück und überlasse euch den ganzen Spaß.«

Julio kam um die Bar herum und ergriff seinen Arm. »Wir werden dir helfen. Mach' dir keine Sorgen.«

Einen Herzschlag lang blickte Dakota sehnsüchtig in Richtung der Rückseite der Bar, auf die eingestürzten Balken und die Dachplatte, die den Gang zum Personalraum versperrten.

Ihre Notfalltasche war da drin. Und ihre XD9. Sie könnte es ohne den Inhalt der Tasche schaffen, aber ohne die Waffe …

Zwei der umgestürzten Balken verschoben sich und rieben mit einem ächzenden, knirschenden Geräusch aneinander. Ein Nebel aus Staub und Schutt prasselte auf mehrere Tische in der Nähe nieder.

»Wir müssen los!«, sagte Logan.

Sie wusste, dass er recht hatte. Sie schob ihren Unterkiefer nach vorne und schritt zu der zertrümmerten Tür. »Jeder, der nicht an der Strahlung sterben will, kommt mit mir.«

# KAPITEL 9
# LOGAN

Logan legte seinen Arm um Walters gebrechliche Schultern und half ihm, hinauszuhumpeln. Dakota joggte keuchend neben ihm her und Julio folgte direkt hinter ihnen.

Als sie die Bar verließen, schlug ihnen ein Schwall von Luftfeuchtigkeit entgegen. Logans Achselhöhlen und sein unterer Rücken waren sofort schweißnass.

Auf der Straße herrschte Chaos. Rauch trübte die Luft. Alles war mit einer Staubschicht bedeckt. Überall loderten Brände.

Sie rannten den Bürgersteig entlang, vorbei an umgestürzten Telefonmasten, Straßenlaternen und abgebrochenen Palmen. An mehreren Stellen waren sie gezwungen, auf die Straße auszuweichen, um den rauchenden Trümmerhaufen der teilweise eingestürzten Schaufenster auszuweichen.

Auf der Straße waren Autos durch die Gegend geschleudert worden, ihre Metallrahmen zerdrückt und verbogen, Dutzende auf die Seite gekippt. Ein glänzender apfelroter Ford Mustang lag auf dem Kopf, das Dach zerbeult, Dampf zischte aus der verbogenen Motorhaube, die Räder drehten sich noch.

Ein Ford F150 war in eine Dunkin'-Donuts-Filiale gekracht, große Teile der Wände und der Decke des Gebäudes waren um ihn herum eingestürzt.

Die Menschen bewegten sich um ihn herum, keuchten, hielten sich die Münder zu, weinten in Angst und Schrecken. Einige waren zerschrammt und übel zugerichtet, andere bluteten. Sie taumelten blindlings auf die Straße, benommen und verwirrt.

Andere sanken auf den Bürgersteig und umklammerten fassungslos ihre Schnittwunden, Prellungen und Knochenbrüche.

»Ich kann nichts sehen!«, schrie jemand.

»Mein Mann! Er braucht Hilfe!«

»Meine Augen ... irgendetwas stimmt nicht mit meinen Augen ...«

»Helft uns, bitte!«

Sie klangen weit entfernt und unerreichbar; er hörte sie kaum durch das Rauschen in seinen eigenen Ohren. Seine Beine fühlten sich schwer wie Blei an, sein Atem ging stoßweise.

Schweiß tränkte bereits seine Achselhöhlen, befeuchtete seinen Haaransatz und tropfte ihm in die Augen – Schweiß von der Hitze, aber auch der, den er so gut kannte: der saure Schweiß der Angst.

»Strahlung!«, rief Dakota den Leuten zu, an denen sie vorbeikamen. »Sucht Schutz!«

Eine Handvoll Menschen blieb in ihren Autos sitzen, schimpfte, fluchte und versuchte vergeblich, die Motoren zu starten. Am Straßenrand saß eine Frau in einem silbernen Tesla, die Hände auf dem Lenkrad, unbeweglich, ohne zu blinzeln, die Augen weit aufgerissen und leer vor Schreck. Kein einziges Auto funktionierte. Nicht einmal die, die bei den zahlreichen Massenkarambolagen unbeschädigt geblieben waren.

»Mit meinem Handy stimmt etwas nicht!«, keuchte Julio. Er hielt es, während er rannte, in der Hand und hämmerte verzweifelt auf den Bildschirm. »Ich kann meine Frau nicht anrufen!«

»Elektromagnetische Impulse«, sagte Logan, als ihm die Erkenntnis kam. Er hatte nicht einmal darüber nachgedacht, aber natürlich ergab es Sinn. Er hatte eine Doku auf Netflix darüber gesehen.

»Was?«, sagte Walter. »Du hast gerade gesagt, es war eine Atomexplosion ...«

»Das war es.« Logan atmete einen Mundvoll schwüler, rauchiger Luft ein. Er hatte sich im Boxring fit gehalten, aber der alte Mann war schwerer, als er aussah. »Die Explosion strahlt einen elektromagnetischen Impuls aus, der die gesamte Elektronik und das Stromnetz stört oder zerstört – Mobilfunkmasten, Telekommunikationsschalter, Radar, Telefone, Computer, Autos.«

»Heilige Muttergottes«, keuchte Julio. »In der ganzen Stadt?«

»Nein.« Dakota wurde langsamer, als sie um ein Gewirr von umgestürzten, Funken sprühenden Stromleitungen herumging. »Nur innerhalb eines Radius von fünf bis acht Kilometern um das Explosionszentrum.«

Er wischte sich über die brennenden Augen. Der Gestank von brennenden Dingen – Plastik, Metall, Fleisch – überwältigte seine Sinne.

Ein Feuer in einem vierstöckigen Bürogebäude versperrte die Straße vor ihnen vollständig und zwang sie, in eine Seitenstraße auszuweichen.

Ein Weinen erregte seine Aufmerksamkeit.

Auf der Straßenseite zu ihrer Rechten war das Dach eines Designer-Kleidungsgeschäfts eingestürzt. Eine kleine Gestalt kauerte sich an den Stamm einer umgestürzten Palme. Ein Mädchen von neun oder zehn Jahren mit strähnigem, dunkelblondem Haar.

Sie trug Jeansshorts und ein zu kleines lila Disney-Prinzessinnen-Shirt. Ihre rosafarbene Brille saß schief in ihrem tränenverschmierten, rußigen Gesicht.

Das Mädchen starrte sie mit stummem Schrecken an. Ein blauer Klecks tropfte von der Vorderseite ihres Shirts über das Gesicht der blonden Prinzessin. Mehr davon sammelte sich auf dem Boden zu ihren Füßen, zusammen mit einem kleinen, flachen Stiel.

Ein Eis am Stiel. Sie war nur ein Kind, das fröhlich an einem Eis geschleckt hatte. Und dann ging die Bombe hoch.

Logans Magen verkrampfte sich. Ein Gesicht blitzte in seinem Kopf auf, unaufgefordert, unerwünscht – klein und rund, große flehende Augen, schwarz wie Gebetsperlen, verzweifelt und voller Angst. Er verdrängte den Gedanken, so tief es ging.

Vor ihm wurde Dakota langsamer, wischte sich den Schweiß von der Stirn und streckte dem Mädchen die Hand entgegen. »Hier ist gleich alles voller Strahlung. Die kann dich umbringen. Komm mit uns ins Kino.«

Das Mädchen schüttelte den Kopf. »Meine Mama ist da drin.« Sie gestikulierte klagend hinter sich. »Ich rufe sie immer wieder, aber sie kommt nicht raus.«

Logan warf einen Blick auf den zerstörten Laden. Das eingestürzte Dach wackelte gefährlich. Es war eine Todesfalle.

Selbst wenn die Frau noch am Leben war, war sie wahrscheinlich schwer verletzt.

Sie hatten weder die Zeit noch das Wissen noch die Mittel, um sie sicher zu retten.

Dakota stieß einen frustrierten Atemzug aus. Sie warf einen Blick auf ihre Uhr und ging dann die Straße hinunter zum Einkaufszentrum. »Komm schon.«

»Ich ... ich kann nicht.«

»Du musst dich jetzt um dich selbst kümmern«, sagte Julio und versuchte, das Mädchen zur Vernunft zu bringen. »Wir können deine Mutter später abholen.«

Das kleine Mädchen schob die Unterlippe vor, kämpfte gegen das Schluchzen an und schüttelte den Kopf. »Sie sagte, ich solle bei ihr bleiben, egal was passiert.«

Julio griff nach ihrer Hand. »Komm schon, Kleine ...« Das Mädchen wich mit einem erschrockenen Quietschen zurück.

Julio erstarrte.

»Was sollen wir tun?«, fragte er unsicher.

»Lass sie«, knurrte Walter. »Wir haben keine Zeit für Heldentaten.« Logan und Dakota tauschten angespannte Blicke aus.

Es war nicht sein Problem. Überall in der Stadt gab es Menschen, die litten und starben. Was bedeutete schon ein Kind mehr? Sie waren nicht für sie verantwortlich. Er war es definitiv nicht.

Über ihnen verdunkelte sich der Himmel.

»Der Fallout kommt«, warnte Dakota. »Es sind schon sieben Minuten vergangen.«

Er kämpfte gegen den Wunsch an, sie alle zurückzulassen und sich selbst in Sicherheit zu bringen. Dieses Gefühl hatte er schon lange nicht mehr gespürt. Aber es war immer noch da – der angeborene, instinktive Wunsch, um jeden Preis zu überleben.

»Schaut!« Logan zeigte die Straße hinunter. »Das Kino ist dort drüben. Wir müssen los!«

So etwas wie Enttäuschung überschattete ihr Gesicht für einen kurzen Moment. Sie schüttelte den Kopf, wandte sich von Logan ab und murmelte einen Fluch.

Sie packte das Mädchen an den Oberarmen, riss es hoch und schüttelte es kräftig. »Wenn du leben willst, dann musst du laufen!«

Benommen starrte das Mädchen mit offenem Mund zu ihr hinauf, wobei ihre Brille fast herunterfiel.

Dakota wartete nicht auf eine Antwort. Sie setzte zu einem Sprint an, wobei sie das Mädchen immer noch mit eisernem Griff am Handgelenk festhielt. Das Mädchen stolperte und schrie auf, aber die Kellnerin ignorierte die Proteste und riss das Kind mit einem Ruck wieder auf die Beine.

Sie lief die Straße hinunter, das weinende Mädchen hinter sich herziehend.

»Worauf wartest du noch?«, knurrte Walter in Logans Ohr.

Sie rannten los.

# KAPITEL 10
## DAKOTA

Dakota rannte über den Parkplatz und zog das Mädchen hinter sich her. Ihre Lungen brannten, ihr Herz hämmerte bis in ihre Kehle.

Sie hatte das Mädchen nicht so heftig schütteln wollen, aber es war das Einzige, was sie tun konnte, um das Kind aus seiner Erstarrung zu reißen. Vielleicht gab es Alternativen, aber die hätten alle wertvolle Sekunden gekostet, die sie nicht hatten.

Wenigstens würde das Mädchen leben.

Doch die Zeit lief bereits ab. Die heiße Luft wirbelte um sie herum und der sich schnell verdunkelnde Himmel steuerte auf sie alle zu, während sie rannten.

Sie hatten nur wenige Minuten Zeit, bis alles um sie herum toxisch war. Was, wenn sie bereits verseucht waren und unsichtbare Gifte tief in ihre ungeschützte Haut eindrangen?

Dakota schüttelte die Angst ab wie ein Hund, der sich trocken schüttelt. Sie würde nichts anderes tun, als lähmende Panik hervorzurufen. Um zu überleben, musste sie *denken*.

Showtime 14, das Kino mit vierzehn Sälen, befand sich in der Mitte eines u-förmigen, zweistöckigen Einkaufszentrums zwischen einem Old Navy, einem Dollar Tree, Walgreens und verschiedenen Boutiquen und Restaurants. Die klaffenden Fenster und Türen waren mit Glasscherben übersät, aber das massive Gebäude aus Stuck und Betonblöcken sah solide genug aus.

Ein paar Teenager standen in einer Gruppe auf dem Parkplatz und starrten mit offenen Mündern auf den Atompilz, der in den Himmel stieg.

»Geht rein!«, rief Logan ihnen zu.

Dakota zog das Mädchen, das ausrutschte und stolperte, über den Parkplatz und ignorierte ihr Wimmern. »Fall nicht hin, sonst schneidest du dich an dem ganzen Glas.«

Das Mädchen richtete sich auf und schaffte es irgendwie, nicht zu stolpern, bis sie das Kino erreichten. Drinnen war das Foyer in Schatten gehüllt, das einzige Licht fiel durch die vorderen Fenster.

Dakota schaute auf ihre Uhr. 12:46 Uhr. Acht Minuten.

Ein paar Dutzend Menschen tummelten sich in der Nähe der Bar, die meisten starrten auf ihre nicht funktionierenden Handys oder gestikulierten in Richtung der zerbrochenen Fenster, Verwirrung und Angst in ihren Gesichtern.

Mehrere Familien strömten aus verschiedenen Sälen, wahrscheinlich weil der Strom mitten während ihres Films ausgefallen war.

Alle starrten Dakota und die anderen an, wie sie zerzaust und blutend hereinstürmten und ein weinendes, in Panik geratenes Kind mit sich schleppten.

»Eine Atombombe ist gerade explodiert!«, rief Dakota. »Der radioaktive Fallout wird gleich auf uns regnen. Weg von den Fenstern und Türen!«

Einige Leute zuckten zusammen und wichen instinktiv zurück, wobei sie ihre Kinder mit sich zogen.

Ein dünner Mann mit einer Marlins-Mütze und einem Bauch so rund wie ein Basketball schüttelte sein nutzloses Handy. »Wo habt ihr das gehört? Wir können das verdammte Ding nicht einmal anschalten! Der Strom ist ausgefallen.«

»Wir haben es gesehen«, sagte Logan mit fester Stimme. »Wenn ihr nach draußen gehen würdet, könntet ihr den Atompilz mit eigenen Augen sehen. Aber ich empfehle euch dringend, das nicht zu tun. Ein Blick könnte euch in sechs Monaten eine höllische Krebsdiagnose bescheren.«

Marlins-Mütze winkte ab. »Das ist doch Blödsinn. Das ist verrückt.«

»Wir haben es auch gesehen!«, rief einer der Teenager hinter ihnen aus. »Es war krass!«

»Krass furchterregend«, murmelte ein anderer Junge und klang dabei ein wenig übel.

Keuchen und Murmeln erfüllten den Raum. Fremde tauschten entsetzte, ungläubige Blicke aus. Eine Frau hielt ihrer kleinen Tochter die Ohren zu.

Dakota hatte keine Zeit für eine weitere philosophische Diskussion mit Skeptikern und Idioten. Es gab zu viel zu tun, damit sie am Leben blieben.

Sie blickte auf das Mädchen hinunter und ließ ihre Hand los. »Siehst du die Theke da drüben? Wenn du da ruhig sitzen kannst, ohne dich zu bewegen, kannst du essen, was du willst. Abgemacht?«

Das Mädchen ließ sich auf den Boden sinken und schlug ihre dünnen Beine übereinander. Sie wischte sich die Nase mit dem Handrücken ab und verschränkte die Arme vor der Brust, immer noch zitternd, aber schließlich nickte sie.

Zumindest ein Problem war damit vorerst gelöst.

Dakota wandte sich an Julio, Walter und Logan. »Geht hinter den Tresen und nehmt so viele verpackte Snacks mit, wie ihr könnt. Holt die Plastikeimer für das Popcorn. Wir brauchen sie für das Wasser. So viele, wie ihr könnt!«

»Das könnt ihr nicht machen!« Ein dürrer, pickliger Rotschopf quiekte hinter dem Tresen hervor, ein »Stellvertretender Filialleiter«-Abzeichen war an seinem blauen Angestelltenhemd festgesteckt. »Das ist Diebstahl!«

»Ich ziehe es vor, es als ›Ausleihen‹ zu bezeichnen«, sagte Logan.

»Das ist verrückt!«, stotterte der Junge. »Ich rufe die Polizei!«

»Nur zu.« Doch als Logan um den Tresen herumging, wich der Junge zurück, hob die Hände, die Handflächen nach außen, und schüttelte den Kopf.

Logan gab eine imposante Figur ab. Er war stark und fit. Sie konnte sehen, dass er sich mit Kämpfen auskannte, allein an der selbstsicheren, trägen Art, wie er sich bewegte, und an dem wachsamen Blick, den er hatte. Sie speicherte diese Information ab.

Das könnte sich später als nützlich erweisen.

Logan ignorierte den Jungen und griff unter der Theke nach einem Stapel gelb gestreifter Plastikeimer. Julio griff vorsichtig in die zerbrochenen Vitrinen und sammelte Schachteln mit Whoppers, Nerds, Reese's Pieces und Sweet Tarts ein.

»Was ist denn hier los? So geht das nicht.« Ein kleiner, stämmiger Mann, kaum größer als Dakota, stolzierte herüber. Er tippte mit einem dicken Finger auf seine eigene Brust. »Das ist mein Kino.«

»Wir haben keine Zeit für Höflichkeiten. Wir versuchen, so viele Leben wie möglich zu retten, auch Ihres«, sagte Julio diplomatisch und mit einer Geduld, die Dakota nie aufbringen würde.

»Ihr seid verrückt!«, knurrte der Manager. »Ihr seid eine Gefahr für die Gäste!«

»Die Bombe ist die Gefahr, Mann«, sagte einer der Teenager. »Komm mal runter.«

Der Manager starrte ihn an, sein breites Gesicht verfärbte sich. »Wer nicht für ein Ticket bezahlt hat, hat hier nichts zu suchen!«

Frustration machte sich in ihr breit. Dakota kämpfte darum, ihre Stimme ruhig zu halten. »Wir werden nicht gehen.«

Der Manager blähte seine Brust aggressiv auf und reckte sein fleischiges Kinn vor. »Es ist mir egal, wohin ihr geht, aber ihr bleibt nicht in meinem Gebäude. Ich bestehe darauf, dass ihr sofort geht. Verschwindet!«

# KAPITEL 11
## DAKOTA

Dakota öffnete den Mund, um dem Arschloch eine Abreibung zu verpassen.

Logan trat einen Schritt vor. Seine Hände hingen locker an den Seiten, aber die Muskeln unter seinen Tätowierungen spannten sich an und wölbten sich.

Allein seine Anwesenheit wirkte einschüchternd, und er wusste das. Der Manager erblasste.

»Wir gehen nirgendwo hin«, sagte Logan mit tiefer, gefährlicher Stimme. Julio zog mehrere Zwanziger aus seiner Jeanstasche und hielt sie dem Manager hin. Ein paar Blutflecken befleckten die zerknitterten Scheine. »Betrachten Sie das als Anzahlung für eine spätere volle Entschädigung. Ich bin kein Dieb. Ich bezahle alles, was sie wünschen. Für uns alle.«

»Wenn du glaubst ...«, begann der Manager.

»Nimm das Geld«, knurrte Logan.

Das Gesicht des Mannes war so rot, als würde es gleich explodieren. Er blickte zu Logan auf, der eisig zurückstarrte. Er öffnete seinen Mund, um etwas Unfreundliches zu sagen.

Logan machte einen weiteren Schritt nach vorne. Er überragte den kleinen, untersetzten Mann.

Die Gesichtszüge des Managers verzerrten sich in einem inneren

Kampf zwischen Selbsterhaltung und übergroßem Ego. Schließlich sackten seine Schultern in Kapitulation herab. Er schien zu verstehen, dass er in dieser Angelegenheit keine andere Wahl hatte.

Wenigstens war das Geld eine Möglichkeit, seinen verletzten Stolz zu retten.

Er schnappte sich die Scheine mit den Fingerspitzen. »Das ist nur die Anzahlung!«

»Das garantiere ich«, sagte Julio müde. »Keine Sorge.«

Der Manager blickte finster auf die Blutstropfen, die auf dem burgunderroten Teppich zu Julios Füßen landeten. Seine glänzenden Augen blickten zu Logan. Klugerweise sagte er nichts.

Sie hatte die Nase voll. »Wir haben keine Zeit für diesen Scheiß!«, schrie sie. »Kapiert ihr das denn nicht?«

Alle verstummten und starrten sie erstaunt an, weil sie immer noch davon ausgingen, dass die alten Regeln des höflichen und zivilisierten Umgangs galten.

Aber diese Welt war verschwunden.

Sie hatte sich vor acht Minuten in die Luft gesprengt. »Radioaktiver Fallout fällt gleich auf uns! Die Bombe ist echt. Es ist am sichersten, wenn wir an Ort und Stelle bleiben. Und wir müssen in der nächsten Minute Schutz finden, bevor die Strahlung uns alle von innen auffrisst!«

»Selbst *wenn* es wahr ist, können wir auf keinen Fall hier bleiben«, knurrte Marlins-Mütze. Er ergriff den Arm seiner Frau. »Es sieht okay aus da draußen. Wir hauen ab, solange wir noch können.«

Die Frau, ein kleines, schüchternes Ding, warf Dakota einen Blick zu, als der Mann sie herauszog, und ihr dünnes Gesicht wirkte alarmiert. Aber sie ließ sich wegführen.

»Das ist ein großer Fehler!«, rief Dakota ihnen nach. Sie biss die Zähne zusammen, um die Wut zu unterdrücken. Sie hatte schon viele solcher Frauen gesehen – verweichlicht, fügsam, gehorsam bis zum Gehtnichtmehr.

Sie hätte am liebsten etwas geschlagen.

Andere Personen folgten ihrem Beispiel. Drei weitere Familien bewegten sich gemeinsam mit ihnen auf die Eingangstüren zu. Dutzende strömten auf den dunkler werdenden Parkplatz, verzweifelt auf der Suche nach ihren Familien, um nach Hause zu kommen – ein Ort, der sicher klang, es aber nicht war.

»Ich glaube dir.« Eine lateinamerikanische Frau mit gelocktem Haar in einem lila geblümten Maxikleid umklammerte ihre Handtasche vor der Brust, ihr Gesichtsausdruck war erschüttert. »Ich habe gesehen, wie die Fenster herausflogen. Ich habe gespürt, wie das ganze Gebäude gewackelt hat. Warum sonst funktionieren unsere Handys nicht?«

Der Blick der Frau wanderte zu den zerbrochenen Fenstern und zurück zu Dakota. »Aber meine Tochter ist bei ihrem Ballettunterricht, etwa einen Kilometer von hier entfernt. Es ist mir egal, was auf mich zukommt. Ich werde sie nicht zurücklassen.«

Dakota verstand diese Verzweiflung besser als jeder andere. Sie spürte, wie sie ihr die Kehle zuschnürte, ihre Brust zusammenzog und in ihren Ohren dröhnte. Alles, was sie wollte, war, zu Eden zu gelangen.

Aber wenn sie jetzt ging, war sie vielleicht schon tot, bevor sie überhaupt dort ankam. Sie konnte ihrer Angst nicht nachgeben. Angst machte die Menschen dumm, sagte Ezra immer. Und Dummheit bringt Menschen um. Sie musste klug sein.

Sie konnte sehen, dass die Frau ihre Meinung nicht ändern würde, aber sie versuchte es trotzdem. »Vielleicht hat Ihre Tochter dort, wo sie ist, Schutz gefunden. Wenn Sie auch nur ein paar Stunden warten, nimmt die Strahlung drastisch ab.«

Die Frau schüttelte den Kopf.

»In zwei Stunden wird die Strahlung nur noch halb so stark sein wie jetzt. In sieben Stunden siebenmal weniger. Sie könnten es schaffen ...«

»Ich fahre jetzt gleich zu ihr. Sie braucht mich.«

»Ihr Auto wird wegen des nuklear-elektromagnetischen Impulses nicht anspringen. Und selbst wenn es anspringt, versperren die Trümmer den Weg.«

Der Mund der Frau verengte sich zu einer geraden, blutleeren Linie. »Wenn es sein muss, gehe ich zu Fuß. Es ist ein Risiko, aber hier zu bleiben ist es auch.«

Dakota stieß einen resignierten Seufzer aus. »Der Wind bläst den

Fallout nach Norden. Im Moment. Aber er könnte die Richtung ändern. Vergewissern Sie sich, dass Sie senkrecht zum Wind gehen, okay? Holen Sie Ihre Tochter und entfernen Sie sich so weit wie möglich von hier. Im Umkreis von ein paar Kilometern um das Explosionszentrum wird die Strahlung überall sein. Aber der Fallout, der vom Wind getragen wird, kann radioaktive Partikel hundert oder mehr Kilometer weit verstreuen.«

Die Frau ergriff Dakotas Hand und drückte sie. »Danke.« Dakota hatte keine Zeit, ihr beim Gehen zuzusehen.

Sie sah auf ihre Uhr. 12:47 Uhr. Neun Minuten.

Sie wandte sich an die Angestellte hinter dem Ticketschalter, ein großes, schlankes Mädchen mit dunkler Haut, das nervös an ihren Nägeln kaute und ihr unbrauchbares Handy in der anderen Hand hielt. Auf ihrem Namensschild stand »Mishayla Harris«.

»Habt ihr Taschenlampen? Da der Strom ausgefallen ist und es keine Fenster gibt, müssen wir in der Lage sein, das Innere des Kinos zu sehen.«

»Wir haben fünf Taschenlampen im Lagerraum für Notfälle.« Das Mädchen hörte lange genug auf, an ihren Nägeln zu kauen, um mit der Hand über ihre dicke, wilde Mähne zu fahren, deren dichte Locken über ihre Schultern fielen.

Sie schielte misstrauisch auf den sich merkwürdig verdunkelnden Himmel draußen. »Ist es wirklich ein Atomangriff? Mit Bomben und allem? Es kommt mir einfach nicht real vor.«

»Ja, das ist es. Bring mir die Taschenlampen«, sagte Dakota. »Welcher Kinosaal ist am zentralsten in der Mitte des Gebäudes?«

»Nummer sieben. Wir haben den neuesten Mission-Impossible-Film gezeigt ...«

»Großartig.« Sie erhob ihre Stimme so, dass es jeder hören konnte. »Alle, die hier bleiben, nehmt so viel Essen und Wasserflaschen mit, wie ihr nur könnt, wir treffen uns so schnell wie möglich in Saal sieben.«

Mishayla betrachtete die blutigen Schnitte an Julios Armen, im Gesicht und am Oberkörper sowie Walters schmerzhaftes Humpeln. »Wir haben auch einen Erste-Hilfe-Kasten. Ich kann helfen. Ich mache eine Ausbildung zur Krankenpflegerin.«

»Perfekt. Bring alles, was du kannst, in den Saal.«

Mishayla eilte zu einer unbeschrifteten Tür hinter dem Kartenverkauf.

Mit einem Stapel leerer Popcorn-Eimer und einem Haufen verpackter Bonbons, Kekse und Chips machten sich Logan und Julio auf den Weg durch den breiten Flur.

Walter humpelte mit der Handvoll Leute, die noch nicht gegangen waren, die Arme voller abgepackter Wasser- und Saftflaschen.

Der Manager pirschte sich mit finsterer Miene an sie heran, gefolgt von dem rothaarigen stellvertretenden Filialleiter. Sie sahen beide aus, als hätten sie etwas Saures geschluckt und könnten es kaum erwarten, es wieder auszuspucken.

Julio warf ihr einen fragenden Blick zu. »Du kommst doch mit, oder?« Er war ein aufmerksamer Chef, wie er im Buche stand. Ein guter Kerl.

Sie winkte ihn weiter. »Nimm das Mädchen mit, ja? Ich komme sofort.«

Julio wandte sich dem Mädchen zu, hielt ihr eine kleine Tüte Oreos hin und schenkte ihr ein freundliches, entwaffnendes Lächeln. »Komm schon, Kleine.«

Mit erschrockener Miene kam sie unsicher auf die Füße, aber sie folgte ihm mit den anderen in den dunklen Gang.

Dakota sah ein letztes Mal auf ihre Uhr. 12:49. Elf Minuten.

Am Kartenschalter hielt sie einen Moment inne, zögerte, und ihr Blick fiel auf die zerbrochenen Fensterscheiben ein paar Dutzend Meter weiter.

So weit im Inneren des Gebäudes konnte sie den Atompilz nicht sehen, nur die Ausläufer des Parkplatzes und ein kleines Stückchen Himmel hinter einem großen Einkaufszentrum.

Der Himmel war dunkel wie vor einem Gewitter, die Luft von einem dunstigen, säuerlichen Gelb gefärbt. Kleine staubartige Partikel schwebten wie Schnee herab.

Der Fallout.

Es war real.

Die Bombe war echt.

Wie viele Tausende waren gerade in die Luft gesprengt worden?

Wie viele waren verwundet und starben, zerquetscht unter zerbröckelnden Gebäuden oder bis zur Unkenntlichkeit verbrannt? Wie viele Städte? Fünf? Zehn? Mehr?

Wie viele Jahre würde es dauern, bis sich das Land erholte? Würden sie sich jemals von etwas so Schrecklichem erholen?

Nichts würde mehr so sein wie früher.

Sie schluckte einen leisen Schrei hinunter. Sie konnte sich nicht erlauben jetzt zusammenzubrechen. Sie war die Starke; sie war diejenige, die alles zusammenhielt.

Das könnte sie immer noch tun. Sie könnte Eden immer noch beschützen und einen Ausweg aus dieser Hölle finden.

War Maddox irgendwo da draußen, noch am Leben in diesem Chaos? Sie hoffte, dass er tot war. Es war ihr egal, ob das bedeutete, dass sie ein schlechter Mensch war. Sein Tod wäre das einzig Gute an der Apokalypse.

Ihre Schwester war auch da draußen. Versteckt und verängstigt, vielleicht ganz allein, vielleicht verletzt, aber am Leben. Sie musste daran glauben, dass Eden am Leben war.

Dakota hatte sie einmal gerettet. Sie würde es wieder tun.

Sobald es sicher genug war, vielleicht sogar schon vorher – sobald sie fliehen konnte, ohne sich dem Tod auszuliefern – würde sie dort rausgehen, hinaus in die zerstörte Stadt, und würde Eden finden.

# KAPITEL 12
## DAKOTA

Mishayla brachte die Taschenlampen in den abgedunkelten Kinosaal, in dem es bis auf die schummrige Notbeleuchtung entlang des Bodens stockdunkel war. Dakota überließ ihr eine, nahm eine für sich selbst und reichte die anderen an Logan, Julio und den Manager, der widerwillig seinen Namen nannte: Gary Schmidt.

»Lassen Sie mich das nicht bereuen«, sagte sie, während sie den Griff der Taschenlampe in seine fleischige Handfläche drückte.

Schmidt schaltete sie ein und sah sie finster an. »Das hast du nicht zu entscheiden. Das sind meine Taschenlampen. Jede einzelne davon.«

Dakota wollte gerade etwas Gemeines erwidern, als Julio neben ihr auftauchte. »Wir können uns gar nicht genug für die Großzügigkeit bedanken.« Seine Stimme war ruhig und aufrichtig, ohne einen Hauch von Sarkasmus.

Sie blickte ihn an, aber er fuhr fort, bevor sie etwas sagen konnte. »Wenn das alles vorbei ist, werden die Nachrichtensender sicher liebend gerne über die lokalen Unternehmen berichten, die der Gemeinschaft zu Hilfe gekommen sind. Das wird gut fürs Geschäft sein.«

Schmidt machte einen verächtlichen Laut. »Das hoffe ich doch sehr.«

»Wo willst du das Essen haben?«, fragte Walter von vorne neben dem Bildschirm.

»Genau da ist gut«, sagte Dakota. Sie riss sich nicht darum, das Sagen zu haben, aber sie würde den Job machen, wenn es sein musste.

»Und wer wird dafür zuständig sein?«, jammerte Schmidt. »Danke, Mann.« Julio klopfte ihm mit einem warmen Grinsen auf den Rücken. »Ich weiß es zu schätzen, dass Sie sich freiwillig melden.«

Schmidt straffte seine hängenden Schultern. »Nun, irgendjemand hier muss ja wissen, was er tut.«

Julio zwinkerte ihr zu. Sie schüttelte nur den Kopf und wandte sich ab.

Julio hatte eine Gabe, wenn es darum ging, verletzte Egos zu kitten.

Dakota dagegen wollte es gar nicht erst versuchen.

Sie suchte den Kinosaal mit der Taschenlampe ab – es gab etwa hundert weiche Sessel, die Wände waren in einer dunklen Farbe, die sie nicht erkennen konnte, gestrichen und der Teppich hatte ein gedämpftes Burgunderrot.

Das kleine Mädchen, das sie gerettet hatten, saß in einem der übergroßen Stühle, die Beine unter sich angezogen, und knabberte an ihrer Tüte Kekse. Sie hatte ihnen gesagt, ihr Name sei Piper.

Vierzehn weitere Personen kauerten in Gruppen im Hauptgang zwischen den Sitzen, die der Leinwand am nächsten waren, und den übrigen Plätzen. Insgesamt fünfzehn, darunter zwei der Teenager-Jungs.

Nein, es waren siebzehn. Eine Frau und ein Kind saßen inmitten der leeren Sitze auf halber Höhe.

Die Frau blickte finster auf sie herab.

Dakota ignorierte sie. Was hatte sie vergessen? Was brauchten sie noch, um die nächsten Tage zu überleben?

Sie starrte an die Decke und stellte sich vor, wie der Fallout auf das Dach über ihnen hereinrieselte. »Läuft hier ein Generator? Wir müssen die Klimaanlage abschalten, damit sie keine radioaktiven Partikel von draußen ansaugt, nur für den Fall, dass der Strom wieder anspringt.«

»Es ist ein Notstromaggregat, aber es wird hier drinnen heiß ...«, begann Schmidt. Sie hatte keine Geduld mehr für Dummköpfe. »Tun Sie es einfach!«

Schmidt schnaubte, schnippte aber mit den Fingern in Richtung des stellvertretenden Managers, der aufsprang, um dem Befehl zu gehorchen.

Dakota schloss die Augen und dachte an den zerkratzten Holztisch in der Küche, an die Wärme der Petroleumlampe, an Ezras schrumpeliges Gesicht und seine funkelnden Augen, an die Art, wie er die Stirn runzelte und mit dem Zeigefinger auf den Tisch tippte, wenn er wollte, dass sie wirklich zuhörten.

Es gab fünf überlebenswichtige Elemente: Unterkunft, Nahrung, Wasser, Schutz und einen Plan. Sie hatten die Unterkunft und etwas zu essen. Jetzt mussten sie sich um den Rest kümmern.

Sie öffnete die Augen, und ihr Blick fiel auf die Popcorn-Eimer. »Wir müssen sie alle mit Wasser füllen, so viel wie möglich. Die Wasserleitungen könnten jederzeit bersten oder abgestellt werden.«

»Was ist mit der Kontamination?«, fragte Julio. »Ist das keine Gefahr?«

»Es ist möglich, aber nicht wahrscheinlich. Und nicht so schnell.«

Sie drehte sich zu der zusammengekauerten Gruppe von Fremden um und richtete ihre Taschenlampe nach unten, um niemanden zu blenden. »Ich bin nicht sicher, ob wir rechtzeitig hier waren. Wir waren wahrscheinlich eine Minute lang ungeschützt, vielleicht zwei.

Abgesehen von den wirklich hohen Fallout-Werten ist die Strahlung unsichtbar. Man kann sie weder sehen noch fühlen, aber sie haftet an der Haut und den Haaren, an Kleidung, Schuhen, an allem. Je länger sie auf einem bleibt, desto mehr Schaden richtet sie an.

Wir müssen zu den Toiletten gehen und uns gründlich waschen. Zieht alle Kleidungsstücke aus und schrubbt euren Körper mit Wasser und Seife. Wascht unbedingt auch euer Gesicht – auch die Augenbrauen und Wimpern.

Dann wascht euer Haar. Wir haben hier zwar eh keine Haarspülungen, aber die binden radioaktives Material an das Haarprotein. Keine gute Idee. Benutzt also nur Wasser und Seife.

Wenn ihr sauber seid, schrubbt jedes Kleidungsstück, das ihr tragt, von innen und außen. Am besten wäre es, wenn wir unsere Kleidung wegwerfen könnten, aber wenn wir nicht gerade eine FKK-Kolonie gründen wollen, halte ich das für keine brauchbare Option.«

Logan schnaubte.

»Was ist, wenn wir alles richtig gut schrubben?«, quietschte Piper mit entsetzter Miene. »Mit viel zusätzlicher Seife?«

Julio schenkte ihr ein warmes Lächeln. »Guter Plan, Kleine.«

Dakota schwenkte ihre Taschenlampe auf Mishayla. »Führst du uns zu den nächstgelegenen Toiletten in der Mitte des Gebäudes, weit weg von Fenstern und Ausgangstüren?«

»Ja, natürlich. Einen Saal weiter gibt es eine Reihe von Toiletten.«

»Das scheint mir ein bisschen extrem«, sagte Schmidt und blähte seine Brust auf, um noch imposanter zu wirken. »Wir haben es wohl kaum nötig, die anwesenden Kinder mit Angstmacherei und Paranoia zu erschrecken.«

Dakota kannte seine Sorte. Es spielte keine Rolle, dass sie ihn gerade erst kennengelernt hatte. Sie kannte Leute wie ihn, von der hochnäsigen Sozialarbeiterin Mrs. Simpson bis zu ihren letzten selbstgefälligen Pflegeeltern.

Und die von früher. Die Menschen, an die sie nicht mehr denken durfte.

Sie hatte nicht vor, ihre Zeit oder die eines anderen zu verschwenden, um jemanden zu überzeugen, der sich der Logik verweigerte. »Wir werden es tun. Es steht Ihnen frei, Ihre eigenen Entscheidungen zu treffen.

Für alle anderen gilt: Nachdem ihr euch und eure Kleidung gewaschen habt, reinigt und füllt jeden einzelnen Eimer. Wir benötigen täglich vier Liter Wasser pro Person zum Trinken und Waschen. Die Wasserversorgung kann jederzeit zusammenbrechen.«

# KAPITEL 13
# DAKOTA

Dakota klemmte ihre Taschenlampe zwischen die Zähne, griff sich etwa fünfzig der Eimer und schritt, ohne einen Blick zurückzuwerfen, den Flur hinunter. »Piper, komm mit mir.«

In der Toilette angekommen, stellte sie ihre Taschenlampe auf den Händetrockner und richtete sie auf die Reihe der fünf Waschbecken. An den Wänden schimmerten weiße Kacheln, die Böden bestanden aus großen grauen, asymmetrischen Quadraten.

Sie seufzte erleichtert auf, als sie die Wasserhähne aufdrehte und wundervolles, klares Wasser heraussprudelte.

Vier Frauen und zwei Mädchen folgten ihr ins Bad, darunter auch Piper. Sie blieb dicht bei Dakota und hatte die Arme um sich selbst geschlungen, die halb aufgegessene Packung Oreos in einer kleinen Faust haltend.

Eine mollige, kurvige Frau Mitte dreißig aus dem Nahen Osten trat als Erste vor, knöpfte anmutig eine safrangelbe Seidenbluse auf und schlüpfte aus einem taillierten anthrazitfarbenen Rock.

»Nicht so schüchtern«, sagte sie. Sie war hübsch, mit samtiger hellbrauner Haut, hohen Wangenknochen und einer leicht nach oben gebogenen Nase. Sie trug einen wunderschönen, seidenen, kornblumenblauen Hidschāb.

Mishayla riss sich mit einem breiten Grinsen die Uniform vom Leib. Sie streckte ihre Hand aus. »Ich mochte dieses Ding sowieso noch nie. Ich bin übrigens Mishayla. Meine Freunde nennen mich Shay.«

Die Frau schüttelte Shays Hand. »Ich bin Rasha. Mein Mann Miles und ich sind eigentlich im Urlaub, um meine Mutter zu besuchen, aber wir übernachten in South Beach. Wir sind am Sonntag aus Atlanta eingeflogen.

Miles hat sich einen Sonnenbrand geholt, und wir dachten, ein Kinobesuch am Nachmittag würde seiner Haut eine Pause gönnen.« Sie zuckte hilflos mit den Schultern, während sie ihren Hidschāb abnahm. »Und da wären wir nun also.«

»Zamira«, sagte eine dünne, ältere kubanische Frau in den Siebzigern. Ihr ganzes Gesicht verzog sich, als sie versuchte zu lächeln. »Das ist meine Enkeltochter Isabel. Ich passe im Sommer auf sie auf, während ihre Eltern arbeiten.«

Sie ergriff die Hand eines Mädchens, das etwa dreizehn Jahre alt war. Ihr Kopf war gesenkt und ihr langes schwarzes Haar verdeckte ihr Gesicht, während sie leise weinte und schniefte.

»Ich bin Dakota.« Dakota wies auf das kleine Mädchen neben sich. »Und das ist Piper. Wir müssen uns beeilen.«

Zamira zog sanft an ihrer Enkelin und führte sie zum Waschbecken. Sie drehte sich um und winkte Piper zu sich. »Kommt, meine Lieben, lasst es und hinter uns bringen.«

Die Frauen zogen sich schnell aus, stopften ihre Shirts, Jeans und BHs in die Waschbecken und schrubbten sich mit seifengetränkten Papiertüchern ab.

Zamira wusch Isabel, die schlaff, zitternd und weinend dastand.

Das Mädchen stand wahrscheinlich unter Schock.

Zamira lächelte Piper aufmunternd zu, bis sie zögernd nach vorne trat, sich jedoch selbst auszog und wusch.

Dakota beobachtete die drei einen Moment lang. Zamira war eine freundliche, großmütterliche Frau. Sie erinnerte sie an Schwester Rosemarie, eine der wenigen Frauen, die ihr in der Kommune echtes Mitgefühl entgegengebracht hatten. Sie wusste, dass Zamira auf Piper aufpassen würde.

Sie bot Zamira an, ihr zu helfen, Isabel und Piper die Haare zu waschen.

»Du solltest dich um dich selbst kümmern«, sagte Zamira. »Wir kriegen das schon hin.« Aber Zamiras Hände zitterten. Sie zitterte vor Kälte, und sie hatte sich noch nicht einmal selbst gewaschen.

»Lass mich helfen«, sagte Dakota schärfer, als sie es beabsichtigt hatte.

Aber Zamira lächelte nur, ihre Augen verschwanden fast in einem Netz aus Falten. »Ich sehe, du bist ein Mädchen, das gewohnt ist, seinen Willen zu bekommen.«

»Schön wär's«, murmelte Dakota.

»Was ist mit dir?«, fragte Piper.

Dakota schüttelte nur den Kopf. Selbst wenn ihre Haut bei dem Gedanken an radioaktive Partikel, die an ihrem Fleisch klebten, kribbelte und brannte, konnte sie sich nicht dazu durchringen, ihr Tanktop auszuziehen.

Sie hatte ihre Narben so lange verheimlicht. Der Gedanke, sie jetzt zu enthüllen, selbst hier im Halbdunkel, jagte ihr einen Schauer über den Rücken.

Sie war sicher, dass sie es rechtzeitig geschafft hatten, um den größten Teil des Fallouts zu verpassen.

Sie konnte es sich leisten, ein paar Minuten zu warten, bis die Toilette leer war.

Nachdem sie Zamira, Isabel und Piper geholfen hatte, wrangen sie ihre Kleidung so gut sie konnten im Waschbecken aus, wobei das Seifenwasser auf den Boden spritzte. Sie zogen sich die kalten, feuchten Kleider an und spülten dann alle Eimer aus.

Dakota, Shay und Rasha füllten sie bis zum Rand mit kaltem Wasser und reichten sie den Frauen, die mit nassen Haaren, feucht und fröstelnd, aber sauber in den Kinosaal sieben zurückkehrten.

Endlich allein im Halbdunkel schlüpfte Dakota aus ihrem Tanktop und der Cargohose. Sie zog das taktische SOG-Spec-Arc-Messer aus der Scheide, die an ihrem Gürtel befestigt war. Ezra hatte es ihr an dem einzigen Weihnachten geschenkt, das sie in seiner Hütte verbracht hatten.

Im Gegensatz zu ihrer XD9 oder ihrer Notfalltasche konnte sie das

Messer überallhin mit hinnehmen – und das tat sie auch. Ezra hatte ihr auch beigebracht, wie man es benutzte.

Sie hatte sich geschworen, nie wieder hilflos zu sein, und sie hatte vor, dieses Versprechen zu halten.

Sie legte das Messer vorsichtig auf den Rand des Waschbeckens und machte sich an die Arbeit.

Die Luft traf ihren entblößten Rücken wie ein Schlag. Die Haut um ihre Narben herum prickelte. Sie widerstand dem Drang, zu zittern.

Sie wusch sich schnell, aber gründlich, und schrubbte sich kräftig. Ein Teil von ihr wollte ihre Haut wund reiben, nur um sicherzugehen, dass sie wirklich sauber war, um sicherzugehen, dass sie jedes Fleckchen Verunreinigung beseitigt hatte.

Aber das war natürlich unmöglich.

Es gelang ihr, die ganze Zeit nicht in den Spiegel zu schauen, nicht ein einziges Mal.

# KAPITEL 14
# LOGAN

Als alle fertig waren, versammelten sie sich mit zerknitterten und nassen, aber sauberen Kleidern im vorderen Teil des Saals.

Logan und Walter lehnten an der Wand neben dem Stapel von Lebensmitteln und Wassereimern, während Dakota und Rasha neben dem Essen knieten und alles zählten. Mehrere Leute sackten in den Polstersitzen zusammen und starrten geschockt vor sich hin.

Die Teenager-Jungs streckten sich unter der Kinoleinwand aus, ihre unbrauchbaren Handys schlaff in der Hand. Einer saß mit angezogenen Knien unter dem Kinn, die schmalen Schultern zusammengezogen. Tränen schimmerten in den dunklen Augen des Jungen.

Das punkige Auftreten und die Angeberei waren verschwunden; sie hatten Angst und Heimweh. Sie waren weich, von ihren Müttern verhätschelt, geschwächt von Sommern mit Klimaanlagen und Videospielen.

In ihrem Alter war Logan bereits seit fast einem Jahr auf sich allein gestellt gewesen. Zäh, aufmüpfig, waghalsig und aggressiv. Er hatte jeden Kampf gewonnen, es mit jedem Herausforderer aufgenommen, jedes Problem und jeden Feind als Chance begriffen, sich seinen eigenen Platz in einer brutalen Welt zu erobern.

Und das hatte er, Stück für Stück, verdammt noch mal.

Logan blinzelte und schaute schnell weg.

Er wollte diesen Gedanken nicht nachhängen.

Stattdessen sah er zu, wie Shay mit dem Erste-Hilfe-Kasten herumlief und die Wunden aller mit einem antibiotischen Gel und übergroßen Schmetterlingspflastern versorgte.

Julio allein beanspruchte den größten Teil der medizinischen Vorräte.

Als Shay zu Logan kam, winkte er das Mädchen weg.

Die Sitznische in der Bar hatte ihn vor den meisten Glasscherben geschützt. Die Schnitte an seinen Armen, die er sich beim Bedecken seines Gesichts zugezogen hatte, bluteten nicht einmal mehr.

Er riss einen letzten winzigen Splitter aus dem gezackten Widerhaken in der Tätowierung, die seinen linken Unterarm umgab.

Er sah nicht auf den lateinischen Satz, der sich um seinen Arm wand und von den Widerhaken umschlungen war. Er schaute ihn seit langem schon nicht mehr an, wenn er es vermeiden konnte.

Er warf einen Blick auf die Kellnerin und sah, wie sie ihn beobachtete, wobei sich zwischen ihren Brauen eine kleine, ratlose Linie bildete.

Ein Ruck des Unbehagens durchfuhr ihn, obwohl er nicht wusste, warum.

Er wollte wegschauen, aber er zwang sich, ihr stattdessen ein träges Lächeln zu schenken. Wenn er so tat, als wäre es ihm egal, würde es vielleicht wahr werden.

Zumindest redete er sich das ein.

»Haben wir eine Ahnung, wie groß dieses Ding ist?«, fragte Julio und rieb abwesend das goldene Kreuz an seinem Hals. »Die Explosion, meine ich.«

Dakota brach den Blickkontakt ab. Sie setzte sich auf ihre Fersen und schob ihr kastanienbraunes Haar hinter die Ohren. »Ich gehe davon aus, dass es sich bei dieser Bombe um einen improvisierten Nuklearsprengkörper handelt, wahrscheinlich um die zehn Kilotonnen. Wenn es eine größere Bombe wäre, wären wir alle schon verbrannt.«

»Was bedeutet das?«, fragte Zamira.

Sie hörte von einem der Kinositze aus aufmerksam zu und streichelte das Haar ihrer Enkelin. Das Mädchen rollte sich schlaff auf ihrem Schoß zusammen. Piper hockte neben ihnen und schwang ihre nackten Beine über den Teppich.

»Eine Kilotonne misst die Stärke der Explosion«, erklärte Dakota. »Die Bombe, die Nagasaki traf, hatte eine Sprengkraft von zehn Kilotonnen. Tausend Pfund TNT entsprechen einer Kilotonne. Stellt euch also vor, dass zehntausend Pfund TNT auf einmal explodieren, und ihr habt eine ungefähre Vorstellung.«

Einen langen Moment lang sagte niemand etwas.

»Es ist die Schockwelle, die alles verwüstet«, sagte Dakota. »Eine Explosion, die dreimal so stark ist wie der schlimmste Hurrikan der Kategorie Fünf.«

Shay bedeckte ihren Mund mit ihren Fingern und stieß ein Keuchen aus.

»Und dann ist da noch der Fallout«, fuhr Dakota fort. »Am gefährlichsten ist er in der Nähe des Explosionszentrums. Wenn man es sehen kann – also was draußen ist –, dann bekommt man eine Strahlendosis, die stark genug ist, um einen innerhalb von Tagen oder Wochen zu töten.

Aber nur, weil man es nicht sehen kann, heißt das nicht, dass es einen nicht trotzdem umbringt. Nur vielleicht in Wochen oder Monaten statt in Tagen. Und da man es nicht sehen kann, weiß man nicht einmal, dass es einen gerade umbringt, bis man krank wird.«

»Wenn wir aus der unmittelbaren Umgebung wegkommen, sind wir dann außer Gefahr?«, fragte Zamira.

»Nein. Der Fallout folgt den vorherrschenden Winden. Sowohl den Oberflächenwinden, die wir spüren können, als auch den Winden in der oberen Atmosphäre, die wir nicht bemerken. Er kann sich ausbreiten und Hunderte von Quadratkilometern verseuchen.«

»Wir können nicht monatelang hier bleiben«, rief ein dünner, sonnenverbrannter Typ in Khaki-Shorts und einem lachsfarbenen Golfshirt.

Er hatte sich vorhin als Miles vorgestellt. Er schien einer dieser verklemmten, neurotischen Typen zu sein, der grundlos hysterisch wird, anstatt sich mit echten Problemen zu beschäftigen.

»Das müssen wir auch nicht«, sagte Dakota.

»Wir werden lange vorher verhungern!«, sagte Miles.

»Nein, werden wir nicht«, konterte Logan.

»Wir sitzen in der Falle!«, kreischte Miles. »Wir können hier nicht überleben ...«

»Halt doch mal kurz die Klappe, ja?« Dakota presste ihre Finger gegen ihre Schläfen, als wollte sie das schrille Wimmern des Mannes ausblenden.

Logan wollte sie alle mit einem kräftigen Schluck verdrängen. Oder mit einem Schlag gegen die Kehle.

»Lasst uns erst einmal durchatmen«, sagte Julio mit beruhigender Stimme. Er spielte den Friedensstifter ziemlich gut, wahrscheinlich eine Fähigkeit, die er als Barkeeper bei Hunderten von Schlägereien unter Alkoholeinfluss erlernt hatte. »Wir sollten ruhig bleiben. Panik hat keinen Zweck.«

»Ich bin nicht panisch!«, sagte Miles. »Du bist der ...«

»Wie lange müssen wir hier drinnen bleiben?«, fragte die hübsche, kurvenreiche Frau aus dem Nahen Osten namens Rasha und unterbrach den Mann.

Sie stand neben Miles, in perfekter Haltung, und streichelte mit ihren gepflegten Fingern seinen leuchtend roten Unterarm.

Sie waren verheiratet, ein für Logan sehr verwirrendes Arrangement – nicht, weil sie ein gemischtes Paar waren, sondern weil Miles so ein Mistkerl zu sein schien.

»Meine Mutter und meine Schwester leben in Pinecrest«, sagte Rasha besonnen und mit einem leichten Akzent. »Wir wollten sie heute Abend besuchen. Wir müssen sicherstellen, dass es ihnen gut geht.«

»Die Fallout-Werte nehmen schnell ab, aber ...« begann Dakota.

»Wie schnell?«, unterbrach Miles. Er schüttelte die beruhigende Hand seiner Frau ab. »Wie viele Tage?«

»Das hängt von der Stärke der Explosion, dem Wind und der Höhe ab ...«

»Sag es uns einfach!«, fauchte Miles verzweifelt.

»Um sicher zu sein?«, fragte Dakota mit ruhiger und fester Stimme, obwohl ein Muskel an ihrem Kiefer zuckte. »Ich denke, wir müssen mehrere Tage, vielleicht eine Woche, hierbleiben.«

Logan rutschte das Herz in die Hose. Sieben Tage im Dunkeln und in der Hitze mit einer Handvoll verzweifelter, panischer Fremder klangen wie eine besondere Art von Folter.

Schlimmer noch, sein Flachmann würde lange vorher leer sein. Sein Mund wurde trocken bei dem Gedanken.

Miles' Augen weiteten sich. »Eine Woche? Das soll wohl ein Scherz sein. Wir werden den ersten Flug aus diesem Höllenloch nehmen!«

Logan konnte der Einschätzung des Kerls nicht widersprechen, auch wenn er ein ahnungsloser Trottel war. Er rutschte unruhig an der Wand hin und her.

»Was ist mit unseren Familien? Unseren Freunden? Meiner Frau?«, fragte Julio. »Wir können sie doch nicht einfach da draußen lassen.«

»Du kannst jetzt nichts mehr für sie tun.« Der Muskel in Dakotas Kiefer zuckte. »Was nützt es ihnen, wenn du da rausgehst, nur um zu sterben? Wir müssen warten. Dann können wir versuchen, ihnen zu helfen ...«

»Genug ist genug!«, rief eine Stimme.

# KAPITEL 15
# LOGAN

Logan beobachtete, wie die schwere Frau mit dem Doppelkinn, dem krausen, kupferfarbenen Haar und den wütenden Augen die hintere Treppe hinunterstürmte, und dabei einen etwa sechsjährigen Jungen hinter sich herzog.

Sie war ihm schon vorher aufgefallen, als er einen ersten Rundgang durch den Saal gemacht hatte. Sie war nicht nach unten gekommen, um ihre Kleider zu waschen oder beim Wasserholen zu helfen. Sie hatte die ganze Zeit dort oben gesessen und nichts anderes getan als gegrübelt.

Die Frau blieb nur wenige Zentimeter von Dakota entfernt stehen, die beim ersten Anzeichen von Ärger aufgestanden war. Sie deutete mit dem Finger auf die Kellnerin. »Niemand sonst scheint in der Lage zu sein, es zu sagen, also werde ich es tun. Du erschreckst meinen Sohn mit diesem Unsinn zu Tode!«

»Was? Nein ...«, fing Dakota an.

»Was seid ihr? Eine Art Weltuntergangskult? Seid ihr alle auf Drogen? Ist das ein kranker Scherz, den ihr euch ausgedacht habt, um unschuldige, gottesfürchtige Bürger auszunehmen?«

Dakota hob ihr Kinn und wich keinen Zentimeter zurück. Sie schlug den Finger der Frau weg. »Treten Sie zurück, Lady.«

Logan spannte sich an. Instinktiv trat er von der Wand nach vorne, löste seine Arme und hielt die Hände locker an den Seiten bereit. Nur für alle Fälle.

Die Frau ließ den Finger sinken, verlor aber kein bisschen ihrer Boshaftigkeit. Ihr Blick schweifte über Logans feuchtes, zerknittertes Shirt und sein ungekämmtes Haar.

Ihre Lippen kräuselten sich vor Verachtung. »Ich werde das nicht mitmachen. Mein Sohn hat Fußballtraining. Ich habe eine Verabredung zum Essen. Ich habe ein Leben.«

Sie stürzte sich auf Schmidt. »Ich werde eine Rückerstattung verlangen und in den sozialen Medien darüber berichten, was hier vor sich ging. Das ist der schlechteste Service, den ich je in meinem Leben erlebt habe!«

»Wir haben es gesehen«, sagte Julio und versuchte es mit Diplomatie. »Es gab eine Explosion, einen Lichtblitz ...«

»Ach, einen Lichtblitz, ja?«, knurrte die Frau. »Als Nächstes fangt ihr an, von Außerirdischen zu faseln.«

Die Frau und ihr Kind hatten den Kinosaal nach der Explosion nicht einmal verlassen. Sie war nicht geflüchtet, als das Gebäude bebte, die Schockwelle vorbeirauschte oder der Strom ausfiel. Sie hatte weder die zerbrochenen Fenster noch den Atompilz oder den sich unheimlich verdunkelnden Himmel gesehen.

Sie hatte einfach nur dagesessen und gewartet, in der Erwartung, dass der Strom wieder angestellt und ihr Film – und ihr Leben – wie gewohnt weitergehen würde.

»Amerika wird angegriffen«, sagte Zamira ernst. »Mindestens drei Bomben sind explodiert ...«

»Niemand greift Amerika an«, schimpfte die Frau. »Niemand würde es wagen. Und selbst wenn sie es täten, ist die Strahlung ein Mythos. Die Gefahr ist nicht so groß, wie es die Panikmacher hier behaupten.«

»Ich kann Ihnen versichern, dass die Gefahr sehr real ist«, sagte Dakota mit zusammengebissenen Zähnen.

»Was auch immer dieses ...«, die Frau winkte abweisend mit der Hand, »Ereignis ist, wenn es überhaupt real ist, zu Hause sind wir am sichersten. Und da gehen wir nun hin.«

»Da draußen herrscht das reinste Chaos.« Dakotas Stimme wurde leise und bedrohlich. »Der Fallout ist immer noch tödlich. Es ist eine Gefahr für den Jungen.«

»Niemand wird mir vorschreiben, wie ich meine Familie erziehen soll. Genug. Wir sind raus hier. Ich werde meinen Anwalt wegen dieser Belästigung einschalten.«

Dakota stellte sich vor die Frau, ihre Hände ballten sich zu Fäusten.

»Oh, das soll wohl ein Witz sein. Ich bin doppelt so groß wie du, Mädchen. Was auch immer dieses Spiel hier ist, ich spiele nicht mit. Ich gehe nach Hause.«

Dakota gab nicht klein bei. »Wenn Sie da rausgehen, bringen Sie Ihr Kind in Gefahr.«

Logan war kein Mann für Drama. Er bevorzugte ein einfaches Leben mit einfachen Vergnügungen. Wenn man ihn vor die Wahl stellte, sich einzumischen oder weiterzugehen, ging er in zehn von zehn Fällen weiter.

Und doch ...

Der ängstliche Blick des kleinen Jungen, der um den stämmigen Oberschenkel seiner Mutter herumspähte, ließ ihn nicht los. Er spürte die Augen des Kindes wie zwei Laser auf sich, die sich in seine Seele bohrten.

Dakota konnte auf sich selbst aufpassen. Er konnte es an ihrer Haltung erkennen – die Füße schulterbreit auseinander, ein Bein leicht vor dem anderen, um Stabilität zu gewährleisten, leicht auf den Fußballen balancierend, die Hände locker an den Seiten. Eine gute Konfrontationsstellung – eine, die zeigte, dass sie zur Verteidigung – oder zum Angriff – bereit war.

Jemand hatte ihr nicht nur beigebracht, wie man eine nukleare Apokalypse überlebte. Sie wusste auch, wie man kämpfte.

Aber selbst die besten Kämpfer brauchten jemanden, der ihnen den Rücken freihielt. Die Wahrheit war, dass er genauso wenig wie sie wollte, dass der Junge in den Fallout ging.

Mit einem Seufzer schritt er durch den Gang und stellte sich neben Dakota. »Es ist wahr. Die Hälfte der Leute hier hat den Atompilz mit eigenen Augen gesehen. Sehen Sie die Schnitte überall an Julio? Die hat er von der Schockwelle, die jede Glasscheibe im Umkreis von mehreren Kilometern zerschmettert hat. Bringen Sie das Leben Ihres Jungen nicht in Gefahr. Warten Sie wenigstens einen Tag. Geben Sie sich und ihm eine Chance.«

»Ihr seid diejenigen, die meinem Kind Angst machen«, schnauzte die Frau. »Ihr könnt uns hier nicht festhalten. Lasst mich vorbei.«

Er bewegte sich nicht.

»Du machst meinem Jungen Angst. Ist es das, was du wolltest?« Ihr Gesicht verfärbte sich vor Wut und Angst. Sie ergriff die Hand ihres Sohnes und zerrte ihn an ihre Seite.

Der Junge sah zu ihm auf und blinzelte verängstigt. Seine Augen waren grün, nicht dunkelbraun. Sein feines, strähniges Haar war rot wie das seiner Mutter – nicht schwarz und lockig, wie das Haar, das das Gesicht aus seinen schlimmsten Albträumen umrahmte.

Logan wandte seinen Blick ab. »Nein.«

»Sie versuchen nur, Ihnen das Leben zu retten, das ist alles«, sagte Julio ruhig von hinten.

»Es sind noch ein paar andere Kinder hier«, sagte Shay. »Sie können gerne bleiben ...«

Die Frau ignorierte die anderen und richtete ihren Blick weiter auf Logan. »Dann geh mir verdammt noch mal aus dem Weg.«

»Sie machen einen Fehler«, sagte Dakota mit zitternder Stimme.

»Dakota.« Julio berührte ihren Arm, seine Stimme war sanft und flehend. »Ich glaube, es ist das Beste, sie ziehen zu lassen.«

Julio hatte recht. Die Frau würde nicht bleiben, es sei denn, sie hielten sie gegen ihren Willen fest. Den Gesichtern der Anwesenden nach zu urteilen, war niemand bereit, so weit zu gehen.

Er war es auch nicht.

Logan unterdrückte einen Anflug von Schuldgefühlen. Diese Frau war nicht sein Problem. Er hatte im Moment selbst genug zu tun. Das hatten sie alle.

Er trat zur Seite und machte eine ausladende Bewegung mit der Hand. »Wie Sie wünschen.«

Dakota stand zitternd da, ihre starre Miene verriet ihre Wut.

Aber sie versuchte nicht, die Frau aufzuhalten, als sie mit einem triumphierenden Brummen an ihnen vorbeistürmte und ihren Sohn hinter sich herschleifte.

»Gehen Sie nicht nach Hause«, rief Dakota ihr hinterher. »Gehen

Sie so schnell Sie können, soweit Sie können, und zwar senkrecht zum Wind. Das ist Ihre einzige Chance.«

Die Frau sagte nichts, als sie in der Dunkelheit verschwand. Das Scheppern der Türen hallte durch den Kinosaal hinter ihr.

# KAPITEL 16
## LOGAN

Einen langen Moment lang standen alle einfach nur da und starrten sich in schockiertem Schweigen an. Logan wünschte, er wäre überrascht, aber das war er nicht.

Die Welt war voll von vorsätzlichen Ignoranten. Es gab nichts, was man dagegen tun konnte. Sich über sie aufzuregen, war eine Verschwendung von Zeit und Gehirnzellen.

Aber dieses Kind ... diese großen, gequälten Augen wollten ihm nicht aus dem Kopf gehen. »Sie weiß, in welche Richtung sie gehen muss«, sagte Shay zittrig. »Dakota hat sie gewarnt. Hoffentlich kommen sie heil heraus.«

»Nein«, sagte Dakota, ihre Stimme war scharf wie Stahl, ihre Augen blitzten, »das werden sie nicht.«

»Vergesst sie«, sagte Logan. »Wir können ihnen jetzt sowieso nicht mehr helfen. Sie hat ihre Wahl getroffen. Es ist nicht unsere Schuld.«

Dakota warf ihm einen Blick zu, aber sie widersprach nicht.

»Du warst dabei, die Strahlung zu erklären«, sagte Julio sanft. »Wir müssen noch mehr wissen. Erzähl weiter.«

Dakota holte scharf Luft. Sie wandte sich von den Saaltüren ab und stellte sich der Gruppe gegenüber. Ihre Hände waren immer noch an ihren Seiten zu Fäusten geballt.

»Woher wissen wir, wann es sicher ist, nach draußen zu gehen?«, erkundigte sich Julio.

»Okay«, sagte Dakota. »Also, radioaktiver Niederschlag zerfällt exponentiell.

Die größte Gefahr durch Fallout besteht in den ersten vier bis sechs Stunden. Ich glaube, dass das Schlimmste innerhalb von vierundzwanzig Stunden auf den Boden fallen wird.«

»Du *glaubst*?«, fragte Schmidt und machte einen verächtlichen Laut. »Wie sollen wir dir so unser Leben anvertrauen? Soweit wir wissen, könntest du dir das alles auch nur ausgedacht haben!«

»Sie hat recht«, bestätigte Shay. »Ich bin in der Ausbildung zur Krankenpflegerin im dritten Jahr an der U. Ich bin auch registrierte freiwillige Ersthelferin. Im vergangenen Januar habe ich ein Seminar über Katastrophenvorsorge und -bewältigung besucht. Im Rahmen der Zertifizierung haben wir uns mit medizinischen Maßnahmen bei nuklearen Katastrophen beschäftigt. Risikobewertung, Dekontaminationsverfahren, Triage und Notfallversorgung von Patienten vor Ort und so weiter.«

Dakota senkte ihr Kinn, um Shay für ihre Unterstützung zu danken. »Ich bin keine Expertin. Aber jemand, der extrem klug und gut vorbereitet ist, hat mir alles beigebracht, was er weiß. Dieses Wissen wird uns am Leben erhalten.«

»Bah!«, schnaubte Schmidt. »Ihr seid beide kaum aus der Highschool raus! Nur zwei weitere dumme Millennials, die denken, sie wüssten alles ...«

»Lassen Sie sie einfach ausreden«, schaltete sich Logan ein. Das bisschen Geduld, das er noch hatte, war schon längst aufgebraucht. »Dann können Sie entscheiden, was Sie glauben wollen.«

Mehrere Personen nickten zustimmend. Miles verschränkte die Arme vor der Brust. Schmidt warf Logan einen Blick voller Abscheu zu, aber er hielt den Mund.

Es war ihm egal, ob das Arschloch ihn hasste. Es war ihm egal, ob sie ihn alle hassten.

»Es gilt die so genannte Sieben-Zehn-Regel«, sagte Dakota. »Für jede siebenfache *Verlängerung* der Zeit nach der Detonation *sinkt* die

Expositionsrate um das Zehnfache. Oder, wenn die Zeitspanne mit sieben multipliziert wird, wird die Expositionsrate durch zehn geteilt.

Kurz gesagt: In vierundzwanzig Stunden liegt die Strahlendosis bei zehn Prozent des jetzigen Wertes. In achtundvierzig Stunden wird sie bei einem Prozent liegen.«

»Dann können wir ja hier raus und meine Mutter suchen«, freute sich Piper.

Sie sah so hoffnungsvoll aus wie ein verlorenes Hündchen. »Richtig?«

Dakota schüttelte den Kopf. »Es ist noch lange nicht sicher. Ich schätze, dass wir etwa zwei Kilometer von der Explosion entfernt sind, aber wir befinden uns im Windschatten, direkt in der Flugbahn des Fallouts, der im Moment bis zu tausend Rem pro Stunde betragen könnte ...«

»Was bedeutet das?«, fragte Logan. »Ich bin in der Highschool in Chemie durchgefallen.« In Wirklichkeit war er mit sechzehn von der Highschool abgegangen, aber das brauchte niemand zu wissen.

»Ein Roentgen ist ein Maß für die Menge an Strahlung, die im Moment abgegeben wird«, sagte Dakota. »Rem bedeutet *Roentgen Equivalent Man*. Rem misst die vorhandene Strahlungsmenge, während die Maßeinheit für die Dosis, die eine Person aufnimmt, Gray genannt wird. Bedenkt dabei, dass sich Rem auf die Strahlungsmenge in einem Gebiet bezieht, während Gray die von einer Person absorbierte Dosis bezeichnet. 100 Rem entsprechen einem Gray. Und die Exposition ist kumulativ.«

»Und was bedeuten die Dosierungen?«, fragte Julio und runzelte verwirrt die Stirn.

»Das weiß ich«, sagte Shay. »Zwischen einem und zwei Gray erliegt die typische Person dem akuten Strahlensyndrom mit Übelkeit und Erbrechen, Kopfschmerzen und Lethargie. Viele Menschen können niedrigere Strahlungsdosen überleben, aber höhere Dosen sind tödlich.«

»Wie viele Menschen sind bereits tot?« Zamiras bebendes Kinn hob sich tapfer, als sie das Haar ihrer Enkelin streichelte, aber in ihren dunklen Augen glitzerten Tränen. Piper schmiegte sich an sie, den

Kopf an die Schulter der alten Frau gelegt, die Brille noch immer schief auf der Nase.

»Wir wissen es nicht«, sagte Julio. »Zehntausende. Vielleicht auch mehr.«

»Es waren drei Bomben?«, fragte Rasha.

»Soweit wir wissen«, sagte Julio mit angespannter Stimme.

Mehrere von ihnen wischten sich Tränen weg. Andere starrten wie betäubt vor sich hin, unfähig, das Ausmaß der Gräueltat zu begreifen, die sie ereilt hatte.

Logans Verstand wich immer wieder davor zurück und versuchte, die abscheulichen Zahlen beiseitezuschieben und so zu tun, als könne es unmöglich so schrecklich sein. Er zwang sich, es zu akzeptieren und sich so schnell wie möglich an diese neue Realität anzupassen.

»Zehntausende von Menschen in der Nähe von Ground Zero werden einer tödlichen Strahlendosis ausgesetzt sein«, sagte Dakota. »Hunderttausende werden wegen des radioaktiven Niederschlags aus ihren Häusern evakuiert werden müssen. Aber selbst wenn alle evakuiert sind, wird das Gebiet noch kontaminiert sein.«

Logan ertappte sich dabei, wie er sich trotz allem nach vorne lehnte. Er war zwar ein Schulabbrecher, aber er hatte schon immer einen scharfen Verstand, wenn es darum ging, wertvolle Informationen zu sammeln.

Rasha keuchte erschrocken.

»Regen wird den kontaminierten Boden innerhalb weniger Wochen oder Monate wegspülen«, sagte Dakota, »aber in städtischen und vorstädtischen Gebieten sieht es anders aus. Wohnhäuser, Schulen, Krankenhäuser, Gefängnisse und Fabriken werden unbrauchbar sein. Die Regierung wird Gebäude abreißen und umfangreiche Dekontaminationsmaßnahmen durchführen müssen.«

»Das wird Jahre dauern«, sagte Logan.

Einen Moment lang starrten sie sich alle an und ließen den überwältigenden Schrecken auf sich wirken. Die Zerstörung würde enorm sein, mit weitreichenden Folgen, die sie sich noch gar nicht vorstellen konnten.

»Heilige Muttergottes«, murmelte Julio und bekreuzigte sich. »Gott stehe uns bei.«

Zamira fingerte an den Gebetsperlen, die sie aus ihrer Tasche gezogen hatte. »Wir sollten für all die verlorenen und leidenden Seelen beten.«

Beten hatte bei Logan nie etwas bewirkt. Nur eine Sache funktionierte, wenn auch nie für lange.

Dieser brennende Drang erfüllte ihn. Ein *Verlangen*, das immer an seinem Inneren kratzte. Ein zischendes Flüstern, das jeden seiner Gedanken verfolgte.

Was würde er nicht alles für eine Flasche Absolut Wodka oder Jack Daniel's Whiskey geben. Warum konnten sie nicht in einem dieser Kinos mit Restaurant und üppiger Weinkarte Zuflucht finden?

Das wäre eine angenehme Art, die Apokalypse zu überstehen.

# KAPITEL 17
## EDEN

Eden presste sich vor Schreck die Faust auf den Mund. Sie keuchte verzweifelte, stumme Schluchzer. Ihr Körper bebte von einem Zittern nach dem anderen, wie die Nachbeben eines Erdbebens.

Aber dies war kein Erdbeben.

Das Getöse hatte aufgehört. Das Beben hatte aufgehört. Das Licht, das durch die Ritzen des Türrahmens hervorgebrochen war, war verschwunden.

Jetzt gab es nur noch die Dunkelheit. Schwarz, so dick und undurchdringlich, dass sie nicht einmal mehr ihre Hände vor ihrem Gesicht erkennen konnte.

Sie spitzte die Ohren, lauschte auf Menschen, auf ihre Pflegeeltern, auf jemanden, der sie retten wollte. Das einzige Geräusch war das *Tropf, Tropf, Tropf* des Wassers im Waschbecken. Und das Klopfen ihres eigenen Herzschlags in ihren Ohren.

Das Badezimmer roch nach dem Zitronenreiniger, den das Hausmädchen benutzte. Ihre Wirbelsäule grub sich in den Boden der harten Porzellanwanne. Ihre Schultern und ihr Nacken taten weh. Ihre Knie waren ungünstig angewinkelt, ihre nackten Füße drückten gegen die gegenüberliegende Wannenwand unter dem Wasserhahn.

Das übergroße Sofakissen, das sie auf sich gezogen hatte, kratzte, und einer der Reißverschlüsse schnitt ihr in den Nacken. Darunter drückte sie den Notizblock mit gekrallten Fingern an ihre Brust.

Aber sie wagte es nicht, sich zu bewegen.

Sie wusste, was der helle Blitz war, was er bedeutete. Eine Atombombe.

War dies das Gericht, von dem ihr Vater predigte? Armageddon, das in einem wütenden Ansturm von kochendem Rauch und Feuer vom Himmel herabstürzt?

Dakota hatte sie gewarnt.

Das hatte Ezra auch getan, vor all den Jahren, als er sie in seiner Hütte am Rande des Sumpfes hatte wohnen lassen. Sie schien so weit von der Zivilisation entfernt zu sein, dass sie genauso gut am Rande der Welt hätte stehen können.

So fühlte sie sich jetzt, als wäre sie über den Rand des Planeten hinausgerutscht und irgendwo in einer anderen Dimension oder vielleicht in einem schwarzen Loch verloren.

Sie wusste nicht, wie schlimm es war. Sie wusste gar nichts.

Außerhalb ihres winzigen, beengenden Badezimmers könnte die ganze Welt in Trümmern liegen. Das ganze Haus könnte unter einer Tonne Schutt begraben sein, so tief, dass niemand in der Lage wäre, sie jemals auszugraben, selbst wenn jemand ihre Schreie hören könnte.

Was niemand konnte. Denn sie hatte keine Stimme. Keine Möglichkeit, jemanden jenseits dieser vier engen Wände zu erreichen. Sie saß hier drinnen in der Dunkelheit fest, mit nur der Wanne, dem Waschbecken und der Toilette, dem kalten Fliesenboden.

Alles, was sie wusste, war, dass sie nicht gehen konnte, bis jemand sie abholte. Falls jemand sie abholte. *Dakota hatte es versprochen.*

Sie war ganz allein. Ganz allein in der Dunkelheit, die sie fürchtete, der Dunkelheit, in der sich die Monster einschleichen konnten, sowohl imaginäre als auch reale.

Sie stöhnte, ihre Kehle gab einen rauen, kaputten Laut von sich. Tränen liefen ihr über die Wangen, Rotz blubberte in ihrer Nase.

Sie wollte ihre Pflegeeltern.

Sie vermisste sie. Sie vermisste sie mit einem drückenden Schmerz in der Mitte ihrer Brust. Fast so sehr wie sie Dakota, ihren Vater und ihre Brüder vermisste.

Sie wünschte sich Gabriellas warme, tröstende Gegenwart. Wie sie ihr das feuchte Haar aus dem Gesicht strich und einen spanischen Popsong summte, dessen Text Eden nicht kannte, während Eden zurück in einen unruhigen Schlaf fiel.

Sie wollte, dass Jorge ihr ein weiteres seiner Lieblingsbücher brachte – *1984* oder *Farm der Tiere* – und ihr bis tief in die Nacht vorlas, auch wenn er am nächsten Tag früh aufstehen musste, um zu arbeiten.

In den ersten Wochen bei den Rosses ohne Dakota war sie jede Nacht von Albträumen geplagt worden.

Nach einem Albtraum konnte sie nicht schreien. Sie hatte keine Möglichkeit, sie auf ihre Not, ihren Schrecken aufmerksam zu machen.

Sie hatte sich im Dunkeln in ihrem Bett gewälzt, erstickte fast an ihrem eigenen röchelnden Stöhnen, schluchzte leise und zitterte am ganzen Körper, zu verängstigt, um ihr Zimmer zu verlassen.

Erst als sie eines Nachts aus dem Bett fiel, bemerkten sie ihre Nachtschrecken. Instinktiv kauerte sie sich an die Wand, kramte nach ihrem Notizblock, um eine Erklärung zu kritzeln, sich verzweifelt zu entschuldigen und zu versprechen, sie nie wieder zu wecken.

Sie hatten nicht so reagiert wie ihr richtiger Vater, mit abwertender Wut und Scham. Am nächsten Tag brachte Jorge einen Alarmknopf auf ihrem Nachttisch an. Wenn sie ihn drückte, summte sein Telefon und weckte sie.

Die Rosses kamen immer zusammen, alle beide.

Eden mochte sie. Sie liebte sie sogar, obwohl sie sich nicht traute, das Dakota zu erzählen.

Gabriella war eine herzensgute Dichterin, Jorge ein Kinderarzt mit einem coolen Sinn für Humor.

Gabriella schenkte ihr die Gabe der Sprache, indem sie sie zum Unterricht in amerikanischer Gebärdensprache anmeldete und ihr hochwertige Stifte und Malutensilien kaufte.

Jorge eröffnete ihr die Welt der Bücher und des Lesens – Bücher, die in ihrem alten Leben in der Kommune verboten gewesen wären. Aber Jorge ließ sie alles lesen, was sie wollte.

Sie fürchtete sich davor, Dakota die Wahrheit zu sagen – sie wollte, dass die Rosses sie adoptierten. Auch wenn sie Dakota aus vollem

Herzen liebte. Auch wenn sie wusste, dass Dakota unbedingt zu ihrem Vormund ernannt werden wollte.

Sie sehnte sich danach, wieder Teil einer richtigen Familie zu sein.

Sie war hin- und hergerissen zwischen ihrer Zuneigung zu den Rosses und ihrer Loyalität gegenüber Dakota. Angst, Schuldgefühle und Verlust kämpften in ihr.

Vielleicht war es auch gar nicht wichtig. Vielleicht waren ihre Pflegeeltern bereits tot. Vielleicht war Dakota das auch. Vielleicht war jeder einzelne Mensch im ganzen Staat Florida bereits tot.

Ihr Verstand schreckte vor diesem Gedanken zurück.

Nein. Gabriella und Jorge waren immer noch da draußen und versuchten, ihren Weg nach Hause zu finden. Und Dakota war auch auf dem Weg zu ihr.

Langsam ließ ihr Schluchzen nach. Sie trocknete ihre salzigen Tränen mit der Rückseite ihres Arms. Ihre hektischen Atemzüge wurden langsamer.

Sie drückte ihr Notizbuch an die Brust und starrte hinauf in die dichte, drohende Schwärze, wobei sie sich die Form der Decke vorstellte.

Dakota war der zähste Mensch, den sie kannte. Sie gab nie auf.

Eden liebte ihre Pflegeeltern, aber es war Dakota, an die sie mit ganzem Herzen glaubte.

# KAPITEL 18
## LOGAN

»Hast du Leute da draußen?«, fragte Julio Logan leise.

Sie standen an die Wand gelehnt und starrten auf das stille, abgedunkelte Kino. Die wenigen Strahlen der Taschenlampe tauchten alles in ein unheimliches, gespenstisches Licht. Die Zeit verging, aber Logan wusste nicht, wie schnell. Sie konnte gar nicht schnell genug vergehen.

Aber wohin sollte er überhaupt gehen, wenn er endlich hier rauskam?

Logan hatte keine Freundin zu Hause, keinen Hund, der sehnsüchtig wartete und mit dem Schwanz wedelte. Keine Freunde, nicht wirklich. Die Familie, die er einmal gehabt hatte, hatte ihn vor langer Zeit verstoßen.

Er ging zur Arbeit, ins Fitnessstudio und in die Bar, kam nach Hause in eine bescheidene Wohnung, in der nichts als das Nötigste vorhanden war – eine Matratze, ein Kühlschrank voller Bier und ein Schrank mit Wein und Schnaps.

Am nächsten Tag begann alles wieder von vorne. Es war ein kleines, vorsichtiges, karges Leben. Aber es war das Leben, das er verdient hatte, nicht wahr?

Gerade als er dachte, dass er sein Gleichgewicht wiedergefunden hätte, wurde er wieder auf den Boden der Tatsachen geholt. Mit voller Wucht.

»Nein«, sagte er. »Es gibt niemanden, der mich vermisst.«

»Meine Frau ist in West Palm Beach und besucht ihre Schwester.« Julios Stimme war brüchig. Sein linkes Knie zitterte wie verrückt. »Wir haben keine Kinder. Wir konnten keine bekommen, weißt du? Ich denke jetzt, dass das vielleicht ein Segen war.

Aber die Schwester meiner Frau hat zwei kleine kubanische Wonneproppen. Fünf und sieben. Die eine steht auf Prinzessinnen und Ponys, die andere hat immer Dreck unter den Nägeln, besiegt jeden Jungen in ihrer Klasse beim Fußball und Softball. Ich weiß nicht, was ich tun würde, wenn wir diese Mädchen verlieren würden ...«

In der Bar war es immer Julio, der alle anderen beruhigte, der immer ein offenes Ohr hatte, eine tröstende Schulter, an der man sich ausweinen konnte. Logan wusste nicht, was er sagen sollte. Dass es besser sei, niemanden zu haben, sich nur um sich selbst kümmern zu müssen?

Das war die einzige Möglichkeit, wie er überlebt hatte. Gib dem Feind keine einzige Schwachstelle. Nichts und niemand konnte ihm etwas anhaben.

Aber das konnte er nicht zu Julio sagen, dessen Gesicht von der Sorge um seine Familie gezeichnet war. In der Bar musste Logan nur so viel trinken, bis er angetrunken war, und dann noch etwas mehr. Die ernsten Gespräche überließ er Julio und den anderen.

Er wollte jetzt einen Drink. Er holte seinen silbernen Flachmann aus der Tasche, schraubte den Deckel ab und gönnte sich einen langen, süßen Schluck.

Er würde den Inhalt rationieren müssen, aber verdammt, er wollte so gerne jetzt schon alles hinunterkippen.

»Es tut mir leid, Mann«, sagte er. Das Schweigen zwischen ihnen hatte sich plötzlich vertieft – wie eine Grube, in die er fallen würde, wenn er nicht etwas sagte, egal wie lahm es war.

»Ich bin kein Held.« Julio starrte verzweifelt auf sein Handy. »Ich hab eine Scheißangst, um ganz ehrlich zu sein. Aber ich kann sie nicht einfach da draußen lassen. Sie – sie braucht mich. Was wäre ich für ein Mann, wenn ich nicht zu ihr gehen würde?«

»Einer, der noch lebt.«

Julio schnaubte gequält. »Ich fühle mich so schuldig. Mit jeder Sekunde, die vergeht, wird es schlimmer.«

Es überraschte ihn immer wieder, wie leicht und offen Julio über seine Gefühle sprach. Als wäre es vollkommen normal, als wären Schuldgefühle keine schwere, klirrende Kette, die seine Kehle zuschnürte, als wäre es kein zerstörerisches Krebsgeschwür, das ihn langsam von innen heraus auffraß.

Logans Schuld war ein dunkler, giftiger Schleier, den er tief in sich verbarg und an den er so wenig wie möglich dachte.

Er öffnete den Mund, obwohl er nicht wusste, was er sagen sollte.

»Was ist mit Jod?«, fragte Rasha aus einigen Metern Entfernung. Ihre Frage war eine willkommene Abwechslung in dem angespannten Gespräch. Logan bewegte sich leicht und schenkte der Frau seine volle Aufmerksamkeit.

Rasha hockte mit übereinandergeschlagenen Knöcheln auf der Kante ihres Sitzes und tippte abwesend mit den Fingernägeln auf das nutzlose Telefon, das sie immer noch in der Hand hielt, als ob es sich auf magische Weise einschalten würde.

Sie runzelte die Stirn und rückte ihren Hidschāb zurecht. »Ich habe mal einen apokalyptischen Roman gelesen, in dem China uns mit Atomwaffen angegriffen hat und alle eilig Jod genommen haben, um sich gegen die Strahlung zu schützen. Müssen wir uns darüber Sorgen machen?«

»Das übernehme ich«, sagte Shay und setzte sich im Schneidersitz an die gegenüberliegende Wand. »Es ist eigentlich ein Mythos, dass es ein lebensrettendes Medikament ist. Eine Atombombe oder eine Kernschmelze in einem Kraftwerk setzt radioaktives Jod in der Luft frei, das die Menschen dann einatmen. Es wird von der Schilddrüse aufgenommen und kann möglicherweise Krebs verursachen.

Wenn man Kaliumjodid direkt vor oder nach der Exposition einnimmt, verhindert es im Idealfall, dass das radioaktive Jod aus der Atomexplosion in die Schilddrüse gelangt. Wenn die Schilddrüse alles Jod, das sie braucht, aus dem nicht radioaktiven Kaliumjodid aufnimmt, wird das radioaktive Jod nicht absorbiert und über den Urin ausgeschieden.«

»Igitt«, quietschte Piper.

Shay kaute auf ihrem Kaugummi. »Genau.«

»Es verursacht also keinen Krebs?«, fragte Zamira.

»Wenn sich radioaktives Jod in der Schilddrüse ansammelt, kann es Krebs verursachen, ja. Aber Menschen über vierzig haben fast kein Risiko, durch Radiojod Schilddrüsenkrebs zu entwickeln. Bei ihnen ist es allerdings wahrscheinlicher, dass die Einnahme von Kaliumjodid Nebenwirkungen wie Hautausschläge, Übelkeit und allergische Reaktionen hervorruft. Ebenso bei Kindern.

Selbst wenn es rechtzeitig eingenommen und der Körper vor der Aufnahme geschützt wird, macht Radiojod nur einen winzigen Bruchteil der gesamten Strahlenbelastung aus. Das Jod schützt den Körper nicht vor den anderen 99 % der radioaktiven Nuklide.« Shay zögerte. »Man sollte sich lieber um einen geeigneten Schutzraum kümmern. Sonst räumt man nur die Deckstühle auf der Titanic um.«

Rasha nickte, ließ die Schultern leicht hängen und starrte auf das Telefon, das sie in ihren manikürten Händen umklammert hielt. »Ich habe das Gefühl, dass wir genau das tun. Wir arrangieren die Möbel auf einem sinkenden Schiff neu.«

Logan grunzte. »Das wäre ein schnellerer Tod.«

Dakota warf ihm einen strengen Blick zu.

Er zuckte mit den Schultern. Es war die Wahrheit, oder etwa nicht? Dieses ganze deprimierende Gerede brachte ihn dazu, nach einer Flasche greifen zu wollen.

»Uns geht es gut«, sagte Shay zu laut und zu fröhlich für den düsteren Kinosaal. Sie kaute auf ihrem Kaugummi und grinste erst Logan und Julio, dann Dakota an. »Wir schaffen es. Ihr habt uns gerettet.«

»Es war Dakota«, sagte Julio. »Ihr solltest du danken.«

Shay strahlte Dakota an. »Danke.«

Die Kellnerin bewegte sich unbehaglich. Sie räusperte sich, als sei sie das Lob nicht gewohnt und wolle es nicht hören. »Ich habe getan, was ich tun musste. Jeder andere würde das Gleiche tun.«

Irgendwie bezweifelte Logan das. Er hätte sie alle im Stich gelassen.

# KAPITEL 19
# DAKOTA

»Hey«, sagte Julio leise, als er neben Dakota auftauchte.

Sie saß mit an die Brust gezogenen Knien in der ersten Sitzreihe und starrte stumpf auf den großen weißen Bildschirm, als könnte er ihr die Antworten geben, die sie so dringend brauchte.

Aber das geschah nicht.

Sie spielte die Szene mit der Frau und ihrem Sohn immer wieder in ihrem Kopf durch und versuchte, das Szenario so zu verändern, dass die Frau blieb.

Es klappte nicht.

Allein der Gedanke an das selbstgefällige, arrogante Gesicht dieser Frau erfüllte Dakota mit Wut. Es war nicht richtig. Es war die Aufgabe von Eltern, ihr Kind um jeden Preis zu beschützen.

Dakota hatte diese Art von Menschen nie verstanden, diejenigen, die ein Kind für ihre eigenen egoistischen, irrationalen Wünsche in Gefahr brachten.

Einige ihrer Pflegeeltern waren so gewesen – nur auf Geld bedacht. Ihre Grausamkeit wurde von Gleichgültigkeit, Gier oder vorsätzlicher Ignoranz angetrieben.

Und Maddox, Solomon und ihresgleichen waren noch viel schlimmer, was Grausamkeit betraf.

Säure brannte in ihrer Kehle. Sie schluckte sie hinunter. Das waren die schlechten Erinnerungen. Die, an die sie nicht mehr denken wollte.

Sie konnte es nicht ertragen, daran zu denken, was mit dem kleinen Jungen dort draußen geschah. Wie die giftige Strahlung in seine Haut, seine Zellen und seine Knochen eindrang.

Das Gleiche geschah mit Zehntausenden von Menschen, die keinen Unterschlupf gefunden hatten und nicht wussten, was sie tun sollten.

So viele Menschen, die nicht in der Lage waren, schnell zu reagieren, um ihr Leben und das Leben derer, die sie liebten, zu retten.

Und dann gab es diejenigen, die die Tatsachen kannten und sich trotzdem entschieden, die Realität zu ignorieren, die ihnen ins Gesicht starrte. Sie wollten sich ihr einfach nicht stellen. Sie waren im Grunde Feiglinge – Feiglinge und Narren, die das Leben aller um sie herum gefährdeten.

Sie biss die Zähne zusammen, ihre Hände ballten sich zu Fäusten. Sie musste sich beruhigen, sich konzentrieren. *Eins. Zwei. Drei. Atmen.*

»Hallo? Erde an Dakota.«

Sie blickte zu Julio auf. »Ja?«

Mit einem Stöhnen ließ er sich auf den leeren Sitz neben ihr sinken. »Alles okay?«

Er sah älter aus, als noch am Morgen. Schatten zeichneten sich auf der Haut unter seinen Augen ab, und tiefe Falten umrahmten seinen Mund. Sein Haar wirkte grauer, sein Gesicht angespannt. Zwei Dutzend große Pflaster bedeckten seine Arme, seinen Hals und seine linke Wange.

Sie hasste es, Julio so zu sehen. Er war ein anständiger Kerl, gelassen und gutmütig. Freundlich, wenn er es nicht sein musste.

Sie hatte für die meisten Menschen keine Geduld, aber sie mochte ihn. »Das sollte ich dich fragen«, sagte sie. »Geht es dir gut?«

»Mach dir keine Sorgen um mich.« Er lächelte knapp und senkte seine Stimme. »Sag mir die Wahrheit. Wie schlimm ist es wirklich? Wie geschützt sind wir hier drin?«

Sie seufzte. »Die Schutzstufen variieren je nach Gebäudetyp, Bauweise, Standort innerhalb des Gebäudes und sogar nach dem Zeitpunkt der Detonation. Es ist unmöglich, es mit Sicherheit zu sagen.«

»Du bist ein kluges Mädchen und kennst dich aus. Was ist deine beste Vermutung?«

Sie lehnte ihren Kopf gegen den Sitz und blinzelte, bis der weiße Bildschirm verschwamm. »Es gibt drei Hauptarten von Strahlung. Alphateilchen können die menschliche Haut nicht durchdringen. Sie können einem nur schaden, wenn man sie einatmet oder verschluckt.

Betastrahlung kann eine Alufolie nicht durchdringen, aber sie kann schlimme Verbrennungen verursachen, wenn die Teilchen mit der nackten Haut in Berührung kommen. Normale Kleidung bietet eine gute Barriere.

Aber die Gammastrahlung ist die gefährlichste Bedrohung. Gammastrahlen durchdringen fast alles. Stell dir jedes Gammateilchen wie eine LED-Lampe vor, die in alle Richtungen leuchtet. Jetzt multipliziere das mit Millionen. Jedes Licht, das dich erreicht, ist Strahlung.

Wir müssen uns von all dem Licht abschirmen, und zwar aus allen Richtungen – vom Boden, den Seiten und dem Dach. Es kommt auf die Masse an; je dichter das Material, desto besser.«

Sie schloss die Augen und erinnerte sich an die verblassten Diagramme, die der alte Ezra sie aufgefordert hatte, auswendig zu lernen. »Die Abschirmung wird nach dem Anteil der Gammastrahlen gemessen, die sie blockiert. Wenn eine bestimmte Dicke – sagen wir zwei Zentimeter Beton – die Hälfte der einfallenden Strahlung blockiert, hat sie einen Schutzfaktor oder pF von 2.«

»Wie der Lichtschutzfaktor von Sonnencreme.«

»Genau.«

Julio stöhnte. »Ich kann nicht glauben, dass du mich zwingst, Mathe zu machen. Mathe und die Apokalypse passen nicht zusammen.«

Sie zuckte mit den Schultern. Mathe war für sie nie schwierig gewesen.

»Was meinst du, was wir hier haben? Wir sind im Erdgeschoss, aber es gibt ein Stockwerk über uns. Mindestens fünf große Läden auf jeder Seite von uns. Der ganze Komplex ist eine schwere Konstruktion.«

»Der von der Bundesbehörde für Krisenmanagement vorgeschriebene Mindest-pF in öffentlichen Unterkünften beträgt 40, glaube ich.

Ich hoffe, dass dies hier mindestens 40 pF sind, aber ich weiß es nicht genau.«

Sie blinzelte auf den großen leeren Bildschirm über ihnen. Was hatte Ezra immer gesagt? *Wenn du das wissen musst, wird es schon zu spät sein.*

»Und ein normales Haus?«

»Ein Holzhaus hat höchstens einen pF von 4. Das reicht nicht.«

Sie dachte an Eden, die keine Zeit gehabt hatte, irgendwo anders als in einem zweistöckigen Haus Schutz zu suchen. Wenigstens war es ein großes Haus.

Würde es ausreichen? Sie konnte nur hoffen, dass die Fallout-Wolke im Osten blieb und Eden dem Schlimmsten entging. Es war die einzige Chance für ihre Schwester.

»In erster Linie sollte man unter der Erde Schutz suchen. Wenn das nicht möglich ist, kann man sich in den mittleren, inneren Räumen eines großen Gebäudes verstecken, weit weg von Türen und Fenstern. Ein Haus ist beschissen, aber besser als nichts.«

Julio deutete auf den Gang, der zu den Türen des Saals führte. »Und da draußen? Wie stark ist die Strahlung?«

Sie schloss ihre Augen und seufzte schwer. »Das ist die Frage, nicht wahr? Ohne ein Messgerät habe ich keine Ahnung. Ich weiß nur, dass sie hoch ist. Ich wünschte, ich könnte dir mehr sagen.«

»Das hast du gut gemacht.« Julio tätschelte ihren Arm. »Du hast uns gerettet. Du bist eine Heldin.« Dakota schüttelte den Kopf, Hitze kroch ihre Kehle hinauf. Es war Ezra, der ihr das Wissen zum Überleben gegeben hatte. Sie hatte nichts Besonderes getan, um es zu verdienen.

Und sie hatte nichts Heldenhaftes getan, um diese Menschen zu retten. Sie war nicht einmal in der Lage gewesen, das Kind vor der Idiotie seiner Mutter zu retten.

Am Ende war sie genauso hilflos wie alle anderen.

# KAPITEL 20
## DAKOTA

Eine Stunde später kam Shay auf Dakota und Julio zu, während sie sich einen Kaugummi in den Mund steckte. Sie bot den beiden einen an; sie schüttelten den Kopf.

Sie steckte die Packung in ihre Gesäßtasche. »Entschuldigt, dass ich euch störe, aber was ist mit dem Essen? Travis beklagt sich bereits über Hunger. Er ist eine Bohnenstange, aber er würde einen ganzen Kühlschrank leer essen. Vielleicht sollten wir es aufteilen?«

»Gute Idee«, sagte Zamira. »Wenn wir mindestens eine Woche hier sind, müssen wir sicherstellen, dass wir genug zu essen haben.«

Zamira war nicht wie einige der anderen zusammengebrochen. Sie wirkte wie eine praktisch veranlagte, nüchterne *abuela* – fast wie Schwester Rosemarie aus der Kommune.

Dakotas Brust zog sich zusammen. Eine Flut von Erinnerungen drohte, sie zu überschwemmen. Sie verdrängte sie aus ihrem Kopf. In der Apokalypse war keine Zeit für Selbstmitleid.

»Wir sollten einen Rationierungsplan aufstellen«, sagte sie stattdessen.

Zamira stupste ihre Enkelin spielerisch an und versuchte, das Mädchen zum Leben zu erwecken. »Nicht gierig werden, *sí*?«

Das Mädchen antwortete nicht, aber Piper lächelte zaghaft.

Dakota zwang sich zu nicken. Sie fühlte sich plötzlich unglaublich müde. »Wir haben fünfzehn Personen und insgesamt vierhundertsiebenundvierzig Packungen Chips, Bonbons und Kekse. Um sieben Tage durchzuhalten, können wir nur vier Pakete pro Person und Tag ausgeben.«

»Das ist nicht genug!«, schrie Travis, der dürre, rothaarige Assistent des Managers. »Ich werde verhungern!«

Rasha deutete mit zusammengepressten Lippen auf den Haufen mit den Lebensmitteln. »Woher wissen wir, ob das Essen überhaupt sicher ist? Wir könnten uns mit jedem Bissen vergiften.«

Dakota begutachtete das Essen. »Es kann unmöglich bestrahlt sein. Die Strahlung wird nur im Moment der Detonation freigesetzt. Danach wird nichts mehr radioaktiv. Der Fallout stammt vom ersten Ereignis – es wird keine neue Strahlung erzeugt.

Wenn Fallout-Partikel in geöffnete Lebensmittel oder durch geborstene Rohre ins Trinkwasser gelangen, können diese kontaminiert werden. Wenn man sie isst oder trinkt, gelangen radioaktive Partikel in den Körper. Aber alles, was zum Zeitpunkt der Detonation versiegelt war, ist sicher.«

Rasha und Travis starrten sie nur ausdruckslos an.

»Hier – stellt euch vor, Kakerlaken wuseln überall herum, aber alles, an das die Kakerlake nicht herankommt, ist sicher – das abgefüllte Wasser ist in Ordnung, weil die Kakerlake nicht hineingelangen kann.«

»Das ergibt Sinn«, sagte Shay zustimmend.

Schmidt stolzierte mit einem verächtlichen Blick herüber. »Das ist mein Essen. Ich behalte alles genau im Auge.« Er schwenkte einen Stift und einen Notizblock vor ihnen. »Und ich werde darüber Buch führen, was jeder von euch schuldig ist, merkt euch das!«

Dakota biss die Zähne zusammen. Dieser Typ raubte ihr langsam den letzten Nerv. »Ich bezahle es gerne. Aber erst, wenn die Banken morgen öffnen.«

Um so anonym und unauffindbar wie möglich zu bleiben, benutzte sie weder eine Bank noch Kreditkarten, aber das wusste er nicht. Außerdem hatte sie das Gefühl, dass die Banken noch eine ganze Weile nicht öffnen würden.

Sie war schon fast versucht, das ordentlich gefaltete Notgeld, das sie immer zur Hand hatte – zweihundert Dollar –, aus ihrer Handyhülle herauszuziehen, nur um ihn zum Schweigen zu bringen.

Sie versuchte, nicht an ihre Ersparnisse zu denken, die in einem Loch in der Wand steckten, das sie mit einem von Edens Bildern verdeckt hatte. Im Moment war es so gut wie unerreichbar.

Wenn ihre miserable Wohnung beschädigt worden war, könnte es wirklich verloren sein, einfach zu Asche verbrannt. Und sie hatte bereits ihre Notfalltasche verloren. So viele Vorräte, die sie in den letzten zwei Jahren sorgfältig recherchiert und gekauft hatte, all die Vorbereitungen, die sie getroffen hatte.

Mit einem Schlag verschwunden.

Alles, was sie noch hatte, waren die zweihundert Dollar.

Wer wusste, wann Banken, Geldautomaten und Kreditkarten wieder funktionieren würden? Wann würde der Strom zurückkehren? In ein paar Tagen? Ein paar Monaten?

Was wäre, wenn es mehr als drei Bomben gäbe? Was würde dann mit dem Land passieren?

Sie verdrängte diesen Gedanken aus ihrem Kopf und konzentrierte sich auf das Jetzt. Sobald sie Eden erreicht hatte, würden sie Nahrung, Unterkunft und neue Vorräte für ihre Reise benötigen.

Bargeld war entscheidend.

»Hier.« Julio kramte sein Portemonnaie aus der Gesäßtasche und reichte Schmidt eine Kreditkarte und einen zerknitterten Zwanzig-Dollar-Schein. »Egal, was das Essen kostet, Sie können meine Karte voll belasten, sobald das alles vorbei ist.«

»Julio –«, hob Dakota an, und Frustration stieg in ihr auf. Ihr Chef war zu gutmütig. Schmidt war das Arschgesicht. Schmidt war derjenige, der eine kräftige Ohrfeige in sein fettes, gieriges Gesicht verdiente.

»Von mir aus.« Schmidt schnappte sich Julios Kreditkarte, steckte sie in die Brusttasche seiner Manageruniform und ging wieder vor dem Vorratslager auf und ab wie ein König, der seine Burg vor Ungläubigen schützte.

Dakota sprang auf und ging die Treppe hinauf zu den hinteren

Sitzen, so weit weg von den Leuten, wie sie nur konnte, bevor sie noch jemandem einen Schlag verpasste.

Sie saß noch nicht einmal einen ganzen Tag hier fest und war schon angespannt, nervös und verdammt gereizt. Es wäre ein Wunder, wenn sie es schaffen würde, die nächsten achtundvierzig Stunden – geschweige denn eine Woche – nicht den Verstand zu verlieren.

Sie ließ sich auf einen der Sitze in der hinteren Ecke fallen und ihren Kopf gegen die gepolsterte Kopfstütze sinken. Sie fröstelte, ihre Kleidung war noch leicht feucht. Wenigstens war sie allein.

Dennoch schloss sie die Augen nicht. Sie brauchte Schlaf, um sich auszuruhen und Kraft zu schöpfen für die beschwerliche Reise, die vor ihr lag – aber sie traute diesen Leuten nicht über den Weg.

Bei dem Gedanken daran, unachtsam zu werden, schnürte sich ihr die Brust zusammen und ihr Magen verkrampfte sich vor Sorge.

Sie wusste besser als jeder andere, dass die Gefahr von allen Seiten kommen konnte, insbesondere von verängstigten und verzweifelten Menschen.

Ihre Muskeln waren angespannt und steif, ihr Magen ein einziger Felsbrocken. Mehr als alles andere hasste sie dieses Gefühl der überwältigenden Hilflosigkeit.

Eden war da draußen – gefangen, vielleicht verletzt, auf jeden Fall verängstigt. War sie der Strahlung ausgesetzt gewesen? Starb sie gerade langsam?

Und dann war da noch Maddox, eine tödliche Präsenz, die sich an den Rand von Dakotas Bewusstsein schlich, ein Schatten, dem sie nicht entkommen konnte.

Wenn er die Explosion überlebt hatte, würde er sich auch von einer Bombe nicht davon abhalten lassen, seine Beute zu jagen und sie sich zu holen. Er war der zielstrebigste und entschlossenste Mensch, dem sie je begegnet war.

Nein, er war nicht tot. So viel Glück hatte sie nicht.

Er war immer noch da draußen, auf der Jagd. Auf dem Weg zu Eden, wehrlos und ungeschützt.

Dakota sehnte sich danach, etwas zu *tun*. Von hier zu verschwinden und ihre Schwester zu retten. Aber sie konnte nicht.

Noch nicht. Sie konnte nichts tun. Es würde niemandem helfen, wenn sie sich einer tödlichen Strahlung aussetzte und innerhalb einer Woche starb.

Egal, was passierte, sie musste einen kühlen Kopf bewahren. Eden brauchte sie.

# KAPITEL 21
# MADDOX

Maddox stöhnte. Sein Mund fühlte sich körnig und metallisch an, als wäre er voller Schmutz und Kupfer. Langsam drangen Geräusche zu ihm durch, blechern und von weit her.

Er wusste nicht, wie viel Zeit vergangen war. Seine Ohren klingelten. Weiße Flecken schwebten vor seinen Augen. Von irgendwoher tropfte Blut.

Langsam, zögernd konnte er seine Hände, seine Arme und dann seine Beine bewegen. Schmerzen durchzuckten ihn, aber er ignorierte sie. Er schnallte seinen Sicherheitsgurt ab und tastete nach dem Türgriff.

Die Tür ließ sich nicht bewegen. Sie war zu verbeult. Schwach wurde ihm bewusst, dass das Taxi um ihn herum zusammengedrückt war wie eine Coladose.

Der Taxifahrer hing schlaff herab, sein Kopf war blutverschmiert und in einem beunruhigenden, unnatürlichen Winkel verdreht, sein Körper wurde noch immer durch den Sicherheitsgurt festgehalten. Das Lenkrad hatte sein Brustbein zerquetscht. Er war nicht mehr am Leben.

Die hintere rechte Tür schien unversehrt zu sein. Er streckte sich über den Rücksitz und sein ganzer Körper schmerzte. Scharfe Stiche durchzuckten seine Schulter und er zerrte an der Tür, bis sie aufging. Sich krümmend, befreite er sich aus dem Taxi.

Er sackte auf den Asphalt und richtete sich mit einem Stöhnen auf. Er befand sich immer noch im Tunnel. Die Notbeleuchtung flackerte rot und tauchte die Tunnelwände in ein unheimliches Licht. Es war schummrig, aber er konnte deutlich genug sehen.

Die Autos standen nicht mehr in geraden, geordneten Reihen. Einige waren auf die Seite gekippt, die Räder drehten sich noch. Andere standen auf dem Kopf, ihre Dächer waren eingedrückt, Metallskelette zertrümmert, zerquetscht und zerbrochen.

Den Tunnel hinauf und hinunter waren alle Autos, Lastwagen und Geländewagen Wracks aus verbogenem, rauchendem Metall. Mehrere Autos hatten Feuer gefangen. Es war, als hätte sich ein Riese der Fahrzeuge bemächtigt und sie gegen Wände, Decke und gegeneinander geschleudert.

Aber das ergab keinen Sinn. Sein Gehirn war vernebelt, seine Gedanken kamen verstreut und unzusammenhängend. Er musste durch den Aufprall eine Gehirnerschütterung erlitten haben.

Er war allein in dem Tunnel. Mehrere Autotüren standen offen; diejenigen, die überlebt hatten, hatten ihre zerstörten Autos verlassen und waren geflohen. Alarmanlagen der Autos schrillten und hallten von den Tunnelwänden wider.

Wie lange war er ohnmächtig gewesen? Minuten? Stunden?

Es fühlte sich wie eine lange Zeit an. Es fühlte sich an, als sei ein ganzes Leben in einem Wimpernschlag vergangen.

Er überprüfte sein Handy, aber es funktionierte nicht. Er tastete nach seinem Holster – die Beretta war noch da.

Er drehte sich um und suchte den nächstgelegenen Tunneleingang, nur ein paar hundert Meter zurück in der Richtung, aus der er gekommen war.

Er blinzelte und schaute erneut.

Am Ende des Tunnels war die Sonne verschwunden. Ein Teil des Tunnels war eingestürzt.

Berge von Schutt versperrten den Eingang: Rohr- und Betonstücke, Kabel, die sich wie Pythons schlängelten, Metall- und Plastikstücke und eine große Betonplatte, die in einem Winkel von fast neunzig Grad von der Decke herabgestürzt war.

Ein Dreieck aus gelbem Dunst schimmerte hindurch.

Es gab eine Lücke. Eine Lücke, durch die er entkommen konnte.

Er taumelte auf das seltsame, schummrige Licht zu. Er würgte an dem erstickenden Staub, ignorierte den Schmerz, der seinen Körper durchzuckte, und tastete sich durch den Schutt, schob und zog verbogene Balken und eingestürzte Wand- und Deckenstücke beiseite.

Und dann – endlich – war er draußen.

Maddox verließ den Tunnel. Ein Wirrwarr brennender Autowracks versperrte den gesamten Highway vor ihm.

Er stand fassungslos da und betrachtete die Ruinen vor ihm. Die Sonne ging gerade unter, aber er konnte sie kaum erkennen.

Eine riesige, kochende Wolke schwebte über Miami.

Alles, was sich unter der Wolke befand, brannte. Dichter schwarzer Rauch quoll aus Hunderten von Feuern. Überall brodelte Staub, Rauch und Feuer.

Die Skyline war falsch.

Die Wolkenkratzer, die früher in den Himmel geragt hatten, waren verschwunden.

Die Dächer von vierzigstöckigen Gebäuden waren einfach abgeschnitten. Einige waren durchlöchert, als hätte ein gigantisches Monster den Stahl verschlungen.

Wieder andere waren geschwärzte Stahlskelette, die verzogen und verbogen wie abgebrochene Zähne in den Himmel ragten.

Es sah aus wie das Ende der Welt; als wäre das Armageddon, von dem er immer gehört hatte, mit einer gewaltigen, erschütternden Wut herabgestiegen, um die ganze Erde zu bestrafen.

Der Anblick erfüllte ihn mit einer schrecklichen Ehrfurcht. Schön und erschreckend zugleich.

# KAPITEL 22
## DAKOTA

Die Stunden verstrichen mit quälender Langsamkeit. Dakotas Augen brannten vor Erschöpfung, aber sie weigerte sich zu schlafen. Angst machte sich in ihrem Bauch breit. Sie musste ständig an Ezra und die Hütte denken – der einzige Ort, an dem sie sich jemals sicher gefühlt hatte.

Dakota steckte die Taschenlampe in den Becherhalter an der Armlehne des Sitzes und fummelte in der Seitentasche ihrer schwarzen Cargohose, wobei sie das Gefühl des Messers an ihrer Hüfte beruhigte.

Sie zog das gefaltete Blatt Papier hervor, das sie immer bei sich trug.

Das Messer. Die Zeichnung. Die Notfalltasche. Das waren die drei Dinge, die sie so oft wie möglich bei sich trug.

Sie glättete das Papier, das nun brüchiger wurde und nach zwei Jahren an den Falten etwas ausgefranst war. Es war eine von Edens Zeichnungen, die wie immer exzellent war.

*Die Hütte im Wald*, so hatte Eden es genannt. Aber es war nicht nur eine Hütte, es war eine kleine Festung. Und sie lag nicht im Wald, sondern in den Everglades.

Auf der Zeichnung war eine einfache Holzhütte mit einem flachen Blechdach auf etwa zwei Dritteln der Seite zu sehen. Sie war umgeben von mächtigen Zypressen, an deren Rändern weiße Mangroven standen.

Die untere Hälfte der Zeichnung zeigte einen mit Schneidried, den in Florida als Sawgrass bekannten Halmen, bewachsenen Sumpf und ein zweisitziges Sumpfboot, das sich versteckt zwischen den Halmen befand.

Auch die Adresse von Edens Pflegefamilie war versteckt, sorgfältig vertikal in die Rinde einer der Zypressen auf der linken Seite des Blattes eingearbeitet.

Dakota hatte die Adresse längst auswendig gelernt, aber die Zeichnung hatte sie noch.

Dieses harmlos aussehende Haus inmitten eines Sumpfes war ihr Zuhause gewesen, und zwar auf eine Art und Weise, wie es seit dem Tod ihrer Eltern vor neun Jahren kein anderer Ort mehr gewesen war. Dakota war damals zehn gewesen. Sie hatte sich nicht verabschiedet, als sie vor zwei Jahren mit Eden hatte fliehen müssen. Sie hoffte, dass sie jetzt wieder willkommen sein würden.

Diese Hütte war ihr Ziel. Es war der einzige Ort, den sie kannte, der Sicherheit bot und an dem es Lebensmittel und Vorräte für drei Jahre gab.

Egal, was für ein Chaos auf sie zukommen mochte – und sie hatte das ungute Gefühl, dass Ezra wieder einmal recht behalten würde –, dieser Ort war ein sicherer Hafen in jedem Sturm.

Sie erinnerte sich an den Tag, an dem sie und Eden das erste Mal darüber gestolpert waren, beide schmutzig, blutend, hungrig und verängstigt.

Vor drei Jahren war Dakota sechzehn Jahre alt gewesen, Eden war erst zwölf.

Es war eine Mittsommernacht tief in den Everglades. Zikaden zirpten in der heißen, stillen Luft um die Wette. Moskitos surrten in ihren Ohren. Die Feuchtigkeit klebte an ihrer Haut, der Schweiß perlte auf ihrer Stirn, ihrem Hals und unter ihren Armen.

Aber sie hatte kaum etwas davon gespürt.

Sie waren auf der Flucht vor der River-Grass-Kommune – auf der Flucht vor dem, was Dakota getan hatte, was auf Eden wartete.

Blut befleckte Dakotas zitternde Hände und ihr Gesicht. Aber es war nicht ihres.

Zum Teil war es Edens.

Ihr Herz raste in ihrer Brust, der Atem schnürte ihr die Kehle zu, und die Verbrennung brannte wie Säure auf ihrem Rücken. Sie ergriff Edens Hand und rannte los.

Mit ihren langen Röcken, die um ihre Beine flatterten, liefen sie an den kleinen Hütten vorbei, schlängelten sich um den Garten und die Lagerschuppen herum bis zur leeren Wachplattform, die eigentlich besetzt sein sollte, und liefen durch die Bäume hinunter zum Rand des Sumpfes.

Sie wusste, wo sie die Sumpfboote aufbewahrten. Die Schlüssel waren in dem Bilderrahmen an der Wand des Bootshauses versteckt. Sie wusste sogar, wie man es bediente.

Maddox und sein Bruder Jacob waren ein Dutzend Mal heimlich mit ihr rausgefahren. Damals, bevor sie zu Feinden geworden waren.

Aber darüber konnte sie nicht nachdenken.

Sie zuckte zusammen, als sich die verbrannte Haut auf ihrem Rücken spannte, und griff nach den Schlüsseln und einer Taschenlampe, die an einem Stahlhaken hing. Ihre blutverschmierten Hände hinterließen einen roten Fleck.

Sie würden wissen, dass sie hier gewesen war. Hoffentlich waren sie bis dahin schon weg.

Sie blieb am Rande des schlammigen Ufers stehen und starrte auf die kilometerlange Grasprärie, die ein Meer aus ruhigem, dunklem Wasser durchschnitt. Hier und da sprossen Baumstämme aus dem Fluss aus Gras.

Alles war gleich, so weit das Auge reichte, und erstreckte sich in die Dunkelheit. Die Angst pochte in jeder Zelle ihres Körpers. Die Glades waren wild und gefährlich. Man konnte auf hundert verschiedene Arten sterben.

Es war der einzige Ort, an dem sie untertauchen konnten.

Und wenn sich ihre Spuren hier erst einmal verloren hatten, konnten sie nicht mehr gefunden werden.

Es gab nur eine Straße, die dort herausführte. Hätten sie versucht ihr zu folgen, hätten die Hirten sie innerhalb einer Stunde aufgespürt.

Auf diese Weise hatten sie wenigstens eine Chance.

Was hinter ihnen lag, war schlimmer als das, was vor ihnen lag. Das musste sie glauben.

Neben ihr gab Eden ein leises Stöhnen von sich.

Sie zwang sich, sich zu bewegen, und biss die Zähne zusammen, als der Striemen direkt über ihrem Schulterblatt vor Hitze pulsierte und bei jeder ihrer Bewegungen frisch und wund brannte.

*Eins, zwei, drei. Atmen.*

Den Schmerz ertragen. Das war alles, was sie tun konnte. Wenn sie dort nicht herauskamen, wäre eine weitere Verbrennung das geringste ihrer Probleme.

Dakota setzte sich vorsichtig auf den Sitz vor dem Käfig, in dem sich der Propeller befand. Das Boot war aus Aluminium, etwa vier Meter lang und schmal.

Der Motor war auf einem Metallgerüst ein paar Meter vor dem Heck montiert. Ein Sitz war an eine quadratische Plattform geschraubt, die sich mehrere Meter in der Luft befand, während der Beifahrersitz darunter verankert war.

Dakota zog einen kleinen wasserdichten Beutel unter dem Beifahrersitz hervor, kramte darin herum und reichte ihrer Schwester Ohrstöpsel. Sie drehte ihre ebenfalls hinein.

Sie steckte den Schlüssel in das Zündschloss, betätigte die Drossel mit dem Gummiknopf dreimal und drehte den Schlüssel. Der Motor stieß Rauch aus und heulte auf, der Propeller drehte sich und erschütterte das Boot.

Eden klammerte sich an die Kante ihres Sitzes. Ihre Augen waren glasig und unkonzentriert, und trotz des zerrissenen Shirts, das Dakota um ihren Hals gewickelt hatte, tropfte immer noch Blut aus der Wunde.

»Halt dich gut fest«, rief sie, doch ihre Schwester schien sie wegen des Motors nicht zu hören.

Wenn Eden den Halt verlor und ins Wasser fiel ... Sie konnte schwimmen, aber konnte sie verletzt schwimmen? Würde ihr Blut die Alligatoren anlocken wie Haie in einem Fressrausch?

Dakota biss die Zähne zusammen und kämpfte gegen die Panik an. Es gab schon genug, worüber sie sich Sorgen machen musste. Sie musste darauf vertrauen, dass ihre Schwester das schaffen würde, dass sie es schaffen würden.

Sie gab langsam Gas, bis sie in einem guten Tempo über das Wasser glitten, und benutzte den Steuerknüppel zum Wenden, indem sie ihn nach rechts drückte, um nach links zu fahren, und nach links, um nach rechts zu lenken.

Sie warf einen Blick auf den kleinen GPS-Bildschirm, der ihr sagte, wo sie hinmusste – vierzig Kilometer bis zum Deich.

Sie wusste nicht, wohin sie danach gehen sollte. Ein billiges Hotel in Everglades City vielleicht. Einfach nur weg, irgendwo weit entfernt von hier, wo es sicher war.

Sie glitten über die Oberfläche des Wassers. Sie konnte ihre eigenen panischen, surrenden Gedanken wegen des Motors kaum hören. Ihre nackten Arme und Beine brannten von den Grasbüscheln, die ihr entgegenflogen – das Sumpfboot war wie ein Rasenmäher.

Sie wischte sich die Blutflecken ab und ignorierte den Schmerz.

Was sie brauchten, waren Hosen, Stiefel und langärmelige Oberteile zum Schutz vor dem scharfkantigen Schneidried. Aber sie trugen beide lange Röcke und kurzärmelige Blusen, die einschränkende Tracht, die Dakota seit ihrem ersten Tag auf dem Gelände tragen musste.

Nachdem ihre Eltern bei einem Autounfall ums Leben gekommen waren, hatte sich ihre fromme, mürrische Tante Ada bereit erklärt, sie bei sich aufzunehmen und sie dafür quer durchs Land zu der Kommune gebracht, in der sie lebte und arbeitete – der River-Grass-Kommune, der Heimat der Hirten der Barmherzigkeit. Aber das war ein ganzes Leben her.

Die Minuten vergingen quälend langsam. Sie drehte sich immer wieder in ihrem Sitz herum, halb in der Erwartung, dass die Lichter eines sie verfolgenden Sumpfboots sie mit ihrem grellen Licht blendeten.

Aber da war nichts.

Das Mondlicht ließ alles silbern erscheinen. Die Bauminseln schwammen wie dunkle Schiffe auf einem glühenden Meer. Sie fuhr an den hängenden Ästen vorbei und direkt durch die Büschel von Schneidried und Rohrkolben.

Mit Hilfe der Navigationslichter hielt sie nach Wassermokassins – nicht, dass sie sie im Dunkeln sehen würde – und Alligatoren Ausschau. Alligatoren gab es immer.

Hier war alles tödlich.

Ein Dutzend kleiner roter Augenpaare blickte sie knapp über der Oberfläche des Brackwassers an – Alligatoraugen. Mit dem Tapetum lucidum an der Rückseite jedes Auges, das das Licht zurück in die Photorezeptorzellen reflektierte, strahlten die Alligatoraugen in einem roten, teuflischen Leuchten.

Es fühlte sich an, als ob Satans Lakaien sie beobachteten und nur auf ihre Chance warteten, zuzuschlagen.

Eden kauerte in ihrem Sitz und zitterte, obwohl es alles andere als kalt war.

Sie brauchte einen Arzt, aber den konnte Dakota ihr nicht bieten. »Nur noch ein bißchen länger«, sagte sie, aber Eden reagierte nicht.

Sie passierten einen Streifen trockenen Landes mit ein paar niedrigen Büschen und mehreren trockenen Inseln aus Bäumen, Rohrkolbenwänden und dichten Beständen von Schneidried. Sie steuerte auf einen schmalen Kanal zu, der auf beiden Seiten durch einen dichten Rohrkolbenbestand führte.

Der Motor stotterte. Das Sumpfboot schaukelte und wurde langsamer. Dakota überprüfte die Tankanzeige, ein unangenehmes Gefühl machte sich in ihrem Bauch breit.

In ihrem verzweifelten Versuch zu entkommen, hatte sie nicht darauf geachtet. Sie hatte sich ein Sumpfboot mit weniger als einem Vierteltank Benzin ausgesucht.

Sie waren noch nicht einmal in der Nähe des Dammes. Verdammt. Verdammt. Verdammt. Was jetzt?

Sie suchte das endlose Wasser, das Gras und die Bäume ab, und Panik schnürte ihr die Kehle zu.

Dort. Etwa dreißig Meter vor ihnen auf der rechten Seite. Ein alter, verrottender Steg, der zu einer Halbinsel mit trockenem Land führte, das dicht mit Zypressen und Mangrovenbäumen bewachsen war.

Am schlammigen Ufer ragte ein verwittertes Holzschild aus dem Wasser, auf dem Worte in roter, tropfender Farbe standen: AUF UNBEFUGTE WIRD GESCHOSSEN.

Auf einer ihrer Fahrten hatte Maddox sie an diesem Dock vorbeigeführt und ihr fröhlich zugerufen: »Das ist das Haus des verrückten alten Ezra. Geh nicht zu nah ran, sonst schießt dir der alte Kauz den Kopf weg. Ganz im Ernst.«

Hatte sie jetzt eine Wahl? Das Sumpfboot hatte fast kein Benzin mehr.

Ohne das GPS des Bootes konnte sie nicht sagen, in welche Richtung sie fahren mussten.

Sie waren zu weit vom Deich, von einer Straße, von jedem Fleckchen Zivilisation entfernt.

Ohne das Boot müssten sie zu Fuß gehen und kilometerweit schwimmen, durch alligatorverseuchte Gewässer, durch ein richtungsloses Ödland aus Schneidried und Rohrkolben, das immer weiter und weiter reichte.

Sie könnten tagelang – wochenlang – reisen, ohne einen anderen Menschen zu sehen ... Wenn sie überhaupt so lange überleben konnten.

Sie waren mit nichts als den Kleidern an ihrem Leib geflohen. Sie hatten kein Essen. Kein sicheres, gefiltertes Wasser. Nicht einmal eine Wasserflasche. Es gab keine Möglichkeit, einen Unterschlupf zu finden, der sie vor Wind und Wetter und den tödlichen Raubtieren in den Glades – Alligatoren, Schlangen, Wildschweine, Panther – geschützt hätte.

Sie wünschte, sie hätte planen können, sich vorbereiten können, bereit sein können – aber sie rannten um ihr Leben. Sie konnte die Zeit nicht zurückdrehen und die Dinge ändern.

»Ich habe uns nicht zum Sterben hierhergebracht«, flüsterte Dakota zwischen zusammengebissenen Zähnen. »Ganz sicher nicht.«

# KAPITEL 23
## DAKOTA

Dakotas Augen blieben geschlossen; sie war tief in ihren Erinnerungen versunken.

Das Betreten des Grundstücks dieses Mannes war ein gefährliches Unterfangen, aber es war besser als zu verhungern, einen Hitzschlag zu erleiden, von einer Giftschlange gebissen oder von einem Alligator gefressen zu werden.

Sie hatte keine andere Wahl.

Ein Dutzend Meter vor ihnen war die Fahrrinne durch gefällte Äste versperrt.

Sie schaltete den Motor ab.

Dichte Zypressen wuchsen über dem Wasser. Das Wasser sah schwarz aus. Etwas Schweres bewegte sich am schlammigen Ufer und glitt mit einem Platschen ins Wasser.

Sie spürte, wie Eden gegen ihre Beine gelehnt erschauderte und sich ihre Wirbel in Dakotas Schienbeine gruben.

Sie benutzte die Stange, um das Sumpfboot gegen den verrottenden Steg zu schieben, der gut fünfzig Jahre alt sein mochte. Vielleicht auch hundert. Mehrere Bretter fehlten; die noch intakten waren verzogen und verrottet.

Sie half Eden, über die Aluminiumwand des Boots zu klettern; es schaukelte mit jeder ihrer Bewegungen.

Eden stöhnte und gab ein seltsames, röchelndes Geräusch von sich. Dakota klemmte ihre Schulter unter Edens Arm und zischte, als der Schmerz auf ihrem Rücken brannte, aber sie musste Eden auf den Beinen halten.

Sie eilten den Steg entlang, bis er abrupt endete und ihre Füße im Schlamm versanken, der so tief war, dass er an ihren Knöcheln zog.

Eine alte Hütte auf Betonblöcken lag vor ihnen. Sie bestand aus nichts als altem Sperrholz, das mit schwarzer Teerpappe bedeckt war. Die Tür zu der heruntergekommenen Hütte stand offen wie ein klaffender Schlund.

Drinnen war es stockdunkel. Sie durchsuchte den Raum mit der Taschenlampe – Kakerlaken und Ratten huschten vor dem Licht davon. Weiteres verzogenes Holz, Schimmel, Tierkot und ein Waschbärkadaver in der Ecke.

Ein Tisch, der aus zwei Sägeböcken und einem gespaltenen und abblätternden Stück Sperrholz bestand. Drei rostige Metallstühle, von denen einer auf die Seite gefallen war. Und ein gesprungenes, schmutziges Porzellanwaschbecken, das in eine unfertige Holztheke eingelassen war.

Die halbe Decke war über einer schmutzigen Matratze eingestürzt, die an die gegenüberliegende Wand gepresst war. Hier gab es nichts für sie.

Kein Essen. Kein Wasser. Keinen Unterschlupf.

Edens ganzer Körper bebte vor Angst. Sie klammerte beide Hände an das Shirt, das um ihren Hals gebunden war. Dakota hatte Angst Eden anzuschauen. Sie fürchtete sich davor zu sehen, wie schlimm ihre Verletzung wirklich war.

»Hier können wir nicht bleiben«, sagte sie. »Wir werden etwas Besseres finden, das verspreche ich dir.«

Sie erinnerte sich an das, was Maddox über den alten Mann gesagt hatte, der seine Unterkunft im Verborgenen versteckte.

Dies war eine Tarnung, die die Leute glauben machen sollte, dass hier niemand mehr wohnte. Seine richtige Hütte befand sich weiter vom Wasser entfernt.

Sie hielt Edens erschlafften Körper in ihrem Arm. Dakotas unterer Rücken schmerzte, ihre Muskeln spannten sich an, der schwelende

Schmerz der Verbrennung strahlte von ihrer Schulter bis zu ihrem Hals und hinunter zu ihrer Wirbelsäule.

Vor Schmerz zitternd verließ sie die Hütte wieder.

Der Strahl ihrer Taschenlampe durchbrach die Dunkelheit. Hinter ihnen plätscherte das Wasser – ein Fisch, eine Schildkröte oder ein Alligator. Eine Eule heulte, ein paar Vögel riefen in die Nacht hinein.

Links von ihr raschelte etwas.

Ihre Lunge zog sich zusammen. Sie wirbelte das Licht herum und taumelte durch das Gewicht ihrer Schwester.

Grunz- und Schnüffelgeräusche drangen aus dem Unterholz, das nur einen Meter entfernt war. Ein Augenpaar leuchtete ihr etwa einen Meter über dem Boden entgegen. Sie erhaschte einen flüchtigen Blick auf schimmernde Stoßzähne.

Ein Wildschwein.

Dakota stand absolut still.

Wildschweine konnten aggressiv sein. Ihre Stoßzähne konnten ernsthaften Schaden anrichten.

Sie hatte keine Waffen, keine Möglichkeit, sie zu verteidigen. Es gab keinen Ausweg.

Vielleicht zum Sumpfboot? Vielleicht, aber das Wildschwein würde sie erreichen, bevor sie mehr als ein paar Schritte machen konnten. Das Boot war jetzt nutzlos für sie.

Sie wartete ohne zu atmen, ihr Puls rauschte in ihrem Schädel. Schließlich drehte sich die Kreatur um und schlurfte in die Nacht hinaus.

Sie stieß einen erleichterten Atemzug aus. Eiseskälte floss aus ihren Adern. Sie drückte Edens zitternde Schulter. »Alles in Ordnung. Uns geht es gut.«

Es ging ihnen alles andere als gut. Dakota war schwindelig vor Hunger, Durst, Schmerz und Angst. Sie konnte ihre zitternden Hände nicht stillhalten, hatte Blut unter ihren Fingernägeln und in den Rissen in ihren Handflächen.

Sie schloss die Augen gegen die noch frische Erinnerung, die scharf wie metallisch schmeckendes Blut in ihrem Mund war: Die weit aufgerissenen, starrenden Augen, die sich ausbreitende Pfütze unter dem

Körper, nicht rot, wie sie erwartet hatte, sondern unheimlich, ölig schwarz.

Und der aufsteigende verzweifelte Schrei, der sich in ihrer eigenen Kehle festkrallte … Sie blinzelte die schreckliche Vision weg. Sie durfte jetzt nicht den Kopf verlieren.

Eden war verletzt; sie wusste immer noch nicht, wie schwer. Sie mussten die Wohnung dieses Mannes finden. Sie brauchten Nahrung, Wasser und Schlaf.

Dann sah sie es. Der zugewachsene Pfad war nicht einmal ein richtiger Pfad, nur eine Vertiefung zwischen den Zypressen.

Sie starrte in die Dunkelheit, das dunkle Gewirr aus Stämmen und Ranken. Ihr Herz pochte, das Brennen pulsierte wie ein zweiter Herzschlag.

»Hier entlang«, flüsterte sie Eden zu.

Sie erinnerte sich kaum noch an das hektische Laufen durch die Dunkelheit, an die Röcke, die sich ständig in Zweigen, Ästen und Dornen verfangen hatten, an die gespenstischen Nachtgeräusche der Waschbären, die sich gegenseitig anfauchten, an den Ruf einer Eule, dem eine andere antwortete, und an die Kreaturen, die zu beiden Seiten von ihnen durch das Gebüsch raschelten.

Mücken umschwirrten ihr Gesicht, stachen durch ihre Kleidung, fanden jeden Zentimeter unbedeckter Haut, sogar ihre Augenlider. Eden stolperte neben ihr – stumm und leidend – und Dakota zerrte sie immer wieder auf die Beine.

Etwas verhedderte sich um ihr Bein.

Sie ging zu Boden und riss Eden mit sich. Der Schmerz bohrte sich tief in ihre rechte Wade. Stacheldraht schlängelte sich um ihr Bein, die Widerhaken bohrten sich in ihre nackte Haut.

Sie fuchtelte wild mit der Taschenlampe herum, während sie den mit Stacheldraht umwickelten Elektrozaun betrachtete, der auf einer Breite von etwa einem Meter von einem umgefallenen Baum zu Boden gezogen worden war. Er war wahrscheinlich von dem gewaltigen Sturm in der Nacht zuvor umgeweht worden.

»Schau, Eden. Es ist ein Zeichen.« Von wem das Zeichen war, das war ihr egal – Hauptsache es half Eden.

Sie atmete einige Male tief durch und befreite sich von dem

Stacheldraht, wobei sie zischend und mit zusammengebissenen Zähnen durch den Schmerz hindurch atmete.

Glitschiges Blut tropfte über ihre Finger. Sie wischte sie an ihrem schmutzigen Rock ab. Die rohe, verbrannte Stelle auf ihrem Rücken schmerzte. Jeder Muskel in ihrem Rücken, ihren Armen und Beinen tat ihr weh.

Schmerz war eine Sache, die man ertragen musste. Wenigstens hatte sie viel Übung darin.

Mit Eden auf ihrem Rücken kletterte Dakota über den umgestürzten Baumstamm und fiel auf der anderen Seite des Zauns zu Boden, wobei sie fast unter dem Mädchen zusammenbrach.

Dakota schaltete die Taschenlampe aus. Sie schlichen so leise wie möglich durch die Dunkelheit. Vor ihnen offenbarte das Mondlicht eine einstöckige Hütte in der Mitte einer großen Lichtung, die von mehreren kleineren Gebäuden und einem Brunnen flankiert wurde.

Auf den ersten Blick nichts Besonderes.

Aber Dakota erinnerte sich an Maddox' Warnung. Sie hatte den Elektrozaun nicht vergessen. Mit jemandem, der es vorzog, ganz allein mitten in den Glades zu leben, war nicht zu spaßen.

Und doch mussten sie es riskieren.

»Vorsichtig jetzt«, warnte sie Eden und sich selbst, wohl wissend, in welcher Gefahr sie sich befanden.

Ihre Kehle war wund und brannte vor Durst. Ihr war schwindelig vor Hunger und Schmerz.

»Wir gehen rein, nehmen mit, was wir tragen können, und verschwinden wieder. Am anderen Ende des Grundstücks gibt es eine Einfahrt, die zu einer Straße führt, die uns an einen sicheren Ort bringt, okay?«

Eden hatte weder genickt noch sonst irgendwie gezeigt, dass sie Dakota überhaupt gehört hatte. Sie hatte auf den Boden gestarrt, sich erschöpft auf den Fersen gewiegt, während ihre Schultern bebten.

Vielleicht stand sie unter Schock.

Die Angst schnürte ihr die Kehle zu und schnitt ihr den Atem ab. Sie packte Eden an den Schultern und blickte in ihr schlaffes Gesicht. »Ich kümmere mich um dich, hörst du mich? Ich bin für dich verantwortlich. Ich werde dich nicht sterben lassen, das schwöre ich dir. Ich werde dich nicht verlassen. Nie und nimmer.«

Damals hatte sie ihr Wort gehalten.

Sie konnte es wieder tun. Sie würde es wieder tun.

Während sie die Zeichnung zusammenfaltete und vorsichtig in ihre Tasche zurücksteckte, wiederholte Dakota die Worte wie ein Gebet, eine Beschwörung, ein Versprechen. »Ich werde dich nicht verlassen. Nie und nimmer.«

# KAPITEL 24
# LOGAN

»**H**ungrig?« Logan hielt ihr eine orangefarbene Tüte mit Sun Chips und eine Flasche Wasser hin.

Dakota döste versteckt, die Beine in den gepolsterten Kinositz gestützt, die Arme vor dem Bauch verschränkt. Sie sah klein und verletzlich aus, ein Wort, das er bisher nicht mit dem Mädchen in Verbindung gebracht hatte.

Doch in der Sekunde, in der er sprach, riss sie die Augen auf und sprang auf die Füße, das Messer bereits in der Hand und auf seine Brust gerichtet.

Ein wachsames Mädchen. Und klug.

Es war nie eine gute Idee, einen Angreifer mit einem Messer zu entwaffnen, es sei denn, man wollte zu einem Nadelkissen werden.

Er trat einen Schritt zurück, die Arme erhoben, eine Tüte Chips, eine Flasche Wasser und eine Taschenlampe in den Händen, ein leichtes Lächeln auf dem Gesicht. »Ich dachte nur, du wärst vielleicht bereit für etwas Treibstoff.«

Er erwartete, dass sie sich entschuldigen oder ein wenig Verlegenheit zeigen würde, weil sie jemanden mit einem Messer bedroht hatte, aber sie zuckte nur mit den Schultern. Sie steckte das Messer auch nicht wieder in die Scheide. »Okay.«

Er drückte ihr die Tüte mit den Chips und das Wasser in die freie

Hand. Sie streckte sich, lehnte sich im Sessel zurück und legte das Messer auf die Armlehne – in Reichweite. Mit ihrer Taschenlampe suchte sie den Kinosaal ab.

Der Rest der Überlebenden schlief unruhig auf verschiedenen Sitzen, die meisten von ihnen zusammen in der Nähe der Leinwand, die wie ein riesiges weißes Auge über sie alle zu wachen schien.

Schmidt saß im Schneidersitz vor dem Essen und Wasser, sein Klemmbrett auf dem Schoß, den Stift in der Hand, immer noch stur wach. Natürlich war er das.

»Ich bin übrigens Logan.«

»Ich weiß.«

Er suchte die Gänge und den hinteren Teil des Kinos nach allem ab, was verdächtig war, nach potenziellen Bedrohungen, und ließ sich dann auf den Sitz neben ihr sinken. Es war eine Gewohnheit, die mittlerweile tief in seinem Inneren verankert war.

Dakota warf ihm einen vorsichtigen Blick zu, sagte aber nichts.

»Du hast eine Uhr. Sie ist analog, nicht wahr? Ich kann mich nicht an das letzte Mal erinnern, dass ich so etwas gesehen habe.«

Sie steckte sich einen Chip in den Mund. »Es war ein Geschenk.«

»Das ist gut. So wissen wir, ob genug Zeit vergangen ist. Wie spät ist es eigentlich?«

Sie blickte nach unten, ihr Gesicht im Schatten angespannt. »Neun Uhr dreiunddreißig.«

Einundzwanzig Stunden waren vergangen, seit die Bombe explodiert war. Wie schnell sich alles ändern konnte. Es brauchte nur eine Sekunde, um die Welt ins Verhängnis zu stürzen.

Natürlich wusste er das bereits.

»Der erste Tag des Weltuntergangs«, scherzte er.

»Glaubst du das? Mit dem Weltuntergang?«

Er wollte einen dummen Scherz machen, aber die Explosion hatte ihn erschüttert, ob er es zugeben wollte oder nicht. »Nicht der Untergang der Welt, vielleicht. Aber wahrscheinlich unseres Landes.«

Sie kaute einen Moment lang nachdenklich vor sich hin. »Alle anderen erwarten, dass sich die Dinge innerhalb von ein oder zwei Wochen wieder normalisieren. Ich denke, sie verstehen instinktiv, dass dies ein schlimmerer Terroranschlag ist als der elfte September, aber sie glauben, dass die Menschen einfach in ihre Häuser und an ihre Arbeitsplätze zurückkehren werden. Dass die Infrastruktur, dass dieses Land, wie sie es kennen, Bestand haben wird.

Das wird es nicht. Nicht mit mehreren Bomben, die Hunderttausende von Menschen getötet haben. Was ist, wenn es mehr Bomben gibt? Wenn der Fallout Hunderte, vielleicht Tausende von Quadratkilometern Siedlungsflächen für Jahre auslöscht?

Millionen von Flüchtlingen ohne Arbeit, Unterkunft, Nahrung und Wasser. Die von FEMA, die für das Krisenmanagement verantwortlich sind, werden völlig überfordert sein. In weiten Teilen des Landes könnte die Infrastruktur einfach zusammenbrechen.«

Es war ein ernüchternder Gedanke. Nicht, dass er nicht an ein gewisses Maß an Chaos und Gesetzlosigkeit gewöhnt gewesen wäre. Aber dieses Leben hatte er hinter sich gelassen, und er hatte nicht vor dorthin zurückzukehren. *Aber du hast die Waffe behalten*, flüsterte eine Stimme in seinem Kopf. *Du wirst dich nie ändern. Du wirst immer bleiben, wer du wirklich bist ...*

»Du hast erwartet, dass es passiert«, sagte er, um die hässlichen Gedanken aus seinem Kopf zu vertreiben. »Dass es mehr Bomben gibt. Dass Miami ein Ziel sein könnte. Du hast es sofort gewusst.«

»Wenn man immer auf das Schlimmste vorbereitet ist, kann einen nichts überraschen.«

»Ein gutes Lebensmotto. Das könnte man auf ein Kissen sticken oder so.«

Sie nahm einen Schluck Wasser, ohne ihn anzuschauen. »Du scheinst selbst gut vorbereitet zu sein.«

Er spannte seinen Körper an. »Inwiefern?«

»Nur eine Vermutung. Diese Narben auf deinen Knöcheln. Die Art, wie du dich bewegst.«

Er schaute sie wieder an. Sie war aufmerksam, aufmerksamer als der Durchschnitt. Vielleicht zu aufmerksam.

»Bist du ein Soldat? Ex-Militär?«

»So ähnlich«, murmelte er.

Er hasste diese Frage. Er hasste alles, was sie über das aussagte, was er nicht war. Er hasste es, dass sie die beschämenden, flüsternden Stimmen in seinem Kopf wieder hervorrief.

Ein Soldat war ehrenhaft. Er war etwas anderes.

»Nette Tattoos.« Sie betrachtete seine Arme, die Kreuze, die Schlange, die sich über seinen linken Bizeps durch einen Totenkopf schlängelte, und die große Jungfrau Maria, die selig in die Welt hinausblickte, auf seinem rechten Bizeps.

Ihr Blick fiel auf die lateinische Inschrift, die sich durch den Stacheldraht auf seinem Unterarm schlängelte. Bevor sie fragen konnte, was sie bedeutete, bewegte er seinen Arm und verdeckte die Worte.

Das war das Letzte, worüber er sprechen wollte. Er hatte Durst. Aber nicht nach Wasser.

Das brennende, *sehnliche* Gefühl hatte letzte Nacht begonnen. Das Verlangen baute sich auf wie ein hämmernder Kopfschmerz an der Schädelbasis, wie Säure im hinteren Teil seiner Kehle.

Er zog seinen silbernen Flachmann aus der Seitentasche seiner Hose und war einmal mehr dankbar für seine eigene Voraussicht. Er hielt ihn immer gefüllt. Er wusste nie, wann er ein wenig Ruhe brauchte – eine Oase in der Wüste seines Lebens.

Alkohol war nicht immer nur einen Kühlschrank oder einen Barkeeper entfernt.

Er hatte jede Stunde ein oder zwei Schlucke getrunken und dabei ein beeindruckendes Maß an Selbstbeherrschung an den Tag gelegt, wenn man bedachte, dass gerade eine buchstäbliche Bombe in seinem Leben explodiert war.

Es hatte gereicht, um den Durst zu stillen, aber er spürte ihn jetzt stärker denn je.

Er warf den Kopf zurück und trank die letzten kostbaren Schlucke.

Sein Herz beruhigte sich, als das süße Brennen seine Kehle hinunterrutschte.

Sie zog die Brauen hoch.

»Gibt es etwas Besseres zu tun?«

Sie antwortete nicht, sondern nahm nur einen weiteren kleinen Schluck von ihrem Wasser und schraubte den Deckel wieder zu. Die Flasche war noch zu zwei Dritteln gefüllt. Sie sparte es sich auf.

»Hast du eine Familie, zu der du zurückmusst?«, fragte er, um sich abzulenken. Er war nicht an diese Stille gewöhnt – ohne Fernsehen,

Telefon oder Radio, ohne das Summen des Verkehrs oder der Arbeit, ohne den Rausch des Alkohols in seinem Blut, der ihn mit dem warmen Nichts erfüllte, das er sich mehr als alles andere wünschte.

Es machte ihn unruhig und angespannt. Er hasste es.

Ein paar Augenblicke lang antwortete sie nicht. Er dachte schon, dass sie ihm die kalte Schulter zeigte, damit er ging.

Er starrte auf seinen leeren Flachmann und wollte aufstehen, um sie in Ruhe zu lassen, aber ein Teil von ihm wollte einfach nicht.

In ihren Augen lag eine gewisse Skepsis. Etwas, das sie verfolgte, das er in sich selbst wiedererkannte. Etwas Gebrochenes in ihr, aber auch eine Stärke wie Stahl.

Sie hatte in einer Katastrophe, die die meisten Menschen zu Fall brachte, einen kühlen Kopf bewahrt. Immerhin hatte sie sie hierher geführt.

»Eine Schwester«, sagte sie schließlich. »Sie ist erst fünfzehn. Wir haben nur uns beide. Sie wartet auf mich. Sie braucht mich.«

»Keine Eltern? Keine andere Familie?«

Ein kurzes Zögern. »Nein.«

»Ich auch nicht.« Er drehte den Flachmann um und rieb seine Finger über den grinsenden Totenkopf, der auf der Seite prangte. Eigentlich sollte er deprimiert sein, dass er keine Familie hatte, um die er sich kümmern konnte, aber das war er nicht. Je weniger Lasten einen erdrückten, desto besser.

Er hatte nie gewusst, wer sein Vater war – nur ein Samenspender in einer langen Reihe von One-Night-Stands seiner drogenabhängigen Mutter, die bereit war, alles für ihren nächsten Schuss zu geben. Sie war irgendwo in Richmond, Virginia.

Mit einem Schaudern fragte er sich, ob sie noch am Leben war. Wahrscheinlich nicht.

Schon seit seinen jüngsten Erinnerungen war sie eine Crack-Süchtige gewesen. Abgemagert, zittrig, mit diesen hohlen, verzweifelten Augen – unfähig, sich um einen Job, eine Wohnung oder ihr eigenes Kind zu kümmern.

Er war mit sechzehn von zu Hause weggegangen und hatte nie zurückgeblickt. Wenn ihn das zu einem Arschloch machte, dann war das eben so.

Er hatte schon Schlimmeres getan, um zu überleben. Viel Schlimmeres.

Er steckte den Flachmann zurück in seine Tasche. »Willst du eine ganze Woche lang hierbleiben?«

»So lange kann ich nicht warten. Nach achtundvierzig Stunden wird der größte Teil des Fallouts verschwunden sein.«

»Aber nicht alles.«

»Ich werde trotzdem gehen«, sagte sie mit fester Stimme. Ihr Ton ließ keinen Raum für Diskussionen.

»Wie du meinst.« Was kümmerte es ihn, was eine Fremde mit ihrem Leben anstellte? Wenn sie es opfern wollte, um eine Person inmitten einer zerstörten, brennenden Stadt zu finden, dann war das ihre Sache.

Wenn ihre Schwester irgendwo in der Nähe der Explosion war, war sie wahrscheinlich schon tot.

Aber das brauchte er ihr nicht zu sagen. Sie wusste es bereits. Er konnte es an der Art sehen, wie sie die Wasserflasche mit beiden Händen umklammerte, bis ihre Knöchel weiß waren.

Ein plötzliches Geräusch lenkte ihre Aufmerksamkeit auf sich.

Mit einem lauten, schrillen Scheppern öffneten sich die Türen zum Zuschauerraum. Ihr Blick darauf wurde durch die Seitenwand entlang der Treppe zum Hauptgeschoss versperrt.

# KAPITEL 25
# LOGAN

Logan war blitzschnell auf den Beinen und tastete instinktiv nach der Pistole auf seinem Rücken. Er wollte sie nicht ziehen, wenn es nicht sein musste, aber er war bereit.

Dakota drängte sich an ihm vorbei und hüpfte die Treppe hinunter. Ihr dunkles kastanienbraunes Haar wehte hinter ihr her.

Mit wild wackelnder Taschenlampe sprang er hinter ihr die Treppe hinunter. Die meisten anderen schliefen noch, aber ein paar hoben müde den Kopf und sahen sich nach der Quelle des Lärms um.

Er und Dakota umrundeten die halbe Wand zwischen den Sitzen und dem Gang, der zu den Doppeltüren am Ausgang führte.

Der rothaarige Travis stand im Schatten. Seine Sommersprossen hoben sich auf seiner blassen Haut ab wie Blutstropfen. »Ich war auf der Toilette«, stammelte er. »Ich hörte ein Geräusch im Foyer. Dieser Typ stolperte da draußen herum ...«

Logan und Dakota richteten ihre Taschenlampen hinter Travis aus. Ein Mann war durch die Doppeltür eingetreten.

Er taumelte den schmalen Gang hinunter zum Hauptsaal. Er war nicht mehr als ein schwerfälliger Schatten, dick und bucklig.

»Stehen bleiben!«, rief Logan. »Nicht näher.«

Der Mann sackte gegen die Wand, sein Atem ging schwer und röchelnd.

Logan sog seinen eigenen Atem ein.

Der Mann sah aus wie aus einem Horrorfilm. Vielleicht war er ein Weißer. Es war unmöglich zu erkennen, obwohl er fast nackt war und nur ein paar Überbleibsel verkohlter Kleidung in Fetzen an ihm hingen.

Er war eine Masse aus verbranntem Fleisch. Die Haut an seinem Rücken und seinen Beinen war verbrannt und geschwärzt. Das karierte Muster des Hemdes, das er getragen hatte, war in die schlaffen Falten seiner Brust und seines Bauches eingebrannt.

Erbrochenes befleckte seine Mundwinkel. Sein Gesicht war unförmig. Eine hässliche offene Stelle klaffte auf der rechten Seite seines Gesichts, und rote, nässende Wunden klafften auf Stirn, Wangen und Kinn.

Die Haare auf der rechten Seite seines Schädels waren vollständig verbrannt; auf der linken Seite schimmerte rohe, kahle Kopfhaut durch ein paar schüttere braune Haarbüschel.

Er stank nach Urin und Fäkalien. Ein fauliger, giftiger Geruch sickerte aus jeder Pore.

Seine blutunterlaufenen Augen blickten sie mit tierischer Verzweiflung an. »H... Helft mir.«

Einige andere drängten sich in den Flur zwischen den Türen und dem Saal, blieben jedoch in sicherer Entfernung.

Rasha hielt sich Mund und Nase mit den Händen zu, die Augen vor Entsetzen geweitet. »Was ist mit ihm passiert?«

»Die Bombe ist ihm passiert«, sagte Dakota. Sie wich nicht zurück oder bedeckte ihr Gesicht, aber ihre Stimme zitterte. »Die Strahlung.«

»Der arme Mann.« Shay stellte sich neben Rasha und bot ihren Arm zur Unterstützung an. »Ich habe Schwarz-Weiß-Bilder in Lehrbüchern gesehen, aber so etwas noch nie ...«

Miles' sonnenverbranntes Gesicht errötete. Sein Blick huschte von dem verbrannten Mann zu Dakota. »Es ... es war wirklich eine Atombombe.«

Dakota sagte nichts. Logan auch nicht.

Es gab nichts zu sagen.

Einen schrecklichen Moment lang starrten alle entsetzt und ungläubig auf den Mann.

Das wäre ihnen auch passiert, wenn sie keinen Unterschlupf gefunden hätten. Das dachten sie alle, als sie den Schrecken der Bombe endlich verinnerlicht hatten, als sie endlich verstanden.

Das Grauen, das immer noch Tausenden von Menschen widerfuhr – Menschen, die sie kannten, Freunden und Familienmitgliedern, Töchtern, Söhnen, Freundinnen, Ehemännern und Eltern.

Logan hatte schon so manches Grauen erlebt.

Aber das hier war etwas anderes. Es war abscheulich, eine unaussprechliche Tragödie von katastrophalem Ausmaß.

Rasha wimmerte. Shay presste die Faust auf ihren Mund. Isabel brach gegen ihre Großmutter gelehnt zusammen, die ihre dünnen, sehnigen Arme um das Mädchen schlang und leise weinte.

»Es ist real«, murmelte Miles vor sich hin. »Es ist wirklich real.«

»Wir müssen ihm helfen«, sagte Julio.

»Ist er ... ansteckend?«, fragte Rasha.

»Nein«, sagte Shay zittrig. »Eine Strahlenvergiftung ist nicht ansteckend, aber seine Kleidung und seine Haut sind wahrscheinlich mit radioaktiven Partikeln verseucht. Fasst ihn nicht an.«

»Wir müssen ihn hier im Flur festhalten«, sagte Dakota grimmig, »damit er den Kinosaal nicht kontaminiert.«

»Wasser ...«, stöhnte der Mann.

Dakota gestikulierte in Travis' Richtung, der immer noch wie erstarrt dastand, die Hände schlaff an den Seiten, das bleiche Gesicht vor Schreck erschlafft. »Du hast ihn gehört. Bring ihm etwas Wasser.«

Travis wollte gehorchen, aber Schmidt packte ihn am Arm. Er starrte Dakota an, als ob sie allein dieses Unglück über ihn gebracht hätte. »Der Mann liegt im Sterben, nicht wahr?«

Shay antwortete: »Das ist ... Er leidet an akutem Strahlungssyndrom.«

»Seht ihn euch an!« Schmidt sprach, als könne der Mann sie nicht hören.

»Er steht mit einem Fuß im Grab. Es ist ein Wunder, dass er lange genug auf den Beinen geblieben ist, um es hierherzuschaffen.«

»Er braucht sofortige medizinische Hilfe«, stammelte Shay und blickte den Verletzten an. Sie versuchte, mitfühlend zu sein, aber es war ihnen allen klar. Schmidt hatte recht. Es war ein Wunder, dass der Mann überhaupt noch atmete.

»Die er nicht bekommen wird«, sagte Schmidt. »Wir können es uns nicht leisten, etwas zu verschwenden. Wir müssen das Wasser für die Lebenden aufsparen.«

»Gib ihm das Wasser«, wiederholte Dakota.

»Ich dachte, wir müssten alles rationieren und aufsparen, um zu überleben. Hat sie nicht darauf bestanden?« Er deutete mit dem Finger auf Dakota.

Logan beobachtete das Geschehen teilnahmslos. Er war ein wenig überrascht von ihr. Sie schien so hart und logisch zu sein, aber dies war eine barmherzige Entscheidung, keine rationale.

Es schien einfach – was war schon eine Wasserflasche?

Aber was, wenn der Mann stunden- oder tagelang ausharrte und aus einer Flasche zehn, zwanzig oder mehr wurden?

In einer Situation wie dieser musste das Überleben jedes Mal siegen. »Nimm eine von meinem Anteil«, sagte Julio leise.

»Nein«, beharrte Schmidt. »Ich bin für die Vorräte zuständig. Ich entscheide, wer was bekommt. Er tut uns allen leid, aber es ist sinnlos, es zu verschwenden ...«

»Heiß«, stöhnte der Mann. »So heiß ...Wasser, bitte ...«

Dakotas Mund verengte sich. Sie stürzte sich mit einem bösen Blick auf Schmidt. »Wenn Sie diesem Mann nicht sofort Wasser geben, dann werden Sie es bereuen, so wahr mir Gott helfe.«

Schmidt grinste selbstgefällig. Er ballte seine Hände zu dicken, fleischigen Fäusten. »Für wen hältst du dich eigentlich? Wie kommst du darauf, dass du Entscheidungen für die ganze Gruppe treffen kannst? Du bist nur ein dummes Mädchen, das nicht weiß, wann es den Mund halten muss.«

Dakota trat entrüstet an ihn heran.

Einen Moment lang dachte Logan, sie würde dem Idioten eine Tracht Prügel verpassen, wie er es verdient hätte.

Stattdessen schritt sie an ihm vorbei auf die rechte Seite des Flurs, auf die Wasserflaschen zu, die an der hinteren Wand des Kinosaals gestapelt waren.

Schmidt ergriff ihren Arm. »Was habe ich dir gerade gesa...?« Aber er beendete seinen Satz nicht.

Dakota ließ ihre Taschenlampe fallen. Mit einer fließenden Bewegung packte sie den Mann an den Schultern und riss ihn zu sich heran, während sie gleichzeitig ihr Bein nach oben zog und ihm ein Knie in die Leistengegend stieß, sodass er auf den Teppich sank.

Schmidt stieß ein scharfes, gequältes *Uff* aus. Er rollte sich zu einem Ball zusammen, stöhnte und griff sich in den Schritt. »Du kleine ...!«

»Gern geschehen.« Dakota trat über ihn hinweg, hob ihre Taschenlampe auf und nahm ein Wasser vom Stapel.

Als sie zu dem verwundeten Mann zurückging, begegneten ihre Augen Logans. Ihr Blick war grimmig, als wollte sie ihn herausfordern, ihr zu widersprechen.

Er nickte ihr anerkennend zu, wieder einmal beeindruckt. Sie war härter, als sie aussah.

Schmidt stieß eine böse Beleidigung aus.

»Nicht cool, Mann«, sagte Julio. »Es gibt keinen Grund, sich so zu verhalten.«

»Das ist mein Kino!«, schrie Schmidt, und wütende Tränen liefen über seine dicken Wangen. »Ihr habt kein Recht! Verschwindet! Ihr schmarotzenden Störenfriede verschwindet besser, und zwar sofort.«

»Wir gehen nirgendwo hin.« Logan hockte sich neben Schmidt und knackte mit den Fingerknöcheln. Er brauchte nicht zu drohen. Seine Anwesenheit reichte aus.

Logan war ein unkomplizierter Typ. Je weniger er sich um etwas kümmerte, desto besser ging es ihm. Aber ein Pisser, der Frauen angriff, sei es verbal oder anderweitig, war so eine Sache. Der fette, sich windende Idiot verdiente, was immer er bekam.

»Du wirst in der nächsten Woche Folgendes tun«, sagte er. »Du wirst hier sitzen und den Mund halten. Du wirst dich mit niemandem hier anlegen. Nicht mit ihr, nicht mit Julio und schon gar nicht mit mir. Sag mir, dass wir uns verstehen.«

Der Mann stöhnte nur.

Logan lächelte. »Gut genug.«

Dakota reichte das Wasser an Shay, die sich vor den verbrannten Mann kniete und ihm einen Schluck anbot, ohne ihn zu berühren.

Er schlürfte es gierig und verzweifelt hinunter, wobei das Wasser über seine blasigen Lippen tropfte.

»Danke«, röchelte der Mann.

»Es tut mir leid, dass wir nicht mehr medizinische Vorräte haben«, sagte Shay, deren Stimme vor lauter Tränen brach. »Die sind uns ausgegangen. Sie brauchen sterile Verbände, intravenöse Antibiotika, einen Morphiumtropf ...«

»Mein Kopf«, sagte der Mann, »fühlt sich an, als würde er aufplatzen.«

»Ich habe Paracetamol in meiner Handtasche«, bot Zamira an. Sie löste sich von Isabel und Piper, die sich beide an sie klammerten, und reichte Shay ein kleines Döschen mit Tabletten.

Sie gab dem Mann ein halbes Dutzend Tabletten, zögerte, dann bot sie ihm noch ein paar mehr an. »Ich hoffe, das hilft ein wenig.«

»Wie ist es da draußen?«, fragte Julio.

Der Mann schluckte die letzte Tablette. Mit zitternden Fingern berührte er die fleckige, verbrannte Seite seines Gesichts. »Hölle.«

# KAPITEL 26
# LOGAN

Logan zwang sich, nicht voller Abscheu wegzusehen. Der Mann sah aus wie die Hölle selbst.

»Wissen Sie, wer das getan hat?«, fragte Rasha zitternd. »Haben Sie etwas gehört?«

Der Mann schüttelte den Kopf, seine Augen waren halb geschlossen. Er stöhnte vor Schmerz. Schweißperlen standen auf seiner gesprenkelten Stirn. »Verdammte Muslime. Wir hätten diese Sandmaden nie in unser Land lassen dürfen.«

Rasha versteifte sich.

Logan wurde angespannt. »Gab es etwas dazu in den Notrufsendungen? Etwas Konkretes mit tatsächlichen Beweisen?«

»Wir müssen uns nicht sagen lassen ... was offensichtlich ist«, stieß der Mann hervor. »Wir wissen bereits ... wer das getan hat.«

»Glauben Sie, dass es ISIS war?«, fragte Schmidt.

»Nein ...« Der Mann drehte den Kopf und erbrach sich. Blutige Spucke tropfte von seinen geschwollenen Lippen. »Alle von ihnen.«

»Das ist nicht wahr«, sagte Shay.

Logan sagte: »Wir wissen gar nichts.«

»In jedem Volk auf der Welt gibt es schwarze Schafe«, sagte Dakota mit zusammengebissenen Zähnen. »Ja, ISIS und all die Radikalen wie sie sind verdammt böse, aber das macht nicht alle Muslime schlecht.«

Er hob mühsam einen verbrannten Arm, der vor Schmerz zitterte, und zeigte auf Rasha. »Du ... du hast uns das angetan!«

Rasha zuckte zurück.

Shay bäumte sich auf und starrte. »Ich bin sicher, dass Sie das nicht so meinen. Sie haben unglaubliche Schmerzen ...«

»Ich meine ... genau das, was ich gesagt habe! Wir hätten sie alle im Irak töten sollen ...«

»Genug!« Wut schoss durch Logan. Er zügelte den plötzlichen Drang, den Kerl zu verprügeln, ob er im Sterben lag oder nicht. Oder ihm zumindest ein Stück Klebeband über den Mund zu kleben.

Er und Dakota tauschten einen harten Blick aus. Der Kerl litt, war kurz davor zu sterben, aber das entschuldigte seinen rassistischen Schwachsinn nicht.

Als Kolumbianer hatte Logan schon viel ähnlichen Mist gehört – üble, hasserfüllte Beleidigungen, die ihm wegen seiner Hautfarbe, seiner Herkunft entgegengeschleudert wurden.

Er rieb sich die vernarbten Fingerknöchel und trat einen Schritt zurück, um seine Wut zu unterdrücken.

So war er nicht, nicht mehr.

»Sie sollten sich ausruhen und Ihre Kräfte schonen«, sagte Julio diplomatisch. »Wir werden es Ihnen so bequem wie möglich machen.«

»Aber schaut doch, was passiert ist ...«, fuhr der Kerl fort, als ob er Julio nicht gehört hätte. Er zog eine Grimasse. Blut sickerte in dünnen rotbraunen Rinnsalen seinen Hals hinunter. »Seht nur, was sie mit uns gemacht haben ...«

Der Mann drehte seinen Kopf zur Seite und erbrach sich heftig. Er würgte, seine Augen rollten wild, sein geschundener Körper verkrampfte sich. Schließlich sank er in die Bewusstlosigkeit.

Logan stieß einen erleichterten Seufzer aus. Nicht einmal rassistische Arschlöcher verdienten einen solchen Tod, aber Logan würde auch keine Tränen für ihn vergießen.

»Dies ist auch mein Land«, sagte Rasha mit leiser, angestrengter Stimme. Sie berührte verlegen ihren Hidschāb. »Ich liebe Amerika und die Freiheit, für die es steht. Kein echter, friedliebender Muslim würde so etwas jemals tun oder gutheißen.«

Sie blinzelte schnell, sah verunsichert aus, versuchte aber, ihre Fassung wiederzuerlangen. Man musste es Miles zugutehalten, dass er neben ihr stand und ihr die Schultern rieb, um sie zu beruhigen und zu trösten.

»Das wissen wir«, sagte Julio freundlich. »Wir wissen, dass ISIS und Konsorten eine Korruption sind. Sie sind nicht mehr Muslime als der Ku-Klux-Klan Christen sind.«

Rasha nickte Julio zu, und die Anspannung in ihrem Gesicht ließ etwas nach.

Miles drückte die Schultern seiner Frau.

»Was ist mit Nordkorea?«, knurrte Walter. »Kim Jong-un ist verrückt genug, uns alle aus reiner Bosheit zu töten und sein eigenes verdammtes Land zu zerstören.«

»Könnte sein«, räumte Dakota ein, obwohl eine Linie zwischen ihren Augenbrauen erschien. »Es ist möglich. Es könnte eine Terroristengruppe sein, von der wir noch nie gehört haben. Vielleicht sogar aus dem Inland.«

»Ich wette, es sind die Russen«, sagte Walter mit einem spöttischen Lächeln. »Die haben Amerika schon immer gehasst.«

»Mein Vater sagt, Putin will unser Land übernehmen, genau wie die Nazis«, sagte Travis.

Logan kratzte sich am Kinn. »Unser Militär ist darauf vorbereitet. Und diese Regierungen wissen, dass wir mit genug Härte zurückschlagen würden, um sie von der Landkarte zu fegen.«

»Dakotas Vermutung ist die wahrscheinlichste«, sagte Logan. »Ein improvisierter Nuklearsprengkörper, der von einer terroristischen Gruppe oder einem Schurkenstaat fabriziert wurde.«

»Wie zum Teufel können Terroristen in den Besitz von Nuklearmaterial kommen?« Miles schüttelte ungläubig den Kopf. »Es muss ein Schurkenstaat sein.«

»Sie könnten eine Bombe aus den Komponenten einer gestohlenen Waffe bauen«, sagte Logan, »oder einer, die sie von Waffenhändlern auf dem Schwarzmarkt gekauft haben. Wenn sie erst einmal das

Nuklearmaterial – Plutonium oder hochangereichertes Uran – haben, ist es nicht schwer, die Bombe zu bauen.«

»Wie könnt ihr so sicher sein, dass es nicht Russland oder China war?«, fragte Travis.

»Russland, China oder jedes andere Land könnte dahinterstecken«, sagte Julio. »Sie hätten es wie Terroristen aussehen lassen können, um einen Racheakt zu vermeiden – gegenseitig zugesicherte Zerstörung.«

»Es ist möglich, aber es ergibt keinen wirklichen Sinn.« Logan zog seinen Flachmann heraus und schüttelte ihn. Verdammt. Immer noch leer.

»Wenn eine Supermacht dahinterstecken würde«, sagte er, »wäre ihre erste Priorität gewesen, die Angriffsfähigkeiten des Gegners zu zerstören. Sie hätten unsere interkontinentalen ballistischen Raketen, unsere Atom-U-Boot-Basen und unsere Flugplätze mit Atombombern ins Visier genommen. Die Städte würden an letzter Stelle stehen – vor allem Miami.«

»Wenn es ISIS oder eine andere Terrorgruppe ist, was könnte ihr Ziel sein?«, fragte Shay.

Logan steckte den Flachmann mit einem resignierten Seufzer in seine Gesäßtasche. »Alles Mögliche. Es könnten Militärbasen sein, Ölraffinerien, große militärisch-industrielle Produktionsanlagen. Große Häfen oder Verkehrsknotenpunkte. Wirtschafts- und Industrieanlagen, Energieerzeugung. Oder große Städte, um maximale Verluste zu erzielen und der Moral horrenden Schaden zuzufügen.«

»Ich verstehe das nicht.« Shay umarmte sich selbst, sichtlich verunsichert. »Wie können die Leute uns nur so sehr hassen?«

Dakota winkte abweisend mit der Hand. »Das ist im Moment nicht wichtig.«

Shay hob ihr Kinn. »Es ist mir wichtig.«

Dakota runzelte die Stirn. »Natürlich ist es das, auf lange Sicht gesehen. Aber jetzt? Im Moment müssen wir überleben. Und wenn du leben willst, musst du dich auf das konzentrieren, was du hier und jetzt tun musst. Verstehst du?«

»Dakota hat recht«, sagte Zamira. »Sie ist weise. Wie ich meinen

Enkelkindern immer sage: Sorgen machen nur mehr Falten. Sie ändern nichts.«

»Das sind alles nur Gerüchte, bis wir konkrete Informationen bekommen«, sagte Logan.

»Es ist Energieverschwendung«, sagte Dakota. »Energie, die wir zum Überleben brauchen.«

Rasha rang ihre Hände. Sie warf einen Blick auf den sterbenden Mann und schaute dann schnell und entsetzt weg. »Wie ... wie kann die Strahlung jemandem so etwas *antun*?«

»Ich erinnere mich an einiges davon aus meiner Ausbildung.« Shay holte tief Luft. Als sie sprach, war ihre Stimme ruhig. »Er war durch die Nähe zur Explosion thermischer Energie ausgesetzt – über fünfzig Prozent seines Körpers haben Verbrennungen zweiten und dritten Grades erlitten. Seine Kleidung wurde ihm direkt vom Leib gebrannt.

Was die Strahlung anbelangt, so ionisiert die Kernstrahlung die Atome, indem sie ihre Elektronen abschießt. Die ionisierende Strahlung schädigt die DNA-Moleküle, indem sie die Bindungen zwischen den Atomen aufbricht.

Wenn die Strahlung die DNA-Moleküle ausreichend verändert, können sich die Zellen nicht mehr vermehren und beginnen zu sterben. Weniger stark geschädigte Zellen können überleben und sich vermehren, aber die strukturellen Veränderungen in ihrer DNA stören die normalen Zellprozesse – Zellen, die ihre Teilung nicht kontrollieren können, wachsen unkontrolliert und werden krebsartig.

Das kann Monate, Jahre oder Jahrzehnte dauern. Aber die unmittelbare Sorge ist das akute Strahlungssyndrom.«

»Kannst du uns das genauer erklären?«, fragte Julio. »Was passiert mit all den Menschen da draußen, die der Strahlung ausgesetzt sind? Und was wird mit ihnen passieren?«

Shay zog eine Grimasse, das Leuchten in ihren Augen wurde schwächer. »Medizinisches Personal misst die absorbierte Strahlung in Gray, wie Dakota sagte. Bei ein bis zwei Gray setzt das akute Strahlungssyndrom mit Übelkeit, Erbrechen und Kopfschmerzen ein.

Nach einer etwa einmonatigen symptomfreien Latenzzeit kommt es zu Müdigkeit, Schwäche und mäßiger Leukopenie, also einer verminderten Anzahl weißer Blutkörperchen aufgrund der Schädigung des Knochenmarks. Das erhöht das Infektionsrisiko.

Man hat starken Juckreiz, Rötungen wie bei einem Sonnenbrand, Blasen und Geschwüre. Auch wenn die Wahrscheinlichkeit, in zehn oder zwanzig Jahren an Krebs zu erkranken, dramatisch ansteigt, überleben die meisten Menschen auch ohne medizinische Behandlung.

Aber mit zunehmender Belastung verliert man seine Haare. Man fängt an, unter der Haut zu bluten. Nach einer gewissen Latenzzeit kommt es auch zu Blutungen unter der Haut, Infektionen und Blutergüssen.«

Shay hielt inne und atmete tief ein. »Bei sechs bis acht Grays sterben die Stammzellen im Knochenmark und die Zellen, die den Magen-Darm-Trakt auskleiden, ab. Das Kreislaufsystem beginnt zu kollabieren. Fieber, Durchfall und starkes Erbrechen setzen fast sofort ein.

Krampfanfälle und Koma führen bei fünfzig Prozent der Patienten zum Tod innerhalb weniger Wochen, selbst bei medizinischen Eingriffen wie Knochenmarktransplantationen.«

»Und bei über neun Gray?«, fragte Logan.

Shay warf einen Blick auf Isabel und Piper und kaute zögernd auf ihrem Daumennagel. »Nun, die Chancen stehen nicht sehr gut.«

»Sag uns die Wahrheit«, drängte Logan.

Er musste genau wissen, womit er es zu tun hatte. Die Chancen standen noch nie zu seinen Gunsten. Dennoch hatte er es immer wieder geschafft, zu triumphieren, auch wenn ein Teil von ihm sich lieber geschlagen geben wollte.

Shay begegnete seinem Blick, ohne mit der Wimper zu zucken. »Jeder stirbt.«

Ein Gemurmel aus Bestürzung und Erleichterung erfüllte den Saal. Julio berührte sein goldenes Kreuz. Zamira beugte ihr Haupt und umklammerte die schlaffe Hand ihrer Enkelin.

Shay blickte zu dem bewusstlosen Mann hinüber, ihre Lippen geschürzt. »Es sind erst vierundzwanzig Stunden seit der Bombe vergangen. Die Strahlung, die er absorbiert hat, muss extrem hoch gewesen sein, wenn die Symptome so schnell so schwerwiegend sind.

Mindestens zehn Gray. Wahrscheinlich mehr. Ich bezweifle, dass er länger als einen Tag leben wird.« Shay sah Dakota an, ihre Augen glasig vor Tränen. »Wir hatten Glück.«

Logan hat schon sehr lange kein Glück mehr gehabt. Vielleicht noch nie. Glück hatte für ihn nie eine Rolle gespielt.

Jeder Tag war ein Kampf ums Überleben. Man tat, was man tun musste, um über die Runden zu kommen, um den nächsten elenden, eintönigen Tag zu überstehen.

Aber jetzt, vielleicht zum ersten Mal, spürte er, wie sich das Blatt wendete.

Er war noch am Leben.

Jemand, der es nicht verdiente. Wenn er etwas verdiente, dann war es ein bodenloser Abgrund oder vielleicht eine Hölle mit endlosen Qualen.

Und doch war er hier.

Und hatte Glück.

Wenigstens heute.

# KAPITEL 27
# MADDOX

Zwanzig Meter vor Maddox wurde die Tür eines verkohlten Jeeps aufgestoßen.

Eine dunkle Gestalt fiel heraus und kam langsam auf die Beine. Ihr Körper war von Kopf bis Fuß geschwärzt. Das Haar war verbrannt. Schwarze Fetzen hingen vom Oberkörper. Und das Gesicht – weiße, hervortretende Augen, ein aufgerissener Mund wie eine schwarze Grube – war kaum noch menschlich.

Die Kreatur taumelte auf ihn zu, die Arme ausgestreckt, die Handflächen nach unten, wie eine Art Zombie. Maddox sah fassungslos zu, wie sich die Gestalt auf ihn stürzte.

Maddox machte einen Schritt rückwärts in Richtung Tunneleingang. Er schrie nicht, obwohl sein Herz gegen seinen geprellten Brustkorb klopfte.

Die Gestalt machte noch einen taumelnden Schritt und brach zusammen. Der Körper zuckte einen Moment lang, dann erstarrte er.

Die Person bewegte sich nicht mehr.

Maddox starrte auf den Körper hinunter und blinzelte schnell.

Er hob langsam den Kopf und sah sich um. Er war allein auf dem Highway. Wenn es noch andere gegeben hatte, waren sie geflohen oder sie waren tot, wie die erbärmliche Kreatur, die zu seinen Füßen lag.

Sein Kopf tat weh, als hätte ihm jemand Stacheln in die Mitte seines Gehirns getrieben. Alles war vernebelt und unscharf. Weiße Flecken flackerten vor seinen Augen. In seinem Kopf herrschte ein Durcheinander aus Verwirrung, Schock und Schmerz.

Er brauchte einen langen Moment, um sich überhaupt an seinen Namen zu erinnern. Er war ohnmächtig geworden und in dem zerquetschten Taxi und dem eingestürzten Tunnel aufgewacht. Daran erinnerte er sich.

Er wusste nicht, wie lange er bewusstlos gewesen war. Es mussten Stunden gewesen sein. Die Sonne war vom Himmel verschwunden.

Die Brücke erbebte unter seinen Füßen. Das Wasser auf beiden Seiten sah dunkel und bedrohlich aus – bereit, hunderttausend Tonnen Beton und Stahl zu verschlingen, wenn es nur die Gelegenheit dazu hätte.

Hier war es nicht sicher.

Maddox ließ die Leiche zurück und begann loszulaufen. Er wusste noch nicht, was er tun oder wohin er gehen sollte. Ein Krankenhaus finden, vielleicht. Dieser Hölle entfliehen.

Es gab keinen anderen Weg als den hin zum Explosionszentrum, zumindest im Moment. Hinter ihm war der Tunnel in einem Hagel aus Zement und verbogenen Stahlträgern zusammengebrochen. Vor ihm lag der Highway, der zum Festland führte, und weiter unten der Atlantik.

Er schlurfte die Brücke entlang, vorbei an zerquetschten, verbogenen und zertrümmerten Fahrzeugen, deren ausgebrannte Hüllen wie Metallschädel aussahen.

Er bewegte sich auf eine Welt zu, die ein flaches, farbloses Grau angenommen hatte. Die Luft verdickte sich mit einem brennenden, versengten Gestank, der sich in seiner Nase festsetzte und seine Kehle verstopfte.

Je näher er dem Stadtzentrum kam, desto schlimmer wurde es.

Durch geborstene Gasleitungen und umgestürzte Strommasten waren Brände entfacht worden. Rauch wogte in den geschwärzten Himmel. Überall lagen Trümmer, Schutt und verkohlte, abgebrochene Palmen.

Überall um ihn herum gaben die Gebäude nach, als wären ihre Fundamente aus Wachs. Ein vierzigstöckiges Stahlgebäude lag wie ein

Kinderspielzeug in der Bucht. Halb versunken. Ein zertrümmertes und verbogenes Wrack aus zerfetzten Stahlträgern.

Dutzende Gebäude waren komplett eingestürzt, spektakuläre Meisterleistungen der Architektur völlig zerstört. Die Trümmer bildeten kleine, zerklüftete Berge zwischen den zerstörten Gebäuden.

Leichen lagen auf Bürgersteig und Straßen, saßen zusammengesunken in brennenden Autos. Staub und Asche hingen dick in der Luft. Die Lebenden schwebten wie schattenhafte Geister umher. In einigen Fällen konnte er Männer und Frauen, Jung und Alt nicht unterscheiden.

Ihre Gesichter, Arme und Beine waren mit Blasen übersät, manche so groß wie Tennisbälle. Ihre Haut war so versengt, als hätte man sie mit kochendem Wasser übergossen.

Und dann waren da noch die, die verbrannt und geschwärzt waren, als wären sie bei lebendigem Leib gebraten worden. Sie bewegten sich mit ausgestreckten Armen langsam schlurfend durch den Rauch. Sie liefen wie betäubt – zu geschockt, um zu reagieren, Schmerz zu empfinden, zu schreien. Einige waren noch bekleidet, andere trugen nur Stofffetzen.

Er beobachtete eine ältere Frau, die auf dem Gehweg auf ihn zustolperte. Ihr Haar war verschwunden. Sie war völlig nackt.

Hinter ihr tauchten andere aus dem Rauch auf, ihre entblößten Körper waren mit grauer Asche bedeckt. Die Hitze hatte ihre Kleidung weggebrannt.

Wie konnte das sein? Wie konnte das alles sein?

Ein Mann schob sich an ihm vorbei. Die verbrannten Arme ausgestreckt, um zu verhindern, dass die Verbrennungen einen anderen Teil von ihm berührten. Ein verbogenes Metallstück ragte aus dem Hals des Mannes heraus. In der Vertiefung seines Schlüsselbeins sammelte sich Blut und tropfte an seiner verkohlten Brust hinunter.

Maddox kam der Gedanke, den Mann zu warnen, dass er verblutete, aber kein Laut kam über seine Lippen.

Es war seltsam, er hörte kaum ein Geräusch. Keine Schreie. Kein Weinen. Er konnte sich nicht erklären, was das zu bedeuten hatte.

Ein Mann saß auf dem Bordstein und wiegte sich hin und her, während er sich die versengten Fleischfetzen von seinen Armen schälte.

Andere hielten sich die Ohren zu. Ihre Trommelfelle waren durch den Druck der Explosion geplatzt, ihre rußverschmierten Gesichter verzerrten sich vor Schmerz.

Eine Frau in den Fünfzigern schwebte wie ein Geist an ihm vorbei. Sie umklammerte ihren Magen, geschwärztes Blut beschmierte ihre Hände, während sie ihre eigenen Eingeweide festhielt.

Ein zwölf- oder dreizehnjähriges Mädchen lief vorbei, die Hand über dem linken Auge, aus dessen leerer Augenhöhle Blut floss.

»Was sollen wir tun?«, rief ein Mann, der Maddox am Hemd packte und ihn an den Schultern schüttelte.

Der Mann trug ein lavendelfarbenes Seidenhemd unter einem teuren Anzug. Der Gestank von verbranntem Fleisch übertönte den starken Geruch von Eau de Cologne. Sein Gesicht verzerrte sich mit animalischer Furcht.

Maddox stieß ihn weg. Er hatte keine Antworten. Und selbst wenn er welche hätte, würde er sich nur um sich selbst sorgen.

Er stand mitten auf der Straße, betäubt und fassungslos. Um ihn herum Asche, Trümmer und Chaos. Etwas Leichtes und Federartiges strich über seine Arme, sein Gesicht.

Er blickte in die Düsternis hinauf. Sandartige Teilchen fielen vom Himmel. Feine Körnchen vermischten sich mit der Asche.

Er schnippte sie weg. Mehr folgten.

Er verstand nicht, was das bedeutete.

Dennoch wusste er tief in seinem Inneren, dass der Horror gerade erst begann.

# KAPITEL 28
# DAKOTA

Tag zwei verlief ähnlich wie der erste: in stiller Verzweiflung.

Unfähig zu schlafen oder sich zu entspannen, zählte Dakota die Sekunden, Minuten und Stunden auf ihrer Uhr. Sie aß einen Mars-Riegel, eine halbe Packung Kaubonbons und ein paar Tüten Chips.

Nach vierundzwanzig Stunden wusch sie sich das Gesicht und die Achselhöhlen und spülte sich den Mund aus. Ihr Mund fühlte sich bereits unangenehm an. Sie fuhr mit der Zunge immer wieder über ihre rauen Zähne und fantasierte von heißen Duschen und elektrischen Zahnbürsten.

Nach etwa sechsunddreißig Stunden starb der Verwundete.

Julio und Zamira bestanden darauf, ein Gebet über der Leiche zu sprechen, und dann schleppten Logan und Julio ihn vorsichtig aus dem Kinosaal sieben in den Raum nebenan.

Die anderen Überlebenden drängten sich zusammen und suchten nach einem Rest von Hoffnung und Verbindung zueinander, nach menschlichem Kontakt. Schmidt, der ausreichend eingeschüchtert war, blieb für sich.

Dakota auch.

Logan war noch unruhiger geworden als sie selbst. Er verbrachte die Stunden damit, durch die Gänge zu tigern – zuerst die linke Seite, hinten entlang, dann den rechten Gang hinunter, dann wieder nach vorne. Immer und immer wieder.

Mehrmals nahm er seinen Flachmann heraus, schüttelte ihn und steckte ihn mit einem angewiderten Fluch zurück in seine Jeanstasche.

Nach sechsundvierzig Stunden konnte sie es nicht mehr aushalten, noch länger zu warten. Ihre Schwester brauchte sie. Sie konnte nicht mehr länger hierbleiben, hilflos und völlig nutzlos.

Dakota schlich unbemerkt den schmalen Gang hinunter, schaltete ihre Taschenlampe aus und schob sich durch die Flügeltüren des Kinosaals.

Der breite Flur, der mit riesigen Filmplakaten gesäumt war, war in tiefe Schatten gehüllt. Sie konnte kaum genug Details erkennen, um den Gang hinunter in den großen Foyerbereich zu gehen.

Sie passierte den Ticketschalter und den Kiosk. Ein dichtes, schweres graues Licht strömte durch die zerbrochenen Eingangstüren. War der Himmel einfach nur bewölkt oder fiel die Strahlung immer noch herab?

Das sollte sie nicht, aber was wusste Dakota denn schon? Die gesamte Forschung basierte auf Hochrechnungen aus Hiroshima und Nagasaki, auf Tests der Regierung über Ozeanen und Wüsten und auf Kernreaktorunfällen.

Es hatte noch nie eine große nukleare Bodenexplosion zum Untersuchen gegeben. Was, wenn sie sich geirrt hatten?

Langsam und vorsichtig, als ob ihre Vorsicht eine Kontamination verhindern könnte, näherte sie sich dem Eingang bis auf zehn Meter.

Die Welt draußen war genauso gespenstisch leer und still wie im Inneren des Kinos. Auf dem Parkplatz standen noch Dutzende Autos genau dort, wo sie zurückgelassen worden waren.

Feinkörniger Fallout bedeckte den Boden und die Autos wie Staub. Überall lagen Glassplitter und glitzerten zwischen den Trümmern.

Drei Palmen wuchsen auf einer grasbewachsenen Insel in der Mitte des Parkplatzes. Sie blinzelte und beobachtete, wie sich die Wedel der Palmen bewegten und raschelten. Die Brise wehte immer noch aus Norden, vielleicht aus Nordwesten. Es war schwer zu sagen.

Wenn die vorherrschenden Winde in den letzten beiden Tagen aus der gleichen Richtung gekommen waren, war alles nördlich von hier verseucht – und gefährlich.

Sie musste fast vier Kilometer nach Nordwesten gehen, um ihre Schwester zu erreichen.

Aber danach lag ihr Ziel senkrecht zu der Fallout-Wolke. Sobald sie und Eden ein paar Kilometer nach Westen gegangen waren, würden sie auf der Route 41 durch die Stadt und die Vororte bis an den Rand der Zivilisation gelangen.

Es war fast derselbe Weg, auf dem sie und Eden vor zwei Jahren geflohen waren.

Falls der Wind irgendwann vom Osten her geweht hatte, wäre der Westen natürlich auch nicht sicher. Sie konnte nur hoffen, dass ihr Plan funktionierte.

Sie hasste es, sich auf Hoffnung und Vermutungen zu verlassen, aber sie hatte keine Wahl. »Das wird klappen«, sagte sie laut. »Es muss klappen.«

Sie ließ die Taschenlampe ausgeschaltet und stapfte in der Dunkelheit erschöpft, aber entschlossen zurück zum Kinosaal sieben. Sie öffnete die Tür des Saals.

Eine Gestalt trat aus den Schatten hervor. Furcht durchzuckte sie.

Ihre Instinkte siegten. Sie ergriff ihr Messer und riss es mit einer flüssigen, geübten Bewegung aus der Scheide. In einer halben Sekunde hatte sie die Klinge an den Hals ihres Angreifers gedrückt. »Eine Bewegung und ich schneide dir die Kehle durch.«

Die Gestalt machte einen raschen Schritt nach rechts. Er schlug mit der Seite seiner Handfläche gegen ihre Messerhand.

Bevor sie mit einer Gegenbewegung reagieren konnte, wurde ihr Arm nach hinten gestoßen, und der Schmerz explodierte in ihrem Handgelenk. Das Messer fiel ihr aus den tauben Fingern.

Er ergriff ihren Arm und drückte ihn gegen die noch offene Tür. Sie stieß einen schmerzhaften Atemzug aus.

»Du kannst es versuchen«, sagte Logan.

Ihr Puls rauschte in ihren Ohren. Angst machte sich in ihr breit, und sie hasste das.

Es machte sie wütend. »Lass mich los!«

Er ließ sie los.

Sie wich zurück, ihr Herz donnerte, die Angst schoss noch immer durch ihre Adern. Die Narben auf ihrem Rücken brannten.

Erinnerungen an Schatten, die sie bedrohten, brannten in ihrem Kopf. Sie blinzelte sie weg.

Die Angst, die sie damals empfunden hatte, der Schmerz, die Wut und die Hilflosigkeit – das war Vergangenheit. Das hier war das Jetzt.

Sie rieb sich das schmerzende Handgelenk und zwang sich, mehrere tiefe, gleichmäßige Atemzüge zu machen, bevor sie antwortete. Die Angst und das Adrenalin verflüchtigten sich und ließen sie schwerfällig und verärgert zurück – aber über sich selbst.

Wenn er ein echter Feind gewesen wäre, hätte sie ihm mit einem kräftigen Tritt das Knie oder die Leiste zertrümmert oder ihm mit den Fingernägeln die Augäpfel ausgekratzt. Sie war auch jetzt noch sehr versucht. »Wenn du nicht gerade lebensmüde bist, solltest du es in Zukunft vermeiden, jemanden, der ein Messer bei sich trägt, zu erschrecken.«

Er zuckte mit den Schultern. »Du hast gezögert. Nächstes Mal gib deinem Ziel nicht so viel Zeit. Stich hart und schnell zu.«

»Es wäre dir also lieber, ich würde dich töten?«

Seine Zähne blitzten in den Schatten auf. »Wie gesagt, du kannst es versuchen.«

»Du wärst überrascht, was ich mit einem Messer alles anstellen kann«, schnauzte sie verärgert und gleichzeitig schwer beeindruckt.

Er klang wie Ezra. Genau wie sie vermutet hatte, kannte er sich mit dem Kämpfen aus. Er wusste genau, was er tat.

Ein schiefes Lächeln umspielte seine Lippen. »Das würde ich gerne einmal sehen.«

Sie bückte sich, hob ihr Messer auf und steckte es in die Scheide. Sie zog ihre Taschenlampe heraus und ging um ihn herum, ohne ihn anzusehen. »Tut mir leid, dich zu enttäuschen.«

»Du verlässt das Kino«, erwiderte er.

»Ich habe keine Wahl.«

»Was ist mit dem Fallout?«

»In weniger als sechzig Minuten werden es achtundvierzig

Stunden sein. Die Strahlenbelastung wird nur noch ein Prozent der ursprünglichen Dosis betragen. Das ist gut genug für mich.«

Sie schritt schnell den Flur hinunter und ließ Logan Garcia zurück.

# KAPITEL 29
## DAKOTA

Dakota erreichte den vorderen Teil des Saals, wo die meisten Überlebenden in der Nähe der Leinwand saßen oder schliefen.

Walter lag zusammengerollt in einer Ecke und schlief. Julio saß neben ihm, den Kopf gegen die Wand gelehnt, die Augen geschlossen. Schmidt bewachte das Essen, während Travis, Miles und die Teenager sich auf den Sitzen mit den erhöhten Armlehnen ausstreckten.

Zamira, Rasha, Shay und Piper spielten in aller Ruhe eine Partie Monopoly Deal mit Karten, die Zamira in ihrer voluminösen Handtasche gefunden hatte. Rasha saß neben Piper. Sie hatte Zamira geholfen, sich um das Mädchen zu kümmern.

Piper lächelte. Sie war ein zähes, widerstandsfähiges kleines Ding. Sie würde es schaffen.

Isabel hingegen hockte im Schneidersitz neben ihrer Großmutter, die Hände schlaff auf dem Schoß, die Augen glasig und in die Ferne gerichtet.

Sie musste aufwachen und sich zusammenreißen, wenn sie in dieser dunklen neuen Welt überleben wollte. Mit einer starken Frau wie Zamira, die auf sie aufpasste, hatte sie zumindest eine gute Chance.

Dakota musste sich jetzt um Eden kümmern.

»Ich muss los«, verkündete Dakota. »Ich gehe nach Norden, um meine Schwester zu holen, dann nach Westen, um der Strahlenverseuchung zu entkommen. Ich gehe das Risiko ein. Ihr solltet noch fünf Tage hier bleiben, um sicher zu sein. Ohne mich wird es mehr zu essen geben.«

»Ich komme mit dir.« Shay ließ ihre Karten fallen und kam auf die Beine. Sie fuhr sich mit den Händen durch ihre dicken, federnden Locken und straffte ihre Schultern. »Ich bin dabei.«

Dakota schüttelte den Kopf. »Es ist immer noch gefährlich da draußen. Wenn die Strahlungswerte vor zwei Tagen bei tausend Rem lagen, sind es jetzt noch immer zehn Rem pro Stunde.«

»Das klingt nicht nach viel«, sagte Rasha.

»Denkt daran, dass die Strahlung sich anhäuft. Bei zehn Rem pro Stunde muss man sich nur zehn bis zwanzig Stunden in einem kontaminierten Gebiet aufhalten, um akutes Strahlensyndrom zu bekommen. Und wir waren hier nicht vollständig geschützt. Wir haben bereits eine geringe Dosis absorbiert. Ich kann nicht mit Sicherheit sagen, wie viel.«

Rasha stieß einen ängstlichen Laut aus, der ihr im Hals stecken blieb. Sie schaute zur Decke, als ob die Strahlung, die in das Kino eindrang, mit bloßem Auge sichtbar wäre.

Zamira tätschelte ihr die Schulter. »Am sichersten ist es, wenn wir die ganze Woche hier warten, wie Dakota gesagt hat.«

»Was wäre, wenn wir in den Süden gingen?«, fragte Miles. »Was ist mit den Keys? Du hast gesagt, die Strahlung ist nur im Norden.«

»Ich sagte *wahrscheinlich*«, korrigierte Dakota.

»Die Keys werden noch früh genug ihre eigenen Probleme haben«, sagte Logan, als er neben ihr auftauchte. Er streckte sich träge und kratzte sich an seinem struppigen Kiefer.

Dakota machte einen Schritt von ihm weg und verkrampfte sich. Sie spürte noch immer seinen Schatten über sich, seine starke Hand, die ihr Handgelenk umfasste.

Sie ärgerte sich über sich selbst und über ihn, aber es brachte sie auch auf eine Idee.

»Was meinst du?«, fragte Miles.

»Wenn die Lastwagen nicht kommen, um die Läden und Tankstellen aufzufüllen«, sagte Logan, »was werden die Leute dort dann tun? Sie sind von drei Seiten von Wasser umgeben und können nirgendwo anders hin als nach Norden – und dort ist das Chaos. Es sieht so aus, als ob ihnen in ein paar Tagen eine ganz eigene Form der Hölle bevorsteht, wenn es nicht schon angefangen hat.«

»Es hört sich an, als ob es vielen Orten so gehen wird«, sagte Julio nüchtern.

Shay kaute auf ihrem Daumennagel, ihr Gesichtsausdruck war besorgt. »Das wissen wir nicht. Nicht mit Sicherheit.«

»Okay, gut. Wir wissen es nicht mit Sicherheit. Wir wissen gar nichts mit Sicherheit. Aber wir werden es herausfinden, nicht wahr?«

Dakota wandte sich von der Gruppe ab. Ihr war nicht wirklich nach Reden zumute.

Ihr Magen knurrte. Sie wollte nicht noch mehr Nahrung für sich beanspruchen, die Zamira, Piper und die anderen später brauchen würden, aber sie musste für die bevorstehende Reise gestärkt sein.

Eine Packung. Sie würde nur eine Packung mitnehmen und den Rest zurücklassen, um allen die beste Überlebenschance zu ermöglichen. Je länger sie drinnenblieben, desto sicherer würden sie sein.

Sie ging zu den Essensvorräten und schnappte sich eine Tüte Doritos, ohne Schmidts bösen Blick zu beachten. Sie zog sich auf ihren üblichen Platz im hinteren Teil des Kinosaals zurück, um die nächste Stunde abzuwarten.

Ihr Blick blieb an Logan hängen, der wieder im hinteren Seitengang auf und ab ging.

Er stieg die linke Treppe hinauf, ging an der oberen hinteren Sitzreihe entlang, stieg die rechte Treppe hinunter, ging zurück und vollendete die Runde erneut, unruhig wie ein Tiger.

Im Halbdunkel konnte sie die Form der Pistole nicht erkennen, die sich unter seinem lockeren T-Shirt eng an seinen Rücken schmiegte, aber sie wusste, dass sie da war.

Sie brauchte ihre eigene Waffe. Da draußen war es nicht sicher. Ein Messer war nur für schnelle, schmutzige Angriffe und Überfälle aus dem Hinterhalt geeignet.

Das würde nicht ausreichen. Nicht mit Tausenden von verängstigten, verwundeten Menschen, die verwirrt, hilflos und am Boden zerstört herumstolperten. Nach achtundvierzig Stunden ohne Wasser wären sie verzweifelt und bereit, alles zu tun, um Essen und Trinken für ihre Kinder und sich selbst zu bekommen.

Sie wusste, wie leicht die zivilisierte Fassade von Menschen abfiel, sobald die Türen geschlossen waren, sobald sie etwas brauchten oder wollten.

Sie hatte schließlich die Narben, oder etwa nicht?

Dakota unterdrückte ein Schaudern. Es war nicht nur das Chaos der verzweifelten Überlebenden, das sie fürchtete. In ihrem Nacken kribbelte es,und in ihrem Magen sammelte sich Beklemmung.

Maddox war immer noch da draußen.

Sie sehnte sich danach zu glauben, dass er tot war, um ihn ein für alle Mal los zu sein.

Zehntausende von Menschen waren innerhalb eines Wimpernschlages verbrannt worden. Warum nicht auch Maddox? Er hatte es mehr verdient als jeder andere von ihnen.

Aber sie wusste es besser. Das war zu einfach. In ihrem ganzen Leben war noch nie etwas einfach gewesen.

Maddox war noch am Leben und immer noch auf der Jagd.

Sie musste bereit sein. Sie konnte es sich nicht leisten, ihn zu unterschätzen und sich erneut von ihm überrumpeln zu lassen.

Sie biss die Zähne zusammen und überlegte, was sie tun könnte.

Die offensichtliche Wahl, die sie im Hinterkopf hatte, gefiel ihr nicht.

Aber sie hatte nicht viele Möglichkeiten. Die Mauern schlossen sich um sie herum, ein enormes Gewicht lastete auf ihrer Brust. Sie brauchte etwas von Logan Garcia, ob sie es wollte oder nicht.

Sie holte scharf Luft. *Einen Versuch war es wert.*

# KAPITEL 30
# DAKOTA

Dakota erhob sich von ihrem Sitz, schritt über den Mittelgang und ging auf Logan zu. »Du solltest mir deine Waffe verkaufen.«

Er blieb stehen, sein Fuß schwebte einen Moment lang über der nächsten Stufe.

Er ging einen Schritt zurück und drehte sich zu ihr um. »Welche Waffe?«

Sie waren durch sechs Stufen getrennt. Sie blickte unverwandt zu ihm auf. »Ich erkenne eine verdeckte Waffe, wenn ich sie sehe. Du hast eine Kompaktpistole in einem Gürtelholster auf dem Rücken.«

Er kratzte sich an seinem unrasierten Kinn und zögerte. Vielleicht überlegte er, ob er es zugeben sollte. Manche Leute flippten in Gegenwart einer Waffe aus, aber sie gehörte nicht dazu.

Er zuckte träge mit den Schultern. »Heutzutage kann man nie vorsichtig genug sein.«

»Dem stimme ich zu. Deshalb werde ich sie dir abkaufen.«

Dieses Mal zögerte er nicht. »Ganz sicher nicht.«

»Ich habe hundert Dollar bei mir.«

Er lachte amüsiert.

»Gut. Zweihundert.«

»Keine Chance.«

»Fünfhundert«, log sie.

»Ich verzichte.« Er zog eine schiefe Augenbraue hoch. »Ich bezweifle sowieso, dass du so viel Geld bei dir hast.«

Sie hatte nicht geglaubt, dass es funktionieren würde, aber einen Versuch war es wert gewesen.

Kurz überlegte sie, sich auf ihn zu stürzen, sich die Waffe zu schnappen und zu rennen. Aber das war dumm.

Sie würde fünfhundert Dollar darauf wetten, dass dieser Typ früher im Militär war. Er schien zurückhaltend zu sein, wenn es darum ging, etwas Persönliches preiszugeben, aber sie sah es in jeder Bewegung seines muskulösen, durchtrainierten Körpers.

Er war ein Kämpfer, ein Krieger.

Ezra hatte ihr einige Fähigkeiten beigebracht, aber sie wusste auch, wann sie keine Chance hatte. Das war nicht der schlaffe, eingebildete Schmidt, den man mit einem gut platzierten Tritt leicht zu Fall bringen konnte.

Logan Garcia war niemand, mit dem man sich anlegen sollte. Und genau deshalb brauchte sie ihn.

»Dann komm mit mir. Ich könnte jemanden gebrauchen, der weiß, was er tut.«

»Wer sagt, dass ich weiß, was ich tue?«

»Genug mit den Spielchen. Ich weiß, dass du dich mit Kämpfen auskennst.«

Er lachte säuerlich. »Ich kämpfe nicht. Meine Hauptbeschäftigung ist das Trinken. Das kann ich sehr gut.«

Das glaubte sie nicht eine Sekunde lang. »Du trägst eine Waffe, aber du kämpfst nicht?«

Er knackte mit seinen vom Kampf vernarbten Fingerknöcheln. »Nicht mehr.«

»Aber du weißt, wie.«

»Das könnte man so sagen.«

»Wie gesagt, wenn du mir deine Waffe nicht verkaufen willst, in Ordnung. Dann komm mit mir.«

Er lehnte sich an die Wand, verschränkte die Arme und warf ihr einen kühlen, prüfenden Blick zu. »Warum sollte ich da rausgehen? Du hast doch allen ziemlich deutlich gesagt, sie würden wie der verkochte Tote enden.«

»Ich habe ein bisschen übertrieben.« Sie wusste nicht, ob das stimmte. Wahrscheinlich nicht. Sie schätzte, dass die Exposition draußen immer noch zwischen fünf und zehn Rem pro Stunde lag. Sie würden in weniger als vierundzwanzig Stunden der Strahlenkrankheit erliegen.

Wenn die Explosion größer als zehn Kilotonnen oder näher war, als sie geschätzt hatte, könnte sie höher sein. Und statt mit Erbrechen und Durchfall hätten sie es mit Krampfanfällen und Koma zu tun.

Aber es gab keine Möglichkeit, das herauszufinden, bis sie krank wurden oder es in ein Krankenhaus schafften. Jedes funktionierende Krankenhaus im Umkreis von hundert Kilometern musste inzwischen überlastet sein.

Sie verachtete dieses Nichtwissen. Dass so viele Leben von Vermutungen und Annahmen abhingen.

Sie wollte Fakten. Wissen.

Es war das, was sie nicht wussten, was sie umbringen würde.

Sie hasste es, diese Worte auszusprechen, aber sie zwang sich, sie trotzdem zu sagen. Es ging nicht um sie, es ging um Eden. Und für Eden würde sie alles tun.

Sie räusperte sich. »I... ich brauche deine Hilfe.« Er musterte sie einen Moment lang mit hochgezogenen Augenbrauen.

»Ich gehe nach Norden, um meine Schwester zu holen, und dann nach Westen, um dem Chaos zu entkommen. Es ist gefährlich da draußen, besonders allein. Ich könnte jemanden gebrauchen, der mir den Rücken freihält. Nur für ein paar Tage.«

»Wie kommst du darauf, dass ich dir helfen möchte?«

»Weil du hier drinnen durchdrehst. Es macht dich verrückt. Das sehe ich.«

Er fuhr sich mit der Hand durch sein schwarzes, zerzaustes Haar und schüttelte den Kopf. »Mir geht es blendend. Keine Miete? Kostenloses Essen? Was will man mehr?«

»Nein, dir geht es nicht blendend. Und mir auch nicht. Ich werde aus dieser verdammten Stadt verschwinden. Ich weiß, dass du auch abhauen willst.«

»Dann geh doch.«

»Nicht ohne meine Schwester.«

»Das ist nicht mein Problem.« Logan schnaubte und wandte sich ab. Er ging die Treppe hinauf. »Gute Reise.«

Sie starrte auf seinen zurückweichenden Rücken, auf die Ausbuchtung seiner Waffe – einer Waffe, die sie brauchte – bis ihre Sicht verschwamm. Sie wollte ihm nicht trauen. Sie vertraute niemandem.

Aber sie wusste, wie es da draußen sein würde. Ezra hatte sie gewarnt. Menschen, die verwundet und krank, hungrig und verzweifelt waren. Ihre niederen, brutalen, animalischen Instinkte würden sich bald zeigen, wenn es nicht bereits der Fall war.

Sie wusste besser als jeder andere, wozu verzweifelte Menschen fähig waren.

Und dann war da noch Maddox.

Sie verschluckte sich fast an dem Wort. »Bitte.« Er drehte sich nicht um.

Angst durchzuckte sie. Sie durfte diesen Mann auf keinen Fall unterschätzen. Wenn er sie fand und sie nichts als ein Messer hatte, um sie zu verteidigen, wäre Eden verloren. Und Dakota wäre tot.

Sie musste etwas Wichtiges preisgeben, um Logan zu überzeugen.

Ein Bild von Ezra tauchte in ihrem Kopf auf: Über den hölzernen Küchentisch gebeugt, um eines seiner Gewehre zu säubern; dieses griesgrämige, weißbärtige, faltige Gesicht; diese hellen, intelligenten himmelblauen Augen.

Sie wusste genau, wohin sie gehen mussten.

Sie hatte kein Interesse daran, die anderen dorthin mitzunehmen. Sie hatten ihre eigenen Familien, ihre eigenen Leben, um die sie sich nach dem Verlassen des Kinos wieder kümmern mussten.

Sie hatte sie in einen Unterschlupf gebracht und sie vor dem Fallout bewahrt. Das war genug. Außerdem war es im Moment gefährlich, sich draußen aufzuhalten. Sie wollte nicht, dass Zamira oder die Mädchen dort draußen waren. Verletzlich und ungeschützt.

Dakota würde alleine gehen. Mit Logan, wenn sie ihn überzeugen konnte.

Es fühlte sich wie ein Verrat an, etwas anzubieten, das ihr nicht zustand.

Ezra würde das nicht verstehen. Er würde sie dafür hassen.

Vielleicht würde er sie nicht einmal hereinlassen.

Sie fuhr sich mit der Zunge über die Unterlippe, dachte nach, überlegte, wägte Kosten und Nutzen ab. Sie senkte ihre Stimme. »Ich weiß einen Ort. Einen Unterschlupf.«

Er hielt inne. »Warum sollte ich einen Unterschlupf brauchen?«

Logan drehte sich um und starrte sie mit seinem dunklen, klaren Blick an. Es fühlte sich an, als könne er bis in ihren Hinterkopf sehen, ihre Gedanken, ihre Erinnerungen, ihre Ängste auseinandernehmen.

Ezra hatte auch so einen Blick. Sie hatte ihn gehasst.

»Weil du nicht dumm bist. Du weißt, dass alles zusammenbricht. Unsere Infrastruktur kann unmöglich eine Million Tote und eine weitere Million tödlich Verwundete verkraften. Was ist mit den Millionen von vertriebenen, heimatlosen und hungernden Menschen.

Wie soll Miami an Treibstoff kommen? Frisches Wasser? Lebensmittel? Was ist mit Fort Lauderdale? Oder Homestead und den Keys? Selbst wenn die Nationalgarde oder FEMA mit Vorräten kommen, wie lange wird es dauern, bis sie hier unten sind?

Du weißt so gut wie ich, dass wir auf uns allein gestellt sind, zumindest für eine Weile. Zumindest für die nächsten Wochen sind die einzigen sicheren Orte die, die über stacheldrahtbesetzte Wände und elektrische Zäune verfügen und Vorräte haben, die für drei Jahre reichen. Kennst du jemanden mit solch einem Bunker?«

Er sagte nichts.

»Mein Freund hat so ein Haus. Komplett autark, mit einem Brunnen und Solarstrom. Er wird uns aufnehmen – dich auch«, log sie.

Noch während sie sprach, änderte sich der Plan in ihrem Kopf. Sie brauchte sich keine Sorgen zu machen, ob Ezra Logan aufnehmen würde, wenn sie ihn gar nicht erst zu der Hütte brachte.

Sie war diesem Kerl nichts schuldig. Es gab keinen Grund, warum sie ihr Versprechen halten musste. Sie konnte ihn benutzen, um zum Tamiami Trail zu gelangen, und dann einen Weg finden, ihn loszuwerden. In dem Chaos wäre es einfach.

Dakota war es gewohnt, nach Strich und Faden zu lügen. Und sie war verdammt gut darin.

»Du wirst dort sicher sein.« Sie schenkte ihm ein breites, aufrichtiges Lächeln. »Das garantiere ich.«

Sein Gesichtsausdruck blieb gleichgültig. Aber er hatte nicht wieder Nein gesagt.

Sie betrachtete das als ein gutes Zeichen.

»Du hast selbst gesagt, dass du keine Familie hast, um die du dich kümmern musst. Du hast keine Wohnung mehr, in die du zurückkehren kannst. Keine Arbeit. Sieh es ein. Du hast gar nichts mehr.«

Er schnaubte. »Danke für die aufmunternden Worte.«

»Hilf mir, meine Schwester zu holen. Ich bringe dich zum Unterschlupf. Dann kannst du entscheiden, ob du bleibst oder gehst. Du kannst dich für ein paar Wochen verkriechen, bis der Strom wieder an ist und FEMA die Sache in den Griff bekommt.

Oder, wenn du lieber gehen willst, geben wir dir Vorräte und so viel Whiskey, wie du tragen kannst.«

Seine Augenbrauen schossen in die Höhe.

»Du hast richtig gehört. Mein Freund mag seinen Alk genauso gerne, wie du es wahrscheinlich tust. Er hat einen Dreijahresvorrat von dem Zeug.«

»Von was für einer Art reden wir hier?«

»Bier, Whiskey, Tequila, Wodka, Gin. Was immer du willst, er hat es.«

Er knackte mit den Fingerknöcheln, sein Gesicht unergründlich. Dann änderte sich etwas in seinem Gesichtsausdruck. Das leichte Grinsen kehrte zurück, obwohl es seine Augen nie erreichte. »Wo genau ist dieser mythische Ort?«

Sie lächelte, denn sie wusste, dass die Schlacht bereits gewonnen war. »In den Everglades.«

# KAPITEL 31
# EDEN

Eden hatte jegliches Zeitgefühl verloren.

Ab und zu stieg sie aus der Wanne, kroch über den kühlen Fliesenboden, streckte die Hand aus, bis sie die Tür berührte, und schob das Handtuch, das sie gegen den Türspalt geschoben hatte, beiseite.

Wenn ein Hauch von Licht hindurchdrang, wusste sie, dass es Tag war. Wenn der Raum zwischen dem Boden und der Unterseite der Tür so schwarz war wie das Badezimmer, war es Nacht.

Sie hatte ihren Notizblock mitgebracht, um sich die Zeit mit Zeichnen zu vertreiben, aber in der Dunkelheit konnte sie nichts anderes tun, als zu warten, sich Sorgen zu machen und in einen unruhigen Schlaf zu fallen, nur um von einem weiteren Albtraum geweckt zu werden.

Sie übte in der Dunkelheit Zeichensprache, ihre Hände formten die inzwischen vertrauten Abläufe. *Ich habe Angst. Bitte komm und finde mich.* Und *ich liebe dich, ich liebe dich, ich liebe dich.*

Sie erzählte ihre Lieblingsgeschichten, die Jorge ihr vorgelesen hatte – *Hüter der Erinnerung, Die Tribute von Panem, Das große Spiel* – von Anfang bis Ende nach und fügte alles hinzu, woran sie sich erinnern konnte. Dann dachte sie sich neue Geschichten aus und spielte sie nach, bis ihre Finger wund waren.

Dakota wollte, dass sie ihre Pflegeeltern hasste, aber sie hatten ihr eine Gabe gegeben, die Gabe des Ausdrucks, der Sprache.

War es immer noch Sprache, wenn niemand sie sehen konnte?

Sie ballte und lockerte ihre Hände. Existierte sie, oder war sie verschwunden, vergessen? Hier zurückgelassen, um in einem engen, einsamen Badezimmer zu sterben?

Sie wartete darauf, dass ihre Pflegeeltern nach Hause kamen, und die Angst drückte ihr Herz immer fester zusammen. Sie kamen nie zurück.

Hatten sie einen Autounfall gehabt? Hat der grelle Blitz sie geblendet? War ein Gebäude auf sie eingestürzt, als sie versuchten, vor der Schockwelle zu fliehen?

Oder hatte die Bombe selbst sie innerhalb von Sekundenbruchteilen zu Asche verbrannt?

Übelkeit machte sich in ihrem leeren, krampfenden Magen breit. Sie presste die Faust auf den Mund und unterdrückte ein weiteres Schluchzen.

Mit jeder Stunde, die verging – oder was sie für eine Stunde hielt –, schwand ihre Hoffnung auf ihre Pflegeeltern.

Dennoch wartete sie darauf, dass ihre Schwester sie abholen würde.

Wenn sie durstig war, trank sie aus dem Waschbecken. Sie hatte den Stöpsel heruntergedrückt und es aufgefüllt, für den Fall, dass das Wasser abgestellt wurde. Wenn der Strom ausfiel, würde auch das Wasser ausbleiben, sobald die Rohre leer waren.

Sie tastete mit einer Hand nach dem Wasserhahn, um sich nicht den Kopf zu stoßen, beugte sich und schöpfte mit der anderen Hand Wasser in den Mund.

Ihr Magen knurrte vor Hunger, aber dagegen konnte sie nichts tun.

Die Zeit verging. Der Spalt unter der Tür wurde dunkel, dann hell, dann dunkel, und schließlich wieder hell, und Dakota war immer noch nicht da.

Warum war sie nicht hier? Stunden über Stunden waren vergangen. Wo konnte sie nur sein? Wusste sie nicht, dass Eden hier gefangen war? Verängstigt, verzweifelt und allein?

Eden blinzelte Tränen hilfloser Frustration zurück. Aber dadurch fühlte sie sich nur schuldig. Sie hatte kein Recht, wütend auf ihre Schwester zu sein.

Dakota würde sie nicht im Stich lassen. Das wusste sie. Dakota hatte es versprochen.

Und von allen Menschen auf der Welt hatte nur Dakota sie nie im Stich gelassen.

Es war Dakota, die sie immer wieder gerettet hatte. Dakota, die geschworen hatte, sie nie zu verlassen. *Nie und nimmer.*

Sie waren Schwestern.

Und das war das Wichtigste.

# KAPITEL 32
# DAKATO

»**I**ch will mit dir gehen«, wiederholte Shay.

Julio stand mit den Händen in den Hosentaschen hinter ihr und sah entschieden unsicherer aus.

»Es fällt immer noch Fallout«, warnte Dakota. »Es ist gefährlich.«

Dakota, Logan, Shay und Julio standen im leeren Foyer des Kinos. Schummriges Licht strömte durch die zerbrochenen Fenster und beleuchtete den radioaktiven Niederschlag, der wie eine tödliche Flut durch den Eingang gerieselt war.

»Es gibt nicht genug Essen und Wasser für alle.« Shay kaute weiter auf ihrem abgekauten Daumennagel. »Wenn wir alle vier gehen, können sie es schaffen.«

»Ich lasse meine Frau keine Sekunde länger allein«, sagte Julio mit entschlossener Miene. »Du bist nicht die Einzige, die da draußen Familie hat.«

Dakota konnte sie nicht davon abhalten, mit ihr zu kommen. Außerdem stimmte das Sprichwort. Zu mehreren ist man sicherer. Shay verfügte über medizinisches Fachwissen, das da draußen nützlich sein könnte.

Und Shay hatte recht: Die anderen, die im Kino zurückblieben, würden mit vier Personen weniger einige Tage länger überleben.

Dakota dachte an die zähe Zamira, ihre zerbrechliche Enkelin

Isabel, und die kleine mutterlose Piper. Zamira hatte Dakota versprochen, auf Piper aufzupassen und ihr zu helfen, überlebende Familienmitglieder zu finden, wenn alles vorbei war.

Sie verdienten es zu leben. Dakota wollte, dass sie lebten.

»In Ordnung«, sagte sie. »Ihr seid erwachsen. Ihr seid fähig, eure eigenen Entscheidungen zu treffen. Wenn ihr mit uns kommen wollt, werde ich euch nicht aufhalten.«

»Wie lautet der Plan?«, fragte Julio.

»Erstens: Wir retten meine kleine Schwester. Sie wohnt etwa vier Kilometer nordwestlich, in einem Vorort zwischen Wynwood und Allapattah namens Palm Cove. Ich glaube nicht, dass wir mehr als ein paar Stunden unterwegs sein werden, aber jede Sekunde zählt.«

Sie fuhr sich mit der Zunge über die Unterlippe. »Euch muss klar sein, dass ihr euch mehr Strahlung aussetzen werdet, als wenn ihr von hier aus direkt nach Westen geht, um dem Fallout zu entgehen.«

»Und nachdem du deine Schwester geholt hast?«, fragte Shay und steckte sich ein weiteres Stück Kaugummi in den Mund. »Was kommt als Nächstes?«

»Wir fahren direkt nach Westen zur US 41.«

»Zum Tamiami Trail«, sagte Julio.

»Genau.« Die US 41 war die Hauptverbindung zwischen Ost- und Westflorida unterhalb des Lake Okeechobee. »Es sind etwa einhundertzwanzig Kilometer von den Außenbezirken Miamis bis zu den Außenbezirken von Naples. Wir können nicht die I-95 nehmen, weil sie zu nahe am Gefahrengebiet vorbeiführt.«

Sie schloss für einen Moment die Augen und stellte sich den komplexen Grundriss von Miami vor ihrem geistigen Auge vor. »Wir könnten westlich am Flughafen vorbei und dann den Palmetto Expressway nach Norden zur I-75 nehmen, dann den Sawgrass Expressway. Aber alle werden in diese Richtung fliehen, und zwischen den Glades und dem Atlantik gibt es ein Nadelöhr, was die Lage noch schlimmer macht.

Die Menschen handeln instinktiv. Sie fliehen nach Norden oder Süden. Weniger Menschen werden durch die Glades in Richtung Naples reisen. Es scheint vielleicht, als würde es länger dauern, aber es ist weniger wahrscheinlich, dass sich die Massen dort sammeln, und es ist frei von Strahlung.«

»Eine Win-win-Situation also«, sagte Logan.

Sie zuckte mit den Schultern. »Es ist die am wenigsten gefährliche Option aus einem Dutzend gefährlicher Optionen. Du kannst aber gern alleine losziehen.«

Shay und Julio tauschten einen Blick aus.

»Meine Tante lebt in Naples«, sagte Shay. »Meine Mutter ist auf einer Arbeitsreise in Tallahassee, Gott sei Dank. Sie wird schon zurechtkommen, bis ich bei ihr bin. Da passt mir dein Plan ganz gut.«

Julio schüttelte den Kopf, seine Augen dunkel vor Sorge. »Meine Frau Yoselyn ist in West Palm Beach, um ihre Schwester zu besuchen. Ich bleibe bei euch, bis wir den Flughafen erreichen, dann gehe ich nach Norden.«

»Fantastisch«, sagte Logan ohne Umschweife.

Er beobachtete sie mit einer harten Wachsamkeit in den Augen, als würde er darauf warten, dass sie den Unterschlupf erwähnte.

Das würde nicht passieren. Sie traute keinem von ihnen, nicht einmal Julio.

Sie würden sich gegenseitig am Leben erhalten, bis sie den Tamiami Trail erreichten. Das war's. Dann würde sie sie alle loswerden. Sie und Eden waren besser dran, wenn sie allein waren.

»Wir sind alle einer Meinung«, sagte Logan. »Dann mal los.«

Shay schlang ihre Arme um sich und fröstelte trotz der Hitze. »Da draußen ist es doch sicher, oder?«

»Nirgendwo ist es sicher«, sagte Dakota.

Die Welt war nie sicher gewesen, nicht für Leute wie Dakota. Shay – mit ihrer schicken College-Ausbildung, ihren niedlichen Klamotten und ihrem sanften Leben – hatte keine Ahnung, wie die echte Welt aussah. Damals nicht und auch jetzt nicht.

Sie verdrängte einen Anflug von Wut und Ungeduld. Sie mochte es nicht, so zu sein – eifersüchtig und kleinlich.

Dakota ging zu der zertrümmerten Tür des Kinos und zeigte auf den Old Navy ein paar Schaufensterfronten weiter. Sie hatte die Rolle Klebeband, die Shay an diesem Morgen aus dem Vorratsraum der Angestellten gerettet hatte, in der Hand.

»Wir müssen uns von Kopf bis Fuß mit Kleidung bedecken«, sagte sie. »Das wird etwas helfen. Es wird uns nicht vor den Gammastrahlen schützen, aber zumindest vor den Beta- und Alphateilchen.«

Sie machte eine schnelle Berechnung in ihrem Kopf. »Wir könnten in den letzten achtundvierzig Stunden im Kino einem halben Gray ausgesetzt gewesen sein. Das akute Strahlensyndrom setzt zwischen einem und zwei Gray ein. Es ist immer noch etwas Fallout in der Luft. Vielleicht fünf Rem pro Stunde. Vielleicht auch mehr.«

»Das bedeutet, dass wir bis heute Abend aus der Fallout-Zone herauskommen müssen«, sagte Logan.

»Das schaffen wir«, sagte Shay fröhlich. »Ich mache jeden Morgen Powerwalking, um zu trainieren. Ich schaffe sechs Kilometer in einer Stunde. Das sollte einfach sein.«

»Einfach ist nicht das richtige Wort dafür.« Dakota zögerte in der zerklüfteten Tür, in ihrem Bauch kribbelte es vor Angst.

Über drei Kilometer zerstörter Stadt lagen zwischen ihr und Eden.

Welche Schrecken erwarteten sie dort draußen? War sie der Aufgabe gewachsen?

Sie musste es sein. Sie hatte keine Wahl.

Logan schritt an ihr vorbei. »Dann wollen wir uns mal auf den Weg machen, was?« Er tippte auf sein Handgelenk. »Vergiss nicht, deinen Timer zu starten.«

Dakota schaute auf ihre Uhr. 12:40 Uhr

Vor achtundvierzig Stunden war die erste Bombe in Washington D.C. detoniert. Wie viel unvorstellbares Leid hatten Millionen von Menschen in den Sekunden, Minuten und Stunden danach ertragen müssen?

Sie verdrängte den Gedanken aus ihrem Kopf. Sie mussten Eden vor Einbruch der Dunkelheit finden. Sonnenuntergang war um 20:15 Uhr. Weniger als acht Stunden, aber sie mussten lange vorher aus der Gefahrenzone heraus sein. Sie konnten keine Sekunde verschwenden.

Sie trat hinaus ins Tageslicht. Die Luftfeuchtigkeit schlug ihnen wie an jedem Tag in Südflorida wie eine Wand entgegen. Sofort rann ihr der Schweiß über Stirn und Unterlippe und sammelte sich unter ihren Achseln.

Die Wolken waren dick und dunkel wie Wunden. Winzige Partikel wie Sand- oder Salzkörner bedeckten alles. Aber kein Fallout fiel vom Himmel.

Zumindest keiner, den sie sehen konnten.

Eine unheimliche Stille umhüllte sie wie eine dicke, wollene Decke. Keine Automotoren oder Alarme, kein Hupen, keine Menschen. Nicht einmal Vogelgezwitscher.

Nichts als das schnelle Flattern ihres eigenen Herzschlags in ihren Ohren.

Alles war trübe, wie der Morgen nach einem Neuschnee.

Als sie noch klein war – vielleicht fünf oder sechs – hatte sie einmal Schnee gesehen, als sie mit ihren richtigen Eltern nach Südwest-Michigan gefahren war.

Sie erinnerte sich an Schneeballschlachten und Schneeengel, an Schals und Fäustlinge, an das Gefühl, wie die Kälte an ihrer Nase und ihren Fingern nagte. Daran, dass sie pinkeln musste, aber in ihrem Schneeanzug zu dick eingepackt dafür war.

Sie erinnerte sich an das dröhnende Lachen ihres Vaters und an das lächelnde, vor Kälte rosige Gesicht ihrer Mutter.

Aber diese Zeit war erloschen und lange vorbei. Dakota verdrängte die Erinnerung.

Jetzt zählten nur noch das Überleben und Edens Rettung.

# KAPITEL 33
## MADDOX

Maddox Cage glaubte an die Hölle. Doch bis heute hatte er nicht gewusst, wie diese Hölle aussehen würde.

Der Rauch zitterte, böig, dicht wie Nebel. Asche und feine, sandartige Körner fielen wie giftiger Schnee wirbelnd vom verdunkelten Himmel und hüllten alles in Grau. Die Luft roch schweflig, vergiftet.

Geschwärzte Skelette verbrannter Autos lagen auf dem zersplitterten, unebenen Asphalt verstreut. Palmen, die noch nicht umgestürzt waren, waren ihrer Wedel beraubt, und die Stämme waren von der Verkohlung geschwärzt.

Je weiter er ins Stadtzentrum vordrang, desto schlimmer wurde die Verwüstung.

Alles um ihn herum war aus seinen Verankerungen gerissen und auseinander geschleudert worden. Gebäude waren nicht wiederzuerkennen, ihre Dächer eingebrochen, ihr Inneres entkernt, eingestürzte Strukturen mit freiliegenden Skeletten aus Metall und Balken.

Seine Schuhe knirschten über Trümmerhaufen – Metallstücke, Steine und Glas, verdrehte und verformte Plastikteile, verkohltes Holz und zu Pulver zermahlener Beton.

Er konnte nicht mehr geradeaus gehen, sondern musste über kleine

Trümmerberge klettern, im Zickzackkurs vorbei an verbogenen, geschmolzenen Metallbrocken von der Größe eines Hauses.

Er ging an Leichen vorbei – nicht an Menschen, sondern an Leichen. So viele Körper. Hunderte.

Vielleicht Tausende.

Zerbrochene, zerquetschte und verkohlte Leichen. Mit Asche und Ruß bedeckte Körper, denen Beine oder Arme fehlten, die unter eingestürzten Decken, Wänden und Autos pulverisiert worden waren.

Einige waren auf der Stelle verdampft worden und hatten nur schemenhafte Flecken an den Wänden hinterlassen.

Einige waren verkohlt, wo sie gestanden hatten, und sahen aus wie Kohlestatuen. Andere waren bis zur Unkenntlichkeit verbrannt und verwundet – nicht mehr menschlich.

Ein Mann und eine Frau in den Fünfzigern krümmten sich und stöhnten auf dem Bürgersteig vor einer Handtaschenboutique. Ihre Oberkörper, Hälse und Gesichter waren mit Dutzenden von Glassplittern übersät – sie hatten während der Explosion am Fenster gestanden.

Eine Gestalt – er konnte nicht sagen, ob es sich um einen Mann oder eine Frau handelte – hockte vor ihm, das Bein unterhalb des Knies zertrümmert und zerschmettert.

Dankbarkeit erfüllte ihn. Er war verletzt, aber gesund und munter. Er hatte noch alle seine Gliedmaßen. Er konnte dieses Schlachtfeld auf seinen eigenen zwei Beinen verlassen.

Gott hatte ihn gesegnet. So viel wusste er.

Überlebende zogen an ihm vorbei – fast unmenschliche Kreaturen, deformiert von Verbrennungen, durchbohrt von Glasscherben oder Metallspeeren. Erst ein paar, dann ein Dutzend, dann ein regelrechter Strom von ihnen.

Ein paar Dutzend Meter weiter tauchte das blaue Schild des Miami North Medical Center aus dem Dunst von Asche und Rauch auf.

Die Straße war überfüllt mit Hunderten von Menschen, die alle nach Hilfe, nach Heilung, nach Erlösung riefen, die nicht kam.

Er konnte das Gebäude selbst kaum erkennen – es war zwar beschädigt, stand aber noch –, denn die Menschenmenge drängte sich um das Krankenhaus herum, füllte den Parkplatz und strömte durch die zerbrochenen Türen und Fenster.

Es war bereits überrannt worden.

Er sah nirgendwo Licht. Aus irgendeinem Grund war ihr Generator ausgefallen. Was konnten sie für die Patienten, die sie erreichen konnten, ohne Strom schon tun?

Das Krankenhaus konnte niemanden retten, wurde ihm langsam klar. Nicht ihn, niemanden. Die Rettung lag anderswo.

Auf der linken Seite erhob sich eine Kirche, die ihn überragte. Es handelte sich um eine alte katholische Kathedrale, deren Steinmauern aufrecht standen und deren Dach bis auf den eingestürzten Kirchturm weitgehend intakt war.

Sein Blick ruhte auf einer verkohlten, lebensgroßen Statue des Heiligen Petrus. Die Druckwelle hatte sie aus dem einstürzenden Gebäude geschleudert. Jetzt lag sie am Fuß der rissigen Steintreppe.

Ein Gefühl der Genugtuung schwoll in seiner Brust an. Es geschah ihnen recht, dafür, dass sie Götzenbilder anbeteten.

Er blickte auf die Verwüstung, auf die zerbrochene, zerstörte Stadt. Gott hatte das getan.

Was konnte dies anderes sein als der Zorn Gottes, der wegen all ihrer Sünden und ihrer Weltlichkeit über das Land hereinbrach?

Sein Vater hatte ihn immer gewarnt, dass Gott die befleckten Städte zerstören würde, so wie er einst Sodom und Gomorrha zerstört hatte.

Dass die Zeit gekommen war. Dass sie immer bereit sein mussten.

Gott würde die Hirten der Barmherzigkeit auswählen, um sein Urteil zu vollstrecken. Irdische Engel, die handverlesen waren, um die Plagen göttlichen Zorns über die Sünder zu bringen.

Maddox hatte keine Angst. Er wusste, was das bedeutete, worauf sie sich die ganze Zeit über vorbereitet hatten. *Denn der Herr wird durchs Feuer richten ...*

Der Tag des Endgerichts war gekommen.

# KAPITEL 34
## DAKOTA

Dakota führte ihre kleine Gruppe die Straße entlang, die parallel zu den Schaufenstern verlief, wobei sie darauf achteten, nicht auf den glitschigen Falloutpartikeln auszurutschen oder über Trümmer zu stolpern. Der Asphalt war mit Glasscherben übersät, sogar die Autoscheiben waren zersplittert.

Julio deutete auf einen nagelneuen Ford F-150, der zwei Parkplätze belegte. »Bist du sicher, dass keiner von denen funktioniert? Auf Rädern wäre unsere Reise um einiges schneller.«

Er zeigte auf einen schnittigen, feuerroten Sportwagen. »Oder wie wäre es mit dieser Schönheit? Ein 2012er Mazda RX-8. Ich bin sicher, sein Besitzer hat nichts dagegen, wenn wir ihn uns ausleihen.«

»Der elektromagnetische Impuls hat alles im Umkreis von vier Kilometern unbrauchbar gemacht«, sagte Dakota. »Sobald wir aus der Gefahrenzone heraus sind, können wir versuchen, einen fahrbaren Untersatz zu finden.«

Julio studierte die Fahrzeuge, an denen sie vorbeikamen. »Wenn wir ein altes Modell ohne Computerzubehör finden, kann ich eins kurzschließen.«

»Wirklich?«, fragte Logan beeindruckt.

Julio errötete. Er fuhr sich mit der Hand durch sein ergrautes

Haar. »Ich habe als Kind ein paar Sommer mit einer wilden Truppe verbracht. Und ich mag Autos.

Vor allem die Klassiker. Gib mir einen Jaguar E-Type von 1961 oder einen Ferrari Dino 246 GT von 1969 und ich kann glücklich sterben.

Ich wollte einmal Mechaniker werden. Ich mag es, Motoren zu reparieren und herumzuschrauben. Die meisten mechanischen Probleme kann ich selbst reparieren, schon seit ich dreizehn bin. Aber mein alter Herr brauchte Hilfe mit dem Beer Shack. Der Rest ist Geschichte.«

»Was ist mit Fahrrädern?«, fragte Shay eifrig. »Wir könnten so viel schneller sein.«

Dakota deutete auf den Asphalt. »Überall liegen Glas und Trümmer. Man kann den Boden kaum sehen. Es ist wahrscheinlicher, dass wir stürzen und uns nach fünf Minuten den Kopf aufschlagen, als dass wir unser Ziel erreichen. Es ist zu gefährlich. Für den Moment.«

Shay machte mit ihrem Kaugummi eine Blase. »Dann gehen wir eben zu Fuß. Wenigstens bekommen wir so etwas Bewegung, nicht wahr?«

»So kann man es auch sehen«, sagte Dakota schelmisch.

Julio bekreuzigte sich. »Je schneller wir hier rauskommen, desto besser.«

»Ich wusste nicht, dass du katholisch bist«, sagte Logan.

Er zuckte mit den Schultern. »Vom Glauben abgefallen. Aber ich schätze, das kommt alles wieder, wenn die Kacke wirklich am Dampfen ist.«

Dakota warf ihm einen scharfen Blick zu. »Wie konnte Gott das zulassen?«

»Ich habe darauf keine Antworten.« Julio berührte das goldene Kreuz, das er um den Hals trug, während er ging. »Aber ich weiß, dass Gott dieses Übel nicht verursacht hat.«

»Woher weißt du das?«

»Weil Gott Liebe ist«, sagte Julio schlicht. »Wir müssen glauben, jetzt mehr denn je.«

»Glauben? Nach so etwas? Was ist mit den Hunderttausenden von

Menschen, die darauf vertrauten, dass Gott sie beschützen würde? Was nützt denen ihr Glaube jetzt?«

»Der Tod ist nicht das Ende für sie«, sagte Julio langsam. »Sie werden im Himmel sein.«

Dakota schnaubte. »Ich würde mein Leben lieber behalten, wenn es Gott egal ist.«

»Dakota«, rügte Shay sanft. »Ich weiß nicht, wie es mit Gott aussieht, aber das hier ist sicher nicht Julios Schuld. Sollten wir nicht den Glauben der anderen respektieren, auch wenn es nicht unserem eigenen entspricht?«

»Wir müssen alle an etwas glauben«, sagte Julio, »besonders in Zeiten wie diesen.«

»Nein, das müssen wir ganz und gar nicht.« Sie hatte von Religion für ein ganzes Leben lang genug. Sie glaubte an die Existenz Gottes, aber der einzige Gott, den sie kannte, war ein Gott des Zorns und der Rache.

Das Einzige, woran sie noch glaubte, war sie selbst.

»Ich glaube an etwas.« Logan bog nach links zu einem Walgreens ab, der zwischen einem Party City und einem chinesischen Imbiss lag. »Ich komme gleich nach.«

»Wo gehst du hin?«, fragte Dakota. »Wir müssen so schnell wie möglich Schutzkleidung finden.«

»Ich ... gehe beten.« Logan winkte mit einer Hand, ohne sich umzudrehen. »Ich brauche etwas Heiliges zu trinken.«

Dakotas Magen zog sich zusammen. Ihre erste Pflegemutter war eine Säuferin gewesen. Sie hasste den Gestank in ihrem Atem, die glasige Grausamkeit in ihren Augen, wenn sie es auf eines der anderen, schwächeren Kinder abgesehen hatte.

Dakota hatte sich eingemischt und der Frau ein blaues Auge verpasst.

Sie blieb nicht lange in dieser Pflegefamilie.

Sie fluchte leise vor sich hin. Hatte sie die richtige Entscheidung getroffen, Logan mitzunehmen?

Vielleicht hätte sie sich mehr Mühe geben sollen, ihm die Waffe zu stehlen. Sie hätte sich einfach auf eigene Faust auf den Weg machen sollen, um den nächsten Waffenladen zu finden und eine neue XD9 mit einem schönen Lederholster für sich selbst zu beschlagnahmen. Ein Mann mit einer Waffe war eine Gefahr für seine eigene Gruppe, wenn er betrunken oder anderweitig unzuverlässig war. Auch wenn sie in einer Bar arbeitete, trank Dakota nie.

Sie hasste den Gedanken, auch nur für eine Minute die Kontrolle zu verlieren.

Sie hätte sich nicht für das Beer Shack entschieden, wenn sie die Wahl gehabt hätte, aber Julio war der einzige Chef, der bereit war, über ihre paranoiden Eigenheiten hinwegzusehen und sie in bar unter der Hand zu bezahlen.

»Wir warten nicht auf ihn«, schnauzte sie Julio und Shay an, die beide stehen geblieben waren. »Lasst uns gehen.«

Sie bahnten sich ihren Weg über den Parkplatz und betraten das Geschäft, wobei sie darauf achteten, den zerklüfteten Glassplittern auszuweichen, die noch immer in den Metallrahmen der Eingangstüren steckten. Im Inneren war es stockdunkel. Dakota zog ihre Taschenlampe aus der Tasche und schaltete sie ein.

Im vorderen Bereich waren alle Kleiderständer umgestoßen worden. Das riesige Schild, das von der Decke gehangen hatte, war heruntergefallen und zersplittert, und riesige Plastikstücke lagen auf dem Boden verstreut.

Ein Dutzend Schaufensterpuppen lagen auf dem glänzenden Zementboden, einige ohne Arme, Beine oder Köpfe, aber mit hellen T-Shirts und verwaschenen Jeans bekleidet.

Weiter drinnen leuchtete der weiße Kassentresen schummrig, umgeben von dunklen, massigen Regalen, die wie kauernde Monster aus dem Schatten hervorlugten, Raubtiere, die nur darauf warteten, anzugreifen.

»Hey, Dakota.« Shay stand vor einem Regal mit gestreiften langärmeligen Shirts, die Arme vor der Brust verschränkt, und kaute nervös auf ihrer Unterlippe. »Können wir die anfassen? Wurden die nicht verstrahlt?«

»Doch, das wurden sie. Schau hinten im Lagerraum nach Kleidung, die noch verpackt ist«, sagte Dakota, während sie zur Kasse ging. »Die ist am sichersten.«

»Sieht gemütlich aus hier drin.« Logan trat so leise neben sie, dass sie es kaum bemerkte. Er hielt eine Ginflasche fest. Sie war halb leer. »Das war die Einzige, die ich finden konnte und die nicht kaputt war. Leider.«

»Hast du das schon alles getrunken?«

Er nahm einen langen Schluck und wischte sich über den Mund. »Ist das nicht der Sinn der Sache? Gibt es einen besseren Zeitpunkt, seine Sorgen zu ertränken, als die Apokalypse?«

»Ich kann mir keinen schlechteren Zeitpunkt vorstellen. Du brauchst einen klaren Verstand.«

Er blickte zu ihr hinunter, seine Augen bereits ein wenig glasig, aber es war auch eine gewisse Wachsamkeit darin zu erkennen. »Gibt es etwas, das dich besonders beunruhigt?«

Sie verkrampfte sich. Es gefiel ihr nicht, wie er sie ansah, als könne er die Geheimnisse sehen, die sie in sich trug.

Sie würde ihm gar nichts erzählen. Nicht über ihre Vergangenheit, nicht über Maddox – außer, wenn es wirklich sein musste. Sie traute ihm nicht über den Weg.

In diesem Moment wünschte sie sich, sie hätte sie alle zurückgelassen.

# KAPITEL 35
## DAKOTA

»Als ob das alles noch nicht genug wäre?« Dakota starrte Logan an und forderte ihn heraus, sie weiter zu provozieren.

Logan hielt ihrem Blick noch einen Moment stand, sein Kiefer verkrampfte sich, als ob er etwas sagen wollte, als ob er vielleicht vermutete, dass sie einen Hintergedanken hatte.

Er senkte zuerst den Blick. Logan zuckte achtlos mit den Schultern und nahm einen weiteren Schluck. »Die Welt ist schon seit Langem eine Müllhalde.«

»Du solltest es also besser wissen.«

Seine Lippen verengten sich. »Ich weiß, dass man sich das Vergnügen nehmen muss, wo man es finden kann. Und ich lasse mir von niemandem Befehle erteilen – am allerwenigsten von dir.«

Verärgerung machte sich in ihr breit. »Du gehörst zu dieser Gruppe, du hörst auf mich.«

Er brach in schallendes Gelächter aus. »Du glaubst, du bist der Anführer?«

»Wir folgen ganz sicher keinem betrunkenen Idioten«, schoss sie zurück.

»Leute, lasst uns erst mal durchatmen.« Julio stellte sich zwischen sie, die Hände ausgestreckt. Im Schein der Taschenlampe konnte sie gerade noch seinen angespannten, flehenden Gesichtsausdruck erkennen. »Wir sind doch auf derselben Seite, oder? Die Zeit ist unser Feind, nicht wir selbst.«

Er hatte recht. Verdammt noch mal.

Logan gestikulierte mit der Ginflasche. »Von mir aus.«

»Okay«, brummte sie.

»Hier.« Mit der freien Hand zog Logan seine Glock 43 unter dem Shirt hervor. Er hielt sie angewinkelt nach unten und streckte sie nach vorne. »Bist du jetzt zufrieden?«

»Du hast eine Waffe?«, quietschte Shay. Sie machte einen Schritt zur Seite, stieß gegen einen Sonnenbrillenständer und hob die Handflächen, als hätte Logan gerade eine scharfe Granate gezogen.

»Sieht ganz so aus«, sagte Logan.

Ihre Augen wurden groß. »Die ganze Zeit – im Kino, mit Kindern in der Nähe – hattest du eine Waffe?«

»Er hat die Frage bereits beantwortet«, schnauzte Dakota.

»Waffen sind gefährlich! Was wäre, wenn ein Kind sie in die Hände bekommen hätte? Oder sie versehentlich losgegangen wäre? Jemand hätte verletzt werden können!«

»Einen Moment mal.« Logan nahm einen weiteren Schluck Gin. »Ich weiß, was ich tue. Eine Waffe ist ein Werkzeug, wie alles andere auch. Sie ist keine Bombe, die darauf wartet, hochzugehen.«

Julio wich zurück.

Logan zuckte nur gleichgültig mit den Schultern.

»Ich will ja keinen Streit anfangen oder so, aber ...« Shay schürzte die Lippen und starrte sie vorwurfsvoll an. »Aber du hast sie versteckt wie ein Verbrecher!« Ihre Stimme erhob sich. »Du hättest uns sagen sollen, dass du sie hast!«

»Ehrlich gesagt geht euch das einen Scheißdreck an.«

Shay öffnete den Mund und sagte eine Sekunde lang nichts, da ihre Empörung mit ihrem Verlangen kämpfte, freundlich und höflich zu sein. »Ich versuche nur zu verstehen, was dich dazu veranlasst hat ...«

»Das ist Zeitverschwendung«, mischte sich Dakota ein. »Wie ich schon sagte, du kannst jederzeit gehen. Niemand zwingt dich hier zu etwas.«

Shay knabberte an ihrem Daumennagel, ihr ängstlicher Blick

sprang von Dakota zu Logan. Sie atmete langsam und gleichmäßig ein. »Es ... es tut mir leid. Ich will kein Drama verursachen. Ich hasse Waffen einfach nur.«

Logan starrte sie an, als käme sie von einem anderen Planeten.

»Du hast ein Recht auf deine Meinung, und wir haben ein Recht auf unsere. Die Waffe bleibt. Ende der Diskussion.« Dakota biss die Zähne zusammen und stakste an ihnen vorbei.

Shay und Julio schlenderten schweigend hinter ihr her, wobei Shay verdrossen den Mund hielt.

Logan blieb in der Nähe des vorderen Teils des Ladens und durchwühlte mit der Mündung der Pistole ein umgestürztes Regal mit karierten langärmeligen Damenhemden. Mit der freien Hand kippte er noch mehr Gin nach.

Dakota knirschte vor Frustration mit den Zähnen. Die beiden waren für so etwas nicht geschaffen.

Sie hätte Shay und Julio auf jeden Fall zurücklassen sollen.

Und Logan ebenso.

Sie waren unnötiger Ballast. Sie waren zu verwöhnt; sie konnten die Realität dieser neuen Welt nicht verstehen.

Dakota hatte weder die Zeit noch die Geduld, es ihnen zu erklären. Sie hatte gedacht, Logan sei jemand, der es verstanden hatte, aber er benahm sich wie ein betrunkener Idiot.

Sie war kurz davor, ihm zu sagen, dass er die ganze Sache sofort vergessen sollte. Er machte mehr Ärger, als er wert war.

Sie konnte sich sehr gut verteidigen, solange sie eine gute Pistole und ausreichend Munition hatte. Wie schwer konnte es sein, eine Waffe zu finden?

Im schlimmsten Fall gab es Menschen, die eine bei sich getragen hatten und an ihren Verletzungen gestorben waren. Ihre Leichen waren noch da draußen, reif für die Aasfresser.

Der Gedanke daran ließ sie erschaudern, aber sie war nun einmal pragmatisch.

Sie waren tot. Sie waren im Himmel oder in der Hölle oder im Nirwana oder in Walhalla, je nachdem, woran sie glaubten.

Auf jeden Fall kümmerten sie sich nicht mehr um ihre Waffen. An ihrer Stelle würde sie wollen, dass ein Lebender die Waffen, die ihr gute Dienste geleistet hatten, zu nutzen wusste.

Sie änderte mental ihren Plan. Vielleicht könnte sie Logan jetzt gleich abhängen.

*Bumm!*

Der Knall zerriss die Luft. Kleine Betonbrocken landeten dreißig Zentimeter vor dem Kleiderständer direkt vor ihr.

Der Schuss dröhnte in ihren Ohren. Ihr Herz schlug ihr gegen die Rippen.

Instinktiv ließ sich Dakota zu Boden fallen und tastete bereits mit der freien Hand nach ihrem Messer.

»Keine Bewegung«, ertönte eine tiefe, harte Stimme aus den Tiefen des schattigen Ladens, »oder ich puste euch den Kopf weg.«

# KAPITEL 36
# LOGAN

Logan wirbelte herum und tauchte hinter den umgestürzten Kleiderständer, wobei sein Puls in seiner Kehle pochte. Die Kleidung bot null Schutz vor einer Kugel, aber vielleicht hatte der Feind ihn noch nicht gesehen.

Wenn nicht, hatte er immer noch Tarnung und das Überraschungsmoment auf seiner Seite.

Verdammt noch mal, das konnte doch nicht wahr sein. Er hätte den verdammten Laden überprüfen sollen, bevor sie überhaupt einen Fuß hineingesetzt hatten. Er hatte sich von dem Alkohol und der Kellnerin ablenken lassen.

Er wusste es besser.

Die menschliche Natur war die menschliche Natur, ungeachtet der Gräueltaten, die sie umgaben.

Plünderungen waren immer mit Chaos verbunden. Immer. Jemand war klug genug gewesen, eine Gelegenheit zu ergreifen, wo er sie sah.

»Wir sind nicht hier, um jemandem etwas zu tun«, stammelte Julio und hob die Hände in die Luft. »Wir brauchen nur ein paar Dinge.«

»Du und alle anderen«, antwortete die Stimme. »Niemand nimmt sich das, was uns gehört.«

Logan spähte um die Ecke des Regals und versuchte, die Gestalt zu erkennen, aber sie war immer noch zu sehr in Schatten gehüllt. Seiner Stimme nach schätzte Logan, männlich, lateinamerikanisch, jung. Vielleicht Anfang bis Mitte zwanzig. Wahrscheinlich ein Gangmitglied.

»Sind Sie der Eigentümer des Ladens?«, fragte Julio, immer noch um Diplomatie bemüht. »Wir können bezahlen, was wir brauchen.«

»Als ob.« Der Typ lachte schallend. »Wir haben die Eigentümerschaft übernommen. Und es ist niemand hier, der uns widerspricht. So ist das.«

»Wir sind nicht bewaffnet«, sagte Dakota. »Du kannst die Waffe weglegen.«

»Lügner *und* Diebe also. Lass das Messer fallen, es sei denn, du willst, dass ich dir ein Loch in den Schädel puste.« Dakotas Messer fiel klappernd zu Boden.

»Siehst du noch andere Waffen?«, fragte Dakota. »Wir sind keine Bedrohung.«

»Wir sind Menschen, die versuchen, die Bombe zu überleben. Genau wie Sie«, sagte Julio ruhig.

»Aus meiner Sicht seid ihr diejenigen, die einbrechen und klauen. Das macht euch zu den Kriminellen in diesem Szenario.«

»Wir wussten nicht, dass jemand hier ist«, stammelte Shay.

Hinter der Kleidung zusammengekauert, stellte Logan die Ginflasche leise auf den Zementboden und griff die Waffe mit beiden Händen. Seine Sicht verschwamm ein wenig, als das vertraute warme Summen ihn einhüllte.

Seine Gedanken kamen steif und abgehackt. Er schüttelte heftig den Kopf, um ihn freizubekommen.

*Denk*. Er musste ohne Zweifel und ohne Zögern handeln. Ihr Leben hing davon ab.

»Dann gehen wir eben.« Shays Stimme zitterte. »Mach dir keine Sorgen. Wir werden woanders hingehen. Es tut uns leid, dass wir dich belästigt haben.«

»Ihr könnt nirgendwo anders hin. Wir kümmern uns jetzt um alles.«

Wenn er die andere Seite der Kasse umrunden und die Kleiderständer als Deckung nutzen könnte, könnte er den Feind flankieren und hätte eine freie Schusslinie.

Der nächstgelegene Kleiderständer war etwa zwei Meter entfernt. Er war groß, mit farbenfrohen Maxikleidern behangen und daneben stand ein T-förmiges, kürzeres Gestell mit abgeschnittenen Jeansjacken.

Er könnte es schaffen.

Er hielt den Atem an, sein Puls dröhnte laut in seinen Ohren, als er vorsichtig in die Hocke ging, die Waffe im Anschlag, den Finger auf den Abzug gelegt.

Er huschte zwischen den Regalen hindurch und hielt erneut inne, um alles zu überprüfen. Noch ein Regal – das mit den geknöpften Blusen – und er wäre an der Kasse.

»Was soll das heißen?«, fragte Dakota. »Wer ist *wir*?« Sie hielt ihn hin. Kluges Mädchen.

»Blood Outlaws. Wir sind Teil der Latin Kings. Es gibt Tausende von uns und es werden täglich mehr. Vielleicht habt ihr in euren schicken Buden noch nichts von uns gehört, aber jetzt kennt ihr uns. Wir erobern die Stadt.«

»Die Stadt brennt«, sagte Dakota.

»Das meiste davon nicht. Nicht hier. Wir sind hier, um sicherzustellen, dass alles, was noch steht, auch erhalten bleibt.«

»Die Polizei ...«, begann Shay.

»Ist weg.« Er lachte rau. »Tot oder geflohen, das macht keinen Unterschied. Wenn sich der Rauch lichtet, werden wir die Kontrolle haben. Und wir werden diese Stadt auch besser leiten.«

Logan ging in die Hocke und sprintete zum nächsten Regal. Mehrere Ärmel flatterten bei seiner Bewegung.

Er hielt den Atem an und wartete. Der Feind begann, sich zu drehen.

»Was ist mit dem Fallout?«, fragte Dakota schnell. »Es gibt immer noch überall Strahlung ...«

»Mann, das ist nur eine Lüge der Regierung, um uns Angst einzujagen und alle aus der Stadt zu vertreiben. Die wissen gar nichts. Es fällt nichts vom Himmel.«

Logan spähte an der Seite des Regals entlang. Das Licht der Schaufenster leuchtete trüb und schmutzig.

Der Strahl von Dakotas Taschenlampe war auf die Decke gerichtet, aber Logan konnte die Szene vor ihm immer noch erkennen.

Fünf Meter links von ihm lehnte der Feind an der weißen Theke neben einer der Kassen.

Er war ein kleiner, dünner Latino im späten Teenageralter, bekleidet mit ausgebeulten, übergroßen Shorts und einem grauen Tanktop. Banden- und Gefängnistätowierungen bedeckten beide hellbraune Arme. Fettige schwarze Haare klebten an seiner Kopfhaut und seinem Nacken.

Er hielt einen M4 Carbine tief und mit einer Hand, wie Rambo in den Filmen – was bedeutete, dass er nicht gut ausgebildet war und die Kraft seiner eigenen Waffe nicht kannte.

Aber Dakota und die anderen standen nur fünf Meter von ihm entfernt. Der Typ konnte sie immer noch alle drei töten, wenn er wild vor sich hin schoss.

»Wenn ich Diebe einfach frei herumlaufen lasse, wird diese schöne Stadt in Anarchie versinken«, fuhr er fort. »Das kann ich nicht zulassen.«

»Ich stimme zu«, sagte Julio freundlich. »Die Kriminalität ist hier schon seit einer Weile ein Problem. Und jetzt ohne die Polizei? Es wird noch schlimmer werden. Sie sind ein guter Mann, weil Sie bereit sind, die Lücke zu füllen.«

Der Schläger schniefte. »Verdammt richtig. Die Blood Outlaws machen jetzt die Regeln. Wir sind diejenigen, die alles am Laufen halten, verstehst du?«

Logan beobachtete, wie Dakota und Julio angespannte Blicke austauschten. »Wir sind keine Diebe«, sagte Dakota. »Wir haben nichts gestohlen.«

»Man muss einen Beitrag leisten. Es ist nicht einfach, diese Stadt vor kriminellen Elementen zu schützen.«

»Wir haben kein ...«, begann Shay.

Julio hob seine Hand, um sie zum Schweigen zu bringen. »Ich bin sicher, Sie tun alles, was Sie können. Es ist nicht leicht eine Stadt zu schützen.«

Der Blood Outlaw nickte zustimmend, sein Knie wackelte. »Wir arbeiten hart daran, die Ordnung hier wiederherzustellen!«

»Und wir wissen das zu schätzen«, sagte Julio in einem gleichmäßigen, beruhigenden Ton. »Die guten Bürger von Miami wissen das zu schätzen.«

Er rollte nur mit den Augen. »Jaja, Mann.«

Julio bemühte sich, ihn zu beruhigen, indem er ihm zustimmte und Verständnis für seine Notlage aufbrachte, egal wie weit hergeholt es auch sein mochte. So wie Logan es schon hundertmal bei aggressiven Betrunkenen im Beer Shack gesehen hatte.

Aber der Gangster war zu aufgekratzt.

»Leert eure Taschen«, forderte er mit einem dumpfen Husten. »Nimm den Ring ab. Ja, ich sehe ihn. Wirf ihn auf den Tresen.«

»Bitte«, sagte Julio. In seiner Stimme lag der erste Anflug von Angst. »Es ist mein Ehering. Wir sind seit sechsundzwanzig Jahren verheiratet. Er ist nicht viel wert ...«

»Es ist Gold und das ist etwas wert. Wir haben schon in jedem Juweliergeschäft der Stadt zugeschlagen. Wir schwimmen in Gold und Diamanten. Gold ist die Währung der Zukunft.« Der Blood Outlaw fuchtelte mit der Waffe vor ihnen herum. »Gold, Pillen und Munition.«

»Ich habe Bargeld«, sagte Dakota schnell. »Lass ihn den Ring behalten. Ich gebe dir fünfhundert Dollar.«

»Bargeld ist für nichts mehr gut. Diesen Rat gebe ich dir umsonst. Nimm den Ring ab. Sofort.«

Julio rieb zögernd den Ring.

»Tu, was er sagt«, sagte Dakota.

Für eine Sekunde blickte sie über die Schulter des Blood Outlaws.

Logan wusste, dass sie ihn dort sehen konnte, versteckt im Schatten hinter dem Regal, aber ihr Blick blieb nicht an ihm haften. Ihre Augen verrieten nichts. »Was immer er sagt, tu es.«

»Es ist nur ein Gegenstand«, flüsterte Shay. »Es ist nicht sie. Es ist schon okay.«

Julio nickte und hielt den Ring hoch. »Hier ist er. Ich zahle meinen Beitrag. Nimm ihn als Dank für alles, was du getan hast.«

Der Blood Outlaw warf ihm einen misstrauischen Blick zu und vermutete einen Trick.

Logan sah, wie Julio einen Schritt nach vorne trat und seinen

Ehering vorsichtig auf den Tresen legte. Der Outlaw nahm ihn mit der freien Hand und steckte ihn in seine Tasche.

Wut mischte sich mit dem Summen in Logans Blut.

In all den Monaten, in denen er das Beer Shack aufgesucht hatte, war Julio immer freundlich und höflich gewesen. Er sprach immer liebevoll von seiner Frau – einer der wenigen Menschen, die wirklich glücklich verheiratet waren.

Julios Frau könnte bereits tot sein. Selbst wenn sie noch lebte, hatte Julio seinen Lebensunterhalt, sein Zuhause, wahrscheinlich die meisten seiner Freunde und seine Stadt verloren.

Er hatte es nicht verdient, auch noch seinen Ehering zu verlieren. Es war falsch. Und es machte Logan wütend.

Er hatte früher viele Pisser wie diesen Kerl gekannt. Nur aufgeplusterte Möchtegern-Gangster.

Der Ganove tat so, als hätte er das Sagen, aber er war nur ein Handlanger, der ein erbärmliches Einkaufszentrum im Auge behalten sollte. Ersetzbar. Ein austauschbarer Fußsoldat.

Und kein besonders guter. Er war arrogant und eingebildet. Er hatte keinen Respekt vor der Waffe, mit der er herumfuchtelte, hatte sich nicht einmal die Mühe gemacht, die richtige Haltung, den richtigen Griff zu erlernen.

Und irgendetwas stimmte nicht mit ihm – seine kränkliche Blässe, die träge Art, wie er sich bewegte.

Logan brauchte nur einen Moment. Eine Sekunde der Unaufmerksamkeit, einen Augenblick, in dem die Mündung des M4 von der Gruppe weg zeigte.

Nur einen.

# KAPITEL 37

# LOGAN

*Du bist nicht für sie verantwortlich*, flüsterte die Stimme in Logans Kopf immer wieder.

Es wäre viel einfacher, was auch immer geschehen mag, geschehen zu lassen, und dann mit seinem Gin zu verschwinden und die ganze Sache zu vergessen.

Vielleicht eine nette, bequeme, leere Villa finden und es sich dort gemütlich machen und einen langsamen Tod durch Strahlungsvergiftung sterben. Oder er könnte alleine losziehen, nach Norden reisen und seinen eigenen Weg aus diesem Chaos finden.

Er war sich nicht einmal sicher, warum er der Kellnerin zugestimmt hatte. Alleine war er besser dran. Es war für alle sicherer; hatte er das nicht auf die harte Tour gelernt?

Aber er verabscheute diesen Blood Outlaw und alles, wofür er stand. Er nutzte die Schwachen aus, während die Stadt – das ganze Land – vor dem Zusammenbruch stand.

Wenn jemand fragte, betonte Logan immer, dass er nicht an Moral, an richtig und falsch glaubte.

Es war eine Lüge.

Als ob Dakota seine Gedanken lesen könnte, neigte sie langsam ihre erhobene Hand, bis der Lichtstrahl der Taschenlampe nicht mehr auf die Decke, sondern auf eine Stelle einige Meter weiter rechts vom Tresen gerichtet war.

Es erhellte den Bereich so deutlich, dass Logan den Finger des Gangsters am Abzug zucken sehen konnte. Der Typ drehte sich für einen Moment halb um, hustete und spuckte eine säuerlich riechende Flüssigkeit auf den Boden.

Logan erhaschte einen Blick auf sein Profil: Ein hageres Gesicht, eine fahle, gelbliche Hautfarbe.

Der Gangster litt an der Strahlenkrankheit. Er war ein wandelnder Toter.

»Wir haben dir gegeben, was du wolltest«, sagte Shay. »Können wir jetzt bitte einfach gehen?«

Der Blood Outlaw kicherte düster. »Hör sich die mal einer an. Verdammt, Mädchen, du bist lustig. Und heiß. Was machst du mit diesen Gringos? Komm mit mir, und ich bringe dich heute Abend in einer verdammt schicken Villa in Bay Point mit Blick aufs Meer unter.«

Shay wich zurück. Ihre Hände waren immer noch erhoben, aber sie schrumpfte in sich zusammen. Das fröhliche Lächeln und die strahlenden Augen waren verschwunden. Sie sah verängstigt aus.

Dakota hingegen wirkte weniger verängstigt als vielmehr wütend. Dennoch war ihre Stimme tödlich ruhig, als sie sprach. »Wir haben dir gegeben, was wir haben. Wir sind keine Bedrohung. Wir gehen jetzt.«

»Ich weiß, dass du niemanden verletzen willst«, fügte Julio hinzu, immer noch bemüht, den Mann zu beschwichtigen. »Du bist ein guter Kerl. Du tust nur, was du tun musst. Wir haben unseren Beitrag geleistet. Es gibt keinen Grund für uns, noch länger zu bleiben.«

Der Blood Outlaw schnaubte. »Ich muss mich jetzt um mich und meine Leute kümmern. Niemand sonst ist wichtig. Ihr könntet gehen und jemandem erzählen, was ich hier habe. Oder ich lasse euch gehen, und ihr schleicht euch von hinten an und versucht, uns zu überrumpeln und die Bruderschaft zu bestehlen.«

Er hustete, wischte sich den Mund ab und schwankte ein wenig. »Oder vielleicht habt ihr noch schlimmere Ideen in euren kleinen Köpfen.«

Er lächelte träge, drehte sich halb um und schwang den M4 in einem langsamen Bogen, wobei er erst auf Shay, dann auf Julio und dann auf Dakota zielte. »Ich könnte hier sitzen und jeden von euch abknallen, wie bei einer Zielübung. Peng, peng, peng.«

Schweiß rann ihm die Schläfe hinunter. Schweißperlen durchnässten den Ausschnitt seines Tank-Tops und umspielten seine Achselhöhlen. »Ja? Versteht ihr? Jetzt kann uns niemand mehr aufhalten. Keine Bullen. Keine Politiker. Wir sind jetzt die Könige. Wir machen die Regeln. Ich mache die Regeln.«

Logan ging in eine kniende Position, streckte ein Knie nach oben, und stützte seine Ellbogen auf den Oberschenkel, um seine Arme zu stützen. Der Alkohol ließ seinen Kopf schwirren, aber er zwang sich, sich zu konzentrieren, und visierte den Hinterkopf des Gangsters an.

Es gab einfachere Ziele – seine Schulter, sein langer, dünner Rücken –, aber alles andere als ein Todesschuss würde dem Gangster Gelegenheit geben, den Abzug zu betätigen.

Der Blood Outlaw reckte Shay sein Kinn entgegen. »Komm her, Mädchen.« Shay wimmerte.

Er wischte sich mit dem Handrücken über den Mund und spuckte. Er schwankte wieder, dann richtete er sich auf. Schweiß tropfte an den Seiten seines Gesichts herunter.

»Vielleicht lasse ich dich aus reiner Herzensgüte gehen«, sagte er und grinste. »Aber vielleicht haben wir vorher noch ein bisschen Spaß. Nur ein Kuss, Mädchen, als Bezahlung. Ohne uns, die dich beschützen, ist es eine gefährliche Welt da draußen.«

Shay bewegte sich nicht.

»Hör zu, ich weiß, dass du ein anständiger Kerl bist«, sagte Julio. »Ein echter Mann. Du willst doch einer Dame nicht wehtun ...«

»Halt die Klappe!« Der Blood Outlaw richtete den M4 auf Shay. »Ich sagte, komm her!«

Shay trat gehorsam einen Schritt näher. »Nein«, sagte Dakota scharf.

*Komm schon, komm schon.* Der Kerl musste nur noch einmal mit dem Gewehr fuchteln, um sie aus der Schusslinie zu bekommen.

Adrenalin schoss durch seine Adern. Seine Sinne schärften sich. Das vertraute Gefühl von Macht durchströmte ihn: Leben und Tod lagen in seinen Händen. Es war berauschend, überwältigend.

Nur seine Hände zitterten, ganz leicht.

Der Nervenkitzel war immer noch da. Diese pulsierende Energie, die seine Synapsen erhellte. Aber auch das Grauen war da. Eine Schraube, die sich immer fester in seinen Bauch drehte.

Schweiß tropfte Logan die Stirn hinunter. Seine Nerven lagen blank, sein Blut summte.

*Du kannst nicht schießen,* flüsterte eine Stimme in seinem alkohol-getränkten Gehirn. Ein Bild schoss ihm durch den Kopf – ein weinendes Kind, eine auf den Knien liegende Frau, die ihn anflehte, *nein, nein, nein, nein* ... der Schuss, der in seinem Arm widerhallte.

Der winzige Körper fiel, fiel unaufhörlich.

Er blinzelte heftig und wollte die Bilder, die Albträume vertreiben. Er musste sich konzentrieren, um klar denken zu können.

Dieser Typ war ein Dreckskerl wie all die anderen auch. Wie viele hatte er verprügelt oder erschossen? Wie viele hatte er ohne Schuld oder Gewissen getötet? Ein Dutzend? Zwei Dutzend?

*Seit dieser Nacht keinen mehr.*

Die Wahrheit war, dass er es genoss. Bis zum Schluss hatte er Freude und Macht aus der Gewalt gewonnen. Dieses Vergnügen lockte ihn wieder, es pulsierte in ihm im Gleichklang mit seinem Herzschlag.

Aber die Dunkelheit war auch da. Eine wirbelnde Masse aus Nichts, die ihn in sich aufsaugte und ihn lockte.

Wenn er nachgab, würde er nie wieder zurückkommen.

Dakota ließ langsam die Hände sinken, behielt den Gangster aber im Lichtschein. »Wir gehen jetzt und du wirst uns nicht aufhalten.«

Julio gestikulierte in Richtung Shay. »Komm schon, lass uns gehen.«

Shay stand da, zitternd, verängstigt und unentschlossen.

»Du solltest dich besser bewegen«, knurrte der Outlaw und machte einen aggressiven Schritt auf sie zu. Er schwankte einen Moment, dann kam er wieder auf die Beine, und seine Grimasse verzog sich zu einem spöttischen Ausdruck. Er fuchtelte mit dem M4 herum, um seinen Standpunkt deutlich zu machen.

Das war Logans Chance.

Vielleicht die Einzige, die er bekommen würde.

Logan verdrängte die Dunkelheit, den Selbsthass, den Nebel des

Alkohols und die Vorfreude, die in seinem Hinterkopf schwirrte und die er nicht ganz abschalten konnte.

Die Waffe schwang in Zeitlupe und hielt auf Dakota zu.

Logan beruhigte seine Hände und bewegte sich von der rechten Seite des Gestells hervor. Er zielte geradeaus, das Visier auf die Mitte des Schädels des Gangmitglieds gerichtet.

Im letzten Moment korrigierte er sein Ziel leicht nach unten.

Shay entdeckte seine Bewegung.

Ihr erschrockener Blick glitt vom Gewehr des Blood Outlaws zu Logan hinter ihm.

Der Blood Outlaw sah es. »Was zum Teufel ...«

Er wirbelte herum, halb taumelnd. Die Waffe drehte sich mit ihm, sein Finger drückte auf den Abzug.

Logan feuerte seinen Schuss ab.

# KAPITEL 38
# LOGAN

Shay schrie auf.

Der Körper des Gangsters drehte sich durch die Wucht des Schusses, der seine rechte Schulter traf, zur Seite. Mit einem schmerzhaften Grunzen sackte er gegen den Tresen.

Der M4 feuerte eine Reihe von Schüssen ab. Die meisten davon trafen die Wände und die Decke über den Köpfen der Gruppe. Sie flogen durch den offenen Raum und zerschmetterten die Köpfe einer Familie von Schaufensterpuppen, die neben den Umkleidekabinen ausgestellt waren.

Die Schüsse dröhnten in seinen Ohren, und Logan war im Nu auf den Beinen, sprang um den Kleiderständer herum und stürmte auf den Tresen zu. Er verpasste dem Mann eine weitere Kugel in den rechten Arm oberhalb des Bizeps.

Der Blood Outlaw kreischte und tastete nach der Waffe, während Blut aus der Wunde in seiner Schulter spritzte.

Logan erreichte ihn in fünf langen Schritten.

Der Gangster schlug mit seinem unverletzten Arm nach ihm, aber Logan war schneller. Er wich dem hohen, wilden Schlag aus und rammte den Oberkörper des Mannes, sodass seine Wirbelsäule gegen den Tresen hinter ihnen knallte.

Der Blood Outlaw landete einen wackeligen Schlag gegen die rechte Seite seines Kiefers.

Logan spürte den Treffer kaum. Mit der linken Hand versetzte er dem Mann mehrere schnelle, kräftige Schläge in die linke Niere.

Der Blood Outlaw konnte kaum die Arme heben, um sich gegen die Schläge zu wehren. Seine Bewegungen waren träge und schwach.

Nach nur wenigen brutalen Sekunden hörte er auf, sich zu wehren.

Aber Logan konnte nicht aufhören, auf ihn einzuschlagen. Mit dem Kolben seiner Glock schlug er ihm ins Gesicht, gegen den Kiefer, in den Magen und auf die verletzte Schulter.

Wieder und wieder hämmerte er auf den Mann ein. Fleisch und Knochen gaben unter seiner Wut mit einem feuchten *Klatsch* nach. Blut spritzte auf Logans Shirt und besprenkelte sein Gesicht.

Der Blood Outlaw stieß eine Reihe von undeutlichen Flüchen aus, während er die Theke hinunterrutschte und auf den Boden sank.

Er stellte keine Bedrohung mehr dar.

Logan steckte seine Pistole in den Hosenbund, beugte sich vor, griff nach dem M4 und zog den Riemen über den Kopf des Gangsters. Er drehte das Gewehr um und schlug ihm den Schaft auf die Nase.

Der Mann stöhnte. Sein halbes Gesicht war ein zerquetschtes, zerfetztes Chaos. Blut spritzte aus seiner Schulter und seinem Arm, befleckte sein Tanktop und tropfte auf den Boden.

Mit brennenden, zitternden Händen legte Logan den M4 auf den Tresen.

Er stand über ihm, Adrenalin rauschte durch seine Adern, er atmete schwer.

Er widerstand dem Drang, das Arschloch noch ein Dutzend Mal zu treten, ihn als blutigen Sandsack zu benutzen, bis er all die schrecklichen Gefühle, die ihn durchströmten, verdrängt hatte.

Er öffnete und ballte seine Fäuste, spürte den Schmerz, das Stechen und die Kraft.

Er könnte diesen Mann töten.

Seinem jämmerlichen, erbärmlichen Leben jetzt ein Ende setzen. Für einen Augenblick, für einen kranken, verzweifelten Moment, wollte er genau das tun.

Sein Magen rumorte. Er fühlte sich krank – und beschwingt. Die

Euphorie, nachdem man einen Kampf gewonnen hatte, nachdem man einen anderen Mann mit den eigenen Fäusten besinnungslos geschlagen hatte – das war eine aufregende, berauschende Sache.

Fast so süchtig machend wie Schnaps. Vielleicht sogar mehr. Nur eine Sache hatte die Sucht durchbrechen können.

In dieser Nacht war er gezwungen gewesen, in die Hölle selbst zu schauen. Wie in einen Spiegel, der sein eigenes verrottendes Herz reflektierte.

Er hatte sich geschworen, nie wieder zu diesem Leben zurückzukehren. In den letzten vier Jahren hatte er seine Fähigkeiten nicht in einem einzigen tödlichen Kampf eingesetzt.

Er hatte diese Grenze nie überschritten. Er hatte es nie gewollt. Bis jetzt.

Ein Gefühl von enormer Kraft pumpte durch seine Adern. Er fühlte sich so lebendig, so wach und stark wie seit Jahren nicht mehr.

Aber auch die Dunkelheit in ihm war erwacht.

Ein Monster, das in einer tiefen Grube eingesperrt war, hungrig und wartend, jederzeit bereit zuzuschlagen.

Mit der Dunkelheit kam das Verlangen. Nach Rache, nach Blut, nach Gewalt. Jemand anderem weh zu tun, bis er nichts mehr spürte.

Die Vergangenheit starb nie. Die Dunkelheit war immer da, das Monster, das ihm über die Schulter sah.

Wem wollte er etwas vormachen? Zu glauben, dass eine neue Stadt und ein ruhiges, ereignisloses Leben nach dem Gefängnis es verschwinden lassen würden?

Es wartete auf ihn. Wartete auf den Tag, an dem er die Kontrolle verlieren würde.

Logan machte einen langsamen, bedächtigen Schritt zurück. Dieser Tag war nicht heute. Noch nicht.

Er hatte sich selbst ein Versprechen gegeben.

Er hatte nicht vor, es für diesen Pisser zu brechen.

Er spuckte den Kerl an. »Du bist nichts Besonderes. Du bist ein Stück Dreck auf der Müllhalde der Menschheit. Nicht einmal die Energie wert, die ich brauche, um den Abzug zu drücken.«

Der Kopf des Blood Outlaws fiel mit einem weiteren Stöhnen nach hinten. Im hinteren Teil des Ladens polterte etwas.

»Ein zweiter Gangster!« Das Adrenalin schoss durch seine Adern. Logan drehte sich und schwang den M4 nach oben und herum.

Er konnte nicht über die Umkleidekabinen hinaus sehen, die sich in der Mitte des Ladens zwischen dem Kassenbereich und dem hinteren Teil des Ladens befanden.

Der Feind könnte überall sein.

Ein Schatten huschte über die doppelten Kleiderständer, die an der gegenüberliegenden Wand standen.

Es blieb keine Zeit, das Risiko abzuschätzen oder gar richtig zu zielen. Er drückte ab. *Klick.*

Der M4 war leer. Völlig unbrauchbar. Er ließ ihn fallen und griff nach seiner Pistole.

Hinten öffnete sich quietschend eine Tür. Schnelle Schritte stampften über den Boden, eine Metalltür klappte zu. Der Feind entkam durch den Hinterausgang.

Das Herz klopfte ihm gegen die Rippen, er ging in die Hocke und begann, um den Tresen herumzugehen. »Er wird den Rest der Bande alarmieren. Ich werde ihn verfolgen …«

»Logan!« Julios Stimme klang gepresst.

Fast wäre er weitergegangen. Aber etwas an der panischen Art, wie Julio seinen Namen sagte, ließ ihn innehalten. Angst keimte in seinem Bauch auf, als er Julios Blick folgte.

Ein paar Meter weiter lag Shay auf dem Boden ausgestreckt.

Blut strömte aus dem Kopf des Mädchens, durchnässte ihr Haar und lief in Rinnsalen an der Seite ihres Gesichts herunter.

Es war überall. Es sammelte sich in ihrem Schlüsselbein und tropfte in öligen schwarzen Ringen auf den Beton.

Eine der verirrten Kugeln hatte ihr Ziel gefunden.

Shay war angeschossen worden.

# KAPITEL 39
# LOGAN

Logan starrte auf Shays zusammengesunkenen Körper hinunter, auf das rot-schwarze Blut, das in einem immer größer werdenden Kreis über den Betonboden lief.

Seine Glock 43 hing schlaff an seiner Seite.

Schwere Schatten umhüllten den Kassentresen, die Kleiderständer und die umgestürzten Schaufensterpuppen. Durch die zerbrochenen Fenster an der Vorderseite des Ladens drang schwaches Tageslicht.

Logan wurde übel. Sein Magen rumorte. Das kam nicht von dem Blut.

Er hatte schon viel Blut gesehen, auch sein eigenes.

Shay lag seinetwegen hier, wegen dessen, was er nicht getan hatte.

Es war passiert, was immer passierte.

In seiner Gegenwart wurden Menschen verletzt. Meistens waren es Menschen, die es verdient hatten.

Aber Fehler geschahen. Wie in der Nacht vor vier Jahren, die ihn noch immer in seinen Träumen verfolgte ...

Die Dunkelheit war in ihm. Selbst wenn er versuchte, ihr zu entkommen, gelang es ihr, ihm Schaden zuzufügen.

»Ich muss die Blutung stoppen!« Dakota kniete sich neben das Mädchen. Ihre Hände schwebten über Shays blutendem Kopf. »Ich will meine bloßen Hände nicht benutzen ... Julio, schnapp dir ein paar Einkaufstüten. Sie sollten irgendwo hinter der Kasse sein – aus einem Schrank, wenn du kannst – so gibt es weniger Kontamination.«

Julio brachte eilig eine Handvoll Plastiktüten herbei. »Was noch?«

Dakota streifte sich eine über jede Hand. »Ich brauche Hemden! Die aus Flanell!«

Julio beeilte sich zu gehorchen. Er flitzte um den Tresen herum und rannte in den hinteren Teil von Old Navy.

Dakota legte die Taschenlampe neben sich und suchte Shays blutigen Schädel hektisch nach der Kopfwunde ab. Der Lichtstrahl beleuchtete die verzweifelte Szene in Schwarz-Weiß-Schattierungen.

In den grellen Schatten konnte Logan nur Shays verfilzte, dicht geringelte Locken und noch mehr Blut erkennen. Blut verschmierte Shays Gesicht und befleckte Dakotas Finger.

Shays Augen waren geschlossen. Sie lag still. Zu still.

Julio brachte eine Handvoll Hemden und Flanellpullover und ließ sich neben ihnen nieder. »Ich habe sie aus ein paar Kisten im Lagerraum geholt. Sie waren in Plastik eingeschweißt, also sind sie frei von Verunreinigungen.«

Dakota schnappte sich ein Hemd und versuchte, das Blut aufzusaugen. Es floss einfach weiter. »Hilf mir!«

Julio stützte sich auf seinen Fersen und schwankte ein wenig. Er sah aus, als würde er gleich ohnmächtig werden. »Es tut mir leid, ich kann nicht gut mit Blut umgehen ...«

Dakota fluchte. »Geh zur Seite!«

Logan zog Julio auf die Beine und half ihm, sein Gleichgewicht zu finden. »Alles in Ordnung?«

»Ja.« Julio ließ sich gegen den Tresen sinken. Er fuhr sich nervös mit den Händen durch sein ergrauendes schwarzes Haar. Seine bronzefarbene Haut war aschfahl. »Danke, Mann.«

»Julio, nimm die Taschenlampe. Ich muss etwas sehen!«, sagte Dakota. »Logan, ich brauche deine Hilfe, um die Blutung zu stillen!«

Logan wandte sich wieder dem Hinterausgang zu. »Was ist mit dem zweiten Typen? Ich sollte ihn verfolgen ...«

»Es ist zu spät.« Dakota schüttelte heftig den Kopf. »Wenn er zu seinen Vorgesetzten rennt, wette ich, dass sie klug genug sind, sich aus der Gefahrenzone herauszuhalten. Das heißt, er wird nicht so bald zurückkehren.«

Logan wollte ihm nachlaufen, aber sie hatte recht. Es waren bereits gute fünfundvierzig Sekunden vergangen.

Der zweite Mann war geflohen. Er hätte in eine Gasse einbiegen können, in einem der Geschäfte an der Straße Zuflucht suchen und in demselben Rattenloch verschwinden können, aus dem er gekommen war.

Das Gangmitglied war längst verschwunden.

Ein weiterer Fehler.

Er war eingerostet. Zu langsam, um zu reagieren, um schnell und entschlossen zu handeln, seine Sinne durch den Alkohol getrübt. Früher war er scharf und tödlich wie eine geschliffene Klinge gewesen. Diese Zeiten waren vorbei.

Unbehagen machte sich in Logans Bauch breit. Er hatte das Gefühl, dass sie diesen Fehler am Ende bereuen würden – und zwar sehr.

Sie würden dafür bezahlen. Er wusste nur noch nicht, wie hoch der Preis sein würde. »Ich hoffe, du hast recht«, sagte er steif.

»Logan!« Dakota reckte ihm ihr Kinn entgegen. »Komm schon! Hilf mir, die Blutung zu stillen!«

Er hockte sich auf Shays andere Seite und legte den M4 dicht neben sich, die Handfeuerwaffe daneben, griffbereit. Er blieb auf den Beinen, nur für den Fall.

Er drehte sich so, dass er sowohl den vorderen als auch den hinteren Teil des Ladens im rechten Winkel sah, und behielt beide Ausgänge im Auge. Einige Meter vor ihm war der Blood Outlaw bewusstlos zusammengesackt.

Nichts und niemand würde ihn mehr überrumpeln.

Er stülpte eine Plastiktüte über jede Hand und drückte den Stoff an Shays Kopf. »Wird sie es schaffen?«, fragte er grimmig.

Dakota warf ihm einen kurzen, stechenden Blick zu. »Woher soll ich das wissen?«

Julio richtete die Taschenlampe mit einer Hand auf Shays Kopf, mit der anderen umklammerte er das goldene Kreuz an seinem Hals. Sein Mund bewegte sich zu einem stillen Gebet.

Logan betete nicht. Er wusste nicht, wie. In diesem Moment wollte er verzweifelt an etwas glauben, an eine höhere Macht, an Hoffnung, an ein Wunder.

Stattdessen taten sich Scham, Grauen und Entsetzen wie ein klaffender Schlund unter ihm auf.

*Das ist deine Schuld,* flüsterte diese Stimme in seinem Kopf. *Du hast dein wahres Gesicht gezeigt. Je früher du dich dieser Tatsache stellst, desto besser für alle anderen.*

Er verdrängte diesen Gedanken tief in sich. Er hatte jetzt keine Zeit, um in Schuldgefühlen und Selbstmitleid zu schwelgen.

Er konzentrierte sich auf das Mädchen und wünschte sich mit jeder Faser seines Wesens, dass sie ihre verdammten Augen öffnete.

# KAPITEL 40
## DAKOTA

Dunkle Flüssigkeit sickerte durch Dakotas Hose, wo sie am Boden kniete. Die Pfütze unter Shays Kopf weitete sich aus und schimmerte schwarz im Lichtstrahl der Taschenlampe.

Es war so viel Blut. Es schien unmöglich, dass ein einziger menschlicher Körper so viel Blut enthielt.

Aber so war es. Das wusste sie nur zu gut. Ein Bild schoss ihr durch den Kopf – ein toter Körper zu ihren Füßen, Blut spritzte überallhin.

Sie sollte einfach weglaufen. Ein Teil von ihr wollte von hier verschwinden und diese Leute vergessen.

Sie war nicht für sie verantwortlich. Sie war ihnen nichts schuldig. Ihre Schwester war diejenige, die sie brauchte.

Schuldgefühle nagten an ihr. Was sollte sie tun? Shay einfach blutend am Boden liegen lassen? Sie im Stich lassen, wo sie doch ihr Vertrauen in sie gesetzt hatte?

Das konnte sie nicht tun.

Manchmal hasste sie diesen Teil von sich selbst. Vielleicht war diese Unfähigkeit, sich der Verantwortung für einen anderen Menschen zu entziehen, eine Schwäche.

Es war genau das, was sie so lange in der Kommune gehalten hatte. Es wäre viel einfacher gewesen, ohne Eden zu entkommen. Vielleicht hätten sich die Hirten nicht die Mühe gemacht, ihr nachzujagen. Eden war diejenige, die sie wollten.

Aber Dakota war nie in der Lage gewesen, jemanden zurückzulassen. Nicht Eden und auch nicht Shay.

»Wir müssen sie in ein Krankenhaus bringen«, sagte Julio verzweifelt.

»Welches?«, fragte Dakota kurz und knapp. »Das Miami North Memorial ist in Flammen aufgegangen. Aventura und North Shore liegen beide in der Gefahrenzone, also sind sie sicher evakuiert worden. Zum nächstgelegenen Krankenhaus sind es mindestens sechs Kilometer zu Fuß. Und der Anschlag ist schon zwei Tage her. Sie werden mit all den Bombenopfern überfordert sein.«

»Wie wäre es mit einem FEMA-Notlager? Ich könnte mich auf die Suche machen«, sagte Julio und berührte mit einer zittrigen Hand sein goldenes Kreuz. »Vielleicht gibt es eins in der Nähe.«

Dakota verdrehte die Augen. »Wo? In welche Richtung? Wir befinden uns immer noch in dem vom elektromagnetische Impuls betroffenen Gebiet. Bis wir mindestens fünf Kilometer weit weg sind, bis wir einen Ersthelfer, ein Funkgerät oder jemanden finden, der uns Informationen geben kann, tappen wir im Dunkeln.«

»Außerdem könnten wir noch mehr Schaden anrichten, wenn wir versuchen, sie hochzuheben«, sagte Logan.

Er hatte recht. Dakota starrte auf das Rot, das allmählich das türkis-braun karierte Hemd in ihren Händen tränkte, und kaute ängstlich auf ihrer Unterlippe.

Sie konnten keinen Notruf anrufen. Es gab keine Krankenwagen, die mit heulenden Sirenen kamen. Keine Krankenhäuser oder medizinischen Zentren in der Nähe mit Krankenschwestern und Ärzten, die auf sie warteten, keine makellosen, sterilisierten Operationssäle, die bereitstanden.

Es lag an ihr, Shay zu retten.

»Wir müssen die Blutung stoppen und sie wieder zu Bewusstsein bringen«, sagte Dakota, »dann werden wir entscheiden, wie es weitergeht.«

Logan und Julio nickten heftig.

Die Sekunden vergingen mit quälender Langsamkeit.

»Komm schon, komm schon«, murmelte Dakota.

»Überprüf ihren Puls«, sagte Logan, wobei sich eine Linie zwischen seinen dichten Brauen bildete. »Vielleicht ist sie …«

Shay stöhnte.

Erleichterung floss durch Dakotas Adern.

»Oh, Gott sei Dank«, sagte Julio.

Shay wand sich unter ihren Händen. Noch mehr Blut sickerte durch die Lagen des Stoffes und benetzte Dakotas Finger.

Logan schnappte sich zwei saubere Hemden von dem Stapel und warf eines davon Dakota zu. »Hör auf, dich zu bewegen«, schnaubte er Shay an.

Gemeinsam drückten sie das frische Hemd an Shays Kopf. Sie krümmte sich, und der Stoff verrutschte, wobei noch mehr Blut austrat.

»Shay!«, rief Dakota. »Halt still!«

Shay stöhnte. Ihre Augenlider flatterten, ihre Augen verdrehten sich wild. »Bleib wach, Shay. Komm schon!«

Sie stöhnte erneut auf und krümmte sich unter Dakotas und Logans Händen.

Logan ließ das Hemd fallen und drückte sie sanft an den Schultern, um sie daran zu hindern, sich zu bewegen. »Halt still, Mädchen!«

Langsam hörten ihre Augen auf, in ihrem Kopf zurückzurollen.

Ihr panischer Blick konzentrierte sich auf die Gesichter von Logan und Dakota über ihr.

Sie erstarrte und atmete einige Male flach und röchelnd, ihre großen, fassungslosen Augen so weit geöffnet, dass sie das Weiße rund um ihre Iris sehen konnten. »Mein Kopf – was … ist passiert?«

»Du wurdest angeschossen«, sagte Logan.

Shays Gesichtszüge verzerrten sich vor Schmerz und Angst.

Wenigstens war sie bei klarem Verstand. Das musste ein gutes Zeichen sein.

»Bleib bei Bewusstsein«, sagte Dakota. »Keine Panik. Dir geht es gut. Es wird alles gut werden.«

»Wir brauchen hier wirklich dein medizinisches Fachwissen«, sagte Julio aus sicherer Entfernung, mit Panik in der Stimme. Er lehnte sich unsicher gegen den Kassentisch. »Sag uns, wie wir dir helfen können.«

»Wie ... wie schlimm ist es?«, zwang Shay sich zu fragen.

Dakota schob eine Handvoll von Shays dickem, blutgetränktem Haar beiseite, um ihre Kopfhaut zu sehen. Logan tupfte das Hemd schnell darauf und hob es wieder an, obwohl frisches Blut aus der Wunde floss.

Eine lange, klaffende Wunde durchtrennte ihre Kopfhaut ein paar Zentimeter über ihrem rechten Ohr. Unter dem sprudelnden Blut und dem rohen, zerfetzten Fleisch konnte Dakota einen Streifen weißen Knochens erahnen.

Sie atmete scharf aus. »Ich sehe keine Löcher.«

»Wie sicher bist du dir?«, fragte Julio.

Dakota schaute finster drein. »Sehe ich etwa aus wie ein Arzt? Ich bin mir überhaupt nicht sicher.«

»Ein ... Rinnenschuss«, murmelte Shay.

Julio erbleichte. »Das klingt übel.«

»Hoffentlich hat die Kugel den Schädel nicht durchschlagen oder einen Bruch verursacht.«

»Das klingt noch schlimmer«, sagte Julio.

Angst zog Dakotas Bauch zusammen. Es war viel zu viel Blut. Wenn sie es nicht bald stoppen konnten, würde es keine Rolle spielen, ob die Kugel ihr Gehirn durchbohrt hatte oder nicht.

»Heilige Muttergottes«, murmelte Julio verzweifelt. »Wenn wir nichts tun, wird sie genau hier sterben.«

»Nein, wird sie nicht.« Dakota starrte Shay direkt an, ihre Hände waren ruhig, ihre Stimme gleichmäßig. »Du wirst nicht sterben. Das ist keine Option, verstehst du? Das werde ich nicht zulassen.«

# KAPITEL 41
## LOGAN

»Sag uns, was wir tun sollen«, sagte Logan.

Shay hob eine zitternde Hand und berührte behutsam die Seite ihres Kopfes. Ihre Finger kamen tropfnass zurück. »Kopfwunden ... bluten sehr stark. All diese oberflächlichen Venen und Arterien unter der Haut ... zwanzig Prozent des vom Herzen gepumpten Blutes fließen zum Gehirn ...«

Dakota warf ein durchnässtes Hemd weg und schnappte sich ein neues vom Stapel. »Wir brauchen keinen Anatomieunterricht. Was müssen wir tun?«

»Hebt meine Füße an«, zwang sich Shay zu sagen. »D... dreißig Zentimeter.«

Logan riss einen riesigen Arm voller weicher, übergroßer T-Shirts von einem nahe gelegenen Regal und schob sie sanft unter Shays Füße.

Julio fand ein paar Schuhe, um den Haufen noch höher zu machen. Vielleicht waren die Kleidung und die Schuhe kontaminiert, aber im Moment war das egal.

Shays walnussbraune Haut nahm eine kränkliche Blässe an. Sie atmete schnell und flach.

»Was noch?«, fragte Julio.

»K... kalt. Haltet mich warm ... um einen Schock zu vermeiden.«

»Wir müssen sie zudecken«, sagte Dakota.

Logan legte Shay ein paar der Flanellpullover über Arme und Beine.

»Was macht die … Blutung?«, fragte Shay.

Logan hob das Hemd an. Frisches Blut spritzte aus der langen, zerklüfteten Wunde. »Wie ein Schlauch.«

»Große Kopfhautwunden mit … anhaltenden Blutungen sollten sofort verschlossen werden … ein ineinandergreifender Stich ist … am effektivsten und sorgt für eine bessere Blutstillung«, sagte Shay, als würde sie aus einem Lehrbuch zitieren.

Sie schnitt eine Grimasse. »Ich kann das auf keinen Fall selbst machen … Hat hier schon mal jemand eine Wunde genäht?«

»Ja, habe ich«, sagte Dakota.

Logan starrte Dakota überrascht an. »Hast du?«

»Habe ich das nicht gerade gesagt?«

»Du hast medizinische Erfahrung?«, fragte Julio, ebenso erstaunt wie Logan.

»Nicht wirklich.« Sie sah zu Shay hinunter, den Mund zu einer grimmigen Linie verzogen. »Es wird nicht hübsch sein, aber ich kriege das hin.«

Shay blinzelte nicht einmal. »Tu es.«

Logan hatte schon mehr als genug Blut und Eingeweide gesehen, aber dieses Mädchen ohne Betäubung zusammenzunähen, wäre für niemanden ein Spaß.

Dennoch war er beeindruckt von Shays Gelassenheit und Ruhe. Er hatte erwachsene Männer erlebt, die wegen kleinerer Wunden wie Kinder geweint hatten.

Das war das Problem, wenn man zum ersten Mal angeschossen oder von einem Messer verletzt wurde: Man wusste nie, wie jemand – sogar man selbst – reagieren würde.

Zuvor im Kino hatte er keinen Gedanken an sie verschwendet, mit ihrer heiteren Munterkeit und ihrer unermüdlichen positiven Einstellung. Er hatte angenommen, sie sei nur ein weiterer Kaugummi kauender Hohlkopf. Langsam wurde ihm klar, wie falsch er lag.

»Was brauchen wir?«, fragte er sie.

»Wenn wir doch nur mit Amazon Prime bestellen könnten … ein per Drohne geliefertes Nähset … in einer Stunde«, murmelte Shay. Sie versuchte, optimistisch zu bleiben, obwohl sie diejenige war, deren Gehirn nur um wenige Millimeter von einer Kugel verfehlt worden war.

»Spar dir deinen Atem für die wichtigen Dinge«, warnte Dakota. »Nadel und Faden reichen doch im Notfall auch, oder?«

»Ich schätze, das kann man ... als Notfall bezeichnen.«

»Es wird eine hässliche Narbe hinterlassen.«

»Ich weiß.«

»Sag uns, was du brauchst, verdammt noch mal!«, unterbrach Logan. »Wir können die Sachen im Walgreens nebenan besorgen.«

Shay schloss kurz die Augen, atmete tief durch. »Flaschen mit Wasser, um die Wunde zu spülen. Gaze. Antibiotische Creme. Medizinische Pflaster. Eine Nähnadel und Zahnseide – aber nicht mit Minzgeschmack –, die wir sterilisieren können.«

»Was noch?«, fragte Logan.

»Und ... eine Schere und einen Rasierer. Du wirst meine Kopfhaut rasieren müssen. Und dann nähst du sie.«

»Fantastisch.« Dakota deutete auf Julio. »Du gehst in die Apotheke und holst alles, was sie gerade gesagt hat. Logan, du bleibst und hilfst mir.«

Julio stellte die Taschenlampe auf die ihnen zugewandte Seite. Er drehte sich um, immer noch leicht schwankend, und joggte zu den Eingangstüren.

»Bring so viel Schnaps mit, wie du tragen kannst«, rief Logan ihm hinterher.

»Konzentrier dich, Logan«, sagte Dakota. »Kannst du das Blut abtupfen, damit ich sehen kann, was ich tue?«

Logan unterdrückte ein angespanntes Lächeln. Er hatte nichts dagegen, wenn ein Mädchen ihn herumkommandierte, wenn sie wusste, was sie tat. Dakota hatte bewiesen, dass sie sehr wohl fähig war.

Er schnappte sich ein frisches Hemd, knüllte es zusammen und drückte es sanft auf Shays Kopfhaut. Verlangsamte sich der Blutfluss? Er konnte es durch die dichten Haare des Mädchens nicht erkennen.

»Du hattest die Chance«, sagte Dakota mit leiser Stimme.

Er riss den Kopf hoch. »Was?«

Sie starrte ihn anklagend an, ihre Augen waren dunkel und glitzerten im geisterhaften Licht der Taschenlampe. »Du hattest die Chance auf einen Todesschuss und hast es nicht getan.«

Er unterschätzte dieses Mädchen immer wieder. Er versuchte, seine Überraschung zu verbergen – und seine Schuldgefühle. »Es war dunkel und alle haben sich bewegt ...«

»Quatsch!«

»Vielleicht war ich einfach nicht gut genug.«

»Wir wissen beide, dass das Unsinn ist.«

Ihr Blick wanderte von den Tätowierungen, die die Arme und den Hals des Gangmitglieds bedeckten, zu Logans. Sie betrachtete die Kreuze, die Schlange und den Totenkopf, den Stacheldraht und die unscharfen, gröberen Markierungen auf seinen Händen – die fünf Punkte unter seinem Daumen.

Als ihre Augen wieder auf seine trafen, verengten sie sich vor Misstrauen. »Was für ein Soldat bist du genau?«

Er hatte gewusst, dass der Moment kommen würde, früher oder später. Er hätte sie gar nicht erst die Lüge glauben lassen dürfen. Damals war es praktisch gewesen.

Jetzt fühlte er sich wie ein erstklassiges Arschloch. »Ich bin keiner«, presste er hervor.

»Wovon zum Teufel redest du?«

»Ich habe nie gesagt, dass ich ein Soldat bin. Diese Annahme hast du selbst getroffen.«

»Und du hast dir nicht die Mühe gemacht, mich zu korrigieren.«

Darauf hatte er keine Antwort.

»Diese fünf tätowierten Punkte auf deiner Hand. Du warst im Gefängnis.«

Er versteifte sich. »Das geht dich nichts an.«

Sie warf ihm einen vernichtenden Blick zu. »Doch verdammt. Du hast uns gerade alle in Gefahr gebracht. Wer bist du wirklich?«

Er sprach die Wahrheit. »Ich bin ein Niemand.«

»Und das soll ich dir glauben?«

Er zuckte achtlos mit den Schultern, obwohl jeder Nerv angespannt war. »Es ist mir ziemlich egal, was du glaubst.«

Dakota strahlte spürbare Feindseligkeit aus. Sie drückte das Hemd so fest an Shays Kopf, dass ihre Fingerknöchel bleich wurden. »Oh, stimmt ja. Du bist der so coole Cowboy, der sich um nichts und niemanden schert. Dir geht es nur um die Bezahlung.«

Shay stöhnte. »Ich habe das Gefühl, mein Kopf explodiert gleich. Könnt ihr beide bitte die Klappe halten?«

»Tut mir leid.« Dakota ließ von dem Druck ab. Sie starrte Logan an, und ihr Blick war tödlich. »Wir sind mit dem Thema noch nicht fertig.«

Er starrte sie an, sein Blick entschlossen und hart. Er konnte ihr nicht zeigen, dass er sich schuldig fühlte. Er war ihr nichts schuldig, schon gar keine Erklärung.

Dennoch traf ihn jedes Wort, das sie gesagt hatte, bis ins Mark.

Seine Vergangenheit war seine eigene. Seine Dämonen waren seine eigenen. Die Dunkelheit, die ihn in seinen Albträumen verfolgte, musste in seinen Albträumen bleiben. Er musste sie tief in sich verschlossen halten. Das war die einzige Möglichkeit, die er kannte, um zu überleben.

Er tat so, als wäre es ihm egal, was sie dachte, als würde ihn die Empörung in ihrem Blick nicht mit Scham und Abscheu erfüllen.

Julio rannte zurück zu ihnen in den Laden und hatte zwei gefüllte Plastiktüten bei sich.

»Die Gang hat schon alle guten Medikamente weggeschafft. Sie hatten nur noch Aspirin«, sagte er entschuldigend. »Ich habe aber eine Flasche Jack Daniel's mitgebracht.«

Erleichterung pulsierte durch Logans ganzen Körper. Er konnte bereits schmecken, wie der Alkohol seine Kehle hinunterglitt. Es kostete ihn große Mühe, nicht nach der Flasche zu greifen und sie auf der Stelle auszutrinken.

»Es wird trotzdem höllisch wehtun«, warnte Dakota Shay.

Shays Gesichtszüge wurden starr. Ihre Augen glitzerten vor Schmerz – und vor mutiger Entschlossenheit. »Tu es einfach.«

# KAPITEL 42
# DAKOTA

Nachdem sie einen guten Teil des Whiskeys getrunken hatte, gab Shay Dakota klare Anweisungen.

Sie sterilisierten ihre Hände, die Schere, das Rasiermesser, die Nadel und die Zahnseide mit Alkohol.

Dakota nahm die Plastiktüten von ihren Händen. Sie würden ihr bei einer so präzisen, komplizierten Arbeit nur im Weg sein. Sie brauchte dafür volle Geschicklichkeit und Konzentration.

»Bereit?«, fragte Dakota.

Shay legte ihr Kinn leicht schräg.

Bereit genug.

»Spül zuerst die Wunde aus«, sagte Shay. »Mit dem Wasser ... müssen alle Verunreinigungen entfernen, um ... eine Infektion zu verhindern.«

»Und was ist mit Desinfizieren?«, fragte Julio. »Peroxid oder Jod? Alkohol?«

»Whiskey?«, bot Logan an.

»Zu aggressiv. Verlangsamt ... den Heilungsprozess nur. Wasser ist gut.«

Dakota kniete immer noch über ihr und schüttete Wasser über Shays Kopf, während Logan und Julio sie festhielten. Shay stieß mehrere leise Schmerzenslaute aus.

Dakotas Herz pochte gegen ihre Rippen. Sie arbeitete schnell, aber vorsichtig, als sie ein großes Büschel von Shays blutverschmierten Haarsträhnen dicht an ihrer Kopfhaut abschnitt. Vorsichtig rasierte sie so viel wie möglich ab, bis sie die ausgefransten Ränder der Wunde deutlich sehen konnte.

Shay biss auf ein Paar neue Socken, die Logan aus der Verpackung gerissen hatte. Julio überwand seine Angst vor Blut weit genug, um sich neben sie zu setzen und ihre Hand zu halten.

Während Dakota arbeitete, tupfte Logan gleichzeitig das frische Blut aus der Wunde und hielt die ausgefransten Fleischlappen dicht zusammen, damit Dakota sie leichter nähen konnte.

»Behalte die Ausgänge im Auge«, sagte Logan zu Julio. »Sag mir sofort, wenn du etwas siehst oder hörst.«

Julio nickte. Er rezitierte immer wieder eines seiner katholischen Gebete, seine Augen weit geöffnet im flackernden Schatten.

Shay stöhnte mehrmals in die Socke. In Anbetracht der Schmerzen, die Dakota ihr gleich zufügen würde, blieb sie bemerkenswert ruhig.

»Atme tief, langsam und gleichmäßig«, wies Dakota an. »Geh irgendwo in dich hinein, irgendwo tief, wo der Schmerz nicht hinkommt. Die Angst und die Erwartung sind schlimmer als der Schmerz selbst. Aushalten ist ebenso sehr geistig wie körperlich, okay?«

Schwester Rosemarie hatte ihr das in der Kommune beigebracht, als sie Eden bei Dakotas Pflege nach den Besuchen im Raum der Barmherzigkeit geholfen hatte.

*Eins, zwei, drei. Atmen.*

Es schien unsinnig, aber wenn es um einen selbst und den quälenden Schmerz ging, der nicht aufhören wollte, den Schmerz, der durch jede Zelle des eigenen Körpers pochte – da tat man eben, was man tun musste.

Man ertrug es.

Als sie aufblickte, sah Logan sie aufmerksam an, eine Linie zwischen seinen dichten dunklen Brauen. Sie hatte keine Zeit, sich zu fragen, was er dachte – oder sich darum zu kümmern.

Sie würde sich später mit ihm befassen.

Dakota nahm selbst langsame, gleichmäßige Atemzüge, während sie die Nadel durch die Unterhaut auf der linken Seite der Wunde schob – tief genug, um die Haut nicht zu zerreißen, aber nicht tiefer als nötig – und machte einen ersten Halteknoten.

Shay zuckte zusammen und stöhnte vor Schmerz, aber sie tat ihr Bestes, um ruhig zu bleiben.

»Eins, zwei, drei. Atmen.«

Shay atmete. Sie drückte Julios Hand so fest, dass sich die Sehnen an ihrem Unterarm abzeichneten. Eine Ader pulsierte in ihrer Kehle.

Dakota richtete die Nadel aus und zog den Faden vorsichtig in einem diagonalen Muster eng zwischen das klaffende Fleisch und die angrenzenden Lappen der Wunde, dann winkelte sie die Nadel zur Hautoberfläche aus und wiederholte das Zickzackmuster.

Ihre Hände waren ruhig. Sie hatte gelernt, sich zu konzentrieren und alle Ablenkungen zu verdrängen, um die Arbeit zu erledigen.

Sie wusste nicht viel über medizinische Dinge, aber nachdem Eden fast verblutet war, hatte Ezra darauf bestanden, Dakota beizubringen, wie man eine Wunde selbst nähte.

Sie müsse wissen, wie sie sich um sich selbst kümmern könne, hatte er immer wieder gesagt. Man konnte sich nicht immer auf den Zugang zu Krankenwagen und Krankenhäusern verlassen.

Die Welt schuldete niemandem etwas – kein gutes Leben, keine Gesundheitsversorgung, nicht einmal Sicherheit.

Was auch immer man wollte, man musste bereit und willens sein, es selbst zu regeln.

Er hatte die Gelegenheit bekommen, es ihr beizubringen, als sie bei der Entenjagd auf Torf ausgerutscht und hart auf einem versunkenen Baumstamm gelandet war.

Ein dicker, abgebrochener Ast hatte ihr die Seite ihrer Wade knapp über ihren Gummistiefeln aufgeschlitzt und eine fünf Zentimeter lange Wunde hinterlassen.

Er hatte sie gezwungen, sich selbst zuzunähen, um zu üben. Natürlich hatte sie echtes Nahtmaterial, das Ezra auf einer Überlebens-Webseite bestellt hatte, mit Nylonfaden und einer gebogenen Nadel.

Eine Nähnadel und Zahnseide waren ein schlechter Ersatz. Die gerade, schlanke Nadel erschwerte die Arbeit, aber sie hatte keine

Möglichkeit, die Nadel ohne Zange und starke Hitze selbst zu biegen.

Aber die Nähte mussten nur etwa einen Tag halten, bis sie Shay in ein funktionierendes Krankenhaus schafften.

Dakota stach mit der Nadel in Shays Haut und zog die Zahnseide vorsichtig hindurch. Sie sog den Atem ein, als ihre Finger fast in dem glitschigen Blut ausrutschten.

Logan tat sein Bestes, um das Blut wegzutupfen, während er mit dem zerknitterten Hemd in der anderen Hand Druck ausübte.

Die Anspannung in ihrer Brust wurde mit jeder Sekunde größer. Es war eine schwierige, mühsame Arbeit, die durch das austretende Blut und die schwankende Taschenlampe noch erschwert wurde. Sie musste sich beeilen, ohne noch mehr Schaden anzurichten.

Niemand sprach, während sie arbeitete. Die einzigen Geräusche waren Shays flacher Atem und ihr eigener Herzschlag, der gegen ihre Rippen pochte.

Sie wiederholte die Naht, wobei sie ihre Atemzüge mit jedem Nadelstich abstimmte, bis die Wunde endlich geschlossen war. Sie endete mit einem Verschlussknoten und schnitt die Zahnseide mit der Bastelschere ab, die Julio mitgebracht hatte.

Dakota lehnte sich zurück und betrachtete ihr Werk. Die Blutung hatte fast aufgehört. Die Nähte waren ein wenig ausgefranst, aber fest. Nicht schlecht. Überhaupt nicht schlecht.

Sie grinste zufrieden. »Sieht verdammt hässlich aus, aber wenigstens fällt dir das Hirn nicht raus.«

# KAPITEL 43
## DAKOTA

Dakota bedeckte die Wunde mit einem sterilen Mullverband, während Logan einen Verband aus medizinischem Klebeband um Shays Kopf wickelte, um ihn in Position zu halten. Ihre Finger berührten sich ein paar Mal, und sie widerstand dem Drang, ihre Hände wegzureißen. Sie war zu wütend, um ihn überhaupt anzuschauen.

Shay berührte zaghaft ihre halb rasierte Kopfhaut oberhalb des Verbandes. Ihr Mund verzog sich vor Entsetzen und Tränen stiegen ihr in die Augen.

»Atmen«, sagte Dakota. »Eins, zwei ...«

»Drei.« Shay nahm mehrere tiefe, beruhigende Atemzüge. »Mein Haar wird nachwachsen. Das weiß ich. Ich bin sicher, es sieht gut aus.«

»Bist du dir da sicher?« Logan grinste. »Willst du einen Spiegel?«

Sie brachte ein schwaches, aber echtes Lächeln zustande. »Weißt du was? Ich glaube, ich verzichte.«

Dakota zeigte sich widerwillig beeindruckt. Für eine hübsche, organisierte junge Frau, die so aussah, als hätte sie nie etwas Schlimmeres erlebt als einen schlechten Tag, bewältigte Shay diese Krise bemerkenswert gut.

Sie war stärker, als Dakota erwartet hatte. Dakota konnte nicht anders, als die Zähigkeit der Frau zu respektieren – und sie dafür zu mögen.

Shay ergriff Dakotas Hand. »Ich danke dir vielmals. Ich weiß, das war nicht leicht.«

Dakotas erster Instinkt war, sich zurückzuziehen, aber sie zwang sich, stillzuhalten. Sie war seit über zwei Jahren nicht mehr liebevoll berührt worden – außer von Eden während der beaufsichtigten Besuche.

Sie war nicht daran gewöhnt.

Shays Hand zitterte leicht, ihre Handfläche war feucht, aber warm. Ihre Finger drückten die von Dakota, die noch immer blutverschmiert waren, und ließen sie dann los.

Dakota zuckte unbehaglich mit den Schultern. »Das war doch nichts. Wirklich nicht. Ich helfe dir auf.«

Sie half Shay auf die Beine. Das Mädchen schwankte ein wenig unsicher, stand aber aus eigener Kraft. Sie war ein paar Zentimeter größer als Dakota, und ihr wilder Lockenschopf ließ sie noch größer erscheinen.

Vorsichtig berührte sie den behelfsmäßigen Verband, der um ihren Kopf gewickelt war. »Könnt ihr auf Anzeichen einer traumatischen Hirnverletzung und eines Schocks achten? Symptome wie Ohnmacht, Sprachstörungen, erweiterte Pupillen, kalte und klamme Haut und Erbrechen.«

»Natürlich.« Schuldgefühle durchzuckten sie. Das wäre Shay nicht passiert, wenn sie im Kino geblieben wäre. Dakota war der Grund, warum sie überhaupt hier draußen waren.

Aber darauf konnte sie sich jetzt nicht konzentrieren. Shay war auf den Beinen – verwundet, aber stabil.

Es war Zeit zu gehen.

Eden war immer noch da draußen, etwas mehr als vier Kilometer nordwestlich. Die Strahlung war nur noch ein Prozent so hoch wie vor zwei Tagen, aber sie war immer noch eine tödliche Bedrohung für sie, ein unsichtbares Gift, das in ihr Fleisch eindrang.

Dakota schaute auf ihre Uhr. 13:49 Uhr. So viel konnte in so kurzer Zeit passieren. Es brauchte nur ein paar Sekunden, um alles zu verändern.

Wie die Bombe, die ihr Leben für immer in ein *Vorher* und ein *Nachher* unterteilte. »Wir haben schon weit über eine Stunde verloren«, sagte sie. »Wir müssen los.«

»Sollen wir uns aufteilen?«, fragte Julio. »Du und Logan, ihr kümmert euch um deine Schwester, während ich Shay aus der Gefahrenzone bringe, um ein Krankenhaus zu suchen?«

»Das ist keine gute Idee«, sagte Dakota. »Wir haben nur eine funktionierende Waffe. Was ist, wenn ihr auf einen anderen Blood Outlaw trefft? Oder einer ganzen Gruppe von ihnen?«

Sosehr sie auch ohne sie schneller vorwärtskommen wollte, der Gedanke, Julio und Shay ohne Schutz allein zu lassen, widerstrebte ihren Instinkten.

Dakota konnte Shay jetzt nicht zurücklassen; die Frau brauchte ihre Hilfe.

Sie hatte sie hierhergebracht; so konnte sie zumindest sicherstellen, dass sie in eine Notunterkunft oder ein medizinisches Zentrum kamen.

Logan blieb stumm, sein Ausdruck war gleichgültig. Wahrscheinlich war es ihm egal, was mit ihnen geschah. Vielleicht war er aber auch einfach zu betrunken, um darüber nachzudenken.

»Ich möchte nicht, dass wir uns trennen«, sagte Shay. »Ich fühle mich im Moment ganz gut.«

»Sobald wir meine Schwester haben, verlassen wir die Gefahrenzone und suchen ein funktionierendes Krankenhaus für dich, okay?«, versprach Dakota und meinte es ernst.

Shay nickte und schenkte ihr ein dankbares Lächeln.

»Was sollen wir mit ihm machen?« Julio deutete wieder auf den bewusstlosen Gangster.

»Der geht nirgendwo hin«, sagte Shay. »Die Kugel hat wahrscheinlich sein Schulterblatt gebrochen und seinen Brachialnerv verletzt. Er verblutet.«

Julios Gesicht verlor noch mehr an Farbe. Er berührte sein goldenes Kreuz. »Wir sind also Mörder.«

»Logan ist der Mörder, nicht du.« Dakota wischte sich die blutigen Hände an einem sauberen Hemd ab und desinfizierte sie mit etwas Reinigungsalkohol. »Und ein ganz schlechter noch dazu.«

Julio rang die Hände und sah mit einer Mischung aus Schuldgefühlen, Mitleid und Erleichterung auf den Körper herab. »Aber die Polizei ... wir können einen sterbenden Mann nicht einfach zurücklassen. Wir sollten etwas tun, jemanden kontaktieren ...«

»Wen?«, fragte Logan. »Alle Polizisten in der Nähe werden mit Rettungsaktionen oder der Unterdrückung von Bandenaufständen wie diesem hier beschäftigt sein.«

»Habt ihr es immer noch nicht kapiert?«, fragte Dakota etwas zu barsch. Sie konnte es nicht ändern. Sie mussten es verstehen. »Alles hat sich geändert. Die normalen Regeln gelten nicht mehr.«

»Sie hat recht.« Logan fuhr sich mit den Händen durch sein widerspenstiges dunkles Haar. Seine Augen waren schwarz im Licht der Taschenlampe. »Wir sind auf uns allein gestellt.«

# KAPITEL 44
## DAKOTA

Dakota betrachtete Julio, der den Kopf schüttelte und immer noch an seinem Kreuz herumfingerte. Er hatte es noch nicht ganz verstanden, selbst jetzt nicht. Für normale Menschen war es schwer, sich von einer Welt voller Regeln auf eine Welt umzustellen, in der alles möglich war.

Vielleicht lag sie falsch. Vielleicht würden sie, sobald sie die Gefahrenzone verließen, von Freiwilligen mit heißer Suppe und Umarmungen begrüßt werden, begleitet von bewaffneten Polizeibeamten, die bereit waren, die Ordnung wiederherzustellen.

Vielleicht würden alle in einer Krise zusammenkommen und ihre eigenen egoistischen Bedürfnisse zum Wohle der Opfer, der zerstörten Städte und der Nation zurückstellen.

Sie machte sich keine großen Hoffnungen.

Logan holte die Flasche Jack Daniel's heraus und goss den Rest in seinen silbernen Flachmann. Er nahm einen kräftigen Schluck, schloss ihn und steckte ihn wieder in seine Tasche.

Sie knirschte mit den Zähnen und widerstand dem Drang, ihm den Flachmann aus den Händen zu schlagen. Sie brannte immer noch vor Wut über das, was er getan hatte.

Was nützt ein bewaffneter Söldner, wenn er ein Säufer war?

»Ist es nicht moralisch falsch, einfach wegzugehen?«, warf Julio ein. »Ihn einfach sterben zu lassen?«

»Er hätte dich ohne zu zögern umgebracht«, sagte Logan mit rauer Stimme. »Und Shay noch Schlimmeres angetan.«

»Er war in den letzten achtundvierzig Stunden einer enormen Strahlung ausgesetzt«, sagte Shay sanft und legte ihre Hand auf Julios Schulter. »Ich weiß, wie du dich fühlst. Aber sieh ihn dir an. Seine Haare fangen schon an auszufallen. Er musste sich übergeben, ihm war schwindlig und er war desorientiert. Die Aggression könnte von einer kognitiven Störung hergerührt haben.«

Logan schnaubte. »Oder vielleicht war er einfach nur ein Arschloch.«

Julio sah nicht überzeugt aus. Er bekreuzigte sich und murmelte irgendetwas vor sich hin, aber schließlich nickte er zustimmend.

Dakota hockte sich vor das Gangmitglied und kramte in der Tasche seiner ausgebeulten Shorts. Sie zog Julios goldenen Ring heraus und reichte ihn ihm.

Julio steckte ihn auf seinen dicken Finger und presste seine Handfläche gegen die Brust. Er schloss die Augen und atmete unruhig auf. »Danke. Yoselyn – meine Frau – hätte mir das nie verziehen.«

»Natürlich hätte sie das.« Shay presste ihren Kiefer gegen den Schmerz zusammen. »Sie will nur dich. Sicher und lebendig.«

»Du kennst ihr Temperament nicht«, sagte Julio, aber er schaffte ein kleines Grinsen.

Dakota griff nach dem heruntergefallenen M4 und hängte ihn sich über Hals und Schulter, wobei sie den Einpunktriemen so positionierte, dass die Waffe frei hing, aber leicht zu greifen war.

Logan starrte sie mit gesenkten Brauen an. »Du weißt, wie man das Ding benutzt?«

»Gut genug.« In Wahrheit hatte sie schon ein paar Mal damit geschossen, aber nicht oft genug, um sich wirklich sicher zu fühlen. Er war nicht wie ihre vertraute XD9, die ihr perfekt in der Hand lag.

Aber sie wollte auf keinen Fall, dass Logan beide Waffen hatte.

Sie überprüfte das Magazin: Leer.

Ihr Herz wurde schwer. Natürlich war es das.

»Nicht, dass es eine Rolle spielen würde«, sagte sie seufzend.

Sie verdrängte ihre Enttäuschung und durchsuchte den Blood Outlaw nach zusätzlicher Munition oder weiteren Waffen. Er war sauber. Er hatte überhaupt nichts Brauchbares bei sich. Verdammt noch mal gar nichts.

Hoffentlich würde allein der Anblick des verrucht aussehenden M4 alle potenziellen Störenfriede abschrecken.

Trotzdem wären ein paar Kugeln verdammt hilfreich gewesen.

Shay schaute die Waffe misstrauisch an, beschwerte sich aber nicht.

Prioritäten konnten sich ziemlich schnell ändern, nachdem man angeschossen wurde.

In dieser Welt waren Waffen eine Notwendigkeit.

»Wir brauchen immer noch das, wofür wir hergekommen sind«, sagte Dakota. »Kleidung, Nahrung, medizinische Versorgung. Wir müssen schnell handeln. Wir haben schon zu viel Zeit vergeudet.«

»Alle neuen Kleider sind hinten«, sagte Julio.

Durch die Mitarbeitertür im hinteren Teil des Ladens fanden sie, was sie brauchten: Stapel ungeöffneter Kartons mit den neuesten Herbstdesigns.

Julio half Shay hinein und lehnte sie an eine Regalwand. Das wenige Licht in dem fensterlosen Raum kam von der einzigen Taschenlampe, die Julio noch in der Hand hielt.

»Ich schätze, es ist gut, dass die Ketten immer noch Bekleidung für kaltes Wetter nach Florida liefern«, murmelte Shay.

Dakota zog ihr Messer aus der Scheide, schlitzte jede Schachtel in der Mitte auf und zog ein übergroßes marineblau-weiß gestreiftes Shirt an, dessen Ärmel lang genug waren, um sie über die Hände zu ziehen.

»Das ist Diebstahl«, sagte Julio zögernd. »Es fühlt sich falsch an.«

»Wenn du dich dann besser fühlst, kommen wir zurück und zahlen für das, was wir genommen haben, wenn all das hier vorbei ist«, sagte sie.

Dakota war keine Diebin – nicht mehr, nicht seit dem ersten Mal –, aber sie verstand instinktiv, dass jetzt alles anders war.

Julio und Shay mussten ihre Denkweise von Komfort, Sicherheit und Moral auf die Realität einer kalten, brutalen Welt ohne Gesetze und Regeln umstellen.

Sie waren an ein sanftes Leben gewöhnt – ein Leben, in dem sie den Notruf wählen konnten, um sofortige Hilfe zu bekommen. Sie erwarteten immer noch, dass die Polizei und die Regierung sie beschützen würden. Sie erwarteten, dass alles, was sie brauchten, in den Regalen der Geschäfte zu finden sein würde.

Vor allem aber erwarteten sie, dass die alten Regeln der Höflichkeit weiterhin gelten würden.

Zumindest in Südflorida war die alte Welt vorüber. Wahrscheinlich für eine lange Zeit.

Sie hatte kein schlechtes Gewissen, weil sie sich in einem verlassenen Laden das Nötigste genommen hatte. Es ging jetzt nur noch ums Überleben.

Sie fand eine Kiste mit Schals – dünn, hübsch, als Accessoire gedacht.

Sie waren besser als nichts.

»Entgegen der landläufigen Meinung stellt der Fallout keine große Gefahr beim Einatmen dar, weil die Partikel so groß sind und schnell zu Boden fallen«, erklärte sie. »Die Strahlenbelastung am Boden ist gefährlicher als die Gefahr, sie einzuatmen.«

Sie griff nach einem hellgrauen Tuch und wickelte es um ihren Kopf und den unteren Teil ihres Gesichts. Als sie sprach, war ihre Stimme leicht gedämpft. »Trotzdem fühle ich mich besser, wenn ich etwas trage.«

Julio reichte Shay einen rosa und braun karierten Schal. Sie hielt ihn hoch. »Jedes bisschen hilft, oder?«

Julio entschied sich für waldgrün und gelb kariert. »Wir werden vor Hitze sterben«, murmelte er.

»Besser als an der Strahlung zu sterben.« Logan zog eine schwarze Kunstlederjacke und einen dazu passenden schwarzen Fransenschal an.

Shay lehnte aufrecht, aber schwer atmend an der Wand. Sie brachte ein schwaches Lächeln zustande. »Wenigstens werden wir stilvoll sterben.«

Nachdem sie Shay geholfen hatte, ihre Flip-Flops gegen Socken und flache Stiefel einzutauschen, verteilte Dakota das Klebeband und wickelte es sorgfältig um Knöchel und Handgelenke, um so viele verirrte Strahlenpartikel wie möglich fernzuhalten.

»Wie wäre es hiermit, um Sachen tragen zu können?« Julio beugte sich über einen frisch geöffneten Karton und hielt eine aquamarinfarbene Umhängetasche mit Pailletten hoch.

Es war zwar kein hochwertiger Rucksack, aber sie konnten einige Vorräte mitnehmen, bis sie etwas Besseres gefunden hatten.

Sie deckten sich mit Air Heads, Pop Rocks, Mentos und diesen Plastikdosen mit Mini-M&Ms ein, gingen dann zu Walgreens und packten noch mehr frische Mullbinden, antibiotische Cremes und Verbandszeug ein.

Julio half Shay, als sie zögernd durch Walgreens ging. Dakota warf ihr eine Flasche Ibuprofen zu, und sie schluckte acht Pillen mit ein paar Schlucken Wasser.

Shay fand ein Regal mit Desinfektionstüchern. Sie, Dakota und Logan wischten sich das getrocknete Blut von Händen und Gesicht. Dakota steckte ein paar Päckchen der Alkoholtücher in ihre Tasche, damit sie den radioaktiven Staub abwischen konnten, falls sie etwas auf ihre Haut bekamen.

Die Blood Outlaws oder andere Plünderer hatten bereits die Medikamente in der Apotheke ausgeräumt, aber es waren noch reichlich Ibuprofen und Paracetamol, Süßigkeiten, Müsliriegel und mehrere Flaschen Wasser übrig.

Kalorien waren Kalorien. Niemand wollte sich in der Gefahrenzone auf Nahrungssuche begeben.

Julio stopfte sich einen Schokoriegel in die Gesäßtasche und tätschelte sich den Bauch. »Kein guter Zeitpunkt für eine Diät, denke ich.«

Niemand lachte.

Dakota war nicht die Einzige, die spürte, wie die Spannung in ihren Adern pulsierte und wie sich ihre Brust vor Angst zusammenzog. Der sterbende Gangster hatte sie alle erschüttert, ob sie es nun zugeben wollten oder nicht.

Sie hielten einen Moment inne und blickten aus den zerbrochenen Fenstern auf eine Welt, die keiner von ihnen mehr wiedererkannte.

Shay straffte die Schultern, den Kopf hoch erhoben. »So, wir sind so weit.«

Dakota glaubte nicht, dass sie jemals auf das vorbereitet sein würden, was vor ihnen lag. Aber sie hatten keine andere Wahl.

# TEIL ZWEI

# KAPITEL 45

# DAKOTA

## STUNDE NULL PLUS FÜNFZIG STUNDEN ...

Der Himmel über Miami war trüb und grau-braun. In der Ferne stieg Rauch in dunstigen Säulen über dem Dach des Einkaufszentrums auf.

Dakota unterdrückte ein Schaudern. Sie hasste Feuer.

Angst zog sich in ihrer Brust zusammen wie eine geschlossene Faust. Das gleiche Gefühl der Vorahnung hatte sie vor jeder Unterbringung in einer Pflegefamilie oder einer Wohngruppe verspürt.

Und sie hatte es während ihrer Jahre in der Kommune oft erlebt – jedes Mal, wenn sie in den Raum der Barmherzigkeit gezwungen wurde, wo die einzige Barmherzigkeit, die sie je erfahren hatte, die Erleichterung der Bewusstlosigkeit gewesen war.

Ihre Haut kribbelte bei der Erinnerung daran. Ein Phantomschmerz strahlte eine pochende Hitze von den alten Verbrennungen auf ihrem Rücken aus. Sie konnte die Narben nicht sehen, aber sie vergaß nicht einen einzigen Augenblick lang, dass sie da waren.

»Dakota?«, fragte Julio de la Peña, der kubanische Barkeeper mittleren Alters. Er stand in der zertrümmerten Eingangstür des Walgreens und fuhr sich mit den Händen durch sein ergrautes schwarzes Haar. »Alles in Ordnung?«

Vor zwei Tagen war eine Atombombe in der Innenstadt Miamis explodiert, nur wenige Augenblicke nach der Detonation ähnlicher

Bomben in New York City und Washington, D.C. Dakota und ihre Begleiter hatten Glück gehabt und waren mit dem Leben davongekommen.

Nachdem sie sich zwei Tage lang in einem Kino verschanzt hatten, um dem schlimmsten radioaktiven Fallout zu entgehen, machten sie sich nun auf den Weg durch die Stadt, um Dakotas Schwester Eden zu retten und aus der Gefahrenzone zu verschwinden.

Dakota hob ihr Kinn. Man konnte der Zukunft mit Mut oder Feigheit entgegenblicken; sie kam so oder so auf einen zu. *Einfach atmen.* »Auf geht's.«

Sie deutete auf die feine Staubschicht, die den Parkplatz des Einkaufszentrums vor ihnen bedeckte, auf die Fahrzeuge, Einkaufswagen und Palmen. »Der größte Teil des Fallouts in der Luft ist verschwunden, aber wir müssen uns immer noch um die Strahlenbelastung durch den Groundshine sorgen.«

»Was ist das jetzt?«, fragte Julio.

»Nachdem die radioaktiven Partikel aus der Pilzwolke herabgefallen sind, landen sie auf dem Boden und vermischen sich mit Schmutz und Staub«, sagte Dakota. »Nicht nur auf dem Boden, sondern auf allen Oberflächen. Denkt daran, dass Strahlung unsichtbar ist. Man kann sie weder sehen noch fühlen.«

»Mit anderen Worten, nichts anfassen«, sagte Logan Garcia.

»So ziemlich.« Sie zeigte auf eine Straße am westlichen Ende des Parkplatzes. »Hier entlang.«

Obwohl es sich anfühlte, als wäre es ein ganzes Leben her und eine Galaxie entfernt, waren sie immer noch nur fünf Blocks vom Beer Shack in der Front Street entfernt, ein paar Kilometer vom Stadtzentrum Miamis. Nur für den Fall, dass sie jemals fliehen müssten, hatte sie sich die verschiedenen Routen zu Edens Haus sowohl von der Bar als auch von ihrer Wohnung aus eingeprägt.

»Wir können die 9th Street etwa zwei Kilometer nach Norden in Richtung Wynwood nehmen, dann fast einen Kilometer nach Westen gehen, bis wir den Bay Point Drive erreichen. Dann noch einen Kilometer, und es sind nur noch ein paar kleine Seitenstraßen bis Palm Cove. Meine Schwester wohnt am Bellview Court.«

»Palm Cove, hm?« Logan zog die Brauen hoch. »Nette Gegend.«

Julio sah sie seltsam an, seine Stirn war gerunzelt.

Sie wusste, dass er sich wunderte, dass sie darauf bestanden hatte, in bar unter der Hand bezahlt zu werden oder dass sie den eineinhalb Kilometer langen Weg zur und von der Arbeit zu Fuß zurücklegte, um Bus- und Taxikosten zu sparen. Dann war da noch ihre billige Kleidung aus Secondhandläden sowie das Fehlen von Kreditkarten, Bankkonten oder eines Führerscheins.

Und doch war ihre Schwester hier, in einer schicken Wohnanlage, in der jedes Haus einen nierenförmigen Pool mit Whirlpool und automatischem Wasserfall besaß. Mit gepflegtem Rasen, der selbst im Winter perfekt grün war. Mit Dienstmädchen und Landschaftsgärtnern, die sich um alles kümmerten.

»Es ist eine lange Geschichte«, murmelte sie.

Sie war ihnen keine Erklärung schuldig. Es ging sie nichts an. Nicht einmal Julio wusste, dass sie ein Pflegekind gewesen war. Und niemand außer Ezra Burrows wusste, woher sie und Eden gekommen waren.

Es war zu gefährlich.

Sie rückte die Umhängetasche und den Gurt des M4 zurecht und schritt auf den Parkplatz, wo sie sich zwischen Dutzenden von abgestellten und verlassenen Autos hindurchschlängelte, während die anderen ihr schweigend folgten.

Sie übernahm die Führung mit Logan an ihrer Seite, während Julio Shay half, direkt hinter ihnen zu humpeln. Shay würde sie aufhalten, aber manche Dinge ließen sich nicht ändern.

Selbst wenn sie das Tempo verlangsamten, sollten sie es noch rechtzeitig zu Eden schaffen und der Gefahrenzone entkommen.

Sie zwang sich, sich auf ihre Umgebung zu konzentrieren. In jedem Gebäude – egal ob Läden, Bürogebäude, Apartments und Eigentumswohnungen – klafften die zerstörten Fenster und Türen wie aufgerissene Münder.

Der Boden war mit Glasscherben und Trümmern übersät. Teile einiger Wände und Decken waren eingestürzt, aber die meisten waren noch vorhanden.

Die Bürgersteige waren zu gefährlich, also liefen sie mitten auf der Straße und schlängelten sich zwischen den Autos, Geländewagen, Lastwagen und Bussen hindurch.

Hunderte von Fahrzeugen verstopften die Straßen. Einige waren bei den Unfällen zermalmt worden oder waren umgestürzt, andere hatten nur verbeulte Kotflügel oder Motorhauben.

Wieder andere waren in einem tadellosen Zustand, ihre aufgerissenen Türen das einzige Zeichen dafür, dass etwas passiert war und die Besitzer um ihr Leben gelaufen waren.

Soweit sie sehen konnten, bewegte sich nirgendwo etwas: keine Menschen, keine Vögel oder Eichhörnchen. Nichts Lebendiges.

»Wo sind die ganzen Leute?«, flüsterte Julio.

»Diejenigen, die von der Explosion, den umherfliegenden Trümmern und den Autounfällen nicht allzu sehr verletzt wurden, müssen geflüchtet sein«, antwortete Dakota.

»Selbst bei Menschen, die einer hohen Strahlenbelastung ausgesetzt sind, treten die Symptome erst nach mehreren Tagen oder Wochen auf«, erklärte Shay Harris. »Außer in den schlimmsten Fällen, wie bei dem Mann im Kino.«

Shay zuckte zusammen und berührte den Verband, der um ihren Kopf gewickelt war. Vor weniger als einer Stunde war sie von dem ersten Überlebenden, dem sie begegnet waren, angeschossen worden. Er war ein Blood-Outlaw-Gangster, der sein neu ergattertes Revier verteidigte. Glücklicherweise hatte die Kugel ihren Schädel nur gestreift.

Ein noch glücklicherer Zufall war, dass Shay selbst Krankenpflege im dritten Jahr studierte und Dakota so durch ihre medizinische Versorgung hatte führen können. Schweißperlen standen auf ihrer braunen Haut. Ihre dicken, federnden Locken waren mit getrocknetem Blut verfilzt. Aber sie war wieder auf den Beinen, wenn auch mit Julios Hilfe.

»Wenn sie rechtzeitig medizinisch versorgt werden können, werden die meisten von ihnen durchkommen«, sagte Shay mit gezwungener Heiterkeit.

Dakota hatte ihre Zweifel, aber das behielt sie für sich.

Sie verfielen in ein angespanntes Schweigen.

Während sie gingen, betrachtete sie Logan aus dem Augenwinkel. Er war groß, schlank und muskulös. Ein paar seiner Tätowierungen lugten unter seinem neuen langärmeligen Shirt hervor. Obwohl er erst

Mitte zwanzig war, hatte er bereits ein abgehärtetes, verwittertes Aussehen. Seine dunklen Augen waren hart und wachsam – wenn er nicht betrunken war.

Er starrte geradeaus. Unter dem Schal, der die untere Hälfte seines Gesichts verdeckte, konnte sie seinen Gesichtsausdruck nicht erkennen, aber es war ihr auch egal. Sie war immer noch wütend auf ihn.

Das idiotische Gangmitglied hatte den M4 Carbine wie ein Spielzeug in der Luft geschwungen und Logan eine freie Schussbahn geliefert. Ein Schuss ins Gehirn hätte den Gangster wie einen Stein zu Boden fallen lassen.

Der Drecksack wäre tot, Shay würde es gutgehen. Und ohne diese Ablenkung wäre das zweite Gangmitglied nicht entkommen, um seinem Gangsterboss ihre Beschreibungen zu geben.

Nur weil Logan gezögert hatte.

Und weshalb?

Er war also doch kein Soldat. Was war er dann, außer einem Lügner, einem Säufer und einem ehemaligen Häftling? Und weswegen hatte er im Gefängnis gesessen?

War das wirklich wichtig? Jeder hatte Leichen im Keller, Lasten, von denen er nicht wollte, dass jemand anderes davon erfuhr. Sie hatte ihre eigenen Geheimnisse zu verbergen.

Aber ihre Geheimnisse gefährdeten die Gruppe nicht. Sie hatte das düstere, ungute Gefühl, dass Logans Geheimnisse es sehr wohl taten.

*Was war mit Maddox?*, mahnte eine Stimme in ihrem Hinterkopf. Sie schob sie beiseite. Wenn sie sie vor Maddox warnen würde, müsste sie ihnen die ganze schmutzige Geschichte erzählen, und das konnte sie nicht tun.

Die Scham und die Angst saßen zu tief. Allein der Gedanke, dass es jemand wissen könnte, erfüllte sie mit einem Anflug von hohlem Schrecken.

Falls Maddox auftauchte, konnte sie Logan einfach sagen, er sei ein Gangster und ihn erschießen lassen, bevor er ein Wort sagen konnte. Oder sie würde die Glock aus Logans Holster ziehen und es selbst tun. Das war die bessere Lösung.

Auf jeden Fall hatte sie die Situation unter Kontrolle.

Sie hasste es, sich auf andere und nicht nur auf sich selbst zu verlassen. Jeder in ihrem Leben hatte sie immer nur im Stich gelassen. Ihre Eltern hatten sie im Tod im Stich gelassen. Ihre Tante Ada hatte sich geweigert, sie vor den Strafen zu schützen, die von der Kommune verhängt wurden.

Maddox hatte ihr hundert Versprechungen gemacht, und sie war naiv genug gewesen, sie zu glauben.

Dann waren da noch die gleichgültigen Pflegeeltern und Leiter der Gruppenheime, die entweder grausam, inkompetent oder einfach zu überfordert waren, um die schrecklichen Dinge zu bemerken, die sich vor ihrer Nase abspielten.

Nur Ezra hatte sie nie im Stich gelassen.

Dakota war diejenige, die ihn im Stich gelassen hatte.

Wenn sie sich auf andere verließ, war sie angreifbar und verletzlich. Sie verachtete dieses unangenehme, unkontrollierbare Gefühl, diese panische Anspannung in ihrer Brust.

Sie griff nach dem M4. Sie würde ihren rechten Arm geben, um jetzt ein paar Magazine mit 5,56-Millimeter-Munition zu haben.

Die Welt ging zwar immer noch den Bach runter, aber wenigstens hätte sie so etwas wie Kontrolle.

Aber der M4 war ungeladen. Alles, was sie hatte, war ihr taktisches Messer. Und der Einzige, der eine geladene Waffe hatte, war dazu noch halb betrunken.

Zumindest wusste sie jetzt, dass sie ihm nicht über den Weg trauen konnte. Aber sie musste immer noch die Wahrheit aus ihm herausbekommen, um einzuschätzen, wie groß die Gefahr war, die er für die Gruppe im Allgemeinen und vor allem für ihre Ziele darstellte.

Je schneller sie ihn loswurde, desto besser. Sie verfluchte sich selbst dafür, dass sie im Kino nicht einfach seine Pistole gestohlen und sie alle zurückgelassen hatte.

Das wäre die klügere Lösung gewesen.

Aber jetzt war es zu spät. Sie konnte nur noch planen, wie es weitergehen sollte.

In ihrem Kopf ging sie den neuen Plan durch: Ihre Schwester retten; Shay in ein Krankenhaus außerhalb der Gefahrenzone bringen; nach Westen zum Tamiami Trail gehen, ohne von Maddox oder anderen verzweifelten Seelen belästigt zu werden; Logan abhängen; mit Eden zur Hütte gelangen.

Das war alles. Sie dachte nur an ihre unmittelbare Sicherheit.

Sobald sie bei Ezra waren – wo sie hingehörten – würde sie einen neuen Plan entwerfen. Einen für ihre Zukunft.

Dakota blieb plötzlich stehen. Ihr ganzer Körper versteifte sich. »Was ist das?«

# KAPITEL 46
## LOGAN

Logan bedauerte seine Entscheidung, das Kino verlassen zu haben, jetzt schon.

Die schwüle Hitze war fast unerträglich. Seine schweißnasse Kleidung klebte an seinem Körper, und die verbrannte Luft fühlte sich an, als würde sie ihn ersticken und ihm den Atem abschneiden.

Der allzu bekannte Durst brannte in seiner Kehle, schwirrte in seinem Kopf.

Die Welt war zu real, zu rau.

Er war viel zu nüchtern. Er musste diesen ganzen Horror wegspülen. Während er die Pistole in der rechten Hand hielt, zog er mit der linken Hand seinen Flachmann heraus und nahm mehrere Schlucke. Der billige Alkohol brannte den ganzen Weg hinunter in seinen Magen. Bei diesem Tempo würde er bald einen anderen Laden finden müssen, um seinen Vorrat aufzustocken.

Für Shay waren sie langsamer geworden. Julio legte seinen Arm um sie und half ihr, während Shay sich schwer auf ihn stützte. Trotzdem hinkten sie beide hinterher.

Sie waren ein ungleiches Paar – Shay war groß und gertenschlank, mindestens einen Meter fünfundsiebzig groß, ihre wilden Locken umrahmten ihre zarten Gesichtszüge, ihre satte braune Haut war schweißnass und trotz der Hitze und ihrer Kopfwunde war sie wunderschön. Julio hingegen war ein korpulenter Kubaner in den Fünfzigern, höchstens einen Meter achtzig groß, rotgesichtig und schnaufend.

»Tut mir leid«, keuchte Julio. Er drückte eine Hand auf seinen weichen, wogenden Bauch. »Ich verbringe meine Tage damit, Flaschen zu schleppen und exotische Drinks hinter einer Bar zu mixen. Ich bin für so etwas nicht geschaffen.«

»Ist keiner von uns«, sagte Dakota düster.

»Du tust dein Bestes«, ermutigte ihn Shay. »Du bist eine große Hilfe.«

Dakota drehte sich halb um und warf ihr einen gequälten Blick zu, aber Shay beachtete sie nicht.

Dakota schüttelte den Kopf und verlängerte ihre Schritte.

»Was ist das?«, fragte Dakota unvermittelt.

Sie ging auf einen kobaltblauen Ford Focus zu, der in einem scharfen Winkel über den Bordstein gefahren war und dessen Fahrer- und Beifahrertür weit aufgerissen waren. Der linke vordere Kotflügel und die Motorhaube waren teilweise eingedrückt.

Die Seite des Wagens war an mehreren Stellen zerkratzt und verbeult, als hätte der Fahrer versucht, sich einen Weg durch den Hindernisparcours der Straße zu bahnen und dabei andere Autos gerammt.

»Was siehst du?«, fragte Logan.

Sie beugte sich über die Windschutzscheibe und zeigte darauf. Das Sicherheitsglas war spinnennetzartig gesprungen, wie bei tausend anderen Autos auch, aber dieses war anders. Die Risse gingen von zwei Löchern aus, die die Windschutzscheibe auf der Fahrerseite durchbohrten.

»Einschusslöcher«, sagte Dakota, und sprach damit aus, was er bereits dachte.

Logans Puls beschleunigte sich, als er seine Glock zog und sich umdrehte, um die Umgebung nach möglichen Bedrohungen abzusuchen. Alles sah gleich aus. Nichts bewegte sich. Die Luft war heiß und still.

Zufrieden wandte er seine Aufmerksamkeit wieder dem Auto zu, behielt seine Waffe aber in der Hand.

»Da ist Blut«, sagte Dakota leise.

Logan spähte durch das Fenster auf der Fahrerseite. Das Glas war unversehrt. Die Autoschlüssel waren verschwunden. Und ein dunkler Fleck besudelte den hellbraunen Stoff des Fahrersitzes.

Selbst in der Hitze fröstelte er. »Es sieht so aus, als wäre dieses Auto *in die* Gefahrenzone gefahren. Sonst wäre das Glas durch die Schockwelle zersplittert, oder?«

Dakota richtete sich auf. »Richtig.«

Logans Blick fiel von dem dunklen Streifen an der Seite des Sitzes auf die Tropfen, die das Pflaster und den Bürgersteig befleckten. Sie führten in eine Seitengasse. Das Blut war trocken. Logan folgte ihnen nicht.

Dakota ging in die Hocke, ohne etwas zu berühren. »Und die Blutflecken befinden sich auf dem ganzen Staub und Schutt. Das ist definitiv danach passiert.«

»Wer würde so etwas tun?«, fragte Julio, dessen gebräuntes Gesicht blass wurde.

»Die Leute hätten um ihr Leben rennen müssen, anstatt aufeinander zu schießen.«

Dakota und Logan tauschten einen ernsten Blick aus. Sie dachten beide das Gleiche. »Vielleicht ein missglückter Raubüberfall«, sagte er. »Oder ein Revierkampf.«

»Dieser Blood-Outlaw-Schläger sagte, dass sie versuchen, Miami zu übernehmen«, sagte Shay und knabberte nervös an ihrem Daumennagel. »Könnte das diese Gang gewesen sein?«

»Schon möglich«, sagte Logan.

»Wir müssen wachsam bleiben.« Dakota sah Logan mit zusammengekniffenen Augen an. »Wir alle.«

Sie setzten ihren Weg fort, alle ängstlich und wachsam. Niemand wollte eine Wiederholung der Geschehnisse in dem Old-Navy-Laden, am allerwenigsten Logan.

Ein paar Minuten später trat Dakota neben Logan und hielt mit weiß gewordenen Knöcheln den Schaft des M4 fest. Sie beäugte ihn misstrauisch. »Wir müssen uns noch unterhalten.«

»Muss das sein?«

Ihre Gesichtszüge waren voller Anspannung. Ihr langes, kastanienbraunes gewelltes Haar war zu einem unordentlichen Pferdeschwanz zurückgebunden, und die feuchten Haarsträhnen klebten ihr an der Stirn. »Es gibt etwas, das du mir verheimlichst. Und das macht dich zu einem Risiko für die ganze Gruppe.«

»Nichts, was dich etwas angeht.«

Sie blickte zu Julio und Shay hinter ihnen und senkte ihre Stimme. »Warst du im Gefängnis, weil du jemanden ermordet hast?«

Gereiztheit kribbelte unter seiner Haut. »Gleiche Antwort wie gerade eben.«

Sie warf ihm einen bissigen Blick zu. »Du bist nicht beim Militär, aber du bist *etwas*.«

»Ich bin verwirrt. Willst du, dass ich ein Killer bin oder willst du es nicht? Denn ich glaube, im Laden eben sah das anders aus.«

Er spürte, wie ihre Augen auf ihn gerichtet waren, wie sie sich mit ihrer Intensität in ihn bohrten.

»Jemanden zu töten, macht dich nicht zu einem bösen Menschen. Es kommt darauf an, wer und warum.«

Er sagte nichts, verlängerte nur seine Schritte und ging schneller.

Er verdrängte seine Verärgerung und schaute sich um, wobei sein Blick ständig umherschweifte, die beschädigten Gebäude zu beiden Seiten und die Straße vor ihm absuchte, die Autos überprüfte und auf Bewegungen, auf Gefahren achtete.

Er würde sich nicht noch einmal überrumpeln lassen.

»Warum warst du im Gefängnis?«

Er seufzte. Sie würde nicht aufhören, bis er etwas preisgab.

»Nicht wegen Mord. Und nicht wegen Vergewaltigung. Nichts dergleichen.«

Er war wegen Körperverletzung verurteilt worden. Eine sechsjährige Haftstrafe, die er dank guter Führung nach drei Jahren hatte absitzen können. Er war jetzt seit über einem Jahr aus dem Knast raus.

Mit den Morden war er davongekommen, ob es ihm gefiel oder nicht.

Er spähte in das schattige Innere eines Friseursalons. Zerbrochene Spiegel, demolierte Stühle. Die rot-weiß gestreifte Säule vor dem Geschäft sah aus wie eine halb geschmolzene Zuckerstange.

Er spürte ihren Blick auf sich, ihre Augen verengten sich.

»Ob du mir glaubst oder nicht, ist mir ziemlich egal«, murmelte er vor sich hin.

»Du hast den Kerl nicht umgebracht, als du die Chance dazu hattest«, sagte sie. »War das deshalb, weil du einen moralischen Kompass hast? Du siehst so hart aus, aber innerlich bist du ein erbärmlicher Feigling? Oder warst du einfach nur betrunken?«

Er weigerte sich, darauf zu reagieren, wollte ihr zeigen, dass sie ihm nicht unter die Haut ging. »Du bist nicht zimperlich, oder?«

»Das kann ich mir nicht leisten. Und du kannst es auch nicht. Nicht mehr.«

Er zuckte mit den Schultern. »Ich versuche, so viel Zeit wie möglich auf dem Grund der Flasche zu verbringen. Die komplexen Zusammenhänge des Lebens zu analysieren, ist nicht gerade meine Stärke.«

»Jeder hat einen Code. Eine Grenze. Ich weiß, wo meine verläuft. Die Frage ist nur, wie es bei dir aussieht.«

Eine scharfe Bitterkeit quoll auf seiner Zunge auf. Er schluckte sie mit einem kräftigen Schluck Whiskey hinunter. »Die Dinge sind nicht immer nur schwarz und weiß.«

»Manchmal sind sie es. Also? In welche Richtung zeigt dein Kompass?«

»Ich versuche immer noch, das herauszufinden.« Zumindest das war die Wahrheit.

Sie kamen an einer Grundschule vorbei, bei der alle Fenster zerstört waren, aber das Dach intakt war. Der Spielplatz war leer, der Parkplatz zur Hälfte mit den Autos der Lehrer gefüllt. Die Besitzer dieser Autos mussten alles stehen und liegen gelassen haben und zu Fuß geflohen sein.

Es waren noch Sommerferien, aber das Schild vor der Schule kündigte die Sommerschule an. Er versuchte, nicht an die Kinder zu denken, wie sich das Glas wie ein Messer in sie hineingebohrt haben musste …

Offensichtlich war er nicht betrunken genug. Er nahm einen weiteren langen, brennenden Schluck.

»Shay wäre heute fast gestorben«, sagte Dakota.

Er versteifte sich. Irgendwo in ihm stieg Bedauern auf. Er verdrängte es. »Ich bin mir dessen sehr wohl bewusst«, sagte er scharf.

Sie strich sich eine Strähne ihres langen Haares hinter die Ohren. »Ich wollte nur sichergehen.«

»Worauf genau willst du hinaus?«

Sie deutete mit dem Daumen auf die anderen, die einige Meter hinter ihnen her stolperten. »Shay und Julio? Sie fangen gerade erst an, es zu begreifen. Und die Leute da draußen? Die Hälfte von denen, die noch leben, sitzen herum und warten darauf, dass die Regierung kommt und sie rettet.

Ich weiß, dass du verstehst, was hier passiert ist. Was auch immer du sonst noch bist, du bist auch jemand, der weiß, wie man überlebt. Ich habe es in deinen Augen gesehen. Dessen bin ich mir sicher.

Wer auch immer diese Einschusslöcher in dem Auto hinterlassen hat, ist immer noch da draußen. Zumindest ein paar der Blood-Outlaw-Schläger scheinen sich nicht um die Strahlung zu kümmern oder sie nicht zu verstehen. Sie werden krank sein, vor Schmerzen und Verwirrung den Verstand verlieren und noch gefährlicher werden, als sie ohnehin schon sind.

Wenn sie herausfinden, dass wir einen von ihnen getötet haben, werden wir Zielscheiben sein. Und es sind nicht nur die Gangs. Verzweifelte Menschen sind bereit für das, was sie brauchen, zu stehlen und zu kämpfen. Ich muss also wissen, ob wir hier gemeinsam unterwegs sind.«

Die Worte schmeckten wie Asche auf seiner Zunge. »Ich bin mit niemandem unterwegs.«

Sie schnaubte. »Dann zieh alleine davon. Mir ist es egal. Aber als Gruppe haben wir eine bessere Chance, und das weißt du auch. Ich will nur wissen, wenn es hart auf hart kommt, wirst du mir dann den Rücken stärken? Kann ich mich auf dich verlassen?«

Schuldgefühle stachen ihn unterhalb seines Brustbeins. Sie hatte recht, sosehr er es auch hasste.

Er hatte Feiglinge, die nicht den Mut hatten, dem Leben ins Gesicht zu sehen, schon immer verachtet.

Was sollte er jetzt tun? Was hatte er in den letzten vier Jahren gemacht? Er war aus dem Knast raus, aber er lebte so, als wäre er immer noch inhaftiert, als würde er die Zeit totschlagen, bis seine Zeit abgelaufen war.

Alles, um die Dunkelheit tief im Inneren zu halten.

»Mach dir keine Sorgen um mich«, knurrte er und meinte es auch so. »Ich schaffe das schon.«

Sie gingen in angespannter Stille weiter. Einige Blocks später sahen sie die ersten Leichen.

# KAPITEL 47
## EDEN

Eden erwachte mit einem röchelnden Atemzug.

Sie setzte sich schnell auf, umgeben von völliger Dunkelheit, ihr Herz schlug mit rasenden Flügeln gegen ihren Brustkorb. Der Albtraum kratzte noch immer an ihrem Verstand, die Angst ließ ihren Körper erzittern.

Sie blinzelte heftig, aber die Dunkelheit verflüchtigte sich nicht.

Verzweifelt streckte sie ihre Hände aus, fühlte die kühlen Keramikwände der Wanne, den weichen Stoff der Kissen unter ihr, das gerollte, raue Handtuch, das ihr als Kopfkissen diente.

Erst langsam und dann ganz plötzlich war alles wieder da. Dakotas Warnung per SMS.

Der Lichtblitz, die Erschütterung. Dann die Dunkelheit und das Warten.

Sie presste ihre Faust gegen die Lippen und unterdrückte den erstickten Schrei, der ohnehin nicht kommen würde.

Sie wusste nicht, was schlimmer war: die Realität oder der Albtraum.

Der Albtraum war immer derselbe: Sie wateten durch den Sumpf, Dakota zerrte an ihrem Arm und versuchte, sie in Sicherheit zu bringen, während die riesigen Baumstämme am Ufer, die keine Baumstämme waren, ins Wasser rutschten und auf sie zuglitten.

Und dann klafften die Kiefer eines Monsters auf, als es sich auf sie stürzte und sie mit rasiermesserscharfen Zähnen packte und sie unter die Oberfläche zerrte, wo sie nicht atmen, nicht schreien, keinen Laut von sich geben konnte.

Angst krabbelte wie Spinnen über ihre Haut.

Sie zitterte und verdrängte die Überbleibsel des Albtraums, zwang sich, sich auf das Hier und Jetzt zu konzentrieren – und auf ihren leeren Bauch.

Ihr Magen verkrampfte und verknotete sich. Übelkeit machte sich in ihr breit, Säure brannte in ihrer Kehle. Seit über zwei Tagen war sie nun schon in der Dunkelheit gefangen. Sie hatte keine Nahrung, kein Licht, keine Möglichkeit, mit der Außenwelt zu kommunizieren – nicht einmal eine Stimme, um nach Hilfe zu rufen.

Immer wieder hatte sie der Versuchung widerstanden, die Tür zu öffnen und auf Zehenspitzen in die Küche zu schleichen, um eine Schachtel Cornflakes oder eine Handvoll Müsliriegel aus der Speisekammer zu holen.

Vor der Badezimmertür herrschte Strahlung. Die verheerenden Auswirkungen der Bombe. Sie wusste nicht, wie schlimm es war.

Wie lange konnte sie warten? Wie lange brauchte der menschliche Körper, um sich selbst zu verzehren? Würde sie in ihrem eigenen Badezimmer verhungern?

Sie hatte tausend Fragen, aber keine einzige Antwort. Ihr trockener, rauer Mund schmerzte vor Durst.

Wenigstens hatte sie Zugang zu Wasser.

Sie erhob sich unsicher aus der Wanne, kämpfte gegen eine Welle von Schwindelgefühl an und stieg vorsichtig hinaus.

In den letzten zwei Tagen hatte sie sich mindestens vierzig Mal im Dunkeln entlang getastet, vom Badewannenrand zum Toilettensitz, und sich am Waschbecken festgehalten.

Jedes Mal hatte sie sich kühles Wasser in den Mund geschöpft und gebetet, dass sie sich nicht aus Versehen vergiftete.

Aber dieses Mal nicht.

Das Wasser, mit dem sie das Waschbecken gefüllt hatte, war weg. Während sie geschlafen hatte, war das Waschbecken leergelaufen.

Enttäuscht sog sie den Atem ein und kämpfte gegen ein verzweifeltes Schluchzen an.

Sie drehte den Griff für das kalte Wasser auf und hielt ihre Hand schalenförmig unter dem Wasserhahn. Nur ein paar Tropfen plätscherten gegen das Granitbecken, bevor sie sie auffangen konnte.

Sie drehte den Hahn für das heiße Wasser. Immer noch nichts.

Sie hätte auch die Wanne mit Wasser füllen sollen. Aber als die erste Explosion das Haus erschüttert hatte, hatte sie sich darin versteckt und sich zum Schutz das Kissen über den Kopf gezogen. Voller Schrecken hatte sie stundenlang nicht gewagt, sich zu bewegen.

Jetzt schoss neue Panik durch sie hindurch. Hilflose Tränen brannten ihr in den Augen. Sie öffnete den Mund, aber es kam kein Ton heraus.

Eden klopfte wütend gegen den Wasserhahn, plötzlich verärgert darüber, dass er sie so völlig im Stich ließ.

Ihre Fäuste prallten gegen das kühle Metall. Ein Schlag ging daneben, und ihre Hand streifte die scharfe Kante des Wasserhahns und schlug auf die Granitplatte.

Der Schmerz fuhr ihr in die Knöchel und schnitt ihr in die Handfläche.

Sie drückte ihre Hand an ihre verkrampfte Brust und stand in der Dunkelheit umgeben von Stille völlig allein.

Schluchzer krallten sich in ihrer Kehle fest. Sie atmete flach und ängstlich, während sie gegen die Panik ankämpfte, die sie ganz zu verschlingen drohte.

Kein Wasser.

Ohne konnte sie nicht überleben, soviel wusste sie. Was sollte sie jetzt tun?

# KAPITEL 48
## MADDOX

Die Asche fiel weiter vom Himmel. Vielleicht wurde sie auch vom Wind getragen und wehte von einem wütenden Feuer zum nächsten. Es war schwer zu sagen.

Sie sammelte sich in Maddox Cages Wimpern, sammelte sich auf seinem Kopf und seinen Schultern. Sie war nicht wie die feinkörnigen Partikel, die den Boden, die Autos, die Straße, alles, was er erblicken konnte, bedeckten.

Er wusste, dass das Zeug gefährlich war und tödliche Strahlung enthielt. Er berührte es so wenig wie möglich, aber er konnte nichts dagegen tun.

Er streckte fast seine Zunge heraus, die Asche wirbelte verlockend wie Flocken aus reinem Schnee.

Aber diese Asche war alles andere als rein.

Wenn er es wagte, davon zu kosten, würde die Asche seine Lippen versengen und seine Kehle verbrennen.

Auch dies war Teil des Endgerichts.

Er saß schon seit Stunden zusammengekauert und mit dem Rücken an eine Parkuhr gelehnt auf dem Bürgersteig, während er immer wieder das Bewusstsein verlor. Allmählich ließ der stechende Schmerz in seinem Kopf nach. Der Schmerz in seinen geprellten

Rippen verblasste. Sein Magen tat weh, Übelkeit schwappte in Wellen durch seinen Bauch, aber er ignorierte sie.

Als er zu der Asche hinaufstarrte, wurde sein Geist endlich klar.

Er erinnerte sich daran, wer er war und woher er kam. Er verstand alles, was geschah, und warum.

Die heiligen Worte des Propheten hatten sich bewahrheitet. Die Hirten der Barmherzigkeit, darunter sein Vater, hatten recht behalten. Sie hatten immer recht gehabt.

Er machte sich keine Sorgen um das Wohlergehen seines Vaters oder seines Cousins Reuben. Sein Vater war in der Kommune, weit weg von der Explosion. Auch Reuben würde verschont bleiben.

Aber Reuben hatte es gewusst, nicht wahr? Als Sohn des Propheten und einer der auserwählten Hirten hatte er von der Bombe gewusst, so wie er auch wusste, dass Maddox in Miami war.

Reuben hatte Maddox gewarnt, doch die Warnung war nicht rechtzeitig gekommen.

Hatte sein Vater gewusst, was kommen würde und wann? Der Prophet hatte es sicherlich gewusst.

Hatten sie ihn trotzdem in die Gefahrenzone geschickt, um die Mädchen zu holen? Hatten sie gewollt, dass er scheiterte? War das der Plan seines Vaters, ihn loszuwerden?

Ein Wutausbruch stieg in ihm auf, brannte hell und schmerzhaft in seiner Brust. Er unterdrückte ihn schnell wieder.

War das wirklich wichtig?

Was auch immer er erleiden musste, er würde es ertragen. Was auch immer seine Pflicht war, er würde sie ohne Skrupel oder Fragen erfüllen.

Die Folgen des Abirrens vom Weg waren schwerwiegend. Maddox hatte die Narben, die das bewiesen.

Nur durch Leiden gelangte man zur Reinheit, zum Gehorsam. Selbstsucht, Arroganz und Stolz mussten sterben. Bestrafung war notwendig.

Das Land war verseucht. Infiziert. Erkrankt mit einem Krebsgeschwür, das nur durch brutales Herausschneiden beseitigt werden konnte.

Um etwas zu retten, musste man es manchmal zerstören.

Nur aus der Asche konnte etwas Neues und Reines entstehen. Die Hirten würden die Auserwählten in die Wahrheit – auf den Weg – führen. Nur dann würde Gott das Land segnen und es zu Fülle und Wohlstand bringen, zu einem neuen Eden auf Erden.

Die Hirten waren von Gott selbst auserwählt – Engel in Menschengestalt, die dazu bestimmt waren, die Hände und Füße des Herrn zu sein, um in seinem Namen Recht zu sprechen.

Sie würden die neue Erde erschaffen. Sie würden das Paradies schaffen, das Gott vorgesehen hatte. Das war die heilige Mission der Hirten.

Maddox selbst war nicht als Hirte ausgewählt worden. Er hatte es nicht verdient, auserwählt zu werden.

Dakota und Eden waren seinetwegen geflohen. Nicht nur einmal, sondern zweimal. Er hatte seinen Vater enttäuscht, den Propheten enttäuscht.

Er wusste, was sie sagen würden, sah den starren Kiefer und den wütenden, funkelnden Blick seines Vaters vor seinem geistigen Auge.

Wenn man ihm schon keine kleine Aufgaben anvertrauen konnte, wie konnte man ihm dann die Ausführung des Urteils anvertrauen?

Früher hätte Maddox vor Wut und Bitterkeit gebrannt.

Er war immer der zweitliebste Sohn gewesen, das schwarze Schaf, der Undisziplinierte, die Enttäuschung. Sein Vater hatte ihm das jeden Tag seines Lebens klargemacht. Der verlorene Sohn, so hatte ihn sein Vater genannt. *Lieber lasse ich dich in einem Schweinestall verrotten, als meinen Namen zu tragen,* hatte der Mann einmal zu ihm gesagt. *Dein Bruder wird derjenige sein, der an meiner Seite steht. Und du? Wo wirst du sein?*

Maddox erschauderte bei der Erinnerung daran. Er hatte seinen Bruder dafür gehasst, dass er ihm seinen rechtmäßigen Platz als Erstgeborener streitig gemacht hatte. Verachtete ihn für seine Perfektion, den unbedingten Gehorsam, den Glauben und die Hingabe, die ihm so leicht und Maddox so schwerfielen.

Aber sein Bruder war jetzt nicht mehr da. Jacob war tot. Es gab keine Möglichkeit, ihn zurückzubringen.

Und Maddox hatte dazugelernt. Er würde besser sein. Er war

würdig, und er würde es ihnen allen beweisen. Aber vor allem würde er es seinem Vater beweisen.

Er war nicht wütend. Er war nicht eifersüchtig oder rachsüchtig. Er war entschlossen, zielstrebig, unerschütterlich.

Maddox erhob sich und lief los.

Jetzt wusste er mehr denn je, dass er treu bleiben musste. Der Prophet kannte den Willen Gottes. Und sein Vater, Solomon Cage, war der Bruder des Propheten.

Der Prophet wollte die Mädchen. Sein Vater wollte die Mädchen.

Die Aufgabe war Maddox übertragen worden. Sein Auftrag hatte sich nicht geändert. Der Wille Gottes hatte sich nicht geändert.

Er konnte nicht zulassen, dass Dakota Sloane ihrem Urteil entkam. Er muss Eden holen und sie nach Hause bringen.

Sobald er das getan hatte, würde er mit offenen Armen wieder aufgenommen werden. Die Hirten waren barmherzig und vergebend.

Sein Rücken trug die Narben ihrer Barmherzigkeit.

Vielleicht könnte er sich noch einen Platz bei den Hirten der Barmherzigkeit verdienen. Er könnte immer noch einer von ihnen sein, könnte dem Propheten immer noch Ehre bringen.

Vor allem aber konnte er seinen Vater immer noch stolz machen. Es war noch nicht alles verloren.

Mit neuer Zielstrebigkeit kletterte Maddox auf einen Schutthaufen und hockte sich vor ein Straßenschild, das halb unter dem Betonschutt vergraben war. North Miami Avenue.

Er kannte diese Straße. Er konnte ihr fast bis zu seinem Ziel nach Norden folgen.

Das Handy in seiner Tasche war ein toter Metallklotz, unbrauchbar, aber er hatte sich die Adresse gemerkt, die sein Vater ihm gegeben hatte.

Vor der Explosion hatte er sich das Haus auf Google Earth angesehen und es so genau wie möglich angepeilt.

Sein Ziel war ein großes, stattliches, hellbraunes Stuckhaus mit einem glitzernden Pool und einer weitläufigen Veranda, mit puderblauen Fensterläden an der Vorderseite und einem gepflegten Garten mit Elefantenpalmen und einem einzelnen leuchtend rosa Flamingo im

Mulch – wahrscheinlich ein Zugeständnis an das Mädchen, das die Besitzer als ihr eigenes aufgenommen hatten.

Das Mädchen, das nicht zu ihnen gehörte.

Er war weniger als sechs Kilometer entfernt – weniger als sechs Kilometer davon entfernt, seinen Auftrag zu erfüllen.

Er ging an Scharen von Elenden vorbei, die um Hilfe, um Erlösung bettelten. Er hielt nicht für sie an. Er hatte kein Quäntchen Barmherzigkeit für sie übrig.

Diese gequälten Seelen waren nicht zu erlösen.

Er wusste, wie er seine eigene Erlösung finden konnte.

Er war verletzt, angeschlagen, geplagt von Hunger, Durst und Erschöpfung. Sein Magen knurrte, die Kopfschmerzen kehrten zurück. Aber das spielte keine Rolle.

Schmerzen waren ihm nicht fremd.

Maddox taumelte weiter.

# KAPITEL 49
# DAKOTA

Der Schal verhinderte nicht, dass der faulige, abstoßende Gestank Dakotas Nasenlöcher füllte. Sie konnte ihn auf ihrer Zunge schmecken. Ihre Augen tränten. Sie versuchte, nicht zu würgen. Übelkeit durchflutete ihren Magen.

Vor einem silbernen Toyota Highlander lagen eine Frau und ein blutüberströmter Mann zusammengesunken mitten auf der Straße. Die Motorhaube, der Kühlergrill und die vordere Stoßstange waren ein zerknittertes Wrack aus verbogenem Metall. Überall schwirrten Fliegen herum, und der Gestank von Tod und Verwesung hing schwer in der Luft.

Shay und Julio husteten und hielten sich den Mund zu.

»Gott möge ihnen helfen«, sagte Julio.

»Ihnen ist nicht mehr zu helfen«, sagte Dakota.

»Aber ihren Seelen. Wir können weiter für ihre Seelen beten.«

Dakota starrte die Leichen an, ohne zu blinzeln. Sie wollte sich abwenden, sich vor dem Anblick verstecken, aber sie weigerte sich.

Diese Menschen waren bei der gleichen Explosion gestorben, der sie zum Glück entkommen war. Das Mindeste, was sie tun konnte, war, den Toten ihren Respekt zu erweisen, indem sie Zeugin wurde.

Es war irgendwie von Bedeutung. Daran glaubte sie mit jeder Faser ihres Wesens.

Sie stapften weiter.

Während sie ging, blendete Dakota die Hässlichkeit um sie herum aus und konzentrierte sich in Gedanken auf die kleine, gemütliche Hütte, die gut geschützt mitten im Sumpf lag, und stellte sich vor, wie sie und Eden an dem vernarbten Holztisch saßen. Warm, glücklich und sicher.

Wie sehr sie diesen Ort vermisste.

Es spielte keine Rolle, dass die Hütte weder groß noch schick war. Oder dass es keinen Fernseher oder gar eine Mikrowelle gab. Nicht einmal, dass sie ihr eigenes Feuerholz hacken und ihr Essen selbst anbauen und kochen mussten.

Sie erinnerte sich an das mürrische Gesicht des alten Ezra, an sein schroffes Lächeln, an seinen finsteren Blick, wenn er sich auf seine Waffen oder sein Funkgerät konzentrierte, oder wenn er sie in der Kunst des Überlebens unterwies.

Sie konzentrierte sich auf die Erinnerungen, um die Angst und das Grauen zu verdrängen, die in ihrem Nacken kribbelten. In der ersten Nacht hatte sie auch Angst gehabt, kalte Angst vor dem verrückten alten Überlebenskünstler, den Maddox und Jacob ihr beigebracht hatten zu fürchten.

Ezra Burrows war kein netter Mann, aber er war auch nicht unfreundlich. Er war nicht grausam, aber er war auch nicht harmlos. Er war sehr gefährlich.

In der Nacht, in der sie und Eden aus der Kommune geflohen waren, hatten sie das Sumpfboot gestohlen und waren auf Ezras Privatgrundstück gestoßen.

Hungrig und am Verdursten – mit Eden, die stark aus der Wunde an ihrem Hals blutete – war Dakota verzweifelt genug gewesen, um eine Dummheit zu begehen.

Sie nahm an, dass der alte Mann ein Versteck mit Vorräten hatte, in das sie einbrechen konnten. Etwas Essen und Wasser holen, vielleicht etwas für Edens Hals, bevor sie den Rest des Weges in die Stadt zurücklegen.

Bevor sie ihr den Schlüssel für das Außentor gegeben hatte, hatte Schwester Rosemarie ihr ein Bündel Bargeld in die Hand gedrückt – fast tausend Dollar.

Dakota konnte ein günstiges Hotel für sie finden und sich dann überlegen, wie es weitergehen sollte. Sie hatte einen vagen Plan, zu Fuß oder per Anhalter nach Everglades City zu gelangen. Dann wollte sie ein Münztelefon finden und ihren einzigen lebenden Verwandten anrufen, einen Großvater väterlicherseits irgendwo in Kentucky.

Seit der Beerdigung ihrer Eltern vor fast sieben Jahren hatte sie nichts mehr von ihm gehört oder gesehen. Nach dem Tod ihrer Eltern hatte ihre entfremdete Tante mütterlicherseits zähneknirschend das Sorgerecht für sie übernommen, und das war's.

Dakota verließ die Kommune kaum, und schon gar nicht, um heidnische Familienmitglieder zu besuchen. Der Prophet lehrte, dass Einflüsse von außen zur Verruchtheit führten. Und Dakotas Tante glaubte jedes Wort, das er sprach.

Tante Ada war eine strenge, mürrische Frau, deren religiöse Inbrunst nur noch von ihrer Verehrung des Propheten und seinen ernsten, unheilvollen Prophezeiungen übertroffen wurde.

Sie liebte jeden Aspekt des Lebens in der Kommune und setzte Gottesfurcht mit zermürbender körperlicher Arbeit gleich. Je härter man arbeitete, desto weniger war man zur Sünde verleitet.

Bei Dakota war diese Rechnung nicht aufgegangen.

Dakota zögerte am Rande des Grundstücks, damit sich ihre Augen weiter an die Nacht, die Dunkelheit und den Sumpf in ihrem Rücken gewöhnen konnten. Es gab keine Bäume oder gar Sträucher, hinter denen sie sich hätte verstecken können.

Im Umkreis von vier Hektar um das Haupthaus war das gesamte Gebiet bis auf drei kleinere Gebäude gerodet worden, wahrscheinlich aus genau dem Grund, aus dem sie die Sträucher nun gebraucht hätte: Sichtschutz.

Maddox hatte gesagt, der Besitzer sei ein paranoider alter Narr. Wahrscheinlich würde er sie sofort erschießen. Sie straffte die Schultern, ihr Körper spannte sich an, beinahe erwartete sie einen Schuss in die Wirbelsäule.

Das hier war ein Fehler.

Aber ihre Kehle brannte vor Durst. Schwindel flutete in Wellen durch sie hindurch.

Eden gab tiefe, abgehackte Laute von sich, die mehr nach einem verwundeten Tier als nach einem Menschen klangen.

Ein Schauer lief ihr über den Rücken. Irgendetwas stimmte nicht. Eden brauchte nur ein wenig Essen und Wasser. Dann wäre sie in Ordnung. Es musste ihr gut gehen.

Dakota weigerte sich, eine andere Alternative zu akzeptieren. Wenn Eden etwas zustoßen würde, wäre es Dakotas Schuld.

»Wir werden wie wild zu diesem Schuppen rennen, um Schutz zu suchen. Wenn wir dort nichts finden, werden wir es im Haus versuchen.«

Das war eine schreckliche Idee. Sie war klug genug, um das zu wissen.

Es war gefährlich, hinten herumzuschleichen und zu versuchen, in das Haus einzubrechen.

Noch gefährlicher wäre es, direkt zur Haustür zu gehen und um Gnade zu bitten. Der alte Mann würde sie eher den Hirten der Kommune ausliefern – oder sie erschießen – als sie wegzuschicken.

Nein. Sie konnten nicht zulassen, dass sie entdeckt wurden.

Die einzige Bedrohung, die noch schlimmer war, als erschossen zu werden, war die Rückkehr in die Kommune.

Dakota würde lieber sterben.

Mit diesem düsteren Gedanken ergriff sie Edens Arm und zog sie fester über ihre Schulter. Sie zuckte gegen den Schmerz an, der ihren Rücken durchzog.

Die neue Brandwunde – ein Stück verbranntes Fleisch – brannte qualvoll auf, als Edens Gewicht dagegen rieb. Tränen schossen ihr in die Augen. Sie blinzelte sie weg.

Sie suchte den Hof ein letztes Mal ab und betrachtete sorgfältig das wuchernde Gras und Unkraut im Schatten des Mondes.

Würde ein paranoider Verrückter wirklich Sprengfallen in seinem eigenen Garten aufstellen? Sie wusste es nicht, und sie wollte es auch nicht herausfinden.

Eine Unregelmäßigkeit fiel ihr ins Auge. Einige der Grashalme waren abgebrochen, leicht zertrampelt. Nicht stark, man sah es nur, wenn man genau hinschaute.

Sie konnte kaum die schwache, schattenhafte Linie zwischen dem Schuppen und dem Zaun erkennen, an dem sie stand.

Paranoid oder nicht, es war die sicherste Option. Mit gegen den Schmerz zusammengebissenen Zähnen, der ihren oberen Rücken durchzuckte, rannte sie zum Schuppen. Sie schleppte Edens beträchtliches Gewicht, während sich schienbeinhohes Unkraut in ihrem Kleid verfing und ihre Beine zerkratzte.

Eine Eule heulte in der Nähe. Bei einer Explosion von Flügeln bekam sie fast einen Herzinfarkt, kurz bevor ein gefiederter Körper in einem Windstoß über ihren Kopf hinwegflog.

Sie duckte sich mit einem erschrockenen Keuchen.

Ihr Herz klopfte so laut in ihrer Brust, dass sie eine Herde angreifender Wildschweine nicht gehört hätte.

Eden stöhnte.

»Fast da«, flüsterte sie.

Als sie noch fünfzig Meter entfernt waren, ging ein helles Licht an, das den Hof in ein grelles, weißes Licht tauchte. Bewegungsmelder.

Schweiß trat ihr auf die Stirn und sammelte sich unter ihren Achseln. Jedes Haar auf ihren Armen und in ihrem Nacken stand ihr zu Berge.

Sollten sie umkehren? Nein, dafür war es jetzt zu spät. Entweder waren sie entdeckt worden oder nicht.

Sie brauchten Vorräte. Sie waren verzweifelt. Sie hatte keine Wahl. Sie fühlte sich verletzlich und ausgeliefert und beschleunigte ihr Tempo, humpelte mit Eden, zu verängstigt, um zu atmen, bis sie die Westseite des Schuppens erreichten.

Aus der Nähe betrachtet war er viel größer, als sie gedacht hatte. Zwei Stockwerke aus Wellblech mit vier kleinen, quadratischen Fenstern und einer Reihe von Metalltüren, deren Griffe mit Ketten und einem Vorhängeschloss verschlossen waren.

Die Fenster waren hoch und zu klein, als dass ein Körper hindurchgepasst hätte.

Vorsichtig ließ sie Eden ins Gras sinken. Ihre Schwester sackte gegen die Wand, kaum bei Bewusstsein.

Als das Licht des Bewegungsmelders auf sie herabstrahlte, legte

Dakota die Hände zusammen und spähte durch das kleine Fenster. Sie erhaschte einen schemenhaften Blick auf die Wände aus Schlackensteinen, die mit Regalen gesäumt waren, in denen Behälter, Dosen und Säcke mit Lebensmitteln, Wasser und anderen Vorräten ordentlich gestapelt waren.

Genau wie Maddox und Jacob gesagt hatten.

Sie tastete im Unkraut nach einem Stein und fand einen, der so groß war wie ihre Faust und schleuderte ihn gegen die Lampe über ihrem Kopf. Er traf sie mit einem dumpfen Schlag.

Das Licht zerbrach nicht. Es war bruchsicher.

Sie fluchte und blickte zum Dach hinauf. Ein kleines rotes Licht leuchtete ihr aus einem schwarzen Gerät entgegen, das an der Traufe neben der Lampe befestigt war.

Eine Kamera.

# KAPITEL 50
# DAKOTA

Dakota zuckte vor Schreck zusammen. Es fühlte sich an, wie in einen stromführenden Draht zu beißen.

Sie versteifte sich in Erwartung des schrillen Alarms, des wilden Gebells der Wachhunde mit gebleckten Lefzen, die bereit waren, sie in Stücke zu reißen, und des verräterischen Klicks eines gespannten Gewehrs.

Die Sekunden wurden zu einer Minute. Nichts geschah.

Vielleicht war er nicht zu Hause. Oder vielleicht war seine kleine Festung nicht so gut verteidigt, wie alle in der Kommune glaubten.

Es war eine wilde und verzweifelte Hoffnung, aber es war alles, was ihr blieb. Sie musste sich konzentrieren, sie musste handeln. *Eins, zwei, drei. Atmen.*

Sie stählte sich, ergriff den Stein mit zitternden Händen und schlug ihn immer wieder gegen das Vorhängeschloss, wobei jedes Krachen die Stille wie ein Kanonenschlag durchbrach.

Sie zuckte zusammen, zwang sich aber, weiterzumachen. Sie hatte sich entschieden.

Und sie hatte keine andere Wahl mehr.

Ein weiteres Mal schlug sie gegen das Schloss. Funken sprühten auf dem Metall.

Beim nächsten Versuch glitt ihre Hand ab und rutschte schmerzhaft über die Metallketten.

»Komm schon, komm schon, du dummes Stück ...«

Das Vorhängeschloss war offen.

Benommen blinzelte sie den Schweiß zurück, der ihr in die Augen tropfte. Mehrere Sekunden lang starrte sie stumm auf das Vorhängeschloss, die Arme bereits zum nächsten Schlag nach hinten gestreckt.

War es einfach aufgesprungen? Oder war es nie verschlossen gewesen?

Verdammt, sie war am Durchdrehen.

Sie hatte nicht mehr aufgehört zu zittern, seit es passiert war – und das war nun schon Stunden her.

Sie war erschöpft und verängstigt. Jedes Mal, wenn sie ihre Augen schloss, sah sie die Leiche, das Blut, den klaffenden Mund und die leeren Augen. Und dann fiel Eden wie in Zeitlupe, das Blut floss wie ein Seidenband aus ihrer Kehle.

Vielleicht war diese unverschlossene Tür eine Falle. Vielleicht war sie ein Geschenk. Eden würde sagen, dass es Gott war, der auf sie aufpasste.

In diesem Moment war es Dakota egal.

Sie fummelte an dem Vorhängeschloss herum und riss die Ketten ab. Sie fielen mit einem dumpfen Aufprall in das Gras. »Komm schon.« Sie ging in die Hocke, schob ihre Arme unter Edens Achseln und hob sie hoch, soweit sie konnte. Die Beine des Mädchens hingen schlaff herunter, als Dakota sie in den Schuppen zerrte.

Die Brandwunde pulsierte vor Schmerz, aber sie atmete mehrmals tief durch und zwang sich, sie zu ignorieren. Eden brauchte sie mehr.

Die Augenlider des Mädchens flatterten zu, ihre Haut war totenblass. Scharlachrote Schlieren befleckten ihre Bluse vom Hals bis zur Taille.

Und ihre Kehle – das Hemd, das Dakota ihr um den Hals gebunden hatte, war blutgetränkt.

Dakota hatte Angst, es zu entfernen.

»Bleib bei mir, okay? Bleib wach.« Sie drückte Edens Hand, stand auf und drehte sich um, um den Inhalt der Hütte zu begutachten.

Dutzende von Regalen waren gefüllt mit Gemüse-, Obst- und Bohnenkonserven, mit versiegelten Behältern voller Hafer, Mehl und anderem Getreide, Wasserreinigungstabletten und Bleichmittel, Batterien in allen Größen, Streichhölzer, Handdesinfektionsmittel und FFP2- Luftfiltermasken, Shampoo- und Duschgelflaschen und sogar ein paar in Plastik verpackte Zahnpastatuben und Plastikzahnbürsten.

Alles war geordnet, beschriftet und sauber. Sie strich mit dem Finger auf dem Regal entlang. Nicht einmal staubig.

Das oberste Regal direkt über ihrem Kopf war mit medizinischen Hilfsmitteln bestückt. Schachteln mit Mull, Flaschen mit Jod, Reinigungsalkohol und Wasserstoffperoxid, ein Nähset, Sterilisationsspray, Tuben mit aktuellen Antibiotika und eine Reihe kleiner weißer Flaschen mit bunten Fischen darauf. Sie waren mit »Amoxicillin« beschriftet.

Sie schluckte, ihre Kehle war rau vor Durst. Zuerst mussten sie etwas zu trinken finden.

Sie schnappte sich zwei Dosen Pfirsiche, öffnete den Deckel der einen und hielt sie Eden an die ausgetrockneten Lippen. »Trink. Du brauchst die Energie.«

Eden schluckte mit einem unbeholfenen Stöhnen.

»Runter damit.« Dakota schlürfte selbst die halbe Dose, wobei der Saft ihre Finger und Lippen verklebte. Die Pfirsiche waren das Saftigste und Süßeste, was sie je gekostet hatte.

Sie drückte Eden die Dose in die Hand und ging zurück zu den Regalen, um nach etwas zu suchen, in dem sie Vorräte transportieren konnte.

Ein paar Dutzend wiederverwendbare Einkaufstüten lagen ordentlich gefaltet in einem unteren Regal. Sie nahm eine und holte ein Glas Erdnussbutter und zwei weitere Dosen Pfirsiche aus dem Regal. Sie kramte in einer Schachtel mit der Aufschrift MRE – kalorienreiche Feldrationen, die beim Militär verwendet werden.

Eden stieß einen verzerrten, röchelnden Laut aus.

Dakota blickte sie an. Eden schüttelte schwach und kaum wahrnehmbar den Kopf. Dakota wusste, was sie meinte. *Nicht stehlen.*

Dakota war keine Diebin. Aber sie war verzweifelt. »Nur genug, um nach Copeland oder Everglades City zu kommen, okay? Versprochen.«

Der Besitzer dieses Ortes hatte viel Zeit, Mühe und Kosten in die Beschaffung und Lagerung all dieser Dinge investiert. Sie fühlte sich unwohl dabei, ihm etwas davon wegzunehmen. Stehlen war eine schwerwiegende Sünde in der Kommune, die mit einem Besuch in dem Raum der Barmherzigkeit bestraft wurde. Die Striemen auf ihrem Rücken schmerzten, als würden sie immer noch brennen, als würden Säuretropfen oder kochendes Wasser ihre Haut verbrühen.

Um Eden zufriedenzustellen, legte sie drei der Feldrationen zurück und behielt nur zwei, zusammen mit den zwei Dosen Pfirsichen und vier Flaschen Wasser. In der Tasche war noch viel Platz.

Eden stöhnte.

Dakota blickte zu ihr hinunter. »Ich weiß, okay? Wir haben keine andere Wahl.«

Mit zitternden Fingern griff Eden in die Tasche ihres langen, schmutzigen Rocks, zog ein gefaltetes Stück Papier heraus und blickte flehend zu Dakota auf.

Seufzend bückte sich Dakota und griff danach.

Es war eine von Edens Zeichnungen – ein Adler, der auf einer Zypresse thronte, mit ausgebreiteten Flügeln, kurz bevor er sich zum Flug erhob. Wie alle ihre Zeichnungen war es ein nahezu perfektes Abbild, schattiert und reich an Tiefe und Schönheit.

Eden wollte, dass sie die Zeichnung hier ließ.

Dakota legte sie auf den leeren Platz, wo die Pfirsiche gestanden hatten. »Wie ein Tausch, richtig? Also ist es kein Diebstahl.«

Edens Mundwinkel zuckten. Dann sank ihr Kopf auf die Brust und ihre Augenlider schlossen sich.

Panik kratzte an Dakotas Innerem. Sie wusste nicht viel über medizinische Dinge, aber sie wusste, dass es eine schlechte Idee war, jetzt einzuschlafen.

Sie heilt inne, um das Mädchen wachzurütteln.

»Wir können uns nicht ausruhen, noch nicht. Wir müssen hier raus.« Sie nahm eine Schachtel Mull aus dem Regal, eine Rolle Pflaster und eine Tube Antibiotika. »Ich werde nichts anderes mitnehmen, aber wir können das schmutzige Shirt nicht auf deiner Wunde lassen.«

Sie stopfte die Sachen in die Einkaufstasche. »Du brauchst einen frischen Verband und mehr Wasser, und dann überlegen wir uns, wie es weitergeht. Aber wir sollten nicht hier bleiben. Es ist zu gefährlich …«

»Dessen kannst du dir sicher sein«, dröhnte ein tiefes, raues Knurren durch die Hütte.

# KAPITEL 51
# DAKOTA

Instinktiv war Dakota vor Eden getreten und hatte sie mit ihrem Körper abgeschirmt. Angst durchflutete ihre Adern. Das Herz schlug ihr bis zum Halse.

Ein Mann stand in der Tür, umrissen vom Licht des Bewegungsmelders draußen, eine abgesägte Schrotflinte auf ihre Brust richtend. »Ihr kleinen Ratten denkt, ihr könnt mich ausrauben?«

Ezra Burrows war ein griesgrämiger Mann in den späten Sechzigern, gekleidet in abgenutzte Jeans, Arbeitsstiefel und ein verschlissenes rot-schwarz kariertes Hemd. Statt des gebeugten alten Mannes, den sie sich vorgestellt hatte, war er groß und stand aufrecht, immer noch kräftig und muskulös, und seine breiten Schultern spannten sein Hemd.

»Ihr seid in mein Eigentum eingedrungen und habt mich bestohlen«, knurrte er mit tiefer, rauer Stimme. Falten zerknitterten sein ledriges Gesicht wie Linien im Zement. »Ich habe euch auf frischer Tat ertappt. Das heißt, ich habe das Recht auf meiner Seite.«

Er meinte das »Stand Your Ground«-Gesetz, das ihn dazu befugte auf seinem Grundstück tödliche Gewalt anzuwenden, um sich zu wehren. Die Chancen standen gut, dass er sie erschießen konnte und frei und unversehrt davonkam, ohne Gefängnisaufenthalt oder auch nur eine Geldstrafe.

Ihre Lunge zog sich zusammen. Der Raum verschwamm.

Sie blinzelte und hob langsam die Hände in die Luft, um zu zeigen, dass sie keine Waffe trug, während sich die Tasche mit den gestohlenen Lebensmitteln in ihre rechte Schulter bohrte.

»Wir haben gestohlen, Sir«, stammelte sie. »Nicht mehr als wir brauchten, aber es ist trotzdem falsch. Erschießen Sie mich, aber lassen Sie sie aus dem Spiel. Meine ... meine Schwester ist unschuldig. Ich habe gestohlen.«

Er hielt die Waffe auf ihre Brust gerichtet. »Ich schieße normalerweise nicht auf kleine Mädchen, es sei denn, sie haben eine Waffe und schießen direkt zurück. Ich rufe gleich die Polizei, damit sie euch in eine Gefängniszelle stecken, wo ihr hingehört.«

Ihr Herz zersplitterte in ihrer Brust. »Mir wäre es lieber, Sie würden mich erschießen.«

»Was ist denn das für eine Antwort? Sehe ich aus, als wäre ich in der Stimmung für Tricks?«

»Keine Tricks.« Sie hob trotzig ihr Kinn. »Ich würde mich lieber erschießen lassen, als dorthin zurückzugehen. Wir beide.«

Seine Augen verengten sich. Sie waren von einem satten, leuchtenden Blau und schienen sie direkt zu durchbohren. Er betrachtete ihre zerrissenen, schmutzigen Röcke und die langen Zöpfe, Edens geknöpfte Bluse mit dem Spitzenkragen, deren einstmals feiner Stoff jetzt blutig rot-schwarz getränkt war.

Sein steinernes Gesicht verriet keine Emotionen. »Ihr seid aus dieser River-Grass-Kommune. Ihr seid diese Freaks von den Hirten der Barmherzigkeit.«

»Waren.« Sie spuckte das Wort aus, als ob es vergiftet wäre. Er gestikulierte mit seiner Schrotflinte auf die Tasche. »Auspacken.«

»Wir geben alles zurück – bis auf die eine Dose Pfirsiche und die Flasche Wasser, die wir bereits verbraucht haben. Dann verschwinden wir und Sie werden nie wieder etwas von uns sehen oder hören, das verspreche ich.«

»Hör auf zu quasseln und zeig mir genau, was du mir gestohlen hast.«

Dakota kippte die Tasche aus. Die Dosen und das Wasser rollten über den Holzdielenboden. Eine Wasserflasche kam gegen den Stahlkappenstiefel des Mannes zum Liegen.

»Wir haben gerade so viel genommen, wie wir brauchten. Mehr nicht. Wir sind keine Diebe.«

»Das werde ich selbst beurteilen.« Sein harter Blick huschte über ihren Kopf.

»Was ist das auf dem Regal?«

»Meine ... Schwester wollte etwas dalassen, im Tausch sozusagen, damit es sich nicht wie Diebstahl anfühlt. Ich weiß, es war trotzdem ...«

»Zeig es mir.«

Mit zitternden Händen, die ihre Angst verrieten, griff sie hinter sich in das Regal und hielt die Zeichnung des Adlers hoch.

Einen langen Moment lang sagte er nichts, sondern starrte das Bild nur an.

Sie stand da, wagte es nicht, sich zu bewegen, und wünschte, das Papier in ihren Händen würde nicht zittern. Sie war sechzehn, verdammt noch mal, aber sie fühlte sich, als wäre sie wieder sechs und hätte Angst vor den Monstern unterm Bett.

Ezra Burrows kratzte sich an seinem bärtigen Kiefer. »Das kleine Mädchen hat das gemacht?«

»Ja, Sir.«

Eden öffnete die Augen und stieß einen röchelnden Schrei aus. Sie hustete, erstickte fast und gab ein schreckliches, gequältes, gurgelndes Geräusch von sich.

Dakota hörte fast auf zu atmen. Es war, als wäre die ganze Luft aus dem Raum gesaugt worden. Wie schwer verwundet war sie? Was hatte Dakota getan?

»Woher kommt das ganze Blut?«, fragte der Mann.

Sie öffnete ihren Mund, aber es kam kein Ton heraus.

Ein Bild der Leiche tauchte vor ihren Augen auf – das Blut spritzte überall hin, die weit aufgerissenen Augen, das Messer, das klappernd zu Boden fiel, bedeckt mit tropfendem Rot.

Scham und Gewissensbisse krochen in ihr hoch. Sie würde fast alles geben, um die letzten Stunden noch einmal zu durchleben. Sie sah jeden eklatanten Fehler, jeden Fehltritt, mit blutroter Klarheit.

All die Möglichkeiten, wie sie es hätte besser machen können. Die Wahrheit, die sie schon vor langer Zeit hätte erkennen müssen. Sie war zu dumm, zu naiv gewesen, um die Tatsachen zu erkennen, die ihr direkt ins Gesicht starrten.

Das Vertrauen in die falsche Person hatte sie fast alles gekostet.

Es hatte Eden fast umgebracht. Es würde sie umbringen, wenn Dakota nicht bald etwas unternahm.

Was geschehen war, war geschehen. Sie konnte nicht mehr zurück und es wiedergutmachen. Es gab nur das Jetzt. Es gab nur den Blick nach vorne.

»Was ist passiert?«, fragte er.

Der alte Mann starrte sie an, als könnte er jede Lüge und jedes Geheimnis, das in ihrem Herzen schlummerte, klar und deutlich sehen. Sie spürte, dass, wenn sie jetzt log, er es irgendwie erfahren würde.

Und das würde ihr Schicksal besiegeln.

Es war besser, vage zu bleiben und zu hoffen, dass er nicht die ganze Wahrheit verlangte.

»Sie ist verletzt«, presste Dakota hervor. »Ziemlich schwer.«

Er zögerte, als wägte er ab, ob er eine ausführlichere Antwort verlangen sollte. Sein Kiefer arbeitete, als ob er Tabak kauen würde. Ein Schatten zog über seine zerklüfteten Züge.

Dakotas Herz fühlte sich an, als würde es ihr gleich aus der Brust springen.

Nach einem Moment senkte er den Blick und starrte auf seine Schrotflinte hinunter.

»Ich glaube, ich sollte einen Krankenwagen rufen.«

»Nein!«

Dieser aufmerksame, durchdringende Blick war wieder auf sie gerichtet.

»Bitte.« Ihr Brustkorb zog sich immer enger zusammen, ihre Lunge war wie ein eisernes Band zusammengepresst. Ihr Atem kam in scharfen, flachen Atemzügen. »Kein Krankenhaus.«

Ein Krankenhaus war genau das, was Eden brauchte.

Aber Solomon Cages Einfluss und der seiner Hirten reichte weit.

Einer seiner Kontakte war ein örtlicher Bezirkssheriff. Ein anderer ein Arzt im nächstgelegenen Krankenhaus.

Sobald Eden in das System aufgenommen wurde, würden sie es wissen. Und sie würden sie holen kommen.

Dakota hatte nicht ihr beider Leben riskiert, nur um zurückzugehen. Schwester Rosemarie hatte nicht so viel riskiert, um ihnen zu helfen, damit es so endete.

Sie hatte nicht übertrieben. Der Tod war besser für Eden als dieser Ort. Und für sie. Sie würde lieber hier sterben.

Zumindest wären sie dann frei.

»Bitte.« Sie hasste sich dafür, zu betteln, aber die Verzweiflung spornte sie an. »Wir brauchen Ihre Hilfe.«

Sein scharfsinniger Blick hüpfte von der Zeichnung zu der Flasche zu seinen Füßen zu Eden.

Eden versuchte, sich aufzusetzen. Ihre Bewegungen waren langsam und unbeholfen, ihre Blässe grau. Frisches Blut sickerte durch den um ihren Hals gewickelten Stoff. Ihre Lider flatterten, und ihre Augen rollten wild in den Hinterkopf.

Dakota konnte kaum erkennen, wie sich ihr Brustkorb hob und senkte. Sie sah halb tot aus.

Es gab nichts, was Dakota hätte tun können, außer ihr Leben – und das von Eden – in die Hände eines feindseligen, möglicherweise gefährlichen Fremden zu legen.

Sie hielt ihre blutverschmierten Hände mit den Handflächen nach oben, mit jeder Faser ihres Wesens flehend. »Sie wird sterben, wenn Sie ihr nicht helfen.«

»Das ist nicht mein –«

»Ich werde arbeiten, um unseren Lebensunterhalt zu verdienen. Ich weiß, wie man putzt, Kleidung flickt und kocht, um über die Runden zu kommen. Ich scheu mich nicht vor harter Arbeit. Was immer Sie wollen, ich werde es tun ...«

»Kann sie laufen?«

Sie blickte auf Eden hinunter. Sie war jetzt bewusstlos und sank gegen die Regale. Ihr Kopf fiel zur Seite. »Ich glaube nicht.«

Der alte Mann bewegte seinen Kiefer erneut für einen Moment, als ob er eine innere Debatte mit sich selbst führte. Der Schatten löste sich von seinen Zügen.

Mit einem schweren Seufzer lehnte er seine Schrotflinte an die Wand. »Also los. Halte dich in Sichtweite, direkt vor mir, die ganze Zeit. Wenn du dich danebenbenimmst, schieße ich und stelle erst hinterher Fragen.«

Dakota war wie erstarrt und wusste nicht, ob sie glauben sollte, was sie gerade gehört hatte.

Ezra hatte Eden so leicht wie ein Kätzchen in die Arme genommen und war aus der Scheune geschritten. »Zieh deine dreckigen Stiefel aus, bevor du das Haus betrittst. Ich habe gerade erst die Böden gewachst.«

In ihrer Brust erwachte die Hoffnung zu neuem Leben. »Ja, okay. Das kann ich machen! Danke.«

Ezra hatte seinen Schritt nicht unterbrochen, als er über die Schulter knurrte: »Und bring das Nähset aus dem Regal hinter dir mit.«

Sie erinnerte sich noch an die spürbare Erleichterung, die jede Zelle ihres Körpers durchflutet hatte, als sie dem alten Mann hinterhergeeilt war, zu sehr von der Sorge um Eden eingenommen, um sich um ihre eigene Sicherheit zu kümmern.

Dakota lächelte grimmig bei der Erinnerung daran. In der ersten Nacht hatte sie schreckliche Angst vor Ezra gehabt.

Jetzt konnte sie es kaum erwarten, wieder bei ihm zu sein.

Sie vermisste ihn und diese Hütte mit einem körperlichen Schmerz hinter ihren Rippen. Ihr Fuß stieß gegen ein Stück Trockenmauer von der Größe eines Großbildfernsehers, was sie schlagartig in die Gegenwart zurückbrachte.

Sie stolperte fast, ihr Herz raste, sie fuchtelte mit den Armen und fing sich an dem Seitenfenster eines platingrauen Volkswagen Jetta ab, der seitlich in der Mitte der Straße stand.

»Geht es dir gut?«, fragte Shay von hinten.

»Alles okay«, log sie. Ihr Herz hämmerte immer noch gegen ihre Rippen und sie blickte auf, als die Gruppe um mehrere verlassene Autos herumging.

Auf der rechten Seite war eine Reklametafel auf halber Höhe an einem großen, dreistöckigen Bürogebäude abgebrochen. Die Werbung war für eine Zahnarztpraxis; das Bild eines jungen blonden Mädchens mit einem strahlend weißen Lächeln war in der Mitte zerbrochen.

Irgendetwas an dem Mädchen erinnerte sie an Eden.

Dakota starrte immer wieder auf die zerbrochene Reklametafel, auf das tragische, zersplitterte Lächeln, sah es immer wieder vor ihrem geistigen Auge – selbst als sie es längst hinter sich gelassen hatten.

Sie überquerten eine Seitenstraße und bogen in die West Biscayne Street ein, eine breite Durchgangsstraße, die von Kunstboutiquen, Spezialitätengeschäften und Cafés sowie hippen Eigentumswohnungen in mehrstöckigen Gebäuden gesäumt war.

Zumindest war das früher so gewesen. Dakota blieb fassungslos stehen.

# KAPITEL 52
## LOGAN

Logan starrte schockiert nach vorne.

Shay keuchte und bedeckte ihren Mund mit ihren Fingern. »Heilige Muttergottes«, murmelte Julio.

Als sich die Explosion vom Detonationszentrum ausbreitete, hatten die Schockwellen, die von verschiedenen Oberflächen – hohen Gebäuden, dem Boden, vielleicht sogar der Atmosphäre – zurückgeworfen wurden, diesen Teil der Stadt viel stärker getroffen als das Beer Shack in der Front Street.

Ohne den Schutz der größeren, höheren Gebäude hatten die kleineren Geschäfte, Restaurants und Wohnungen hier erhebliche Schäden erlitten.

Die Hälfte von ihnen war zerstört. Die verbleibenden Gebäude waren verkrümmt und gebrochen. In der Ferne waren mindestens ein Dutzend Gebäude nur noch verbrannte und geschwärzte Hüllen, aus denen Rauch in den Himmel stieg.

Hier und da lag ein Trümmerhaufen: Zerklüfteter Beton, aufgerissener Asphalt, verstreute Plastik-, Papier- und Schuttfragmente, heruntergefallene Stromleitungen.

Und die Leichen – überall waren Leichen.

Der üble, ekelerregende Gestank von verwesendem Fleisch in der glühenden Hitze war fast überwältigend. Und darunter lag der Geruch von verbranntem Plastik, Gummi und anderen Dingen, an die Logan nicht denken wollte.

Hinter ihm würgte Julio.

»Weiter«, flüsterte Dakota mit rauer Stimme. »Ich weiß, es ist furchtbar, aber wir müssen weiter.«

Aus seinem Schockzustand aufgerüttelt, ging Logan vorsichtig die Straße entlang. Er hielt links und rechts Ausschau nach Anzeichen möglichen Ärgers. Je mehr er sah, desto mehr sehnte er sich danach, sich umzudrehen und zu fliehen.

Behutsam bewegten sie sich um die Autoskelette und die noch rauchenden Trümmer herum und bahnten sich einen Weg durch den Schutt – mehr Glas, verbogene Metallstücke, zerbröckelte Ziegel und Mauerwerk.

Ein paar Stöhngeräusche und gequälte Schreie hallten schwach vor ihnen wider.

Es waren noch immer Menschen in den Gebäuden verschüttet. Sie waren verwundet, litten schreckliche Qualen und starben wahrscheinlich.

Dutzende, vielleicht Hunderte von Menschen.

Die schreckliche Erkenntnis traf ihn wie ein brutaler Tritt in die Eier. Er hatte das Gefühl, dass ihm die Luft wegblieb.

Logan holte seinen Flachmann heraus, schraubte den Deckel ab und nahm einen kräftigen Schluck.

Dakota warf ihm einen bissigen Blick zu. »Jetzt? Wirklich?«

Er machte sich nicht die Mühe, ihr zu antworten, sondern trank noch einen Schluck und wischte sich den Mund mit dem Handrücken ab. Was ihn betraf, so war es umso besser, je schneller der Alkohol seine Sinne betäubte.

Er zog ein Koma dieser Hölle vor.

»Wo sind die Rettungskräfte?« Julios Augen weiteten sich vor Entsetzen. »Wo sind die Feuerwehrleute und die Sanitäter und die Nationalgarde? Wo ist die Hilfe?«

Dakota zeigte auf die liegengebliebenen und verunglückten Fahrzeuge um sie herum.

»Wie soll ein Krankenwagen oder ein Feuerwehrauto überhaupt durchkommen? Jede Straße ist unpassierbar. Näher am Explosionszentrum kommen noch Berge von Schutt und eingestürzten Gebäuden hinzu. Die Einsatzkräfte werden zu Fuß unterwegs sein oder mit dem Hubschrauber abspringen müssen.«

»Ich bin sicher, dass sie hier draußen sind«, sagte Logan. »Aber sie werden Schutzausrüstung brauchen. Sonst riskieren sie ihr eigenes Leben.«

»Die Anzüge schützen nur vor Alpha- und Betastrahlung, die die Kleidung nicht durchdringen kann«, sagte Dakota, »aber nicht vor Gammastrahlung. Alle Einsatzkräfte, die sich in die Gefahrenzone begeben, riskieren ihre eigene Gesundheit.«

»Es wird Wochen – vielleicht Monate – dauern, das alles zu durchforsten.« Shays Stimme bebte.

Vorbei war es mit der Fröhlichkeit, mit der banalen Positivität. Ob es nun der Schuss war oder das Grauen, das sie umgab, die Realität schien sie endgültig zu treffen – und zwar hart. »So viele Menschen werden sterben, während sie auf Hilfe warten ...«

Hilfe, die nicht rechtzeitig kommen würde.

Die Zahlen waren überwältigend. Und es gab noch mehr Bomben, noch mehr zerstörte Städte. Wie würde sich Miami jemals von einem solchen katastrophalen Schlag erholen? Washington D.C.? New York City?

Das ganze Land?

Es war fast zu viel, um es zu verarbeiten. Logans Gehirn versuchte immer wieder, die Informationen zu verdrängen, das Grauen, das direkt vor ihm lag, zu leugnen.

Aber es gab keine Möglichkeit, dies alles zu leugnen.

Er trank einen weiteren Schluck Whiskey. Wärme sickerte in seinen Bauch. Aber das war nicht genug. Nicht einmal eine Wodka-Infusion, die direkt in seine Venen geleitet wurde, würde ausreichen.

»Es muss doch etwas geben, was wir tun können«, sagte Shay entgeistert.

»Was?«, erwiderte Logan dumpf. »Wie?«

Shay knabberte an ihrem Daumennagel, ihre Augen glänzten vor

Tränen. »Hineingehen und die eingeschlossenen Menschen befreien. Sie aus den Trümmern graben ...«

Dakota gestikulierte zu einem Starbucks auf der anderen Straßenseite. Die Westseite war eingestürzt. Mindestens einen Meter hohe Trümmerberge ragten aus der Eingangstür.

»Mit welchen Werkzeugen? Wir haben keine Schutzanzüge. Jedes Mal, wenn wir etwas anfassen, kontaminieren wir uns.«

»Jede Stunde, die wir hier draußen bleiben, setzen wir uns nur noch mehr Strahlung aus«, sagte Logan. »Wir müssen hier lebend rauskommen. Das ist alles, was wir tun können.«

Ein Stöhnen von rechts lenkte seine Aufmerksamkeit auf sich.

Nur drei Meter rechts von ihnen war das Dach eines asiatischen Bistros eingestürzt und hatte große Teile des Daches über den Sitzbereich im Freien gestürzt, wobei die Holzstühle und -tische wie Holzscheite zersplittert waren.

Mehrere Körper waren unter den Trümmern verschüttet.

Alle tot. Eine blitzartige Bewegung erregte seine Aufmerksamkeit.

»Hier lebt jemand!« Er schritt näher, und sein Magen rumorte heftig. Er fürchtete sich vor dem, was er sehen würde. Aber er zwang sich, trotzdem hinzusehen.

Eine kubanische Frau in den Dreißigern lag auf der mit Ziegeln gepflasterten Terrasse. Das Dach war über ihr zusammengebrochen; ihre Beine waren von den Oberschenkeln abwärts zerquetscht.

Gesplitterte Knochen ragten aus dem zerfetzten Fleisch, Blut befleckte ihre khakifarbenen Shorts und das rosafarbene Shirt. Ein beinahe zwei Meter langer Speer aus Betonstahl durchbohrte ihre Brust direkt über ihrem Herzen und spießte sie an die Ziegelsteine.

Die Frau schaffte es, ihren Kopf zu heben. Ihr schwarzes, lockiges Haar breitete sich wie ein Heiligenschein um sie herum aus. Sie umklammerte ein Bündel an der unverletzten Seite ihrer Brust.

Ihr schmerzerfüllter Blick traf den von Logan. »*Por favor*«, flüsterte sie.

Hinter ihm humpelten Shay und Julio näher. Shay keuchte. »Sie ist am Leben!«

Er ging einen Schritt näher. Erst jetzt konnte er erkennen, was sie in ihren Armen hielt. Ein winziges Gesicht lugte aus dem gebündelten

Stoff hervor. Für den Bruchteil einer Sekunde gab er sich der Hoffnung hin, dass das Baby noch lebte. Dann sah er die Glasscherbe, länger als sein Unterarm, die aus dem zerbrechlichen Hals des Säuglings ragte.

Das Baby – ein Junge, wie man an der blassblauen Decke erkennen konnte, die um seine winzige Gestalt gewickelt war – war tot.

# KAPITEL 53

# LOGAN

Ein Gefühl der Abscheu durchströmte Logan. Er stolperte entsetzt zurück.

Die leeren, leblosen Augen des Babys bohrten sich direkt in die Tiefen seiner Seele.

Bei der Explosion hatte sich das Glas aller Fenster und Türen in regelrechte Waffen verwandelt. Tausende Glassplitter waren wie Speere durch die Luft geflogen und in verletzliches, wehrloses Fleisch gedrungen.

»Bitte«, flehte die Frau in einem abgehakten Flüsterton. Ihre Stimme war nur noch ein Hauch ihrer selbst. Ihre Augen waren ausgehöhlt, ihr Gesicht eine Hülle, eine Maske von etwas Menschlichem, dem Leid und Kummer die Menschlichkeit entrissen hatten.

Es schmerzte, sie anzuschauen.

Eine hilflose, ohnmächtige Wut erfüllte ihn.

Seine freie Hand ballte sich zu einer Faust an seiner Seite.

Er wollte demjenigen wehtun, der das getan hatte, welcher monströse Schurkenstaat oder welche terroristische Vereinigung auch immer so gefühllos etwas so Unschuldiges wie ein Kind zerstört hatte.

*So wie du es getan hast?*, flüsterte die Stimme in seinem Kopf. Er schob den Gedanken mit brutaler Wut beiseite. Es war nicht dasselbe. Er war nicht mehr derselbe.

Aber das war eine Lüge.

Er trank einen kräftigen, hektischen Schluck, sehnte sich nach dem Brennen, das seine Kehle hinunterrutschte, nach dem warmen Rauschen in seinen Adern, nach dem Vergessen.

»*Por favor*«, krächzte die Frau erneut.

Er wusste, was sie wollte, was sie brauchte.

Es gab keine Hoffnung für sie. Seit zwei Tagen war sie hier gefangen, gezwungen, langsam und unter Qualen zu sterben, während sie ihr totes Kind in den Armen hielt.

Er konnte sich die Qualen nicht einmal ansatzweise vorstellen. Nur eines konnte ihr jetzt noch helfen.

Logan nahm den Flachmann in die linke Hand und griff unter sein Shirt, um seine Glock zu entriegeln.

Er richtete sie nicht auf die Frau. Das konnte er nicht.

Dakota drehte sich zu Logan um, ohne Zweifel in ihrem Gesichtsausdruck, ohne Zögern in ihrer Stimme. Ihre Augen leuchteten mit düsterer Entschlossenheit. »Tu es.«

»Das ist Mord!« Entsetzt bekreuzigte sich Julio erneut und schüttelte den Kopf. »Das kannst du nicht tun.«

Shay lehnte sich an Julio, um sich zu beruhigen, und schlang ihre Arme um ihren Brustkorb, wobei sie trotz der drückenden Hitze zitterte. »Du denkst doch nicht wirklich darüber nach, oder?«

Dakota deutete auf die zertrümmerten Beine der Frau unter dem schweren Dachvorsprung und den Speer aus Betonstahl, der ihre Brust durchbohrte. »Ihr wisst so gut wie ich, dass sie es nicht schaffen wird. Sie leidet unerträgliche Qualen. Sie könnte stundenlang am Leben bleiben, tagelang leiden.«

»Nein«, sagte Shay. »Wir können das nicht tun.«

»Ihr zu helfen, es zu beenden, ist barmherzig, eine Erlösung.«

»Ich arbeite in der Krankenpflege!«, rief Shay. »Die erste Regel lautet: Füge keinen Schaden zu!«

Dakota stürzte sich auf sie. »Verstehst du das nicht? Das ist es, was wir hier tun. Wir haben hier keinen Morphiumtropf und keine Hospizbetreuung!«

»Aber sie ist eine ...«

Dakota stemmte die Hände in die Hüften. »Sie ist eine was? Eine

Frau? Eine Mutter eines toten Babys? Würdest du das auch sagen, wenn es ein Mann wäre?«

Shays Mund verzog sich. »Ja! Ich weiß, dass es jetzt schlecht aussieht, aber die Rettungsteams können jeden Moment eintreffen!«

»Siehst du irgendwelche Retter?«

»Das heißt aber nicht, dass sie nicht kommen!«

Dakota senkte ihre Stimme. »Es gibt keine Hoffnung für sie, und das weißt du.«

»Solange sie lebt, gibt es noch Hoffnung!«

»Als Mediziner solltest du es besser wissen.«

»Es ist trotzdem falsch!«

»Nein.« Dakotas ganzes Gesicht glühte vor Überzeugung, vor einer furchtlosen Gewissheit, die Logan bewunderte, ja sogar beneidete. »Es ist eine Gnade.«

»Aber ...«

»Es ist ihre Entscheidung! Nicht deine!«, schnauzte Dakota sie an. »Du kannst diese Entscheidung nicht für sie treffen. Das darfst du nicht. Das werde ich nicht zulassen.«

Schließlich schüttelte Shay frustriert den Kopf und sagte nichts mehr.

Logan hörte sie wie aus weiter Ferne. Er konnte seinen Blick nicht von dem toten Baby, von den verzweifelten Augen der Mutter abwenden.

Eine erstickende Scham schnürte ihm die Kehle zu, als hätte er diese schreckliche Tat selbst begangen.

Er schluckte einen weiteren Schluck Whiskey hinunter.

»Es ist immer noch Selbstmord, wenn man darum bittet«, sagte Julio mit ernster Miene. »Willst du nicht mit deinem Kind im Himmel sein?«

Julio drehte sich halb um, als er mit der Frau sprach, und sah sie nicht richtig an. Vielleicht hatte er Angst, dass er beim Anblick des Blutes in Ohnmacht fallen würde.

Vielleicht hatte er auch Angst, dem Tod ins Auge zu sehen.

Logan hatte den Tod schon zu oft gesehen, meistens durch seine eigene Hand. Er hatte geglaubt, dass er ihn nicht mehr fürchtete. Er hatte sich geirrt.

Die Frau reagierte nicht. Sie stöhnte nur, da sie zu große Schmerzen hatte, um weitere Worte hervorzubringen. Sie drückte das Kind fest an ihre Brust.

»Man kann seine Religion nicht anderen aufdrängen«, sagte Dakota wütend. »Sie will es so. Wir können nicht allen helfen. Wir können gar nichts ausrichten, aber wir können das hier tun. Diese eine Sache.«

»Ich würde wollen, dass jemand dasselbe für mich tut«, sagte Logan leise.

»Dann tu es«, sagte Dakota.

Dennoch zögerte er.

Er war nicht gut darin, Versprechen zu halten. Wie oft hatte er sich versprochen, mit dem Trinken aufzuhören, nur um am nächsten Tag vor der Tür einer Bar zu stehen oder eine Woche später verkatert und unglücklich aufzuwachen?

Dies war das einzige Versprechen, das er seit vier Jahren, einem Monat und siebzehn Tagen einhalten konnte. Selbst im Gefängnis hatte er Männer bewusstlos geschlagen, aber nie jemanden getötet.

Er hatte weder den Blood Outlaw noch seinen Komplizen getötet, obwohl er das hätte tun sollen.

Das Echo der Schreie der Mutter aus jener schrecklichen Nacht schoss ihm durch den Kopf. Die Angst in ihrem Gesicht – ihre Angst vor *ihm* – und das Kind, das sie hinter sich versteckte, um es mit ihrem Körper, mit ihrem Leben zu schützen.

Es hatte keinem von ihnen etwas gebracht.

Sein Magen verkrampfte sich und erfüllte ihn mit diesem vertrauten Elend, diesem ekelerregenden Cocktail aus Schuldgefühlen, Selbstverachtung und Bedauern, der nur am Grund einer Flasche nachließ.

Dies war anders. Das wusste er.

Sein Finger zuckte am Abzug. Und doch …

Den Abzug zu betätigen, fühlte sich immer noch wie ein Verrat an. Selbst dieser Gnadentod überschritt eine unsichtbare Grenze, die ihn – und die Dunkelheit in ihm – all die Jahre in Schach gehalten hatte.

Eine schwere, hilflose Leere breitete sich tief in seinen Knochen aus.

Ein Teil von ihm wusste, dass er es tun musste. Der andere Teil war noch nicht bereit.

Er konnte den Abzug nicht drücken.

Stattdessen kippte er sich noch einen Schluck hinter die Binde.

Dakota fluchte leise vor sich hin. Als sie sprach, klang ihre Stimme wie Stahl. »Gib sie mir.«

Er lenkte ein und reichte ihr die Waffe.

Sie hockte sich neben die Frau und berührte vorsichtig die Seite ihres blutigen Kopfes mit der Mündung der Pistole.

Dakotas Blick wurde sanfter. »Bist du sicher?«

Die Frau nickte leicht mit dem Kinn und schloss die Augen, während sie über den winzigen Schädel ihres Babys streichelte, über seinen blutverschmierten schwarzen Haarschopf.

Shay und Julio wandten sich ab, als Dakota den Abzug drückte. Logan tat es nicht.

Der Knall hallte in der stillen, feuchten Luft wider.

Einen langen Moment lang bewegte sich nichts. Keiner sprach. Die Stille schloss sich um sie, erdrückend und beklemmend.

Dakota stand unbeweglich da, ihr Gesicht war blass, ihre dunklen Augen glitzerten.

Schweiß tropfte an ihren Schläfen herunter. Sie wischte ihn nicht weg.

Sie hatte so selbstsicher gewirkt, aber sie war eindeutig erschüttert.

Er wollte ihr sagen, dass der Tod einen Fleck auf der Seele hinterließ – egal, wer es war, egal, wie edel die Gründe waren.

Er wollte ihr sagen, dass man die Gesichter nie vergaß, die weit aufgerissenen, verängstigten Augen, die Art und Weise, wie das Licht aus ihnen entwich wie eine erloschene Kerze.

Sie blieben für immer bei einem, verfolgten einen in seinen Träumen als auch in den wachen Momenten und warteten nur darauf, einen zu überfallen.

Man lernte, damit zu leben, wie mit einer Narbe oder einem Hinken. Oder man versuchte, sie mit Alkohol zu ertränken.

Er wollte ihr sagen, dass er sie verstand.

Die Worte zerfielen in seinem Mund zu Staub. Er sagte nichts. Der

Alkohol machte sich bemerkbar, süße Erleichterung glitt durch seine Adern.

Die Anspannung, die ihn ergriffen hatte, ließ nach. Die Welt wurde weicher, die Schärfe des Grauens verschwand.

Aus irgendeinem Grund fühlte er sich nur noch schlechter.

Dakota wandte sich für einen langen Moment von ihnen ab, ihre Schultern bebten. Selbst Shay erkannte, dass sie sie in Ruhe lassen musste. Sie atmete ein paar Mal tief durch, bevor sie sich umdrehte.

Ihre Augen waren trocken, ihr Gesichtsausdruck gelassen.

Scham überkam ihn. Sie war stärker, als er es ihr zugetraut hatte. Stärker, als er es war.

Mit der Pistole noch immer in der Hand zögerte Dakota.

Er wusste, dass sie sie behalten wollte; er konnte es in ihrem Gesicht lesen. Er streckte die Hand aus und wartete ab, was sie tun würde.

Langsam, als ob es sie schmerzen würde, reichte sie ihm die Pistole.

Einen Moment lang trafen sich ihre Blicke. Ihm gefiel nicht, was er dort sah – sein eigenes erbärmliches Spiegelbild in ihren dunklen, vorwurfsvollen Augen.

Sie hatte über ihn geurteilt und ihn für unzulänglich befunden.
Und das zu Recht.

# KAPITEL 54
## DAKOTA

Die Hitze brannte drückend und unerbittlich auf Dakotas Kopf. Die Sonne bewegte sich langsam über den Himmel, ein weißglühender Kreis brannte ein helles Loch in den rauchigen Dunst.

Südflorida litt unter einer Dürre; nicht einmal die regelmäßigen Nachmittagsgewitter hatten in den letzten zwei Wochen Linderung gebracht. Der heutige Tag würde dem kein Ende bereiten.

Dakota leckte sich über die rissigen Lippen und schluckte, um ihre trockene Kehle zu befeuchten.

Sie versuchte, ihr Wasser zu sparen, aber es war einfach zu heiß. Sie verbrauchte eine Flasche Wasser und begann mit einer zweiten. Das Schlängeln zwischen Autos, mit Schutt übersäten Bürgersteigen und beschädigten Gebäuden war schwieriger – und dauerte viel länger – als Dakota erwartet hatte.

Sie stießen auf ein eingestürztes fünfstöckiges Wohnhaus, das die Straße vollständig blockierte. Das zerstörte Gebäude war viel zu instabil, um es zu durchqueren. Die Brände in den Trümmern hatten auf die umliegenden Geschäfte übergegriffen.

Nachdem sie zwei Häuserblocks zurückgelaufen und wieder nach Norden gegangen waren, versperrten ihnen noch mehr Brände den Weg. Allein der Anblick der Flammen schnürte ihr die Brust zu. Ihr

Atem ging stoßweise, und all die alten Erinnerungen legten sich wie Finger um ihre Kehle und drohten, sie zu erwürgen.

Eine Stunde verging. Dann eine weitere.

Als sie wieder auf der eigentlichen Strecke waren, war es bereits nach 16:15 Uhr. Sie mussten noch ihre Schwester holen und innerhalb der nächsten Stunden aus der Gefahrenzone fliehen.

Sie stapften schweigend weiter, zu elend, um zu reden.

Rauch stieg in den Himmel über ihnen. Von den Gebäuden auf beiden Seiten der Straße drang der gelegentliche Schrei oder ein Stöhnen herüber. Ihre Verzweiflung und ihr Schmerz hallten in ihrem Schädel wider, sanken ihr tief in die Knochen.

Dakota hätte sich am liebsten die Hände über die Ohren geschlagen, um die Geräusche auszublenden. Es war wie ein Gang durch Dantes Höllenkreise, wie eine Reise durch die Unterwelt selbst.

Das Einzige, was sie am Leben hielt, war Eden.

Dank Eden kannte sie sogar *Dantes Inferno* und alle antiken griechischen Mythen. In der Kommune durften die Frauen nur bestimmte Texte aus der Bibel und die Schriften des Propheten lesen.

Aber Edens Pflegeeltern gaben ihr Bücher, wann immer sie danach fragte. Wenn Eden mit ihnen fertig war, gab sie sie bei ihren Besuchen an Dakota weiter.

Dakota wollte es ihnen übel nehmen – es war nur eine weitere Möglichkeit, sich Edens Zuneigung zu erkaufen –, aber die Bücher waren verdammt gut. Trotz ihrer Vorsätze genoss sie sie.

»Ich muss mal pissen«, murmelte Logan.

Er trat aus und verschwand in einen Lebensmittelladen, dessen beide Türen aufgesprengt waren.

Dakota schüttelte angewidert den Kopf. Wohl eher auf der Suche nach Alkohol.

Dieses Mal konnte sie es ihm kaum verübeln. Sie würde einen Liter Glasreiniger trinken, um die elenden Schreie, die sich in ihr Hirn bohrten, auszulöschen.

Shay schwankte ein wenig beim Laufen. »Wir sollten auf ihn warten.«

Julio zog seinen Griff um ihre Taille fester, um sie zu stabilisieren, und legte seine Stirn besorgt in Falten. »Geht es dir gut?«

»Ja. Alles in Ordnung. Es ist nur die Luftfeuchtigkeit, glaube ich.«

Julio zeigte auf einen umgestürzten schmiedeeisernen Tisch auf dem Bürgersteig, der durch die Fenster der Pizzeria zu ihrer Linken gestürzt war. »Shay braucht ein paar Minuten Pause. Ist das sicher?«

»Unsere Kleidung wird uns vor dem radioaktiven Staub schützen«, sagte Dakota.

»Aber wir sollten ihn trotzdem mit den Alkoholtüchern abwischen. Und nichts mit der bloßen Haut anfassen.«

Sie nahm eine Packung Tücher heraus und wischte den Tisch und die vier Stühle ab. Julio und Shay halfen ihr, wobei Shay ihre Hüfte gegen den Tisch lehnte, um das Gleichgewicht zu halten.

Julio zog sich die Ärmel über die Hände und rückte den Tisch zurecht.

Dakota tat das Gleiche und schleppte die abgewischten Stühle herbei.

Sie saßen da, ruhten ihre wunden, erschöpften Beine aus und bewegten sich so wenig wie möglich in der brütenden Hitze.

»Wie geht's deinem Kopf?«, fragte Julio Shay, als er ein paar Tüten mit halb geschmolzenen M&Ms aus seiner Paillettentasche zog. Er öffnete eine vorsichtig, während er die Ärmel noch immer über die Hände gezogen hatte, legte den Kopf schief und schüttete sie sich in den Mund, ohne die Süßigkeiten selbst zu berühren.

Dakota sackte in dem harten Metallstuhl zusammen. Sie rückte den Gurt des M4 zurecht und legte ihn auf ihren Schoß. Sie verzichtete auf die Schokolade. Sie hatte keinen Appetit. Es war zu heiß.

Shay betastete ihren Kranz aus dichten, federnden Locken, bis sie die rasierte Stelle an der rechten Kopfhälfte erreichte. Behutsam berührte sie den Verband. Er war immer noch weiß, nur ein schwacher roter Schimmer drang hindurch. »Im Moment geht es mir gut. Es tut weh, aber es ist auszuhalten.«

Schweiß perlte auf ihrer braunen Haut und rann ihr die Schläfe hinunter. Sie alle schwitzten. Ihre Gesichtsfarbe war ein wenig kränklich, und ihre Augen waren rot. Sie blinzelte ständig.

Sie hob die Hände zum Gesicht, als wolle sie sich die Augen reiben.

»Fass dein Gesicht nicht an!«, sagte Dakota schroff.

Shay wich zurück. »Oh, tut mir leid.«

»Berührt euer Gesicht nicht, vor allem nicht eure Augen, euren Mund oder eure Nase«, warnte Dakota. »Versehentliche Kontamination.«

»Richtig.« Shay schnitt eine Grimasse. Sie stützte ihre angezogenen Ellbogen auf den Tisch und hielt ihre Hände in die Luft, weg von ihrem Gesicht. »Das ist so eine Angewohnheit. Ich habe gar nicht gemerkt, wie oft ich mein Gesicht ohne Grund berühre. Ich denke nicht einmal darüber nach.«

»Deine Augen sind blutunterlaufen«, sagte Julio. »Ist das ein Symptom für etwas?«

»Es sind meine Kontaktlinsen. Ich trage sie jetzt schon seit fast drei Tagen. Ich hätte nie gedacht, dass ich meine Brille so sehr vermissen würde.«

»Kannst du sie herausnehmen?«, fragte Julio.

»Ja, aber ohne sie bin ich praktisch blind. Es ist schon in Ordnung.« Sie lachte zittrig. »Es geht doch nichts über einen Schuss in den Kopf, oder?«

»Du schlägst dich gut«, sagte Julio.

»Ich will einfach nur zurück in die Zivilisation. Ich bin sicher, dass es mir in einem warmen Bett und unter einer heißen Dusche besser gehen wird, weißt du?«

Dakota fuhr mit der Zunge über ihre belegten Zähne. Am meisten wünschte sie sich eine Zahnbürste. Sie hätte sich eine im Walgreens besorgen sollen, aber das hatte sie völlig vergessen. Sie hatte eine in ihrer Notfalltasche gehabt. Das Packen schien ihr jetzt eine Ewigkeit her gewesen zu sein.

»Und was meinst du, wann das soweit sein wird?«, fragte sie.

»Bald, hoffe ich«, sagte Shay.

Dakota machte sich nicht die Mühe, zu antworten. Sie suchte die nahegelegenen Gebäude und Straßen mit den Augen ab – nach Gefahr, einem Gangmitglied oder Maddox oder einer anderen Bedrohung, die sich aus dem Nichts materialisierte – oder vielleicht nach einem weiteren leidenden Opfer, das aus den Trümmern kroch und um Hilfe bettelte.

Vielleicht war es etwas von beidem.

Ihre Hände ballten sich auf ihrem Schoß zu Fäusten. Sie zitterten immer noch nach dem, was sie getan hatte, um dieser Frau zu helfen.

Sie fand keine Worte für den Schrecken: Den Abzug zu betätigen und den bebenden Ruck in ihren Armen zu spüren, zu sehen, wie das Leben aus den gequälten Augen der Frau verschwand, wie sich die Angst in ihr Gesicht brannte.

»Es ist erst ein paar Tage her«, sagte Shay mit gezwungener Fröhlichkeit. »Es ist noch Zeit. Die Regierung wird die Nationalgarde schicken, um all diese Menschen zu retten. Da bin ich mir sicher. Sie warten nur darauf, dass die Strahlung nachlässt, genau wie wir.«

Dakota hatte keine Ahnung, woher sie diesen schrecklichen Optimismus nahm. Sie starrte sie nur ungläubig an. »Das soll wohl ein Scherz sein.«

»Wir dürfen die Hoffnung nicht verlieren.« Shay nahm Julio vorsichtig die M&Ms ab und glättete die zerknitterte braune Tüte zwischen ihren Fingern. Sie aß nichts davon, sondern starrte nur mit geröteten Augen und einem halben Lächeln darauf hinunter. »Meine Mutter sagt, dass die Dinge am nächsten Morgen immer besser aussehen.«

»Wie sehen die Dinge wohl für die tote Mutter und ihr Baby aus?«

Shay presste ihre Lippen aufeinander. »Ich versuche nur positiv zu denken, okay?«

Wut durchzuckte Dakota, heftig und schnell. »Du tust so, als wäre alles in Ordnung, während die Welt um dich herum zusammenbricht!«

Julio warf ihr einen warnenden Blick zu. Sie ignorierte ihn.

Sie fuchtelte mit den Armen und deutete auf die Ruinen, die sie umgaben. »Du weißt besser als ich, dass all diese eingeschlossenen Menschen keinen weiteren Tag ohne Wasser überleben können, selbst wenn ihre Verletzungen und die Strahlung nicht ausreichen, um sie zu töten. Ich weiß, dass du das weißt.«

Shay blieb stehen, das halbe Lächeln auf ihrem Gesicht eingefroren. »Ich weiß das.«

»Wirklich? Denn du verhältst dich nicht so.«

»Dakota ...«, begann Julio.

»Es ist in Ordnung«, sagte Shay.

»Es ist nicht in Ordnung!« Dakota explodierte.

Wut durchströmte sie – ein Teil von ihr wusste, dass es irrational war, aber sie konnte nicht anders. Sie sah immer wieder das tote Baby vor sich, den verzweifelten, gequälten Blick der Mutter, der sie anflehte.

»Es ist nicht in Ordnung! Man muss die Dinge so sehen, wie sie sind, und nicht so, wie man sie haben will! Alles andere ist Dummheit. Und Dummheit bringt Menschen um.«

»Das reicht jetzt!« Julio breitete seine Hände zwischen ihnen aus, als wolle er einen tatsächlichen Kampf verhindern. Er warf Dakota einen flehenden Blick zu. »Sich gegenseitig anzugreifen, nützt niemandem etwas.«

»Nein, ist schon okay.« Shay neigte gnädig ihr Kinn. »Ich verstehe, was sie sagt.«

Dakota schnaubte. »Als ob du irgendetwas verstehen würdest!«

In ihrer Brust wurde es eng, ein Druck, gegen den sie nichts ausrichten konnte, baute sich hinter ihrem Brustbein auf. »Du bist eine reiche Prinzessin, die ihre Zukunft schön und perfekt geplant hat – ein schickes College und ein schönes Haus mit einem eingezäunten Garten und einer Doppelgarage ...«

»Genug!« Shay stand abrupt auf, der Stuhl fiel klappernd hinter ihr auf den Bordstein.

# KAPITEL 55
## DAKOTA

Dakota starrte zu Shay auf und war einen Moment lang sprachlos.

Shay schwankte ein wenig. »Jetzt halte mal einen Moment die Luft an. Du kennst mich überhaupt nicht. Du weißt nichts über mich.«

»Shay …« Julio wollte sie beruhigen, aber sie winkte ihn ab.

Das Lächeln verschwand aus ihrem Gesicht. Ihr sonst so gelassener Gesichtsausdruck verzerrte sich vor Wut. »Ja, ich habe einige gute Dinge in meinem Leben. Weißt du, was ich nicht habe? Einen Vater. Denn als ich sechzehn war, ging er in unsere schicke Doppelgarage, steckte sich die Pistole in den Mund und erschoss sich.«

Dakota lehnte sich fassungslos in ihrem Stuhl zurück.

Schuldgefühle überkamen sie.

Sie holte scharf Luft. »D… das wusste ich nicht.«

Shays Lippen bebten. Sie hob eine Hand und presste die Finger gegen die Lippen, aber sie behielt ihre Fassung. »Wie könntest du auch? Aber vielleicht solltest du den Leuten ab und zu einen Vertrauensvorschuss geben. Ja, es gibt eine Menge Arschlöcher auf der Welt. Ich habe es verstanden. Ich bin nicht von gestern.

Aber ich habe mich für die Freude entschieden, okay? Ich hätte zulassen können, dass der Selbstmord meines Vaters mich zerstört, so wie er sich von seiner bipolaren Störung zerstören ließ. Ich hatte eine Wahl, so wie wir alle die Wahl haben, wie wir unser Leben leben wollen. Ich entscheide mich dafür, glücklich zu sein. Ich entscheide mich dafür, die Freude im Leben zu sehen, trotz des ganzen Mistes. Wenn ich mich auf das Gute konzentrieren will, auf die Hoffnung – egal, wie winzig sie ist – dann werde ich das auch tun.«

Sie zögerte, als ob sie überlegte, ob sie noch mehr sagen sollte. Ihr Kinn hob sich.

»Und du – du hast nicht das Recht, hier zu sitzen und mich zu verurteilen.«

Dakota reagierte nicht.

Ein Teil von ihr wollte sofort mit einer schnippischen, klugscheißerischen Erwiderung zurückschlagen. Die Barrieren hochziehen und alle anderen zum Teufel jagen. All ihre aufgestaute Angst, Wut und Verzweiflung an dieser Frau auszulassen, die nur zufällig ein bequemer Sandsack war.

Eine andere, vernünftigere Stimme in ihrem Kopf plädierte auf Zurückhaltung. Sie hatte Shay jetzt mehr als einmal falsch eingeschätzt. Das war ihre Schuld.

Shay war sowieso nicht der Feind. Sie war hier nicht der Bösewicht, auch wenn sie verdammt nervig war.

Die Nerven aller lagen blank. Sie waren alle gestresst, angespannt und konnten sich kaum noch zusammenreißen. Diese Reise war bereits anstrengender geworden, als Dakota es sich hätte vorstellen können.

Julio hatte recht. Sich wegen nichts zu streiten, raubte ihnen nur wertvolle Energie und lenkte sie von den wirklichen Bedrohungen ab.

Julio huschte hinüber und rückte Shays Stuhl zurecht. Mit einem dankbaren Lächeln ließ sie sich auf ihren Platz zurücksinken.

Die drei saßen in einem langen, unangenehmen Schweigen da.

Die einzigen Geräusche waren das gelegentliche, entfernte Stöhnen der Leidenden und das Summen der Fliegen in der feuchten Luft.

Julio griff über den Tisch und legte Shays Hand in seine. »Es tut mir leid um deinen Vater. Ehrlich.«

»Ich habe mich damit abgefunden«, sagte Shay leise. »Aber danke.«

Dakota verschränkte die Arme vor der Brust und blickte auf den Tisch hinunter. Eden sagte ihr immer, sie sei zu stur. Zuzugeben, dass sie falschlag, war wie Zähne ziehen.

Oh Gott, wie sie das Mädchen vermisste.

Eden war ihr Kompass, ihr Nordstern. Ohne sie fühlte sie sich verloren, als würde sie sich Stück für Stück auflösen.

»Ich hätte dir nicht so an die Gurgel springen sollen«, murmelte sie schließlich.

Shay strahlte sie an. »Entschuldigung angenommen.«

Sie waren eine Minute lang still.

Shay nahm einen langen Schluck von ihrem Wasser. Ihr Blick wurde ernst. »Meine Mutter ist krankhaft fröhlich. Sie hat alle Symptome meines Vaters ignoriert. Als ob alles in Ordnung wäre, wenn sie nur überzeugt genug so tun würde. Ich habe versucht, mit ihr zu reden. Aber sie wollte nicht zuhören.

Sie hat Ausreden für ihn erfunden, sagte, dass seine Rückenschmerzen von der Arbeit auf dem Bau ihn wochenlang im Bett hielten. Sogar nachdem er seinen Job als Vorarbeiter verloren hatte, weil er so oft fehlte ... Sie sagte immer wieder, dass es ihm gut ginge, dass ich nur versuche, Drama zu schaffen und mein eigenes Ego aufzublähen, indem ich mit medizinischen Begriffen um mich werfe ...«

Sie schüttelte den Kopf. »In den letzten Wochen wurde er plötzlich übermütig. Er verschenkte sein geliebtes Werkzeugset an einen Freund. Er sagte, er wolle mit uns nach Disney World fahren, obwohl er Menschenmengen hasste und unter sozialer Phobie litt. Sie tat einfach so, als sei alles normal. Sie wollte einfach nur in einer Fantasiewelt leben. Bis es zu spät war.

Vielleicht ... vielleicht wäre er noch hier, wenn sie die Warnzeichen nicht ignoriert hätte. Ich will nicht so sein wie sie.«

Julio drückte ihre Hand zur Ermutigung. »Mach dir keine Sorgen. Das bist du nicht.«

»Alles ist ... Es fällt mir nur schwer, die Dinge zu begreifen, versteht ihr? Die Bomben, all diese Zerstörung, die leidenden Menschen und niemand, der ihnen hilft. Es ist nicht so, wie es sein sollte.«

»Nein«, sagte Dakota leise, »das ist es nicht.«

Danach sagte niemand mehr etwas. Was gab es schon zu sagen?

Dakota bewegte sich unbehaglich und schaute auf ihre Uhr.

Sie waren schon viel zu lange hier. Es war an der Zeit, weiterzuziehen. »Wo, zum Teufel, ist ...«

»Ich bin hier.« Logan verließ den Laden mit einem Sixpack in der einen und einem kleinen Paket in der anderen Hand. »Kein Wasser mehr, aber jede Menge Glückstrank.«

Dakota hob die Brauen. »Glückstrank?«

Er zuckte gleichgültig mit den Schultern. »Irgendetwas in diesem verdammten Höllenloch muss einem doch ein bisschen Glück bringen. Wozu ist es sonst gut? Willst du auch etwas Spaß haben?«

»Ich bin überrascht, dass du anbietest, mit mir zu teilen«, sagte Dakota.

»Ich stecke voller Überraschungen. Wusstest du das nicht?« Logan warf Shay eine Kaugummipackung auf den Tisch. »Dachte, das gefällt dir vielleicht.«

»Danke!« Shay schnappte sie sich. »Du bist ein Lebensretter.«

Er warf einen Blick auf die düsteren Gesichter am Tisch. »Was habe ich verpasst?«

Shay zwinkerte Dakota zu, während sie auf dem Kaugummi herumkaute. »Nichts allzu Bedeutendes.«

Logan kam an Dakotas Seite. Sie roch den Alkohol in seinem Atem. Seine rauen Wangen waren gerötet, seine Augen glänzten.

Instinktiv wich sie zurück, als er sich über sie beugte. Ihre Hand griff bereits nach ihrem Messer.

Aber er zog nur ein dickes, gefaltetes Papier aus seiner Tasche und legte es vor ihr auf den Tisch. Er richtete sich auf. »Sieh dir das an. Ich habe eine richtige Karte für uns gefunden.«

Dakotas Herz klopfte gegen ihre Rippen. Mit einem scharfen Ausatmen ließ sie den Griff des Messers los. Er war keine Bedrohung.

Vielmehr hatte Logan ihnen zur Abwechslung mal etwas Gutes gebracht. Sie hatte sich Sorgen gemacht, wie sie sich ohne GPS zurechtfinden würden, nachdem sie Eden gerettet hatten.

Sie entfaltete die Karte, breitete sie auf dem Tisch aus und zeigte auf eine Stelle direkt unterhalb und westlich von Wynwood. »Wir sind hier.« Sie tippte auf eine Stelle einen halben Zentimeter nordwestlich.

»Hier ist Eden. Nachdem wir sie abgeholt haben, gehen wir ein paar Kilometer nach Westen, um der Strahlung zu entgehen und ein funktionierendes Hotel für die Nacht zu finden, wenn möglich.«

»Woher wissen wir, dass wir die Gefahrenzone verlassen haben?«, fragte Logan.

»Ohne Geigerzähler wissen wir es nicht genau«, sagte Dakota. »Ich denke, ein paar Kilometer westlich sollten genügen. Wir gehen so weit wie möglich und suchen dann einen Unterschlupf, bevor es dunkel wird. Hoffentlich treffen wir bis dahin auf Ersthelfer, Polizei, Rettungssanitäter oder Feuerwehrleute.«

»Und danach?«, fragte Shay mit einem Knallen ihres Kaugummis. »Morgen sollten wir weit genug von den Trümmern entfernt sein, um ein Auto oder Fahrrad zu finden, um schneller voranzukommen«, sagte Dakota.

Sie wünschte sich ein Radio für Nachrichten. Ein Amateurfunkgerät wäre noch besser. Sie kannte das Rufzeichen von Ezra. Wenn sie ihn kontaktieren könnte, wäre alles viel einfacher.

Und jeder Radioenthusiast, der auch nur ein bisschen Verstand hatte, konnte ihnen dann vielleicht sagen, was zum Teufel los war.

»Wir müssen hierhin gelangen, um zum Trail zu kommen.« Dakotas Finger fuhr durch die dichte Vorstadt – durch Little Havana, vorbei am Flughafen, der International und Dolphin Mall und IKEA bis hin zum Dade Corners Travel Center am Rande der Glades. »Nur etwa dreißig Kilometer.«

Das Travel Center war eine zentrale Anlaufstelle für Benzin, Propan, Angelruten, Tarnkleidung und natürlich ausgestopfte Alligatorköpfe und Becher in Form von Brüsten.

Sie hatte vor, sich dort mit Vorräten einzudecken – falls es noch etwas gab. Hoffentlich hatten die Massen Costco und Walmart geleert und das Travel Center übersehen.

In der Nähe bot die Schießanlage der Trail Glades Range ein verlockendes Angebot an Waffen. Wenn alles wie geplant verlief, konnte sie Ezra sein Lieblingsgeschenk als Friedensangebot mitbringen – ein neues Gewehr. Immerhin hatte sie den M4, die sie ihm anbieten konnte.

Falls die Straße mit Autos blockiert war, konnte sie ein paar Kilometer westlich ein Sumpfboot aus Coopertown stehlen. Sie wusste, wie man es bediente und wie man nahe genug an Ezras Haus herankam.

Niemand sonst brauchte das zu wissen.

Bis auf Julio waren sie alle vor zwei Tagen noch Fremde gewesen. Trotzdem fühlte sie sich für Julio und Shay verantwortlich. Sie riskierten ihr eigenes Leben, um ihr zu helfen, zu Eden zu gelangen.

Und sie vertrauten ihr, dass sie sie sicher aus der Gefahrenzone herausbrachte. Die Welt brach um sie herum in sich zusammen, aber sie würde nicht mit ihr untergehen.

Und sie würde auch nicht zulassen, dass die anderen untergingen.

Sie würde Shay helfen, bis sie ein Krankenhaus gefunden hatten, und sie in guten Händen lassen. Sobald sie den Flughafen erreicht hatten, würde Julio sich auf eigene Faust auf die Suche nach seiner Frau machen.

Was Logan betraf, falls er sich lange genug zusammenreißen konnte, so würde er ihr helfen, Eden zu beschützen, bis sie das Travel Center erreichten. Dann würden sie und Eden sich davonschleichen und ihn sich selbst überlassen.

Sie machte sich keine Sorgen um ihn. Logan würde es schon schaffen. Sie verdrängte die Schuldgefühle. Im Gegensatz zu Shay und Julio war sie Logan Garcia nichts schuldig.

»Was ist das für ein Geräusch?«, flüsterte Shay.

Dakota blickte von der Karte auf. Es dauerte einen Moment, bis ihr Gehirn übersetzen konnte, was ihre Ohren hörten, so unvereinbar war es mit ihrer Umgebung.

Als sie lauschten, wurde das Geräusch lauter. Und es kam näher. Ein Automotor. Und mit ihm Musik.

Dakotas Herz erstarrte in ihrer Brust. Sie erhob sich von ihrem Sitz und griff bereits nach ihrem Messer. »Versteckt euch!«

# KAPITEL 56
# LOGAN

Logan stand ganz still und lauschte angestrengt. Die Musik war ein lauter, dröhnender Bass über dem Brummen eines Motors. Sie kam aus dem Nordwesten. Und sie kam eindeutig näher.

»Was sollen wir tun?«, fragte Julio, während er Shay auf die Beine half.

Er blickte den Boulevard hinauf. Es gab zwar immer noch verunglückte und verlassene Autos, aber die Straße war breit genug, dass ein oder zwei Autos sich hindurchschlängeln konnten. Keiner würde mit hundert Kilometer pro Stunde fahren, aber sie könnten es schaffen.

»Ich kann mir eine Gruppe vorstellen, die herumhängt und Musik hört«, sagte Dakota düster.

»Entweder sind es die Blood Outlaws oder jemand, der genauso verrückt oder dumm ist«, sagte Logan. »Wie auch immer, wir sollten auf ein Kennenlerntreffen verzichten. Wir müssen von hier verschwinden.«

Er hatte keine Ahnung, wie viele in dem entgegenkommenden Auto saßen oder ob es sogar mehr als ein Fahrzeug war. Zu warten, um zu sehen, ob sie feindlich gesinnt waren, wäre idiotisch.

Eine unbekannte Anzahl von Feinden aus einer ungeschützten, unhaltbaren Position heraus anzugreifen, wäre noch schlimmer. Er drehte sich um und suchte mit dem Blick die Straße ab. Die Schaufensterfronten zu seiner Rechten waren dreißig Meter in beide Richtungen miteinander verbunden, ohne Seitengassen, durch die man fliehen konnte. Es handelte sich um kleine Ein-Raum-Geschäfte, die kaum Schutz und Deckung boten.

Auf der anderen Straßenseite befanden sich eine Bank – die First Federal Credit Union of Florida –, ein Friseursalon, eine chemische Reinigung und ein vierstöckiges Bürogebäude. »Die Büros! Beeilung!«

Logan und Dakota sprinteten über die Straße und rannten um einen weißen Kia Rio und einen verbeulten waldgrünen Mazda3 herum. Die Türen waren verglast und zerbrochen, ebenso wie die Fenster, aber die Hauptfassade war aus Backstein – dick genug, um sie zu verbergen und Schutz vor feindlichem Feuer zu bieten, falls es dazu kommen sollte. Auf dem großen Schild an der Vorderseite des Gebäudes stand »Palm Industrial Center«.

Die Motorengeräusche wurden lauter. Sie kamen aus der Seitenstraße rechts vor ihnen, direkt nördlich der Kreditgenossenschaft an der Ecke.

Dakota schlüpfte hinein und drückte sich gegen die Seitenwand, außer Sichtweite. Logan folgte ihr und lehnte sich an die gegenüberliegende Wand, die Glock im Anschlag.

Sie hörten jetzt jemanden lachen, laut und schrill über die dröhnende Musik. Das Auto war ganz in der Nähe, kurz vorm Abbiegen.

*Fahr nach Norden, fahr nach Norden*, drängte er immer wieder in Gedanken, doch er wusste bereits, dass das Auto nach Süden abbiegen würde. Natürlich würde es das.

»Wo sind sie?«, flüsterte Dakota.

Logan fluchte leise vor sich hin. Mit dem Rücken zur Wand drehte er sich um und blickte zur Tür hinaus.

Julio hielt Shay an der Taille, ihren Arm über die Schulter gelegt, während sie in Richtung des sicheren Gebäudes humpelten. Sie waren gerade erst auf halbem Weg über die Straße.

Julio erstarrte. Shays Augen weiteten sich vor Schreck.

»Runter!«, zischte Logan verzweifelt. »Unter das Auto!«

Das nächstgelegene Fahrzeug war ein leuchtend gelber Jeep Renegade auf der Büroseite der Straße, nur ein paar Meter vom Bordstein und noch weniger von Shay und Julio entfernt.

Shay reagierte zuerst. Sie packte Julios Arm und sank auf den Bürgersteig. Shay rollte unter das Fahrgestell und zog ihren Kopf ein, um nicht gegen das Vorderrad zu stoßen.

Julio ließ sich auf seinen beachtlichen Bauch fallen und versuchte krampfhaft, sich in den engen Raum zu quetschen. Es klappte nicht. Sein Bauch war zu groß.

»Oh, verdammt«, murmelte Dakota.

Der vordere Kotflügel eines roten Sportwagens ragte hinter der Stuckfassade der Bank hervor.

Logan gestikulierte mit der Mündung seiner Pistole. »Dahinter!«

Als der Wagen um zwei zertrümmerte Autos in der Mitte der kleinen Kreuzung fuhr, krabbelte Julio auf Händen und Knien zum Heck des Jeeps. Er kauerte mit dem Rücken an den Kofferraum gepresst, atmete schwer und hielt sich an dem Kreuz an seiner Halskette fest wie an einer Rettungsleine. Er starrte Logan mit großen, verängstigten Augen an.

Logan hob einen Finger an seine Lippen. Julio konnte sich nicht bewegen oder einen Laut von sich geben. Wenn er entdeckt würde, waren sie alle geliefert.

Julio nickte fast unmerklich mit dem Kopf.

Logan konnte gerade noch Shays Gestalt in den Schatten unter dem Jeep ausmachen. Wenn sie Glück hatten, hatten die Insassen des Sportwagens nicht das nötige Situationsbewusstsein und den scharfen Blick, um zu sehen, was nicht dorthin gehörte.

Vielleicht waren es nur ein paar rebellische Teenager, die mitten in einer verlassenen Stadt eine Spritztour machten. Aber Logan war nicht so naiv, das wirklich zu glauben.

Das Auto rumpelte auf sie zu.

Logan wich von der Tür zurück. Er duckte sich unter das nächstgelegene Fenster, durchquerte den Raum dahinter und hockte sich auf die gegenüberliegende Seite, damit er schräg hindurchsehen konnte, während er immer noch durch dunkle Schatten abgeschirmt war. Mit rasendem Herzen hob er die Pistole, visierte das Auto an, als es auf sie zukam, und machte sich bereit zu schießen.

Es war eine knallrote Corvette, so glänzend, dass es fast schmerzte, sie anzusehen.

Die Händlerkennzeichen und der Preisaufkleber waren noch an Ort und Stelle. Das Auto war definitiv gestohlen, wahrscheinlich von einem Händler außerhalb des EMP-Radius, aber innerhalb der evakuierten Gefahrenzone.

Das Verdeck war geöffnet. Vier Passagiere saßen drinnen. Sie waren jung, zwischen Teenageralter und Anfang zwanzig. Alle waren Latinos, alle waren tätowiert, und mit Ausnahme des Fahrers trugen sie alle Sturmgewehre – ein M4 und ein paar AR-15.

Ein starker Geruch von Alkohol und Gras stieg ihm in die Nase. Sie fuhren langsam, mit lauter Musik, und die beiden hinteren Passagiere kontrollierten jede Seite der Straße. Lautes Gelächter hallte in der heißen Luft wider.

Sie müssen auf Patrouille sein, entweder zu dumm oder zu high, um sich um die Strahlung zu scheren. *Fahrt weiter, fahrt einfach weiter.*

Das Auto fuhr im Slalom auf die Gegenfahrbahn, als es dem vor dem Bürogebäude geparkten Jeep auswich. Shay lag absolut still unter dem Fahrzeug. Doch wenn man genau hinsah, konnte man ihren Arm, die Umrisse eines Beins und einen weißen Turnschuh erkennen.

Julio befand sich auf Händen und Knien am Heck des Jeeps und bückte sich, um unter das Fahrgestell zu schauen, damit er die Corvette beim Anfahren beobachten konnte. Das war ein kluger Schachzug, denn von seinem Aussichtspunkt hinter der Mauer aus konnte Logan weder Julio noch Shay ein Signal geben. Als die Corvette fast auf gleicher Höhe mit der Vorderseite des Jeeps war, bewegte Julio sich nach hinten und schob sich rechts um die hintere Stoßstange herum, bis er gegen die hintere Beifahrertür gepresst war, die zum Gehweg und dem Büroeingang zeigte.

Quälend langsam entfernte sich die Corvette aus Logans Blickfeld. Er spitzte die Ohren und lauschte, als das Geräusch des rumpelnden Motors verklang.

Er konnte nicht erkennen, ob sie in eine andere Straße abgebogen waren. Er ging weiter hinaus und riskierte einen Blick aus dem Fenster. Sie waren jetzt fünfzig Meter die Straße hinunter. Das Auto hatte angehalten.

Die Gangster schauten alle nach vorne. Einer von ihnen zielte auf die nächste Ampel. Die beiden hinteren richteten ihre Gewehre aus und ließen eine Schusssalve los. Die Ampel in der Mitte schwang wild umher, farbiges Glas und Metallsplitter flogen überall hin.

Idioten. Sie hatten nicht einmal einen Gehörschutz.

Logan warf einen Blick zurück auf Julio, der schwitzte und blass war und aussah, als würde er gleich auf der Straße einen Herzinfarkt bekommen. Er sah Logan stirnrunzelnd an und warf ihm einen Blink zu, der sagte *Was zum Teufel soll ich jetzt tun?«*.

Es schien die beste Option zu sein, zu warten, bis die Gangster das Interesse an Zielübungen verloren und weiterzogen, bevor sie handelten. Wenn Julio und Shay jetzt versuchten, in Deckung zu gehen, könnte ihre Bewegung die Aufmerksamkeit der Typen auf sich ziehen.

Wenn sie sich jedoch die Mühe machten sich umzudrehen, würden sie Julio auf der rechten Seite des Jeeps kauern sehen. Er war immer noch ungeschützt.

Vom Jeep bis zur Eingangstür des Bürogebäudes waren es weniger als zehn Meter. Sie könnten es schaffen. Wenn sie schnell genug waren.

Logan traf eine blitzschnelle Entscheidung. Es war besser, sie beide in Sicherheit zu bringen, solange die Gangster abgelenkt waren. Vielleicht war es die falsche Entscheidung, aber manchmal war Unentschlossenheit die schlechteste Option.

Er winkte Julio mit der Pistole zu sich. »Komm schon! Beweg dich!«

Julio ließ sich fallen und griff nach Shay unter dem Jeep. Sie ergriff seine Hand und er zerrte sie grob unter dem Fahrzeug hervor.

»Ich werde sie holen.« Dakota ging zurück zur zerbrochenen Eingangstür.

Geduckt und in gebückter Haltung humpelten Shay und Julio über den Bürgersteig. Dakota trat einen Schritt vor die Tür, packte Shays anderen Arm und zog sie hinein.

Sobald sie ein paar Meter drinnen war, lehnte sich Shay schwer atmend an die nächstgelegene Wand. Staub und kleine Steine klebten an ihren Beinen, ihrem Bauch und ihren Armen. Sie wischte sie hektisch ab. »Haben sie uns gesehen?«

Logan wandte seinen Blick nicht von der Corvette ab. »Nein, das glaube ich nicht.«

Die Musik verstummte.

Plötzlich war nur noch der Leerlauf des Motors zu hören.

»Was machen die da?«, zischte Dakota.

Logan hielt einen Finger hoch.

Die Spannung wurde immer größer. Er spürte sie in seiner Brust, in seinen Eingeweiden. Sie starrten sich gegenseitig an, die Augen groß und weiß im Schatten.

Er zählte die Sekunden in seinem Kopf. Hatte man sie gesehen? Was zum Teufel hatten die Gangster vor?

Dann bewegten sich die Räder knirschend über den Schutt auf der Straße.

Sie kamen zurück.

# KAPITEL 57

# LOGAN

Die Gangster kamen zurück. Das bedeutete, dass sie in ernsten Schwierigkeiten steckten.

Logan war nicht in der Lage, drei halbautomatische Sturmgewehre abzuwehren.

Nicht mit seiner Neun-Millimeter-Pistole und vier mickrigen Kugeln. Nicht mit Shay, die verwundet war und nicht fliehen konnte.

*Du könntest weglaufen.* Er blickte auf seine Glock hinunter.

Er könnte leicht entkommen. Er wusste, wie man sich lautlos bewegte. Er hatte die Geschwindigkeit und die Ausdauer, um durch die Hintertür zu fliehen, bevor diese Drecksäcke sich überhaupt aus ihrem tollen Gefährt gequält hatten.

*Du bist diesen Leuten nichts schuldig.* Warum war er überhaupt hier? Weil ein hübsches Mädchen ihn um Hilfe angefleht hatte? Wegen eines lächerlichen Versprechens von Sicherheit und endlosem Alkohol in einer Hütte inmitten des größten Sumpfes der Welt?

Er war nicht bei Sinnen. Die Explosion hatte einen Kern, einen elementaren Teil von ihm erschüttert und alles verdreht und auf den Kopf gestellt.

Vor drei Tagen hatte er den Kopf in einer Flasche vergraben, schlafwandelte durch seine Tage als Gabelstaplerfahrer und war jedes Mal ein wenig enttäuscht, wenn er aufwachte und feststellte, dass er immer noch atmete.

Jetzt überlegte er, wem er in den Rücken fallen könnte, um hier lebend herauszukommen.

Ein Psychiater könnte diese Verrücktheit nicht entwirren. Für Nabelschau war sowieso keine Zeit.

Er wollte leben. Wenn es darauf ankam, wollte er sich weder für die Kellnerin noch für sonst jemanden in Gefahr begeben. Er war bereit, sie zurückzulassen.

»Nehmt sie mit und sucht nach einem Hinterausgang«, flüsterte Logan Dakota zu. »Ich komme nach. Du brauchst den Vorsprung mit Shay.«

Julio legte seinen Arm um Shay und eilte Dakota in das dunkle Innere des Gebäudes hinterher. Logan richtete seine Aufmerksamkeit wieder auf die Feinde draußen.

Die Corvette hielt parallel zum Jeep an. Der Motor wurde abgestellt. Drei der Verbrecher stiegen aus dem Auto, der Fahrer blieb im Wagen. Ihre bronzene Haut war rot und fleckig, als hätten sie einen schrecklichen Sonnenbrand erlitten. Oder Strahlung.

»Was glaubst du, hast du gesehen?«, fragte einer von ihnen, ein dünner Junge von sechzehn oder siebzehn Jahren mit großen Segelohren.

»Hier«, sagte der zweite, der größer, aber genauso dünn war. Er trug ein Kopftuch und hatte eine riesige Tätowierung eines Tigers, die sich unter seinem weißen Tanktop über Schulter und Brust ausbreitete.

Er ging zu dem schmiedeeisernen Tisch hinüber, an dem Dakota und die anderen keine fünf Minuten zuvor gesessen hatten. »Ich habe einen Moment gebraucht, um zu verstehen, was mein Gehirn mir sagen wollte. Als wir heute Morgen das letzte Mal hier vorbeigekommen sind, war dieser Tisch noch nicht so sauber. Da ist überhaupt kein Staub und keine Asche drauf. Und sieh mal hier.« Er hob irgendetwas vom Tisch auf.

Logan hielt den Atem an. Ein Kaugummipapier von Shay aus der Packung, die er ihr mitgebracht hatte. Verdammt, verdammt, verdammt.

»Glaubst du, sie könnten es sein?«, fragte einer von ihnen.

»Worauf wartet ihr? Schnappt sie euch«, sagte der Fahrer.

»Die sind wahrscheinlich schon längst weg«, jammerte der Junge. »Es ist verdammt heiß hier draußen. Ich fühle mich schlechter als ...«

»Und du siehst auch so aus«, knurrte der Fahrer. »Du hast Salvador gehört. Wir säubern diesen Ort. Das ist jetzt das Gebiet der Blood Outlaws. Keiner bestiehlt uns oder ermordet einen von unseren Leuten. Keiner.«

»Wir werden sie finden«, sagte Tiger-Tattoo. »Sie werden dafür bezahlen, was sie Potillo angetan haben.«

Logans Herzschlag beschleunigte sich. Der Ganove im Old Navy war gefunden worden. Oder der entkommene Spitzel hatte seine Geschichte erzählt. So oder so, die Blood Outlaws waren auf der Suche nach ihnen.

»Und wenn es La Raza oder das Syndikat ist?«, fragte der Junge. Zwei weitere bekannte Gangs, die in Miami ihre Hochburgen hatten.

Tiger-Tattoo lächelte und enthüllte eine Reihe von Goldzähnen. »Wir werden uns auch um sie kümmern.«

»Teilt euch auf«, befahl der Fahrer. »Zwei und zwei. Ihr beide nehmt diese Seite, wir diese.«

Zwei von ihnen liefen über die Straße, Sturmgewehre in der Hand, Kurzwellenfunkgeräte am Gürtel.

Logan verschwand wieder in den Schatten und bewegte sich schnell und lautlos durch das Foyer. Der vordere Raum war eine Art Sitzecke mit gepolsterten Stühlen mit einem blassgrünen Palmenmuster aus den Neunzigern, gemischt mit glänzenden Messingtischen, auf denen verstaubte Ausgaben von *Human Resources Digest* lagen.

Auf der rechten Seite befand sich ein Empfangstresen, umgeben von umgestürzten Topfpalmen, auf der linken Seite ein Wasserspender und eine Kaffeestation unter einem zersplitterten Riesenspiegel. Geradeaus war eine Doppeltür neben den Aufzügen und dem Nottreppenhaus.

Er wollte nicht in den ersten oder zweiten Stock gehen. Das würde ihre Fluchtmöglichkeiten einschränken. Es war besser, im Erdgeschoss zu bleiben. Er hoffte, dass Dakota klug genug war, das Gleiche zu tun.

Er schob sich durch die Doppeltür und fand einen riesigen offenen

Bereich vor, der vollgestopft war mit Computergeräten und persönlichen Erinnerungsstücken, Golfbechern und Familienfotos. Große Büros für die hohen Tiere säumten beide Seiten des großen Raums, und an den Holztüren waren Schilder mit den Namen und Titeln der einzelnen Mitarbeiter angebracht.

Er blinzelte, um seine Augen an das Licht anzupassen. Das Tageslicht drang durch die geöffneten Türen mehrerer Büros, die Außenfenster hatten. Das Innere lag immer noch tief im Schatten, aber es gab genug Licht, um etwas zu erkennen.

Das war seine Chance. Er sollte in eines der Büros gehen, durch das zerbrochene Fenster springen und sich aus dem Staub machen …

Aus dem Foyer drangen Geräusche zu ihm. Stimmen. Ein Krachen. Vielleicht hatten sie zum Spaß den Wasserspender umgeworfen.

Er entdeckte Dakota am anderen Ende des Arbeitsnischenlabyrinths, als sie ihren Kopf aus einer schmalen Tür steckte und sich nach ihm umsah. Als sie ihn erblickte, weiteten sich ihre Augen und sie winkte ihm stumm zu. *Komm her.*

Sein Verstand sagte ihm, er solle zum Fenster rennen. Sich aus dem Staub machen, solange er noch konnte. Sich entfernen von diesem ganzen Schlamassel, von diesen Leuten, die er kaum kannte und für die er ganz sicher nicht verantwortlich war.

Aber etwas ließ ihn zögern, etwas, das er sich nicht einmal selbst erklären konnte. Er sollte weglaufen, aber er tat es nicht.

Bevor er es sich ausreden konnte, duckte er sich und sprintete, halb gebückt, auf Dakota und die anderen zu.

Er ging an einem Pausenraum auf der linken Seite vorbei und erblickte ein paar runde Tische, einen kompakten Kühlschrank und mehrere Automaten. Gut, dass Dakota klug genug war, sich nicht dort zu verstecken. Die Schläger würden sich wahrscheinlich sofort darauf stürzen.

Weitere Geräusche ertönten aus dem Foyer. Jetzt näher als vorher.

Mit rasendem Puls erreichte er die Tür mit der Aufschrift »Abstellraum« und schlüpfte hinein. Er blinzelte, aber es war zu dunkel, um etwas zu sehen.

»Mach die Tür zu!«, zischte Dakota.

Er zog an der Messingklinke und versuchte, den Riegel so lautlos wie möglich zu schließen, aber die Tür blieb zwei Zentimeter vor dem Schließen stehen. Er zerrte fester. Keine Chance. Irgendetwas blockierte sie.

Die Glock immer noch in der rechten Hand, tastete er sich mit der linken an Metallregalen, Flaschen mit Reinigungs- und Bleichmitteln, Papierhandtuchrollen in Industriegröße entlang. Ein hölzerner Moppstiel. Die dicken Fasern des Mopps mussten unter der Tür oder im Scharnier eingeklemmt sein.

Die Flügeltüren öffneten sich, gefolgt von lautem Stimmengewirr.

Logan versteifte sich. Es blieb keine Zeit, den Mopp aus dem Weg zu räumen oder auch nur das geringste Geräusch zu machen.

Er blickte hinter sich. Seine Augen hatten sich jetzt besser an die Dunkelheit gewöhnt, und er konnte gerade so einen langen, schmalen Raum erkennen, der etwa zwei mal fünf Meter groß und mit Metallregalen ausgekleidet war, die senkrecht zur Wand standen. Auf der linken Seite, in der Mitte des Raumes, kauerten Dakota, Shay und Julio hinter drei großen Rollmülltonnen.

Alle waren wie erstarrt, hockten zusammengekauert und warteten verängstigt auf das, was als Nächstes passieren würde. Das Einzige, was zwischen ihnen und zwei Gangstern mit AR-15-Gewehren stand, war eine schwache, hohle Tür aus Holzimitat, die nicht einmal ganz geschlossen, geschweige denn verriegelt war.

Hinter den Mülleimern war kein Platz für ein Versteck. Die Regale boten vielleicht genug Tarnung, aber wenn er jetzt versuchte, sich zu bewegen, könnte er versehentlich stolpern oder etwas umstoßen und sie alle entlarven.

Das Einzige, was Logan auf seiner Seite hatte, war der Überraschungseffekt. Er sank lautlos in eine defensive Haltung, die Waffe im Anschlag, eine Kugel bereits im Patronenlager, und wartete.

# KAPITEL 58
## LOGAN

Durch den Spalt in der Tür beobachtete Logan, wie die beiden Gangster tiefer in das Innere des Raumes vordrangen.

Der erste Mann war Anfang zwanzig. Er hatte eine kräftige Brust, einen kantigen Kopf und klobige Gesichtszüge – ein breites Gesicht und eine hohe Stirn, breite Wangenknochen und eine flache Nase. Der zweite war der Junge mit den großen Ohren. Er übernahm die rechte Seite, die am nächsten an der Tür zum Abstellraum lag.

Sie bewegten sich beide langsam. Der Junge krümmte sich, als ob er Schmerzen hätte. Der Quadratschädel atmete so schwer, dass Logan ihn noch aus dreißig Metern Entfernung keuchen hören konnte. Er hielt immer wieder inne, um sich mit einem roten Taschentuch über die feuchte Stirn zu wischen.

Der Quadratschädel knallte die Mündung der AR-15 gegen mehrere Wände der Arbeitsplätze. »Kommt raus, kommt raus, wo immer ihr seid …« Er hielt inne, um etwas hochzuwürgen und spuckte es auf den Teppich.

Der Junge wanderte den Gang entlang. Er warf einen halbherzigen Blick in jede Arbeitsnische und ignorierte die Büros völlig. Er suchte den Pausenraum ab und verzog das Gesicht, als würde ihn der Anblick von Essen ekeln.

Logan beobachtete, wie er näher und näher schlurfte. Am letzten Arbeitsplatz blieb er stehen, keine drei Meter entfernt.

Der Junge ließ sich in einen der gepolsterten, ergonomischen Bürostühle fallen und lehnte den Kopf zurück. Mit einem Seufzer öffnete er eine Schublade und knallte sie zu. Er zog einen Stapel Papiere aus einem Regal und warf sie auf den Boden. Mit einem dumpfen Schlag stieß er den Computer vom Schreibtisch.

Egal, ob er einfach zu krank, gelangweilt oder faul war, er war nicht mit dem Herzen bei der Jagd.

Abrupt bückte sich der Junge und erbrach sich in einen Mülleimer. Das Geräusch von Erbrochenem, das in den Plastikeimer spritzte. Mit einem Stöhnen richtete er sich auf und hielt sich den Bauch, während das AR-15 frei an seinem Riemen baumelte.

Strahlenkrankheit also. Wenigstens etwas, das ihnen helfen könnte. Logan bewegte sich leicht, nur so viel, dass er seine Waffenhand auf sein Knie stützen konnte. Was auch immer geschah, er war bereit.

»Vergiss es.« Der Junge wischte sich den Mund mit seinem Unterarm ab. »Ich haue hier ab. Salvador kann den Scheiß hier selbst machen. Das sind Geister, Mann.«

»Lass Spider nicht hören, dass du so redest«, schnauzte Quadratschädel vom anderen Ende des Raumes.

Der Junge stand auf und schwankte ein wenig. »Er sagte, wenn es keine Asche gibt, gibt es auch kein radioaktives Gift oder so. Warum fühle ich mich dann so, Mann? Als ob sich mein Inneres nach außen dreht? Ich habe auch diese verdammten Kopfschmerzen.«

Quadratschädel zuckte mit den Schultern und zupfte an einer der Blasen, die sich an seinem Mundwinkel bildeten. »Hör auf zu reden. Du machst es nur noch schlimmer. Ist deine Seite sauber?«

Der Junge trat gegen den Mülleimer. Er rollte über den Teppich und prallte gegen die Tür der Abstellkammer, wo er seinen Inhalt verteilte. Der Gestank von Erbrochenem erfüllte Logans Nasenlöcher. Er presste seinen Mund zu und hielt die Luft an.

Der Junge stand weniger als einen Meter von ihm entfernt.

Durch den Spalt in der Tür visierte Logan seine Schulter an, richtete die Waffe ein wenig höher und zielte auf ein übergroßes Ohr.

Den hier konnte er leicht ausschalten, aber Quadratschädel und sein AR-15 würden Ärger machen. Und sobald sie die Schüsse hörten, würden die anderen angerannt kommen. *Zwingt mich nicht, das zu tun. Geht einfach weg.*

Der Junge warf kaum einen Blick auf die Büroräume oder die Tür zum Abstellraum direkt vor ihm. Er schaute einen Moment auf die Treppe und wandte sich dann ab. »Ja. Alles in Ordnung.«

»Lass uns gehen. Hier ist es heiß wie in einer Sauna.«

Ihre Stimmen verstummten, als sie das Gebäude verließen. Logan und die anderen hörten bewegungslos zu, bis die Corvette wieder aufheulte und der Wagen langsam die Straße hinunterrumpelte. Schließlich verstummten die Geräusche vollständig. Die unheimliche Stille kehrte zurück.

»Das war zu knapp«, sagte Dakota, als sie ihre Gliedmaßen entwirrte und sich aufrichtete.

»Gott sei Dank geht es uns gut«, sagte Julio und atmete zittrig aus. »Ich hätte mir fast in die Hose gemacht.«

»Gut, dass du es nicht getan hast.« Shay tätschelte seinen Arm mit einem sanften Lächeln. »Zum Glück gibt es Gangster mit einer schlechten Arbeitsmoral, schätze ich.«

Dakota rümpfte die Nase. »Was ist das für ein furchtbarer Gestank?«

»Das willst du gar nicht wissen.« Logan stieß die Tür auf und betrat den Raum. »Lasst uns von hier verschwinden, bevor sie zurückkommen.«

Sie eilten an den Arbeitsplätzen, den Büros und dem Pausenraum vorbei. Niemand hatte Lust, eine Pause einzulegen, um ihre Vorräte aufzustocken. Sie schoben sich durch die Flügeltüren und betraten das Foyer.

Von rechts kam ein schlurfendes Geräusch. Neben den Aufzügen schwang die Tür zum Nottreppenhaus auf.

Logan drehte sich um, seine Pistole war bereits entsichert und auf die Bedrohung gerichtet.

# KAPITEL 59
## DAKOTA

»Nicht schießen! Bitte!«, sagte ein Mann und streckte beide Hände in die Luft. »Ich bin unbewaffnet. Ich bin nicht hier, um jemanden zu verletzen.«

»Warum sind Sie dann hier?«, fragte Dakota.

»Ich ... ich arbeite hier. In der Buchhaltung«, stammelte er nervös. Mit einem zitternden Finger deutete er an die Decke. »Mein Name ist Dave. Dave Spangler. Eine Handvoll meiner Kollegen ist noch oben. Wir haben uns in Sicherheit gebracht. Ihr wisst schon ... vor der Bombe.«

Dave Spangler war ein kahlköpfiger Weißer mittleren Alters mit einem borstigen Schnurrbart und dicken Wangen, sein Bauch quoll über seine zerknitterte Khakihose. Er sah genauso aus, wie sie sich alle Buchhalter vorstellte.

Logan senkte seine Pistole, sodass sie nicht auf die Brust des Mannes gerichtet war, aber er blieb in voller Alarmbereitschaft. Und Dakota ebenso. Ihr Herz hämmerte immer noch gegen ihre Rippen, weil die Blood Outlaws sie fast erwischt hätten.

»Wir wollten einfach nur Kontakt zur Außenwelt aufnehmen. Uns mit anderen austauschen, versteht ihr?«, sagte Dave.

»Das tun wir«, sagte Julio freundlich. »Keine Sorge, wir sind nicht gefährlich.«

»Du vielleicht nicht«, murmelte Logan.

»Wie viele Leute sind hier?«, fragte Dakota.

»Zwölf«, sagte Dave. »Wir haben uns hier seit der Explosion verschanzt. In den ersten Notfalldurchsagen wurde geraten, zu evakuieren, aber ich habe ein paar Romane über mögliche Atomangriffe gelesen. Es war natürlich Science-Fiction, aber alles, was darin über Schutzmaßnahmen gesagt wurde, ergab Sinn. Die meisten unserer Kollegen sind geflohen. Wir sind oben in einem inneren Konferenzraum geblieben.«

»Kluge Entscheidung«, sagte Dakota.

»Die anderen wollten nicht, dass ich runterkomme, um mit euch zu reden. Aber ich weiß, dass ihr nicht wie diese Gangs seid. Wir haben das Geschehen von einem der Fenster im zweiten Stock aus beobachtet. Diese Drecksäcke waren hinter euch her. Ihr habt Glück, dass sie so schnell aufgegeben haben. Die Dinge, die wir gehört haben …«

Er schüttelte den Kopf und sah aus, als wäre ihm übel. »Die Leute randalieren und plündern bereits. Wir können sie nachts hören. Schreie und Schüsse. Die Gangs nutzen das Machtvakuum aus, schätze ich. Sie bekämpfen sich gegenseitig um ihr Territorium. Wir können hören, wie sie Geschäfte, Banken, Apotheken und so weiter plündern. Seit der ersten Nacht haben wir kein einziges Polizeiauto gesehen und keine Sirene gehört.«

»Wer sind sie?«, fragte Dakota und ihr Bauch zog sich zusammen. Sie hatte bereits eine ziemlich sichere Vermutung.

»Am schlimmsten sind diejenigen, die sich selbst als Blood Outlaws bezeichnen. Sie stellen seit Jahren ein wachsendes Kriminalitätsproblem dar, aber der Gouverneur konnte sie nie eindämmen. Jetzt versuchen sie, die verbliebenen Lebensmittel und alles andere, was sie für wertvoll halten, zu kontrollieren und patrouillieren durch die Straßen wie die Polizei. Sie töten rivalisierende Bandenmitglieder oder jeden, der versucht, sich ihnen zu widersetzen.«

Dakota unterdrückte ein Schaudern. Es kam ihr wie eine Ewigkeit vor, aber der Überfall bei Old Navy war erst vor wenigen Stunden geschehen.

Sie machte sich schon genug Sorgen um Maddox und die anderen

Verrückten, die in der Stadt umherstreiften. Jetzt jagten die Blood Outlaws sie auch noch.

Unbehagen machte sich in ihr breit. Das war bei Weitem noch nicht das Schlimmste. Es würde sicherlich noch schlimmer werden.

»Darf ich jetzt meine Hände runternehmen?«, fragte Dave nervös.

»Nein«, sagte Logan, während Shay gleichzeitig rief: »Natürlich!« Dave sah verwirrt aus. Dakota verdrehte die Augen. »Nur zu.«

Dave wandte sich der Treppe zu. »Ihr könnt jetzt runterkommen.«

Hinter ihm stiegen eine zierliche Haitianerin in den Fünfzigern mit grauem Kurzhaarschnitt und eine jüngere Asiatin in einem zerknitterten Hosenanzug und verschmiertem Make-up vorsichtig die Treppe hinunter. »Das sind Lydie ...«, er deutete auf die ältere dunkelhäutige Frau, »und Amy.«

Beide Frauen nickten heftig.

»Könnt ihr uns etwas mehr erzählen?«, fragte Dakota. »Wir haben sonst niemanden getroffen.« Niemanden, der noch lebte, meinte sie, aber sie sprach es nicht laut aus.

»Unsere Computer und elektronischen Geräte funktionieren nicht«, sagte Lydie, »aber Amy hat dieses tragbare Radio, das sie mitbringt, um in der Mittagspause Oldies zu spielen ... Es funktioniert noch. Die Batterien sind bald leer, also schonen wir es jetzt. Sie übertragen auf allen Sendern immer wieder dieselbe Notfallsendung, aber ab und zu gibt es neue Informationen.«

Dakota und Logan tauschten angespannte Blicke aus. Sie würden endlich echte Informationen bekommen.

»Wir wissen nur, was wir vor der Explosion in den Nachrichten gehört haben«, sagte Logan. »Was zum Teufel ist passiert?«

Dave und Amy schüttelten nur den Kopf. Lydies Mund verzog sich zu einem grimmigen Ausdruck. »Es ist so furchtbar ... Dreizehn. Es waren dreizehn.«

»Dreizehn was?«, fragte Shay.

»Bomben«, flüsterte Amy. »Dreizehn improvisierte Nuklearsprengkörper wurden in den Vereinigten Staaten gezündet.«

Shay gab einen abgehackten Laut von sich. Logan sog scharf und erschrocken die Luft ein.

Blut schoss Dakota in den Kopf. Sie fühlte sich benommen, bis ins Mark erschüttert.

Dreizehn Städte wurden genau wie Miami dezimiert. Es war fast nicht zu glauben. Als hätte sich jemand einen kranken Scherz ausgedacht. Nur dass sie eine der Explosionen überlebt hatten. Sie wussten, dass es nur allzu real war.

»Heilige Muttergottes.« Julio berührte sein goldenes Kreuz, sein Gesicht war aschfahl.

»Es sollten vierzehn sein«, sagte Dave, »aber die in Chicago wurde rechtzeitig entdeckt und entschärft.«

»Welche Städte?«, fragte Logan heiser.

Lydie sagte sie auf, als wären sie in ihr Gedächtnis eingebrannt worden. »Miami. Los Angeles. Long Beach. Charleston. Norfolk. Savannah. New Orleans. Houston. Corpus Christi. Seattle. New York City. Atlanta. Und Washington D.C.«

Dakota starrte die Frau an und war kaum in der Lage, ihre Worte zu verstehen.

Irgendetwas an den Zielstädten ergab keinen Sinn. Doch bevor sie fragen konnte, ergriff Dave erneut das Wort.

»Die Terroristenbastarde haben es geschafft, die Bomben so nah zu bringen, dass sie das Weiße Haus, das Kapitol und den Obersten Gerichtshof auslöschen konnten. Nur neun Kongressmitglieder sind noch am Leben. Der Präsident und der Vizepräsident haben es nicht geschafft.«

Lydie holte scharf Luft. »Die Präsidentin des Senats, Dianna Harrington, ist jetzt die Präsidentin der Vereinigten Staaten. Bis vor zwei Tagen wusste ich nicht einmal, wer sie ist. Und jetzt ist sie Präsidentin.«

Selbst nach all dem, was sie erlitten hatten, trafen sie die Worte der Überlebenden wie ein Schlag ins Gesicht. Es war schlimmer, als sie gedacht hatte. Viel schlimmer.

Hatte Ezra sie nicht davor gewarnt?

Eine andere Erinnerung nagte an den hintersten Ecken ihres Gedächtnisses. Wütende Predigten von der Kanzel über das bevorstehende Unheil, düstere Vorhersagen über Zorn und Feuer, das vom

Himmel herabkommt, um die Erde und alle Menschen auf ihr zu verbrennen – alle außer den Auserwählten.

Sie schüttelte die Erinnerung ab. Das waren die Wahnvorstellungen eines Wahnsinnigen und die hirnlosen Narren, die durch eine Gehirnwäsche dazu gebracht wurden, seine verdorbenen Lehren zu verehren.

Das alles hatte sie in der Nacht, als sie aus der Kommune floh, hinter sich gelassen.

Sie wollte nie wieder an den Propheten oder einen seiner verdammten Hirten denken.

»Wie viele Menschen ...« Julio schluckte. Tränen schimmerten in seinen Augen. Er machte sich nicht die Mühe, sie wegzuwischen. »Wie viele Tote?«

Lydie schloss die Augen und sprach, als ob sie einen Nachrichtenbericht auswendig gelernt hätte. Vielleicht hatte sie das. Vielleicht brannten sich Fakten und Zahlen mit solch schrecklichen Werten für immer in das Gedächtnis ein.

»Die Notrufsendungen meldeten, dass allein in New York City über 100.000 Menschen tot und 200.000 schwer verletzt sind. Washington D.C. meldet 300.000 Verletzte. Und da sind die Menschen, die unter der Strahlung leiden, noch gar nicht mit eingerechnet. Sie wissen nicht, wie viele Menschen krank sind – oder es bald sein werden.

In den Nachrichten wurde geschätzt, dass mindestens eine Million Menschen bereits tot sind«, sagte Lydie schwer. »Millionen von Verletzten. Noch mehr Strahlenkranke. Jedes Krankenhaus im Land ist einfach überfordert.«

»Was ist mit Miami selbst?«, fragte Dakota.

»Es sieht wie ein Kriegsgebiet aus«, sagte Amy. Ihre Stimme war so leise, dass Dakota sie kaum hören konnte. Dunkle Schatten umrahmten ihre blutunterlaufenen Augen. Ihr Blick war gequält. »Das Explosionszentrum ist der berühmte Miami Tower. Er existiert nicht mehr. Das Geschäftsviertel ist verschwunden. Die Skyline von Miami wurde einfach ... dezimiert. Das Miami Center, das Met 2, das Southeast Financial Center, Vizcayne, das Asia ...«

Shay knabberte an ihrem Daumennagel und schüttelte stumm den

Kopf, als ob ihr Unglaube den endlosen Strom des Grauens irgendwie aufhalten könnte.

Aber es ging nicht. Es war nicht mehr aufzuhalten.

Es war wie ein schrecklicher Albtraum.

Ein geografischer Zufall hatte sie vor dem Schlimmsten bewahrt – vor einstürzenden Wolkenkratzern, schrecklichen Verbrennungen dritten Grades und einer Strahlendosis, die hoch genug war, um einen erwachsenen Menschen innerhalb weniger Tage zu töten.

Dakota hatte sich noch nie für einen Glückspilz gehalten, aber heute schätzte sie sich glücklich. Doch selbst in ihrer Erleichterung durchzuckte sie ein schlechtes Gewissen.

Warum sie? Warum sie alle? Sie hatten es nicht mehr verdient als alle anderen.

Es war alles zufällig und willkürlich. Wer lebte oder starb, wurde durch nichts anderes als einen kosmischen Würfelwurf bestimmt.

Der Gedanke daran ließ sie erschaudern.

Shay und Julio unterhielten sich noch eine Minute lang mit der Gruppe, aber Dakota hörte sie kaum. Mehr denn je wollte sie von hier verschwinden.

Sie fing Logans Blick auf. Er nickte.

»Was sind eure Pläne?«, fragte Julio.

»Wir bleiben noch ein oder zwei Tage.« Dave fuhr sich mit einer zittrigen Hand durch sein schütteres Haar. »Wir haben Essen und Wasser aus dem Pausenraum. Dann gehen wir auf der I-95 nach Norden, bis wir Hilfe oder ein Lager der FEMA für alle Evakuierten finden, und machen uns auf die Suche nach unseren Familien.«

Shay umarmte Lydie und Amy. Julio schüttelte Dave die Hand. Sogar Dakota fühlte eine seltsame Verbindung zu diesen Fremden. Sie waren alle Überlebende der gleichen verheerenden Katastrophe.

»Danke für die Information«, sagte Dakota. »Und viel Glück.« Innerhalb von fünf Minuten hatten sie die anderen Überlebenden und das Palm Industrial Center hinter sich gelassen und waren wieder auf der Straße auf dem Weg zu Eden.

# KAPITEL 60
## MADDOX

Maddox schlurfte in der Mitte der aufgerissenen und krummen Straße entlang.

Er musste umkehren und eine andere Route suchen, nachdem eine Trümmerlawine zwischen zwei mittelhohen Wohnhäusern die Hauptstraße versperrt hatte.

Das war nicht schlimm. Ein paar Häuserblocks weiter konnte er nach Osten und dann wieder nach Norden abbiegen und sich einen Weg durch die Trümmer und Zerstörungen bahnen, bis er den für ihn freigegebenen Weg fand.

Er war überzeugt, dass es so kommen würde.

Gestern war er mehrere Stunden lang von der Schwäche nach dem Unfall überwältigt gewesen. Seine Rippen schmerzten heftig. Sein Kopf und die Basis seiner Wirbelsäule pochten.

Sein Magen fühlte sich immer noch an, als wäre er von innen nach außen gedreht worden. Er hatte seit zwei Tagen nichts mehr gegessen. Er war nicht hungrig.

Vielleicht spürte er einige der Auswirkungen der Strahlung.

Im Tunnel war er stundenlang ohnmächtig gewesen, was ihn vor der unmittelbaren Strahlung bei der Detonation geschützt hatte.

Aber vielleicht gab es hier draußen noch mehr.

Als die Nacht hereinbrach, war er gezwungen gewesen, in einer

Hotellobby Unterschlupf zu suchen. Es war nicht leicht gewesen, eine zu finden, die frei von stinkenden, verrottenden Leichen war, aber schließlich hatte er es geschafft.

Er hatte sich ein bequemes Ledersofa gesucht und stundenlang geschlafen. Ein von der Explosion verschonter Wasserspender bot die einzige Stärkung, die er brauchte.

Er sehnte sich jetzt nach diesem Wasser. Die heiße, feuchte Luft durchtränkte sein Hemd mit Schweiß. Die glühende Hitze zehrte an seinen Kräften, aber er ging weiter. Vor ihm versperrte ihm ein Mann den Weg. Ein Mann, der im Tal eines Trümmergebirges kniete, aus dem öliger Rauch um ihn herum aufstieg.

Die Art und Weise, wie der Mann sich hinkniete, als wolle er beten, ließ ihn innehalten.

Der Mann sah zu Maddox auf.

Er war nackt, seine Haut war eine siedende Masse aus rohen Verbrennungen. Sein Gesicht war so stark verbrannt, dass Maddox Knochen durch die Überreste des Fleisches erkennen konnte. Seine Augen hatten einen milchig-weißen Film – er war vom Lichtblitz geblendet worden.

»Rette mich«, flehte er.

Der Mann sehnte sich nach dem Tod, nach einem Ende seines irdischen Leidens. Der Mann war ein Unglücklicher, wie alle, die sich dem Ruf des Propheten entzogen, die ihren eigenen egoistischen Weg *dem Weg* vorzogen. Er war ein Sünder, der für seine Sünden bestraft wurde.

Maddox wusste nicht, was der Mann getan hatte. Er brauchte es auch nicht zu wissen. Aber er konnte dem Mann helfen, wenn er es wollte.

Seine Beretta M9 steckte im Holster an seiner Hüfte. Aber er hatte keine Ersatzmunition dabei; seine Tasche hatte er im Taxi zurückgelassen, sie war zu Asche verbrannt oder mit dem Rücksitz verschmolzen.

Er wusste nicht, welche anderen Hindernisse sich ihm in den Weg stellen würden. Er wusste nicht, wie schwierig sich die Aufgabe gestalten würde, die vor ihm lag – ob die Mädchen einfach mitkommen würden oder ob mehr Überzeugungskraft erforderlich wäre.

Er brauchte jede Kugel für sich selbst.

Außerdem sollte dieser Mann einfach die Strafe ertragen, die er verdiente. Wenn er genug gelitten hatte, würde Gott ihm vielleicht Gnade gewähren.

Aber das lag nicht in Maddox' Hand.

Es war ihm egal, was mit dem Mann geschah. Es war ihm egal, was mit all diesen Menschen geschah. Sie hatten ihre Entscheidung getroffen, genau wie er seine.

Er wich dem Unglücklichen aus und überließ ihn seiner Strafe.

Maddox setzte seine Reise fort. Jeder Schritt brachte ihn seinem Ziel näher, seine Mission zu erfüllen und seinen Platz als einer der Auserwählten, als wahrer Hirte, einzunehmen.

Er hatte immer das hellbraune Stuckhaus mit den puderblauen Fensterläden und dem rosa Flamingo im Mulch vor Augen.

# KAPITEL 61
## DAKOTA

Nachdem sie das Bürogebäude mit Dave, Lydie und Amy hinter sich gelassen hatten, liefen Dakota und die anderen noch eine Stunde lang weiter, immer wieder gezwungen, Umwege zu machen, um weitere Brände zu umgehen. Die ganze Stadt schien in Flammen zu stehen.

Sie versuchten sich auf Seitenstraßen und Hinterhöfe zu beschränken, immer bereit, sich zu verstecken, wenn sie ein Fahrzeug durch die Straßen fahren hörten. Das war notwendig, verlangsamte ihr Vorwärtskommen aber nur noch mehr.

Dakota spürte, wie jede vergeudete Sekunde in ihrem Kopf wie eine weitere Bombe tickte, die darauf wartete zu explodieren.

Keiner sprach über die dreizehn Bomben. Es war zu deprimierend, zu überwältigend. Der Zustand des Landes da draußen – und die Möglichkeit, dass die Dinge außerhalb von Miami nicht besser, sondern schlimmer sein könnten – war zu entsetzlich, um darüber nachzudenken.

Wenigstens war das Stöhnen der Eingeschlossenen und Sterbenden in den umliegenden Gebäuden verklungen. Jetzt war es bis auf das gelegentliche Summen der Fliegen und ihre eigenen Schritte wieder still.

Logan stapfte neben ihr her. Er wischte sich mit dem Arm den

Schweiß von der Stirn und zog mit einer Hand einen halb geschmolzenen Snickers-Riegel aus seiner Tasche, während er in der anderen Hand ein Budweiser hielt.

Er hatte bereits drei ausgetrunken.

»Also, nachdem wir deine Schwester geholt haben, wer wird uns dann am Ende treffen? Dein Vater oder Großvater?«, fragte er. »Ein verrückter Prepper-Onkel?«

Er wollte eindeutig nur eine Ablenkung. Aber das wollte sie auch. »Ich habe es dir doch schon gesagt. Es gibt nur mich und meine Schwester. Keine Familie.«

»Überhaupt keine?«

»Außer ihr sind alle, die wichtig waren, tot.« Das war wahr genug.

Er nahm abwechselnd einen Schluck Bier und biss in den Schokoriegel. »Wem gehört dann dein Unterschlupf?«

»Einem Freund.«

Er zog die Brauen hoch. »Ein Freund will seine hart verdiente Beute mit dir teilen? Mit uns? Ich kenne nicht viele Freunde, die das tun würden. Vor allem keine Prepper. Da ist jeder auf sich allein gestellt.«

Ezra würde sie wieder bei sich aufnehmen. Wenn sie an irgendetwas in dieser Welt glaubte, dann an ihn.

Er würde ihr verzeihen. Das musste er. »Der hier schon.«

»Die einzigen Prepper, von denen ich je gehört habe, sind verrückt. Sie sind paranoid und übergeschnappt. Ist er so?«

»Es ist keine Paranoia, wenn es wahr ist.«

Sie schloss für einen Moment die Augen, um die Trostlosigkeit um sie herum auszublenden. Die schreckliche Realität des Rauchs, des Feuers und des Todes. Sie dachte an die warme und gemütliche Hütte, an Ezra, ruppig und mürrisch, aber immer noch eine solide, tröstliche Stütze, ein Lichtblick in der Dunkelheit ihrer Erinnerungen.

Sie brauchte jetzt eine gute Erinnerung, um sich zu erden, um ihr Halt zu geben. Sie brauchte sie mehr denn je. Sie ließ ihre Gedanken zurück zu jener ersten Nacht schweifen.

»Ihr seid durch die einzige Lücke im Zaun gekommen«, hatte Ezra später gesagt, nachdem er ihr die Fallen im Hof gezeigt hatte, die sie wie durch ein Wunder vermieden hatten. Der Sturm hatte den Baum in der Nacht zuvor in den Zaun gerammt; Ezra hatte geplant, ihn am nächsten Tag zu reparieren.

Das Vorhängeschloss *war* offen gewesen; in ihrer Panik hatte sie es nicht einmal bemerkt.

Ezra war gerade dabei gewesen, einige bald ablaufende Waren aus dem Lager in seine Vorratskammer zu bringen, als die Lichter der Bewegungsmelder aufflammten.

Er hatte sie auf seinen Kameras beobachtet, die Schrotflinte des Modells Remington Versa Max in der Hand, bereit und entschlossen, seinen Besitz zu verteidigen, wie er es schon einmal getan hatte. Und er würde es wieder tun.

Irgendetwas an ihnen hatte ihn zurückgehalten – vielleicht, weil sie nur das gestohlen hatten, was sie brauchten, oder weil Eden eindeutig noch ein Kind war – oder vielleicht erzählte ihre triste Kleidung ihre eigene düstere Geschichte.

Später entdeckte sie die Fotos an den Wänden des Flurs, die alle von seiner verstorbenen Frau aufgenommen worden waren, die vier Jahre zuvor an Lungenkrebs gestorben war.

Die Fotos zeigten die Tierwelt der Glades in ihrem natürlichen Lebensraum: Ein Wildschwein, das im Dreck schnüffelte; Reiher, die über eine dunkle Wasserfläche flogen; eine Nahaufnahme des massiven, pfeilförmigen Kopfes eines Alligatorbullen, dessen gezacktes Maul aufgeklappt war; ein Nashornvogel, der mit seinem Schnabel im Wasser nach Fischen suchte; eine Reihe von Schildkröten, die sich auf einem moosbewachsenen Baumstamm sonnten; eine Diamantklapper-schlange, die sich durch die Pinelands schlängelte.

Vielleicht war es die Zeichnung, die das bewirkt hatte – eine zerbrechliche, schwache Verbindung zwischen diesen beiden verzweifelten Fremden und seiner toten Frau.

Was auch immer seine Gründe gewesen waren, er hatte beschlossen, sie aufzunehmen.

Mit einer Mischung aus Beklemmung und Erleichterung war Dakota Ezra Burrows in die blecherne Hütte gefolgt, die für einen Einsiedler erstaunlich gut ausgestattet war.

Zu ihrer Überraschung hatte er Eden sanft auf sein rissiges Ledersofa gelegt, ohne auf das Blut zu achten. Dakota war so erschöpft gewesen, dass sie ihre Augen kaum noch offenhalten konnte. Sie hatte sich neben das Sofa gekniet, Edens kleine Hand ergriffen und zugesehen, wie er die Wunde am Hals ihrer Schwester säuberte und nähte.

Er gab ihr Pillen aus einer seltsam aussehenden Flasche. Er erklärte ihr, dass es sich dabei um Fischantibiotika handelte, die fast so gut waren wie die hochpreisigen Mittel, die Pharmaunternehmen für Hunderte von Dollar verkauften.

»Sobald sie wieder bei Bewusstsein ist, macht ihr euch auf den Weg«, knurrte er, während das flackernde Lampenlicht Schatten in seine Falten warf, die tief wie Schluchten waren.

Die Tage vergingen. Eden kam wieder zu Bewusstsein, aber ihre Wunde entzündete sich. Sie brannte vor Fieber, ihre Haut war klamm, ihre Augen glasig und unfokussiert.

»Ich bringe sie in ein Krankenhaus, wo sie hingehört«, sagte er mehr als einmal.

Jedes Mal ließ ihn Dakotas blankes Entsetzen innehalten.

»Alles, nur das nicht«, flehte sie. »Sie muss wieder gesund werden. Ich werde alles tun.« Sein finsterer Blick vertiefte sich. Er hatte nie einen Krankenwagen gerufen. Wenn es Eden schlechter gegangen wäre, hätte er es wahrscheinlich getan, aber das passierte nicht. Langsam, nach einigen Tagen, begann Edens Gesundheitszustand sich zu bessern.

Während er sich um Eden kümmerte, ließ Ezra Dakota arbeiten. Sie half beim Schälen und Kochen von Kartoffeln und Karotten für eine nahrhafte, leicht zu schluckende Brühe.

Sie jätete seinen Garten, in dem Süßkartoffeln, Paprika, Limabohnen, Kirschtomaten und Okra wuchsen – während ihrer Zeit in der Kommune hatte sie bereits den Unterschied zwischen Pflanzen und Unkraut gelernt –, säuberte die Käfige im Kaninchenstall und fütterte die Hühner, die auf dem Grundstück herumliefen.

Ezra hatte eine gute Ausstattung. Obwohl sie sich mitten im Nirgendwo befanden, lieferten Sonnenkollektoren auf dem Dach Strom. Ezra betrieb den Herd und den Kühlschrank mit Propangas und verwendete eine Krugpumpe, um Brunnenwasser zu gewinnen, sowie mehrere Zisternen, um Regenwasser aufzufangen.

Eine dreizehn Meter lange Antenne in der Nähe des Schuppens verband ihn über Amateurfunk mit dem Rest der Welt.

Am dritten Nachmittag entdeckte sie die Westseite des Grundstücks. Ein Angelsteg reichte bis ins Wasser hinaus. Einige Dutzend Meter entfernt flatterten Papierzielscheiben über einem hohen Stapel von Heuballen – ein behelfsmäßiger Schießstand. Nach einem Abendessen mit Kanincheneintopf traute sie sich, die Frage zu stellen, die ihr auf der Zunge brannte. »Kannst du mir das Schießen beibringen?«

Er beobachtete sie über die Tasse seines schwarzen Kaffees hinweg mit funkelnden blauen Augen. »Wozu?«

Sie dachte über ihre Antwort nach. »Damit ich nie wieder hilflos bin.«

Er stellte seine Tasse auf dem handgefertigten Brettertisch ab. Einen langen Moment lang schwieg er und starrte mit einem angespannten, grüblerischen Ausdruck auf seinem schrumpeligen Gesicht in die dunkle Flüssigkeit.

»Wie seid ihr hierhergekommen?«, fragte er schließlich.

»Es gibt Leute«, begann sie mit zittriger Stimme. Wenn er wüsste, wer hinter ihnen her war, würde er sie mit Sicherheit rausschmeißen. Aber sie konnte sich nicht dazu durchringen, ihn anzulügen. »Vielleicht suchen sie nach uns.«

»Wie seid ihr hierhergekommen?«, fragte er wieder mit harter Stimme.

»Mit einem Sumpfboot. Wir haben den verrotteten Steg und die alte Hütte gefunden ...«

Er stand wortlos auf, nahm seine Remington von der Tür und ging hinaus.

Er kehrte erst nach Stunden zurück.

Sie hatte erst Monate später erfahren, wohin er gegangen war, als er ihr schließlich erzählte, dass er das Boot versenkt hatte. Er hatte es getan, um sie in Sicherheit zu bringen, um Maddox und die Hirten fernzuhalten.

Eine Zeit lang hatte es funktioniert.

Am nächsten Tag begann er mit dem Unterricht. Er brachte ihr das

Schießen mit seiner Glock 19 und seiner Remington-Schrotflinte und sogar seinem M4 bei. Er zeigte ihr, wie man einen Angreifer schnell und effizient mit einem hochwertigen taktischen Messer ausschaltet – er brachte ihr bei, es versteckt zu halten, bis sie angriffsbereit war, und dann zuzuschlagen – schnell, brutal und tödlich.

Nach einer Woche ging Edens Fieber zurück. Nachdem die Infektion besiegt war, heilte die Wunde langsam ab und hinterließ einen zerfurchten und zerklüfteten Schorf, der sich von zwei Zentimetern unterhalb ihres linken Ohrs bis zur Vorderseite ihres Halses erstreckte.

Ihre zerstörte Kehle erlaubte ihr nur noch ein leises Röcheln. Eden konnte nicht mehr sprechen.

»Wahrscheinlich wurden ihre Stimmbänder durchtrennt«, sagte Ezra und sah sie stirnrunzelnd an. »Ein richtiger Arzt ...«

Angst schob sich wie eine Klinge zwischen Dakotas Rippen. »Nein!«

Es war eine schreckliche Entscheidung – eine Entscheidung zwischen der Stimme ihrer Schwester und ihrer Seele, vielleicht sogar ihrem Leben. Die Entscheidung zerriss Dakota und erfüllte ihr Herz mit Trauer, Schuld und Bedauern.

Sie hasste sich selbst dafür. Aber sie gab nicht nach.

»Keine Ärzte. Keine Krankenhäuser.«

Eden, die normalerweise ein aufgewecktes, lebhaftes Kind war, wurde blass und verschlossen.

In diesen ersten Wochen verließ sie die Hütte kaum. Sie kommunizierte nur durch frustrierte Gesten, die Dakota nicht verstehen konnte.

Eines Tages ging Ezra weg und kam mit mehreren Notizbüchern zurück – ein paar linierte Hefte zum Schreiben, ein anderes hatte leere Seiten, und auf der Vorderseite prangte ein niedliches Einhorn, das über einen Regenbogen sprang.

Er reichte Eden eine Schachtel mit Buntstiften in Künstlerqualität. »Zum Zeichnen«, sagte er unwirsch. »Lass die nicht herumliegen. Räum hinter dir auf, sonst landen sie im Müll.«

Ohne ein weiteres Wort drehte er sich um und stapfte aus der Hütte, sein Ruger-American-Jagdgewehr über die Schulter gehängt.

Eden wartete, bis er weg war.

Sie beugte ihren Kopf und schrieb schnell und heftig. Sie hielt den

Notizblock hoch und drückte ihn Dakota in die Hand. *Warum sind wir hier? Was ist passiert?*

Dakota erstarrte. Sie hatte die Frage so lange wie möglich aufgeschoben, weil sie die Antwort fürchtete.

Sie konnte den Gedanken an die Verurteilung in Edens Augen nicht ertragen, wenn sie die Wahrheit erfahren würde.

# KAPITEL 62
# DAKOTA

»An was erinnerst du dich von dieser Nacht?«, hatte Dakota ängstlich gefragt.

Sie befanden sich in dem Schlafzimmer, das Ezra aus seinem »Funkraum« für sie gemacht hatte, dem Raum, in dem seine gesamte Amateurfunkausrüstung untergebracht war.

Er hatte zwei handgefertigte Entenfedermatratzen auf den Holzdielenboden gelegt. Neben dem Schreibtisch stand eine zerkratzte Holzkommode, in der er ein Funkgerät, einen rechteckigen Tuner, altmodische Kopfhörer, einen Satz mittelgroßer Lautsprecher und mehrere andere seltsame Geräte mit Zifferblättern und Knöpfen aufbewahrte.

Dakota wiederholte die Frage.

Eden schüttelte nur verwirrt den Kopf.

Sie erinnerte sich nicht. Sie wusste es nicht. Sie wusste nicht, dass Jacob tot war oder dass Maddox sie verraten hatte.

Sie wusste nicht, was Dakota getan hatte.

Es war ein Segen. Dakota allein würde die giftige Wahrheit tief in sich tragen. Es war Dakota, die mit dem Bedauern, der Scham lebte.

Nur zwei lebende Menschen wussten, was in dieser Nacht wirklich geschehen war. Dakota würde es nie vergessen – ihre Albträume würden es nicht zulassen.

Und Maddox auch nicht.

»Wir sind jetzt in Sicherheit«, sagte sie. »Du bist in Sicherheit. Hast du verstanden?«

Eden kritzelte ihre Antwort auf ihr Papier. *Ich gehe nicht zu dem Propheten?*

»Du gehörst nicht zu ihm. Weder jetzt noch jemals sonst.«

*Was ist mit unserer Familie?*

»Es ist etwas Schlimmes passiert.«

*Was?*

»Ich erzähle es dir später, wenn es dir bessergeht.«

*Sag es mir jetzt.*

Dakota schüttelte unnachgiebig den Kopf.

Eden konnte damit nicht umgehen. Sie war zu lieb, zu vertrauensvoll, zu gut. Die Wahrheit würde sie zerstören.

Es war schon schlimm genug, dass sie von dem Propheten wusste. Sie durfte nicht wissen, dass ihre eigene Familie sie verraten hatte.

»Alles, was du wissen musst, ist, dass es dort nicht mehr sicher für uns ist.« Eden schob Dakota den Notizblock mit Nachdruck zu.

*Warum????*

»Es ist sicherer für alle, die uns wichtig sind, wenn wir nicht zurückgehen.«

Eden runzelte die Stirn, rieb sich den Kiefer und versuchte zu sprechen, aber es kam nur dieses tiefe, rasselnde Stöhnen heraus. Sie riss das Blatt Papier ab, zerknüllte es frustriert und warf es auf den Boden zwischen die Matratzen.

Dakota schloss ihre Hände um die von Eden. »Vertraust du mir?«

Eden nickte, ohne zu zögern.

»Weißt du, dass ich dich sehr liebe?«

Sie nickte wieder.

»Du bist meine Schwester und ich bin deine. Verstehst du das? Wir sind jetzt alles, was wir haben. Wir sind die Familie des anderen.« Dakota glättete das zerknitterte Papier und reichte es ihrer Schwester zurück. »Wir müssen uns jetzt zur Seite stehen, okay?«

Edens Augen füllten sich mit Tränen. *Wird es jemals sicher sein zurückzugehen?*

»Natürlich«, log Dakota. »Bald. Ich verspreche es.«

Schließlich nickte Eden ein wenig traurig.

Dakota holte tief Luft. »Und wir müssen unsere Namen ändern.«
Eden erbleichte.

»Nur den Nachnamen. Damit böse Menschen uns nicht finden können, okay? Ich habe an Sloane gedacht. Ich kannte früher mal ein Mädchen, das Sloane hieß ... Das hat einen schönen Klang.«

Tränen glitzerten in Edens blauen Augen. *Ich vermisse Maddox, Jacob und Vater. Ich vermisse mein Zuhause.*

Dakota hielt eine scharfe Erwiderung zurück. Eines Tages würde sie Eden die Wahrheit sagen.

Aber sie war zu sehr von Liebe und Loyalität geprägt, um es jetzt zu sehen, um zu verstehen, dass man sie wie Vieh behandelt hatte, nicht besser als eine Sklavin, die auf einer Auktion verkauft werden sollte.

Das waren die Dinge, die Dakota sich nie getraut hatte, Ezra zu erzählen.

Und doch wusste sie, so wie er sie manchmal ansah – nicht mit Mitleid, sondern mit einem Wissen, einem dunklen Verständnis – obwohl er es für sich behielt, dass er einen Verdacht hatte. Ein Verdacht, der sich an dem Tag bestätigte, als er ihre Narben sah.

Neun Tage nach ihrem Aufenthalt schlief Dakota immer noch mit einem wachen Auge und Eden war kaum ansprechbar. Dakota half dabei, den elektrischen Stacheldrahtzaun zu reparieren, der durch den Sturm beschädigt worden war.

Als sie sich bemühte, einen beschädigten Draht, der sich an einem Ast verfangen hatte, herauszuziehen, trat sie versehentlich in den Bau einer Gopherschildkröte. Ihr Knöchel verdrehte sich schmerzhaft, und sie fiel gegen den Stacheldraht.

Sie zuckte zurück, aber nicht schnell genug, und endete mit einem großen, gezackten Riss im Rücken ihres Hemdes. Die heiße Brise strich über ihre entblößte Haut.

Der Atem blieb ihr in der Kehle stecken. Sie stand völlig still. Der zerrissene Stoff enthüllte die sauberen Reihen kreisförmiger Narben, die ihren Rücken säumten. Sie brauchte sie nicht selbst zu sehen, um zu wissen, wie sie aussahen.

Von ihren Schulterblättern bis hinunter zu ihrer unteren Wirbelsäule war sie Dutzende Male gebrandmarkt worden. Einige waren schon Jahre alt und jetzt rosa gefärbt, andere waren frische, wilde rote Striemen.

Scham breitete sich feuerheiß unter ihrer Haut aus. »Bitte, ich kann es erklären. Ich bin ungeschickt und ...«

Ezra hatte sie angeschaut, sich bei ihren Worten jedoch abrupt abgewandt. Sie starrte auf seine breiten Schultern, zu fassungslos, um ihren Satz zu beenden.

»Du wirst wohl ein anderes Hemd brauchen«, sagte er. »Im Haus findest du eines von meinen an der Leine.«

Er fragte nie, woher sie kamen oder wer es getan hatte. In dieser Nacht fand sie eine Dose Brandsalbe auf ihrem Nachttisch.

Am nächsten Morgen fuhr Ezra früh mit seinem F-250 Pick-up los und kam noch vor dem Frühstück mit zwei Fünferpackungen T-Shirts für Jungen, ein paar Cargohosen für Jungen, die eine Nummer zu groß waren, und zwei Gürteln zurück. Die Gürtel hielten die Hosen gut zusammen.

»Ich denke, ihr solltet zur Schule gehen«, sagte er, als sie in den neuen Kleidern herauskam und noch immer an den Etiketten zerrte. »Es gibt bessere Orte für zwei Mädchen als hier.«

Er erinnerte sie an eine kahle Zypresse, groß – alt und stark. Er war schroff, aber nicht grausam. Instinktiv wusste sie, dass er anders war als die anderen Männer, die sie kannte.

Er verlangte nichts von ihnen, sondern erwartete nur, dass Dakota auf dem Grundstück half, was sie gerne tat. Sie hatte schon immer gern mit den Händen gearbeitet, gebaut, gefüttert und Dinge repariert.

Eden war immer noch schwach, aber unter seiner Obhut ging es ihr immer besser. Dakota mochte diesen Ort, mochte ihn. Hier konnte sie atmen.

»Nein«, sagte sie. »Gibt es nicht.«

Er sah sie nur an.

»Wir wurden in der Kommune unterrichtet.«

Er hob seine dünnen grauen Augenbrauen.

»Man kann Lehrbücher online bestellen, und Amazon liefert sie einem direkt nach Hause. Oder an ein Postfach«, sagte sie schnell, als er einen alarmierten Gesichtsausdruck machte.

»Ist das so?«

»Und Tampons.«

Es war das einzige Mal, dass sie ihn erröten sah.

Und so verbrachten sie die nächsten acht Monate: Mit der Pflege des Grundstücks, der Ernte, der Jagd, dem Kochen und dem Üben von Vorbereitungen, unterbrochen von Schieß- und Selbstverteidigungsunterricht. Eden lernte, wie sie sich durch ihr Notizbuch, Handgesten, Zungenschnalzen und Pfiffe ausdrücken konnte.

Die Abende wurden am Lagerfeuer oder am Brettertisch in der Küche verbracht. Eden zeichnete, Ezra reinigte seine Waffen und Dakota hörte gebannt zu, als Ezra über sein Lieblingsthema plauderte – die Vorbereitung auf das bevorstehende Ende der Zivilisation.

Zum ersten Mal seit dem Tod ihrer Eltern war Dakota wirklich glücklich.

# KAPITEL 63
## DAKOTA

akota blinzelte und riss sich aus ihrer Träumerei. Logan sah sie von der Seite an. Er hatte ihr eine Frage gestellt, die sie nicht gehört hatte.

»Was?«

Logan nahm einen weiteren Schluck Bier und warf die leere Flasche vor einem blassgelben Stuckhaus auf die Straße. Als sie weiter nach Nordwesten gingen, wichen Waschsalons, Friseursalons und Lebensmittelläden langsam den Wohngebieten.

Er fuhr sich mit der linken Hand durch sein struppiges schwarzes Haar, wobei ihm einige feuchte Strähnen an der Stirn klebten. »Ich habe gefragt, wie dein Prepper-Freund so ist.«

»Ruhig. Penibel was Sauberkeit angeht. Geschickt mit seinen Händen. Und mürrisch«, sagte sie liebevoll. »Ezra redet nicht viel, es sei denn, es geht um die Vorbereitung auf den Weltuntergang. Er hat mir alles über elektromagnetische Impulse und Strahlung beigebracht, wie man eine Waffe benutzt und wie man überlebt.«

»Wo hat er das alles gelernt?«

Sie erinnerte sich an die verstaubten Medaillen, die sie eines Tages in einer Schublade gefunden hatte, zusammen mit einem gerahmten Foto eines viel jüngeren Ezra Burrows in einer gebügelten Militäruniform, geschmückt mit Bändern, Anstecknadeln und Medaillen. Er hatte neben einer Art Major oder General gestanden. Beide lächelten auf dem Foto, aber als sie ihn darauf ansprach, hatte er gesagt: »Die Vergangenheit ist nicht ohne Grund Vergangenheit, Mädchen.«

»Er war bei der Marine, glaube ich. Hat in Vietnam gedient. Ich weiß nicht viel mehr als das. Er wollte es mir nie erzählen.«

»Vielleicht hat sich seine PTBS in Paranoia verwandelt«, sagte Logan, als sie einem verunglückten Geländewagen auswichen, der auf den Bürgersteig gerollt war und seine Kühlerhaube in der Fassade eines Wohnkomplexes vergraben hatte. »Du hast wirklich nie gedacht, dass er verrückt ist? Nicht einmal ein bisschen?«

»Niemals.«

Sie hatte Ezra nicht eine Sekunde lang für verrückt gehalten. Sie hatte ihn bewundert. Sie wollte so sein wie er.

Er hatte dem Leben, das er nicht wollte, den Rücken gekehrt und eines geschmiedet, das er wollte. Er war zu allem bereit.

Das Einzige, was er nicht hatte planen und vorbereiten können, war die Sache, die ihm das Wichtigste genommen hatte: Seine Frau.

Dieselbe Angst nagte in jedem wachen Moment an ihr und verfolgte sie in ihren Träumen.

Egal, wie stark sie war, egal, wie zäh und geschickt sie mit Klinge und Waffe umging, egal, wie viele Notfalltaschen sie vorbereitete oder wie oft sie auf dem Schießstand übte, egal, wie viele Fluchtwege und Notfallpläne sie entwarf und auswendig lernte – niemand konnte das Chaos kontrollieren.

»Es ist nicht verrückt, darüber nachzudenken, was für schlimme Dinge passieren könnten.« Sie zögerte. »Leute sterben ständig. Auf hundert verschiedene Arten.«

Ihre Welt endete das erste Mal, als ihre Eltern starben.

Ihre Tante Ada hatte sie widerwillig aufgenommen und sie in die seltsame, schreckliche Welt der River-Grass-Kommune gezwungen – wo Religion das neue Gesetz war und die Außenwelt nicht mehr existierte, wo man perfekt lächelte und Bibelverse zitierte, während sie einen besinnungslos schlugen.

Ihre Welt endete zum zweiten Mal im Raum der Barmherzigkeit, als sie blutüberströmt und fassungslos über der Leiche stand, neben der Eden zusammengebrochen war.

Sie wusste, dass der einzige Weg in die Zukunft darin bestand, wegzulaufen – zu laufen und zu laufen und niemals wieder zurückzuschauen.

Und dann ein drittes Mal, als das Sozialamt Eden gewaltsam aus ihren Armen riss und sie in ein schreckliches Gruppenheim nach dem anderen schickte, wo sie mit Fäusten, Zähnen und Fingernägeln um einen Platz für sich selbst kämpfte und mit einem Messer unter dem Kopfkissen schlief, um sicherzustellen, dass kein Arschloch sie je wieder anfasste.

Ihre Hand wanderte zu der beruhigenden Präsenz des Messers an ihrer Seite. »Die Menschen, die in einem korrupten, kaputten System – von dem sie wissen, dass es kaputt ist – darauf vertrauen, dass es sich um sie kümmert, das sind die, die wirklich verrückt sind.«

Logan leerte sein Bier und warf die Flasche zur Seite. Sie landete, ohne zu zerbrechen und rollte in einen Rinnstein. »Da könntest du recht haben.«

»Alles ist zerbrechlicher, als wir es wahrhaben wollen. Diejenigen, die vorbereitet sind? Das sind die Klugen.«

Wenn sie vorbereitet gewesen wäre, hätte sie Eden früher retten können. Wäre sie darauf vorbereitet gewesen, hätte Eden nicht ihre Stimme und beinahe ihr Leben verloren.

Dakota hätte nicht die Narben, die ihren Rücken entstellen.

Und wenn sie vorbereitet gewesen wäre, dann wären Dakota und Eden jetzt nicht getrennt. Zumindest war sie dabei dieses Versäumnis zu korrigieren.

Sie zeigte auf ein verbeultes Straßenschild, das fünfzig Meter vor ihnen lag. »Bay Point Drive. Wir sind jetzt nicht einmal mehr einen Kilometer entfernt.«

Ihr Herzschlag beschleunigte sich. Sie ging schneller. Die Vorfreude pulsierte durch ihre Adern. Sie war fast da. Nach allem, was sie durchgemacht hatte, war sie endlich nur noch wenige Minuten von der Rettung ihrer Schwester entfernt.

Logan nickte. »Dann lass uns schneller laufen ...«

Ein Schrei durchbrach die feuchte Luft. Dakota und Logan spannten sich beide an und griffen bereits nach ihren Waffen.

Dieser Schrei war nicht wie die anderen. Er war nicht leise und röchelnd oder voller Leid. Er war laut, durchdringend, erschreckend – und nah.

# KAPITEL 64
## EDEN

Eden brannte die Kehle vor Durst. Ihr Mund fühlte sich wie mit Watte ausgestopft an, ihre Zunge war dick und geschwollen.

Wenn sie nicht gerade von Albträumen heimgesucht wurde, träumte sie von Wasser – von Wasserfällen, Rasensprengern und Bächen, aus denen klares, kaltes Wasser sprudelte.

Sie lag in der Wanne auf dem Rücken auf den Kissen, die Knie angezogen. Manchmal rollte sie sich auf die Seite oder ließ sich auf den Bauch fallen, um eine bequemere Position zu finden.

Doch der Wunsch blieb ihr versagt.

Ihre Lippen waren trocken und rissig. Saurer Schweiß stand ihr auf der Stirn und tropfte ihr in den Nacken. Ihr leerer Magen nagte an ihren Eingeweiden.

Am ersten Tag hatte sie ein paar Mal auf die Toilette gehen müssen, und nun hing der Gestank schwer in der heißen und stickigen Luft.

Lange Zeit starrte Eden zur Decke hinauf, atmete flach und ihr Puls pochte im Takt mit der Angst, die sie durchströmte. Die Stunden vergingen in einem zähen Dunst.

Sie blinzelte mit ihren trüben Augen und zwang sich, sie offen zu halten, auch wenn sie nichts sehen konnte. Sie wollte nicht schlafen; die Albträume holten sie immer wieder ein.

Sie brauchte dringend eine Ablenkung, um den Terror in Schach zu halten.

Sie tastete am Wannenrand unter dem Kissen herum, bis sie ihren Bleistift fand, und schlug ihren Notizblock auf der nächsten Seite auf, von der sie wusste, dass sie leer war. Die vorherige Seite enthielt ihre Zeichnungen des ASL-Alphabets.

Sie begann zu skizzieren, ohne wirklich nachzudenken. Es spielte keine Rolle, dass sie nichts sehen konnte. Sie musste einfach *etwas* tun.

Nach ein paar Strichen spürte sie, wie die Zypressen unter ihren Fingern zum Leben erwachten, und sie wusste, was sie geschaffen hatte.

Die langen, rechteckigen Betongebäude, die Lichtung mit den Hühnern und den Hochbeeten, die Gewächshäuser und die Hydrokultur-Farm, die große Küche und die Cafeteria, in der sie so viel Zeit damit verbracht hatte, das Kochen zu lernen.

Die Kommune nahm auf dem Blatt langsam Gestalt an. Sie konnte weder den Stift noch das Papier sehen, aber sie stellte sich die Sonne am Himmel vor, einen großen blauen Reiher, der tief über den Angel- und Sumpfbootanlegern am westlichen Ende des Grundstücks schwebte.

Sie zeichnete das Klassenzimmer mit altmodischen Holzschreibtischen und befestigten Metallstühlen, bunten Wissenschaftspostern an den Wänden, laminierten Wörtern der Woche, die an eine grasgrüne Pinnwand geheftet waren.

Und dann die große Rasenfläche in der Mitte des Geländes, die von Picknicktischen in leuchtendem Rosa, Blau und Gelb gesäumt war. Sie hatte es geliebt, an der riesigen Feuerstelle zu sitzen, die von den Adirondack-Gartenstühlen umgeben war.

Da waren die Wäscheleinen, die zwischen den stämmigen Kiefern aufgespannt waren, die Frauen, die die Wäsche von Hand wuschen und aufhängten; Laken, Handtücher und lange Röcke flatterten im Wind wie Drachen.

Im Osten, auf einer erhöhten Landzunge, erhob sich die Kirche mit ihren harten Holzbänken, den Zementblockwänden und dem schlichten, aber schweren Kreuz hinter der imposanten Kanzel.

Auch sie hatte viel Zeit dort verbracht. Viermal pro Woche lauschte sie dort dreistündigen Predigten. Um sich in Reinheit und

Gehorsam gegenüber dem Propheten vorzubereiten. Um um Segen, Barmherzigkeit und Vergebung zu beten.

Schuldgefühle überfielen sie. Sie hatte nicht genug gebetet. Damals nicht und auch jetzt nicht.

Die Ansammlung von Gebäuden, die hinter einer Gruppe von Zypressen versteckt waren und weit entfernt vom Rest der Kommune lagen, war ihr nicht aufgefallen. Sie hatte nie die Erlaubnis gehabt, sich ihnen zu nähern. Keine der Frauen durfte das.

Nur die auserwählten Hirten der Barmherzigkeit gingen dorthin – Männer mit Uniformen und Gewehren und anderen Dingen, deren Namen sie nicht kannte.

Ihr Vater hatte ihr erzählt, dass das heiligste Wirken des Propheten in diesen Gebäuden stattfand, genau wie die heiligen Stätten des Heiligen Testaments im Alten Testament.

Sie hatte es nie verstanden, aber es war nicht ihre Aufgabe, solche Dinge zu verstehen.

Eden hat auch den Raum der Barmherzigkeit weggelassen.

Ihr Herzschlag beschleunigte sich bei dem Gedanken daran.

Sie war nie hineingelassen worden, aber sie hatte Dakotas Verbrennungen danach gesehen. Und was sie den anderen angetan hatten, den Schuldigen.

Ihr Vater sagte immer, Strafe sei barmherzig. Sie bewahre die Seele vor dem ewigen Höllenfeuer. War das nicht besser als ein bisschen Schmerz auf Erden?

Eden berührte die Narbe an ihrem Hals.

Dort war etwas Schlimmes passiert. Das hatte Dakota auch gesagt.

Etwas, das so schrecklich war, dass sie nicht mehr zurückgehen konnten.

An das Ereignis selbst erinnerte sie sich nicht – nur daran, dass sie danach auf dem Sofa eines Fremden in einer fremden Hütte aufgewacht war, verschlafen und orientierungslos, mit schmerzverzerrter Kehle und ohne Stimme.

Jedes Mal, wenn sie versuchte, an diese Nacht zu denken, umklammerte das Grauen ihren Geist mit seinen stählernen Krallen und erfüllte sie mit einem Anflug von hohlem Schrecken.

Der Versuch, sich zu erinnern, fühlte sich an, als starrte sie in eine riesige, bodenlose schwarze Grube.

Falls sie den Mut aufbrächte, hineinzuspringen und in die Tiefe zu schwimmen – während sich die ölige Dunkelheit an ihren Armen und Beinen festsaugte, in ihre Ohren, Augen und den Mund eindrang – dann würde sie schließlich das vitale, pulsierende Herz, das jede Erinnerung enthielt, erreichen. Die hellen und die dunklen, die guten und die schrecklichen.

Dieser Ort, an dem Antworten zu finden waren, war gefährlich. Wo das Gedächtnis tückisch war. Wo die Antworten, die man bekam, nicht immer die waren, nach denen man suchte.

Wo die Monster und Dämonen real waren.

Dakota hatte ihr gesagt, es wäre eine Gnade, dass sie sich nicht erinnerte. Dass sie sich nicht erinnern *wollte*. Dass es besser wäre, alles zu vergessen, was vor ihrer Zeit bei Ezra geschehen war.

Aber Eden konnte weder ihren Vater noch ihre Brüder vergessen – weder Jacobs leichtes Lachen noch die Art und Weise, wie Maddox ihr das Gefühl geben konnte, das einzige kleine Mädchen auf der Welt zu sein.

Egal, was ihr Gedächtnis vor ihr verbarg, sie konnte nicht vergessen, dass sie da draußen noch eine Familie hatte.

Sie machte sich keine Sorgen um sie. Sie wusste, dass sie in Sicherheit waren. Der Prophet hatte versprochen, dass die Gläubigen verschont bleiben würden.

Doch jetzt, als sie sich über die rissigen Lippen leckte und Blut schmeckte, begann sie allerdings, sich Sorgen um sich selbst zu machen.

# KAPITEL 65
## DAKOTA

Dakota spannte sich an und war sofort in Alarmbereitschaft. »Was war das?«

Neben ihr versteifte sich Logan. Er ließ seinen Flachmann in die Gesäßtasche gleiten, zog seine Glock und hielt sie in Bereitschaft. »Es kam von da vorne, um die Ecke des Cafés.«

»Jemand, der Hilfe braucht?« Shay flüsterte es wie eine Frage.

»Wir werden sehen.«

Weitere Stimmen hallten durch die stille Luft. Angespannt, wütend. Eine weibliche Stimme, flehend. Dakota standen die Nackenhaare zu Berge.

Vielleicht sollten sie zurückgehen und einen großen Bogen um das machen, was auch immer dort geschah. Oder vielleicht war dies eine Chance, in dieser schrecklichen, auf den Kopf gestellten Hölle wenigstens eine Sache richtigzumachen.

Auf jeden Fall mussten sie wissen, was für ein Problem auf sie zukommen könnte.

»Ich werde mir das mal ansehen«, sagte Logan.

Seine Hände zitterten ganz leicht. Es war kaum wahrnehmbar, aber sie bemerkte es. Sie kannte die Anzeichen. Der Alkohol machte ihm zu schaffen. Wenn er nicht schon betrunken war, war er kurz davor.

Sie wollte das auf keinen Fall ihm überlassen. »Ich komme mit dir.

Shay und Julio, sucht euch einen Unterschlupf und bleibt hier, nur für den Fall.«

»Seid vorsichtig«, rief Julio ihnen leise hinterher.

Er half Shay, sich am Bordstein hinter einem Fahrzeug zu setzen, das in einem 45-Grad-Winkel halb auf der Straße und halb auf dem Bürgersteig stand. Es war ein altes, verbranntes Autoskelett; nur der Kofferraum schien noch in einem makellosen, glänzenden Kürbis-orange.

Julio berührte ehrfürchtig seine Seite. »Ein alter 1968er Pontiac Firebird. So einen habe ich vor ein paar Jahren restauriert. Es ist eine Schande, ihn so zu sehen.«

Ein weiterer Schrei durchdrang die Luft.

»Bist du sicher, dass du das hinkriegst?«, fragte Dakota Logan zweifelnd.

»Mir geht's gut«, murmelte er und schlich sich an ihr vorbei.

Das glaubte sie keinen Moment lang.

Dakota nahm ihre Umhängetasche ab und schob den Schal um ihren Hals herunter. Logan folgte ihr. Gemeinsam gingen sie langsam und vorsichtig um die Ecke des Cafés.

Sie hielten inne, wobei sie ihre Körper größtenteils hinter der Back-steinfassade verborgen hielten, und betrachteten die Szene. Die Luft war dunstig von Rauch. Irgendwo jenseits ihrer Sichtlinie brannten weitere wütende Feuer.

Zwanzig Meter vor ihnen zu ihrer Linken stand eine herunterge-kommene Tankstelle, bei der die gesamte rechte Seite des Daches in sich zusammengebrochen war. Fünf Menschen drängten sich um einen der noch aufrechtstehenden Pfosten.

Sie waren mit Staub und Ruß beschmutzt. Die nackte Haut ihrer Gesichter, Arme und Beine war tiefrot, als hätten sie einen schweren Sonnenbrand erlitten. Einige waren mit Blasen übersät, die so groß wie Tennisbälle waren.

Sie waren mit improvisierten Waffen ausgerüstet – gezackte Speere aus abgebrochenem Betonstahl, Reifenheber, ein Küchenmesser. Ein lateinamerikanischer Mann, klein und stämmig, aber muskulös wie ein Felsbrocken unter seinem zerrissenen und geschwärzten Tanktop, trug eine Pistole.

Zwei in PSA-Schutzanzüge gekleidete Personen standen mit dem Rücken zum Pfosten, die Hände defensiv erhoben, um den drohenden Angriff abzuwehren.

Dakota konnte durch ihre Schutzbrillen und Atemschutzmasken keine besonderen Merkmale erkennen, aber der größere von ihnen hielt einen Verbandskasten in der Hand und trug einen Rucksack über einer Schulter. Neben dem zweiten, kleineren von ihnen stand eine Trage auf Rädern.

Ersthelfer.

»Gebt uns, was uns gehört, und ihr könnt gehen«, sagte einer der Angreifer, ein fetter weißer Mann in einem zu engen Hawaiihemd mit blutigen Schnitten am ganzen Körper. Er hielt ein großes Schlachtermesser in der Hand.

»Die haben uns hier zum Sterben zurückgelassen«, fauchte ein anderer Lateinamerikaner in den späten Zwanzigern, der sich ein rotes Kopftuch umgebunden hatte. Die gesamte rechte Seite seines Oberkörpers und sein tätowierter Oberarm waren verbrannt, sein T-Shirt hing in Fetzen an ihm herunter.

Er hielt inne, um gelb verfärbten Speichel und Blut auszuspucken. In seiner rechten Hand hielt er ein ein Meter langen, verdrehten Bewehrungsstahl.

»Wir sind amerikanische Staatsbürger!«, knurrte Hawaii. »Wir haben Rechte!«

In der Stille einer Stadt ohne Automotoren, Hupen, rumpelnde Baumaschinen und das Brummen von Menschen konnten Dakota und Logan jedes Wort klar und deutlich hören.

»So könnt ihr uns nicht behandeln, Mann«, sagte Hawaiihemd. »Wir haben diese Krankenwagen und Feuerwehrautos mit unseren Steuergeldern bezahlt. Ich sehe nirgendwo auch nur einen einzigen!«

»Wir sind hier, um zu helfen«, sagte der größere und schwerere der Ersthelfer – eine Frau. »Andere sind auf dem Weg. Ich habe keine Vorräte mehr, aber ich werde mehr holen und zurückkommen.«

»Wir haben etwas über einen Kilometer westlich von hier ein Feldlazarett eingerichtet«, sagte der zweite, männliche, Ersthelfer. »Es liegt direkt außerhalb der Gefahrenzone an der Miami Jordan High School an der 36th Street. Ihr seid alle mobil. Kommt mit uns.« Er zeigte auf das Bein eines der Angreifer. »Wir haben sogar eine zusätzliche Trage für die Oberschenkelwunde.«

Ein stämmiger dunkelhäutiger Mann in einem grauen Nadelstreifenanzug humpelte näher zu den Einsatzkräften. Aus seinem linken Oberschenkel ragte ein verbogenes Metallstück. In jeder Hand hielt er ein Paar Reifenheber.

»Meine Frau war in unserem Toyota eingeklemmt«, sagte er und zuckte mit den Schultern. »Sie wurde zwischen einem Bus und einem verdammten Geländewagen eingeklemmt. Wo wart ihr? Hm?«

»Wir werden zurückkommen und ihr helfen …«

»Sie ist tot«, sagte Nadelstreifenanzug, seine Züge verzerrt vor Kummer. »Wir haben zwei Tage auf euch gewartet, und ihr seid nicht gekommen.«

»Es tut mir leid«, begann die Frau.

»Das ist zu wenig und kommt zu spät.« Seine Augen wurden hart. »Ihr habt sie hier draußen zum Sterben zurückgelassen. Genau wie beim Hurrikan Katrina. Nur die Reichen sind es wert, gerettet zu werden, ist es das?«

»Natürlich nicht!«, sagte die Frau und klang beleidigt.

»Wir haben über fünfundzwanzig Stunden lang nach Menschen gesucht«, sagte der Ersthelfer. »Wir konnten nicht eindringen, bis die Strahlungswerte sanken …«

»Aber ihr konntet uns alle hier draußen lassen, damit wir uns vergiften?« Bandana blickte finster drein. Er deutete mit dem Eisenstab auf ihre Anzüge und Masken. »Während ihr allen Schutz habt, den ihr braucht? Das ist doch nicht fair, oder?«

»Alter, wir tun alles, was wir können«, sagte der männliche Erstversorger. »Kommt mit in die Highschool. Wir versorgen euch mit Wasser, einer warmen Mahlzeit und Medikamenten gegen die Verbrennungen. Ihr werdet euch wie neu fühlen, das verspreche ich.«

Selbst mit seinem PSA-Anzug konnte Dakota erkennen, dass der Erstversorger kleiner und dünner war als seine Partnerin. Glattes schwarzes Haar ragte über den Rand seiner Schutzbrille hinaus. Sein rechtes Bein zuckte nervös.

»Versprechen? Ich glaube, wir haben genug von den *Versprechungen* der Regierung«, blaffte der Mann im schwarzen Tanktop.

Dakotas Herz klopfte gegen ihre Rippen, während sie zusah. Adrenalin schoss durch ihre Adern. Diese Situation geriet schnell aus den Fugen.

»Habt ihr was zu essen in dem Rucksack?« Eine hellhäutige Frau in den Zwanzigern mit kurz geschnittenem, weizenblondem Haar, das purpurrot gesträhnt war, wischte weiter Blut aus ihren Augen. Eine hässliche, nässende Wunde zog sich über ihre rechte Schläfe bis zu ihrem Kinn.

Ihre beiden Ohren, ihre Nase und ihre Oberlippe waren mit mehreren silbernen Ringen gespickt. Ihre nackten, stark tätowierten Arme waren rot und mit Blasen übersät. »Wie sieht es mit Schmerzmitteln aus?«

»Wir haben keine mehr, aber wir werden mehr besorgen«, begann die Ersthelferin.

Blondie winkte der Frau aggressiv mit einem Reifenheber zu. »Verheimlicht ihr uns etwas? Behaltet ihr das alles für euch?«

»Wir haben noch viel zu tun«, sagte die Erstversorgerin ruhig, obwohl ihre Stimme zittrig war. »Ich denke, es ist Zeit für uns zu gehen.«

»Wir unterhalten uns nur«, sagte Hawaiihemd. »Das ist alles. Wir stellen unseren Regierungsvertretern nur ein paar sachdienliche Fragen. Wir haben ein Recht darauf, zu erfahren, warum ihr so gründlich versagt.«

Tanktop grunzte zustimmend.

Bandana machte einen bedrohlichen Schritt auf sie zu. »Vielleicht solltest du diesen schicken Anzug ausziehen und ihn jemandem geben, der ihn wirklich gebrauchen kann.«

»Das ist ein klares Nein.« Der Mann schüttelte nachdrücklich den Kopf. »Harlow, fass den Anzug nicht an. Ihr Leute seid doch wahnsinnig.«

»Zieh ihn aus«, forderte Bandana mit tiefer, drohender Stimme. »Sofort.«

»Okay«, sagte die Frau, hob die Hände und versuchte, sie zu beschwichtigen. »Ganz ruhig. Wir werden tun, was ihr verlangt. Wir können das regeln ...«

»Auf keinen Fall.« Der Erstversorger stellte sich vor seine Partnerin, und hielt sich zwischen ihr und den Angreifern. »Leute, ihr seid schon fast aus der Gefahrenzone raus. Macht keinen Schei...«

»Wie bitte?« Bandana pirschte sich näher heran. Er war jetzt weniger als drei Meter von den Einsatzkräften entfernt. Seine Lippen verzogen sich zu einem bösartigen Grinsen.

»Was zum Teufel hast du gerade zu mir gesagt?«

Dakota beobachtete in gespanntem Schweigen, wie sich die Gruppe langsam den Ersthelfern näherte. Sie hatte gehofft, dass die Auseinandersetzung ohne Eskalation ablaufen würde, aber es sah nicht vielversprechend aus. Sie und Logan waren an der Ecke des Gebäudes immer noch kaum zu sehen, aber die Angreifer hatten der Straße den Rücken zugewandt; die Einsatzkräfte waren zu sehr damit beschäftigt, die Verrückten abzuwehren, um sie zu bemerken.

»Das ist absolut wahnsinnig!« Der Erstversorger stupste Bandana mit seinem behandschuhten Finger an. »Ich habe die Nase voll von euch Leuten! Geht mit eurem Zirkus woanders hin!«

Dakota stimmte ihm zu. Jedes Wort, das er gesagt hatte, war richtig, aber es war nicht der richtige Schritt. Anstatt die Situation zu entschärfen, verzehnfachte sich die Spannung.

Er versuchte, den Helden zu spielen, aber er machte alles nur noch schlimmer.

Der harte, muskulöse Latino in dem schwarzen Tanktop, der sich zurückgelehnt und die Situation hauptsächlich beobachtet hatte, bewegte sich nun auf sie zu und hob seine Pistole leicht an. Sein Gesicht verfinsterte sich. »Euch Leuten? Was zum Teufel soll das bedeuten?«

»Ist das eine rassistische Bemerkung?«, knurrte Nadelstreifenanzug. »Bist du ein Rassist? Konntest du dich deshalb nicht früher aufraffen, hierherzukommen?« Seine Stimme erhob sich. »Hast du meine Frau deshalb sterben lassen?«

»Was zum Teufel? Nein!«, stotterte der Mann wütend. »Ich mache das freiwillig, ihr elenden Arschlöcher ...«

»Park!«, ermahnte die Frau ihn scharf.

»Bedrohst du uns jetzt?« Bandana pirschte sich an ihn heran und blieb ein paar Meter von ihm entfernt stehen. Er überragte den kleinen Ersthelfer, dessen Kopf nur bis zu Bandanas massiger Brust reichte.

Trotzdem wich der Mann keinen Zentimeter zurück. Seine behandschuhten Hände waren zu zitternden Fäusten geballt. Er war dabei, die Nerven zu verlieren.

»Genug!«, explodierte er. »Alle zurücktreten, verdammt noch mal, sofort!«

»Nein, ich glaube nicht, dass ich das tun werde.« Bandana hob das Stück Betonstahl wie ein Schwert und drückte es dem Mann an die Kehle. »Ich nehme den Strahlenschutzanzug, den du anhast, und zwar sofort.«

Sie waren wahnsinnig, verrückt vor Schmerz, Verzweiflung und Schock. Logik und Vernunft spielten keine Rolle mehr.

Sie waren dabei, jemanden ernsthaft zu verletzen.

Instinktiv ging Dakota vorwärts.

»Was machst du?«, zischte Logan. Er packte sie am Arm und zog sie zurück um die Ecke des Cafés.

»Das sind Ersthelfer!«, flüsterte sie heftig. »Sie riskieren ihr Leben, um Menschen zu helfen.«

Er blinzelte sie an. »Trotzdem keine gute Idee.«

Sie hob den M4 Carbine und drückte den Kolben gegen ihre Schulter. »Wir sollten ihnen helfen.«

»Wir sind nicht in Gefahr. Wenn wir uns einmischen, verschwenden wir Zeit und Energie, und jemand wird verletzt werden. Wahrscheinlich wir. Diese Leute sind Psychos. Sie könnten ohne jeglichen Grund angreifen.«

»So wie sie es jetzt mit unschuldigen Menschen tun.«

Noch während sie sprach, stimmte ein Teil von ihr ihm zu. Es war nach 17:40 Uhr und sie hatten Palm Cove noch nicht einmal erreicht, obwohl sie schon so nah dran waren.

Sie waren schon länger hier draußen als geplant. Mit jeder Minute, die sie in der Gefahrenzone verbrachten, waren sie mehr Strahlung ausgesetzt.

Jede verschwendete Minute könnte für Eden den Unterschied zwischen Leben und Tod bedeuten.

In einer Krise kümmerte man sich nur um sich selbst und die Seinen. Das war die erste Regel des Überlebens.

Das hatte Ezra ihr nicht beigebracht. Das hatte sie von selbst gelernt. Und doch ...

*Ezra hat euch geholfen.* Er nahm sie und Eden auf, wenn er sie hätte abweisen oder sogar erschießen können.

*Schwester Rosemarie hat euch auch geholfen.* Die Frau hatte ihre eigene Sicherheit für Dakota und Eden riskiert, als sie ihnen den Schlüssel zum Tor der Kommune zugeschmuggelt und ihnen zur Flucht verholfen hatte.

Manchmal gab es nichts, was man für jemanden tun konnte. Man musste einfach weitermachen und einen Weg finden, die Schuld loszuwerden.

Aber manchmal konnte man etwas tun. Dies war nicht wie bei den gefangenen, schwer verletzten Opfern, für die sie nichts tun konnten. Sie konnten das hier tatsächlich aufhalten.

Ihr ganzes Leben lang hatte sie die Menschen verabscheut, die von ihrem Leid gewusst und tatenlos zugesehen hatten. Sie wollte auf keinen Fall zulassen, dass die Apokalypse sie in eines dieser Arschlöcher verwandelte.

»Wir sind keine Tiere«, sagte sie, sowohl zu sich selbst als auch zu Logan. »Und wir sind nicht die Bösen.«

Logan zuckte gleichgültig mit den Schultern. »Das gilt für dich vielleicht. Ich bin hier, um dir zu helfen, deine Schwester zu holen und mir ein sicheres Haus zu verschaffen, und nicht, um gegen bewaffnete Verrückte zu kämpfen.«

Sie versuchte es mit allem. »Was ist mit deiner Ehre?«

»Ehre ist für mich nicht wirklich ein motivierender Faktor.

Versuch es mit etwas Attraktiverem – einer nackten Frau oder besser noch einem Fass voller Wodka.«

Sie starrte ihn an. »Deine Moral?«

Er starrte sie an und blinzelte schnell. Seine Augen waren blutunterlaufen. »Die muss ich leider verlegt haben.«

Sie hielt sich zurück, ihm ins Gesicht zu schlagen. »Gut, sei ein wertloser Säufer. Ich werde sie nicht im Stich lassen.«

Logan ergriff ihren Oberarm. Die sorglose, lässige Maske fiel von seinem Gesicht. Sein Ausdruck war angespannt, sein Mund fest verschlossen. »Warte – du hast keine Munition.«

Sie schüttelte ihn ab. »Das wissen die doch nicht, oder?«

Dakota wandte sich von ihm ab, ging um die Ecke und marschierte auf die Gruppe zu, den leeren M4 erhoben und bereit.

Sie war einigermaßen zuversichtlich, dass sie das unter Kontrolle hatte. Sie würde sie mit dem M4 erschrecken, sie dazu bringen, sich zurückzuziehen – und zwar schnell.

Sie war in der Unterzahl, aber sie waren verwundet, und nur einer von ihnen hatte eine Waffe.

Damit standen die Chancen zumindest ein wenig besser für sie.

Sie wusste nicht, wie sie in dieser Situation am besten vorgehen sollte. Sie hasste es, etwas zu überstürzen. Aber es blieb keine Zeit, denn die wütende Meute kam den beiden Ersthelfern immer näher.

Blondie und Hawaiihemd stürzten sich auf die Frau und versuchten, ihr die Atemschutzmaske vom Gesicht zu reißen, während Bandana die gezackte Kante des Betonstahls gegen die Kehle des kleinen Mannes drückte.

Diese Menschen konnten nicht mehr klar denken. Sie waren wahnsinnig vor Trauer, Schmerz und Schock. Sie wollten nur noch Blut sehen.

Sie hatte keine Zeit mehr.

Einen Moment lang zögerte sie. Vielleicht war das ein Fehler. Sie würde einen Preis dafür zahlen müssen, sich einzumischen. Alles hatte seinen Preis.

Vielleicht wäre der Preis für die Hilfe für diese Menschen höher, als sie wusste, höher, als sie es sich leisten konnte zu zahlen.

Aber sie musste etwas tun. Wie könnte sie mit sich selbst leben, wenn sie einfach weiterginge?

Eisiges Adrenalin strömte durch ihre Adern. Sie schmeckte die Angst auf ihrer Zunge, scharf und metallisch wie Blut.

*Eins, zwei, drei. Atmen. Los.*

»Hey!« Sie stampfte mit den Füßen auf und richtete die Mündung ihrer Waffe auf die Mitte von Tanktops Wirbelsäule. »Stehen bleiben!«

Logan beobachtete, wie die Kellnerin wie ein Kamikaze-Cowboy auf die Verrückten zuging.

Sie war genauso wahnsinnig wie die anderen.

Das war nicht seine Angelegenheit. Es war nicht sein Problem. Er sollte einfach abhauen, aus der Gefahrenzone verschwinden, sich selbst retten und einen Ort finden, an dem er sich verstecken konnte ...

Und was dann? Sich ordentlich betrinken. Noch mehr als ohnehin schon. Und stockbesoffen bleiben, bis die Welt wieder in Ordnung war.

Aber das würde nicht passieren.

Außerdem war seine Welt bereits zerbrochen. Bomben und Anarchie hatten nichts mit seiner eigenen beschädigten Seele zu tun.

Er war seit Jahren auf dem absteigenden Ast. Und er wusste es.

Er warf einen Blick zurück auf Shay und Julio, die wie befohlen hinter dem ausgebrannten Skelett des Firebirds warteten. Julio fingerte an seinem goldenen Kreuz und murmelte Gebete, Shay kaute ängstlich an ihren Fingernägeln.

Shay war eine Heilerin; Julio, eine freundliche und sanfte Seele, ein Friedensstifter. Keiner von ihnen war für den Krieg geschaffen.

Aber er war es.

Er hatte Dakota nicht angelogen, aber er hatte ihr erlaubt, anzunehmen, was sie wollte. Jetzt kannte sie die Wahrheit. Er war kein Soldat.

Aber er *war* ein Kämpfer. Und ein verdammt guter noch dazu.

Wenn er nicht betrunken war. Er spürte den Alkohol in seinem Blut, wie er in seinen Adern rauschte. Er betäubte seine Sinne, seine Gedanken kamen langsam und träge.

Er zwang sich, seinen Ärmel hochzukrempeln und auf das Stacheldrahttattoo auf seinem Unterarm hinunterzusehen, auf die eleganten kursiven Buchstaben der lateinischen Inschrift: *Et facti sunt ne unum.*

*Auf dass du nie wirst wie sie.*

Er hatte es sich einen Monat vor jener schicksalhaften Nacht stechen lassen. Fünf Monate vor der Verhaftung, der Verurteilung, dem Zuschlagen der Gittertür zu seiner Zelle.

Es war eine Warnung, ein letzter Versuch, sich vor dem Abgrund zu bewahren.

Es hatte nicht funktioniert.

Er kannte seine eigene Dunkelheit gut, egal wie tief er sie verdrängte. Er kannte seine eigene Neigung, die Grenze zu überschreiten, das Ding in ihm zu entfesseln, das um jeden Preis nach Blutvergießen verlangte – und es genoss.

Er starrte auf die Pistole, die er immer noch in den Händen hielt, auf seine vernarbten Knöchel und die Tätowierungen, die sich auf seinen muskulösen Armen kräuselten.

Das war sein altes Leben. Sein Leben auf der Straße. Sein Leben im Gefängnis. Er hatte das alles weit hinter sich gelassen. Nur so konnte er mit sich selbst leben. Egal, wie tief er gefallen war, er hielt sich immer noch an dieses eine Versprechen. Sie wollte ihn dazu bringen, es zu brechen. »Verdammt noch mal, Mädchen«, murmelte er.

Das Adrenalin schoss durch ihn hindurch, die Vorfreude pulsierte in seinen Adern. Es reichte nicht aus, um die Dumpfheit des Tages zu vertreiben.

Der Alkohol schwappte immer noch durch ihn hindurch. Seine Sinne fühlten sich abgestumpft an. Er verfluchte sich für die letzten paar Biere.

Aber jetzt war nichts mehr zu machen. Er war ein Kämpfer. Er würde kämpfen.

Er bewegte seine Hände und versuchte, den Dunst abzuschütteln. Er umklammerte die Pistole fester und trat zurück, um den größten Teil seines Körpers hinter der schützenden Wand des Cafés zu verbergen.

Dakota blieb etwa zehn Meter von den rasenden Angreifern entfernt stehen, den M4 Carbine auf den nächstgelegenen Störenfried gerichtet. »Stehen bleiben!«

Die meisten von ihnen drehten sich um und sahen sie an.

Der Latino mit dem roten Kopftuch tat das nicht. Stattdessen stieß er dem kleinen Erstversorger das spitze Ende des Betonstahls in die Brust. Der Mann stolperte.

Bevor er sich erholen konnte, drehte sich Bandana, riss die Arme nach hinten und schwang die Eisenstange gegen den Schädel des Mannes.

Der Mann zuckte zusammen und riss abwehrend den Arm hoch.

Anstatt seinen Kopf zu treffen, schlug die Metallkeule gegen seinen Unterarm. Ein schreckliches, schallendes Krachen hallte in der stillen Luft wider.

Der Ersthelfer stieß einen Schrei aus, taumelte und fiel gegen den Pfosten. Sein Hinterkopf knallte gegen das Metall. Sein Körper sackte auf den Asphalt.

Mit einem erstickten Schrei fiel die weibliche Helferin neben ihm auf die Knie. »Was hast du getan?«

Bandana schob sie aus dem Weg. Er lachte, als er dem Mann die Atemschutzmaske abnahm und sie in die Höhe hielt.

Der Ersthelfer sackte in sich zusammen und umklammerte seinen verstümmelten rechten Arm. Der Unterarm war in einem seltsamen, unnatürlichen Winkel gebogen, die Hand hing schlaff herunter.

Für wen hielten sich diese Arschgeigen eigentlich? Sie waren selbst Opfer – bis sie sich entschlossen hatten, jemand anderen auszunehmen.

Wut durchzuckte Logan, bohrte ihre schwarzen Krallen in sein Gehirn.

Er konnte es nicht verhindern. Der Zorn war jetzt in ihm. Der Wunsch, zu kämpfen, zu verletzen.

Sie würden dafür bezahlen. Logan würde sie dafür bezahlen lassen.

# KAPITEL 68
## LOGAN

Anstatt Dakota in die freie Schussbahn zu folgen, blieb Logan in Deckung und umging die Rückseite des Cafés, indem er die Seitengasse nahm und dabei Schutthaufen und einem auf die Seite gedrehten Müllcontainer auswich.

Der Gestank von verfaultem Essen, das in der Hitze gärte, mischte sich mit dem Geruch von verbranntem Plastik. Übelkeit machte sich in seinem Bauch breit. Er blinzelte, um einen klaren Kopf zu bekommen.

Er hockte sich hinter den Müllcontainer, um in Deckung zu gehen, und sein ganzer Körper summte vor Anspannung. Langsam und leise richtete er seinen Griff an der Glock aus und schob den Schlitten zurück, um das Patronenlager zu überprüfen.

Vier von sieben Neun-Millimeter-Patronen waren übrig.

Ihm wurde flau im Magen, Säure stieg seine Kehle hinauf. Er verfluchte sich dafür, dass er die drei Ersatzmagazine im Handschuhfach seines 98er Honda Civic vergessen hatte, der immer noch auf dem Parkplatz des Beer Shacks stand.

Das war der Nachteil der kompakten Glock 43: weniger Kugeln. Trotzdem hatte er keine Lust, auf jemanden zu schießen. Das hatte er heute schon getan. Sobald er sich zeigte, würden die Dinge schnell eskalieren. Wenn es eine Möglichkeit gab, Blutvergießen zu vermeiden, würde er sie nutzen.

Er blieb im Verborgenen und erkundete den Schauplatz. Er hatte freie Sicht zwischen dem Müllcontainer und der falschen Backsteinwand des Cafés.

Die blonde Tussi, der Typ im Hawaiihemd und der im Anzug sahen nicht wie erfahrene Kämpfer oder Schützen aus, soweit Logan das beurteilen konnte. Tanktop wusste, wie man mit der Waffe umging. Und Bandana hatte nicht einmal gezögert, bevor er den Ersthelfer angegriffen hatte. Gewalt war ihm nicht fremd.

Tanktop und Bandana waren beide Latinos und stark tätowiert.

Drei unwichtige Mitläufer, zwei erfahrene Kämpfer. Logan sollte in der Lage sein, sie zu besiegen, wenn es sein musste, ob er nun betrunken war oder nicht. Hoffentlich konnte Dakota das allein bewältigen.

»Lasst sie in Ruhe!«, rief Dakota aus drei Metern Entfernung. »Haut ab!«

Sie stand aufrecht und trotzig da, die Füße schulterbreit auseinander, ihr langes kastanienbraunes Haar wehte hinter ihr, und sie sah aus wie eine verrückte, knallharte Frau mit dem M4 an der Schulter, der auf die Brust des stämmigen Angreifers mit der Waffe gerichtet war.

»Verschwindet einfach«, warnte sie sie. »Verschwindet, und ich werde euch kein Dutzend Löcher in eure jämmerlichen Ärsche schießen, obwohl ihr es verdient habt.«

Der Typ im Tanktop mit der Pistole, der im Hawaiihemd mit dem Schlachtermesser, Bandana mit dem Speer aus Betonstahl und Nadelstreifenanzug mit den doppelten Reifenhebern drehten sich alle gemeinsam zu ihr um.

Ihre Augen weiteten sich vor Überraschung und Angst, als sie den gefährlich aussehenden M4 erblickten. Hinter ihnen stieß Blondie einen erschrockenen Schrei aus. Nadelstreifenanzug und Hawaiihemd wichen beide einen Schritt zurück und hoben die Arme, ließen aber ihre Waffen nicht fallen.

Nur Tanktop zuckte nicht einmal mit der Wimper.

»Hey, also«, sagte Nadelstreifenanzug unruhig. »Das ist doch nicht nötig. Warum nimmst du das Ding nicht runter?«

»Wir haben keinen Ärger gemacht«, sagte Blondie und spuckte Blut aus dem Mundwinkel. Sie entfernte sich von dem Mann, der immer noch stöhnend am Boden lag, als ob Dakota nicht alles gesehen hätte.

»Nehmt eure Waffen runter«, sagte Dakota.

Blondie und Nadelstreifenanzug begannen beide zu gehorchen. Hawaiihemd zögerte. Bandana warf Tanktop einen fragenden Blick zu. Als ob sie sich kennen würden.

Tanktop schüttelte heftig den Kopf. Er ließ seine Pistole nicht sinken. Wenn überhaupt, dann hob er sie ein wenig an, sodass sie auf ihre Beine gerichtet war.

Hawaiihemd folgte seinem Beispiel und behielt seine eigene Waffe. Das tat Bandana auch. Tanktop war eindeutig der Mann, der das Sagen hatte.

»Das ist ein großes Gewehr für so ein kleines Mädchen«, knurrte Tanktop. Er hatte zuckende Augen und ein hartes, schmieriges Lächeln. Logan mochte seinen Blick ganz und gar nicht.

»Groß genug, um den Job zu erledigen«, schnauzte Dakota.

»Woher hast du das überhaupt?«, fragte Hawaiihemd. »Hast du es von der Leiche eines armen Soldaten geklaut?«

Hawaiihemd tat so hart wie Tanktop, aber Logan bemerkte, dass er einen langsamen, vorsichtigen Schritt zur Seite machte, aus dem Weg der M4-Mündung.

Tanktop hingegen tat das nicht. Sein Lächeln wurde nur noch breiter. »Wie beschämend.«

»Kommt dir das Gewehr bekannt vor?«, fragte Bandana Tanktop mit einem finsteren Blick.

»Allerdings.« Tanktops Blick senkte sich auf den M4. »Das hast du doch nicht etwa einem unserer Jungs weggenommen, oder, Kleines?«

Logan erstarrte. Sie waren also Blood Outlaws. Zumindest Tanktop und Bandana. Die anderen drei schienen nur Leute zu sein, die nach dem Chaos der Explosion zufällig zu ihnen gestoßen waren.

Es war Dakota hoch anzurechnen, dass sie den Köder nicht geschluckt hatte. Sie bewegte sich und ließ die Mündung zwischen Bandana, Hawaiihemd und Tanktop wandern. »Verschwindet. Ihr alle.«

»Nein, ich glaube nicht, dass wir das tun werden«, sagte Tanktop.

»Weißt du überhaupt, wie man das Ding benutzt?«, fragte Hawaiihemd.

»Das bezweifle ich«, sagte Bandana mit einem verschmitzten Grinsen.

»Ich garantiere euch, dass ihr das nicht herausfinden wollt«, sagte Dakota.

»Wir beide wissen, dass du keine Ahnung hast, wie man mit einer solchen Waffe umgeht«, sagte Tanktop. »Warum gibst du sie nicht jemandem, der sich damit auskennt?«

»Vielleicht sollten wir nicht ...«, begann Nadelstreifenanzug zögernd, aber Tanktop warf ihm einen bösen Blick zu und er verstummte.

»Du hast nicht die Eier, das Ding abzufeuern, in mehrfacher Hinsicht«, sagte Tank mit einem harten Kichern.

Hawaiihemd lachte. Ein Hauch von Unbehagen lag in seiner Stimme, aber es verblasste schnell. Mit jeder Sekunde, in der sie den Abzug nicht betätigte, gewannen sie mehr Selbstvertrauen.

Sie unterschätzten Dakota. In den meisten Situationen konnte sie das zu ihrem Vorteil nutzen. Aber jetzt, wo sie nur bluffen konnte, war das ein großer Nachteil für sie.

Logan fluchte leise vor sich hin. Wäre er es, der das Sturmgewehr in der Hand hielt – ein großer, imposanter Kolumbianer, der mit Tattoos übersät war –, hätte sich die Sache ganz anders entwickelt.

Dakota ließ sich nicht einschüchtern. Sie machte einen weiteren Schritt auf die beiden zu. »Ich sagte, zurück!«

Tanktop grinste nur. »Warum überlässt du das nicht einem echten Mann? Wir nehmen dir diese Schönheit gerne ab.«

Bandana folgte seinem Beispiel. Ermutigt durch Tanktops verächtliche Gleichgültigkeit gegenüber der potenziellen Bedrohung machte er einen Schritt auf Dakota zu und schwang seinen Betonstahl, wobei er das Metall gegen seine Handfläche schlug, als würde er sie herausfordern, auf ihn zuzugehen.

»Bleib stehen oder ich schieße!«, befahl Dakota.

Tanktop setzte ein gefährliches Lächeln auf. »Wir wollen nur die Waffe. Wir lassen dich gehen.« Er hielt inne. »Versprochen.«

»Du vielleicht«, sagte Hawaiihemd finster. »Was hast du sonst noch hier versteckt, Kleine? Du bist zu sauber und unberührt. Hast du dich irgendwo versteckt und dem Rest von uns beim Leiden zugesehen?«

»Nein ...«

»Du bunkerst alles für dich, ist es das?« Er leckte sich über die rissigen Lippen. »Hast du unverdorbene Nahrung? Medizin? Ein funktionierendes Mobiltelefon?«

»Nein!«

»Nein«, sagte Bandana, während er einen weiteren Schritt auf sie zuging. Seine Züge verzerrten sich vor Schmerz und Wut. »Sie sagt Nein. Ich sage, finden wir es selbst heraus. Und wir fangen mit dieser Waffe an.«

Logan holte tief Luft und richtete sein Ziel neu aus. Diese Drecksäcke waren jenseits aller Vernunft. Sie wollten verzweifelt Rache nehmen für ihr Leid, für das, was sie verloren hatten.

Und wenn sie die Schuldigen nicht finden konnten, machten sie einen anderen zum Sündenbock.

Blondie blieb unter dem herunterhängenden Tankstellendach neben ihren Opfern und bewachte sie. Die anderen verteilten sich auf dem mit Glas übersätem Parkplatz. Nadelstreifenanzug humpelte von links auf Dakota zu, Hawaiihemd pirschte sich von rechts an sie heran, Bandana stand ihr direkt gegenüber, während Tanktop sie umkreiste, um hinter sie zu gelangen.

Dakota schwenkte den M4 hin und her und versuchte, die nächste Bedrohung im Visier zu behalten, aber es waren zu viele von ihnen. »Ich sagte, keine Bewegung!«

»Wie gesagt, du wirst mit dem Ding nicht schießen«, sagte Tanktop einen Meter hinter ihr, seine Pistole – eine SIG Sauer 226 – auf ihren Kopf gerichtet.

»Stell mich auf die Probe.« Dakota wirbelte zu ihm herum und vermutete, dass er die größte Bedrohung darstellte, auch wenn Bandana die Erstversorger zuerst angegriffen hatte. Sie waren beide gefährlich.

Tanktop gab einen Warnschuss über ihren Kopf hinweg ab. Der Knall hallte unvorstellbar laut wider.

Dakota erstarrte, immer noch mit dem Gesicht von Tanktop weggedreht.

»Der nächste wird sich direkt durch deinen Schädel bohren, verstanden?«

Dakota hob ihr Kinn. »Nur zu, aber zuerst werde ich ein paar von euch ausschalten.«

»Das bezweifle ich«, sagte Tanktop herablassend. »Jetzt nimm ganz langsam die Waffe runter und gib sie mir.«

»Und wenn ich das nicht tue?«

Tanktop fingerte am Abzug. »Habe ich dich nicht schon einmal gewarnt?«

Diese Situation eskalierte schnell.

Logan biss die Zähne so fest zusammen, dass sein Kopf schmerzte. Vor zwei Tagen waren das noch ganz normale Menschen gewesen wie alle anderen, Überlebende eines Horrors, den keiner von ihnen begreifen konnte.

Aber sie hatten sich von ihrer Angst überwältigen lassen und sich in etwas anderes verwandelt – in etwas Groteskes und Monströses. Sie ließen ihren Schrecken an genau den Menschen aus, die so viel riskiert hatten, um ihnen zu helfen.

Oder vielleicht waren sie schon immer Monster gewesen, die von der Gesellschaft bis zum Bombenangriff in Käfigen gehalten wurden. Jetzt waren sie entfesselt, frei, um andere zu jagen. Er würde alles, was er besaß, darauf verwetten, dass Tanktop und Bandana geborene Killer waren. Vielleicht Blood Outlaws, vielleicht auch nicht. Es war egal.

Ihre Augen leuchteten, ihre Münder waren zu einem harten Lächeln verzogen. Er erkannte diesen Ausdruck auf ihren Gesichtern. Sie hatten Spaß daran. Es machte ihnen Spaß, andere in Angst und Schrecken zu versetzen.

Logan wusste auch, wie man ein Killer war.

Er schlich sich hinter dem Müllcontainer hervor und machte sich bereit. Er erhob sich auf ein Knie, stützte die Unterarme auf den Ober-schenkel, um seine Hände zu stabilisieren, und zielte durch sein Visier auf Tanktops Schädel.

Die Waffe schwankte leicht. Seine Sicht verschwamm. Säure

brannte in seiner Kehle. Er blinzelte heftig und zwang sich, sich zu konzentrieren.

Nadelstreifenanzug versperrte ihm die Sicht.

Wenn er ihn zuerst ausschaltete, würde er eine wertvolle Sekunde verlieren – genug Zeit für Tanktop, den Abzug zu drücken und Dakota zu töten.

Der Alkohol hatte seine Reaktionszeit verlangsamt. Er wusste das mit tödlicher Sicherheit. Aber die Frage war, um wie viel? Wagte er es, es zu riskieren?

Langsam senkte Nadelstreifenanzug seine Reifenheber. »Ich weiß nicht. Sie ist doch nur ein Mädchen. Vielleicht geht das zu weit. Lass uns einfach abhauen, Mann.«

»Sie hat versucht, dich zu töten«, knurrte Bandana. »Sie würde uns alle umbringen. Nachdem wir die Bombe überlebt haben? Verdammt, nein.«

»Lasst diese Leute gehen«, sagte Dakota mit fester, strenger Stimme. »Dann könnt ihr alle einfach verschwinden.«

Sie wirkte angespannt, aber nicht verängstigt. Sie war nicht panisch. Das war gut.

»Lasst uns in Ruhe!« Die weibliche Einsatzkraft beugte sich über ihren gefallenen Partner und legte seinen Kopf auf ihren Schoß. »Hört einfach auf!«

Der verwundete Mann stöhnte nur.

»Sie haben dir das nicht angetan«, sagte Dakota zu Nadelstreifenanzug, der als Einziger willens schien, einen Rückzieher zu machen. »Sie wollten nur helfen und niemandem wehtun.«

Er schüttelte nur widerwillig den Kopf, aber machte keine Anstalten, die anderen aufzuhalten. In Logans Augen war er immer noch genauso schuldig.

»Halt die Klappe, verdammt!«, sagte Bandana.

»Alle da draußen haben uns unserem Schicksal überlassen«, sagte Tanktop verbittert. »Niemanden kümmert es, was mit uns passiert. Warum sollte uns interessieren, was mit euch passiert?«

Tanktop schritt näher an Dakota heran. Endlich war Logans Schusslinie frei, aber jetzt war Tanktops Mündung nur noch wenige Zentimeter von Dakotas Schädel entfernt.

Logan konnte den Schuss nicht riskieren.

»Ich glaube nicht, dass ich es dir noch einmal sagen muss, oder?«, sagte Tanktop. »Lass sie fallen wie ein braves kleines Mädchen.«

Langsam hob Dakota den Gurt des M4 über ihren Kopf und ließ die Waffe auf den Bürgersteig sinken. Die Mündung von Tanktops SIG bewegte sich mit ihr.

»Fahr zur Hölle«, fauchte Dakota.

»Wir sind schon längst da.« Tank schenkte ihr ein verrücktes Lächeln. »Und wenn wir sowieso in der Hölle sind, wer sagt dann, dass wir nicht ein bisschen Spaß haben können, während wir hier sind?«

Tanktop schlug Dakota mit dem Gewehrkolben seitlich gegen den Kopf.

Dakota stieß einen scharfen, erschrockenen Atemzug aus. Sie fiel hart auf ihre Hände und Knie.

Tanktop lächelte, als er die Waffe hob, den Finger am Abzug.

# KAPITEL 69
## LOGAN

Ein heftiger Zorn durchzuckte Logan.

Er glaubte nicht an viel und kümmerte sich um noch weniger.

Die Kellnerin war stur, arrogant, nervig. Aber sie hatte Eier aus Stahl. Und sie war verdammt viel mutiger als er selbst.

Als er sie so auf dem Boden liegen sah – verletzt, gedemütigt und verwundbar – legte das einen Schalter in ihm um.

Etwas Dunkles, Brutales und Unbarmherziges bahnte sich seinen Weg nach draußen.

Er wollte verletzen und verletzt werden, Schaden anrichten mit seinen Händen, seinen Fäusten, seinem ganzem Körper.

Die Welt wurde schärfer, verschwamm und wurde wieder schärfer. Die Geräusche verstummten, bis auf das Rauschen des Blutes in seinen Ohren. Er spannte sich an, biss die Zähne zusammen, presste die Lippen aufeinander.

Er ließ die Wut über sich, in sich, durch sich fließen.

Dann bewegte er sich.

In der einen Sekunde hielt er sich noch zurück, um die Lage zu analysieren, und beobachtete, wie Dakota die Angriffe der Feinde am stärksten zu spüren bekam.

Im nächsten Augenblick war er auf den Beinen und stürmte auf sie zu, noch bevor sie sich seiner Anwesenheit bewusst waren. Ein Orkan wilder Wut.

Er feuerte einen Schuss in das nicht verwundete Bein von Nadelstreifenanzug, als dieser vorbeirannte. Es war kein tödlicher Schuss, aber der Mann schrie mit einem hohen, animalischen Laut, seine Arme flogen nach hinten, die Reifenheber entglitten seinen schlaffen Fingern.

Er brach zusammen, sein ruiniertes Bein zuckte krampfhaft.

Einer weniger.

Logan zielte und schoss auf Tanktops Stirn, während er rannte.

Es war schwierig, im Laufen zu schießen, vor allem, wenn seine Sinne getrübt und seine Reaktionen abgestumpft waren.

Ein Schuss, der gesessen hätte, wenn sein Kopf klar gewesen wäre.

Schon als er den Abzug betätigte, wusste er, dass die Kugel ihr Ziel verfehlen würde, aber Logan musste sich sofort als die größere Bedrohung darstellen.

Wie er erwartet hatte, ging der Schuss daneben, pfiff an Tanktops linker Halsseite vorbei und bohrte sich in die Stuckfassade eines Wohnhauses zehn Meter hinter ihm.

Tanktop wirbelte herum, war überrascht, hob seine SIG aber bereits an, als er seinen dicken, muskulösen Körper drehte, um Logan gegenüberzutreten.

Instinktiv duckte sich Logan und wich zurück, als die Mündung auf ihn zukam.

Der laute Knall explodierte in seinen Ohren. Ein stechender Schmerz fuhr über sein rechtes Ohr.

Die Kugel hatte seinen Schädel nur um Haaresbreite verfehlt.

Er blieb geduckt und rannte auf Tanktop zu, der mit einem sadistischen Knurren auf ihn zukam. Sie prallten mit ihren schweren Körpern aufeinander und griffen nach den Waffen des anderen, wobei jeder versuchte, seine Waffe in das weiche, nachgiebige Fleisch zu rammen.

Tanktop schaffte es, Logan mit dem Ellenbogen ins Gesicht zu stoßen und mit der Mündung der Pistole nach ihm zu schlagen. Er wollte zielen und schießen, aber Logan war zu schnell.

Der Mann schoss wieder daneben.

Die Druckwelle des Schusses war so nah, dass ihm die Ohren klingelten.

Logan versetzte dem Mann eine Reihe fieser Schläge, aber Tanktop schlug sofort zurück.

Der Schmerz explodierte in Logans Rippen und seiner Schulter. Er täuschte eine hohe Finte an und wich nach unten aus. Er war den Bruchteil einer Sekunde langsamer, als er hätte sein müssen.

Dennoch saß der Schlag.

Er landete einen brutalen Aufwärtshaken, der Tanktop unter dem Kinn erwischte, seinen Kopf nach hinten riss und ihn mit einer schnellen Bewegung umwarf.

Die SIG flog ihm aus den Händen, drehte sich in der Luft und schlitterte über den Bürgersteig.

Logan trat nahe heran und zielte auf Tanktops rechte Schulter, um ihn dauerhaft außer Gefecht zu setzen. Seine Sicht wurde unscharf. Er blinzelte und schwankte leicht.

Tanktop rollte sich auf den Rücken, schnappte sich eine Handvoll Trümmerstaub und schleuderte sie Logan ins Gesicht. Logan bäumte sich auf, hustete und strich sich mit der freien Hand über seinen brennenden Augen.

Tanktop hielt mit einem gezielten Tritt auf Logans Waffe, der seine Hand traf und sie ihm entriss. Logan griff blind nach der Waffe, aber sie rutschte weg.

Tanktop stürzte sich auf seine Beine, um ihn von den Füßen zu stoßen. Logan wich aus, drehte sich um und versetzte dem Mann einen scharfen Tritt ins Gesicht.

Sein Schädel schlug mit der Rückseite auf das Pflaster und ließ ihn erstarren. Er stöhnte und blieb liegen, zumindest für den Moment.

Logan wischte sich wütend über das Gesicht. Er blinzelte heftig und suchte mit brennenden, halb geschlossenen Augen nach der winzigen Glock 43 auf dem mit Trümmern übersäten Parkplatz.

Tanktop war stärker und schneller, als er erwartet hatte. Er brauchte seine Waffe. Er musste die Sache beenden, und zwar schnell. Aus dem Augenwinkel sah er eine vage, trübe Gestalt, die von links auf ihn zustürmte. Er erkannte einen roten Fleck.

Bandana stürzte sich mit voller Wucht auf ihn.

Die Welt drehte sich und verschwamm um ihn herum. Seine Reaktionszeit war zu langsam, zu abgestumpft. Es blieb keine Zeit für einen Gegenschlag, nur für einen verzweifelten, halbherzigen Block.

Logan drehte sich halb und hob abwehrend den Arm.

Bandana hob das tödliche Stück Betonstahl an und stach wie mit einem Schwert zu.

# KAPITEL 70
## LOGAN

Logan zuckte zusammen, weil er den Schmerz des Treffers vorausahnte.

Wie aus dem Nichts stürmte Dakota mit dem M4 in beiden Händen auf Bandana zu. Kurz bevor der Typ Logan erreichte, schlug sie dem Mann den Schaft gegen den Hinterkopf.

Bandana taumelte und fiel, wobei er gegen Logans linkes Bein stieß und ihn fast von den Füßen riss.

Logan breitete die Arme aus, schwankte, sein Magen kribbelte.

Er schaffte es, sein Gleichgewicht wiederzufinden, trat zur Seite und stampfte so fest er konnte auf die unscharfe Form von Bandanas ausgestreckter Hand, als er nach dem heruntergefallenen Betonstahl griff.

Fleisch und Knochen knirschten unter seinem Stiefel.

Der Mann stieß einen unmenschlichen Schrei aus, rollte sich zusammen und drückte seine zerquetschte Hand an seine Brust.

Mit trüben Augen konzentrierte sich Logan auf Bandanas verschwommenes Gesicht. Mit einem kräftigen Tritt zertrümmerte er die Nase des Mannes und ließ ihn bewusstlos liegen.

Er brauchte eine halbe Sekunde, um sich den Dreck aus den Augen zu wischen und die brennenden Tränen wegzublinzeln.

Für einen Moment nahmen er und Dakota Augenkontakt auf.

Jemand hatte ihr einen ordentlichen Schlag verpasst. Ihre Lippe war aufgeplatzt. Scharlachrote Tröpfchen befleckten ihr Oberteil.

»Alles in Ordnung?«, fragte er und drehte sich bereits halb um, um den Rest der Szene zu betrachten und nach Tanktop zu suchen. Der Mann würde nicht lange am Boden bleiben.

Sie grinste ihn böse an, ihre Zähne waren blutig.

Eine blitzartige Bewegung hinter ihr.

»Vorsicht!«, rief er.

Blondie hatte ihren Wachposten aufgegeben, um sich dem Kampf anzuschließen. Sie schrie und stürzte sich auf Dakota, den Reifenheber in beiden Händen geballt.

Dakota wirbelte herum und benutzte den M4 als Keule. Sie schlug nach dem Torso der Frau und traf sie in den Bauch. Blondie ging zu Boden, krümmte sich, umklammerte ihren Bauch und atmete scharf ein.

Hinter ihr sah Logan, wie die weibliche Einsatzkraft ihren Partner in den Schatten unter dem herunterhängenden Dach der Tankstelle zurückzog, um sie beide aus dem Kampfgeschehen herauszuhalten.

Blondie sprang auf die Beine und stürzte sich auf Dakota. Dakota wich zurück und hob abwehrend ihre Waffe, um mehrere Schläge abzuwehren.

Logan kam ihr zu Hilfe.

Mit einem Schrei voller Wut stürzte sich Hawaiihemd von rechts auf ihn und schwang das Fleischermesser.

Mit zwei schnellen Schritten wich Logan aus, setzte dann zum Sprung an und traf Hawaiihemd seitlich. Sie fielen zusammen zu Boden, das Messer streifte seine Rippen. Logan spürte es kaum.

Sofort war er wieder auf den Beinen, wirbelte herum und trat dem Gefallenen gegen das Kinn, als dieser sich zu erheben versuchte. Hawaiihemds Zähne klapperten, und Blut spritzte aus seinem Mund und seiner Nase.

Das Messer glitt ihm aus den Fingern.

Blondie heulte wie eine Todesfee und stürzte sich auf Dakota. Sie schlug mit dem Eisen zu, schwang es tief und hob es wie einen Ballschläger, traf den M4 Carbine von unten, verfing sich in dem hängenden Riemen und brach Dakota fast die Finger.

Um ihre Hände zu retten, ließ Dakota die Waffe fallen und warf sich nach hinten.

Sie rappelte sich auf und holte mit ihrem taktischen Messer aus.

Dakota konnte auf sich selbst aufpassen. Logan musste sich auf seine eigenen Kämpfe konzentrieren. Er richtete seine Aufmerksamkeit wieder auf Hawaiihemd.

Der dicke Mann war auf die Knie gekommen und suchte in den Trümmern nach seinem Messer.

Logan hob einen der Reifenheber auf, die Nadelstreifenanzug fallen gelassen hatte, machte zwei schnelle Schritte und schwang ihn mit voller Wucht nach dem Mann.

Es traf sein frisch verwundetes Gesicht mit einem nassen Aufprall. Knochen und Knorpel knackten und zersplitterten.

Hawaiihemd stieß einen fassungslosen, gequälten Schrei aus. Er brach zusammen und blieb liegen.

Dieser Feind stellte keine Bedrohung mehr dar. Logan könnte jetzt aufhören, aber er wollte es nicht. Er konnte nicht.

Ein entferntes Gebrüll erfüllte seine Ohren, wild, unerbittlich, es trieb ihn an. Er roch seine eigene Wut wie den Geruch von brennendem Gummi, etwas Dunkles, Stechendes und Gefährliches.

Er schlug den Reifenheber ein weiteres Mal gegen die Seite des Schädels des Mannes. Der feste, befriedigende Schlag hallte bis in seine Arme, als er spürte, wie der Knochen unter seiner Wut nachgab.

Er richtete sich auf, wischte sich Schweiß und Blut aus den Augen und suchte auf dem Parkplatz nach der nächsten Bedrohung, dem nächsten Feind, an dem er seinen Zorn auslassen konnte.

Drei, nein vier Leute lagen am Boden.

Dakota griff nach ihrem Messer und stellte sich über Blondie, die zusammengekrümmt auf dem Boden kauerte und ihr blutverschmiertes Gesicht mit den Händen bedeckte.

Sie hatte alles unter Kontrolle.

Er blinzelte, um seine Sicht zu klären. Seine Ohren klingelten immer noch, seine Gedanken kamen zu langsam, zu verworren.

Ihm fehlte etwas. Etwas Wichtiges.

Er drehte sich langsam um, seine Rippen brannten, sein Atem kam in rasenden Stößen.

Wo waren die Pistolen? Die Glock und die SIG waren irgendwo in der Nähe, versteckt hinter einer Zapfsäule oder in den Trümmern.

Er musste sie finden. Er musste …

Der fünfte Feind. Tanktop.

Wo war er?

Logans Schläge waren genug gewesen, um ihn zu betäuben, aber nicht …

»Hinter dir!«, schrie Dakota.

# KAPITEL 71
## LOGAN

Logan hatte gerade noch genug Zeit, sich umzudrehen und seinen Unterarm hochzuheben, um den Reifenheber abzuwehren, als Tanktop auf ihn zustürzte. Er lenkte die Waffe ab, der Arm des Mannes streifte ihn lediglich.

Sie rollten auf den Boden. Logan ergriff das Handgelenk der Hand, die den Reifenheber hielt, und schlug ihn einmal, zweimal, dreimal hart auf den Asphalt.

Tanktop stieß einen schmerzerfüllten Schrei aus. Seine Finger lösten ihren Griff. Der Reifenheber fiel klappernd zu Boden.

Logan versuchte sich aufzurichten, um auf die Beine zu kommen, aber Tanktop griff nach ihm und krallte sich an seinen Hinterkopf, um ihn umzudrehen.

Logan wand sich und wich ihm aus. Kies, Glasscherben und Trümmer bohrten sich schmerzhaft in seinen Rücken.

Tanktop riss seinen Kopf zurück und verpasste ihm einen Kopfstoß. Logan spürte die Bewegung und wich zur Seite aus, reagierte aber einen Sekundenbruchteil zu langsam.

Der Schädel des Mannes schlug gegen Logans Wangenknochen. Heißer Schmerz explodierte in seinem Gesicht, Sterne blitzten hinter seinen Augen auf. Aus seiner Nase spritzte Blut.

Dieser Typ wusste, wie man kämpfte. Trotz regelmäßigen Boxtrainings im Fitnessstudio war Logan langsam und eingerostet. Erschöpfung und Alkohol verwandelten seine Glieder zu Blei. Sein Magen rumorte. Er musste die Sache beenden, bevor der Schläger ihn zu Fall brachte.

Es war nur eine Frage der Zeit.

Er nahm einen tiefen Atemzug und machte sich bereit. Logan sammelte alle seine schwindenden Kräfte, drehte sich und sprang auf die Füße, um den Mann zu packen, als er sich drehte.

Er nutzte seinen Schwung, hob Tanktop mit einem angestrengten Grunzen hoch und schleuderte ihn so hart er konnte gegen den nächsten Tankstellenmast.

Tanktop prallte an dem Mast ab. Er fiel halb um, taumelte – aber ging nicht zu Boden, war nicht bewusstlos. Sein Schädel hatte den Pfosten nicht hart genug getroffen.

Er schüttelte sich wie ein Hund und richtete sich wieder auf. Er fletschte die Zähne und knurrte.

Logan blieb in der Hocke und suchte den Parkplatz nach einer der Feuerwaffen ab. Zu viele Trümmer lagen überall verstreut. Er hatte nicht einmal eine Sekunde Zeit, sie zu suchen.

»Die Waffe!«, rief er Dakota zu.

Tanktop drehte sich schnell und tief, stürzte sich mit einem weiteren Knurren auf Logan und hatte plötzlich ein taktisches Messer in seiner rechten Faust.

Logan hatte kaum Zeit, auf diese neue Information zu reagieren. Er warf sich nach hinten, drehte sich von dem Angriff weg, während Tanktop immer noch mit dem Messer auf ihn zukam und kurze, effiziente Stöße mit der Klinge ausführte.

Logan rutschte zurück und stolperte fast über eine große Trockenmauerplatte in einem Erdrutsch aus Schutt. Seine Sicht schwankte, alles kippte zur Seite.

Er fand sein Gleichgewicht wieder und wich einer Zapfsäule aus, die zwischen ihm und dem Feind stand.

Unerschrocken stürmte Tanktop weiter auf ihn zu, unerbittlich, mit dem Messer zustechend und schlitzend. Er strauchelte kurz, rutschte auf einer Dachschindel aus, aber das bremste ihn kaum.

Das funktionierte nicht. Er war müde und langsam. Er hatte nur

Sekunden, bevor Tanktop ihn erreichte. Ein paar Hiebe mit der Klinge und alles wäre vorbei.

Logan musste etwas anderes ausprobieren.

Er täuschte ein Stolpern vor und wäre beinahe gestürzt. Dabei verlagerte er sein Gewicht auf den linken Fuß, sodass er mit dem rechten einen Roundhouse-Kick ansetzen konnte.

Tanktop fiel auf den Trick herein.

Mit einem siegessicheren Schimmer in den Augen stürzte er sich auf Logan und zielte mit dem Messer auf Logans Gesicht, um ihn zu erblinden.

Logan hob seinen Unterarm, um die Schläge abzuwehren, und führte den Tritt aus. Sein Schienbein traf die Kniescheibe des Gegners seitlich und ließ sie mit einem fiesen Krachen einknicken.

Vor Schmerz und Überraschung stöhnend, sackte Tanktop auf die Knie.

Logan packte den Kopf des Mannes und stieß seinen rechten Daumen tief in seine rechte Augenhöhle. Die weiche Kugel rollte unter seinem bohrenden Fingernagel.

Er hörte ein nasses Platzen.

Tanktop heulte vor Schmerz auf.

Mit der linken Hand ergriff Logan das rechte Handgelenk des Mannes und hielt das Messer sicher von sich weg. Mit der rechten Faust schlug er auf den Kopf und das Gesicht des Mannes ein, schlug ihn wieder und wieder, schlug und hämmerte in blinder, brutaler Wut.

Blut spritzte aus Tanktops Nase und Mund und verschmierte Logans Hände. Schmerz brannte in seinen wunden Knöcheln, seinen geprellten Rippen, seiner Brust. Er spürte ihn kaum durch das pumpende Adrenalin, über sein donnerndes, hämmerndes Herz.

Er dachte nur daran, diesen erbärmlichen Pisser zu einem blutigen Brei zu schlagen und dann noch weiter auf ihn einzudreschen.

Abrupt sackte Tanktop auf den Rücken und riss Logan mit sich nach unten.

Logans Griff um das Handgelenk des Mannes rutschte im glitschigen, verräterischen Blut ab.

Mit einer schnellen Bewegung drehte und wendete Tanktop die beiden um.

Logans Gehirn registrierte die Aktion, aber die Synapsen, die zu seinen Muskeln feuerten, waren ein wenig zu langsam.

Er konnte nicht mehr rechtzeitig reagieren.

Tanktop sprang auf Logan und knallte seinen Hinterkopf auf den Beton, schlug ihm seinen Unterarm gegen die Kehle.

Hinter Logans Augen explodierten Sterne, seine Sicht war rot und schwarz. Er versuchte, den Kerl wegzuschlagen, aber seine Glieder waren plötzlich träge. Sie wollten ihm nicht gehorchen.

Er konnte seine Hände nicht schnell genug hochnehmen, konnte den Angriff, von dem er wusste, dass er kommen würde, nicht abwehren.

Tanktop war einfach zu schnell.

Die Augen des Mannes waren harte kleine Schlitze in seinem zerschundenen und blutigen Gesicht. Er machte sich nicht die Mühe, schadenfroh zu grinsen, sondern setzte direkt zum Todesstoß an.

Er hob sein Messer und ließ es auf Logans Brust zurasen.

# KAPITEL 72
# LOGAN

*B*umm!

Ein kleines Loch erschien an der Seite von Tanktops Kopf. Das Messer entglitt der kraftlosen Hand des Mannes.

Er erschlaffte, sein Mund erstarrte zu einem erschrockenen O. Sein schwerer Körper sackte auf Logan zusammen, schlaff und unbeweglich.

Logans Ohren klingelten. Er konnte nicht mehr atmen. Blut tropfte auf seine Wange und glitt seinen Kiefer hinunter. Seine Rippen brannten, als hätte man sie mit glühenden Kohlen gestreift.

Es war ihm egal. Er kümmerte sich um nichts davon.

Sein Herz klopfte noch immer – er hörte es wie ein Rauschen in seinen Ohren.

Er war am Leben.

Er lebte und Tanktop war tot.

Logan wuchtete die hundert Kilo totes Gewicht auf den Asphalt und rappelte sich auf die Beine, wobei er Staub und Schmutz von seiner Kleidung abstreifte.

Er verrenkte sich den Hals, als er sich schnell umdrehte und die Gegend nach möglichen Bedrohungen absuchte. Aber es waren keine mehr da.

Der Kampf war vorbei.

Tanktop war tot. Nadelstreifenanzug lag immer noch auf dem Boden, stöhnte und umklammerte sein Bein. Aus beiden Einschusslöchern sickerte Blut, aber Logans Kugeln hatten keine Arterie getroffen. Er würde überleben, wenn er schnell genug medizinische Hilfe bekam.

Blondie sackte neben ihm zusammen. Ihr Gesicht war blutverschmiert.

Sie hob kapitulierend die Hände.

Bandana lehnte bewusstlos an der nächstgelegenen Zapfsäule, die zerquetschte Hand an die Brust geschmiegt. Einige Meter weiter links lag Hawaiihemds Körper in einem ungünstigen Winkel, eine sich ausbreitende Pfütze sickerte auf den Asphalt unter seinem Kopf.

Dakota stand weniger als einen Meter entfernt, die Beine schulterbreit auseinander, beide Hände umklammerten Tanktops Neun-Millimeter-SIG-Sauer, deren Mündung noch immer genau auf ihr Ziel gerichtet war.

Logan holte scharf Luft. »Das war ein verdammt schwieriger Schuss.«

Ihr Gesicht hatte keine Farbe mehr, ihre Augen waren so groß, dass er das Weiße rundherum sehen konnte. »Ich weiß.«

»Du hättest mich umbringen können.«

Sie senkte die Waffe, hielt sie aber in Bereitschaftsstellung. »Habe ich aber nicht.«

Die meisten Menschen wurden in Situationen, in denen es um Leben und Tod geht, panisch und zittrig. Die Kellnerin hätte ihn leicht aus Versehen erschießen können.

Er schüttelte den Kopf und wunderte sich darüber, wie nahe er daran gewesen war, sein eigenes Gesicht weggepustet zu bekommen. »Heilige Scheiße.«

»Ich schätze, das Training dreimal pro Woche auf dem Schießstand hat sich endlich ausgezahlt.« Sie zuckte ein wenig mit den Schultern. »Um ehrlich zu sein, war ich mir nicht sicher, ob ich es schaffen würde. Aber selbst wenn ich ihn verfehlt und dich getroffen hätte, wärst du sowieso tot gewesen, dachte ich mir. Ich musste einfach schießen.«

»Ich bin froh, dass du es getan hast.«

Dakota drehte sich um und gestikulierte mit der SIG zu Blondie.

»Ich habe noch eine Menge Kugeln übrig. Ich würde sie lieber nicht an euch verschwenden. Verschwindet von hier.«

Ohne ein Wort zu sagen, half Blondie Nadelstreifenanzug auf die Beine. Sie stolperten eine Seitenstraße in die entgegengesetzte Richtung hinunter, eine Blutspur tropfte hinter ihnen auf die Straße.

Logan spuckte sauren Speichel aus dem Mundwinkel und wischte sich das Blut aus der Nase. Seine Augen brannten noch immer von der Handvoll Staub und Schmutz, die Tanktop auf ihn geworfen hatte. Er blinzelte heftig und rieb sich das Gesicht.

Die Wut und das Adrenalin ließen nach und hinterließen eine hohle Leere.

Dann brach der Schmerz über ihn herein. Übelkeit durchfuhr seine Eingeweide. Säure schoss ihm die Kehle hinauf. Er bückte sich und spuckte wässriges Erbrochenes aus. Er hustete mehrmals trocken, bevor sich sein Magen so weit beruhigte, dass er sich aufrichten konnte.

Sein Körper reagierte immer so nach einem besonders fiesen Kampf – vor allem, wenn es ein oder zwei Tote gab.

Währenddessen spürte er nichts. Danach spürte er alles.

»Logan.«

Er blinzelte erneut und schwankte leicht. Alles fühlte sich fern und unerreichbar an, unverbunden, sein Körper war noch immer schwer und träge.

»Logan!«

Er sah Dakota an. Sie wischte sich mit dem Handrücken das Blut von ihrer aufgeplatzten Lippe. Sie hielt die SIG schlaff an ihrer Seite. Sie war verletzt, aber sie lebte.

»Alles okay?«, schaffte er es hervorzubringen.

»Höllische Kopfschmerzen. Ich habe eine Beule von der Größe eines Eies.« Sie zog eine Grimasse und spuckte noch mehr Blut aus. »Aber ich werde es überleben. Ich sollte dir die gleiche Frage stellen.«

Er untersuchte sich selbst auf Verletzungen und fuhr mit den Händen über seinen Körper. Seine linken Rippen schmerzten höllisch. Er hob sein Hemd an. Ein böser, etwa fünf Zentimeter langer Schnitt klaffte in seiner Seite.

Er war nicht tief, aber es tat höllisch weh.

Kleine Schnitte übersäten seine Hände und Knöchel. Dem oberen

Teil seines rechten Ohrs fehlte ein Stück Knorpel von der Kugel, die ihn fast zu Fall gebracht hatte. Außerdem hatte er eine aufgeplatzte Lippe und wahrscheinlich ein blaues Auge sowie mehrere Prellungen, aber keine bleibenden Schäden davongetragen.

»Mir geht es gut«, log er. Es ging ihm nicht gut. Es fühlte sich an, als würde es ihm nie wieder gut gehen. »Ich brauche nur ... eine Minute ... nach all dem.«

»Ja, ich weiß, was du meinst.« Dakota bückte sich und schnallte das Holster von Tanktops Leiche ab und befestigte es an ihrem eigenen Gürtel, dann steckte sie die SIG hinein. Sie zog die Glock aus ihrem Hosenbund und reichte sie ihm. »Die habe ich auch gefunden.«

Er überprüfte sie kurz und steckte sie dann ein.

»Danke.« Er begann sich wieder das Gesicht zu reiben.

»Logan!«, sagte Dakota schroff. »Fass nichts mit deinen Händen an. Du hast dich in dem ganzen kontaminierten Staub herumgewälzt. Du solltest dir die Augen auswaschen. Und wir müssen Shay bitten, dich abzuwischen.«

»Ja ... tut mir leid.« Er ließ seine Hände schlaff an seine Seiten fallen. Man sollte meinen, dass man die Strahlung nicht einen Moment vergessen würde, aber es war schwieriger, als er gedacht hatte.

Alte Gewohnheiten ließen sich nur schwer ablegen. Fünfundzwanzig Jahre, in denen man die Dinge auf die gleiche Art und Weise gemacht hat, stehen sechs Stunden draußen in diesem feindseligen, brutalen Höllenloch gegenüber.

Sie sollten Shay und Julio suchen gehen. Und nach den Ersthelfern sehen, wohin auch immer sie sich verkrochen hatten, um den Kämpfen zu entkommen. Er musste den Dreck von sich abwaschen. Sie mussten sich beeilen und aus der Gefahrenzone verschwinden.

Aber er bewegte sich nicht. Seine Beine waren bleischwer. Übelkeit machte sich in ihm breit. Er fühlte sich immer noch schwach, als würde er zusammenbrechen, wenn er einen Schritt machte.

Und wenn er ganz ehrlich zu sich selbst war, war er noch nicht bereit, irgendjemandem gegenüberzutreten und mit Fragen bombardiert zu werden, die er nicht beantworten wollte.

Keiner von ihnen wusste, wie es war, um sein Leben zu kämpfen, sich mit einem anderen Menschen prügeln, jemanden mit bloßen Fäusten blutig schlagen.

Nur eine Minute. Eine verdammte Minute, dann würde er sich zwingen, in das Chaos zurückzukehren. Er holte scharf Luft. Vielleicht zwei Minuten.

Dakota runzelte die Stirn. »Du hast mir den Arsch gerettet.«

»Ich denke, man kann mit Sicherheit sagen, dass du im Gegenzug meinen gerettet hast.«

Sie lächelte schwach. »Ja, das habe ich.«

»Du bist nicht schlecht mit der Waffe«, zwang er sich zu sagen und gab vor, cool zu bleiben. »Wer hat dir das Schießen beigebracht?«

»Mein verrückter Prepper-Freund. Wer hat dir das Kämpfen beigebracht?«

»Ich habe hier und da ein paar Tipps aufgeschnappt.« Er zuckte lässig mit den Schultern und drehte sich leicht, damit sie die schmerzhafte Grimasse, die er nicht verbergen konnte, nicht sah.

Er rieb sich die wunden, blutigen Knöchel, vernarbt von Dutzenden von Straßenkämpfen. Seine Hände waren bereits schmutzig, was machte das schon? Blut besprenkelte die Fünf-Punkte-Tätowierung zwischen seinem Daumen und seinem Zeigefinger. Er wischte es an seiner Hose ab.

Alejandro Gomez, das stellvertretende Oberhaupt der MS-13 in Richmond, Virginia, hatte ihn wie seinen eigenen Sohn aufgenommen, ihm ein Dach über dem Kopf, einen Job und eine Bruderschaft gegeben.

Nach einer einsamen Kindheit ohne so etwas wie Liebe hatte Logan mit sechzehn Jahren nach jeglicher Zuneigung gedürstet, die er erbetteln, kaufen oder stehlen konnte. Alejandro hatte etwas in dem nervösen Straßenjungen gesehen, der sich mit vollem Einsatz in jede Schlägerei stürzte, nie einen Rückzieher machte, nie zurückschreckte und sich auch vor einer aufgeplatzten Lippe oder einem blauen Auge nicht aufhalten ließ.

Alejandro hatte ihm das geboten, was zuvor noch niemand hatte – Zugehörigkeit.

Und dann hatte er Logan unterrichtet, ihn angeleitet, ihn zu seiner rechten Hand, seinem Muskelpaket, seiner tödlichen Waffe ausgebildet.

Zu seinem Attentäter.

Er hatte alles getan, was sein Mentor von ihm verlangt hatte. Und noch mehr.

Bis zu dem Tag, an dem er nicht mehr konnte und Gefängnis und Tod bessere Optionen waren als das Monster, zu dem er geworden war.

Nach dem Gefängnis war er aus dem Staat geflohen und hatte nie zurückgeblickt. Seine Dämonen waren ihm trotzdem gefolgt.

## KAPITEL 73
# LOGAN

Logan beobachtete Dakota, als sie die Hände ausstreckte, als wolle sie ihren herunterhängenden Pferdeschwanz neu binden, sich daran erinnerte, sich nicht zu berühren, und ihre Arme fallen ließ.

Sie sah seinen Blick und starrte ihn trotzig an. Aber ihr Gesicht war immer noch blass, ihre Pupillen groß. Ihre Hände zitterten.

Das war nicht wie bei der Frau mit dem toten Baby, deren Leben sie aus Mitleid beendet hatte. Sie hatte einen Mann kaltblütig ermordet. Sie hatte ihn für Logan getötet.

Eine weitere Welle der Übelkeit überkam ihn. Er beugte sich vor, die Hände auf den Oberschenkeln, und ließ das Blut in seinen Kopf strömen. Seine Ohren klingelten immer noch. Er erkannte den kupfernen Geschmack von Blut in seinem Mund, zwischen seinen Zähnen.

Alles in ihm fühlte sich scharf und zerklüftet an wie Glasscherben.

»Töten ist nicht wie im Film«, sagte er zögernd. »Das Töten eines Menschen kostet immer einen Preis, außer, man ist ein Psychopath.«

»Das weiß ich.«

Sie sagte es so, als ob sie wirklich Erfahrung mit dem Töten hätte. Wieder einmal war er von diesem Mädchen überrascht. »Es gibt immer eine Konsequenz«, sagte sie. »Aber wenn es jemanden schützt, der mir wichtig ist, dann bin ich bereit, diesen Preis zu zahlen.«

Er sah sie an. Sah sie wirklich an. Das schwindende Sonnenlicht hob die roten Strähnen in ihrem Haar hervor, die scharfen Konturen ihres Gesichts, das Glitzern ihrer großen dunklen Augen.

Sie war ihm in den letzten Monaten aufgefallen, während sie im Beer Shack an den Tischen arbeitete – aber nur so, wie er jeden bemerkte, indem er sie als potenzielle Bedrohung einschätzte und sie dann aus seinem Bewusstsein verschwinden ließ.

Sie war nur ein weiteres junges, dunkelhaariges Mädchen in einer Millionenstadt.

Aber jetzt sah er Dinge, die er vorher nicht gesehen hatte. Ihr langes, unordentliches kastanienbraunes Haar, das ihr über die Schultern fiel, und einige feuchte Strähnen, die sich auf ihren Wangen kräuselten. Der Staub, der ihre dicken Augenbrauen verkrustete, ihr kräftiges Kinn. Die harten, funkelnden Augen durchbohrten ihn.

Sie war schön, wie ein Stück geschliffenes Glas schön war. Und genauso scharf.

Dakota verengte ihre Augen. »Toll, dass du endlich ein Gewissen bekommen hast.«

»So weit würde ich nicht gehen.« Logan ließ den Blick sinken und trat mit seinem Stiefel gegen einen Haufen Schutt. Er zögerte und sein Kiefer arbeitete, bevor er die Frage stellte. »Fühlst du dich nicht schuldig?«

»Wegen dieses Drecksacks? Nein.« Sie hob ihr Kinn, als wolle sie ihn zum Widerspruch herausfordern. »Nicht einmal ein bisschen.«

Er war sich nie sicher, was schlimmer war: Mit der Schuld zu leben oder sie gar nicht zu empfinden.

Er hatte nie an seinen Entscheidungen gezweifelt, hatte sogar eine kranke Freude daran empfunden, Gerechtigkeit walten zu lassen, Rache zu üben.

Er hatte für keinen der Männer, die er verletzt oder getötet hatte, Schuldgefühle oder Reue empfunden – Kriminelle, Diebe und Mörder, das waren sie alle gewesen – bis auf die Mutter und das Kind.

Er hatte sich nicht dafür interessieren wollen. Er hatte versucht, sich einzureden, dass es ein Unfall war, ein Fehler, er hatte versucht, es zu verdrängen, wie er es schon ein Dutzend Mal zuvor getan hatte.

Es hatte nicht funktioniert.

Er sah immer noch die winzige Gestalt, die ihn in seinen Albträumen verfolgte – die schlaffe Spiderman-Pyjamahose, die dünnen Arme, die einen struppigen Plüschbären umklammerten. Und das kleine Gesicht, umrahmt von schwarzen, vom Schlaf zerzausten Locken, die großen dunklen Augen, die ihn so jung und vertrauensvoll anblickten.

Er wusste, was er getan hatte. Er kannte die Wahrheit. Und die Wahrheit nagte an ihm, verfolgte ihn, verzehrte ihn von innen heraus.

»Du solltest dich auch nicht schuldig fühlen.« Dakotas Augen wurden weicher. »Nicht für das hier.«

Er wurde still. »Wofür?«

Sie zeigte hinter ihn. »Dafür.«

Er drehte sich langsam um, seine aufgeplatzten Fingerknöchel beugten und streckten sich, und sein Magen kribbelte vor Beklemmung.

Er hatte Hawaiihemd vergessen. Das, was er ihm in seiner adrenalingeladenen Wut angetan hatte.

Mit wachsendem Entsetzen stieß Logan Hawaiihemds Körper mit dem Fuß an.

Knochensplitter ragten aus dem Hinterkopf des Mannes heraus. Irgendetwas Glitschiges und Fleischiges quoll heraus. Hirngewebe.

Der Mann war tot.

Das vertraute, üble Grauen rumorte in ihm. Verzweiflung krallte sich in seine Kehle. Verzweiflung – und Durst.

Er brauchte einen Drink. Er brauchte ihn verzweifelt. Er musste jeden schattenhaften Dämon ertränken, bis er nichts als Taubheit spürte.

Er hatte das getan. Er hatte einen Mann getötet.

Er hatte hart daran gearbeitet, diesen Teil von sich hinter einer Wand zu verbergen und fest einzumauern. Jetzt war er draußen.

Die Dunkelheit. Der Hunger. Das Ungeheuer.

*Das ist es, was du bist.*

Die Dunkelheit zerrte an den Rändern seines Geistes, unbarmherzig und unnachgiebig, und drohte, ihn in ihre Tiefen hinabzuziehen. Er befand sich auf dem Grund eines schwarzen Lochs, aus dem er sich nicht herauskämpfen konnte.

Dieses Mal nicht.

*So bist du immer gewesen.*

Ein gnadenloser, unbarmherziger, eiskalter Killer.

*Man kann dem, was man ist, nicht entkommen.*

Sein Kopf tat ihm weh. Seine Kehle brannte. Dieses beharrliche *Verlangen* brannte durch ihn hindurch, pochte durch seine Adern mit einem dunklen, pulsierenden, bösartigen Bedürfnis.

Er brauchte einen Drink.

Er zwang sich, sich von Hawaiihemd abzuwenden.

Er musste sich zusammenreißen. Die Gefahrenzone war kein Ort für einen Nervenzusammenbruch.

Er zog seinen Flachmann heraus, starrte darauf hinunter und rieb über den glänzenden, grinsenden Totenkopf, der auf der Vorderseite eingeprägt war.

Er musste die Verzweiflung auslöschen, die an ihm nagte. Er brauchte die Betäubung, das Vergessen. Er brauchte es, wie er noch nie etwas in seinem Leben gebraucht hatte.

Die Dämonen waren jetzt da, jagten ihn, verfolgten ihn.

Dieses kleine, runde Gesicht erschien vor seinem geistigen Auge, diese dunklen, anklagenden Augen bohrten sich direkt in seine Seele und quälten ihn. Er konnte immer noch die flehende Stimme in seinem Kopf flüstern hören: *Du musst das nicht tun ... Bitte ... Wir werden nichts verraten ... Bitte tu ihm nicht weh ...*

»Logan?« Dakota musterte ihn, eine schwache Linie zwischen ihren Brauen. »Bist du sicher, dass es dir gut geht?«

Er konnte das nicht ohne Alkohol überstehen.

Er öffnete den Deckel und hielt die Flasche an seine Lippen. Er atmete die scharfen Dämpfe ein und schmeckte sie bereits auf der Zunge. Er genoss die Vorfreude darauf, wie die Flüssigkeit seine Kehle hinunterglitt.

Er war langsam und träge gewesen, als es darauf ankam. Er wäre heute fast gestorben. Wäre gestorben, wenn Dakota nicht gewesen wäre.

Plötzlich wurde ihm klar, dass er nicht sterben wollte – das war das Erstaunliche daran.

Mehr noch, er wollte nicht, dass seine Schwäche, sein Versagen, Dakota, Julio oder Shay Schaden zufügten. Er hatte zugelassen, dass sein Wunsch, sich zu betäuben, alle in Gefahr gebracht hatte.

Er hatte sich eingeredet, dass ihm nichts und niemand etwas bedeutete. Dass er dazu nicht in der Lage war. Vielleicht war das eine Lüge.

Er konnte es sich nicht länger leisten, gefühllos zu sein, seine Sinne zu betäuben, in einem Zustand halber Betäubung zu leben. Nicht jetzt. Nicht in dieser Welt, in der die alten Regeln nicht mehr galten.

Er war fertig mit dem Trinken. Das musste er sein.

Selbst wenn das bedeutete, mit dem Geflüster, den Dämonen und den Monstern zu leben.

Auch wenn das bedeutet, dass sie ihn vernichten.

Er sah Dakota nicht an. Er konnte es nicht ertragen. Nicht jetzt, nicht in diesem Moment.

Seine Hand zitterte, als er den Flachmann umdrehte und den Whiskey auf den staubigen Asphalt schüttete.

»Logan«, sagte Dakota leise.

Er ballte seine vernarbten, befleckten Finger zu einer Faust. Die Worte blieben ihm in der Kehle stecken. Was konnte er schon sagen? »Ich ... ich bin ...«

Ein Stöhnen hinter ihnen lenkte seine Aufmerksamkeit auf sich.

Die Ersthelfer.

# KAPITEL 74
## MADDOX

Maddox hielt neben einer Leiche inne.

Die Kleidung war bis zur Unkenntlichkeit zerrissen und zerfetzt, Teile des Körpers – Muskeln, Gewebe, Fleisch – so stark verbrannt, dass nur noch verkohlte Knochen übrig waren.

Er konnte seinen Blick nicht von dem Gesicht abwenden – die Augen waren zu einem zähflüssigen Schleim geschmolzen, nur ein paar blonde Haarsträhnen waren auf der Kopfhaut verblieben. Und das fleischlose Grinsen, das umso grotesker wirkte, da die Lippen des breit grinsenden Mundes gänzlich verschwunden waren, völlig verbrannt ...

Eine Fliege krabbelte über das Gesicht und verschwand im rechten Ohr. Weitere Fliegen folgten.

Abscheu brannte hinten in seiner Kehle. Was hatte diese Person getan, um ein solches Leiden zu verdienen? Was auch immer die Sünde war, er hatte keinen Zweifel, dass die Person es verdient hatte.

Er empfand kein bisschen Mitleid für diese verstümmelten Überreste. Dieser Mann und all die anderen waren tot. Sie waren für ihre Gottlosigkeit bestraft worden. Er empfand für niemanden mehr Mitleid, nicht einmal für sich selbst.

Einst war er dazu fähig gewesen. Einst hatte er ein Mädchen bemitleidet. Hatte sie sogar geliebt.

Aber er war eines Besseren belehrt worden. Er hatte die Narben, um es zu beweisen, oder etwa nicht?

Durch die Barmherzigkeit Gottes hatte er eine weitere Chance erhalten. Eine Gnade.

Liebe war eine Schwäche. Er war schwach gewesen, als er sie beim ersten Mal entkommen ließ. Aber diese Schwäche war aus ihm herausgeprügelt worden.

Jetzt war er geläutert, nur noch von gerechtem Zorn und einem dringenden, brennenden Gefühl der Zielstrebigkeit erfüllt.

Sein Vater hatte recht. Wie alle Gefühle war auch die Liebe ein Werkzeug, mit dem man manipulieren konnte. Er hatte sich benutzen lassen, hatte dem Mädchen erlaubt, ihn zu manipulieren und zu täuschen.

Aber nicht noch einmal.

Er hatte aus seinen Fehlern gelernt.

Und nun war er wieder einmal verschont worden. Ausgewählt für einen Zweck.

Er kletterte über rauchende Trümmer, vorsichtig, um nichts zu berühren. Der Rauch brannte in seiner Kehle und versengte seine Lungen. Seine Augen schmerzten so sehr, dass ihm die Tränen über die Wangen liefen.

Zwei Tage lang war er gelaufen, hatte sich ausgeruht und war weitergelaufen, hatte sich durch die verwüsteten Ruinen der Stadt gehangelt.

Alles stand in Flammen. Rauch erfüllte den Himmel. Die Straße runter brannte eine Bank lichterloh. Die ganze Stadt schien in Flammen zu stehen.

*Denn der Herr wird durchs Feuer richten ...*

Die Hitze brannte unerbittlich durch den rauchigen Dunst, und die Temperatur in Südflorida stieg ins Unerträgliche. Sein Körper brannte mit seiner eigenen inneren Hitze, seine Haut war heiß und klamm.

Ein Teil von ihm wollte aufgeben und sich den Legionen der Verlorenen anschließen.

Aber dies war ein Test. Ein Test seiner Hingabe, seiner Ausdauer, seiner Überzeugung.

Warum sonst sollte sein Vater ihn hier in dieser Hölle zurücklassen? Warum sonst hätte der Prophet ihn hierhergeschickt, wo er doch wusste, dass die Herrschaft des Feuers bevorstand?

Es war ein Test, und er würde ihn bestehen. Genau wie die Übelkeit, die seine Eingeweide zusammenpresste, ein Test war.

»Brauchst du Wasser?«, fragte ihn eine Frau.

Er blinzelte und sah sich erschrocken um.

Zwei Frauen standen keine zwei Meter von ihm entfernt auf dem Bürgersteig. Die erste hielt ihm eine Wasserflasche hin. Sie trug zwei Rucksäcke, einen auf jeder Schulter, beide vollgepackt mit Wasserflaschen.

Die Frau neben ihr hatte sich irgendwie eine Schubkarre besorgt und sie mit Flaschen voller Wasser, Gatorade und Apfelsaft gefüllt.

Er nahm das Wasser an und schluckte sofort die Hälfte davon herunter. Süß und kühl glitt es seine ausgedörrte Kehle hinunter. Übelkeit brodelte in seinem leeren Magen.

Ohne Vorwarnung krümmte er sich und erbrach sich heftig. Flüssigkeit und Säure spritzten auf den Asphalt, ein paar Tropfen landeten auf seinen Schuhen. Krämpfe durchzuckten seinen Körper.

Er richtete sich auf, zuckte zusammen und wischte sich den Mund ab. »Das sieht nach Strahlenkrankheit aus«, sagte die Frau freundlich. »Nicht weit von hier, in der Miami Jordan High School, gibt es ein Feldlazarett für Notfälle. Ich kann dir den Weg weisen.«

Er brachte ein höfliches Lächeln zustande. »Ich weiß, wo ich hin muss, aber danke. Ihr solltet auch gehen.« Das Geschenk des Wassers erweckte in ihm plötzlich das Gefühl, wohltätig sein zu wollen, auch wenn er es direkt wieder erbrochen hatte. »Es ist nicht sicher. Jedes dieser Gebäude kann jeden Moment einstürzen. Es brennt überall.«

»Wir vollbringen das Werk Gottes«, sagte die Frau. Eine geschwollene rote Blase von der Größe seiner Faust zierte die rechte Seite ihres Gesichts. Er konnte ihre rosa Kopfhaut sehen, wo ihr kurzes graues Haar weggebrannt war.

»Wir werden diese Menschen nicht allein lassen«, sagte die zweite Frau, eine mollige Haitianerin in den Fünfzigern, überzeugt.

Tiefe Kratzer zogen sich über ihre Arme, ein Dutzend Schnitte zierten ihre breiten Wangen und ihre Stirn. Getrocknetes Blut besudelte ihre beiden Ohren und lief ihren Hals hinunter. »Wir werden tun, was wir können, solange wir können, so Gott will.«

Er sah jetzt mehr Menschen. Vor ihm gruben ein paar Dutzend Überlebende mit Stangen aus verdrehtem Betonstahl in den Trümmern eines mittelhohen Wohnhauses, einige mit Schaufeln, andere mit in Lumpen gehüllten oder behandschuhten Händen.

Ihre Gesichter waren schmutzig, rußgeschwärzt oder staubverschmiert, ihre Haare verfilzt. Jeder von ihnen war schweißgebadet, viele blutüberströmt.

»Was machen die da?«, fragte er verwirrt.

»Sie holen die Leute raus«, sagte die haarlose Frau stolz. »Sie haben sich entschieden, Leben zu retten.«

Er steckte die Wasserflasche in seine Gesäßtasche und beobachtete sie erstaunt.

Inmitten von Leid und Elend halfen die Menschen einander.

Zusätzlich zu den Ausgräbern hatten sich noch eine Handvoll Menschen, deren Wunden nicht so schwerwiegend waren, zusammengetan, um Türen, Wellblechplatten und lange Holzbretter aus den Trümmern zu ziehen und als Tragen zu verwenden.

Grimmig hoben sie einige der Verwundeten auf ihre behelfsmäßigen Tragen und begannen den langsamen, mühsamen Weg durch die instabilen Trümmer, geborstenen Gasleitungen, funkensprühenden Stromleitungen und Brände, um Sicherheit und medizinische Hilfe zu erreichen – wo auch immer das sein mochte.

Er half nicht.

Er wollte nicht helfen.

Wussten sie nicht, dass sie nicht mehr zu retten waren?

Ihre Taten waren jetzt nicht mehr von Bedeutung.

Es war zu spät für sie. Für sie alle.

Genauso wie es für Dakota Sloane zu spät war.

»»Wer kann vor seinem Zorn bestehen, und wer kann vor seinem Grimm bleiben? Sein Zorn brennt wie Feuer, und die Felsen zerspringen vor ihm‹«, murmelte er einen der Verse, die sein Vater ihn als Kind hatte auswendig lernen lassen.

»Kannst du das noch einmal sagen?«, fragte die Frau mit den vielen Schnitten. Mit ihrer freien Hand zeigte sie auf ihre blutigen Ohren. »Ich kann nicht mehr so gut hören. Ich glaube, mein Trommelfell ist bei der Explosion geplatzt.«

Er starrte sie nur an.

»Mir wird nichts passieren«, sagte sie auf die Frage, die er nicht gestellt hatte. »Gott sei Dank habe ich überlebt. Mach dir keine Sorgen um mich. Ich bin gesegnet. Das bin ich. Jesus würde hier draußen sein und den Leidenden helfen. Wir zeigen unsere Liebe durch unsere Taten, nicht wahr? Das ist das Mindeste, was ich tun kann.«

Liebe hatte nichts damit zu tun, dachte Maddox düster.

Es war, wie der Prophet all die Jahre gepredigt hatte. Er hatte sie gewarnt, sie vorbereitet. Aber niemand hatte zugehört, niemand außer den wenigen Gläubigen in der Kommune.

Die Welt war eine Obszönität. Verdorben und unrein. Verseucht. Sie konnte nur durch Feuer geläutert werden.

Und nach dem Feuer die Strahlung, die sich wie eine unsichtbare Armee der Rache über alles legte.

Diejenigen, die geglaubt hatten, dem Zorn Gottes entkommen zu sein, würden bald die Wahrheit erfahren – auch diese verzweifelten Seelen, die vergeblich in den Trümmern wühlten.

Sogar diese beiden aufrichtigen, aber irrenden Frauen.

Plötzlich wurde ihm klar, dass er nicht wusste, wie lange er schon gelaufen war, wann er das letzte Mal angehalten hatte, um sich auszuruhen. Und auch nicht, wie nahe er seinem Ziel war.

Sein Magen krampfte sich schmerzhaft zusammen. Sein Körper wurde kochend heiß, dann kalt, dann wieder heiß, kränklicher Schweiß perlte auf seiner Haut.

Sein Kopf pulsierte jetzt, als würde jemand mit einem Meißel auf seinen Schädel einhacken.

Er ignorierte das alles.

Er war zuversichtlich, dass der Schmerz bald aufhören würde. Dies war eine Prüfung, die er bestehen würde.

Maddox lächelte sie freundlich an. »Wie weit ist es bis zur Palm-Cove-Gemeinde? Ich bin auf der Suche nach meiner Familie. Sie wohnen im Bellview Court.«

»Palm Cove?«, sagte die andere Frau. Sie zeigte nach vorne. »Weniger als einen Kilometer nordwestlich von hier.«

»Gott segne euch«, sagte er.

»Was können wir tun?« Dakota hockte sich neben die Helferin, die tief im Schatten des herunterhängenden Tankstellenüberhangs neben dem Verwundeten kniete.

Logan stand hinter ihnen und hielt Wache, seine Pistole in der Hand.

Die Pumpe neben ihr war mit weißem Staub bedeckt, der Zapfschlauch hing vom Haken, und aus seiner Spitze tropfte dunkle Flüssigkeit. Die Luft stank nach Benzin und Rauch.

Der Rauchgestank war jetzt stärker. Die Brände kamen immer näher.

Der Helfer – ein kleiner, schmächtiger koreanisch-amerikanischer Mann in den Dreißigern – lag auf dem ölverschmierten Beton zwischen ihnen, seine Beine waren gerade vor ihm ausgestreckt und wurden von einer Medizintasche hochgehalten.

Er hatte ein rundes, jugendliches Gesicht, die vollen Wangen leicht gezeichnet von alten Aknenarben, den Flaum eines schwachen Schnurrbarts über der Oberlippe. Seine Augen waren geschlossen, aber er war bei Bewusstsein, zog eine Grimasse und nahm mühsam zischende Atemzüge durch die zusammengebissenen Zähne.

Der Schlag mit dem Betonstahl hatte seinen Schädel verfehlt und stattdessen seinen rechten Unterarm getroffen. Er drückte den Arm an seine Brust. Dakota konnte den Schaden durch seinen dicken PSA-Anzug nicht sehen.

»Ich muss ihm den Anzug abnehmen, um einen Blick auf den Arm zu werfen«, sagte die Frau barsch.

Dakota zog ihr Messer aus der Scheide und reichte es ihr. Sie sah zu, wie die Frau das Material des Anzugs durchtrennte und den rechten Arm des Mannes von der Schulter bis zum Handgelenk freilegte.

Sein Arm sah deformiert aus. Ein scharfer Knochensplitter ragte auf halber Höhe des Unterarms aus der Haut. Blut tropfte auf den staubigen Beton, die Tröpfchen leuchteten rot auf dem gedämpften, aschigen Grau.

»Heilige Scheiße«, murmelte Harlow.

Der Mann stöhnte. »Wie schlimm ist es wirklich?«

»Sieh nicht hin, Park«, sagte Harlow. »Glaub mir, das willst du nicht wissen.«

»Alter Schwede«, murmelte Park. »Es tut weh.«

»Werde mir bloß nicht ohnmächtig. Du magst klein sein, aber ich werde dich nicht tragen.«

Er stöhnte, seine Lippen waren durch den Schmerz von den Zähnen zurückgezogen. »Ich mache keine ... Versprechungen.«

Die Frau sah Dakota an. »Alle unsere medizinischen Vorräte sind aufgebraucht. Habt ihr irgendetwas, womit wir ihm helfen können?«

»Wir haben Wasser und ein paar Erste-Hilfe-Materialien in unseren Taschen«, sagte Logan, während er Dakota über die Schulter schaute. »Ich hole sie und bringe Shay mit.«

»Beeil dich«, sagte Dakota. »Du brauchst auch medizinische Hilfe.«

Als er davonrannte, begegnete die Frau Dakotas Blick. Strähnen von aschblondem Haar klebten ihr an den Schläfen, der Rest war zu einem festen Dutt zusammengebunden.

»Ihr habt uns das Leben gerettet.« Sie nahm ihre Maske und die Schutzbrille ab und achtete darauf, ihr gerötetes, verschwitztes Gesicht nicht mit den behandschuhten Händen zu berühren.

Sie war Ende vierzig, eine stämmige, breitschultrige Frau mit kräftigem Kiefer und breiter Stirn, auf deren wettergegerbten Wangen eine Reihe von Sommersprossen zu sehen war.

Dakota nickte knapp und wurde dadurch an die Beule, die an der rechten Seite ihres Kopfes anschwoll erinnert. Eine neue Welle des Schmerzes strahlte über ihren Schädel und ihren Nacken. Sie zuckte zusammen.

»Ich bin Nancy Harlow«, sagte die Frau. »Alle nennen mich Harlow.«

»Dakota Sloane.«

Der Mann grunzte nur.

»Das ist Yu-Jin Park«, sagte Harlow und zeigte mit dem Daumen auf ihn. »Ich nenne ihn einfach Park.«

»Ich entschuldige mich ... für meinen Mangel an Manieren«, sagte er mit zusammengebissenen Zähnen.

»Ich bin Sicherheitsbeamtin oder, wenn man so will, Glücksspielüberwacherin im Hialeah Park Casino in Hialeah. Park arbeitet an den Tischen als Pokerdealer. Der Mann liebt das Glücksspiel so sehr, dass er es zu seinem Beruf gemacht hat. Er ist auch ziemlich aufbrausend, falls ihr das noch nicht bemerkt habt.«

»Sie ... haben angefangen«, sagte Park.

Harlow rollte mit den Augen. »Wir haben uns vor acht Jahren in den Raucherpausen kennengelernt und sind seither gute Freunde. Als ich vor drei Jahren die Ausbildung zur Notfallhelferin gemacht habe, ist er mitgekommen. Er ist ein absoluter Adrenalinjunkie. In seiner Freizeit springt er aus Flugzeugen. Kannst du dir das vorstellen? Wer springt schon aus einem einwandfreien Flugzeug?«

Dakota starrte sie nur an.

Harlow schien es nicht einmal zu bemerken. Sie plapperte unbeeindruckt weiter, fast manisch ruhig. Als ob sie entschlossen wäre, ein normales Gespräch zu führen, als ob ihr Leben davon abhinge. Oder vielleicht war es ihr Verstand. Dakota hatte das Gefühl, dass sie selbst kaum noch bei Verstand war. Ihre Hände zitterten immer noch, egal wie sehr sie sie zu Fäusten ballte.

Sie hatte Logan nicht angelogen. Sie fühlte sich kein bisschen schuldig, weil sie Tanktop umgebracht hatte. Aber Logan hatte trotzdem recht. Einen anderen Menschen zu töten, selbst wenn er es verdient hatte, nahm einem immer etwas.

Drei Mal hatte sie bereits getötet. Der Schatten ihres ersten Mordes verfolgte sie immer noch. Würde dieser es auch tun? Vor ihrem geistigen Auge sah sie immer wieder das Zucken des Kopfes des Verbrechers, den winzigen roten Sprühnebel, die Art und Weise, wie seine toten Augen offenblieben, nachdem er gestorben war, und direkt durch sie hindurch starrten. Genau wie die von Jacob.

Sie blinzelte die schrecklichen Bilder weg und zwang ihren Verstand, sich auf die Gegenwart zu konzentrieren. Für solche Gedanken war jetzt keine Zeit.

»Wie auch immer«, fuhr Harlow fort, »nach den Anschlägen ergab es nur Sinn, sich freiwillig zu melden. Ich habe nur meine beiden Katzen zu Hause, und meine Wohnung ist weit weg von der Gefahrenzone, also geht es ihnen gut. Park und ich sind beide alleinstehend und kinderlos, also ...«

»Wer wäre besser geeignet, sich für eine ... Strahlenvergiftung zu melden?«, keuchte Park.

Dakota schaute auf ihre Uhr. Es war bereits 18:22 Uhr. Die Sonne hatte begonnen sich über den von fernen Bränden getrübten Himmel zu senken. Die feuchte Luft roch noch immer verbrannt. Ihr Rücken kribbelte vor Hitze.

Wie viel Strahlung hatten ihre Körper in den letzten sechs Stunden aufgenommen? Mindestens ein Gray. Vielleicht sogar eineinhalb. Sie hatten die Schwelle zur akuten Strahlenkrankheit bereits überschritten.

Ihre Kleidung hätte sie vor der Bodenkontaminierung während des Kampfes schützen sollen, und sie hatte darauf geachtet, ihre Haut nicht zu berühren. Es war Logan, der sich am meisten der Strahlung ausgesetzt hatte.

Die Seite ihres Schädels pulsierte vor Schmerz, aber das kam von dem Schlag auf den Kopf. Sie fühlte sich nicht anders, nur wund, müde und ihr war heiß. Ihre Glieder waren schwer unter dem Gewicht der ständigen Angst und Panik.

Sie hatten mit dem, was sie hatten, ihr Bestes getan, aber die Strahlung war ein heimtückisches, unsichtbares Gift, das sie weder fühlen noch sehen konnten, selbst wenn es ihr Fleisch, ihre Knochen und ihre inneren Organe angriff. Erst wenn es schon viel zu spät war.

Sie hatten Eden noch nicht einmal erreicht, sie war noch immer einen endlosen Kilometer nordwestlich von ihnen.

Sie war so nah, und doch hatte Dakota noch immer das Gefühl, dass eine riesige Schlucht sie von ihrer Schwester trennte. Ihre Brust zog sich zusammen wie eine Winde, die sich immer fester drehte.

Alles würde gut werden, sobald sie ihre Schwester gefunden hatte. Eden war ihr Fokuspunkt, das, was sie alles andere ausblenden ließ – die Erschöpfung, die Angst, das dumpfe Grauen des Kampfes und seiner Folgen, die ihr bis in die Knochen sickerten.

Sie sah auf, als Logan zurück zur Tankstelle schritt. Shay und Julio folgten ihm, wobei Julio Shay immer noch stützte, indem er seinen Arm um ihre Taille geschlungen hatte.

Shay schob ihn sanft weg. »Ich komme schon zurecht.«

Julio reichte Harlow mehrere versiegelte Wasserflaschen, während Shay eine Handvoll frischer Packungen Mull und medizinisches Klebeband aus Julios paillettenbesetzter Tasche holte.

»Wasch dich«, sagte Dakota zu Logan. »Benutze die Alkoholtücher.« Sie machte sich Sorgen um ihn. Das überraschte sie ein wenig, aber sie hatte keine Zeit, darüber nachzudenken. Sie sah zu, wie Logan etwas Wasser nahm und sich die Augen ausspülte, dann wischte er jeden Zentimeter seiner freiliegenden Haut mit den Tüchern ab.

Julio half Shay, sich neben Dakota und Harlow zu setzen. Sie stellte sich als Krankenpflegeschülerin vor. »Darf ich mir das mal ansehen?«

»Auf jeden Fall«, sagte Harlow und ging zur Seite. »Hier. Ich habe extra Handschuhe.« Sie kramte in der Medizintasche, die unter Parks Füßen lag, und zog zwei Paar Einweghandschuhe aus Plastik heraus. Shay nahm ein Paar, Dakota das andere.

Shay beugte sich über Park und berührte sanft seine unverletzte Schulter. »Tut es noch irgendwo anders weh als am Arm?«

»Nur ... mein Kopf.«

»Er ist gegen den Metallpfosten geknallt«, erklärte Dakota.

»Ich werde ihn kurz untersuchen, okay?« Sie untersuchte ihn schnell, überprüfte seine Lebenszeichen, seinen Puls und seine Atmung. »Seine Reaktionsfähigkeit ist gut. Er ist bei Bewusstsein und in der Lage zu kommunizieren. Aber sein Puls ist niedrig. Seine Atemfrequenz liegt bei zehn Atemzügen pro Minute, ebenfalls etwas niedrig.«

Ihr Blick fiel auf seinen blutigen, verletzten Arm. Sie zuckte nicht zurück. Ihr Gesichtsausdruck blieb ruhig und kompetent.

»Sagen Sie es mir ... geradeheraus, Doc«, murmelte Park.

»Ich bin keine Ärztin und die Förmlichkeiten sind nicht notwendig. Ich heiße Shay«, sagte sie mit einem knappen Lächeln.

»Aber ich kann dir trotzdem helfen, okay? Du hast eine offene Fraktur. Es sieht so aus, als ob sowohl die Elle als auch die Speiche gebrochen sind.«

»Wir müssen versuchen, die Knochen zu richten, Park«, sagte Harlow.

Park erbleichte. »Auf keinen Fall.«

»Doch«, sagte Shay. »Wir müssen die Knochen fixieren, sonst riskierst du bei jeder Bewegung bleibende Schäden. Außerdem muss ich die Risswunde ordentlich reinigen, um den Schmutz und die Bakterien auszuspülen, und sie dann schienen.«

»Bitte sag mir, dass du weißt, wie man das alles macht«, sagte Harlow. »Das übersteigt meine Kompetenz.«

»Ja, aber nicht außerhalb eines medizinischen Umfelds.« Sie blickte Dakota an; sie nickte Shay zu. »Aber ich kann das hier machen.«

»Oh, Gott sei Dank«, sagte Harlow. »Das wurde in unserer zweitägigen Ausbildung nicht behandelt. Ich wollte es mir nach und nach aneignen.«

Park biss die Zähne zusammen. »Ich glaube, ich werde jetzt einfach ... ohnmächtig.«

»Ich glaube, ich vielleicht auch.« Julios Gesicht färbte sich in einem kränklichen Grünton. Er schlurfte zurück zu Logan und schüttelte den Kopf.

»Wir haben das im Griff«, sagte Shay zuversichtlich. »Wir brauchen nur noch das Material für die Schiene.«

»Oh Mann.« Parks Augen rollten einen Moment lang in seinem Kopf zurück. »Macht es einfach ... schnell.«

»Ich habe ein paar kurze, gebrochene Rohre in den Trümmern bei der dritten Zapfsäule gesehen«, sagte Dakota. »Vielleicht einen halben Meter lang und einen halben Zentimeter dick? Und wir können die Riemen von einer unserer Taschen abschneiden. Die ist sowieso fast leer.«

Es war die Tasche mit den Wasserflaschen – sie waren fast aufgebraucht.

»Perfekt«, sagte Shay, während sie ihre Vorräte zusammensuchte. Dakota fand die Rohre, schrubbte sie mit mehreren Alkoholtüchern, um sie von Verunreinigungen zu befreien und schnitt mit ihrem Messer die Riemen einer Tasche durch.

Shay forderte Park auf, mit den Fingern zu wackeln. Das tat er, aber nur leicht.

Sie runzelte die Stirn. »Es könnten Nerven eingeklemmt oder Blutgefäße durchstochen worden sein oder beides. Sobald wir die Knochen gerichtet haben, versuchen wir es noch einmal.«

»Und jetzt?«, fragte Dakota. Sie mussten die Sache so schnell wie möglich hinter sich bringen. Sie spürte, wie jede Sekunde mit quälender Langsamkeit verging.

»Wir müssen einen sanften Zug ausüben, um die Knochenenden auseinanderzuhalten und die Schmerzen zu minimieren, während wir den Arm schienen.«

»Das klingt ... nach Folter«, keuchte Park. »Bitte sag mir, dass du ein ... Betäubungsmittel in dieser Tasche hast.«

»Tut mir leid«, sagte Shay. »Wir müssen das auf die altmodische Art machen.«

# KAPITEL 76
## DAKOTA

Dakota beobachtete, wie Harlow Shay half, die Fraktur zu stabilisieren.

Shay blinzelte mehrere Male. Ihre Augen waren rot und blutunterlaufen.

»Geht es dir gut?«, fragte Dakota.

»Blöde Kontaktlinsen«, murmelte Shay. »Ich habe mir noch nie so sehr eine Brille gewünscht.«

»Du bist dabei, meine gebrochenen Knochen zu richten ... und du kannst nichts sehen?« Noch mehr Blut wich aus Parks Gesicht.

Shays Kiefer straffte sich. »Ich schaffe das schon. Mach dir keine Sorgen.«

»Bist du bereit?«, fragte Harlow Park.

»Absolut nicht.«

»Tu einfach so, als wäre es ein weiterer Nervenkitzel, wie in viertausend Meter Höhe aus einem Flugzeug zu springen. Du lebst gerne gefährlich. Stell dir die Geschichte vor, die du all unseren Kollegen erzählen kannst.«

»Fahr zur Hölle«, murmelte Park.

»Du zuerst. Stillhalten jetzt. Nun kommt der schwierige Teil.«

Shays Hände waren absolut ruhig. Sie hielt die gezackten Knochenenden ruhig, indem sie seinen Arm oberhalb und unterhalb der

Fraktur hielt und sanften Zug in entgegengesetzte Richtungen ausübte.

»Alter Schwe...!«

Park fluchte ausgiebig, aber Shay zuckte nicht einmal mit der Wimper. »Halt still, sonst tut es noch mehr weh.«

Harlow hielt seinen Oberarm fest, während Shay sanft am Unterarm unterhalb des Bruchs zog. Park stöhnte auf, die Sehnen in seinem Nacken traten hervor.

Langsam fügten sich die gebrochenen Knochen wieder an ihren Platz. Sein deformierter Unterarm richtete sich gerade aus.

Park kniff die Augen zusammen und wimmerte zwischen zusammengebissenen Zähnen.

Er wurde nicht ohnmächtig, obwohl er es wahrscheinlich wollte.

Harlow klopfte ihm auf die gesunde Schulter. »Das war doch gar nicht so schlimm, oder?«

Park murmelte eine unverständliche Antwort.

Während Shay den Arm ruhigstellte, erklärte sie Dakota die Versorgung der offenen Wunde. Dakota spülte die Risswunde sorgfältig aus, trocknete das unbeschädigte Fleisch mit Gaze und bedeckte sie dann mit einem sterilen Verband.

»Für die Schiene brauchen wir etwas Weiches als Polsterung, damit die Metallrohre nicht schmerzhaft an seiner Haut reiben«, sagte Shay.

»Wie wäre es, wenn wir seinen PSA-Anzug ausziehen und in Streifen schneiden?«, schlug Julio vor. »Er wird nicht in den Trümmern herumwühlen, also sollte die Oberflächenkontamination kein Problem darstellen, bis er aus der Gefahrenzone herauskommt.«

»Er hat auf dem Boden gelegen«, sagte Dakota. »Der Anzug ist kontaminiert. Wenn wir ihn waschen würden, wäre er nass auf seiner Haut. Das ist wohl nicht die beste Lösung.«

»Stimmt. Zum Glück habe ich ein Ersatzshirt.« Shay zeigte auf ihre Tasche, die Julio über die Schulter gehängt trug. »Im Old Navy habe ich für alle Fälle noch eins eingepackt.«

»Gut mitgedacht, Shay.« Dakota und Harlow hielten Park fest, während Shay ihm sanft das leuchtend pinkfarbene langärmelige Shirt um den verletzten Arm wickelte.

»Tut mir leid, dass es pink ist«, sagte Shay.

»Meine ... Lieblingsfarbe.«

Sie legten eines der Rohre an jede Seite von Parks Arm und verknoteten die Gurte der Umhängetasche knapp unterhalb des Handgelenks und oberhalb des Ellbogens, um den Bruch zu stabilisieren.

»Und jetzt bewege deine Finger«, wies Shay an. Sie zuckten kaum.

Shay berührte seine Fingerspitzen. »Kannst du das fühlen?«

»Durch den ... pulsierenden Schmerz? Nicht wirklich.«

Shays Stirnrunzeln vertiefte sich. »Wir müssen ihn zu einem erfahrenen Chirurgen bringen.«

»Dann lasst uns gehen«, sagte Dakota.

»Zuerst müssen wir sicherstellen, dass es allen anderen gut geht.« Shay stand auf, lehnte sich an Dakota, um das Gleichgewicht zu halten, und musterte den Rest der Gruppe.

»Du blutest«, sagte sie zu Logan. »Lass mich mal sehen.«

Logan stand mit dem Rücken zu einer der Säulen, die Pistole in der Hand, und hielt halb lauschend Ausschau nach weiteren Gefahren. Der Mittelteil seines schwarzen Shirts war blutverschmiert.

Er schüttelte müde den Kopf. »Mir geht es gut.«

»Von wegen«, sagte Dakota.

Sie hatte die hässliche Wunde an seinen Rippen gesehen, als er vorhin sein Shirt hochgezogen hatte, um seine Verletzungen zu untersuchen. Es sah nicht tödlich aus, aber es tat wahrscheinlich höllisch weh.

»Du musst mich falsch verstanden haben.« Shay trat auf ihn zu, schwankte nur leicht und hielt ihm das Neosporin entgegen. Ihr Mund war in sturer Entschlossenheit verzogen. »Das war keine Bitte.«

Logan versteifte sich. Dakota erwartete, dass er sich weiter weigern würde, aber er hob einfach mit der freien Hand sein Shirt und stieß einen resignierten Seufzer aus. Shay konnte ziemlich überzeugend sein, wenn sie sich etwas in den Kopf gesetzt hatte.

Sein Bauch und seine Brust waren schlank, aber muskulös. Ein Dutzend schwacher weißer Narben durchzog seine bronzefarbene Haut. Ein violetter Bluterguss zierte seine linken Brustmuskeln, ein weiterer seine rechte Hüfte.

Logan sah, wie sie ihn ansah, und schenkte ihr ein breites Grinsen.

Sie wandte ihren Blick ab und ihre Wangen wurden aus einem lächerlichen Grund warm.

Shay hatte nicht einmal geblinzelt. Sie säuberte die Risswunde, salbte seine Schürfwunden mit einer antibiotischen Creme ein, legte zwei große Quadrate frischer Gaze an und umwickelte seine Rippen mit medizinischem Klebeband.

»Es gibt keinen Grund, eine ernsthafte Infektion zu riskieren, wenn es nicht sein muss«, sagte Shay streng. »Dafür bin ich ja da.« Sie wandte sich an Dakota. »Du bist dran.«

Shay überprüfte ihren Puls, ihre Atmung und ihren Kopf, stupste sie mit sanften Fingern. Shay forderte Dakota auf, ihren Fingern mit den Augen zu folgen. »Deine Pupillen sind in Ordnung. Irgendwelche Schwindelgefühle, Verwirrung, Ohrgeräusche, Übelkeit?«

»Nö.« Dakotas Schädel fühlte sich an, als hätte jemand mit einem Hammer darauf eingeschlagen, was der Wahrheit schon sehr nahe kam. Aber Shay glaubte nicht, dass sie eine Gehirnerschütterung erlitten hatte.

Alles in allem waren sie ziemlich ungeschoren davongekommen. Mit Ausnahme von Park.

»Können wir jetzt von hier verschwinden?« Sie erhob sich auf ihre Füße, zu nervös, um noch länger still zu sitzen. Ihr ganzer Körper war ein angespanntes Nervenbündel. Alles, woran sie denken konnte, war Eden.

Julio rollte die Trage mit den übergroßen, fünfundvierzig Zentimeter großen Rädern herbei.

»Hebt ihn vorsichtig hoch und haltet ihn in der stabilen Seitenlage«, wies Shay an. »Seine Vitalzeichen müssen alle fünf Minuten überprüft werden. Es besteht die Gefahr eines Schocks. Kannst du das tun, Julio?«

»Endlich kann ich auch mal nützlich sein«, sagte Julio reumütig.

Gemeinsam hoben Julio, Harlow und Dakota Park vorsichtig hoch und legten ihn dann auf die Trage. Bei jeder Bewegung und jeder Erschütterung stieß er einen schmerzhaften Atemzug aus. Harlow erhöhte seine Beine wieder mit ihrer Medizintasche am Fuß der Trage.

»Wo ist das nächste einsatzfähige Krankenhaus?«, fragte Shay. »Hialeah Hospital und Palmetto im Westen und Coral Gables und das

Doctors Hospital im Süden sind bereits überlaufen«, sagte Harlow. »Jackson Memorial, North Shore und Aventura mussten evakuiert werden. Kendall Regional hat auf seinen Parkplätzen Zelte für die Notfalltriage aufgestellt, aber auch sie sind überrannt. Wir müssen ihn ins ...«

Ein lauter Piepton durchbrach die Stille.

# KAPITEL 77
## EDEN

Eden roch etwas.

Sie schnupperte erneut. Es war immer noch da.

Sie öffnete ihre Augen in der pechschwarzen Nacht und blinzelte heftig.

Sie hatte sich in den letzten Stunden kaum bewegt. Ihre Glieder fühlten sich schwer an, als ob sie mit Zement beschwert wären.

Ihre Muskeln waren steif, ihr Rücken und ihre Schultern schmerzten, weil sie zwei Tage lang in der Wanne gelegen hatte, selbst mit den Kissen.

Ihre Kehle brannte vor Durst. Ihr Mund fühlte sich trocken an wie eine Wüste. Sie war in einen unruhigen Schlaf gefallen und hatte wieder von Monstern geträumt, zum Angriff kauernd und wartend, bereit, aus den dunklen Winkeln ihres Geistes zuzuschlagen.

Ihr leerer, verknoteter Magen überschlug sich mit einer Welle aus Übelkeit.

Sie drehte ihren Kopf und übergab sich. Nur ein paar Speichelfäden tropften heraus.

Sie wischte sich den Mund mit dem Handrücken ab und setzte sich auf. Sie atmete tief ein und nahm den fauligen Gestank, der in der Luft hing, in sich auf. Er war anders als der säuerliche Gestank von Urin aus der Toilette.

Es roch nach faulen Eiern.

Kam es aus dem Kühlschrank? Aber nein. Der Kühlschrank hatte zwar keinen Strom, aber er war versiegelt. Es sollten keine Gerüche aus ihm entweichen können.

Könnte sie so hungrig sein, dass sie imaginäres Essen roch? Wenn das der Fall wäre, würde sie sicherlich leckere Rühreier oder Spiegeleier riechen, oder noch besser, dekadent gebratenen Truthahn oder frisch gebackene Zimtschnecken ...

Das hier war anders. Der Gestank war wie faule Eier, aber auch wie etwas anderes, das sie schon einmal gerochen hatte.

Letzten Sommer hatten Gabriella und Jorge sie nach Florida Bay mitgenommen, wo es so sehr gestunken hatte, dass sie die beiden anflehte, zu gehen.

Jorge hatte erklärt, dass es sich bei dem Geruch um Schwefelwasserstoff handelte, der durch die natürliche Zersetzung von organisch angereichertem Meeresschlamm entstand. Das hatte etwas mit der großen Menge an organischem Material in Verbindung mit der niedrigen Sauerstoffkonzentration zu tun.

Die Erklärung hatte sie nicht verstanden, bis auf den Teil, in dem es darum ging, dass dem Propangas kleine Mengen Sulfidgas zugesetzt wurden, damit die Menschen es riechen konnten, wenn ein Gasleck in ihrem Haus auftrat.

Es war Gas, das sie roch.

Irgendwo im Haus trat Gas aus.

Sie kam auf die Füße, stieg aus der Wanne und tastete sich über die Toilette und den Waschtresen zum Waschbecken.

Sie drehte an den Griffen. Immer noch kein Wasser. Das Becken war immer noch knochentrocken.

Ein hilfloses Schluchzen durchfuhr sie, zerriss ihre Rippen und schnürte ihr die Kehle zu. Sie klammerte sich an den Rand des Waschschranks, starrte in einen Spiegel, den sie nicht sehen konnte, und versuchte, nicht in Panik zu geraten.

Aber die Panik holte sie trotzdem ein, genau wie die Monster aus ihren Albträumen. Die Monster, die ihre Stimme gestohlen hatten, die jede Nacht zurückkamen und das Einzige suchten, was sie noch nicht genommen hatten – ihr Leben.

Etwas Schreckliches war im Anmarsch und sie konnte es nicht allein aufhalten.

Sie wollte schreien und rufen, damit jemand kam und sie rettete.

Sie öffnete den Mund, aber es kam nur dieser schreckliche, rasselnde Atem heraus – ein verstümmelter, ruinierter Laut, den niemand außerhalb der Gruft dieses schrecklichen, beengenden Badezimmers hören würde.

Ihre Augen brannten. Tränen liefen ihr über die Wangen. Ihr Brustkorb verkrampfte sich, als sie versuchte, die Wogen der Angst, der Sorge und der Zweifel zurückzuhalten.

Eden hatte Angst zu bleiben. Aber sie hatte auch schreckliche Angst zu gehen.

Unentschlossenheit ergriff sie.

Sie war es gewohnt, dass andere ihr sagten, was sie zu tun hatte – ihr richtiger Vater, Maddox, dann Dakota und Ezra, ihre Sozialarbeiterin, jetzt ihre Pflegeeltern.

Andere Leute trafen die Entscheidungen, und sie begnügte sich damit, ihnen Folge zu leisten.

Aber jetzt gab es niemanden, der ihr die Richtung vorgab.

Niemand konnte ihr sagen, welche Entscheidung die richtige war, welche zu Leid und Tod und welche zum Leben führte.

Sie brauchte Dakota. Sie brauchte ihre Schwester.

Stattdessen saß sie hier fest, weinte ängstlich wie ein kleines Kind, allein in der Stille und in der Dunkelheit.

Mit dem ausströmenden Gas.

# KAPITEL 78
# DAKOTA

Instinktiv umklammerte Dakota die SIG fester, das Herz hämmerte ihr bis in die Kehle.

Logan nahm eine defensive Haltung ein. Er hielt seine Pistole in einer niedrigen Bereitschaftsposition und suchte vorsichtig die Umgebung ab.

Dakota tat das Gleiche und betrachtete die heruntergekommene, von Trümmern übersäte Tankstelle, die krummen, leeren Gebäude und die trostlose Straße.

Die Hitze schimmerte auf dem Asphalt. Fünfzig Meter weiter hingen mehrere Palmen, die auf einer Insel in der Mitte der Straße standen, schlaff herunter. Die Luftfeuchtigkeit lag dicht und schwer in der abgestandenen, rauchigen Luft.

Keine Bewegung. Keine Menschen. Keine Bedrohung außer den Feuern, die in der Ferne brannten. Zumindest nichts, was sie sehen konnte.

»Oh, Entschuldigung«, sagte Harlow verlegen. »Das ist nur der Alarm von meinem PERD, meinem persönlichen Notfall-Strahlungsdetektor.«

»Eure PSA-Anzüge schützen euch nicht vor Gammastrahlen«, sagte Dakota. Angesichts des Angriffs und seiner Folgen hatte sie vergessen, dass sich auch die Ersthelfer freiwillig der Strahlung aussetzten. »Wie lange seid ihr schon hier draußen?«

Harlow tippte auf einen kleinen, schwarzen pagerähnlichen Gegenstand, der an einer Tasche ihres Anzugs befestigt war. »Wir überwachen unsere Dosis. Der Alarm bedeutet, dass wir unsere Sicherheitsgrenzen überschritten haben. Jede Einheit wechselt sich mit begrenzter Zeit in der Gefahrenzone ab. Unsere Einheit ist bereits zurückgegangen, aber wir zwei Genies hatten beschlossen, noch eine weitere Person zu retten, da wir noch die Trage hatten.«

»Wie sich herausstellte ... war das eine furchtbare Idee«, stöhnte Park.

»Wir wurden einem der ersten Triageplätze zugewiesen, der in der Miami Jordan High School an der 36th Street eingerichtet wurde, dem nächstgelegenen Sammelpunkt für Evakuierte und Verletzte.« Harlow runzelte die Stirn. »Aber sie haben nicht die Mittel, um Park zu versorgen.«

»Dieser doppelte Bruch muss operiert werden«, warnte Shay, »oder sein Arm wird dauerhaft geschädigt bleiben. Er hat einen eingeklemmten oder gerissenen Nerv. Er könnte seine Hand komplett verlieren.«

Harlow nickte grimmig. »Wir müssen zum Flughafen gehen.«

Park kniff die Augen zu. »Das ist zu weit. Ich werde an den Schmerzen sterben ... bevor wir überhaupt ankommen.«

»Nein, wirst du nicht, du großes Baby.« Harlow schüttelte den Kopf. »Meine Lieblingscousine ist Notärztin im Miami North Medical Center. Es wurde durch die Explosion beschädigt, also wurde sie ins EOC versetzt, um die Triage zu überwachen. Sie kann uns einweisen und dich dann auf die Prioritätenliste für medizinische Evakuierungen setzen. Du hast keine Wahl, Park, also hör' auf zu jammern.«

Sie wandte sich an Dakota und die anderen, um es ihnen zu erklären. »Sie haben den internationalen Flughafen von Miami geschlossen – mit Ausnahme von medizinischen, Regierungs- und Militärflügen – und ihn in ein regionales Notfallzentrum umgewandelt.

»Sie haben einen großen Teil des Inlandsterminals abgetrennt, um dort die medizinische Triage und die Behandlung von Verletzten und

Strahlenopfern vorzunehmen. Sie koordinieren auch medizinische Evakuierungen zu den nächstgelegenen regionalen Krankenhäusern, die Patienten aufnehmen und teilweise über hundert Kilometer entfernt sind.«

Harlow warf einen Blick auf Shays bandagierten Kopf, auf ihre schweißnassen, mit Klebeband befestigten langärmeligen Shirts und Hosen, die Schals um den Hals.

»Du solltest deine Kopfwunde auch untersuchen lassen«, sagte sie. »Und ihr müsst aus der Gefahrenzone herauskommen. Wir sind eineinhalb Kilometer westlich von der Kontaminationsgrenze. Ihr solltet mit uns zum EOC kommen.«

Dakota schluckte. »Das werden wir, aber ich muss erst meine Schwester finden. Sie ist nur einen Kilometer von hier entfernt. Shay, du kannst gerne mit ihnen gehen.«

»Das werde ich, sobald ich kann«, sagte Shay. »Aber wenn möglich, möchte ich zuerst Dakota mit ihrer Schwester wiedervereinen. Sie hat uns allen das Leben gerettet, indem sie uns in einen sicheren Unterschlupf gebracht hat.«

Hitze breitete sich in Dakotas Kehle aus und verbrannte ihre Wangen. War das der wahre Grund, warum Shay darauf bestanden hatte, mit ihnen zu kommen – um Dakota zu helfen und sich dafür zu revanchieren, dass sie ihr Leben gerettet hatte?

Dakota hatte es nicht aus Dankbarkeit oder für Anerkennung oder wegen eines Gefallens getan. So war es nicht. »Du bist mir nichts schuldig.«

Shay schenkte ihr ein warmes Lächeln. »Da irrst du dich.«

Julio wandte sich an Harlow. »Es gibt eine Gruppe von Überlebenden im Kino Showtime 14 in Overtown im Saal sieben. Und eine weitere Gruppe hat sich im Palm Industries Center westlich von Wynwood verschanzt. Könntet ihr ein Team hinschicken, um sie zu retten?«

Harlow nickte. »Ich werde es per Funk durchgeben und die Informationen an unseren Teamleiter weitergeben. Sie werden tun, was sie können, das verspreche ich. Wenn diese Leute noch da sind, werden wir sie rausholen.«

»Danke«, sagte Shay.

Die Frau zögerte. Sie warf einen Blick auf Park, dann auf die Waffen von Dakota und Logan und schürzte die Lippen. Ihre Augen waren groß, die Pupillen weit. »Wie wäre es, wenn wir mit euch kommen? Ein Kilometer ist doch kein allzu großer Umweg, oder, Park?«

»Warum gehst du nicht einfach bis nach South Beach, wenn du schon dabei bist?«, fragte er. »Mach dir keine Sorgen um mich ... Ich leide hier drüben Höllenqualen ... kurz davor, in Schock zu verfallen und zu sterben.«

Sie tätschelte seinen unverletzten Arm. Ihre Hand zitterte. »Das sind nur die Schmerzen. Normalerweise ist er sehr umgänglich.«

»Nee«, murmelte Park. »Ich bin mir ziemlich sicher, dass ich das nicht bin.«

Harlow ignorierte ihn. Sie wandte sich an Dakota und Logan. »Der Angriff hat unseren Zeitplan zurückgeworfen. Wir sind zu weit vom EOC oder den etablierten Triage-Standorten entfernt, um sie vor Sonnenuntergang zu erreichen.«

Zum ersten Mal bröckelte die lebhafte, unerschütterliche Maske der Frau. Sie sah besorgt aus. Sie räusperte sich, dann räusperte sie sich erneut. »Um ehrlich zu sein, mache ich mir Sorgen, dass noch mehr Verrückte auftauchen, wisst ihr?

Wir dachten ... wir wären sicher, dass niemand die Ersthelfer belästigen würde. Nicht in der Gefahrenzone, nicht tagsüber. Wer würde so etwas tun?«

Keiner sagte etwas.

»Die Welt ist verrückt geworden.« Harlows Stimme überschlug sich. Die unnatürliche Ruhe war verschwunden. Ihr Gesicht war blass, ihr Kiefer verkrampft. »Es ist, als ob wir von Zombies überrannt worden wären. Diese Leute, die auf uns losgegangen sind, waren ... böse. Das reine Böse.«

Ihre Gesichtszüge verzerrten sich. Ihr ganzer Körper zitterte. Aber nicht aus Angst oder Schock – es war Wut. »Ich habe mich freiwillig gemeldet, um Menschen zu helfen, verdammt noch mal! Allein dadurch, dass ich hier draußen bin, erhöhe ich mein Krebsrisiko um über dreißig Prozent. Vielleicht sogar mehr, ich will es gar nicht wissen. Wir haben unser Leben riskiert! Und wofür? Diese Leute ... diese Leute hätten uns einfach so umgebracht, für unsere Masken, oder vielleicht auch nur ... einfach nur so.«

Sie sah auf Park hinunter und holte scharf Luft. »Wenn sie Park getötet hätten ... Das Ganze war meine Idee. Er ist meinetwegen in die Gefahrenzone gegangen. Er ist ein guter Mensch. Höllisch nervig und stur, aber einer von den Guten. Nicht wie die. Diese undankbaren Wilden.«

»Die meisten Menschen sind nicht so«, sagte Julio. »Ich glaube, die Mehrheit der Menschen will anständig sein und sich gegenseitig gut behandeln.«

»Das sehe ich anders.« Die Haut auf Harlows Fingerknöcheln wurde über ihren geballten Fäusten bleich. »Ich habe dasselbe geglaubt. Verdammt, ich war einer der ersten Freiwilligen. Ich war ein Narr. Und es hätte Park fast das Leben gekostet. Jetzt glaube ich das nicht mehr«, knurrte sie mit zusammengebissenen Zähnen. »Ich kümmere mich jetzt nur noch um mich selbst und die, die mir wichtig sind.«

Dakota konnte ihr nur schwerlich widersprechen. Die Fassade der Zivilisation war eben nur eine Fassade. Sie hatte schon oft genug dahinter geblickt.

Vielleicht gab es ein paar gute Menschen auf der Welt, aber die meisten von ihnen waren nur auf ihr eigenes Wohl aus. Vielleicht würden sie nicht so schnell zu Gewalt greifen wie diese Drecksäcke, die von Schmerz, Panik und Strahlenvergiftung getrieben wurden.

Aber Hunger würde das Gleiche bewirken. Und Angst. »Wir waren ... nicht bereit«, sagte Park. »Für das hier.«

»Niemand ist bereit«, sagte Julio. »Aber wir tun unser Bestes.«

Dakota hatte vor, es besser zu machen. Sie zog ihre neue SIG heraus und legte sie vorsichtshalber auf ihren Oberschenkel. Es waren noch fünf Kugeln übrig. Sie schlang ihre Hand um den beruhigenden Griff. Das hatte ihr gefehlt.

Nie wieder. Das Messer war nicht genug. Sie würde nie ohne Waffe irgendwo hingehen. Sie brauchte die Waffe. Sie brauchte unbedingt das beruhigende Gefühl, dass *ihr nie wieder jemand wehtun würde*.

»Ihr seid jetzt in Sicherheit.« Shay warf Dakota einen hoffnungsvollen Blick zu. »Ihr seid bei uns.«

»Genau.« Julio berührte sein Kreuz. »Wir können sie nicht einfach zurücklassen. Wir waren sowieso auf dem Weg zum Miami International.«

Harlow holte zitternd Luft. Einen Moment lang erschlaffte ihr Gesicht, doch dann schien sie sich wieder zu beherrschen, obwohl ihre Augen immer noch vor Wut blitzten. »Das würden wir zu schätzen wissen.«

Dakota schloss für eine Sekunde die Augen gegen den pochenden Schmerz in ihrem Kopf. Die unheimliche Stille drückte auf sie ein, die Hitze zehrte an ihrem letzten bisschen Energie.

Eine weitere verwundete Person würde sie noch mehr aufhalten. Aber Julio hatte recht. Sie konnten sich jetzt nicht abwenden. Sie konnten nicht einfach eine Frau mit einem hilflosen Mann auf einer Bahre nachts in einer gesetzlosen Stadt allein lassen.

»Vielleicht sollte ich einfach vorauslaufen und Eden selbst holen«, sagte Dakota. »Es ist nur ein Kilometer.«

»Bist du verrückt?«, fragte Julio. »Wir sind heute schon zweimal angegriffen worden! Und ich habe noch nicht einmal mitgezählt, dass wir uns versteckt haben, während vier Schläger mit Sturmgewehren Jagd auf uns gemacht haben! Niemand sollte hier draußen alleine irgendwo hingehen, nicht, bevor wir das EOC und die Zivilisation erreicht haben.«

»Und du solltest mit dieser Beule am Kopf nirgendwo hinlaufen«, warnte Shay. »Du könntest eine Gehirnerschütterung haben. Du musst es ruhig angehen lassen.«

Dakota stieß einen frustrierten Atemzug aus.

Es widerstrebte ihr mit jeder Faser ihres Wesens, jetzt nicht einfach loszurennen.

Sie waren ganz in der Nähe von Eden. Vielleicht nur noch dreißig Minuten bis eine Stunde, abhängig von den Bränden und anderen Hindernissen auf ihrem Weg. Dann waren es nur noch eineinhalb Kilometer aus der Gefahrenzone heraus.

Sie waren zwar noch nicht sicher, aber wenigstens hätte sie ihre Schwester und sie wären frei von der Strahlungsgefahr.

Sie warf einen Blick auf Logan. Er neigte sein Kinn leicht zustimmend. Der stumpfe, glasige Blick war verschwunden. Er war scharf und wachsam, aber hinter seinen Augen waren immer noch Schatten zu erkennen. Er sah aus wie ein Mann, der verfolgt wurde.

Sie hatte gesehen, wie er nach dem Kampf seinen Flachmann ausgekippt hatte. Bedeutete das, dass er damit fertig war, ein Säufer zu sein? Was änderte das an den Dingen?

Logan hatte trotz seines Alkoholkonsums gut gekämpft. Sie hatten die Verrückten gemeinsam besiegt. Sie waren ein anständiges Team. Gemeinsam konnten sie Eden und sich selbst vor den Bedrohungen, die sie auf dem Weg zu ihrem Zielort erwarteten, schützen.

Als Sicherheitskraft kannte sich Harlow auch mit Waffen aus. Und was, wenn Eden verletzt war? Shay könnte ihr helfen. Außerdem lag eine gewisse Sicherheit in der Größe der Gruppe.

Es wäre dumm, einen Alleingang zu wagen, auch wenn es schneller ginge.

Entschlossen steckte Dakota ihre SIG in das Holster, ließ ihre Handfläche aber auf dem Kolben liegen. Sie war jetzt vorbereitet. »Wir werden alle zusammen gehen. Und dann begleiten wir euch beide zum EOC. Aber wir müssen uns beeilen.«

# KAPITEL 79
# LOGAN

Logan und Dakota gingen direkt vor der Gruppe, befreiten den Weg von Trümmern und hielten nach potenziellen Feinden Ausschau.

Dakota hatte die SIG, Logan seine Glock. Harlow erklärte sich bereit, den M4 zu tragen, obwohl sie ihren Revolver 642 von Smith & Wesson vorzog. Leider befand sich dieser in ihrer Wohnung bei ihren Katzen.

Julio hatte angeboten, die Bahre zu schieben. Shay ging auf der einen Seite, ihre Hand auf der Bahre, um sie ruhig zu halten, während Harlow auf der anderen Seite folgte und ständig Parks Vitalwerte überprüfte. Park lag starr da, das Gesicht verzerrt, und zischte bei jedem Ruck. Sein rechter Arm war vom Ellbogen bis zum Handgelenk geschient.

Die Hitze ließ nach, als die Sonne langsam und träge über den Himmel glitt, aber die Luft war immer noch dicht und schwer vom Rauch der Brände, die in der Ferne wüteten. Die Luftfeuchtigkeit war so drückend wie eine Wolldecke auf der Haut.

Sie gingen den Bay Point Drive entlang in Richtung Palm Cove, Bellview Court und Dakotas Schwester.

Kleine einstöckige Stuckhäuser in Pastellgelb, dunklem Orange und verblasstem Korallenrot drängen sich auf winzigen, mit braunem Gras bewachsenen Grundstücken.

Zerbrochenes Glas bedeckte Veranden und Gehwege. Alle Türen waren geschlossen, Jalousien und Vorhänge zugezogen.

Die Straße war völlig still. Keine hupenden Autos. Keine schreienden und kreischenden Kinder. Keine Musik und keine klingelnden Handys. Die einzigen Geräusche waren das Quietschen der Räder der Bahre, ihre eigenen Schritte und raschen Atemzüge.

Hier blockierten keine Unfallautos die Straße, die meisten Fahrzeuge waren jedoch verschwunden. Ein paar übrig gebliebene waren am Straßenrand geparkt oder standen in kurzen Einfahrten.

Bei einem burgunderroten Nissan Versa waren beide Vordertüren aufgerissen, als hätten die verzweifelten Besitzer ihre Meinung geändert und den Versa für eine bessere Alternative aufgegeben.

Ein lilafarbenes Dreirad mit glitzernden, blaugrünen Bändern lag auf dem Hof auf der Seite; in einem anderen Hof sammelten sich in einem aufgeblasenen, mit Wasser gefüllten Planschbecken die Tannennadeln einer nahe gelegenen Kiefer.

Die Luft roch nach gemähtem Gras und Autoabgasen – und dem versengten Gestank von Rauch und verbranntem Plastik. Der Rauchgestank schien schwerer, dichter zu sein. Er konnte ihn in seiner Kehle schmecken.

Eine blitzartige Bewegung erregte seine Aufmerksamkeit. In der zerbrochenen Fensterfront eines gedrungenen, hellblauen Hauses schwankten die Jalousien leicht.

Jemand beobachtete sie.

Er umklammerte die Glock fester mit beiden Händen und drehte sich langsam im Kreis, um die Umgebung abzusuchen und alles zu erfassen. Nichts anderes bewegte sich. Die Straße blieb ruhig.

In dem winzigen Haus lebten immer noch Menschen, die an Ort und Stelle Schutz suchten, aber kaum Schutz vor der tödlichen Gammastrahlung hatten.

Wie viele Familien waren noch hier, versteckt und zusammengekauert mit ihren Kindern, in der blinden Hoffnung, dass sie die richtige Entscheidung getroffen hatten?

Er ließ die Waffe, die er immer noch in der einen Hand hielt, sinken und fuhr sich mit der anderen Hand vorsichtig über die Rippen, wobei er zusammenzuckte. Er blickte zurück auf das violette Dreirad und die glitzernden blaugrünen Bändchen.

Heiße Wut durchfuhr ihn wie ein elektrischer Strom. Er streckte seine schmerzenden Fingerknöchel. Er wollte denjenigen, der dafür verantwortlich war, erwürgen, ihm die Zähne mit seinen bloßen Fäusten einschlagen. Wollte verletzen und verletzt werden.

Es brannte in seinem Hals. Er spürte es wie einen Druck, der hinter seinen Augen wuchs. Er wollte einen verdammten Drink.

Er hatte nicht vor, dem Drang nachzugeben. Weder jetzt noch jemals wieder.

»Was könnt ihr uns darüber sagen, was hier vor sich geht?«, fragte er zwischen zusammengebissenen Zähnen und suchte verzweifelt nach einer Ablenkung. »Was tut die Regierung, um zu helfen?«

»Die Regierung, wie wir sie kennen, gibt es nicht mehr. Es wird Monate dauern, bis sie wieder auf die Beine kommt. Ich weiß nicht, wie sehr sie den kleinen Leuten vorher geholfen haben, aber jetzt werden sie sicher nutzlos sein.«

»Was meinst du?«, fragte Shay.

»Unsere Einsatzorganisationen sind völlig unzureichend vorbereitet«, sagte Harlow. »Medizinisches Personal und Ersthelfer können kaum miteinander kommunizieren, geschweige denn mit der Öffentlichkeit. Es mangelt uns an Ressourcen und Arbeitskräften. Wir haben bei der Explosion einen enormen Verlust an Ersthelfern erlitten – Hunderte von Feuerwehrleuten, Polizisten, Sanitätern, Krankenschwestern und Ärzten.

Viele Menschen sind evakuiert worden, andere haben ihren Posten verlassen, um sich um ihre Familien zu kümmern. Ich mache ihnen keinen Vorwurf. Hätte ich eine Familie, würde ich mich auch zuerst um sie kümmern. Aber es ist, wie es ist. Wir tun alle unser Bestes. Ich habe seit sechsunddreißig Stunden nicht mehr geschlafen. Und die meisten in unserem Team auch nicht.«

»Was ist mit der Strahlung?«, fragte Shay.

»Millionen Menschen sind vor dem Fallout geflohen«, sagte Harlow. »Selbst in den nicht betroffenen Städten gerieten die Menschen in Panik und versuchten zu fliehen. Das ganze Land ist ein einziges Chaos. Innerhalb von fünf Minuten nach der ersten Bombe waren der Handyempfang und sogar das Internet so überlastet, dass nichts mehr funktionierte.

Es spielte keine Rolle. Obwohl die Notfallwarnungen über alle Radiokanäle verbreitet wurden, gerieten die Menschen trotzdem in Panik. Sie verließen sich auf Instinkt und Angst – statt Anweisungen zu befolgen, ließen sie alles stehen und liegen und rannten davon.«

Park zuckte zusammen, als die Trage über ein Schlagloch holperte. »Nicht, dass die Anweisungen ... hier etwas gebracht hätten.«

Harlows Gesicht verfinsterte sich. »Gouverneur Blake stützte den gesamten regionalen Reaktionsplan auf das zigarrenförmige Gauß'sche Fallout-Muster, das in der gesamten Literatur zur Planung von Nuklearkatastrophen beschrieben wird. Offenbar dachte er, die Strahlung würde nur ein symmetrisches, leicht abgrenzbares Gebiet betreffen. Er lag völlig falsch.«

Dakota nickte. »In der realen Welt sind die Fallout-Muster unregelmäßig.«

»Mehr wie postmoderne Kunst«, keuchte Park.

Harlow wich einem silbernen Ford Fiesta aus, der in einem Winkel von fünfundvierzig Grad am Bordstein geparkt war. Eine der hinteren Beifahrertüren stand offen, hinten waren zwei rosafarbene Kindersitze hineingestopft.

»Er sendete Notfalldurchsagen aus und wies ganze Nachbarschaften an, die sich in Sicherheit befanden, stattdessen zu evakuieren«, sagte sie wütend. »Blake war schon immer ein Idiot. Er gab ihnen Evakuierungsrouten, die direkt in der Flugbahn des Fallouts lagen! Die Leute hatten keine Ahnung, was sie tun sollten!

Ich wusste sofort, dass die Übertragungen falsch waren, als ich sie hörte. Ich war gerade dabei, mich um einen streitlustigen Gast zu kümmern, der gerade fünf Riesen beim Blackjack verloren hatte, als der Notfallalarm über meine Sprechanlage kam. Ich forderte meine Mitarbeiter – einschließlich Park – auf, sich nicht zu bewegen, und versuchte, alle meine Freunde und Verwandten anzurufen, aber die Telefone waren bereits überlastet. Es gab keine Möglichkeit, jemanden zu warnen.

Tausende von unschuldigen Menschen saßen in ihren Autos auf

der US1 fest. Jeder Highway war verstopft. Sie standen Stoßstange an Stoßstange und es gab keine Möglichkeit, der Strahlung zu entkommen.«

Harlow ballte ihre behandschuhten Hände zu Fäusten, ihre Augen blitzten vor hilfloser Wut. »Eine solche Verschwendung von Menschenleben. Eine Tragödie der Unfähigkeit von monumentalem Ausmaß. Ich hoffe, Blake verliert deswegen seinen Job.«

»Besser noch … lebenslange Haftstrafe«, sagte Park.

»Das ist das Mindeste, was er tun kann«, sagte Harlow.

Park verzog das Gesicht. »Gesunder Menschenverstand ist wie Deodorant … Die Leute, die ihn brauchen, benutzen ihn nie.«

»Er denkt, er sei Yoda.«

»Verdirb mir nicht … den Spaß«, murmelte Park.

Logan unterdrückte ein grimmiges Lächeln. Er mochte diesen Kerl jetzt schon. Sie bogen vom Bay Point Drive in eine Seitenstraße ein.

»Es ist nur ein halber Kilometer bis zu Eden«, sagte Dakota und verlängerte ihre Schritte. Logan beeilte sich, sie einzuholen.

»Dakota, du musst langsamer werden«, sagte Shay, aber Dakota schien sie nicht zu hören.

»Ich dachte, die Regierung wäre auf so etwas vorbereitet«, sagte Julio.

Harlow schnaubte. »Theoretisch schon. Das Gesundheitsministerium verfügt über einen strategischen nationalen Vorrat. Sie haben zwölf ausgewiesene Einheiten und klassifizierte Depots im ganzen Land mit riesigen Vorräten an Antibiotika, Impfstoffen, Gasmasken und Infusionslösungen.«

»Großartig«, sagte Shay. »Wann werden sie hier sein?«

»Das werden sie nicht. Sie schaffen es nicht.« Harlow blinzelte und hielt Tränen der Erschöpfung und Frustration zurück. »Zumindest nicht in nächster Zeit. Wir haben um Hilfe gebettelt, aber wie sollen sie helfen? Es gibt zwölf weitere zerstörte Städte.«

»Sie haben die Städte … nach Wichtigkeit geordnet«, sagte Park. »Miami … stand nicht auf der Liste.«

»Was ist mit der FEMA? Der Nationalgarde?«, fragte Julio.

Harlow schüttelte nur den Kopf.

»Was soll das bedeuten?«, fragte Logan.

Harlow starrte sie düster an. »Wir sind auf uns allein gestellt.«

Logan fühlte sich, als hätte man ihm gegen die Brust getreten. Der Boden schien sich unter ihm zu bewegen und zu wölben, als würde sich ein Erdloch auftun und ihn verschlucken.

Er warf einen Blick auf Dakota. Sie schritt schweigend und angespannt neben ihm her, ihr Kiefer war verkrampft, ihre dunklen Augen funkelnd und unleserlich.

»Das kann nicht stimmen«, murmelte Shay. »Das muss ein Irrtum sein.«

»Ist es nicht«, sagte Harlow barsch. »Oh, sie haben uns Hilfe versprochen, aber wir sind nicht die Priorität. Es wird Tage dauern, bis Hilfe eintrifft. Vielleicht Wochen.«

Dakota sagte die Worte, die niemand hören wollte. »Vielleicht länger.«

Einen langen Moment lang sprach niemand.

»Amerikaner sind stark«, sagte Shay mit sanfter Stimme. »Wir sind unverwüstlich. Wir lassen uns von niemandem kleinkriegen. Richtig?«

Sie sah Logan und Dakota hoffnungsvoll an, ihr Blick war flehend und verzweifelt.

Keiner konnte diese Frage beantworten. Noch nicht.

# KAPITEL 80
## LOGAN

Logan ignorierte das Brennen in seiner Kehle, *den Drang,* der gegen seinen Schädel pulsierte, und beschleunigte sein Tempo. Er zwang sich dazu, sich auf das Gespräch um ihn herum zu konzentrieren.

»Yoselyn, meine Frau, ist in West Palm Beach«, sagte Julio. »Wie weit reichte die radioaktive Wolke?«

»West Palm Beach liegt etwa einhundertzwanzig Kilometer nördlich?«, fragte Harlow. »Die Strahlung hat sie nicht getroffen. In den Nachrichten wurde berichtet, dass die Wolke fast einhundert Kilometer nach Norden und Westen bis nach Boynton Beach gezogen ist und alles zwischen der Küste und den Everglades nördlich von Fort Lauderdale verstrahlt hat.«

»Und das ist jetzt alles unbewohnbar?«, fragte Shay leise.

Harlow hielt sich fester an der Seite von Parks Bahre fest. »Jedenfalls für eine Weile. All die Schulen, Krankenhäuser, Fabriken, Raffinerien und Geschäfte, die niemand mehr nutzen kann. Und das alles mal dreizehn.«

»Das ist ... schwer vorstellbar«, sagte Julio.

»Innerhalb einer Stunde nach dem Anschlag kam es zu einem hektischen Ansturm auf die Banken. Jetzt ist jede Bank im Land geschlossen. Man kann an den Geldautomaten nichts abheben. In den

Geschäften, die noch geöffnet sind, wird nur Bargeld akzeptiert. Zum Glück hatte ich ein paar hundert Dollar für ein Sofa, das ich auf Craigslist kaufen wollte. Wer trägt noch Bargeld mit sich herum?

Da die Wall Street in New York City zerstört ist, gibt es weder NASDAQ noch New York Stock Exchange. Jede andere Börse stürzte innerhalb weniger Minuten nach der Eröffnung so stark ab, dass sie alle geschlossen wurden.«

»Was bedeutet das?«, fragte Logan mit einem mulmigen Gefühl im Bauch. »Langfristig.«

Harlow schüttelte den Kopf. »Das weiß ich genauso wenig wie du.«

»Es bedeutet das Ende der Welt ... wie wir sie kennen«, sagte Park und schnitt eine Grimasse. »Spielt den Abspann.«

»Du solltest lieber die Klappe halten«, sagte Harlow, nicht unfreundlich. »Du musst deine Energie sparen und nicht über nutzlose Vorhersagen plappern. *Keiner* weiß es. Das ist der Punkt.«

»Habt ihr zufällig ein Telefon dabei?«, fragte Julio. »Ich möchte nur ihre Stimme hören. Ich muss wissen, dass sie in Sicherheit ist, versteht ihr?«

»Ich würde ja gerne helfen, aber ich kann nicht«, sagte Harlow. »In den letzten sechsundfünfzig Stunden hatte ich nur zweimal Empfang, und das auch nur für ein paar Sekunden oder so. Die Türme sind so überlastet, dass niemand eine Verbindung herstellen kann. Es gehen keine Anrufe durch. Vielleicht eine SMS, wenn man Glück hat.«

Julios Gesicht verzog sich. »Selbst, wenn wir aus dem EMP-Bereich herauskommen, können wir unsere Lieben also nicht anrufen?«

»Millionen von Menschen tappen im Dunkeln«, sagte Park. »Buchstäblich und im übertragenen Sinne.«

»Was meinst du?«, fragte Logan.

»Stromausfälle sind an vielen Orten weit verbreitet«, erklärte Harlow. »Einige in Staaten, die nicht einmal getroffen wurden. Eine Reihe von Umspannwerken wurde durch die Explosionen beschädigt. Andere befinden sich in der Gefahrenzone und mussten evakuiert werden. Zumindest behauptet Gouverneur Blake, dass in einigen Tagen alles wieder am Netz sein wird.«

»Nein.« Julio schüttelte den Kopf. »Ich habe darüber gelesen. Diese großen Kessel, Turbinen und Transformatoren sind Sonderanfertigungen. Es braucht Monate, die zu reparieren. Das Stromnetz ist so stark vernetzt, dass ein paar ausgefallene Umspannwerke zu ausgedehnten Stromausfällen in mehreren Bundesstaaten führen könnten.«

»Fantastisch«, sagte Harlow verbittert. »Unser berühmter Gouverneur irrt sich schon wieder.«

Park rutschte auf der Bahre hin und her und zuckte zusammen. »Oder er lügt uns an ... dieser hässliche Idiot.«

Logan blickte zu Dakota. Alles, was sie ihnen zu Anfang im Kino über die potenziell verheerenden Auswirkungen gesagt hatte, war bereits eingetreten.

Alles hing vom Strom ab. Was würde passieren, wenn große Teile des Landes wochen- oder monatelang ohne Strom auskommen müssten?

Könnte dies zusammen mit den enormen nuklearen Katastrophen, ausreichen, um das ganze Land in die Knie zu zwingen?

Vielleicht bräuchten sie diesen Unterschlupf ja doch noch.

Sein Atem beschleunigte sich. Er zwang sich, sich auf das Hier und Jetzt zu konzentrieren, auf jeden Schritt, jeden Atemzug und jeden Schlag seines Herzens.

Nur so konnte er diesen Moment überstehen und den nächsten und den übernächsten. Eine verdammte Sache nach der anderen.

»Wissen wir schon, wer das getan hat?«, fragte er.

»Die CIA, das FBI und Homeland gehen Spuren nach, aber sie haben noch nichts gemeldet«, sagte Harlow. »Homeland Security arbeitet mit der Nuclear Regulatory Commission zusammen, um die Quelle des hochangereicherten Urans, das in den Bomben verwendet wurde, zu untersuchen. Aber ganz ehrlich, ich war jede freie Sekunde hier draußen, um Überlebende zu bergen. Ich bin nicht so auf dem Laufenden, wie ich sein sollte. Ich bin sicher, dass wir im EOC mehr herausfinden werden.«

»Was ist das dort?« Julio zeigte über ihre Köpfe hinweg nach Osten. »Was ist dort passiert?«

Über einer Ansammlung von Häusern in der Nähe stieg eine dicke schwarze Rauchsäule in den Himmel, viel größer und dunkler als der dunstige Rauch, den sie den ganzen Tag über gesehen hatten.

Und näher.

»Was auch immer es ist, es sieht schlimm aus«, murmelte Logan. »Eine andere Rettungseinheit hat sich aus dieser Richtung zurückgezogen, kurz bevor diese Verrückten uns angegriffen haben«, sagte Harlow. »Sie mussten vorzeitig evakuieren, weil eine Gasleitung in einer bewachten Wohnanlage geplatzt war. Ein paar Häuser fingen Feuer, einfach so.«

Neben ihm blieb Dakota abrupt stehen.

Logan hielt an und blickte zu ihr hinunter. »Was ist los?«

»Was hast du gesagt?«, fragte Dakota Harlow.

»Sie haben das Gebiet so gut wie möglich geräumt«, sagte Harlow, »aber es gibt noch Hunderte von Bränden in der ganzen Stadt. Die Straßen sind durch den Schutt blockiert, sodass wir keine Feuerwehrfahrzeuge dorthin schicken können.«

»Welche Wohnsiedlung?«, fragte Dakota mit erstickter Stimme, ihr Gesicht hatte jegliche Farbe verloren. »Welche Straße?«

»Ich bin mir nicht sicher, sie fangen alle an, zusammenzulaufen ...«

»Welche Straße?!«

Die Dringlichkeit in Dakotas Stimme und die Verzweiflung in ihren Augen ließen Logan zusammenzucken.

»Ich erinnere mich«, sagte Park. »Bellwether oder so ... ich glaube ...«

»Bellview?«

»Ja, das ist ...«

Park kam nicht dazu, seinen Satz zu beenden.

Ohne ein Wort zu sagen, setzte Dakota zum Sprint an und rannte auf die aufsteigende schwarze Rauchsäule zu.

# KAPITEL 81
## DAKOTA

Dakota sprintete die Straße hinunter in Richtung der palmengesäumten Seitenstraße, die zur Palm Cove Gated Community führte. Ihre Beine arbeiteten auf Hochtouren, ihr Puls raste.

Selbst in der Hitze gefror ihr das Blut in den Adern und kalter Terror durchströmte jede Zelle ihres Körpers.

Hinter ihr hörte sie Stimmen, die sie aufforderten, stehenzubleiben, und deren Rufe die dichte, unheimliche Stille durchbrachen.

Sie wurde nicht langsamer. Sie konnte es nicht.

Sie hatte seit Jahren nicht mehr gebetet, aber jetzt tat sie es.

Sie rezitierte dieselben zwei dringenden Sätze immer und immer wieder in ihrem Kopf: *Bitte sei da. Bitte sei in Sicherheit. Bitte sei da. Bitte sei in Sicherheit.*

Ihr Herz schloss sich wie eine Faust und ballte sich mit jedem pochenden Schritt fester und fester zusammen. Die Angst, die sie die ganze Zeit über unterdrückt hatte, überfiel sie jetzt mit blinder Panik.

Sie hatte Eden gesagt, sie solle sich verkriechen und drinnenbleiben, egal was passierte. Wenn das Haus in Brand geriete, könnte sie eingeschlossen werden oder eine Rauchvergiftung erleiden.

Eden wäre nicht in der Lage zu sprechen, zu schreien oder um Hilfe zu rufen.

Wenn Eden etwas zustieß, dann war es ihre Schuld. Es war ihre Schuld …

*Es ist zu spät.*

Nein. Es konnte nicht zu spät sein. Dakota weigerte sich, diese Möglichkeit in Betracht zu ziehen.

Sie atmete röchelnd, die dicke, rauchige Luft schnürte ihr die Kehle zu und brannte in den Nasenlöchern.

Ihre geschwollene Kopfhaut fühlte sich an, als ob sie vor Schmerz platzen würde. Ihre müden Oberschenkelmuskeln brannten.

Aber sie würde nicht langsamer werden, um keinen Preis.

Sie lief weiter, keuchte und klammerte ihre Finger in ihre stechende Seite.

*Komm schon, komm schon. Lauf schneller, verdammt noch mal!*

Und dann endlich tauchte die Palm Cove Gated Community vor ihr auf. Mit Palmenbüscheln, die das pompöse »Willkommen«-Schild und die hohen Stuckmauern umgaben. Das schmiedeeiserne Tor am Wachposten stand weit offen.

Sie sprintete an dem leeren Häuschen vorbei, rannte durch das Tor und bog von der Hauptstraße ab, wobei sie über mehrere gepflegte Rasenflächen lief.

Sie rannte zwischen zwei Häusern hindurch und bemerkte kaum die umgestürzten Terrassenmöbel, die mit Trümmern, Elefantenpalmenblättern, zerfetzten Sträuchern und Blumen übersäten Pools, den halb eingestürzten Sichtschutz über einer gemauerten Außenküche und eine gepflasterte Terrasse.

Sie kletterte über einen umgeworfenen Teil eines weißen Plastikzauns, umging einen großen künstlichen Teich und brach durch eine Reihe brusthoher Büsche in die Hinterhöfe der stattlichen Häuser am Bellview Court.

Mehrere Häuser standen in Flammen, Fenster und Dächer brannten, schwarzer Rauch quoll in die Luft. Der beißende Gestank brannte in Dakotas Nasenlöchern und in ihrer Kehle.

Verzweifelt hustend zog sie ihren Schal fester über Nase und Mund, während sie rannte.

Die Rückseite von Edens Haus kam in Sicht. Sie erkannte es von der Google-Earth-Aufnahme, die sie gesehen hatte, als Eden ihr die Adresse zum ersten Mal verraten hatte.

Es war ein großes, hellbraunes zweistöckiges Haus mit puderblauen Fensterläden und einem spanischen Ziegeldach.

Gepflegte Rosen und Magnolien säumten die große überdachte Veranda. Schwere Keramiktöpfe mit lila und weißen Blumen umrahmten den riesigen Pool, dessen Wasser immer noch glitzerte und leuchtend blau schimmerte.

Es war wunderschön, abgesehen von den zerbrochenen Fenstern und der zerborstenen Balkontür – und den lodernden Flammen, die sich in die Fensterbänke fraßen.

Ihr Herz zuckte und hämmerte gegen ihren Brustkorb. Eden war da drin. Das war das Einzige, was zählte.

Panik schnürte ihr die Kehle zu. Sie musste ihre rasenden Gedanken ordnen. *Denk nach!* Sei klug.

Wo würde Eden sich verstecken? Wo würde Dakota sich verstecken, wenn sie Eden wäre?

In der Mitte des Hauses, ohne Fenster, im ersten Stock, um der Strahlung zu entgehen, die durch das Dach eindrang, genau wie Ezra es ihnen beigebracht hatte.

Ein Badezimmer.

Sie stellte sich den Grundriss so vor, wie Eden ihn beschrieben hatte. Eine große, offene Küche und Wohn- und Essbereiche auf der rechten Seite – dort brannte das Feuer. Das Hauptschlafzimmer erstreckte sich am anderen Ende des Hauses auf der linken Seite, zusammen mit einigen Büros, Gästezimmern und einem Heimkino. Drei weitere Schlafzimmer befanden sich im Obergeschoss.

Sie rüttelte an der verbogenen Tür. Verschlossen. Sie holte ihr Messer heraus, schlitzte die Moskitotür mit einer einzigen schnellen Bewegung auf und schob sich hindurch.

An der Terrassentür zögerte sie. Ein Hitzeschwall traf sie, hart wie eine Wand. Rauchschwaden zogen durch die Luft. Jeder Atemzug, den sie einsog, versengte ihre Kehle. Ihre Augen tränten.

Angst bohrte sich wie ein Haken in ihren Bauch. Ihre Brust zog sich zusammen, ihre Kehle schnürte sich zu und schnitt ihr den Atem ab.

Im Handumdrehen kam alles wieder zurück.

Die Narben auf ihrem Rücken glühten, als wären sie frische Verbrennungen. Die Erinnerungen durchbohrten sie – das Zischen der weißglühenden Glut, die ihre Haut verbrannte, der Gestank ihres eigenen verkohlten Fleisches, die gequälten Schmerzensschreie, die ihrer gepeinigten Kehle entrissen wurden.

Maddox, der sich über sie beugte, mit diesem scharfen, hungrigen Blick in den Augen, die Lippen in kranker Freude geschürzt. *Sind wir nicht barmherzig? Feuer ist Gerechtigkeit ... Feuer ist Gnade ... Nur Feuer brennt die Unreinheiten des Fleisches weg ...*

Sie hasste Feuer. Sie fürchtete es mit ihrem ganzen Wesen. Jede Zelle in ihrem Körper schrie, sie sollte aufhören, umkehren, zurückgehen.

Sie kniff die Augen zusammen und versuchte vergeblich, den kochenden Rauch und die knisternden, brodelnden Flammen auszublenden.

Es war Eden, die sich jedes Mal nach ihrem Aufenthalt im Raum der Barmherzigkeit zu ihr gesetzt hatte.

Es war Eden, die mit ihrer süßen, gefühlvollen Stimme tröstende Hymnen sang, während Dakota auf ihrem nackten Bauch auf dem Bett lag, stöhnte und die Laken so fest umklammerte, dass sie sich die Nägel abbrach.

Es war Eden, die sich über ihren rauen, verbrannten Rücken beugte, die Wunden sanft spülte, antibiotische Salbe auftrug und die nässenden Brandwunden verband.

Und es war Eden, die sich weigerte, auch nur ein einziges Mal während der endlosen, quälenden Nächte von ihrer Seite zu weichen.

*Ich werde dich nie verlassen,* hatte Dakota ihr im Gegenzug versprochen. *Nie und nimmer.*

Das war ihre Entscheidung.

Für ihre Schwester würde sie alles tun, selbst wenn es bedeutete, lebendig verbrannt zu werden.

*Eins, zwei, drei. Atmen.*

So überstand man die schweren Zeiten, hatte Schwester Rosemarie ihr nach dem ersten Mal, als man sie gebrandmarkt hatte, gesagt. So hielt man es aus.

*Atme, verdammt noch mal, atme!*
Sie atmete scharf ein. Sie öffnete die Augen.
Dakota trat durch die Tür.

# KAPITEL 82
## DAKOTA

Eine brennende Hitze schlug Dakota entgegen. Sie zog den Schal über ihre Nase und ihren Mund, aber es half nichts. Beißender Rauch versengte ihre Kehle und ihre Lungen, sie hustete und hatte Mühe, nicht zu ersticken, während ihr die Tränen in den Augen brannten.

Der Rauch brodelte und kochte unter den hohen Decken und machte das Haus dunkel und dunstig. Zu Dakotas Rechten loderten die Flammen, knisterten und knallten, während sie sich in die Walnussholzschränke, den schicken Bauernhoftisch und den brasilianischen Hartholzboden fraßen.

»Eden!«, schrie sie.

Es kam wie ein Krächzen heraus. Sie räusperte sich, so gut sie konnte, und versuchte es erneut.

»Eden! Wo bist du?«

Sie hielt inne und versuchte, sich zu orientieren. Brennende Tränen tropften aus ihren Augen. Die Luft flirrte vor Hitze, alles war verzerrt wie eine Fata Morgana in der Wüste.

Zu ihrer Linken stank die Frühstücksecke nach giftigen Dämpfen. Aber sie brannte nicht. Noch nicht.

Direkt vor ihr, hinter der Küche, erblickte sie weiße Ledersofas, einen gläsernen Couchtisch und einen glänzenden Flügel gegenüber einem großen Panoramafenster im eleganten Wohnzimmer.

Sie drehte sich nach links und taumelte weiter hinein, die Hände ausgestreckt, als sie gegen eine seltsame Sitzbank an der Wand stieß. Sie ging an einem Paar geschlossener Flügeltüren vorbei, die zu einem Büro mit schwarzen Bücherregalen und einem übergroßen Schreibtisch führten.

Und da war schließlich der Flur: Lang und schmal und mit geschlossenen Türen auf beiden Seiten.

Rauch stieg vor ihr an der Decke auf. Sie ging in die Hocke und fühlte die erste geschlossene Tür zu ihrer Linken, dann den bronzenen Griff – er war warm, nicht heiß.

Sie öffnete die Tür zu einem Heimkino mit sechs La-Z-Boy-Ledersesseln und einer riesigen Leinwand, die Wände waren mit alten Filmplakaten geschmückt, die wahrscheinlich ein Vermögen gekostet hatten.

Sie ging weiter. Hinter ihr war das Feuer eine knisternde, knallende Kakophonie, ein pulsierendes Rauschen in ihren Ohren.

Eine weitere Tür, ein zweites Büro, dieses Mal elegant mit Metall und Glas.

Eine Doppeltür zu ihrer Rechten führte in ein Gästezimmer mit einem Bett, das schöner war als jedes, in dem sie in ihrem Leben geschlafen hatte, mit einem halben Dutzend plüschiger, bestickter Kissen, die über die seidige, korallenrosafarbene Bettdecke verstreut waren.

Es spielte keine Rolle. Nichts davon spielte eine Rolle.

»Eden!«, rief sie. »Zeig mir, wo du bist! Ich komme schon!«

Ein weiterer Hustenanfall zerrte an ihrer Lunge und schnürte ihr den Atem ab. Ihr Verstand schrie ihr zu, dass sie hier rausmusste, aber sie konnte nicht. Noch nicht.

Sie war bereits auf den Knien, drehte sich um und schluckte die kochende Luft ohne den Sauerstoff, den ihre Lungen so dringend benötigten. Wellen von Schwindelgefühl durchströmten sie. Die Dunkelheit flackerte in den Ecken ihrer Sicht.

Sie keuchte, hustete heftig und hatte Tränen in den Augen. Kaum in der Lage zu sehen, blinzelte sie heftig und rieb sich die brennende Nässe aus den Augen.

Wie viel Zeit blieb ihr noch, bevor der Rauch sie überwältigte?

Nicht lange. Sie spürte bereits, wie es in ihrer Brust, in ihrer Lunge brannte.

Dort, direkt vor ihr. Eine weitere Tür.

Sie kroch auf Händen und Knien, keuchte, rang um jeden Atemzug, ihre Lungen drohten zu explodieren. Sie berührte das Holz, dann den Griff. Warm, nicht heiß.

Sie drückte auf die Klinke. Die Tür öffnete sich nicht sofort. Etwas auf der anderen Seite behinderte ihre Bewegung. Sie drückte fester, wobei sie ihre erschöpften Arme anspannte. *Komm schon, komm schon!*

»Beweg dich!«, stöhnte sie verzweifelt.

Sie drückte erneut zu und schlug mit der Schulter gegen die Tür. Sie brach halb zusammen, als diese schließlich unter ihrem Gewicht nachgab.

Sie stieß die Tür auf und kroch auf den Ellbogen in das kleine Badezimmer. Zuerst konnte sie durch die schweren Schatten kaum etwas erkennen. Es stank nach Pisse, obwohl sie vor lauter beißendem, stechendem Rauch kaum etwas riechen konnte. Es gab keine Fenster. Ein paar große Sofakissen lugten aus der elfenbeinfarbenen Klauenfußwanne hervor. Unter der Tür lag eine zerknitterte türkisfarbene Badematte, die mit einem flauschigen Handtuch verheddert war – deshalb hatte sie Schwierigkeiten gehabt, die Tür zu öffnen.

*Eden*. Sie musste hier sein.

»Wo bist du? Antworte mir!«, rief sie, obwohl sie wusste, dass Eden nicht antworten konnte.

Sie kroch tiefer in das Badezimmer, die Kacheln waren unnatürlich warm unter ihren Handflächen. Sie griff nach dem Marmorwaschtisch und tastete nach stehendem Wasser im Waschbecken.

Ezra hatte ihnen beigebracht, bei einem Stromausfall oder einem anderen Notfall als erstes Wasser zu sammeln.

Das Waschbecken war knochentrocken.

Sie ging zur Wanne und schob die Kissen beiseite, in der verzweifelten, vergeblichen Hoffnung, dass Eden dort lag und sie angrinste, »*Überraschung!*« in ihren kleinen Notizblock gekritzelt.

Die Wanne war leer. Eden war nicht da.

# KAPITEL 83
# DAKOTA

*Nein, nein, nein!*

Dakota hatte keine Atomexplosion überlebt und war nicht durch das brennende, radioaktive Miami gelaufen, um jetzt alles zu verlieren. So hatte es nicht laufen sollen.

Sie hatte alles richtig gemacht! Alles, was sie nur konnte. Eden sollte hier sein.

»Eden!«, krächzte sie.

Ein dunkler Umriss auf dem Boden der Wanne fiel ihr ins Auge. Der Notizblock ihrer Schwester.

Dakota blinzelte heftig und hob ihn mit zitternden Händen auf. Sie glättete die seidige Oberfläche des über die Regenbogenwolken hüpfenden Einhorns, berührte den sauber in die Spiralen eingesteckten Zeichenstift, drückte die Fingerkuppen auf das glatte, hochwertige Zeichenpapier.

Dakota hatte ihn vor einem Monat zu Edens fünfzehntem Geburtstag gekauft. Es war eine Kopie des Blocks, den sie letztes Jahr und das Jahr davor gekauft hatte.

Eden liebte den Block, und wenn sie etwas liebte, wollte sie es nicht mehr missen, wie Käse-Makkaroni, schokoladenüberzogene Reisknusperkekse oder ihre dystopischen Lieblingsromane. Manchmal hatte sie das gleiche Shirt immer wieder getragen, bis Dakota oder Ezra sie zwangen, es zu waschen.

Eden ging nirgendwo ohne ihren Notizblock hin. Er war ihre Sprache, ihre Art, sich auszudrücken, zu kommunizieren.

Er war ihre Stimme.

Ihre Schwester war hier gewesen.

Aber sie war ohne ihren Notizblock gegangen.

Was, wenn sie das Badezimmer verlassen hatte, auf der Suche nach einem Fluchtweg vor dem Rauch und dem Feuer, und irgendwo ohnmächtig geworden war, unfähig, um Hilfe zu schreien?

Dakotas Herz verkrampfte sich. Grauen sickerte in jede Pore. Angst pochte ihr in den Knochen.

Wenn sie Eden nicht sofort finden würde, wäre es zu spät. Ihre Schwester vertraute ihr. Verließ sich auf sie.

Dakota würde sie nicht im Stich lassen.

Sie musste den Rest des Hauses überprüfen. Dakota steckte den Notizblock in ihr Oberteil und schlitterte auf dem Bauch aus dem Bad, wobei sie den Kopf so nah wie möglich am Boden hielt.

Die Luft war grau, dick mit Asche und heiß. So heiß, dass es sich anfühlte, als würde ihre Haut von ihren Knochen schmelzen. Ihre Augenbrauen fühlten sich verbrannt an.

Ein dumpfes Brüllen erfüllte ihre Ohren. Schwarzer Rauch waberte über ihrem Kopf, wogte und knurrte wie eine monströse Kreatur.

Ihr schmerzender Kopf war wie mit Baumwolle vollgestopft. Ihre Gedanken waren wirr und unzusammenhängend, der Rauch und das fremde Haus verwirrten sie.

In welche Richtung sollte sie gehen?

Benommen schaffte sie es, den Kopf nach links zu drehen. Ihr lethargisches Gehirn brauchte viel zu lange, um den Anblick vor ihr zu verarbeiten.

Flammen züngelten nur drei Meter hinter ihr im Flur an den Wänden. Feuerzungen zischten in die geöffneten Türen, die sie hinter sich gelassen hatte, angezogen von dem Sauerstoff, der durch die zerbrochenen Fenster gesaugt wurde.

Dumm. Sie hätte die Türen schließen sollen. Jetzt war es zu spät.

Nicht da lang.

Sie drehte sich langsam um und kroch zum anderen Ende des Flurs. Ihre Glieder fühlten sich so schwer an, als wären sie mit Steinen belastet. Sie war so müde. Jede Bewegung erforderte eine unglaubliche Anstrengung.

Sie erreichte eine weitere Tür, hatte aber kaum die Kraft, sie zu öffnen.

*Eden.*

Sie konnte das Wort nicht mehr laut aussprechen. Ihre ausgedörrte Zunge klebte am Gaumen ihres knochentrockenen Mundes.

Dunkelheit säumte ihre Sicht. Die Bewusstlosigkeit holte sie ein, jagte sie.

Es wäre so einfach, ihr nachzugeben, sich von der kühlen, süßen Dunkelheit in die Vergessenheit tragen zu lassen.

Jede schreckliche Erinnerung, verschwunden. Jedes Brandmal und jede Verbrennung, verschwunden. Jede Person, die sie jemals verraten hatte, verschwunden. Maddox, die Kommune, das Gruppenheim, der Tod ihrer Eltern, alles verschwunden. Das Blut, der Körper – für immer ausgelöscht.

Kein Schmerz mehr, kein Leid, kein Schrecken mehr ...

Wie leicht es wäre. Wie einfach. Es würde alles verschwinden. Die Angst, die Sorge, die Schuldgefühle.

Alles, was sie tun musste, war aufhören zu kämpfen. Aufgeben.

Sich selbst aufgeben. Eden.

Ihre Gedanken zersplitterten, wurden zu Asche, nur noch Glutreste glommen in ihrem fiebrigen Geist.

*Gib auf.*

Nein ... niemals.

*Geh schlafen.*

Muss ... Eden finden.

*Es ist so einfach. Das einzig Einfache, was du je getan hast. Schließ einfach die Augen.*

Kann nicht ... aufgeben ...

*Nie und nimmer.*

Nie und nimmer.

Eine einzelne Glut glomm schwach durch die trübe Dunkelheit von Dakotas verwirrtem Verstand. Sie wurde schwächer. Ein Teil von ihr wusste, dass sie schwächer wurde, wusste, dass es das Ende war.

Wenn sie nicht in dieser Sekunde aufstand, war es vorbei.

Dakota gab nicht auf. Sie wusste nicht, wie.

Ihre Augen flatterten. Sie stöhnte heiser.

Ein Geräusch erreichte sie, undeutlich und weit entfernt, kam aber immer näher, und erschütterte ihre abgestumpften Sinne.

Das Knacken und Knistern von Dingen, die in Flammen aufgingen – Teppiche, Bücher und Zeitschriften, Lampen, Kissen und Brokatvorhänge, Holz, Metall und Plastik, Aktenschränke und Regale, Bilderrahmen, die von den Wänden schmolzen.

Langsam und unter Schmerzen drehte sie den Kopf, blinzelte durch die brennenden Tränen und den dichten Rauchschleier.

Das Haus war in Flammen aufgegangen. Das Feuer loderte mit einer knackenden, knallenden Kakophonie, einem pulsierenden Brüllen in ihren Ohren.

Es stürmte den Flur hinunter und verfolgte sie, ein alles verschlingender Drache, der verzweifelt nach Luft gierte, nach Nahrung.

Schieres Entsetzen fuhr durch ihren Körper. Mit letzter Kraft zwang sie sich auf die Ellbogen, rang nach der nächstgelegenen Tür und stieß sie auf.

Sie kroch blindlings hinein. Sie schleppte sich ganz hinein, dann verdrehte sie stöhnend ihren Körper und trat gegen die Tür.

Sie schwang halb zu.

Eine Welle glühender Hitze schwappte auf sie zu, gefolgt von dem gefräßigen Feuer. Die Flammen schossen durch die Türöffnung und suchten sie mit ihren brennenden Zungen.

Ihre Haut fühlte sich geröstet an. Ihre Augenbrauen waren versengt. Der Gestank von verbranntem Haar erfüllte ihre Nasenlöcher.

Ihre gequälten Lungen zogen einen Hauch von verbrannter Luft ein. Vielleicht ihr letzter, wenn sie nichts tat, wenn sie nicht einen Weg fand, dort herauszukommen, das Feuer irgendwie aufzuhalten ...

Wenn sie die verdammte Tür nicht schließen konnte.

Mit einem verzweifelten, heulenden Schrei nahm sie ihre schwindende Kraft zusammen und trat erneut zu. Ihr Absatz prallte gegen das schwere Holz.

Dieses Mal knallte die Tür zu. Sie weinte fast vor Erleichterung.

Es war ein Moment des Aufatmens. Er würde nicht lange andauern. Keuchend drehte sie sich auf den Bauch und schleppte sich über den Teppich. Ihre Arme waren so verdammt schwer. Sie konnte kaum ihre Beine heben.

Sie war im Treibsand gefangen, ihr Körper war eingeengt und sank, sank ...

*Na los! Beweg dich, verdammt noch mal!*

Zu ihrer Rechten stand eine Kommode. Daneben befand sich ein gewölbter Gang, der zu einem großen begehbaren Kleiderschrank führte, dessen Tür leicht angelehnt war. Ein riesiges Bett in einem massiven, weiß getünchten Rahmen ragte direkt vor ihr auf.

Von irgendwo über dem Bett strömte gedämpftes Licht in das Schlafzimmer. Ein Fenster. Sie kroch darauf zu.

Etwas Scharfes stach in ihre Hände und Unterarme. Blutstropfen benetzten ihre Handflächen. Glasscherben von den zerbrochenen Fenstern glitzerten auf dem weißen Plüschteppich und dem Bett.

Sie stieß ein heiseres Wimmern aus und kroch weiter.

Sie zwang sich auf die Knie und ertrug das Brennen frischer Schnitte, als sich weitere Scherben in ihre Kniescheiben gruben. Sie versuchte, sich die Hände abzuwischen, aber es war sinnlos.

Mehrere Glasscherben steckten zu tief. Sie konnte es sich nicht leisten, die Zeit zu verschwenden, sie aus ihrer Haut zu lösen.

Mit Hilfe des Bettgestells zog sie sich auf die Knie.

Eine Welle von Schwindel überkam sie. Ihr Kopf pochte wegen des Sauerstoffmangels, ihr Herz hämmerte in ihrer Brust.

Weiße Sterne tanzten und flimmerten vor ihren Augen. Sie spürte, wie sie schlaff wurde, wie ihre Muskeln den Dienst versagten und die dunkle Vergessenheit sich wieder über sie legte.

Sie war im Anmarsch. Dieses Mal konnte sie nichts tun, um es aufzuhalten.

Ihre Beine sackten unter ihr zusammen.

»Dakota!«

Sie streckte ihre Hände aus, um sich zu fangen. Das scharfe Stechen des Glases, das sich tiefer in ihre Haut bohrte, brachte sie zurück.

Sie kämpfte gegen die Dunkelheit an, zwang sich, die Augen zu öffnen und blinzelte unruhig.

»Dakota!«

Die Stimme war kein Wink der Bewusstlosigkeit. Sie war echt.

Sie öffnete ihren Mund. Nichts kam heraus. Panik ergriff sie. So musste sich Eden fühlen – stimmlos, verletzlich, machtlos.

Unfähig, auch nur den grundlegendsten Begriff der menschlichen Kommunikation zu vermitteln: *Hilfe*.

Sie klammerte sich an den Bettpfosten und zog sich Stück für schmerzhaftes Stück wieder hoch. Noch immer klebten Glassplitter an ihren Armen, Händen und Knien. Bei jeder Bewegung stachen winzige Nadeln wieder und wieder in ihre Haut. Sie zuckte zusammen und ignorierte sie.

Orangefarbene, flackernde Finger rüttelten an der Tür hinter ihr, Rauch drang durch die Ritzen, während der feurige Drache brüllte, um hineinzukommen, um zu ihr zu gelangen. Die Luft war verschwommen vor Hitze, ihre Augen brannten so sehr, dass sie kaum sehen konnte.

»Dakota!«

»Ich bin hier!«, krächzte sie.

Sie kroch auf den Knien zum Fenster, hustete unaufhörlich und kämpfte um jeden rauchgeschwängerten Atemzug, während sie das Bett benutzte, um sich aufrecht zu halten. »Hier!«

Logan erschien vor dem Fenster. Sein raues, zerzaustes Gesicht war das Schönste, was sie je gesehen hatte.

Er kletterte auf die Klimaanlage unter dem Fenster und griff nach ihr, wobei er darauf achtete, den zackigen Zähnen des Glases auszuweichen, die noch aus dem Rahmen ragten. »Komm schon! Lass uns abhauen!«

Sie richtete sich zitternd auf, machte einen letzten taumelnden Schritt, und dann war er da, lehnte sich durch den zerbrochenen Rahmen, hob sie hoch und zog sie hinaus ins gleißende Licht, in die feuchte, vor kostbarem Sauerstoff strotzende Luft, ins helle, schwindelerregende Leben.

Logan wiegte sie in seinen starken Armen. Es war holprig und er schüttelte sie mächtig durch, als er sie über den Rasen trug, aber das war ihr egal.

Sie war in Sicherheit. Sicher vor den Flammen und dem erstickenden Rauch. Aber Eden war es nicht.

Sie wünschte sich nichts sehnlicher, als den Kopf zurückzulegen, die Augen zu schließen und sich der üppigen, betörenden Dunkelheit hinzugeben, die an den Rändern ihres Geistes saugte.

Aber sie konnte es nicht.

»Eden«, murmelte sie. »Finde Eden.«

Sie musste runter, musste wieder dort hinein. Sie hatte den begehbaren Kleiderschrank oder das Hauptbadezimmer nicht durchsucht, hatte es nicht gewagt, die Treppe in den zweiten Stock zu nehmen.

Eden könnte immer noch da drin sein, verängstigt, leidend und allein.

»Lass mich runter!« Dakota stieß schwach gegen Logans Brust und versuchte, sich zu befreien.

»Verdammt noch mal, du verrücktes Mädchen!« Logan drückte sie nur noch fester an sich und fluchte, als die Glasscherben, die aus ihren Handflächen ragten, seine Arme streiften. »Hör auf!«

Verzweiflung trieb sie an. Sie zappelte stärker, kämpfte gegen ihn an, gegen die Dunkelheit, gegen das Schicksal und das Chaos und alles, was sich seit dem Tag ihrer Geburt gegen sie verschworen hatte. »Ich muss ... ich muss ...«

»Stopp! Hör mir zu!«

Sie schlug ihn so fest sie konnte, direkt gegen sein ungepflegtes Kinn. Logan stolperte. Er ließ sie nicht fallen. Er nahm zischend einen schmerzhaften Atemzug und drückte sie gegen sich, wobei er ihre fuchtelnden Hände festhielt, während sie mit ihren Fingernägeln nach seinen Augäpfeln stach. »Verdammt. Du machst mehr Ärger, als du wert bist, weißt du das?«

»Eden!«, heulte sie an seiner Brust und wehrte sich gegen ihn. In vergeblicher Verzweiflung schlug sie gegen seine Brust.

Der Schmerz des Verlustes lastete auf ihr wie ein schwerer Stein, der auf ihre Brust drückte und sie in Scherben, in hunderttausend Stücke, zerbrach.

Sie musste zurückgehen, auch wenn es sie umbrachte. Sie würde bis zu ihrem letzten Atemzug kämpfen. Sie würde niemals aufgeben. *Nie und nimmer.*

»Dakota! Hör mir zu!«

Sie hörte seine Stimme wie aus weiter Ferne, als wäre sie unter Wasser und er würde sie von irgendwo oben am hellen, hellen Himmel rufen.

»Eden ist in Sicherheit«, sagte Logan. »Sie ist hier.«

# KAPITEL 85
# DAKOTA

Dakota kam langsam wieder zu sich.

Sie schwebte irgendwo in angenehmer Dunkelheit, in einem beruhigenden Kokon: Ein warmer, pulsierender Kokon, den sie nicht verlassen wollte, niemals.

*Eden ist in Sicherheit. Sie ist hier.*

Sie erwachte ruckartig und schnappte nach Luft, als ob sie gerade die Oberfläche eines tiefen Ozeans durchbrochen hätte.

»Vorsichtig!« Shay kniete sich über sie und kratzte behutsam die letzten Glassplitter von ihren Knien. »Du hast eine Rauchvergiftung und ein paar Dutzend kleine Schnittwunden erlitten. Ich weiß noch nicht, wie ernst die Rauchinhalation ist. Bleib ganz ruhig.«

Dakota setzte sich schnell auf und kämpfte gegen die Benommenheit an, bis ihr Kopf klar wurde.

Einen Moment lang konnte sie sich nicht erinnern, wer oder wo sie war.

Sie war nicht in ihrer Wohnung, lag nicht auf ihrer billigen, durchgelegenen Matratze, mit ihrem klumpigen Kissen und dem rasselnden Ventilator, der die kaputte Klimaanlage nicht ersetzen konnte.

Sie war draußen. Eine Ameise krabbelte ihren Arm hinauf. Scharfe Grashalme stachen in ihre Beine und ihren Hintern.

Sie saß in einem perfekt gepflegten Garten. Das Gras war üppig und grün, gleichmäßig getrimmt, völlig frei von Unkraut. In Miami zahlten die Leute gutes Geld für einen solchen Rasen, dachte sie unzusammenhängend.

Sie starrte auf ihre Hände hinunter, ohne sie wiederzuerkennen. Sie waren in weiße Mullbinden eingewickelt. Shay hatte sie bandagiert, während sie bewusstlos gewesen war.

Sie spürte, wie Pflaster unter den Ärmeln an ihren Armen klebten, die Shay sorgfältig nach unten gerollt und wieder abgeklebt hatte.

»Danke«, murmelte sie.

»Gern geschehen.« Shay drückte ihre Schulter. »Wie geht es dir?«

»Schrecklich.« Ihre Stimme war heiser, ihre Kehle rau. Es fühlte sich an, als hätte jemand mit einem Messer an ihren Atemwegen gekratzt.

Es tat weh, zu atmen. Und ihre Lunge brannte immer noch, als könnte sie nicht genug Sauerstoff aufnehmen.

Wegen des Feuers.

Dann kam alles zurück. Die Atomexplosion, das Rennen zum Kino, der Angriff im Old Navy, die beschwerliche Reise, um ihre Schwester zu finden.

»Eden ...« Sie begann aufzustehen. Ein heftiger Hustenanfall durchzuckte ihren Körper. Ein neuer Schmerz durchfuhr ihren heftig schmerzenden Kopf.

Sie sank zurück ins Gras.

»Was habe ich darüber gesagt, dass wir es ruhig angehen lassen sollen?«, sagte Shay streng. »Du brauchst Sauerstoff, ein Röntgenbild der Brust, ein komplettes Blutbild, ein Stoffwechselprofil und Bettruhe. Das meiste davon ist keine Option, bis wir im EOC sind, aber du *musst* dich ausruhen, hast du verstanden?«

Dakota nickte träge. Ihre Gedanken waren immer noch verworren und unzusammenhängend.

»Hast du Schwierigkeiten beim Atmen?«, fragte Shay.

Sie schüttelte den Kopf. Es tat höllisch weh, und es fühlte sich an, als würde ihre Lunge nie wieder genug Luft bekommen, aber wenigstens konnte sie atmen.

»Anhaltende Hustenanfälle ...«

Daraufhin wurde sie von einem weiteren Hustenkrampf gepackt.

»Okay, das können wir bejahen. Wie sieht es mit geistiger Verwirrung aus? Das ist bei Rauchinhalationsverletzungen häufig der Fall. Du hast heute schon einen Schlag auf den Kopf bekommen.«

»E... es kommt alles zurück«, flüsterte sie heiser.

»Gut, das ist gut.« Shay ließ sich auf die Fersen sinken und berührte behutsam ihre eigene Kopfwunde. »Ich habe niemanden in deine Nähe gelassen, bis ich dich untersucht hatte. Du hast uns allen einen Schrecken eingejagt.«

Mit einer langsamen, vorsichtigen Bewegung sah sich Dakota um und suchte nach ihrer Schwester.

Im Osten quoll Rauch in den Himmel. Flammen züngelten an den Fenstern von einem Dutzend Häusern am Ende der Straße. Knarrende, ächzende Geräusche drangen an ihre Ohren, das dumpfe Dröhnen von knackendem Holz, splitternden Gegenständen, bebenden, in sich zusammenfallenden Häusern und einstürzenden Mauern.

Im Westen war der Himmel frei von Rauch. Die Sonne ging unter, die Wolken waren mit großen farbigen Streifen durchzogen. Die Palmen, die die Straße säumten, wiegten sich sanft in der Brise.

Die stattlichen Stuckhäuser sahen perfekt aus, wären da nicht die zerbrochenen Fenster und die Glassplitter, die in den gepflegten Büschen glitzerten. Glänzende Audis, BMWs und Mercedes säumten die Einfahrten. Außer ihrer Gruppe war kein Mensch zu sehen.

»Warum sie durch den Hintereingang gegangen ist, ist mir ein Rätsel«, sagte Logan.

»Die meisten normalen Leute benutzen die Vordertür. Dann hätte sie das Mädchen dort auf dem Rasen des Nachbarn sitzen sehen.«

Er lehnte am Heck des apfelroten Tesla, der drei Meter entfernt in der Einfahrt geparkt war, die Arme vor der Brust verschränkt. Julio stand neben ihm, aß einen Müsliriegel und blickte mit besorgten dunklen Augen auf sie herab.

Park lag auf der Bahre, die am Ende der Einfahrt neben dem Bordstein geparkt war.

Harlow beugte sich über ihn und überprüfte seine Verbände.

»Bist du sicher, dass es dir gut geht?«, fragte Julio sie.

Nur ein Gedanke beherrschte Dakotas wirres Gemüt.

»Eden!«, röchelte sie. »Wo ist Eden?«

Und dann war das Mädchen da, rannte über den Rasen, klein und mollig, ihr langes blondes Haar wehte hinter ihr her, ihr schönes Gesicht war von einem breiten Grinsen geziert.

Eden versank in Dakotas Armen.

434

# KAPITEL 86
## DAKOTA

Dakota schlang ihre Arme um den weichen, rundlichen Körper ihrer Schwester und drückte sie so fest sie konnte. Sie spürte kaum die brennenden Schnitte an ihren Armen und Händen, ihren pochenden Kopf, ihren rohen und wunden Hals.

Es war ihr egal. Sie wollte sie nie wieder loslassen.

Sie hielten sich gegenseitig fest – verzweifelt, heftig und dankbar. Wellen der Erleichterung durchströmten sie, als sie das nach Rauch riechende Haar ihrer Schwester einatmete. Sie schmiegte ihre Wange an Edens seidenen Kopf und schloss ihre Augen.

»Ich dachte, ich hätte dich verloren«, flüsterte sie heiser.

Zum ersten Mal seit der Bombenexplosion im Fernsehen dehnte sich ihr Brustkorb aus, und die Enge löste sich wie ein Ballon, der hoch, hoch, hoch in den strahlend blauen Himmel segelte.

Es spielte keine Rolle, wie versengt sich ihre Lunge anfühlte oder wie rau ihre Kehle war. Sie konnte wieder atmen.

Was auch immer als Nächstes kam, was auch immer auf sie zukam, sie konnte damit umgehen, solange Eden sicher an ihrer Seite war. Sobald sie bei Ezra ankamen, waren sie beide in Sicherheit. Sie würden endlich zu Hause sein.

Schließlich zog sie sich zurück, um ihre Schwester zu untersuchen. Alles war da – die langen, glänzenden goldblonden Locken, die leuchtend blauen Augen in der Farbe der Kornblumen, der breite, üppige Mund und die Sommersprossen, die wie Zimt über ihre Pausbacken verstreut waren.

Eden war wunderschön. So schön, dass Dakotas Herz schmerzte.

Sie umklammerte Edens Gesicht zwischen ihren bandagierten Händen. »Ich bin bei dir. Du bist jetzt in Sicherheit. Ich bin hier, und ich werde dich nie wieder verlassen. Nie und nimmer.«

Schon während sie diese Worte sprach, wusste sie, dass sie nicht ganz der Wahrheit entsprachen.

Die Gefahr war noch nicht vorbei. Die Sonne begann unterzugehen, der Himmel färbte sich in schwachen Rot-, Orange- und Gelbtönen. Es war 19:19 Uhr.

Sie waren der Strahlung viel länger ausgesetzt gewesen, als sie geplant hatte. Jetzt ging es ihnen gut, aber wie lange noch?

Sie waren alle nahe an der Schwelle zur akuten Strahlenkrankheit, vor allem Eden, die seit über zwei Tagen in einem wackeligen Haus festgesessen hatte. Sie hatte den geringsten Schutz von allen gehabt.

Sie mussten aus der Gefahrenzone herauskommen. Noch eineinhalb Kilometer westlich und dann einen Unterschlupf für die Nacht finden. Morgen würden sie dann mit Hilfe der Karte zehn Kilometer durch dichte Vorstädte wandern, um das EOC im Miami International zu erreichen.

Dakota, Shay und Park würden medizinisch versorgt werden. Julio würde sich auf den Weg machen, um seine Frau zu finden. Dann würden Dakota, Eden und die, die mit ihnen kommen wollten, noch etwa zweiundzwanzig Kilometer weiterreisen, vorbei an der Dolphin Mall, durch Fontainebleau und Sweetwater bis zum Rand der Everglades.

Danach waren es noch fünfundsechzig Kilometer bis zur Hütte.

Es hörte sich einfach an – bis sie an die Stromausfälle, die Plünderungen und Ausschreitungen, die umherziehenden Banden dachte, die in einer zerstörten Geisterstadt ohne Polizei und Gesetze um neue Gebiete kämpften.

Sie hatten ein Mitglied der Blood Outlaws getötet. Das würde Konsequenzen haben. Dessen war sie sich sicher.

Und dann war da noch die mögliche Bedrohung durch Maddox, der irgendwo da draußen lauerte ...

Die Probleme von morgen würden noch früh genug kommen. Sie hatte heute schon genug Ärger für ein ganzes Leben gehabt.

Dakota zwang sich, sich auf das Hier und Jetzt zu konzentrieren, auf das strahlende Lächeln ihrer Schwester.

In einer Minute würde sie aufstehen und sich auf die bevorstehende Reise konzentrieren, aber in diesem Moment, in diesem kostbaren, herrlichen Moment, hatte sie alles, was sie brauchte.

# KURZER EINBLICK IN „AUS DER ASCHE"

Dakota Sloane küsste ihre jüngere Schwester zärtlich auf die Stirn. Nach der verzweifelten Reise durch Miami und nachdem sie selbst fast im Feuer umgekommen wäre, wollte Dakota Eden nie mehr loslassen.

Schließlich zwang sie sich, sich von ihr zu lösen. Sie fuhr mit ihrem Finger über die weichen, schönen Züge des Mädchens. „Bist du sicher, dass es dir gut geht?"

Eden fuchtelte wütend mit den Händen und formte sie in einer Weise, die Dakota als Zeichensprache erkannte, deren Bedeutung sie aber nicht verstand.

„Nimm das." Dakota zog Edens Notizblock unter ihrem Oberteil hervor und drückte ihn Eden in die flatternden Hände. Der Einband war schweißnass, die Ränder des Papiers von der Hitze gewellt. „Was ist passiert? Wo warst du?"

„Sie war bei mir", sagte eine vertraute Stimme. Dakota hörte auf zu atmen.

„Eden, komm her", befahl der Mann.

Bevor Dakota reagieren konnte, riss sich Eden aus ihren Armen los, sprang auf die Füße und huschte aus ihrer Reichweite.

Langsam, mit einem Gefühl der Angst im Bauch, erhob sich Dakota auf zitternden Beinen und drehte sich um.

„Du solltest dich wieder hinsetzen, Dakota", sagte Shay, aber die

Stimme drang nur noch von einem weit entfernten Ort zu Dakota. Alles verblasste, bis auf eine Sache.

Der Mann stand einige Meter entfernt im Schatten eines Magnolienbaums, der in der Mitte des gepflegten Gartens stand. Er blieb im Schatten, die Hand locker um die Pistole an seiner Hüfte geschlungen.

Ein eisiger Schauer kroch ihr den Rücken hinauf. Sie konnte kaum noch Sauerstoff in ihre gequälten Lungen zwingen, ihr Herz fühlte sich wie eine Faust in ihrem Halse an.

*Nein, nein, nein ...*

Sie hatte es so weit geschafft, war so nah dran ...

„Ich habe sie vor dem Feuer gerettet", sagte der Mann mit einem Lachen in der Stimme, als ob es da etwas zu lachen gäbe. „Gutes Timing, findest du nicht auch? Fast wie eine göttliche Fügung."

„Er sagte, er sei dein Bruder." Logan Garcia blickte von Dakotas erschrockenem Gesicht zurück zu Eden, die sich neben den Mann schmiegte und ihn mit einem erfreuten, aufrichtigen Vertrauen anschaute, das sich wie ein Messer in Dakotas Bauch bohrte.

Natürlich vertraute Eden ihm. Denn sie wusste es nicht.

Schuldgefühle durchschossen Dakota. Sie hatte die Entscheidung getroffen, ihr nicht die Wahrheit zu sagen. Weil sie dachte, sie wüsste es besser. Weil sie versuchte, ihre Schwester so gut wie möglich zu schützen.

Und wenn sie ganz ehrlich zu sich selbst war, dann auch, weil sie den Gedanken nicht ertragen konnte, dass Eden herausfinden könnte, was sie getan hatte.

Es war so viel einfacher gewesen, Eden zu erlauben, ihr weiterhin blind zu vertrauen, ohne dass die Komplikationen, die sich in jener Nacht entfaltet hatten, sich wie eine unüberbrückbare Kluft zwischen sie schoben.

Tief in ihrem Inneren hatte Dakota Angst, dass Eden ihr niemals verzeihen würde.

Und jetzt war diese Entscheidung zurückgekommen, um sie beide in den Hintern zu beißen.

„Maddox", flüsterte Dakota mit erstickter Stimme.

Der Mann trat aus dem Schatten des Baumes hervor, Eden an seiner Seite. Er legte seinen linken Arm um Edens Schulter, die rechte

Hand ruhte noch immer scheinbar achtlos auf dem Kolben seiner Waffe.

Als ob er nur ein freundlicher Familienvater wäre. Als wäre nicht jeder Schritt von ihm eine Bedrohung.

Sie wusste es besser.

Er war immer bereit, immer vorbereitet. Genau wie sie wusste, dass er es sein würde.

Seine Bewegungen wirkten nur träge und lässig. Seine Schultern waren leicht gekrümmt, sein Nacken angespannt. Jede Faser seines Wesens war angespannt, wie ein Band, das gleich reißen würde.

Mit seinen zweiundzwanzig Jahren hatte Maddox Cage die grimmige, raue Ausstrahlung eines Mannes, der einige Jahre älter war. Sein Gesicht war lang und kantig, mit ebenmäßigen Zügen und schmutzigblondem Haar, das ihm bis auf den Schädel geschoren war.

Er war schlank und schlaksig wie ein streunender Hund - hart, kräftig und gefährlich.

Sie hatte drei Jahre lang kaum etwas von ihm gesehen, aber er war noch genauso, wie er in ihren Erinnerungen und Albträumen war.

Nur war seine Blässe von einem kränklichen, ungesunden Gelb, seine Lippen trocken und rissig, seine scharfen blauen Augen glasig vor Fieber.

Er war der Strahlung ausgesetzt gewesen.

Wie stark, das wusste sie nicht. Nicht genug, um ihn zu töten oder ihn aufzuhalten, jedenfalls noch nicht. Er sah immer noch so stark aus wie eh und je.

Shay klatschte vor Freude in die Hände. „Oh, eine Familienzusammenführung! Wie wunderbar!"

Maddox grinste sie mit einem Aufblitzen seiner weißen Zähne an. „Was für ein Wiedersehen, nicht wahr, Dakota?"

Dakotas Finger zuckten, er wollte verzweifelt nach der Sig greifen, aber Eden stand genau in der Schusslinie.

In der Zeit, die sie brauchte, um ihre Waffe zu ziehen, konnte Maddox mit Eden machen, was er wollte. Ihr eine Waffe an den Kopf halten. Ihr die Kehle aufschlitzen.

Dakota wusste gut genug, dass sie keine Möglichkeit ausschließen durfte. Sie konnte nichts tun, und Maddox wusste das.

„Es ist schön, dich zu sehen, Dakota. Ich kann dir gar nicht sagen, wie sehr ich dich vermisst habe." Seine Worte klangen echt, sein Lächeln aufrichtig. Es erhellte sogar diese glasigen blauen Augen und zog sie mit seiner entwaffnenden Wärme an. Sie war sich nie ganz sicher, ob es eine List war oder ob er wirklich an seine eigene Güte glaubte. Er war ein Betrüger, ein Gott des Unheils und der Zerstörung, mit vielen Gesichtern: Abwechselnd freundlich, gleichgültig, grausam.

Er hat brachte einen aus dem Gleichgewicht. Er nutzte die eigenen Schwächen gegen einen aus. Er verwandelte Zärtlichkeit und Zuneigung in Waffen, um zu kontrollieren und zu dominieren.

Aber Dakota war keine ängstliche, schüchterne Sechzehnjährige mehr. Sie wusste es jetzt besser. Sie wusste, was er wollte, weswegen er gekommen war.

Hundert Meter hinter ihnen verzehrte das wütende Feuer zischend und knisternd ein Haus nach dem anderen. Die Sonne senkte sich langsam dem Horizont entgegen, und am Rande des Himmels herrschte Dämmerung.

Der Luftzug kühlte ihre heiße Haut. Irgendwo brach ein Vogel in Gesang aus.

Sie konnte das immer noch in Ordnung bringen. Sie musste es in Ordnung bringen.

Ihre brennende, bandagierte Hand bewegte sich auf den Kolben ihrer Waffe zu. „Du solltest nicht hier sein", sagte sie heiser, mit kaum mehr als einem Flüstern. „Du gehörst nicht hierher."

„Ich habe ein Recht, hier zu sein, mehr als du", sagte er und lächelte immer noch. Er leckte sich über die rissigen Lippen. „Das wissen wir beide."

Sie schwankte, schwindlig vom Sauerstoffmangel, von dem Schaden, den das Einatmen des Rauchs in ihrer Lunge angerichtet hatte. Sie hustete und räusperte sich. „Eden, geh weg von ihm. Jetzt sofort."

Verwirrt gestikulierte Eden etwas, das Dakota nicht verstehen konnte. Sie blieb an Maddox' Seite.

„Ganz ruhig, Dakota", sagte er sanft. „Ich glaube, die Rauchinhalation hat etwas mit deinem Kopf gemacht. Das verursacht Verwirrung und mentale Veränderungen, nicht wahr? Du kennst mich doch. Wir sind doch eine *Familie*, oder?"

Maddox' Blick schoss zu dem Holster an ihrer Hüfte, ihre Finger wanderten zum Kolben der Sig. Seine Augen schärften sich, glitzerten wie die eines Raubtiers.

Er schüttelte nur leicht den Kopf. *Versuche es gar nicht erst.*

Niedergeschlagen ließ sie die Hand sinken, hilflose Wut und Angst durchzuckten sie.

Ein weiterer Hustenanfall packte sie. Als sie wieder zu Atem kam, starrte sie ihn an. „Du bist gar nichts, du bedeutest gar nichts", fauchte sie.

Logan schob sich vom Kotflügel des Tesla weg, angespannt und wachsam. Er hatte noch nicht nach seiner eigenen Waffe gegriffen, aber er sah bereit aus, es zu tun, wenn es nötig wurde.

Shay und Julio starrten Dakota an, zu erschrocken über diese plötzliche Wendung der Ereignisse, um etwas zu sagen. Harlow und Park saßen am Straßenrand und sahen schweigend zu, ihre Blicke waren perplex.

Keiner verstand, was hier wirklich vor sich ging. „Dakota, was ist hier los?", fragte Logan.

„Ich kann es erklären", sagte sie, ihre Stimme brach, Panik machte sich breit.

„Warum versuche ich es nicht einfach?" Maddox festigte den Griff um Edens Schulter. „Ich bin sicher, dass ich alles gut erklären kann."

„Nein", flüsterte sie. „Das kannst du nicht."

Maddox lächelte sie an, scharf wie eine Klinge.

Seine blasse Haut und die eingefallenen Augen gaben ihm ein fast schauriges Aussehen. Selbst wenn er krank war, hatte er immer noch diesen scharfen Hunger in seinem Blick.

Er war die Art von Mann, die nie zufrieden war, die sich immer nach dem sehnte, was sie nicht hatte, die immer mehr wollte.

All die alten Ängste, die sie so hart bekämpft hatte, kamen zurück, stärker als je zuvor.

Ein Zittern durchlief ihren Körper, als stünde sie zu nah am Rande einer Klippe, kurz vor dem Sturz. Ihre Knochen vibrierten unter ihrer Haut. Ihr Herz zitterte in ihrer Brust.

Sie spürte jedes Brandzeichen auf ihrem Rücken, versengt und

pochend, wie in dem Moment, als sie jedes einzelne durch Maddox'
Hand erhalten hatte.

Und seine Worte in ihr Ohr gezischt: *Denn der Herr wird durchs
Feuer richten ... Du verdienst viel Schlimmeres, das weißt du doch, oder?
Aber ich bin barmherzig, denn ich liebe dich ...*

Sie schluckte die Säure hinunter, die in ihrer rauen, versengten
Kehle brannte. Ihre Knie zitterten, aber sie zwang sich, stehen zu bleiben. „Du musst gehen. Dreh dich einfach um und geh, sofort."

Maddox wandte sich an die anderen. „Mein Name ist Maddox
Cage. Und ich bin der Bruder *von Eden*."

„Eden ist ...?" Logans verwirrter Blick huschte von Eden über
Dakota zu Maddox.

„Sie hat euch erzählt, dass sie Schwestern sind, nicht wahr?"

„Das sind wir!", krächzte Dakota.

„Sie ist auch eine Lügnerin", sagte er genüsslich. „Und eine Diebin.
Ein Störenfried. Ein Eindringling."

„Nein", sagte sie schwach. „Nein ..."

„Dakota Sloane ist nicht die Schwester von Eden", sagte Maddox
triumphierend und verzog die Lippen. „Dakota ist ihre Entführerin."

# ÜBER DIE AUTORIN

Ich verbringe meine Tage damit, apokalyptische und dystopische Romane zu schreiben.

Ich liebe es, Geschichten zu schreiben, in denen es darum geht, wie gewöhnliche Menschen mit außergewöhnlichen Umständen zurechtkommen, insbesondere in Situationen, in denen der normale Komfort, die Annehmlichkeiten und die Regeln wegfallen.

Meine Lieblingsgeschichten, die ich lese und schreibe, handeln von Figuren, die mit inneren Dämonen kämpfen, die lernen, sich ihren Ängsten zu stellen und sie zu überwinden, um sich in den starken, mutigen Krieger zu verwandeln, der sie werden sollen.

Ich liebe es, von meinen Lesern zu hören! Findet meine Bücher und chattet mit mir über einen der unten aufgeführten Kanäle: E-Mail an KylaStone@yahoo.com

# DANKSAGUNGEN

Vielen Dank wie immer an meine großartigen Beta-Leser. Eure aufmerksamen Kritiken und eure Begeisterung sind von unschätzbarem Wert.

Vielen Dank an Becca und Brendan Cross, Lauren Nikkel, Michelle Browne, Jessica Burland, Sally Shupe, Janice Love, Jordyn McGinnity, Jeremy Steinkraus sowie Barry und Derise Marden.

Danke an Michelle Browne für ihre Fähigkeiten als hervorragende Entwicklungs- und Textredakteurin. Danke an Eliza Enriquez für ihre hervorragenden Korrekturlesefähigkeiten. Ihr beide bringt meine Worte zum Leuchten.

Und ein besonderes Dankeschön an Jenny Avery, die sich freiwillig die Zeit genommen hat, das Manuskript ein letztes Mal durchzulesen und eventuelle Fehler auszumerzen. Alle verbleibenden Fehler sind meine Schuld.

Danke schön an meinen Mann, der sich um das Haus, die Kinder und das Kochen kümmert, wenn ich unter Zeitdruck stehe und einen Abgabetermin habe.

Und an meine Kinder, die mir jeden Tag die wahre Bedeutung von Liebe zeigen und mich ständig inspirieren. Ich liebe euch.

# ANMERKUNG DER AUTORIN

Ich hoffe, *Gefahrenzone* hat euch gefallen! Ich habe zwar versucht, den Schauplatz Miami möglichst genau wiederzugeben, aber einige Namen und Orte wurden der Geschichte zuliebe angepasst.

Bei meinen Nachforschungen über improvisierte Kernwaffen und ihr Zerstörungspotenzial bin ich auf einige gegensätzliche Informationen gestoßen.

Tatsache ist, dass wir nicht genau wissen, wie eine nukleare Bodenexplosion in einer modernen Großstadt aussehen würde.

Hoffentlich werden wir das nie herausfinden müssen.

Dennoch habe ich versucht, die nuklearen Informationen so genau wie möglich wiederzugeben und gleichzeitig der Geschichte und den Figuren treu zu bleiben.

Vielen Dank fürs Lesen.

# BÜCHER VON KYLA STONE

Die postapokalyptische Reihe *Edge of Collapse* Serie:

*Am Rande des Zusammenbruchs*

*Am Rande des Wahnsinns*

*Am Rande der Finsternis*

*Am Rande der Anarchie*

*Am Rande des Widerstandes*

*Am Rande des Überlebens*

*Am Rande der Tapferkeit*

Die postapokalyptische Serie *Nuclear Dawn*:

*Gefahrenzone*

*Aus Der Asche*

*Mitten Im Feuer*

*Die Finsterste Nacht*

Die postapokalyptische Serie *Lost Light*:

*Der Auf Suche nach Licht*

*Auf Der Jagd Nach Dunkelheit*

*Auf Der Spur Der Hoffnung*

*Auf Der Asche Der Welt*

9 781962 251099